误入浮华

上

不经语 著

长江出版传媒 | 长江文艺出版社

目录

CONTENTS

CONTENTS

第一章 ✦ 末路

命运是一条宽广的河流，后不见来者，前不见滩涂，
近处暗礁层层，远处惊涛隐隐，人如沙粒囿于其间。

苏沫，女，年方二八——二十八，近而立，离异，育有一女。

苏沫从小信命，缘于双亲言语中的心理暗示。

她是家中独女，出身草根，却也被父母捧在手心里养大，一路坦途直到嫁人，十指不沾阳春水，没绊过跟头吃过苦，身体健康学业顺畅，年少不识愁滋味。

孩子柔顺听话，养起来也就省心，于是苏家爹娘常念叨："还是我家苏沫命好，一辈子吃喝不愁，无风无浪，平安是福。"

这话听多了，便当了真。

早年，族里有位远亲在某日因见油锅里掉进只蟑螂忽然就悟了，抛妻弃子，到当地古刹削发为僧，不想向佛之路颇为畅通，临老做了住持方丈，又因精通命理，名声大噪。据说本省里，很多商贾富豪有向他讨教，至于平民百姓，鲜能近得了他的内堂门槛。

苏沫九岁生日，父母为讨吉利，带她前去拜会。

老和尚瞧这一家三口生得白净慈善，心里喜欢，当即拿出数卷残边破角的古书，问了小姑娘的生辰八字，细细翻阅。满纸都是从右到左的

生涩小篆，老和尚只拣吉利话念了，其余不便说透，苏沫犹记着两句话——“有男儿丈夫之气概”及“三合昌曲，贵妃好色”。

前面那句她还懂，后面一句她却想不通。好色？是暗示她长相不错，还是喜欢长相好看的人？直到八年后，见着佟瑞安，只一瞬间她也悟了：

那真是个好看的男人！

一见钟情，再见倾心，第三回飞沙走石、天昏地暗。

热恋，相守，结婚，生女，水到渠成。

然而她无从得知，那天老和尚有句话想来想去没说出口：初婚，不过三秋。

新婚第二年，佟瑞安外遇，找了个年龄比苏沫小、家境也比她好的情人，这是婚内冷暴力的开始。苏沫用尽方法，一哭二闹三上吊，扔掉读书十来年闷出来的清高矜持，和他闹了个天翻地覆，可惜覆水难收。

新婚第三年，佟瑞安也疲了，狠心砍掉鸡肋婚姻，开始迎接新生活。

从此，苏沫的新生活也被迫开始，她这才发觉自己的窘境：上有老下有小，每月一千出头的薪水根本使不上力。人生重担忽然被撂到她的肩上，苏沫心惊肉跳，一筹莫展，越来越信命，却越来越不信人算命。

命运是一条宽广河流，后不见来者，前不见滩涂，近处暗礁层层，远处惊涛隐隐，人如沙粒囿于其间。她无法左右，唯一能做的就是拼命摸爬滚打。在顺流而下的时候，不被突如其来的一个浪头掀翻过去，又或是护着一双赤足，以免被浑浊河底的岩礁划破，换来鲜血淋漓。

离婚半年，在她为生活疲于奔命的当口，远方传来消息，佟瑞安再婚了。

家里打来电话的时候，阳光正好，苏沫忙着把库存货物一趟趟搬出去晾晒去霉，或是拣出来给人重整翻新。前二十来年她从没做过这样的活计，甚至不敢去想，可如今不出俩月，已熟稔随意得很了。

苏母在电话里教外孙女清泉背《悯农》，完了问自家女儿，这都吃中饭的点儿了，怎么还在忙活呢？苏沫忙说，最近生意好。苏母听了高兴，嘱咐她别只在办公室里待着，人在屋檐下要有点眼色，勤快些。

积压的衣物沾染呛鼻的灰尘，苏沫裹上头巾戴了口罩，身上套了件宽大的长袖旧衫，猫在一堆塑料袋里翻翻拣拣，一边把电话夹在肩颈处询问清泉的近况。

苏母没说几句便叹一声，絮叨着连日来的不顺心：超市里号称野生无污染的小黄鱼涨价不少；才打了进口疫苗一针就是大几百；月初孩子支气管炎去医院挂了几天水去了一两千；人家的娃娃都上了什么样的幼儿园；兴趣班太远都有车接车送……

苏沫被大太阳晒得眼晕，也顾不得，拾了一旁的台阶坐下，试探问道："妈，要不月底我再寄些钱回来？"

苏母闻言一顿，"这些钱，我和你爸还是有的，就是……我听人说，那姓佟的昨天结婚了……你俩离了后，他再没来瞧过孩子。"她叹息，"苏沫啊，你这次可要争口气，他不把你娘俩当回事，你就偏要活出个人样来……"

正午暑气更盛，苏沫心里闷得很，一时没言语，隔着电话线，又听见父亲低声道："你少说两句，人都再婚了，她能怎么样？"

苏母经不住哽咽，"她是当娘的人……我们两个老的过得如何无所谓，可是清泉已经是没了爹，不能再委屈了这么个小人儿，她以后路还长着……"

苏沫抿着嘴不吭声，好一会儿才忍住泪，轻声细语安慰几句，等不及便挂了电话，发了会儿呆，开始盘算到下月初的开支。这几日发出去的求职信也零星有了回音，陆续参加几次面试，要么对专业技能、年资经验要求甚高，要么除去房租水电生活费，每月收入所剩无几，哪里还有闲钱寄回家里？

她低头瞧一眼身上灰扑扑的衣裳，弯腰又去收拾库存，舅舅家的成衣工厂上月辞了两名帮工，如今忙起来更无暇分神。

苏沫以前有些死心眼，对男人一心一意毫无保留，不算漫长的婚姻岁月将这种死心眼刻进她的骨头里。她现在没男人，就一心一意对待工作，即使手边的活计再粗陋枯燥，也不习惯分神想东想西。

所以当有人在背后喊她，她也丝毫不觉。

那人只好提高嗓门又说："大姐。"

当地人对不同年龄的女性称呼，半老徐娘到七老八十的都叫"大姐"，年轻水嫩的就叫人"小妹""妹子"。

苏沫直起身，腰背发酸，她不由伸手按了按，转身去瞧，两个男人，看起来三十不到，当地人模样，肤色微黑，瘦高身材。适才说话那人更年轻些，直接问："这位……你家钟老板在吗？"

苏沫点点头，知道是来寻她舅舅的，揭下口罩说："在，我带你们去楼上办公室。"

那小年轻看着她的脸有些愣神，随后又往她身上瞟了一眼，有些犹豫，"不用，我们跟钟老板相熟，来过几次，怎么走都知道。你忙你的。"

苏沫度他神色，想必是自己衣服沾了尘土，他嫌脏，不愿多接近，便往旁边站了站，让了两人过去。

年轻人草草踢开地上的塑料包装袋，踮着脚往里走，一时浮尘四起，他不觉用手轻轻掩了鼻。走在他身后的那人倒一直没吭气，看似稳重些，并无这种小动作，只是在进门的那一刻，他放慢脚步，稍稍侧过脸，瞥了她一眼，无所谓不屑或者探究，那一眼相当清淡，含义匮乏。

苏沫弯下腰继续打理成堆的衣物，呼吸间甲醛的味道很重。

男人看起来是不错的男人，衣着讲究，停在路边的车百万出头。这里地处沿海，有钱人多，开这样的车进出也属寻常，却也不属于她这样的女人，连奢想也不行。一个奔三的离婚女人，又带着孩子，娘家无背景，若再考虑第二次婚姻第二个男人，那她的态度应该是卑微的、小心的，甚至受宠若惊的，如果还将年轻女孩的骄纵和苛刻安在身上，当真会错得离谱。

苏沫想起昨天舅妈带她去相亲。

舅妈热心快肠，介绍的那个男人身家是有的，不说多富，至少带回家乡转一圈也能引人艳羡。那人对苏沫的外在条件十分满意，也不介意她有个女儿，因为他自己是个鳏夫，有个今年参加高考的儿子，的确，他年纪大了点，近四十才生孩子，现如今已五十出头了。

只是当他稍微靠近点，苏沫就闻到一股将近腐朽的气息，从油亮的沾染皮屑的发根上散发出来，飘荡在他的呼吸里、举手投足之间。

回去的路上，舅妈问苏沫的意思，她以工作为由推了，再被询问，也绝不松口。苏沫以前是直肠子，有什么倒什么的主儿，近几年经了些事也学了些乖：沉默是金，多说无益。她本身不善言辞，反射弧又长，拿捏不准对方的斤两，只能少言寡语，只求不会暴露太多短处。

舅妈笑了笑，“你现在还得养孩子，家里情况也一般，年纪奔三，别再挑挑拣拣，找男人就要找个能过日子的，你也是结过婚的人，这个理你难道还不懂？现在的男人，哪怕是七老八十的老先生，只要还能动弹，就想找二十出头的大姑娘。”

言下之意……

苏沫暗自叹了口气，表面不动声色，心里却一阵翻江倒海的颓丧，无法直言——她受不了老男人身上的气味，只是同桌吃饭就让她心有不甘，如果真处起来，要行夫妻之实，这该叫她如何忍受？

男女之间，体味是荷尔蒙的外在表现，越本质越纯粹，人就越往动物的行径靠拢。当初和佟瑞安在一起，就是他气息里的味道把她迷得神魂颠倒，接吻的时候是这样，翻云覆雨的时候更是这样，年轻的、有力的、暧昧的，无处不好、无处不畅快。

佟瑞安千不该万不好，至少一样是好的，他让苏沫心甘情愿地臣服，在爱情里臣服，在婚姻里继续臣服。他们曾经互相拥有过对方最年轻璀璨的岁月和身体，就这一点而言，他们谁也不曾亏欠谁。她曾愿意用一辈子的时间慢慢接受他逐渐衰老的体味，并甘之如饴，只可惜这种心甘情愿过早夭折。

傍晚收工，苏沫照例买菜做饭，一家子人吃完，舅舅舅妈出门遛弯儿，她和钟鸣两人一同刷了碗，这才回自己屋里，点上台灯，对着书里日新月异的专业知识迷瞪瞪看了几页，眼里瞅着的是数据代码，脑子却想着周末去市里转转，看能不能找上一两样兼职。

她焦虑而疲倦，渐渐便睁不开眼，在拨开一堆沾满灰尘的衣物、孩子的哭泣或嬉笑，以及存折上加减纷乱的数字之后，脑海里忽然浮现出先前那高个子男人的回首一瞥，与其说她想到的是那个男人，还不如说是他的动作，而这样的动作安在任何一个年龄相当的、看起来顺眼的男子身上，她都会回忆。

她早已远离情窦初开，自打和佟瑞安好上以后，她数年来极其坚定地屏蔽异性给予的丝毫遐想，像个快乐的苦行僧。可是现在，她自由了，至少可以自由地在梦里，细细回味一番。

她隐约记得，那人眸子黝黑，视线里有着河底暗藏的礁岩一般的气质。

两只飞蛾扑棱棱地往灯上蹿，苏沫立时惊醒，忙把手里捏的那一页翻过去，心里有点穷途末路的焦灼。

她试图缓解，安慰自己：不如就在这里挨着，虽说和当初的想法相去甚远，至少是包吃包住，薪水也比先前要好，偶尔舅舅还悄悄塞点钱，再找份周末的兼职做做，也能差不多……再怎样，也不能灰头土面地打道回府，不能让那些人瞧见自己的落魄，特别是佟瑞安。

窗外夜色如墨，热浪稍退，虫声呜呜。南瞻市靠海，几乎没有冬天，日子便在这连绵夏季中流淌，逐渐褪了颜色。

抛开经济上的压力，其余方面也还过得去。

苏家舅舅打理一家成衣作坊，他为人和善，少了几分寻常生意人的奸诈，对谁都一副乐呵呵的菩萨脸，对老婆女儿如此，对亲戚工人如此，对往来客户更是如此。他是外乡人，早年机缘巧合落脚此处，人在屋檐下气势也低了三分，数十年来磨去棱角，练就一身的忍劲和耐性，似乎和善得过了头。

苏沫敬重这个舅舅，他和家乡父母有着同样的特质，不争不抢，不咄咄逼人，只行分内事，连同血缘关系，更带来无形的亲切感。

偶尔一起出门吃饭，遇上熟人，人问苏沫从哪里来，舅舅便笑，“这才是我家大女儿，你没见过，她从小在我老家过活，现在回来给我养老。”

旁人将信将疑，却赞道：“您家老大的模样真不错，随您。”

舅妈一笑，连同苏沫的两个表妹，一家人其乐融融。

苏沫感激他们，至少那一刻，有人把她当至亲，使她漂泊在外的心暖和起来。她干起活来也就特别卖力，真正当作自己家的一份事业。

只是时间久了，真相也渐渐暴露，比如小工厂的财政和业务，她绝对沾不上边，始终被人防着。苏沫也不多想，她拿着那份薪水，只求能对得起别人的付出，他们始终是在人生低谷的时候拉了她一把，他们不愿做的，她去做就是了，只求有活干，不落人话柄。

有两次，舅妈当着工人的面对她笑嗔：“瞧你这拼命三郎的劲头，不知道的人还以为我们家剥削你了，你也该适当地歇歇，出去转转吧。”

苏沫平时不怎么出门，因为出门就有花钱的时候，她恨不得赚一钢镚掰两半地使，全省下来给父母孩子寄回去才好。但是她近来留了心，迫切地想找份兼职，就往市里去得多些。

在这方面，苏沫碰了几次壁，她以前所学的专业如今全是年轻人的天下，她又是“毕婚族”，婚后一心装着老公孩子，自己只在一所中学管管机房钥匙就颇为满足，专业技能早已跟不上发展。

回想前尘种种，苏沫心灰意冷，脚下步子转了转，进了街面上一间家政服务中心，避开自己的本科学历不提，只说有做保姆和家政方面的经验，想找份周末的钟点工。

这回比以往顺利，没几天，服务中心就给了消息，说有户人家，女主人才有身孕，想请人打扫卫生，偶尔去做个饭，还说那家经济条件不错，做得好不只台面上那些工资。

那家在近郊，离舅舅的工厂不远，下了班骑个车就能直接过去，苏沫心里高兴了些。

她脸皮薄，又读了这么些年的书，骨子里多少带着几分清高，虽说以前也是在学校打杂，讲出去却好听得多——中学老师。要是搁了头几年，她怎么也不会接手这种伺候人的活计，但如今人生地不熟，谁都不认识，无须顾及太多。

舅舅和舅妈知道后却不太乐意，舅妈没有多说，舅舅却道："你好歹也是大学毕业，怎么能去做那些事？不如再挨几天，我找个机会，请人帮忙找个坐办公室的工作。"

钟鸣年方二十五，个性直白，这会儿忍不住反驳道："我同学研究生毕业，大半年都找不着工作。再说现在有些做家政月嫂的，工资可不比小白领拿得少。"

苏沫连忙附和。

舅妈抬眼剜了自家姑娘一眼，"以后你姐不在，你可要帮着买菜做饭。"

钟鸣大大咧咧道："我做就我做，我又不是钟声，眼里看不见事，油瓶子倒了也不扶，只知道读书。"

舅妈说："你能和你妹比吗？她一个高考生，你要是有她一半出息，不用考试就能保送大学，我也情愿好吃好喝供着你。你看看自己，高中毕业，在家待业了多少年了？"

钟鸣立马不吭声，隔了一会儿才道："我在厂子里也不是闲人一个。"

隔天，苏沫去见工，高级住宅小区，女主人很年轻，靠在柔软光滑的真皮沙发里上下打量她，试用几次后签了合同。

苏沫做事仔细，厨艺不错，话少，不讨人嫌。

女雇主莫蔚清性子冷，倒不算挑剔，只是两人都不怎么说话，各做各的事。

莫蔚清顶喜欢玩网游，要么穿着防护服对着台电脑，要么坐在阳台上捧着 iPad，偶尔外面下雨，她也在阳台上待着，不常出门，似乎也没什么朋友。

两人一直这么处着，多少有些怪异，苏沫为人矜持，若是别人对她冷淡，她就绝不往前多迈半步，到后来却是莫蔚清忍耐不住。

苏沫碰巧接到家里的电话。

苏母在那边说："上星期你爸身体不好，我们送孩子去她爷爷奶奶家住几天，佟瑞安也不来看看，后来在外面遇着，清泉跑去叫爸爸，孩子他爸竟是懒得理的样子。"

苏沫怔怔端着电话，连那边何时挂断也不知道。

直到现在，听到那人的名字，她仍心潮起伏，只是他的面孔在印象里日益狰狞，她偶尔也会甩不脱那份狰狞，只因念及曾经数年的温情。

苏沫知道佟瑞安的意思，也因为孩子的事与他交涉过，希望他能抽时间陪陪女儿。

佟瑞安当时答得直接，"离婚的时候已经给过你一笔钱，舆论的偏向又在你那边。苏沫，你的要求是不是越来越多了？"

她气得发抖，直接挂了电话，过了一会儿，那人又打来，竟是向她道歉。佟瑞安说："对不起，她刚才在旁边。"

苏沫不由呛了句："你就这么怕她？"

佟瑞安隔了一会儿才答："苏沫，当初你要是有她一半厉害，我们也不会是这个结果。"

苏沫一时哭笑不得。

莫蔚清听她在电话里提到孩子，忍不住打听她家里情况。苏沫一一说了，言语平淡，只避开前夫出轨的话题。莫蔚清却一副再明白不过的表情，幽幽叹一声："你不说我也知道，天下乌鸦一般黑嘛。"

苏沫没答话，埋头擦地。

数天一晃而过，苏沫从没见过这家的男主人，公寓里也没有男人的照片，只有莫蔚清的一张单人黑白艺术照挂在客厅墙上，很大一幅，占了半面墙壁。照片里，莫蔚清比现在更年轻漂亮，身段好，眼神清澈。

苏沫推测，莫蔚清是某位有钱人的情人，接触越多越发肯定这个结论。

虽然过往的经历，使她对小三、二奶之流有种本能的排斥，但是现在她却不愿和钱作对。莫蔚清出手大方，说话直接不失和气，渐渐地，苏沫对她讨厌不起来，所以又开始讨厌自己。

直到一个周末，莫蔚清无所事事地在网上闲逛，苏沫正准备午饭，一切如常，忽听外间有人掏钥匙。

莫蔚清立刻抬头，一动不动盯着大门。

随后“砰”的一声门被推开，苏沫吓了一跳，忙从厨房里出来。

门口堵着两男人，一个搀着另一个，被搀着的那位明显喝高了。

苏沫站在跟前不知所措，扭头看了看莫蔚清，莫蔚清却安生坐着，笑眯眯地打量那两人，半晌才柔声开口：“这大白天的，怎么就喝成这样了？”

半醉的男人瞟了莫蔚清一眼，扭头对同伴嘟囔：“让你别把我往这儿送，我就知道她没好话。”

莫蔚清一点没在意，招呼苏沫道：“你去扶扶。”

苏沫在围裙上抹净手，过去搀扶。

男人微醺地瞄着她，毫不客气地将一半重量压在她肩上，忽而侧头凑近去闻，说：“好像是回锅牛肉的味道。我不爱吃这菜，腻。去给弄点清粥和醋泡大蒜来。”

这人身材高大，说话间酒味热气喷在她脖颈间。

苏沫原本已吃力，又听他言行里有戏弄的意思，躲也躲不开，顿时脸颊微红，一时不知如何应对。

莫蔚清神色平常，苏沫却隐隐听她低哼一声。

倒是男人的同伴帮腔，“别介意，他喝多了就这样。”

苏沫心里好过了点，稍稍移开身子，侧头对那人礼貌地笑笑，忽觉这人眼熟，不禁又多瞧两眼。

那人却极其平淡地移开视线，幽深的眼仁，如不能见底的河里暗礁。

她顿时想起来，心跳竟似快了数拍。

半醉男人倒进沙发里靠着，莫蔚清拧了块湿毛巾贴过去帮他抹脸，那人神情享受，过一会儿睁开眼，冲着苏沫一仰下巴，“去，把门口的鞋擦擦。”又对莫蔚清道，“请的什么人，没点眼力见儿。”

莫蔚清懒洋洋一笑，“我相人的眼光一直都不怎么样的，你又不是不知道。”

男人跟着笑起来，抬手捏了捏她的下巴颏儿，末了想起，这才招呼他的朋友过来坐。

同伴早转身走去门口，笑道：“假模假样的，用不着跟我客气，不妨碍你们两公婆团聚。”

他说话的当口，苏沫正蹲下去给人擦鞋，鞋尖上溅满了呕吐的污迹，酸臭气味扑面而至，一不留神，就有污浊不堪的东西沾染指尖。苏沫一阵反胃，强抑下干呕的欲望。

眼前，那人的脚迈出去，笔挺的西裤，乌黑锃亮的皮鞋，一晃而过。

直到脚步声渐远，汽车发动，马达声响，她始终没有抬头去瞧，可是又忍不住幻想，似乎曾经的回眸一瞥再次发生过。

这样的幻想使她感到十分羞耻。

苏沫努力擦净了男人的鞋，她觉得自己的手代替那鞋变得肮脏，变成一块破抹布。她几时做过这样的事？从小娇生惯养，一直处于干净的环境，就像待在一个真空玻璃罩里，然而玻璃罩并非密封，佟瑞安是她唯一了解人性的窗口。

但是佟瑞安不喝酒，至少不曾喝醉，也不曾让她收拾过鞋上的污物。

所以有那么一瞬，她掩藏在心底的清高之气悄悄昂起头来，但是下一刻，认清现实的自我嘲弄又将它狠狠击伏下去。

苏沫起身进屋，沙发上的男女正要搂抱亲吻，莫蔚清因有旁人在，下意识地把男人推开了些。男人正在兴头上，仍是凑过去，“别管她……”

莫蔚清嗤笑，“你就喜欢这样吧？”

男人也笑，避而不答，抬眼瞥见苏沫灰头土脸、低眉顺眼地正往厨房里躲，心下有些烦，“怎么周末还让人过来？碍事！”

莫蔚清摸着他的胸膛锁骨，“我一个人待得太久，也没个人来瞧瞧，心情就会变差，这么下去对孩子不好。你要是能常来，我叫她走就是了。”

男人一听这话，心里不觉嘚瑟，却不表露，低头问她：“就这么想我？”

莫蔚清嘟着嘴，“是呀，这么多人都想你，你招架得住吗？”

他哈哈一笑，踉跄地站起来，稍有些费力地把人打横抱起，往卧室里走。

炉子上还炖着鸡汤，水已烧开，热气蒸腾，汩汩作响。苏沫正是尴尬，却听莫蔚清的声音从里间飘出来，“喂，你先走吧。”

苏沫忙关了炉子，三步并作两步地往外逃，却听那男人呼着粗气道：“怕什么？她爱听就让她听，你们女人都一样……”

苏沫跑出去，“哐”的一声带上大门，外面的日头很毒，晒着她的脸像是要焚烧起来一样。

她迷迷糊糊地沿着马路牙子走出老远，心还在一个劲儿地怦怦乱跳，忙碌大半天，没来得及喝口水，又不免头晕眼花。她在太阳底下站了一会儿，方转去回家的方向，末了却又扭头去望莫蔚清的住处，那房子已被其他建筑物完全遮挡，像消失的海市蜃楼。

接下来的一个周末，莫蔚清提前电话通知，让她不必过去，谁知过了中午却有变化。

苏沫赶到那里，莫蔚清正独自在家，半靠在贵妃榻上无精打采地玩手机。做好饭，苏沫请她上桌去吃，她也懒得动弹。苏沫多了句嘴：“多少吃点，别把孩子饿着了。”

莫蔚清回："要是男孩儿，我是舍不得的，如果是个丫头，倒不如把她饿死算了。"

苏沫最痛恨这种观念，忍不住低声反驳："可别这么想，你自己也是女性，都是条命。"

莫蔚清不以为然地伸了个懒腰，趿着拖鞋啪嗒啪嗒走过来，"你看我，从没穿过耳洞，因为我下辈子不想当女人。"

苏沫没接话。

莫蔚清悠闲地坐在桌前，给自己舀了碗汤，再次开口，"苏姐，你这人看起来笨笨的，但是让人觉得安全。你一定有很多朋友，因为和你打交道不费心思。"

苏沫被她前半句噎着，听她说完不觉想了想，答："这也算一处优点吧。"

莫蔚清倒是柔柔笑出声，"你知道吗？那个尚淳，就是我男人呀，他马上会有两个孩子。一个在我肚子里，另一个呢，在其他女人的肚子里。你知道那女人多大年纪吗……"她顿住，像是在说别人的故事，用眼神鼓励对方来接茬。

苏沫还未将她的话消化干净，这会儿只是一愣，"不知道。"

莫蔚清说："十八岁，"她喝了口汤，"当真是孩子生孩子。"

苏沫觉得十分惊奇。

莫蔚清口风一转，脸上带笑，却咬牙切齿，"要是再早几年，就是强奸幼女了。"

苏沫有些晕乎地开口，"这个……生了孩子的话，好像能告他重婚罪……"

莫蔚清倒是乐了，"告什么告，她家大婆都不管，谁去告？告谁去？"她又幽幽叹了口气，"我跟了他十年，他大概是嫌我老了，又找了个比自己小十八岁的……苏姐，我看起来很老吗？"她仰起脸，盯住苏沫，"我真的老了吗？"

苏沫只好答："没有，不老。"。

莫蔚清继续道："他那天说了，谁生儿子，谁就能跟着他进祠堂，和他家大婆做平妻……都说酸儿辣女，你以后多给我做点酸的吃。还有啊，你是生过孩子的，你看我这肚子，是生什么的呢？”

苏沫转不过弯，“……这违反婚姻法吧？只能和一个人领证，平妻不是封建社会才有的吗？”

莫蔚清显然已经习惯自己的生活状态，听见这话也并不介意，只有些不耐烦地解释，“这地方没有婚姻法，只有宗祠，也没人管，太多了，管不了。”紧接着又问，“你看我这肚子，像是生什么的？”

苏沫被她吓住，“这？我看不出来……没有科学根据……”

莫蔚清摇头，“真是个实在人，”她想了想，“瞧你这么实在，又是外地来的，我才好心告诉你。在这个地方，千万千万别相信什么爱情，更别相信男人，任何男人，不管是刚出生的还是一脚踏进棺材里的，俊的丑的，香的臭的，都不能信。”

“金玉良言。”她笑着补充。

一番推心置腹，莫蔚清对她越发和颜悦色。

苏沫心里却始终有抵触，至于莫蔚清的男人尚淳，在她印象里更无异于杂碎和罪犯。

她想起以前接触过的那些女学生，想起舅舅家的小表妹钟声，都是天真烂漫，十六七岁的年龄，无论生理还是心理，全都一团孩气。另一方面，苏沫自己也有女儿，只要设身处地稍作联想，对这样的男人就更为厌恶，是一种从潜意识里掀起的无法抑制的害怕和厌恶。

那天以后，苏沫又撞见过尚淳几次。

平心而论，这人长得不差，实际年纪三十五六，外表瞧上去顶多三十出头。有钱人会保养，财富带来了足够的底气和支撑，使他们的精神面貌和言行举止有别于一般人。他若是长相猥琐，苏沫心里还会好过点，无奈却是一副道貌岸然、成功人士的模样。

一次，苏沫在厨房熬汤，那人进来泡茶，几乎是贴着她的背脊走到旁边的案台，伸手到上面柜子里拿茶叶罐，最后整个人大咧咧地贴了上来。

男人身上很热，苏沫进退不能。她强抑怒气，不声不响地使劲推开他，想要撇清关系，已经来不及，莫蔚清早靠在门边瞧见了。

莫蔚清不动声色，她极少有大喜大怒的时候。

苏沫慌忙往外走，和她的慌乱相比，尚淳只低低一笑，而莫蔚清更是一声不吭，只拿一双眼牢牢盯住她。

等她出去了，莫蔚清才对尚淳娇嗔："你这人，但凡有几分姿色的都不放过，她生得很美吗？这才见几面呀，你就黏上了。"

尚淳不置可否，如常问："她哪里人？像是江浙一带的，模样娇滴滴，皮肤生得好白。"

莫蔚清没理他。

苏沫去外间收拾齐整，心里起了辞工的意思。钱可以少赚，却受不得这份龌龊，想到这里，她原本惴惴不安的心反倒平静了。

但莫蔚清先一步开口，趁着尚淳不在，她说得很直接："你以后别来了，我这儿也不怎么需要你。"

苏沫很想说：我也不愿来。

莫蔚清接着道："其实我觉得你人还不错，这样，我有个朋友，需要人接送小孩，你要是愿意，就去她那里算了。"她停一会儿，"我朋友是女的，独身，一人带着孩子，跟前也没什么臭男人，清静得很。"

她又笑，"除非你不想要清净。"

莫蔚清说的这位朋友姓从名蓉，年约四十，鼻梁上架着金丝眼镜，不在意穿衣打扮，显然和她不是一类人。

开始，苏沫不太适应这份新工作，从蓉对人对事要求颇多，稍不如意就咄咄逼人，给人极强的压迫感。苏沫好奇，这两人如何能成为朋友。

但是，她马上就打消了这份好奇心。

从蓉提到莫蔚清时，脸上的不屑显而易见。可见莫蔚清嘴里所说的"朋友"并不拿自己当朋友看待，顶多算作熟人的情分。

从蓉还有个怪癖，无论苏沫做什么，她都爱跟在后面瞧着，并且将她的一举一动全部放在眼里却不置一词。这种感觉让苏沫又回到学生时代，就像考试的时候遇着生题，监考老师却站在旁边一个劲儿地盯着她写答案，让人心里瘆得慌。

直到完工告辞的当口，从蓉才噼里啪啦倒出对她的诸多不满，一字一句阐述得极为细致，说到后来几乎是拉着苏沫把先前的家务活又从头来过。这样一搅和，原该晚上八点收工，苏沫却十点多才离开。

到家以后，苏沫觉着全身的骨头像散开一样，匆忙洗漱后倒在床上，眼睛一闭一睁又是新的一天来临。

自从接下这份兼职，她不得不每天提早起床。若是舅舅的厂子里活多，她必定是第一个赶去上班，以此弥补白天工作时间的不足。如果厂里比较清闲，她就准备好全家人的早餐，久而久之，大家也逐渐习惯她的付出。

苏沫觉得累，却只是觉得累而已，她并不认为旁人的日渐懒散有何问题，也不觉得从蓉的苛刻让人厌恶。她依靠着他们养活自己和孩子，讨得父母欢心，她应该对此心存感激。

拿人钱财替人办事，雇主有权挑剔，何况是帮人照看孩子，这项工作更是容不得半点差池。

从蓉对自己七岁的独生子极为看重，几乎到了紧张的地步：何时吃饭，何时吃水果喝牛奶，何时上床睡觉，甚至晚饭的荤素搭配油盐含量都有标定。

起初，苏沫不免稍有异议，她也是有孩子的人，也经历过对子女保护过度的阶段，却没想，从蓉在这方面甩了她好几条街。

从蓉对她小心翼翼发表的看法嗤之以鼻，她说："这是我孩子，我有权让他按照我认为健康的方式生活，能喝水就不要给果汁，吃的喝的最好不要有甜味，杜绝一切糖果巧克力，酸的就是酸的，苦的就是苦的，永远不要让甜味掺杂进去引发他吃糖的兴趣。"

可是，当偶尔得到一点果汁作为奖赏的时候，那男孩的脸上露出一种痴迷不舍的表情，那是所有人都会拥有的，顺从于自身软弱和欲念时才会流露的表情。

对这种养育方式，苏沫打心眼里不赞同：孩子总有一天会长大，出了玻璃城堡，他将发现你给予的并非全部，也许会被扑面而来的诱惑冲昏头脑，甚至丧失本来就很薄弱的自制力。

苏沫忽然想到自己，如果说爱情是果汁，那么有些人就是没喝够果汁的孩子。

她和佟瑞安相识于豆蔻，十年情感里除了彼此再无他人。而激情总会退却，现实的琐碎一波波夹击而上，他们根本无力抵抗，或者不愿意抵抗。

苏沫对于失败的过往从不刻意隐瞒，事实上她也无法隐瞒，如今的社会，人们在凡尘俗世里练就一对火眼金睛，轻易洞悉他人的隐私。

就在她将从蓉规定的那些个条条框框牢记于心的时候，从蓉也将她的人生经历摸了大概。从蓉对此的评价是："你真应该跟着莫蔚清好好学学。"

苏沫不解，"学什么呢？"

从蓉瞧她一副怔忪的模样就乐，"学习她怎么侍奉男人嘛。"

苏沫有点不高兴，"我为什么要学这个？"

从蓉说话一针见血，"因为你弱势！"

苏沫无法反驳，她如今正处于社会的底层，现实摆在眼前，还能说什么？苏沫不说话，只能把所有的能量都释放在劳作里，起早贪黑，忙忙碌碌。

从蓉的儿子对苏沫不太喜欢，大概是嫌她穿得寒酸，和妈妈相距甚远。孩童的社会是成人的缩影，他们的表达也更加直接。嫌贫爱富，注重外在，这是现实灌输给他们的思想——穷，就是原罪。

男孩不喜欢苏沫去学校接他，他觉得丢人，逢人便给人介绍苏沫，"她只是我们家的小保姆，她不会开车，只会做家务。"

苏沫当然不能和他一般见识，又不是自家孩子，所以也不会想着如何教育他。但是那男孩更加放肆，越来越没礼貌，对她的呵斥成了家常便饭，苏沫终于忍不住生气，将那男孩远远地拽到街上，说："我现在就把你扔外面，你什么都没有，你妈找不着你，你就没饭吃，没钱买衣服、买玩具，等着饿死、渴死，最后被那些叫花子卸掉胳膊，扔大马路上乞讨。你离开你妈，也是穷鬼一个，我穷，但是我还有能力赚钱，你能吗？"

那孩子大哭大骂，不依不饶，苏沫狠下心，将他一人丢在街角，自己藏在隐蔽的位置偷偷瞧着，防他出事。

男孩在天色渐黑、人烟稀少的街上哭了好一会儿，心里害怕，更加找不着回家的路。

等苏沫出来时，他就变乖了。

冲动之后，苏沫开始后悔，孩子当然会把这事讲给从蓉听，苏沫做好被人炒鱿鱼的准备。

等了几天，从蓉却像没事人一样，仍像往常一样该发脾气发脾气，该挑剔的时候照旧挑剔，却对孩子的事只字不提。

男孩在苏沫跟前越来越老实，两人渐渐处好了，苏沫开始辅导他做功课，周末带他出门游玩，或者教他如何省钱、待人有礼。对于这些，从蓉依然不发表看法，只更多地将孩子的事交由她打理。

从蓉是当地一家电子公司的中层领导，业务繁忙，有时回来得晚，苏沫便一直在她家待着，检查作业、送孩子上床睡觉、讲故事、做些家务，工时当然是超了，从蓉却对加薪的事装聋作哑。

苏沫不好意思多提要求，她心善，每每看见从蓉晚归时一脸憔悴，又念及她和自己同是单身母亲的处境，有些话到了嘴边又给生生咽回去。

这样的日子越来越多，苏沫觉得自己已经麻木，麻木到连体力透支，却没时间品尝个中疲惫的滋味。

她想起曾经有人这样评价，那人说："苏沫，你这样的女性，抗打击力差，忍耐力却超强，所以你只会被人欺负却不会欺负别人。"

苏沫越发自我厌恶。

这天夜里，从蓉再一次晚归，这回却不是忙于工作，而是和新交往的男友约会，等她春意盎然、花枝招展地回了家，苏沫正趴在孩子的小床边打瞌睡。

苏沫看着从蓉，又想想自己，虽是一样的处境，却是不一样的活法，她心里头一次愤愤不平。

从蓉偏生没心没肺、嘻嘻哈哈地推门进来，路过厨房时瞟了眼里面的抽油烟机，“咦？这个好像很久没清洗了，上次钟点工来我也忘了说，反正你还没走，要不就把它擦擦？”

已是深夜，苏沫看着从蓉，她觉得从蓉不适合化妆，因为她看起来面目可憎。

可是苏沫再一次发挥了自己的“特点”，她什么也不说，转身从壁橱里拿出清洁用具，开始擦洗布满油腻的抽油烟机。

她踩高伏低，整整忙碌了两个小时，直到万籁俱寂，自己精疲力竭，直到所有厨具焕然一新。

她洗净手，正要离开，又被人叫回来，从蓉难得发一回善心，“太晚了，我开车送你。”

两个女人坐在车里，谁也不吭声，快到了，从蓉才说了句：“苏沫，其实我觉得你这人可塑性很强，关键在于你遇着什么样的人。有时候男人是容器，女人就是水，你呢，就是那种会随着容器的形状适时改变的女人。”

苏沫自嘲道：“是的，我不是很有主见有原则的人，别人怎么说我就怎么做，所以只能生活在别人影子里。”

从蓉看她一眼，没给予肯定也没否认，隔了一会儿道：“孩子的事以后用不着你管了。”苏沫吃了一惊，又听她问：“你在你舅舅厂里，他们一个月给你多少钱？”

苏沫懒得瞒她，答了个大概。

从蓉听了一笑，“这么点钱，他们当你是亲戚还是包身工呢？这样，你跟我进公司做事，钱虽然不多，但也用不着打两份工。你是计算机本科毕业，进我们公司也算专业对口了，你觉得呢？”

苏沫心里一惊一喜，立刻打起十二分精神，转瞬又有些犹豫，不觉冒出一句：“这事我得先回去和我舅他们说说，过两天给你答复行吗？”

从蓉嗤笑道：“真老实，太老实了就是傻，要换别人早往高处飞了。”她接着感慨，“难怪你前夫变心，女人不坏，男人不爱。你这人，平淡无味，如同鸡肋，要换作我，早腻了。”

第二天一早，苏沫单独找了舅舅，把从蓉邀她去公司上班的事说了。

钟老板听了大为高兴，“你在这里越过越好，我面上才有光，才能同你爸妈有个交代。”并且嘱咐她，“像从小姐这样的人就是你命里的贵人，你要记住，以后但凡遇上这样愿意提携你的，一定要珍惜这个缘分，把握机会，知道感恩。”

晚间，钟老板在家里宣布了这个消息，苏沫当然又表达了一下自己无法在厂里继续帮忙的歉意。

舅妈笑道：“你不用想那么多，你来之前我们也是这么些活，你不做了还是这么些，厂里的事没多也没少，所以你在不在不相干的，我们还能少发份薪水。你说是不是？”

钟老板忙接过话茬，“你舅妈不会说话，她的意思是让你别担心我们，好好做自己的工作就行了。”

舅妈嗔道：“就你会说话。”

这边，苏沫赶紧去从蓉那里敲定了工作，考虑到今后的住宿问题，又回小工厂找到舅妈，问，既然不在这里做事，能不能把以前包在工资里的住宿伙食费用逐月缴纳。舅妈笑问：“你记错了吧，我几时收过你的伙食费用啦，你还不是和我们一同吃喝？”

苏沫脑子转了转，忙道：“以前没交，我现在会多交一些，要不白吃白喝多不好意思。”

舅妈笑笑：“一家人客气什么？你要交也可以，我们先帮你存着吧。”

苏沫将这些琐碎事一一安排妥当，勉强松了口气，去公司上班前，又请舅舅一家到外面酒楼吃了饭。

本是满心欢喜，可等到接触新工作，才发现希望美好、现实骨感，她上班的地方在办公大楼后面的仓库里，名曰仓库调度，主要负责开单点货、装车交接等。

仓库里已有八九名员工，除去一位四十岁左右的工头和一位五十来岁姓李的老调度，其余全是二十出头的青年。

工头一见苏沫就起了嘀咕，“邪乎，怎么招了个母的进来？全是力气活，没有女的绣花的地方。”

旁人小声说：“好像是从经理介绍来的，是她们家亲戚吧？”

工头“哦”了一声，盯着苏沫瞄了几眼，神色和悦了些。

刚开始，苏沫只做些测试返修产品的事，又或者填写表单明细，简单轻松。随即，工头塞了其他人跟着老李做调度，理由是苏沫才来，对情况不熟。

老李的新学徒姓牛，据说是工头的表侄儿还是什么，以前开三叉车，自打转了工种以后就处处表现出高人一等，在工友们跟前昂头走路瞎指挥，冲人说话便龇着鼻孔，大家看不惯，送他一个绰号：牛鼻子。

牛鼻子做事时常出错，老李对他满腹牢骚却不敢明说，有几天瞅他请假不在，就让苏沫过去帮忙。苏沫认真心细记性好，点货出单有条不紊，没几日就上了手，两人搭档默契。

工头瞧在眼里没多说，只在牛鼻子来后刺了他几句：“你还吊儿郎当摆出个熊样，人都把你的活做完了，你就等着被人炒吧。”

牛鼻子挨了骂不时过来找碴，又见苏沫生得秀美，免不了数番污言秽语、动手动脚地调戏，可这女人不解风情又每每退避三舍，他一时得不了手，心里恨意渐起。

一次，老李看不过去，勉强扯了句：“小牛你也是，还在上班，别老跟人开玩笑，传出去不好，叫上面人知道，你叔也难做。”

牛鼻子哼一声，摆出做事的模样，谁知一低头又假装没瞧见，往她脚背上狠啐了口浓痰。

苏沫早已怒火深种，连日来一直忍耐，现下仿佛全身血液涌向大脑，她忽地起身，连带身后的椅子翻倒在地，哐当一声巨响，引得旁人停下手里的活，全围拢来。

苏沫抓起先前用来焊锡电路板的烙铁，指着姓牛的，颤声道："擦了。"

牛鼻子明显一愣，却挑衅地往前逼了两步。

苏沫拿着烙铁的手开始颤抖，她仍是说："擦了。"

眼见她模样楚楚，对方更加大胆，抬起胳膊过来捉她的手腕。

苏沫一咬牙，狠心将烙铁往他胳膊上戳下去，她到底心善，这一戳并无太重力道，却仍烫得那人"嗷"的一声跳开。

旁人过来扯开她，苏沫豁出去，拿着冒烟的烙铁使劲一晃，唬得周围几个大汉往后面连退数步。她强装镇定，大声说："他欺负人也不是一天两天，工作没了就没了，我这就往上面反映。法治社会，我不信这么大的公司不在乎名声……"

工头忙放软声音糊弄，"多大点事啊，同事之间嘛，处熟了，开开玩笑也是有的，他不讲卫生乱吐痰，你也烫了他一下，扯平了。其他人该干吗干吗去，一会儿要下班，活是要做完的。"

苏沫第一次跟一群男人起争执，心里害怕，脚步虚浮。工头暗自打量她神色，趁她稍有分神，反手把烙铁给夺下来，又吆喝几句，把人赶散了。

老李也小声劝她："算了，他也伤了，你再闹反倒是你没理了，你一个女人家闹不过他们，算了。"

苏沫瞧见那姓牛的就犯恶心，只想冲上去扇他几耳光，转念又想，自己才进公司，要是真闹起来，会不会给从蓉惹麻烦？自己会不会丢饭碗？没了工作，重回舅舅家的小工厂，几时才能熬出头？何况才跟家里通过电话，涨薪水的事父母都已知道，还打算以后能多往家里寄些钱……

她拿不定主意，又打心底巴望着，从蓉能帮自己换个工种，只要不在这种男人扎堆的地方待着，去哪里都行。

苏沫一天也挨不下去，踩着下班的点直接到办公楼下面等候从蓉。

没多久，从蓉和几位同事一道出来，光鲜雅致的职业化打扮和苏沫的无精打采形成强烈对比。

苏沫低着头，上前去客气地打了声招呼。从蓉没理，仍只和同伴说话，正眼也没瞧她。苏沫只好提高声音，喊了句“从经理”。

从蓉这才回头，冷冷地问：“什么事？”

苏沫赔笑，“不知道您有没有时间，我想请您吃顿饭，表示感谢。”

从蓉面露一种夸张的惊讶，“谢我？谢我什么？”

苏沫说：“谢谢您给我介绍这份工作。”

从蓉像是这才想起来，轻描淡写，“不必了，这种工种，只要你愿意就能进来做的，我可没使什么力。再说我和你也不熟。”

苏沫很尴尬。

周围的人都瞧着她，神色不言而喻，就连工头也蹭过来凑热闹。

苏沫红了脸，还想说点什么，从蓉已经转身走了。

人一散，工头倒是笑着冲苏沫点一点头，什么也没说，慢悠悠地踱回仓库。

打这以后，苏沫的日子更不好过，男人做什么，她就得做什么，轻活轮不上，力气小了还惹人嘲笑。苏沫不肯求人，倔劲上来，只能逼着自己适应环境，而姓牛的也时常骚扰，好在老李和另一位年轻人小陈还愿意照应她。

小陈总是用饱含同情的眼光看着她，偶尔过来帮她做点重活，也一同被人嘲笑，但他仍不退缩，这种友情像是昏暗里的一抹曙光。

渐渐地相处久了，年轻人的情意越发明显，或午休时找她聊会儿天，或一同去食堂吃饭，甚至邀请她一起去看电影。

苏沫感激他，心里却毫无绮念，她知道这份工作不是长久之计，可是物离乡贵、人离乡贱，高不成低不就的谈何容易。新工作没着落，舅舅那里又不愿回，不能再把唯一挣钱的活计弄丢了，只得抓紧时间骑驴找马接着投简历，所以在面对小陈时，她只能拿出更多的客气和礼貌。

直到有天，小清泉在电话那头脆生生地喊着“妈妈”，苏沫握着手机，听到女儿稚嫩的声音，脸上也跟着漾开了笑。

小陈在旁边低头扒饭，等她收了线，问：“你真的有孩子？他们说你离过婚，这是真的？”

苏沫坦诚地笑笑，“我有个女儿，三岁……”

那年轻人一脸失望，饭没吃完，直接找了个借口，端起碗挪去其他地方。

饭堂里，她远远听见那伙男人凑到一桌粗声调笑，姓牛的嚷嚷道：“小陈，你怎么坐这儿来了？不想追那女的了？”

那个笑容阳光的青年扔出一句话：“你想追你追去，我不稀罕。”

苏沫嚼着饭粒，只当没听见。

隔天下午有面试，苏沫担心手头的活做不完，只好趁着午休赶工，将点完的库存运到门边货架。

货架数米高，摆满纸箱，她做事专心，没注意另一边猫着个人。

那人悄悄踩上扶梯，到了高处，把一只装满货品的纸箱慢慢往外推了推，瞧着它欲掉未掉的当口，便蹑手蹑脚地溜了。

苏沫丝毫不觉，想着这会儿在大门口，外间同事人来人往，那姓牛的不敢乱来。她只顾站在下头清点物品，上面的纸箱轻微摇晃，冷不防就砸落下来。

她大惊，下意识伸手去挡，就听骨头咔嚓一声脆响，继而疼痛钻心，头晕目眩，人们纷纷跑进来，乱糟糟一团。

苏沫右手小臂骨折，被送去医院折腾了一回，医药费去了好几千，回家躺了两天，公司里连个准信也没有，打电话去问，工头接的，说得很婉转，意思是你慢慢歇着吧，反正我们这边人员饱和，已经通知财务给你结算当月工资了。

苏沫心里一凉，知道这工作是“如愿以偿”地给弄丢了。

过不久，又接到公司要求赔偿货物损失的通知，她顿时气到内伤，一刻也待不住，强撑着起来，胳膊用绷带吊牢了，蹩手蹩脚换了身干净衣服，打算去公司里问个清楚，也好过伤得不明不白。

舅舅和钟鸣都很气愤，两人商量着和她一同去讨个说法。

仓库里那群人要么事不关己欲言又止，要么就把问题全推给苏沫，指责她做事不小心，导致货物摔落受损。

钟鸣性子刚烈，当即就受不了，仗着自个儿身体壮实，在苏沫跟前差点和人干起仗来。

一方深感委屈，一方又人证如山，两边人拉拉扯扯，吵来吵去吵到人事那里，人事睁只眼闭只眼乐得推卸责任，扬起手上的调研报告塞过来，满篇都是于苏沫不利的证词，工伤补偿一字不提。

苏沫知道有人搞鬼，却苦于没有证据。

舅舅也无法，提出去找从蓉，希望还有转圜余地，又担心自家女儿说话得罪人，就哄了钟鸣先回家去。

苏沫跟着舅舅找到从蓉的办公室，从蓉正忙得天昏地暗，看见苏沫竟像是一时没想起来，冷淡问道："什么事？"

苏沫说："来给自己讨个说法。"

从蓉笑了："我又不管你们那一块，你跟我说有什么用？你还是别费这个力气，成天跑来耽误大家工作。"

苏沫听了这话心里又委屈又来气，顿时红了眼圈。

钟老板只得好声好气地开口相求："从经理，我们也知道您忙，不该跑来打扰，但实在没办法，我外甥女要养家糊口……"话没说完，却被苏沫拦住。

苏沫努力压抑着情绪，慢慢地字字清晰道："从经理，我以前在你家里干活，后来你把我介绍到这儿工作，我一直很感激你，我觉得你一个女人真不容易，当爹又当娘，工作还这样出色，有段时间我真是把您当作榜样了，可是现在我觉得，你这人……"

从蓉看她一眼，"我这人怎么了？"

"你……"苏沫还没说完，身后有人敲门，秘书进来说："经理，才来了客户，王总在办公室等您过去。”

从蓉“嗯”了一声，像是自言自语，“王总今天这么早就到了？”她利落地收拾着桌上的文件夹，头也不抬，“你走吧，这事我管不来，该找谁不该找谁你难道不明白？你既然想闹，就要找对人。”她低头去检查手里的资料，小声嘀咕，“有些人白活了一把岁数，出了事就把家长搬出来，当这儿是幼儿园呢？”

苏沫心里还在气呢，一时没反应过来，过了一会儿才琢磨出从蓉那点意思。

钟老板毕竟遇事多些，赶紧向人道谢，跟着苏沫往外走，问了秘书小姐，才知道会议室门朝哪边。

舅舅连日奔波，苏沫过意不去，请他在楼下会客厅坐一会儿，坚持独自和老板面谈，不行再请他上来帮忙。

钟老板原本有些犹豫，见她态度坚决，只得应了。

进了电梯，按下五楼的按钮，苏沫在光滑如镜的墙壁里看见自己的身影，白色绷带，半旧衬衣长裤，落魄无神。她心里又有些犹疑，担心被从蓉再摆上一道，可转念一想，帮与不帮从蓉都捞不到半点好处，难道是动了恻隐之心？

苏沫拿不定主意，想着反正已经豁出去，至少先免去货物赔款，其他的以后再作打算。

她深吸一口气，迈出电梯，来到一扇带有暗色纹路的红木质地的大门跟前。

这层楼很静，门里隐约传来交谈声，她盯着金光闪耀的门把手看了一会儿，鼓足勇气，抬手敲门。

不多时，里间有人不紧不慢地应了句，苏沫听见这极其平淡的“请进”二字，心里全无缘由地浮起几丝慌乱。

那人的嗓音听起来很年轻，又说不出的醇厚迷人。

第二章 ✦ 偶遇

她做了一些美好的梦，
醒来后一时分不清哪些是现实、哪些是梦境，
于是痛快淋漓地大哭一场。

苏沫轻轻转动溜滑光亮的门把手，脑袋一晕一热地就推了门进去。

会议室里的人一起抬头看她。

桌旁坐着两男两女，相较男士们坐姿闲散，两个年轻女孩都一本正经地端坐，跟前摊开了文件夹和笔记本电脑，情形简单而职业化，却又说不出的怪异——秘书们太漂亮，殷红嘴唇，黑色丝袜又实在惹眼，倒像是来选美的。

在看清那两位男士的容貌以后，苏沫心里更加惊讶，她的视线掠过尚淳的脸，不觉往主座那方多停了数秒。

她和主座上的年轻男人有过两面之缘。第一次是他来小工厂拜访舅舅，当时他未置一词已叫人心生莫名好感。第二次便是在莫蔚清那里，他送尚淳回家。现在，苏沫心里懵懂地认为，这人应该比较和善好相处。

年轻男人好奇地瞄了眼她身上的白绷带，又转而看向她的脸，仍是一言不发。

倒是尚淳率先开口，他笑着看向身旁的朋友又或者生意场上的伙

伴，“这不是我们家的小保姆吗，怎么跑这里来了？哦，想起来了……我家保姆忽然就给换了，难道是被你小子给挖来了？”

那人笑了，“这事我也不知道呢，”他再次看向苏沫，面露疑惑，又像在鼓励她开口解释。

苏沫踌躇地说了句：“王总？”

年轻人点头，随和应对，“我是。”

苏沫原是松了口气，不知为何听他说话又紧张起来，结结巴巴将事情缘由大致说了一遍，她口齿谈不上伶俐，对方却听得耐心。末了，那人微皱了眉，“这事我先前不知道，但现在也不能只听你的说法，我还要找其他人了解下情况。不如这样，我现在还有客人，你下午再来……”

尚淳的视线未曾离开过小保姆的脸，这会儿见她颜面苍白、神情娇柔，不觉笑着打断，“我说王思危，你这人行事很有些意思，让一个弱质女流去仓库做体力活，你用人的确不拘一格。瞧瞧她那小手腕子细的，啧，你也忍心？”

王思危笑着瞥了尚淳一眼，问苏沫：“你是从经理介绍来的？”

苏沫被尚淳拿眼盯着浑身不自在，像是被人剥茧抽丝一样不留余地，她略低了头答：“算是吧。”

王思危对她模棱两可的回答不以为忤，说：“你先回去休息，公司有公司的规定，下午人事那边会给你消息。”

苏沫见他说辞简洁，有些摸不着底，冲口而出，“我没别的意思，只是想讨个公道，如果你们还叫我赔偿货物损失的话……”

王思危客气地打断她，“苏小姐，我现在还有事，”他像是怕她听不清，字字干脆道，“今天下午，人事部门的同事会给你电话，行吗？”

苏沫担心惹恼他，不得已点一点头，转身出去，带上门。

下了楼，苏沫找到舅舅，说了刚才的经过。

舅舅皱眉摇头，“一听就是推脱，不可靠，还是我去给他们说说。”

苏沫忙拦住他，“我刚才见到公司老总，就是上次去找您的那位，叫王思危的。”

舅舅一愣，“王思危？他跑来这里做什么？”

苏沫奇道：“您和他也有生意上的来往？”

钟老板隐隐叹口气，“不是。”他也没接着往下说的意思，苏沫不好多问，过了一会儿，舅舅才道：“我们先回去等，看看他怎么说，不行就再来。”

到了家，苏沫心里忐忑，拽着手机等了一下午，直到晚饭时间，电话铃响起，苏沫还没瞧清号码，立时就接了。

那边，从蓉漫不经心地开口：“仓库的人说什么也不要你了。”

苏沫没作声。

从蓉又道：“就算他们松了口，你现在这样子还怎么上班呢？这样吧，我销售这边刚走个人，你过来吧。”

苏沫心里一跳，没想到这事又有转机，却不像前几次那样神色外露，停了一会儿问：“赔偿的事怎么解决？”

从蓉说：“你把医药单子拿来，公司给你付了。”

苏沫这才放心，既然如此，货物损失也与她无关了，又问：“我几时可以上班？”

从蓉这回说得比较客气，“不急，等你休息好了再说，记得先去人事那边报到。”

苏沫挂了电话，把这事在家里说了。钟鸣很为她高兴，说苏沫的老板蛮有人情味，舅舅却不怎么说话，只叮嘱苏沫好好工作，注意身体，同时对人多留个心眼。

过了十来天，苏沫重新上岗，右手还缚着夹板，已无大碍。这回，她有了自己的办公桌和笔记本电脑，工作环境与以往不同。苏沫看着桌上摆放整齐的办公用品不觉精神一振，想赚钱的精气神儿又开始抬头。

最初一周，她的任务是浏览客户关系管理系统，熟记产品信息，这对她来说并非难事，专业还算对口，电子产品的细节于她而言也不生疏，反复看个几遍就能记得差不多。倒是面向客户这一环节她从未接触过，只能多花些工夫。

这之后，工作才正式开始：参照邮件目录向客户发送产品信息，电话推销争取新客户，又或者给部门里的老员工打杂，做些邮件投递或者复印的琐碎事情。她虽是新人，也有销售指标压身，每月每周都有业绩考核，日子过得不轻松。

对苏沫来说，电话推销是个痛苦的过程，线路的那端是不同的人、不同的声音，唯一不变的是冰冷苛责的语气和态度，在一次又一次被拒绝以后，她的斗志渐渐丧失，心态开始失衡，她的销售业绩永远列在整个部门的尾端，工作岗位朝不保夕。

那段日子，苏沫常从梦里惊醒，醒来后忍不住盘算起工作上的事，更难以入眠，挨到清晨上班，又希望有奇迹出现。

这天上午，耳机里的铃声比以往热烈，或者说，她还不曾接到来自公司以外的电话，苏沫深吸一口气迅速按下接听键，努力使嗓音柔和、态度诚挚，谁知线路那端却传来几句蹩脚的中文，混同着英语单词夹杂不清。苏沫听了半天总算大致了解：一老外看了邮件里的产品信息，对其中几样比较感兴趣。

无奈对方的姓名比较长，苏沫一慌神没能记下来，那人不耐烦，不再鹦鹉学舌地说中文，直接大段英语噼里啪啦往外倒。苏沫脑袋发蒙，她多少年没碰英语，大学那会儿也就过了个四级，词汇语法早还回学校。对方见她没法交流，语气更急躁，到最后满是火药味。

苏沫坐在那里手心冒汗，从蓉直接过来，夺过她的耳机话筒，和那人聊开了，两人寒暄了一会儿转入正题，看情形是回头客。苏沫颜面尽失，在一旁站也不是，坐也不是，从蓉瞟了她一眼，笑呵呵地对客户道："别介意，刚才那位是新同事，请忘了那件给您带来不愉快的事，现在，我们不如来讨论一下折扣问题……"

从蓉轻轻巧巧就拿下一笔单子，搁下耳机，正眼也没瞧杵在跟前的菜鸟，只在擦肩而过时不屑地说了句："大学毕业的，还当过老师，英语就这水平？"

办公室里尽是表面埋头做事、暗里竖着耳朵听热闹的人，苏沫一声不吭，满脸通红。

她面子上挂不住，咬牙坐在椅子上愣了半天神，直到中午还没缓过劲，吃饭也没胃口，回到办公室趁着午休时间从网上寻了个英语补习班的联系方式，打电话过去报了名，做完这一切，这才好受点。

旁人见从蓉对苏沫态度轻慢，就越发爱支使她打杂，一会儿让她煮咖啡，一会儿叫她去复印。苏沫一并忍下来，拿起装订成册的资料去复印间。

她将双手撑在复印机上，等待耀眼的扫描光线透过白纸一格格晃过她的脸，然后拿起资料本翻开来，折叠放好，等待下一次复印完成。苏沫像自虐一样盯着那光线看，直到头晕眼花，疲倦不已。

那光柱突然不动了。

苏沫叹了口气，蹲在那儿捣鼓了半天，复印机仍罢工，诸事不顺，她心里又气又急，忽然听见身后有人走过来，那人平静道："又坏了吗？"

苏沫回头，心里惊讶，忘了打招呼，王思危已来到跟前。

自上回后，苏沫再没见过他，他似乎很少来公司，即使来了，隔了几层楼，也难得打回照面。

这一刻，他的穿着不像上回那样正式，白衬衣内扎，没系领带，领口微敞，宽肩窄腰，整个人高高瘦瘦的，典型的衣服架子，走近了，又给人十足压迫感。

王思危瞧了瞧复印机，按下几个键，仍是不灵。最后，他抬脚往复印机上不轻不重地踹了一下，机器哐当一声响，像是奄奄一息的病人一口气喘上来，总算有了点活力。

两人都不作声，王思危看了一会儿说："还是这招比较灵，你也可以试试。"

苏沫勉强笑道："谢谢王总。"又因上次那件事，心里更多了份感激。

王思危拿起复印资料，问："每页都要复印？"

苏沫点头。

王思危把资料塞进复印机旁边的插槽里："这个可以自动翻页，不用一页页手动那样麻烦。"

苏沫这才瞧见那个自动翻页的按钮，上面的字迹已被人蹭得模糊不清，她脸上一热，忙伸手按了，又低声道谢。

王思危笑笑，"你忙吧。"他说着出了门。

耳边是机器和纸张发出的有节奏的声响，苏沫按捺不住，回头瞧了眼，哪里还看得见人影。她捡起复印好的纸张，细细整理，装订成册，心情却莫名好起来。

尝够了被人摔电话的滋味，苏沫终于在两个月后接下第一笔单子。

金额很小，客户难缠，耗了不少工夫。最后那客户在电话里说："苏小姐，我觉得你的声音很好听，请问你是才毕业的大学生吗？抱歉我并非想打听什么隐私，只是有些好奇，如果有机会，我一定拜访贵公司，到时候你应该还在那里吧……"

苏沫无奈地笑一笑，温言应对，摘下耳机，坐在对面的男同事打趣道："真没瞧出来，你还挺会调情，对着电话说了这么久，声音像是能掐出水一样，我估计那家伙现在全身都酥透了，还在那里暗爽呢。"

苏沫一愣，忙道："我没有调情。"说到后面两个字，脸上有点发热，她当初只盼着拿下单子也忘了顾忌，现下再细细回忆，自己的态度和言语似乎真有些轻佻了，不够庄重。

她越想越不好意思，打定主意，下回尽量注意语气，以免旁人看笑话。

苏沫留了心，却发现那些女同事都和自己一个样，平时好端端的一个人，接起电话，立时就矫揉造作起来，偏生许多男客户就吃这一套。苏沫觉得自己正在融入这个群体，耍些应付男人的把戏，运用性别的优势接近目标，这种改变从自发到自觉，却叫人不自知。

她不喜欢这样的自己。

苏沫越是自厌就越发佩服从蓉，在她眼里，女销售中只有从蓉最特殊。别人搞不定的大单只要有她出马，肯定八九不离十，但也不见她像其他女下属，处处喷香招展。相反，从蓉行事不拘小节、风风火火，和人谈业务时带着男人的豪气，指点江山意气风发，几乎叫人忽视了她的性别。

苏沫羡慕她，却学不来，只能在无形的别扭中慢慢摸索自己的方法。

做了三个月的电话销售，浮躁渐退，苏沫对客户的拒绝也不像以往那样耿耿于怀，而是调整更为积极的心态面对刁难，用从蓉的话来讲就是“变油了”。

从蓉说：“做销售就是练心练胆练脸皮，到后来会练成千滚油里的老油条，皮粗肉糙，面软心硬，百毒不侵。”

她在部门例会上还说了句：“你们当中有些人，别以为接了几个小单就沾沾自喜，后面要走的路还长着，销售指标年年涨，不想卷包袱走人就赶紧着练吧。”她的目光瞟过苏沫的脸，苏沫不觉打心底长叹一声，安慰自己：至少我已经开始了。

时间转眼即逝，苏沫的手伤逐渐复原，只是工作方面仍未获得正式接洽客户的机会，她还在部门的最底层游弋。

有天下班，从蓉接到一个电话后忽然叫住她，说晚上和客户有饭局，让她一起去。

苏沫有些惊讶，从蓉看起来比她更惊讶，她侧头打量苏沫半晌，嘀咕了句：“这是唱的哪一出？王总为什么让你去？”

苏沫当然给不出答案，能让王思危和从蓉一同出面的必定是重量级人物，就是不知为什么还要搭上她这样的无名小卒。苏沫也无暇多想，心里已忍不住开始扑腾，似乎有一个暗藏已久的期待正悄悄浮出水面，其中蕴含了相当微妙的美好，连带着还让人惴惴不安。

她特地赶回家打扮一番，为了让精神状态看上去好些还冲了个澡，上了点淡妆，再挽上发髻，最后仍穿上先前的套装，她衣着虽然朴素，但至少瞧上去整洁而又职业化。

从蓉开车来载她，目的地是城东临海的一家私人会所。

苏沫一进大堂，立马就觉得，自个儿身上的行头几乎差劲到低劣的档次。

这顿饭苏沫吃得有些累。

席间除了从蓉和王思危，还有几位西装革履腆着肚皮的中年男人，以及两三个年轻女孩，苏沫随从蓉挨个儿给人敬酒。从蓉面对这种场合游刃有余，几杯酒才下肚，就和人敲定了一笔单子。

苏沫暗中观察，仔细体味从蓉的言行，还未消化完全，心不在焉的神色倒叫人误会了。

王思危坐她旁边，这会儿看了她一眼，忽然凑近了低声问："是不是觉得有些无聊？"他喝了些酒，俊脸微红，眼仁里像是漾着水，荡悠悠的，瞧得苏沫心里也跟着一荡。

她略低了头，"没，我一直在听你们说话呢。"

那男人笑了笑，嗓音里透出一抹慵懒散的薄醉。

苏沫一时没作声，却听从蓉说了句："我一会儿去公司把合同理出来，明天就能签了。"

客户笑，"从经理还是这样雷厉风行。"

王思危也笑，"你也太心急了，都是老朋友，还怕人跑了么？"

大伙儿跟着一乐，从蓉说："我这人就是这样，心里搁不住事。"她扭头问苏沫，"你等会儿怎么走？"

苏沫想：这还用问？人生地不熟，当然是跟你走呀。

她不及答话，就听王思危随意应了句："你忙你的去，我送她。"

从蓉走后，王思危陪其他人在里间搭起麻将桌子，苏沫和王思危的司机小肖坐在外间的沙发上候着，不多时有服务生进来给他们端上酒水饮料和水果拼盘。

里间不时传来说笑，苏沫低头从茶几上的盘子里拣了片火龙果正要吃，小肖拦住她，说这个一看就没熟透，肯定酸得很，末了体贴地递上一杯果汁。苏沫忙接了，两人有一搭没一搭地聊了几句天，喝了小半杯饮料。

她渐渐觉着头晕，心想，原来我酒量这么差，先前才喝几杯就不行了，还是那样小的杯子。她在沙发上靠了一会儿，总算听见里间有散伙的意思，随后那几个男的一人怀里搂着一个年轻女孩，晃晃悠悠地鱼贯而出。

苏沫眯着眼，觉得这些人走路的姿势甚为古怪。

最后一个出来的是王思危，苏沫强打精神问："王总，我可以回去了吗？"

王思危嘴里叼着根烟，走到跟前低头瞧着她一笑，"当然，我一会儿就送你回去，不会食言的。"

苏沫只觉得眼皮子越发重了，心里暗叫不好……

王思危看向小肖，"你给了多少，怎么就喝成这样了？"

小肖说："也没多少啊？就是酒烈了些。"又问，"现在怎么办？"

王思危说："怎么办？凉拌。说好给姓尚的老小子送份礼，209，你现在把她弄上去，那老小子马上就到了。"

小肖一愣，"我记得您先前说的是208。"

王思危忽然也有些糊涂，他适才玩得过了点，仔细想了想，208和209两个豪华套间都是他帮人留的，其中一间给尚淳，另一间留给那谁，可是那谁好像顶讨厌"8"这个号码……不对啊，怎么会有人讨厌这个数字呢？8，发，多吉利……王思危伸手拍了拍脑门，最后肯定道："就是209，没错，快去！"

苏沫觉得自己在做梦，还是一场春梦。

苏沫脑袋里更迷糊，她使劲回忆，这到底是怎么回事？这个陌生男人又是打哪儿蹦出来……她像才打过一仗似的，浑身上下酸软无力。

……

那人见她一脸呆滞，懒得再理她，转身进了浴室。

苏沫松了口气，赶紧捡起散落在地上的衣服穿上，脑子里也清醒了些，稍微正常些的想法冒出来——她要报警，对，报警！

她连忙去摸兜里的手机，却想起手机放在包里，可是包在哪儿？苏沫一颗心怦怦乱跳，四处找不着随身物品，手机、证件，以及钱包。她原本是往外跑，这会儿又稀里糊涂地折回来。浴室里水声哗哗作响，苏沫屏住呼吸，趴下去往床底瞅，果然看见她的黑色小包静悄悄地躺在下面。

苏沫捡起皮包掏出手机，那男的正好从浴室里出来，一眼瞥见她，说了句："还没走？钱在茶几上。"

苏沫想明白过来，怒气横生，"你……我……马上就去报警……"

男人看着她没说话，随后抄起床头柜上的手机，拨通了，问："110吗？我要报警，有人半夜潜进我的房间……对，我根本不认识她……"

苏沫吃惊地看着跟前这人，男人挂了电话，平淡地看着她，"我已经报警了。你老实待这儿别跑……"

苏沫回神，吓得转身就跑，一口气跑下楼，眼前是装潢典雅的会所大堂，她脑袋里轰的一声炸响：我为什么要跑？这地方是从蓉带她来的，然后从蓉又提前走了，可是王思危呢？小肖呢？他们都去哪儿了？

大堂里的前台换了班，那几人都用异样的眼神打量她，苏沫心里一凛，不等那几人开口，便夺门而出，脚酸腿软地跑了一路，令人恐惧的猜测不断冒出来，思绪逐渐清晰。

夜里起了大风，四周黑乎乎一片，苏沫穿过一长条通往主干道的林荫路，勉强跑到大门口，忽然一辆警车打着闪远远开来。她拼命挥舞着胳膊，那车在跟前慢慢停下。

车窗摇下，司机是个二十来岁的年轻警察，小警察支着手电筒往她脸上一照，上下打量她，问："什么事？"

苏沫打着哆嗦，"我、我要报警。"

小警察又问："什么情况？"

她喘着气，"我，被人陷害了，刚才被一个不认识的男人……就在前面的会所，我……是我老板叫过来的，我老板姓王，叫王思危，是安盛电子的，我怀疑，怀疑他们是一伙的……"

小警察回头和车里的人说了几句，才道："赶紧上车，这就过去看看。”

苏沫犹豫了一会儿，站着没动，小警察倒是急了，“我们头儿叫你上车呢，我说你不是闹着玩的吧？这种玩笑可开不得。”

她忙道：“不是不是，是真的。”说着眼泪扑簌落下，数小时里颠三倒四的经历，使她几乎忘了哭泣。

小警察干脆跑下车，替她开门。

警车又把人载了回去，苏沫看见那幢灯火辉煌的庭院就浑身发冷、头痛欲裂。

后座的警官年长些，四十左右的年纪，脸上一股正气，小警察称他“徐头”。

下车后，徐警官直接进去，和前台交谈几句。苏沫思绪复杂，小警察当她害怕，安慰道：“没事了，我们都在这儿呢。”又见她脸上身上并无伤处，衣服还算整齐，行为举止精神状态也还正常，不由心下起了疑惑。

前台服务生往这边看了眼，开始拨打座机电话，不多时，那端有人接起，而这边工作人员显得十分恭敬，徐警官也回头瞄了瞄苏沫。

约莫半支烟的工夫，楼梯上响起零星脚步，先前的那人正不紧不慢地踱下来，他换了衬衣长裤，嘴里咬着烟卷，脸上欲望退去，看起来倒也正经。那人瞧见苏沫，神色平静得很。

苏沫心里却是狂跳不止，大堂里灯光如昼，她这才看清对方的脸。

小警察问了句：“你瞧清楚，是他吗？”

苏沫点点头。

徐警官已经大步上前，“王老板，有段日子没见了，我们一接到您的电话就过来了……”徐所长又指指苏沫，“可是，刚才这位女士也报了案，说是令弟的员工，在安盛电子做事，据她反映，曾在这里遭人猥亵。这事嘛，您说巧不巧？”

苏沫心里立时咯噔一下。

那人微一皱眉，又看了苏沫两眼，随意道：“哦？是么？巧了。”

徐所长收住笑道："更巧的是你二人都报了案。我们这边也要按规矩办事，等双方录完口供，经过彻查以后才有正式的结论。要不这样，耽误王老板一点时间，挪个房间出来我们聊几分钟？"

那人态度不咸不淡，虽不耐烦却也没分辩，倒理直气壮地叫人打开楼下的办公室。徐所长临进去，又嘱咐下属同时给苏沫做记录。苏沫见大家都一副公事公办的模样，心里稍安。

约莫过了半小时，苏沫这边才完事，就见房里两人也一同出来。徐所长公事公办地与对方握手言别，才又和颜悦色地看向苏沫，"你放心，我们会做进一步调查，一有情况就会通知你。"

苏沫有些信不过，一把拉住徐所长，"你们……你们还要调查什么？就这么放他走了？他，他明明是……"

小警察也面露诧异，刚喊了声"头儿……"就被他上司摆手制止。

徐所长对苏沫低语："女士，你先冷静下来听我说，我们去查了监控录像，发现楼上的监控是坏的，但是门厅和大堂的监控录像显示，您是自己过来的，并无人胁迫。现在考虑到两边都证据不足，所以还需要进一步取证。"

当头一棒，打得人晕头转向不知所以，苏沫脸色惨白地呆在那儿。

徐所长叹气，招呼小警察，"走吧，先送这位女士回市区。"

小警察没吱声，同情地看向苏沫。

王居安一回屋，就打了个电话过去，响了半天对方才接。

他心里恼怒，语气很不好，冲那边的人劈头盖脸一顿臭骂。

王居安说："我给家公司让你玩，指着你能安分点，我才回来，你他妈就给我找事。我问你那女的是谁？"

那边的人明显没睡醒，愣了会儿才说："什么女的？"忽然想起来，"……多半是下面的人搞错了。"他赔着笑，"尚淳挺喜欢她的，所以我……"

王居安怒气更甚，鼻子里哼一声道："还跟姓尚的混一块呢？你是脑残了吗？总有一天你会玩死自己，我丑话说前头，你王思危以后也别怨我。还有，老太太马上过来，你现在，赶紧滚回家里歪着去。”

王思危连忙哀求，“老大，你这不是让我拆自己的台吗？我正和尚淳谈笔生意呢，眼看就成了，晚点再让我回去行吗？”

王居安破口大骂：“放屁！你能谈什么生意？别在这儿丢人现眼……”

王思危不作声，等他骂痛快了，问了句：“哥，你是不是把那女的那啥了？要是的话，这事千万不能让姓尚的知道，他嫉妒心强得很。”

王居安不以为然，“我用不着忌惮他。”

王思危笑，“你还真把人给那啥了？这事也没什么，给点钱不就结了？倒是尚淳那边不好交代，他盯上那女的已经很久了。是，你的确用不着忌惮他，但是咱们办事还不是要他帮忙吗？”

王居安的语气这才缓和了些，“你不中用，这事你以后别管。还有……那女的叫什么来着？”

王思危想了想，“好像姓苏，从蓉手下的，新人，外地来的，在这儿也没什么认识的人。”

王居安低哼一声：“你连人叫什么都不知道。你，带着你那些个成事不足的孬种赶紧的，有多远滚多远，这里用不着你。”说完他就撂了电话。

苏沫独自往外走，不知道自己几时才能到达目的地，也不知道目的地在哪里，她脑袋里一片茫然，整个人像只断了线的风筝。她想家，想念家里的父母，还想念曾经傻乎乎的干净的生活，可是这些已经随风而去，如今像是有只无形的手，死活扯住她，不停地往下拽，直到她堕入黑暗。

南瞻的秋天，天亮的仍是早，遥远天际露出一抹薄光，路上车辆熙熙攘攘，苏沫厌烦这种嘈杂，黑夜隐藏罪恶，白天又把一切呈现。

她应该拦辆车，这样才能尽快赶回市里，可是又不敢，也不知坐在那车里的是些什么样的人，他们的脸孔隔着黑乎乎的玻璃显得形状怪异、诡计多端，她只能和上回一样沿着路边儿，一刻不停地往前走。

有辆车在身后越行越近，灯光淡淡地洒在前方，苏沫一惊，猛地回头。

车窗摇下，露出一张年轻的甚至还有些稚气的脸。小警察说："哎，你要一直这样走回去啊？我可以送送你。"

苏沫没理，拒绝才是保护自己最好的方法，她一个字也不想说，只将背脊挺得僵直。

小警察没再吭气，开着车亦步亦趋。又走了一段，年轻人到底忍不住，干脆停了车，走过来道："我说……你这么走要走到什么时候去啊？上车吧。"

苏沫伸手捂着额头，一丁点话也说不出口，末了只低声道："滚……"

小警察低下脑袋，想一会儿，"实在对不起……我现在下班了，我绝对不会害你。"他说着从衬衣口袋里掏出警察证塞进苏沫手里，"真的，你把这个拿着，等你安全到家了，再还我。"

苏沫瞥了一眼证件，不觉嗤笑出声，随手扔掉。

小警察弯腰拾起来，低声道："你相信我，我真不会害你，我就是，就是心里挺不舒坦，真的……"

苏沫撑着路旁的栏杆，喘了口气，"你有什么不舒坦的？你应该见得多了……"

对方耷拉着脑袋，"对不起。"

苏沫不耐烦，有气无力摆了摆手，不想听，她慢慢往前走了几步，又回头看了眼泊在后面的车。小警察会意，立马跑过去把车开过来。苏沫先不忙上车，冲他一伸手，"拿来。"

小警察赶紧又掏出证件，略一思索，解下腰上的手铐一并递给她，"钥匙也在上头，你随时可以铐我。"

苏沫反问："能把你铐到哪里去？"

年轻人没作声。

苏沫上了车，"开过去一个小时，也有六点多了，直接去安盛电子。"

小警察看她一眼，半日后才道："要不我送你去医院做个检查，没事的话"

苏沫打断，"死也要死个明白，我不信这些人眼里没一点道德观念，不然还要法律做什么？"

小警察没吭气，过了很久慢吞吞开口，"也许你会觉得可笑，但我还是要说，离他们远点，有多远走多远，千万别扯上任何关系，真的，不值得。"

小警察一股脑儿说完，像是松了口气，后面的路程便只专注于开车。

苏沫没说话，心里却被他的一番话打动了些，几乎想立即插了翅膀飞回家乡，不思考不烦闷，不管不顾，只想躲在父母的羽翼之下，像儿时一样酣然入睡，又在懵然无知的清晨里醒来。她心里重重叹了口气，努力摆脱不切实际的想法，低头去看手里的证件，照片下方是这人的名字，她哼道："路征？"

年轻人应了一声："是。"语气里有一丝踌躇。

路征只将车开到市医院门口，别的地方说什么也不去。苏沫下车的时候，他才试探性地说了句："你就算知道我的名字也没用，我工作不久，认识的人也不多，帮不上你什么忙，能做的就只有这些。"

苏沫没理，下了车刚摔上门，那车就立马开走了。

她到医院挂了急诊，只说想做个检测。值班的医生态度寻常，见怪不怪，让她过一周再来，说是各种疾病都有潜伏期，并非马上就能测出结果。苏沫却一刻也等不下去，一想到自己也许会得上什么难以启齿的传染病或是发生其他的事情，背脊上就直冒冷汗。她连忙到旁边的大药房，买了紧急避孕药就着矿泉水吞下，又灌下大半瓶子凉水，整个人渐渐冷静了些，随后，拦了辆出租车直接去公司。

路灯已经熄灭，苏沫在办公室楼下等了一会儿，保安才把大门打开。

从蓉因记挂昨晚的合同，一大早就到了，却见苏沫来得还要早，有些讶异，提醒她，“如果业务员头天晚上应酬较晚，第二天稍微迟点上班，这是可以的。”

苏沫看着她，语气不复以往客气，“你怎么知道我昨天应酬到很晚？”

从蓉一愣，说：“我走的时候已经不早了，你只会比我更晚，不对吗？”

苏沫见她不恼不怒，一句多余的话也没有，心里更加怀疑，忍不住上前一步，“你早知道我会应酬到很晚，当然是要提前走的。”

从蓉转身正要走，听见这话回眼看她，“你什么意思呢？”接着一笑，“是了，傍上了个人物，嚣张些也很正常，不过，我以前还真没看出来。”

苏沫心里像是被人狠狠地拧了一把，说：“我不知道是哪里得罪了你，你为什么要这样整我？还用这么龌龊的手段，你自己没有道德观念，至少也要为你儿子积点德……”

从蓉听她莫名其妙提到自家孩子，一把火噌地烧上来，“你这是对我意见很大嘛，等会儿开完会，你来我办公室，我们好好谈谈！”

苏沫冷笑，“不用了，我和你谈，还不如直接去找王思危问个清楚！”

从蓉也笑，“毛病，你俩的事，不要扯上我，私事私底下解决，别搅上工作。”她停了一会儿，“我听说王思危一早就被人撵走了，你俩以后见不见得着还是个问题。绑不住男人，是自己蠢，没本事，跟不相干的人兴师问罪，你丢不丢人？还有……等会儿大老板过来召开员工会议，是要做业绩汇报的，就你那成绩，要不是有人给你担着，你还能在这里混下去？别说我没提醒你，你不如趁现在做好心理建设，不是每个人都有王思危那样的好脾气……”

苏沫愣住，“他走了？”

从蓉轻轻笑了笑，一脸鄙夷地瞧着她，“不就是到嘴的肉没了吗，至于这么失望吗？”

苏沫瞪着她，“你们几个都是一伙的，反正这地方我也不想待了，我就是要问个明白，无冤无仇的他为什么要害我……”

从蓉大吃一惊，转身看着她，“你说什么？”又见苏沫仍是浑浑噩噩地站在那儿，伸手将她一扯，“来我办公室。”

两人一进办公室，从蓉立刻关上门，又问：“你刚才瞎说什么呢？红口白牙的，这事可不能闹着玩。”

苏沫不得不重复，“王思危，昨晚，给我下套，我被、被……你别告诉我这事你不知道？”

从蓉惊讶极了，半晌没开口，末了打量她一番，才说：“难怪你连衣服也没换……他把你……”

苏沫脸色苍白，仔细观察从蓉脸上神色，一丝一毫都不放过，只恨不能将这些人的心掏出来看，看清真相。

从蓉在办公室里来回踱了几步，若有所思，“昨天我就觉得这事不对劲，但是……就算他对你有意思，也用不着来这一手……”

苏沫说：“不是他。”

从蓉抬头看她：“他把你便宜了别人？”

苏沫说不出口。

“你报警没？”

“报了，他们反咬一口……”

从蓉点头，连叹，“没想到，没想到，王思危这人，平时一副人模狗样，对谁都彬彬有礼，半点脾气也没有……不过，他钱多得没处花，就爱找些刺激。”她看着苏沫，“这种事他都做得出来，你认为现在找他还有用？”

苏沫没说话。

从蓉也不作声，只靠在办公桌上，抱着胳膊瞧着她。

一时室内寂静，外间却渐渐热闹了，早晨的阳光透过窗户照在苏沫的脸上，她几乎睁不开眼，强烈的光线拢住视野，仿佛一切都是虚幻的。

从蓉见她模样楚楚，不自觉中媚态流露，一张清秀脸孔在阳光下晶莹嫩白，看着就觉晃眼，心想：长得还行，也难怪被人打主意。她忍不住又问："那人……是谁？永顺集团的程董，那个老家伙？还是……李总，那个有点胖的？"

苏沫咬着唇，全不作答，像是心如槁灰。

从蓉也知道问不出答案，也就压下好奇心，说："你打算怎么办，辞职吗？"

苏沫点头。

从蓉心里微微一动，说："就这么走了，不是让人白占了便宜？你能咽下这口气？我倒是有个办法，就看你愿不愿意？"她笑笑，"对付流氓要用流氓的办法。"

苏沫不解，"什么意思？你为什么要帮我？"

从蓉摇头，"你别想多了，我可没想着要帮你，这事跟我有什么关系？我这会儿无聊，不过多说了几句。"她压低声音，"王思危算不得什么，他们家情况复杂得很……"她正要接着往下讲，桌上电话响起，内线，秘书提醒，"从姐，老板到了，请您先上去，高层会议。"

从蓉忙应下，拿起早已准备好的资料，又见苏沫一脸茫然，解释道："不是王思危叫开会，他一早就去外地了。"她走过去拉开门，"今天估计有得忙，你先回去休息，给你两天假，好好考虑下，辞职的事不要冲动。"

苏沫思绪紊乱，跟着她往外走，两人到了电梯间，从蓉安慰道："有些事只能想开点，你好不容易转正，眼前的利益最重要。"电梯往上，门开，她正要进去，抬头一瞧又毕恭毕敬地站定，和里面的人打招呼，"老板早。"

里间的男人点一点头，"从经理，才让秘书通知你们上来开会。"

从蓉忙说："是，我正要上去。"

男人往里间让了让，"走吧。"

从蓉道谢，进了电梯，转身瞧见苏沫木头一样钉在渐渐合拢的门边，这姑娘正神情古怪地看过来。

苏沫站在外头，眼睁睁看着那门关上，又见那男人事不关己地扫了自己一眼。

她犹豫着要不要冲进去再给他一耳光，然后被人扯开，轰出来，最后警察将她带走。

她推测事情发展的各种可能性，复仇的机会就在她的犹豫之中流逝，结果却只有一个，她必定输得更惨。

强烈的羞耻感从心底再次升起，也许是对自己丧失血性的厌恶，也许是对那晚无所顾忌、忘我缠绵的懊悔。或者因为看清了现实、看清了自己的懦弱和放荡。

电梯门合上，像镜子一样明晃晃地端照众人。

从蓉心下起疑，飞快扫视身旁若干人等，除了老板王居安，其余几位都是秘书随扈，并无特殊，就在某个瞬间，老板看向门外缝隙间的人影，似乎不清不楚地皱了下眉。

后来开会的时候，从蓉又发现，王居安的左脸颊上有一道淡淡血丝，像是被女人用指甲划过的痕迹。

苏沫回到家，发现手机已经没电了。

舅舅正急得团团转，舅妈扯着她劈头盖脸好一顿说，又问她昨晚究竟去了哪里。苏沫推说应酬时多喝了些酒，被从经理带回家去了，睡了一晚现在才稍微好些。舅妈将信将疑，也懒得多管，只说："苏沫，别看你是个成年人，你待在这里我们也是要担责任的，万一有个好歹，让你舅怎么和你爸妈交代呢？本来你这么大个人，在外过夜跟谁在一起，我们是不方便管的，但是你应该事先说一声，你舅舅身体不好，整晚都没睡踏实。"

苏沫一再道歉，保证下不为例，总算蒙混过去，收拾了衣物逃进浴室。她磨磨蹭蹭洗了个澡，一遍又一遍，但是身上那些青紫印迹仍在，不断提醒她昨晚的梦魇。苏沫洗净衣物，出来时家里没人，她回到自己的房间，锁上门，仰头倒在床上，满头湿发，也顾不得吹干，只是躺在那里，心神恍惚，渐渐地竟然睡着了。

她做了一些美好的梦，醒来后一时分不清哪些是现实、哪些是梦境，于是痛快淋漓地大哭一场。

转眼间阳光微斜，估摸着时间，清泉应该睡完午觉，苏沫抹干眼泪，往家里拨了个电话。

那边很快接通，苏母问女儿："你声音怎么听起来不对，是不是感冒了？你这会儿不是在上班么？怎么有空打电话回来？"

苏沫说："嗯，这几天嗓子不舒服，前段时间太忙，今天调休，想在家歇一下。"又问，"爸妈你们还好吧？清泉呢？她乖不乖？"

苏母一听她问，就扯着嗓子喊："妞妞快过来，你妈妈要跟你说话。"

谁知那小孩儿就是不从，直接答："不，我不来。"

"你妈想你了。"

"可我不想她。"

"这孩子，她听了会伤心。"

"我只想外公外婆，我最喜欢外公外婆了，一点也不喜欢妈妈。"

苏母笑道："傻妞妞，我们不就在跟前吗？有什么好想的？"又对苏沫道，"孩子玩积木玩得正起劲。"

苏沫忙说："让她玩吧……"顿了好久终于忍不住开口，"妈，我想回来。"

苏母很高兴，"好啊，你要休长假啦？"

"不是……我想回来找份工作。"

"怎么呢？"苏母急了，"是不是在公司里做的不顺心？还是……工作没了？"

苏沫心下不忍，赶紧说："不是，就是想孩子了……我听说孩子三岁以后不在父母跟前会影响性格发展，再说……你们年纪也大了，我回来，也好有个照应。"

苏母松了口气，"咳，我还以为怎么了，你别担心，清泉好得很，比你小时候活泼，我们身体也还行，还能帮你带带……就是你爸……"

苏沫一惊，“我爸怎么了？”

苏母顿了顿，“有件事，想和你商量，我们这里马上拆迁，现在小区里也没人管了，楼下开了好多五金装潢店，不知哪儿来了一伙菜贩子，天没亮就把菜摊摆在外面，吵得很。你爸睡眠一直不好，以前带清泉的时候爱操心，现在好些，就是睡眠问题解决不了，夜里两三点才能睡着，等到五六点菜摊就出来了，再也不能睡。我们就想，房子不是要拆迁吗？新建的地方太远，周围又没个大医院，我们也没车，不方便，干脆到时候只拿钱不要房，再凑几个钱在附近买套大点的，找个安静点的小区，你爸也能睡得好些。”

苏沫听得鼻子发酸，暗自叹了口气，说：“是应该换换，睡眠不好影响身体。”

苏母忙道：“就是，我们前几天看了一套，还不错，周围什么都有，小区环境也好，我们拿些积蓄出来，再加上拆迁的款能付一大半，但还是差了点，最近房价又涨了不少。”

“差多少？”

“二十来万吧。”

苏沫想了想：“清泉的爷爷以前给了二十万，你们先拿去用着，其他的我再想办法。”

苏母却说：“那些钱是留给你们母女俩的，本不该打这个主意，你爸做股票有点小投资，以后每月赚了钱再慢慢还，你看这样行吗？”

苏沫只觉得愧疚难当，赶紧说：“投资赚的是你们的养老钱，不要给我，房子的事你们别担心，想买就买吧，我还年轻，赚钱的日子还在后头。”

苏母欣慰地笑了，“是呀，你现在换了工作，工资还可以，你爸都说你有出息了，我们也是觉着情况还好才有这个想法，不然年纪大了谁还会折腾？买了房子也是想以后给清泉留点东西。看你有这样的工作劲头我们也放心了。孩子的事你别担心，我们负责给你带好了，你要实在想她，又没时间回，我们就带她过去看你。”

苏沫忙说：“现在先别急着过来，等她大一点再说，不然长途跋涉大人小孩都累，再说这里地方小，不好住。”

苏母想想也是，还想说话，话筒给苏沫他爸拿了过去，苏父笑道：“孩子的事不是你现在能操心的，你在那边要先顾好自己，然后把工作做好。我相信我女儿不会只生活在过去的阴影里怨天尤人……我们老了，现在你就是我们家的顶梁柱，谁都能倒你不能倒……”

苏沫硬着头皮一一应了，直到合上电话，脑袋里还是蒙的，又捏着手机合计半天：房子现在就要买，拆迁款却还没落实，手头的钱加起来勉强够个首付，之后肯定要按揭一段时间，每月支出又多了一项。想到这儿，她一时着急无措，一时又腾起不切实际的豪情，到最后都转变成骑虎难下的沮丧。

隔天一早，苏沫去公司找到从蓉，直截了当地问：“你不是说给我转正吗？几时能涨工资？”

从蓉不答反问：“你不是说要辞职吗？几时开始工作交接？”

“你、你，”苏沫伸手按着桌沿盯住她，末了终是将心里暗藏已久的那句话倒出来，“别太欺负人。”

从蓉一点没介意，说：“我已经把名单提交给人事部，下月初，你拿到的薪水就应该有变化。”她轻抬下颌点点桌上的文件夹，示意，“我这里有个单子，你拿去跟。”

苏沫错愕，几乎难以置信，抬手要去拿却又放下，“什么意思？”

从蓉无可奈何，“小姐，这纸上又没煨毒，你这么害怕做什么？我实在忙不过来，你要不接我给别人了。”

苏沫打开文件夹大致看了一遍，拿起来转身就走。

从蓉说：“你给我回来，你这什么态度啊？”

苏沫在门边停下，从蓉看着她，“反应不如人，遇事爱着急，要么不张嘴，一张嘴就得罪人，你这样的，自己说说，以后怎么混？不管什么事，一定不能先露怯，吓死了也得硬扛着……行了，出去吧。”

苏沫回到格子间，开始研究手里的单子，却静不下心，心口突突直跳，直觉又有事发生。

桌上的电话骤然猛响，她小心翼翼接了，却是人事部请她过去签订长期工作合同，紧绷的神经这才放松了些。出了办公室，苏沫想着要不直接走楼梯上去，只隔了两层而已，一时却瞟到有部电梯正巧上行，眼看到了，她下意识地伸手按亮开关。

数秒后门开，苏沫抬头，一眼就瞧见王居安，他独自站在里间。

不设防的重遇令人措手不及，苏沫顿住脚步，进退不得。

对方若无其事地扫了她一眼，眉宇间流露出数分淡然倨傲，那架势分明是遇见不知名下属小职员而刻意保持距离。

身后有人从电梯间经过，打破沉默，那人极恭敬地喊了声“王总”。

王居安向那人略微点一点头。

周遭再次陷入寂静，短暂瞬间于苏沫而言却异常激烈，内心斗争无异于天人交战且战况惨烈。她强自按捺心里的恐慌，不去多想，挺直背脊一脚迈进电梯，只当这巴掌大点的地方除了自己就只剩空气。但是那人身材高大、气势凛然，虽无任何举动，一股强烈的压迫感仍于无形之中传递。

惧意再次袭来，苏沫屏起呼吸，艰难压制。

苏沫手上空无一物，这会儿她很想拽点什么握在手心里，她低头瞄了眼墙边的栏杆，却无动作。也许现下任何一个微小举动都会暴露内心的胆怯，逃避始终不是办法。

电梯上了两层，停下，整个过程中王居安再没看她一眼，他唯一的动作是低头瞧了瞧腕上的手表。

苏沫不紧不慢地走出去，心脏几乎要跳出胸腔。

她顺利签下合同，合同内容很正规，这家公司福利不错。此后的一段时日，她再没见过王氏兄弟，然而那晚的经历仍会时不时想起，是令她极度羞愧的污点。她希望那两人从此消失，或者有朝一日遇上，能一雪前耻。

苏沫慢慢平复了心情，开始投入工作。

从蓉偶尔塞单子给她，指点一二，苏沫也逐渐摸出些门道，业绩转好。对于从蓉的转变，苏沫心里起疑，却看不出什么端倪，只暂且当作“恻隐之心，人皆有之”。

同事们见她得从蓉器重，都有意和她交好，苏沫心里明白，但她性子和善温婉，并不介怀，数月混下来人缘不俗。

好人缘在工作上为她带来一些便利，有些客户见她为人踏实，不必费心提防，反倒愿意静下心来同她打交道。但有些人更偏爱步步为营事事算计的交往方式，这方面苏沫还是新手。所以，任凭她尽心劳碌、努力学习英语、掌握当地方言，业绩仍在中游徘徊。

相比苏沫，同事曹若成才是部门里数一数二的大拿，两年来业绩居高不下。

曹若成三十不到，口才好、脑瓜灵，人际网络铺设得当，唯一的缺陷就是脾气太糟糕，尤其针对业绩差的同事如同寒风卷落叶不留情面。

他行事过火，同事们早看不过去，但又不能不努力同他结交，就连从蓉也对他十分宽容，经常在人前高调赞扬他的业绩而从不评价其缺点，很有息事宁人、姑息纵容的意思，引得底下一帮人见风使舵、心慌意乱，背地里又愤愤不平、猛嚼舌根。

从蓉一概不理，曹若成越发自傲，逮谁损谁，最喜欢当面骂人“傻缺”。从蓉在旁边听他骂人，毫不在意，末了还要点头表示赞同：“小曹说得对，让人占不到便宜还能签单才是真本事。”

曹若成一脸得色，渐渐就有不把销售部领导搁眼里的势头，饶是如此他却从没骂过苏沫。

苏沫行事不留话柄，对任何人下至清洁女工都和颜悦色，还未开口先礼节性微笑，从不轻易发火外露脾气，倒叫他不知从何骂起，无非是嘲笑她花费大力气尽接些小单子，又或者说她只是表面正经——假正经。

苏沫全当没听见，只埋头做自己分内事。

有天一早上班，苏沫还未进门就听见曹若成又在办公室里阴阳怪气地骂人“傻缺”。

被骂的那位女同事业绩屈居曹若成之下，两人明争暗斗好一阵。该女姿色不俗，隐约有些不好听的名声，上面对这码事向来是睁只眼闭只眼绝不挑明。但是这次情况不同，某客户的老婆气势汹汹闯入办公室，指着女同事的鼻子破口大骂，还说“仗着年轻勾搭男人算不得本事，长江后浪推前浪，比你更年轻的那是像一茬茬的新鲜韭菜割也割不完……”

女同事也不是省油的灯，据理力争，“你看不住自己老公倒过来朝我乱吠，要是搞得定他你来找我做什么？你就是一黄脸婆……”

那位原配不怒反笑，“老公是自己人，我怎么舍得说他？还要留着以后好好过日子的，倒是你这样的，听说你婚期在即，我要把你这臭名声宣扬出去，也当是解救了另一个蒙在鼓里的可怜男人……”她大步上前，挥舞胳膊朝着女同事吹弹可破的美丽脸颊左右开弓扇起巴掌。

曹若成佯装劝架要把人拉开，却是抓住女同事的手不让她还击，任那原配打个不停，直到从蓉从外面赶回来拨开周围乱哄哄的人群。

事情闹得有点大，惹来一两个小报记者，也算公司丑闻一桩。

当天下午，上头就有通报下来，连个自动请辞的机会也没给，直接将处理决定发往各人邮箱，说该女员工的行为违反公司条例多少条，极端影响公司声誉，严重败坏本品牌的业内荣誉，并且严重妨害社会风化，根据双方签订劳动合同我司将做出辞退决定，特此公告。

苏沫看着公告末尾的电子签名，笔迹端正严肃，颇有仿宋韵味，又暗含狂放不羁的三个字：王居安。

她靠回椅背上微微一撇嘴角。

此后的工作异常忙碌，销售部陆续少了两员大将，除了被辞退的那位，从蓉的一位副职下属忽然跳槽去了某外资，底下一干人对这个空缺眼巴巴瞅着，其中属曹若成最为春风得意、自信满满。

苏沫却全没把这事放在心上，自认为和自己没关系，也不参与同事间的议论，该做什么做什么，眼见每月的提成有所增长，寄回家的钱付得起按揭和女儿的生活费用，她便心满意足。

曹若成瞧她一副与世无争的模样，倒像揪住了什么小把柄，杵在她的办公桌前慢条斯理道："我发现你这人有点不简单，你要不是太蠢，要不就是太能装……"

苏沫有些茫然地抬起头，"我第一次听人这样评价我。"

曹若成一笑，伸手拍拍她的肩头又着力捏揉一下，"我是提醒你，太爱装了也会被人提防。"

苏沫侧了侧身子，挣脱他的手，没答话，转头给客户打电话过去预约面谈时间。

过了几天，从蓉忽然邀她一同去医院探望病人。

苏沫觉得奇怪，从蓉说："莫蔚清你还记得吗？她才生了孩子，前些时还问起你。"

苏沫当然记得，她还记得莫蔚清以前说过，这次只要生了儿子就能正式入主尚家，于是好奇心起，问："莫小姐生的男孩女孩？"

从蓉了然一笑，"丫头。"

苏沫"啊"了一声，竟有些替人失落，她又想起尚淳，潜意识里避这种男人如蛇蝎，生怕再次遇上，也就不愿去瞧莫蔚清。

对于这些，从蓉不得而知，反而半认真半玩笑地劝道："其实莫蔚清这人很有意思，在女人里头也算是能屈能伸，和她接触对你有好处，你这人就是太正经，她身上恰好有股子邪气。搞销售的，太正经了会把客户吓跑……"

苏沫对这番说辞感到新奇，她心里正盘算着如何跟从蓉走得更近，最好是除了工作以外还能有些私人间的牵扯，也就没再推辞。

到了医院，月子中心像五星酒店，单人病房像豪华套间，莫蔚清神态慵懒半躺床上，脸色温润，中气十足，除了体态丰腴些，几乎瞧不出才生完孩子的憔悴。

从蓉也不避讳，直接问："你那位花花肠子一箩筐的非正式老公呢？"

莫蔚清招呼保姆上茶，懒洋洋地答："在小的那里，那边也生了个丫头，我想着尚淳是不是这辈子无后啦？"她哈哈笑起来。

从蓉吹着杯里的茶叶末儿，“你也生孩子人也生孩子，他怎么就去看别人不来看你，你还乐呢？”

莫蔚清不屑，“那小的没脑子，总扯着尚淳去瞧她。年轻有什么用？刚生完孩子，那身材能看吗？就算青春无敌，杨玉环在世，他们嘴上不说，心里也一样嫌恶……我是不会让他来的。看孩子可以，就是别来看我，只要给我钱让我好生养着，等我恢复好了，脸无菜色，肚子也没了，前凸后翘，你看他来不来？保准跑都跑不及，男人就那么回事。”

从蓉哼一声，“为个男的用尽心思你累不累？”

莫蔚清转向苏沫淡淡打量了一回，“你变了不少嘛，白白净净细皮嫩肉的，就是这穿衣打扮……你真该去买几件好衣服收拾下自己。”

苏沫在莫蔚清跟前总有几分不自在，她略微一笑错开对方的视线，不忙搭腔，就听见从蓉问：“他老婆一点没闹吗？”

莫蔚清一脸索然无味，“说到这个，我倒是很佩服尚淳他老婆，十年了，不声不响不吵不闹，任凭男的在外花天酒地，她自岿然不动，地位永葆。”

从蓉说：“那得看她要什么，值不值。”

苏沫听她俩说起男女之间的狗血龌龊事像是谈家务琐碎一般，不觉如鲠在喉，又想起当初跟佟瑞安闹离婚的情形，从发现小三到协议离婚，没一天不鸡飞狗跳，事后她扪心自问，自己当真想离吗？答案是一千个一万个不情愿。

可如今在外面经历了些事，伤心伤神的时候，她又问自己，如果佟瑞安回心转意，自己还愿意回头吗？

苏沫暗自长叹，这个问题她已经有很久没想过，没精力，没时间，更没情绪。

出了病房，从蓉问她：“你觉得莫蔚清这人怎么样？给人生了个孩子，得了一套房子一辆车。”

苏沫说：“目标很明确。”

从蓉道：“我以为你会有点羡慕她，你们两个身上有些相同的地方。”

苏沫不像以前那样动怒，“她很厉害，如果让我像她那样生活，会很累，”她补充，“就是当婊子又想立牌坊。”

从蓉听了哈哈一笑，还想说什么，迎面过来一人，她忙招呼道：“尚老板，好久不见。”

尚淳对从蓉点点头，却只一心打量苏沫。

他远远就瞧见这女人，她眉间带笑，点缀着那张清秀到几乎淡而无味的脸，却在瞬间夺目，待那双温柔目光不期然撞进自己眼里，他浑身上下的骨头先酥了一半，下一秒发现，她又低眉敛目地回避自己，尚淳剩下的那一半骨头立马被心底腾起的无名火烧得热辣辣一片。

苏沫不理会尚淳，只当不见。

从蓉的视线在这两人间不着痕迹地逡巡，待尚淳走远，才闲聊般开口：“那个职位空缺，人事部问要不要重新招人，上头也在问，所以我才报了两个名额上去，本来打算有三个候选人，可惜那谁不争气，炒了……我给你漏点风，你也有个准备。”

苏沫惊讶，反问：“你推荐我？”

从蓉挑眉，饶有趣味地看向她，“对，就是你！”

第三章 ✦ 嬗变

她抬眼， 细细打量后视镜里自己的脸，
这张脸， 即使秀气别致， 在尚淳地位财富的衬托下，
瞬间就黯淡无光。

第二天，从蓉回公司，碰巧老板也在，就整理了近期客户和订单回款情况递上去，当然还有大笔营销费用的报批。

王居安一向忙碌，只将少许时间分配到安盛电子这边，给予下级较大的发挥余地，只要求他们每阶段提交有针对性的业绩报告，以此把握大方向。

从蓉早把他这一套行事摸熟，两人都属于雷厉风行的办事风格，在工作效率的配合上可以说趋于完美。

此时，她正坐在大班台旁等待批示，办公室里十分安静，只偶尔听见翻阅纸张的声响，面前这男人似乎对文件夹里的内容起了兴趣，微微点头说了句："这个曹若成不错，"接着一顿，问她，"销售部有几个姓苏的？"

从蓉对他这后半句话感到奇怪，仍是答："只有一个，苏沫。"

王居安"嗯"了一声，接下来的话更是莫名其妙，他说："这人名字起得不好，"也没往下说如何不好，话锋一转，又道，"她才来没多久，销售额只能算过得去，和曹若成比还是有一定差距。"说罢，他抬

眼看着从蓉。

从蓉知他指的是升职那件事，笑道："这两人各有优势，苏沫的业绩虽不及小曹，但是人缘好，翻单很多，而且做事稳当，不骄不躁，有一定管理能力，团队合作也不错……至于选谁，我确实还有些犹豫。"

王居安又随手翻了下文件夹，说："百分之七十都是翻单，新客户只有百分之三十，曹若成手里的新客户比她多一半，开拓市场的能力很重要。"他合上文件，"管理能力和责任感可以慢慢提高，有些销售型人才的团队观念的确会相对淡薄，有本事的人都难免狂傲，但是不要紧，可以慢慢沟通培养，当领导的不能怕麻烦，悉心培养肯定能出成果。销售团队不比其他，更需要激情，销售型人才也不能用太多的条条框框去束缚，适合人事行政的管理条例未必就适合销售部门。"王居安一笑，给了个台阶，"从经理做销售的时间比我工作的时间还要久，和你说这些，我班门弄斧了。"

从蓉忙道："哪里，老板您太谦虚了。"通过这番话，她已经了解对方的大致意向，王居安这种三十出头的少壮派，有精力有能力，巴不得旗下各公司全冲一线笑傲江湖，行事风风火火，业绩就是一切。他这样思量再正常不过，她却不能一心为人作嫁。

从蓉暂时不明确表态，脸上仍显犹豫之色，正巧秘书进来送文件。早听说年轻老板的私人生活放荡不羁，今天这个小明星，明天那个小模特，在公司里倒没什么绯闻，请的秘书助理也全是长相打扮中规中矩、能力不俗一类，可见是个做事业的。家族企业，父辈传下来一定根基，有些富二代们也不好糊弄。

趁他稍有分神，从蓉开口道："苏沫做销售进步还是很快的，假以时日也是人才，不过现在确实业绩不如人，小曹这人好是好，就是人缘太差，经常被客户投诉……我有个想法，这会儿正好有个潜在大客户，中顺的李老板，为人难缠，要求多，防备心理重，有老业务员啃了很久也没啃下来，不如让他俩去试试，一方面搞定客户增加业绩，一方面也好服众。"

王居安正在翻阅新送来的文件，说了句："你看着办，你是部门领导，部门内部的事你比较权威，我不过给个参考意见。”从蓉应了，正要起身出去，又听王居安对她笑道：“公司里这几个部门经理，自主权和发挥的空间，对于从经理我是最放心给予的。”

从蓉一笑，低头出去。

苏沫这会儿正是犹疑。

中午，从蓉分别给她和曹若成提起中顺李老板，顺便又把升职的事点了点，曹若成一副稳操胜券的样子，苏沫却当即推辞，“我不行，还是算了吧。”

从蓉瞧着她像是瞧着一段朽木，“你就只满足于做个基层小业务员？你对自己的职业难道没有一点长远规划？你的上进心到哪去了？推一步走一步，不推就不动，推了也不动，所以我说你和莫蔚清很像，都是那种一心指望男人养着的。莫蔚清倒好，找了个大方的金主，你呢？年纪也大了，皮相也没多出众，还带个拖油瓶，以后还指望着谁养你不成？苏沫忍着气咬紧牙没作声，半天才勉强开口，“就算是激将法，你这话也说得太难听，所以我不想谢你……我可以试试，就当给你面子。”

从蓉气极反笑，“谁让你谢了？你既然开始做销售，就要培养自己的胆色，没胆色，即使转行也一辈子碌碌无为。再说了，就算转行，薪水能有这儿高吗？提成是销售额的百分之八，如果升职，还有团队提成的百分之二，路是给你铺好了，能不能成看你自己。”

条件相当诱人，也许房款能提前付清，父母也不用纠结那一点装修费，而她也可以尽早攒下一笔钱回家，然后找个安稳的工作，不在乎钱少，只要有时间陪伴女儿成长……尽管她没有精准明了的职业规划，却早已在脑海里勾勒出一些美好温和的生活场景，她上进心不足，也要的不多。

从蓉见她神色缓和，声音也压低了些，“那位李先生是有点身家的，如果谈成了，采购量会很大，而且……”她故作随意道，“听说他正在竞标城南的一块地皮做房地产，想搭上莫蔚清她老公那条线，你看看这种有钱人，要是搞定了，提成还会少吗？”

苏沫没作声。

从蓉瞧她一脸柔弱犹豫就累得慌，忽而想起王居安方才说的话“这人名字起得不好”，现在想来多半是因为“苏沫”的“沫”字，有虚无缥缈、随波逐流之相，似乎预示所有一切都是泡沫，竹篮打水一场空，生意人大多迷信在意这个，就像赌徒上桌不能听见“输”的同音字一样，真是人如其名。

苏沫却在寻思从蓉提拔自己的意图。

她逐一比较，无论哪条曹若成都占上风，而从蓉为何偏偏力挺自己？想来想去，便是曹若成这人太厉害，精明外露，强势决断，业绩几乎赶超从蓉，人脉网络渐成气候，当然令人防范。没有哪个领导希望麾下有这样一个夺了自己风头，随时有可能取代自己的下属，所以与其让曹若成上位，还不如扶持一个软弱可欺、能轻易掌控的人。

苏沫想到这一层，好胜心顿时被人激起，心里也拿定了主意。

当她在这边踌躇不前，曹若成那厢早和人预约了会面时间，无非是吃喝玩乐酒桌上套近乎谈生意。苏沫却没急着和人联络，反而去花店买了数枝睡莲，搭配绿材满天星，用粉紫色皱纹纸包装起来，去医院看望莫蔚清，她给莫蔚清做了几星期的保姆，对她的喜好多少有些了解。

苏沫到了那里，莫蔚清正靠在床头看电视，眼神浮在液晶屏幕上却不曾聚焦，无人时一脸落寞，也不知在想些什么。相较住在隔壁左右的孕妇，家人簇拥、丈夫陪伴、朋友探望，她的确是落寞了点。

保姆见苏沫一身寒酸，手里只拿了束花，就说：“病房里最好不要放这些东西，有花粉，对孩子不好。”

莫蔚清这才回神，瞧见苏沫竟有些愉悦的样子，冲保姆摆摆手，“有什么关系？孩子也不在这里，让她进来吧，”又问苏沫，“今天怎么有空过来？”

苏沫把花插进瓶子里，说：“我来这边办事，路过，就上来看看。”

莫蔚清笑笑，“你也算有心了，比从蓉有良心。”

苏沫细细打量她，笑道：“你现在走出去，别人哪里瞧得出来你是才生过孩子的呢？”

莫蔚清有些得意，“肚子上伤口还有些疼，不能多走动，但是我吃得很少。”

苏沫说：“你瘦得这样快，等你老公看见，该心疼了。”

莫蔚清探究地看她一眼，才道：“你又不是不知道，他哪里会看见呢？比起医院，他更喜欢待在四季青南苑这些地方……”她幽幽道，“臭男人，也不知道那里有什么东西牵着他的魂，谈生意也好，朋友聚会也好，就爱往那里去。”

四季青南苑是城南一家高档会所，与城东临海的那家遥遥相望，苏沫一听便知，心里鼓鼓直跳，随即就想起数月前那个晚上，十足灭绝了她对这类高级会所的好印象。

苏沫转移了话题，两人又聊了会儿杂七杂八的事。

莫蔚清看着她忽然感叹道：“你现在这样也算可以了，比从蓉那时候好多了，你别看她跩得二五八万一样，以前混得人不人鬼不鬼，她……”话没说完，手机响，保姆忙递了上来，莫蔚清接了，没说几句便挂断，末了抬眼看苏沫，轻描淡写说了句“一会儿尚淳要来”。

苏沫知她是闭门谢客的意思，忙起身告辞，先前想说的话一直也没说出口，待她再回到公司，就听曹若成和小助理在一旁眉飞色舞窃窃私语，偶尔听来的零星碎语像是单子的进展不错。

苏沫有些着急，此局已入，暂无退路，若是抹了从蓉的面子，以后的日子就难过了。

她坐在格子间里想了大半日，终是到从蓉那儿借了四季青的会员卡，会员卡也非从蓉所有，是以前王思危在这儿的时候以公司名义办的，走时忘了拿就搁这里了，一旦遇上重要客户还能派上用场。

从蓉听她说要请客户去那里吃饭，很惊讶：“那边很贵的，比东边那家还贵，肯定会超预算。”

苏沫想了想，“要是超了，我先用自己的钱垫上。”

从蓉把卡拿给她，“曹若成都没这样大手笔，你还真是下血本了。”

苏沫耗费了一些心思才得以与那位李先生敲定会面时间，之后又去名品店置办了一身行头，仍是衬衣、套裙、高跟鞋，但上身效果非常好，剪裁样式极其合身，连带气场也提升不少。从蓉还给她安排了临时助理，那年轻人生得老相，却嘴甜油滑会来事，负责开车挡酒，谈判纪要和产品资料也由他随身常备。

经过数次见面磨合，苏沫提出请李先生去南苑吃饭。

中顺李老板约莫五十岁年纪，商人气质浓重，之前对苏沫表现得很怠慢，也许是曹若成已给人先入为主的印象。好几次，李先生只让下属同苏沫接洽，这回听她说要去南苑，神色才有些波动，提起了点兴趣。

开席后，李先生问苏沫哪里人，为何会在这里工作。苏沫略作回答，结果人话锋一转，说："现在贫富差距大，你们那些城市，薪资水平确实低了些，越来越多的外地人跑来我们这种发达地区，抢了本地人的饭碗，语言和地域文化上也有一定差异……"

苏沫估摸着是因为公司没有委派中高层接洽导致对方不满，便想轻言细语糊弄过去，试图转移话题。

李先生却紧接着道："而且，有些外来员工本身素质也一般。"这话让气氛越发尴尬，他又说，"不过，苏小姐，我瞧你看起来很斯文，像个读书人，真不像跑低端销售的，你这级别应该不是普通业务员吧？要不你怎么会有这里的会员卡呢？"

苏沫对前一个问题避而不答，"您太瞧得起我，就算级别再高我也是给人打工，会员卡是王总的，一再叮嘱我定要好生给您做个东道。"

李先生立马问："哪位王总？"

苏沫定下心神，停了一会儿，清楚地说道："王居安。"

她心里七上八下。

李先生却哈哈笑起来，"难怪，那可是名人，年轻有为后生可畏，听闻你们王总的私人生活相当丰富啊。"

和他同来的是位年轻时尚的秘书小姐，这会儿接口道："这位王总长得蛮帅的，私生活丰富也很正常嘛。”

李先生暧昧地看向秘书小姐，“怎么我还没见着他，你就已经接触过了？”

秘书小姐赶紧撇清，“哪有，我也没见过真人，但是他以前和某位女明星拍拖时被狗仔队跟过，网上有照片。”她转脸问苏沫，“是吧，苏小姐？你是他的员工应该最清楚。”

苏沫对这些事还真不了解，见这两人东扯西拉全不提产品方面的事，不知又会拖到猴年马月。她心里一急，念头跟着转了转，寻思再三狠心说出口，“他人长得帅，那张脸是其次，主要是身材好，尤其是腹肌……”她声音渐低，讲到这里立马止住，端起杯子，略作掩饰地咽了口酒。

李先生愣了愣，带着含糊的猜想瞧过来，又见苏沫欲语还休、颜面泛红，于是了然一笑打破沉寂，“真人不露相，失敬失敬，这杯我喝完，苏小姐，您随意。”说罢仰头干尽。

苏沫拿着酒杯的手有些抖，只稍微抿了抿就放下，谁知那一丝酒水入喉，蜿蜒弥漫比先前辛辣得多，顿时嗓子发燥，里面腾起一团火，烧得人头痛。她忽然觉得，先前说话这人已不是自己，可又会是谁？

李先生喝了酒，话更多，也不像先时端架子，直说：“我先前想进这家会所，他们要一百万入会费，钱我不缺，结果他们还要搞什么审核，审来审去说我不是名人，还说我不是来入会的，是想找这里的名人谈生意。”他哈哈一笑，“我就说，入个会还搞这么些名堂……”

苏沫跟着笑了两声，轻飘飘又扔出一句话，“我也不清楚什么才算名人，只知道王总经常光顾，还有那位尚老板也喜欢在这里谈生意会朋友，尚老板尚淳，您听说过吧？”

李先生果然眼睛一亮，笑眯眯看过来，“怎么，苏小姐和尚老板也有交情？”整句话的重音落在最后，故意被人说得语调荡漾、暧昧无比。

苏沫如鲠在喉，忍着恶心道：“交情谈不上，不过……”她言语一顿，“他追过我。”

这回对方由衷赞叹，“苏小姐人脉真广，尚老板那边，不知道能否帮忙引见一下……”

“总有机会的。”苏沫轻言细语打断，“我这人没别的长处，人脉就是我的优势，话都说到这一步，李老板以后跟我合作也能放心，对吗？”

李先生连连称是，却仍留一手，只象征性地收了合同初稿，并不明确表示合作意向，只说在别家和安盛电子之间会优先考虑安盛，至于苏曹之争，他把话说得既模糊又好听，说是“感情”的天平肯定是倾向于苏沫这边。

苏沫有些丧气，心知对方想迫使她帮忙，好早日搭上尚淳那条线。她在心里问自己：走到这一步，还要继续吗？

四人出了包间，苏沫思忖着接下来的打算，还没走出大堂，迎面撞见几个人。

李先生一瞧见为首那个大个子，立时钉在地上迈不动步，压抑着兴奋提醒苏沫，“说曹操，曹操到，尚老板来了，苏小姐，你不上去打声招呼吗？”

这回换作苏沫钉在那里。

尚淳显然瞧见了她，目不斜视，眼神大大咧咧地浮在她的脸上，在众人簇拥下走过来。

苏沫早已背脊冒汗，偏生那姓李的还在旁边不停催促，她骑虎难下，杵在原处挪不动步，直至来人到了跟前，才勉强说了句：“领带有点歪了。”

尚淳愣了愣，随即靠过来，低下头贴着她耳边问：“你说什么？我没听清。”

苏沫只觉得耳膜鼓鼓作响，仍是伸出手，替他理了理胸前的领带结，又说：“这里这么热，还系着领带做什么？”

尚淳一笑，“你帮我解了。”

苏沫看他一眼，略略低了头，没有动作。

尚淳盯着她，喉头一动，不觉自己动手，慢条斯理地解下领带，塞进这小女人的手里，“先替我拿着。”

苏沫捏着那一团丝质布料，稍稍往后退开了些，才说："你先忙，我还要和客户谈点事……哦，忘了介绍，这位是中顺公司的李总，这位是……"

李老板已按捺多时，此刻一个箭步走上前，握住尚淳的手连连摇晃，"我知道、我知道，这位就是尚总，闻名不如见面，尚总，我有件小事相求，不知道您……"

尚淳听这老男人吱吱嘎嘎说完，扭头笑着看了苏沫一眼，回应道："这样，李老板先跟我的秘书约个时间，我现在一时抽不出空，改天，我们好好聊聊。"

接下来的发展对苏沫而言出奇的顺利，尚淳既没当众继续纠缠，而李老板也对她更加礼遇。直到送走客户，苏沫才松了口气，身心俱疲，却又精神亢奋。

回公司的路上，助理开着车，忽然模棱两可说了句："苏姐姐，你好强，以后多罩着小的些。"

苏沫瞟眼看他，还想说"腹肌"那事纯属胡诌，转念又想合同未签，任何人都须提防，于是也模棱两可地回了句："强什么？不过是混口饭吃，"想了想，又说，"你上个月的业绩，好像不太理想？"

助理原露出一副贼精的笑脸，这会神情一僵，"是有点……"

苏沫安慰他道："从蓉才问了我你最近表现如何，"她笑了笑，"你是聪明人，就是有些贪玩，有那瞎侃的工夫不如把业绩追上去，反正，多做事少说话，肯定是没错的。"

年轻人"嗯"了一声，当即不再多言。

苏沫静下心，试图厘清思路，事前她心怀侥幸，没承想还真与尚淳不期而遇，更没想到他会这样合作，一时间，她心里的羞愧与茫然竟被一丝窃喜冲淡了。此前，她避尚淳如蛇蝎，可现在却不得不正视他的价值。她抬眼，细细打量后视镜里自己的脸，这张脸，即使秀气别致，在尚淳地位财富的衬托下，瞬间就黯淡无光。她越是这么想，那股子讨人嫌的窃喜就越发浓重，她被自己的眼神吓了一跳。

渐渐地，她开始理解前夫佟瑞安，当初那人深陷婚外情无法自拔，诱因正是一位年轻貌美的富家女，对方条件不俗，爱他器重他，想必他也是这般窃喜，他一定重新发现了自己的价值，他被这种新发现闪得睁不开眼。

现在，尚淳只是略微配合，她苏沫就有些睁不开眼了。

苏沫下意识打开皮包，随即又关上，里面有一条男人的领带，让人无所适从。她该如何处理这只烫手山芋，又该如何面对莫蔚清？想起莫蔚清，她心里就多了一份愧疚。

过了两天，李先生亲自到公司和苏沫签了合同。

从蓉表扬她，“曹若成打不下的山头，倒被你攻下了。”

苏沫低头整理文件，随口应道：“可能是上次请客找对了地方，李老板觉得去四季青吃饭很有面子。”

从蓉看着她笑，“就这么简单？”

苏沫抬眼，神色有些茫然：“我也没想到，碰运气吧。”有曹若成这个前车之鉴，她不得不防着从蓉。

这事以后，曹若成大闹销售部扬言要跳槽，苏沫还有些担心从蓉不好收场，谁知从蓉早就变着法子从曹若成那里挖走核心客户削弱他的势力。曹若成混不下去，走的时候整个人灰溜溜的。苏沫这才察觉，从蓉早有此意，一切不过是个漫不经心的局，而她做了人家的棋子和挡箭牌。

从蓉却把这事说得轻描淡写、光明正大，她对苏沫道：“为别人铺路，也是为自己铺路，大家都得了好处，谁也不欠谁。”苏沫听了这话，更担心有飞短流长传到人耳里去。所幸，尚淳那边并未有所行动，苏沫却也绝不相信，那天的事只是他一时的善意。

苏沫去探望莫蔚清的次数更多了，终于让她逮着尚淳也在场的机会。当着莫蔚清的面，她拿出领带恭敬地递过去，“尚总，上次您好像把领带落在我们公司了，经理让我给您送过来。”

尚淳抬眼看她，神色狡黠，接过领带一语双关，“苏小姐还记得这事，劳你费心，改天，我要好好谢你。”

苏沫心里咯噔一下，又见莫蔚清不言不语地盯着他俩瞧，忙说了几句闲话便起身告辞。

等她走了，莫蔚清一边磨指甲一边揶揄尚淳，“这么喜欢人家，怎么还不下手呢？追不上吗？要不要我帮你呀，亲爱的？”

尚淳伸手去揽莫蔚清，“这种女的我见得多，让她给你提鞋我还瞧不上，哪里能跟你比？”

苏沫工作逐步稳定，想搬出去独住，便在离公司不远的地方找了个小套间。

钟老板嘱咐她一人在外注意安全，唠叨完了欲言又止，最后终是说了句：“你们公司那个老板，叫王思危的，你不要和他多接触。”

苏沫听得一惊，忙放下手里的筷子问：“怎么了？”

钟老板说：“我跟他接触过几次，觉得这人……年纪轻轻的，心思多，不正派。”其他的不愿再讲。

苏沫为免他多想，只好说：“他早不在我们公司做了，上面有其他人接手。”

舅妈却想到另一层，缓和了神色跟苏沫打商量：“你租的那房子离一中也近，不如让声声去你那里搭个铺，她来年要高考，每天晚上九点才下学，来回倒车累得很，一个女娃家不安全。你舅舅白天在厂里忙，晚上还要去学校接……”

苏沫在她家麻烦了这样久，这会儿能帮上忙，岂能不答应？好在租的是两室，也能住得下。何况小表妹性格沉静，聪明好学，招人喜欢，她和自己的亲姐钟鸣处不了多时便生口角，倒是更喜欢亲近苏沫。

事情敲定，苏沫把钟声的书桌和床安置在较为宽敞的里间，自己只用小厅的沙发床将就。

钟声每天七点出门，苏沫也跟着早起准备餐点。午饭两人分别在公司和学校解决。苏沫工作忙，隔三岔五的还有英语补习，经常一早就把晚饭烧好，钟声夜里回来，把菜饭搁微波炉里热热就能吃了。

苏沫忙得脚不沾地，晚上回来又忙着洗衣做卫生，一来二去有些力不从心，这边钟声也没个做家务的习惯，吃了饭只把碗筷往水槽里一搁，进屋复习功课。

小姑娘话不多，性子要强，成绩在班上数一数二，偶尔分数差了些，回家便有些闹情绪。苏沫只当她是小孩心性，家里给惯的，想起自己在这个年纪一样是娇生惯养，连铺床叠被都懒得做，成绩还不如人家一半好，何况现在的孩子学习压力更大，想到这儿，也就时常开导她。

这天，钟声一放学回来又板着张脸，对人爱理不理。起先苏沫没当一回事，心说可能又得了个第二名，后来发现，小姑娘像是哭过的样子，这才急了连忙询问。

话没说完，钟声又红了眼圈，吸着鼻子道："我的保送名额没了，给别人了。"

苏沫诧异道："为什么呀？"

钟声说："不知怎么的就把我给挤下去了，连这种破学校破专业都要抢，反正我也不稀罕。她们家那么有门路，还不如直接出国读书呢！偏要和我们这样什么都没有的人抢！"

苏沫心里也不舒坦，只能安慰她："声声，你不是本来就打算放弃保送吗？"

钟声却道："我不要是一回事，人家抢去又是一回事，我不甘心。"

苏沫说："指不定老师是担心她发挥不好才把名额让给她的，他们对你的实力有信心。"

钟声摇头，"才不是，就是冲人家有钱有门路。"

苏沫说："你相信我，你们老师肯定是更看好你，指望你能考个北大清华，再说你不是想读港大吗？"

钟声的心情这才好了些，她心情一好，就搂着表姐软软地撒娇道："姐，你说得对，我给爸妈说这事，他们都怪我说因为我学习退步了。现在啊，比起家里，我更喜欢住这儿，和你在一起我觉得自在舒服。"

苏沫被她哄得开心，一天的劳累顿时消散。

小姑娘又说：“往常我在家，我姐就看我不顺眼，爸妈又太能唠叨，三张嘴全搁我一个人身上，三座大山啊，我现在终于可以翻翻身了。”

苏沫逗她，“谁让你最小呢？你在这里可得好好学，要是成绩退步了，舅妈肯定会接你回去。”

“学习方面我肯定没问题。”小姑娘想起什么，又说，“我有个学姐，周末想约我出去玩，我没答应，觉得没意思。”她停了一会儿，“我那个学姐，初中比我高一届，成绩好，钢琴也弹得好，后来家里出了事她也辍学了，找了个男朋友，整个人就变了，见面就说她男朋友多有钱。那男的好像比她大不少，我学姐说自己是大叔控，就好这一口。”

苏沫听到这儿，忽然就想到尚淳那些乱七八糟的事儿，忙道：“你是聪明孩子，知道什么样的人能接触、什么样的人该离得远远的，道理你都明白有些话我就不说了，那个什么同学，你以后不要和她来往。”

钟声没想到她会这样严肃，脸上有些惊讶，吐了吐舌头说：“知道了，大姐。”小姑娘正是抽条儿的年纪，个子将近一米七，比苏沫还高出两三厘米，窈窕挺拔，已有大人样了，只从脸上才瞧得出几分稚嫩。

青春期是道坎儿，步入成熟却涉世未深，又是女孩儿，更不能出半点差错，苏沫越发觉得自己肩上责任不小，她嘴上不说，暗地里却多留了心。

上班的时候，苏沫还想着钟声的事儿，有些懊恼自己当时应承得太轻易，即使现在想让她住回家去也找不出合适的理由，说不定舅妈还会心有芥蒂。

她正心不在焉，从蓉的秘书跑来敲她的办公桌，那姑娘一脸紧张，“苏姐姐啊，我先前喊你你也不应我一声。老板来了，要这个月的业绩总汇，还有这几样东西要给他签字。”

苏沫问：“从蓉呢？你赶紧让她上去呀？”

姑娘挺着急，“还用您老人家吩咐，经理去医院了，她儿子生病……”

苏沫想了想，“你直接送上去。”

姑娘很犹豫，扭捏道："我也想啊，谁不想近距离看帅哥啊？就是我这级别不够，老板顶讨厌下面的人自作主张跑去他办公室……再说，那些数据什么的我也说不清楚，他老人家脾气又不太好，最见不得一问三不知，要是换成以前的小王总，我还能去会一会，现在这位，"她连连摆手，"我可是一点不敢招惹。"

苏沫说："我的级别也不够，叫大刘去吧。"

大刘趴在自个儿位子上答话："美女，你要是级别不够我们就更不能了，这种事千万别找我，上回老板跟我说了几句话，我晚上就梦到高考了，忒惨，考啥砸啥，题目都看不懂，急得我只想上厕所。"

秘书姑娘捂着嘴直笑，"什么呀，你那就是给憋的……"听见从蓉办公室里的电话铃又响，忙把文件往苏沫手里一塞，央求，"姐姐，拜托拜托，要不我出点血，晚上请你吃大餐啊。"

苏沫不好多推，只得拿了资料往楼上去，她心里烦躁，磨磨蹭蹭地到了，见王居安的几位秘书助理都在外间工作，办公室的门却又紧闭着，顿时就有些惧怕。

王居安的秘书问明情况，直接把门打开，请人进去。

苏沫自觉说话时嘴角都有些抽搐了，先前还想着就把资料交给秘书算了，这会儿只能硬着头皮往里走，既没同屋里的人问好，也没理会身后的房门，让它就这样敞开着。

王居安靠在老板椅上看文件，听见脚步声抬眼瞧了瞧，旋即低下头去继续看，隔了大约两三秒的工夫，他忽然再次抬头，看定苏沫，似乎顿了顿才问："你们经理上哪儿去了？"

苏沫盯着大班台上的签字笔答："从经理的小孩生病，她赶着去医院了。"

王居安"唔"了一声，没再说话。

苏沫更不想开口，过了会儿才想起此行目的，正要把资料夹递交上去，却听对方淡淡说了句："坐。"

她心里十分紧张，只得忽略掉他桌前的椅子，坐到近门的沙发上。

王居安放下手里的文件，“你坐那么远做什么？”

不知为何品出对方言语中有一抹揶揄的味道，苏沫更加局促不安，血气上涌却不敢呛声，一时坐也不是站也不是。

王居安看着她，把前一句话换了种说法：“还是你习惯在汇报工作的时候和上级隔得这么远？”他这样说的时候，甚至做了一个很是随意潇洒的比画距离的手势。

苏沫认为他这话只说了半句，后面部分被刻意掩饰，他一定有恃无恐，知道她毫无办法，于是诚心诚意地看笑话，并且把它当作工作之余的一种调剂。她心底重新升起一股强烈的无从发泄的愤怒。

她起身走向前面的椅子，在还剩一半距离的时候，又听他说：“请随手关门，谢谢。”

苏沫停在半道，折回去掩上房门。

王居安又道：“让林秘书送点咖啡进来。”

苏沫再次折回去，依照他的吩咐行事，同时也记得带上门，最后才得以将文件夹搁在这位先生的办公桌上。

王居安漫不经心地翻开文件夹，沉默再次弥漫，苏沫心里一刻也不安宁，又不得不压抑乱哄哄的思绪，趁着空当在脑袋里整理出可能发生的谈话内容，提防对方有意发难。

不出所料，王居安很快提出几点疑问，内容很有针对性，苏沫虽然紧张倒能勉强应付，谁知最后，两人却在下个季度的销售指标上磕上了。

王居安对从蓉提交的计划不甚满意。

苏沫知道从蓉的习惯，为了降低销售负荷通常会留一手，和上头的人玩玩数字游戏。既然计划已经提交，苏沫只说这个指标早已认真核算过，目前看来没什么问题，她必须紧守口风绝不松懈，否则没法跟从蓉交代。

王居安笑笑，“你们算过，我也算过，不然外头那些人，你以为是我养来吃闲饭的？这不是什么鞭打快牛，只一味地鞭策你们提高销售业绩，这种方式已经过时了，而且不合常理。但是我可以明白告诉你们，如果下个季度做得少，来年你们压力会更大。为什么？因为增长率上去了。今年多做些，明年的销售额增加，但是增长比率却在降低……”

苏沫几乎要被他说服，赶紧推脱，“等从经理回来，我会向她说明……你的意思。”

王居安看着她，“你是跟我太熟所以才不客气，还是压根就不会说话？”

苏沫低着头没吭声。

他这才靠回椅背，继续翻阅接下来的内容，懒散地冒出一句，“从蓉还真会提拔人。”

苏沫正襟危坐，背脊僵硬地挺着，指尖微微发麻，视线再次落到签字笔上，只盼着这人能赶紧放过自己。

室内再次陷入寂静。

也不知过了多久，对面的男人忽然抬眼向她这方瞧过来，苏沫心里一慌，心跳加速脸上发热，拼死也不敢抬头回视，越发埋着脑袋装作毫不知情。可是那人目光长久停顿，使她再也无法忍受，她只好强定心神，抬头迎上去。

只见王居安浓眉微锁、薄唇紧抿，视线却逗留在她身后某处。

苏沫松了口气，并且迫使自己看起来若无其事，顺着他的目光扭头去瞧，这才发觉，对面墙上还有一扇紧闭的小门，旁边是一扇亮晃晃的玻璃窗，挂着百叶窗帘，此时收拢于两旁，里间是个小型会客室，桌旁坐着两个人。

先前苏沫只顾着天人交战，根本没注意这间办公室的格局，等她看清那两人的样子，心里越发好奇。

王居安看上去很不高兴，起身就往会客室走，推门进去，二话不说，扬起手里的文件纸张往其中一人的脑门上拍了数下，狠样十足，力道却轻。那少年人捧着脑袋只往旁边躲，另一个戴眼镜的中年人想拦又无胆量，颇为无措。

王居安板起脸孔训斥，“老师在这儿讲课，你小子眼睛瞅哪儿呢？

我在外面瞧了你半天，你这种学习态度，迟早学校不要你……你瞪什么瞪……我现在是走哪儿都带着你，就怕你不学好，特地请了老师来教，你他妈还是老样子，不求上进，不知道尊重人……”

那少年不甘示弱，腾地站起来，他十六七岁年纪，个头几乎和王居安一样高，但是身型纤瘦，像颗发育旺盛的豆芽菜，少年说：“谁让你请人教了？我早跟你说了我不想学，你凭什么打人，你这是尊重人吗？”

王居安怒气更胜，“打你怎么了？我是你老子，儿子不对老子就得管，你看看你自己，浑球一样。”

少年一梗脖子，“我浑？我有你浑？我他妈十八岁的时候可没搞个孩子出来，”小伙子双手一作揖，“大哥，比玩，我甘拜下风。”

当父亲的倒给气愣了，扬起手想给儿子一大嘴巴，可是真打吧又不舍得，骂吧又失风度，这屋里屋外都是人，只能一个劲儿地瞪着孩子，旁边那老师忙给了个台阶，扯开父子俩：“王翦……王翦这段时间还是有进步的，不能急，慢慢来……”好说歹说打了个圆场。

王居安胸膛起伏，显然被气得不轻，他双手叉腰站了一会儿，才冷着脸从屋里出来，嘴里跟着骂了一句，大约是“臭小子”一类。随后，他伸手扯开领带扔沙发上，又从茶几上捡起打火机和烟盒，正想歇会儿，转眼看见苏沫还杵在那儿，冷哼道：“你怎么还没走？”说罢再不理会，径直踱到落地窗前，就着窗外阴雨绵绵的景象，抽着闷烟。

王居安带儿子莅临安盛电子的第一天，陈年八卦再次抬头，一干人等兴致盎然。

大少爷王翦是个坐不住的主儿，一旦离了他爸的眼皮，就在公司里四处串门，少年人虽偶尔骄纵，却胜在性格随和、嘴滑抹蜜，哄得一帮大姑娘小媳妇大叔大婶围着他转悠。苏沫不参与这些事，也发现这孩子口才了得，脑子转得贼快说话不带停顿，常叫人跟不上思路，看似读过不少闲书，天文地理、政治财经，都能掰出两三朵花来。

关于十几年前王居安未婚生子一事，就连那些个老员工也说不明白，这更激起大伙的好奇心。至于事件的谜底，答案纷呈，而苏沫也在从蓉那里听来几句。大意是，王居安和孩子他娘年少相识，耳鬓厮磨出了事，当时年纪小，只知道爽快不顾后果，直到女方临盆才知道大事不妙，做手术已经来不及，孩子出生后被直接扔给王家。女方家庭也是当地有脸面的，后来恰逢生意变故，举家北迁，刻意断了联系。王居安的父母起先也恨铁不成钢，可一看大胖男孙又满心欢喜，生意人注重香火，于是留在身边尽心抚养，直到数年前先后过世……

从蓉的原话还有："我也是听说，大户人家的事，传出来真真假假做不得准。"苏沫对王居安心存极大成见，也就听个新奇，听完后越发鄙夷，心里暗叹，都说三岁定七十，古人诚不欺我也。

谈论八卦的时候，她们正逛名品店，苏沫进这些地方的次数一只手能数过来，这回是碍于莫蔚清出面相邀。

莫蔚清一出双月子就按捺不住，约两人吃饭逛街，普通商厦她绝对不进，只在这种地方出入。

三个女人边走边聊，苏沫早就打定主意，今天只做陪客，挂个眼科，可是看见漂亮的内衣打折，还是忍不住流连一番。莫蔚清也劝她收几件，苏沫一看价格，接受不了，何况这些样式不是蕾丝半透明就是细得跟绳子一样的 T-back，她哪能穿得惯。

莫蔚清早瞧出她的想法，特意塞了两条 T-back 过来，"就拿这个，你不会还穿着那种大妈内衣吧？严严实实的那种？穿那样的东西，再穿小礼服或是浅色裤子都很不方便。"

苏沫说："我哪有什么穿礼服的机会？再说穿在里面别人也瞧不见。"

莫蔚清不屑，"你们这些女人，难怪男人会见异思迁。我跟你讲，内衣的学问大着呢，你不能只顾着外面光鲜靓丽，结果被人剥开一瞧，里头尽是些旧的、有线头的、褪了色的东西。就好像剥开一枚水汁丰沛的荔枝，外壳红润，果肉晶莹，谁知吃到里面竟钻出虫来，那才倒胃口。一个女人，穿了好的内衣，精气神儿就出来的，有自信了，因为由里到外都无可挑剔。"

苏沫还没作声，从蓉已经接过话茬，“良家妇女嘛，和那些情人什么的总会有些区别。”

莫蔚清的脸上立马就挂了相。

苏沫忙说：“我一个人过日子，穿来穿去还不是给自己瞧，何必花这些钱？”她也渐渐习惯这两人的相处方式——但凡瞅着机会便互相挤对，可就是断不了来往。而苏沫这人最不爱和人起争执，只好做这二人的和事佬。

从蓉轻拍莫蔚清一下，“我怎样啊？”

莫蔚清不依不饶，“三十六岁本该风华正茂，但是看起来像四十出头，你说你怎样？”

从蓉剜了她一眼，拿过苏沫手里的小衣物挂回衣架，“别买这样的，她以前也唆使我买过一条，很不好穿，整天都不自在。”

莫蔚清说：“哎哟，怎么个不自在法啊？一整天都惦记，是裤子的问题呢，还是人的问题？”

从蓉压着嗓门反驳，“以为都像你那样，把男人伺候好了万事皆足？”

莫蔚清不以为然，拿起衣服冲镜子里稍作比试，“就是呢，行行出状元嘛，你还别说，除了他老婆，我可是跟着他最久的。”

从蓉嗤笑，“稀罕。”

苏沫一直没说话，心里不知作何想，几番犹豫，终是拿了两套内衣去结账。

三人一家家店铺逛过去，莫蔚清要买小礼服，拉着她俩一齐试衣。女人瞧见漂亮衣服就像男人看见美女，两人都兴致勃勃，苏沫也跟着心痒痒，除了几年前拍过婚纱照，她再没穿过这样的款式，于是跟着挑了件抹胸长裙进了试衣间。

小心翼翼换上裙子，苏沫对着镜子左看右看却觉着别扭，不是上面的布料太少，就是质地和剪裁都过于贴合，全身上下曲线毕露。正要换下，莫蔚清在外头敲门，“出来呀，让我看看，干吗藏着掖着见不得光一样？”

苏沫只得推门出来，却也只肯待在走道上，莫蔚清看着她有些愣神，二话没说拉着她就往外间去，嘴里道：“从蓉，你过来瞧瞧。”

从蓉正在挑衣服，转身看到苏沫不觉上下打量，赞道：“真好看，瘦，白，身材好，”说着又去瞧莫蔚清，大有比较之意，最后半开玩笑，“可把你比下去了。”

莫蔚清笑了笑没说话。

从蓉劝道：“收了，留着公司尾牙会上穿，就是隆重了点，但是太好看了。”说完便去询问店员价格。

导购报上一溜数字，苏沫听得心里呼呼一哽，又看了看镜子里的人影，说：“得半年的工资呢，还是算了，买了也没多少机会穿。”声音虽小，仍是被女店员听了去，姑娘瞅了苏沫一眼，扭头走了。

从蓉笑她，“说话能不能别这么实诚，哪里像搞销售的？我们三人里头也只有莫蔚清能不看价格拿东西，如果哪天她老公甩了她，她也买不起。人生苦短，青春易逝，有钱难买心头好，再说你不是才拿了一笔奖金吗？也该给自己置办些行头，这么省做什么呢？钱又不是省下来的。”

莫蔚清插嘴，“你干吗老喜欢扯上我？”

苏沫仍是摇一摇头，“我上有老下有小，不省怎么行？能力有限，多少钱办多少事吧。”

她正要去换下长裙，忽听一女声道：“喂，我就要她身上这件。”

众人循声看过去，一美貌姑娘正伸出葱葱玉指点着苏沫，却是冲着旁边一男人在说话。

那人正坐在沙发上看报纸，听姑娘这么一嚷嚷，便慢条斯理收起报纸，折成杂志大小放回原处，而后皮笑肉不笑地回了句：“你这意思，是让我现在冲上去把这位女士身上的衣服给剥下来吗？”

那男人举手投足温文从容，一张脸孔又生得清俊，就连一向高傲的莫蔚清也不觉多瞧了他两眼。

姑娘被男的一抢白原是要生气来着，想一想却又乐了，接着问了句：“唉，老周，你觉得好看吗？”

男人的视线再次落回苏沫这边，淡淡应了句：“好看。”

两人视线轻触，苏沫的内心忽感觉到一丝异样，转瞬即逝，莫可名状，这人虽出言调侃，举止却斯文有礼，先前的不快在她心头一时消散不少。

姑娘转头大咧咧地吩咐店员，“给我拿件这样的试试。”

店员说：“一个号只有一件，您要试小号的得请这位小姐先换下来。”

苏沫听了忙回试衣间，那女孩儿却道：“不要，你给我调件新的过来，我才不要人家穿过的……”

周远山见这小娘们又是叫人调货又是要试穿，心里估摸这事一时半会儿完不了，干脆又翻开报纸，翻完报纸翻杂志，翻完财经翻时尚，最后终于百无聊赖，盯着试衣镜前的女孩儿发呆。

漂亮姑娘回头娇嗔：“哎，你可别爱上我了，不然就说不清楚了。”

周远山一笑，干脆撇开视线看向窗外，太阳渐往西去，夕阳的余光搭在窗棂上，店里的客人早已散了一拨又一拨。

姑娘终于锁定目标，周远山望见店员手里打理的衣服，忍不住问了句：“怎么不是刚才那件？”

姑娘说：“你喜欢啊？我偏不买。”

周远山笑道：“你跟我斗什么气？不买也对，明智，千万别被人比下去，做人要懂得藏拙。”

姑娘气呼呼瞪他一眼，率先出门，周远山接过精美的黑色购物袋跟在后头，不觉暗暗歇了口气，直至傍晚时分，他才独自驱车前往临海的那所宅子。

周远山熟门熟路地进了屋，在二楼朝东的观景台上见着人，心说这家伙真会享受。

平台上搁一按摩床，四面海风习习，不远处浅浪拍打着沙滩，偶尔传来数声海鸟轻啼，意境颇好，若是将盲人按摩师换成一位妙龄女郎，似乎会更好。

但是王居安不喜，嫌人手法不地道，下面的人为投其所好，走街串巷，为他觅来一位中医穴道门儿清的老按摩师。

周远山打了声招呼，从冷柜里提了罐啤酒出来，往旁边的藤椅上一靠，拉开易拉罐铝环，仰头灌了几口，这才觉得舒坦了。就听王居安吩咐那师傅，“右边，腰那块儿，再帮我多按按。”

周远山笑道：“怎么玩也得悠着点，别把腰子整残了。”

王居安回：“玩？我可是十天半月没玩了，十多个小时的飞机，才到家，前天晚上倒是玩了一会儿，在林子里走了大半天，收获还行，打了几只野猪……后来在人庄园里睡了半宿，那床太软，睡得我腰痛……那边现在正是打猎的时候，叫你去你不去，这回我们去得早，东西多。”

周远山听他提起到法国打猎的事，说：“实在没时间，所里又接了几个大案，下次吧。”

王居安问他：“怎么样，搞定了？”

周远山道：“我告诉她你缓几天才回，买完衣服就送她走了，”他往后懒散地一靠，“陪女人逛街是纯体力活，以后还是给我派点别的差事。”

王居安笑笑，“让你去多了解女人，对你有好处，这世上的女人无非几种，”说话间他让那师傅退下，起身披上浴衣，“有些跟你谈感情缠着你不放，这种最烦心。有些盯着你的人也盯着你的钱，这种太贪心。还是找个简单点的，至少干净，不费心，人生在世，要求不能太多。”

周远山附和着点点头，心里却想：今天这位岂止头脑简单，简直就是差根弦。

王居安从里间拿出半瓶红酒，倒上小半杯，轻轻摇了摇，“以后这事不找你，好歹也是集团的法律顾问，让司机去就行，只是今天都有安排，我又被她吵得没法。”

周远山忽然想起什么，改口说了句：“其实还好，刚才这一趟还算物有所值。”

王居安随意问："怎么个值法？"

周远山挠了下后脑勺，有些不好意思，"值一场艳遇吧。"

王居安看着他笑笑，却懒得追问，恰逢电话响起，他随手抄起来接了，"嗯"了一声等着对方开腔，神情平淡里带着点嘲弄，待那人讲完，他才道："王思危，你有打算是好事，你想去哪个公司都没问题，但是你至少得给我做出点成绩来，堵住别人的嘴，旁的不说，西郊那块地皮，你跑多久了？大半年？还是一年？搞到手没？这点事也办不好，还有脸跟我提条件……"三言两语间便将人打发干净。

王居安搁下手机，闭目养神，显然，早已将周远山适才挑起的话题抛掷脑后，大抵是他这辈子所谓的"艳遇"太多，甚至防不胜防，有些东西得来太容易，即使一时半刻收不了手，却也不那么在意了。

尽管在处理男女关系上他理所当然地放任自流，可是一旦涉及孩子的问题，他又如其他父母那样保守传统。

王翦已经换过两三所学校，人长得帅家里有钱，当然被女孩儿捧着惯着，慢慢就乐在其中无心向学，本来挺聪明一孩子，转眼就数理化全挂科，转眼就混得跟风月场上的老手一样玩世不恭，转眼就不把他这位父亲搁在眼里。王居安为这事彻夜难眠，悲情式的想象力在寂静无声的晚上无限扩展。他是过来人，深知惯玩的人往往收不住心结婚生子，可惜历史总是无情重演，儿子现在的经历就是他当年的翻版。他也知道要为孩子做出好榜样，但是理想和现实总会有差距，就像妆前妆后女人的脸。

偏偏周远山哪壶不开提哪壶，没话找话地问："你儿子呢？"

王居安说："这几天出差，暂时放老太太那儿了。"

周远山知这"老太太"是指王居安的亲姑姑，那女人五十来岁，保养得当，看背影还似少妇身段，未见得多老。

王居安说起儿子，又是一阵克制不住的心焦，心里嘀咕指不定就是这老太太在后面使坏，教坏他儿子，让他小小年纪就遍尝声色犬马……但是这话却不能对外人说出口，是以表面上仍一派祥和。

周远山哪里想到这一层，接着问："这几天怎样，愿意上学吗？"

王居安这才一声叹息："就算他愿意，人家也未必要他。明天家长会就是和他们校长谈这事，实在不行……你对这方面熟，先帮我打听着，实在不行就投资移民，送他去北美读个预科，人生地不熟，我看他还怎么招蜂引蝶搞小对象。"

周远山半安慰半揶揄，"这个，只能怪你们家基因太好。"

王居安当然明白他的意思，嘴里懒洋洋道："别提他，一提我就来气。我他妈苦口婆心劝他别偏科，数理化要好好学，你猜他来句什么？说这些东西我都不用学，只要学好御人之术就行，将来多的是书呆子给我打工。"他言语间虽牢骚满腹，嘴角却噙着笑意，倒像是对儿子的调皮刁钻极为赞赏。

周远山笑一笑，心里有些不痛快，只说："这么好的儿子，送那么远，就算请人照顾，再周到也比不上自己的父母。"

王居安沉默了一会儿，"到时候我两边折腾吧。"

现下是难得的放松时刻，王居安心里却放不下明天与王翦他们学校几位领导的会面，其中有些人和学生打了半辈子交道，难免书呆子气重，为人拘谨清高，之前派秘书去交涉，校领导也表露意见，说有些事不是出钱就可以解决，还要考虑对其他学生及家长的不良影响云云。更有人说，现在有钱人多，很多家庭条件很好的孩子都好学上进，没几个像您家儿子这样的。言下之意，往学校扔钱扔资源的，多你一个不多，少你一个不少，少你一个，反而少了个拖后腿的害群之马。

王居安极其不情愿把自己可爱的儿子和害群之马这个词联系起来，他打心底瞧不起国内这种应试教育，他认为但凡可造之才在年轻的时候多少都会有些脱轨叛逆。但是另一方面，他又希望儿子能像其他孩子一样在千军万马里杀出血路，挤过独木桥或者申请世界一流大学，显示他们王家的后代不是只靠财富打造前程，而是也能在中国这个竞争残酷的超现实社会里独当一面，并且具备相当的战斗力。

愿望过于美好，以至于他有一种压力将至的紧迫感，这么些年来，他很少有这种感觉。他在众人面前要足面子，却不想一张老脸被自己的儿子丢尽，想到这里，总有些不得劲，但是他的处世准则里有一条便是“战略上藐视敌人，战术上重视敌人”，所以他可以将自己的心态调整得很好。

为表示尊师重道，第二天一早，王居安就带着秘书来到校长办公室。

他拿出对付生意人的小手段和这帮呆子过招，先是从容得体地与人握手寒暄，态度礼貌略微倨傲。不得不说，如果将这份“倨傲”拿捏到位，效果会出人意料的好，人的心理往往奇怪，两种相同质量、样式、功能的东西，价格低廉的他们不屑一顾，价格贵重的，他们却会在脑海里自行补充商品的优点，从而心生艳羡，就如奢侈品在商品市场里备受追捧一样。

对方在王居安强势的收放自如的举止中渐渐暗生了怯意和过多的尊重，以前对付他秘书的那一套说辞再也没提。而在王居安的心里，这群知识分子除了清高、虚伪和胆怯比其他人多了几分以外，几乎再无特点。

投资修实验楼的事还没谈完，校长为表诚心，特意叫了王翦的班主任过来，交代如何关照那位虽偶有调皮但很有前途的学生，班主任年纪尚轻没什么眼力见儿，一个劲儿地邀请王居安去班里参加正在举行的家长会议。

王居安给了点面子，表示愿意借这个机会体验一下普通家长的生活。当他走进教室的时候，正在听老师介绍考试情况的家长们一溜的眼神立时投了过来，无外乎是这位仁兄也太年轻了点，年轻也就算了，还架势十足，像个人物。

但是在座的人里，年纪轻的却不止他一个。

奇怪的是，在这么些三教九流里头，王居安倒是一眼就瞧见了苏沫，全赖她那张脸，白生生的晃了他的眼。

苏沫原是替舅舅来参加钟声的家长会。

正值各科老师轮番上台总结情况，她在台下呆坐，想起舅舅适才在电话里的语气，似乎有些异样，仿佛一家子都有急事脱不开身，问吧，那边欲言又止，仓促便撂了电话。

苏沫正在担心，猝不及防又瞧见王居安，心里既惊悚又恍惚，却也和其他家长一样，好奇地盯着那人，忽觉对方似乎冷冷地瞪了自己一眼，她下意识地赶紧埋下脑袋，却在心里嘲笑自己不长进。

过了一会儿，渐渐平静了些，她心想，这人眼神素来锐利，只是轻轻一瞥便带出股狠劲，看谁都一样，极其令人生厌。想到这里便好受多了，她抬头看向讲台，余光瞟见邻桌的空位，课桌上贴着纸条写着名字：王翦。

还没想明白，班主任已请人在近旁落了座。

王居安一坐下来，头件事就是掀开儿子课桌的盖子往里瞅，猛然瞧见里面花花绿绿的书刊、杂志、手机、游戏机一堆，就有些头晕，自嘲真是年纪大了，王居安打心底恨恨地一声叹息，面无表情地合上桌盖，虽然放轻了动作，仍不免在安静的教室中带来一些嘈杂声响，他倒是浑不在意。

苏沫却为有这样一个同桌而感到尴尬，转念一想：不能指望这种人具备公德心。

这会儿上台讲话的是一老头，教数学，明显属于心无城府的学究派，完了还下来和各位家长交流意见，不多时走到王居安跟前问他："你是代替王翦家长过来开会的？有些做家长的就是不上心，所以孩子也不想学，完全跟不上。你回去问问他们，究竟是想放弃，还是要继续挽救？"

王居安听他发完一通牢骚，才道："您好，我是王翦的父亲。"

老头儿有些吃惊，一连看了他好几眼，打算按下尴尬继续发牢骚，班主任插话道："王翦还是有进步的，这回模拟考，数学成绩还是有一些提高的……"

数学老师沉吟，"嗯……上回四十七，这回五十，"他见王居安一副商人派头，心里更不屑多谈，转眼看向苏沫，“你是钟声的家长？”

苏沫担心代人开会被他批评，答得有点犹豫，“老师您好，我是钟声的表姐，我舅舅今天有事，所以……”

老头儿和蔼一笑，打断她，“钟声这孩子很不错，聪明勤奋，这回模拟考就上了今年的重点线，”又说，“学校本来是想给她一个保送名额，但是又觉得会阻碍她的正常发挥，都盼着她能考个女状元。”

苏沫不常询问表妹的考试情况，只要她能在家里安生待着就心满意足，现在听人大力表扬不觉喜上眉梢，何况王居安的脸色一直不怎么好，她心里更加舒坦。

那边班主任于心不忍，安慰王翦他爸：“您家孩子还是有潜力的，我们也对他有信心，还给他安排了全年级最好的学生做同桌，相信他的成绩会继续提高……”

听了这话，苏沫立时想起钟声前几天在家抱怨的事情，说换了新同桌，那男孩上课不是说话就是睡觉，再就是玩手机，成绩极差，她不愿和人坐一起云云。

苏沫想到这一茬，也不知绊动了哪根筋，直接当着王居安的面对班主任道：“这事我也听钟声在家提过，但是调座位的事是不是应该征求一下学生自己的意见？虽然帮助同学是好事，但据我所知，这两孩子好像不怎么处得来……”

王居安仍然一声不吭，只拿眼瞧着她。

班主任尴尬笑笑，不得已只能暂时推脱，“您反映的这个情况……我会再和两孩子好好聊聊……”

开完会从教室出来，苏沫步子轻快，脑子里开始盘算晚饭菜式，就听不远处有车门被人砰的一声甩上，扭头瞧了眼，一辆黑色私家车从身边飞驰而过，看清车牌，应是王居安常用的座驾。

苏沫觉得他现在心里肯定有想法，因为才散会的当口，他接了个电话，对着那头的人讲：“这种小事都搞不定你还有脸来见我……管你怎么做，我要的就是一个结果……”他压低声音，表情却十分冷峻，像是怨气无从发泄，只得胡乱找了个出气筒。

苏沫在心里道：任你平时如何厉害，也有不得不低头的时候。

她去超市大肆搜罗一番，回家做了几样好菜犒劳钟声，又聊起调座位那事，钟声边吃边说："这回要是老师能听你的话帮我把座位调开就好了，王翦那个人学习差，又爱显，半桶水晃荡，觉得自己多有才一样，太幼稚了，就这样还有很多女生喜欢他，想不通。"

苏沫心情好，不觉多问了一句："那我们家声声喜欢什么样的男生呢？"

钟声面上一红，小声说："成熟的，聪明的，别像那个二傻子就行了。"

苏沫见她模样羞涩，自知开这种玩笑为时过早，忙转移话题，认真道："声声，你不和王翦多接触这是对的，他们家条件和我们相差太多，环境不同价值观也不同，即使只做朋友，也会产生矛盾。"

钟声略一思考，反问："你是说他家的条件太好，所处阶层更高对吗？但是我们普通人，努力学习工作，不就是为了从低的阶层上升到更高层次吗？网上不也说，考过高富帅，拼过富二代吗？我不和王翦结交，并非因为价值观的问题，而是他这个人太二了，不值得我花时间。"

小姑娘的一番言语让苏沫有些惊讶，直觉里认为她的想法有问题，却又无从反驳，只得说："如果像你说的，想进入更高的阶层，首先你必须认可他们的行为模式，但是这就会出现问题——也许在你眼里看来荒谬不堪、违法乱纪的事，他们却习以为常。"

钟声点点头，"姐，我知道你的意思，每一种飞跃性的进展都会导致由里到外的嬗变，不管是物理世界还是化学元素里面，这种变化的过程就太多啦，在演变完成的时候，会产生全新的让人振奋的物质，这就是能量守恒定律嘛。"

苏沫弄明白她的意思，微微皱眉，"如果必须接受一些有违道德的行为，你也认为这种变化是振奋人心的？"

钟声一时没法作答，犹豫道："连相对论也分狭义和广义两种，你说的那些不道德行为是不是太绝对了呢？要我说，人类社会的道德观就是相对的。”

苏沫隐约认为这种说法不算错，却不愿表露，“如果连道德观都是相对的，那还要法律做什么？”

钟声有些意兴阑珊，撒娇道：“姐姐啊，你怎么问我这些问题呢？就像是要我回答核骤变和核裂变的发现者是不是杀人凶手一样，太复杂了，我们小孩儿不管这些，留着你们大人去考虑就好了，成天学习就已经很费脑子了好吧。”

苏沫最喜欢她稚嫩单纯又古灵精怪的样子，这会儿又不觉莞尔，轻点她的额头，“我是说不过你，说多了也怕你嫌我唠叨，还好你是聪明孩子，学习方面不叫人操心，不然我得天天唠叨。”

钟声听了也是一笑，她一直是个有目标的女孩，在达成目标前，绝对不会松懈。

直到有天下午，她在学校门口又瞧见了初中好友冯瑜，那个和中年男人做朋友的女孩。

冯瑜开了辆与年龄不符的车，副驾上搁着只看起来不知道是笑还是在哭的皮包，她一头长发打理得很漂亮，染过的发色衬着一张白润的脸蛋更美貌。冯瑜在傍晚喧哗的阳光下冲着钟声妩媚地笑，开口第一句便是：“唉，你这身打扮真二啊，”接着又问，“这位帅哥是谁啊？”

那会儿钟声正被王翦缠得没法。碰巧晚自习因故取消，王翦东一句西一句地让钟声给自己补课，钟声不愿意，王翦说：“老师让你帮助同学，你就这么个态度呀？我又不会把你怎样。”

冯瑜笑眯眯地瞧着他俩斗嘴，末了添了句：“声声，我打电话你也不接，太见外了吧，看来我今天又白来一趟啊，不用说，你这重色轻友的肯定是再次抛弃我，跟着帅哥走啦？”

钟声瞧见王翦那张嘚瑟脸就气不顺，只想立马摆脱掉，却也不愿再和冯瑜多接触，她正犹豫，忽被人言语相激不禁头脑发热，她终于做出选择。

每个人这一生都要面临无数选择，也许它看起来像蝴蝶翅膀一样轻巧，却会在剩下的岁月里扇起一场飓风。

钟声觉得自己的决定有些莽撞，但是她顾不了太多，车窗大开，风吹乱她的头发，她心里一阵快活，又一阵紧张，说不出何种滋味。或许生活就是如此，挣扎与妥协交替其中，虽然眼前道路无数，却只能拥有唯一，在心绪惝恍或深思熟虑中迈出的步伐，再无法重新来过，只能走下去，一直走下去。

那天夜里，钟声比以往晚归了十来分钟，等她到家后，苏沫把桌上的饭菜重新热了热，年底将至，气温陡降，这个地方虽不下雪，但是碰上刮风下雨的天景，还是让人觉得阴冷。

苏沫随口问："怎么今天晚了?"钟声平静地抱怨："数学老师把自习时间给占了，讲卷子，拖堂。"苏沫不疑有他。

钟声一颗心怦怦直跳，胡乱吃了饭，洗漱了，进到房间躺倒在床上，她今天一点儿也不想看书，更加睡不着，脑子里兴奋极了，兴奋到心里某个角落直打哆嗦，她终于接触到一个与平时完全不同的五光十色的世界，衣香鬓影，格调奢华，一个她无法融入的世界。

她想起先前冯瑜说"你这身打扮真二"，她曾在人群中低头打量自己，岂止是衣着打扮过时落伍，她整个人看上去都很二，包括她的发型，包括她的书生气，包括她拘谨的言行，甚至她的手机。她几次想看时间，却不好意思在那帮人面前掏出手机来瞧，早几年的彩屏爱立信，是钟鸣用剩的，她以前不在意这些电子产品，也唾弃那些频繁更换手机的同学，iPhone 再多，也不能给高考加分。可是今天晚上，她恨不得把那只手机捏坏了揉碎了，连同自己一起塞进某个角落里藏掖起来。

那些人瞧向她的神情很露骨，好奇与不屑交织呈现，没人同她招呼，冯瑜也扔下她不管，她想转身走人，可心里又不服输，自己和自己较劲，独自坐在沙发的一隅，以往在学校里累积的自信和自负逐渐荡然无存。

似乎过了很久，才有位男士走过来，礼貌地同她保持一段距离，他的笑容和蔼，令人放松，他和她聊天，尽管如此，钟声依然做好备受嘲弄的打算，可是那人却道：“不要和这些人一般见识，别看他们个个人五人六的瞧不起这个看不上那个，其实都是一具具虚浮的躯壳，徒有其表，内里无知，你和她们不一样……”

无论哪个年龄的女人都爱听的一句话，这是从异性的嘴里得到的最贴切的称赞：你和她们不一样，你聪明、你漂亮、你高人一等，所以这个世界可以任凭你去创造奇迹。

钟声以一种奇特的心态，在社交生活里流连忘返，她聪明而努力，她始终记得父母对自己的教诲——吃得苦中苦，方为人上人。没有人不想昂首立于金字塔的顶端。

这一点她与苏沫不同，她认为苏沫想法僵化，容易满足，缺乏目标和冲劲。但是她仍然喜欢这位表姐，信任并且依赖她，苏沫是她的另一个世界，单纯的存在。所以有些事，她不能告诉苏沫，她可以告诉任何人，却不能在苏沫跟前透露只言片语。

何况苏沫那样忙，焦虑地投入工作，又惦记家乡的父母孩子，还要买菜、做饭、洗衣、打扫卫生，她几乎没有任何闲暇，这样的日子就能使她感到充实和满足，却不想，被钟鸣的一通电话打破平静。

电话里，钟鸣说话的声音变了调：“家里出事了……”苏沫还听到电话那头，舅妈似乎在哭，而素来老好人行事的舅舅在一旁厉声嚷嚷，“你跟她打电话有什么用？她只是给人打工的……别叫声声知道，她还要考大学……”

苏沫对那边的情况一无所知，心里急得要命，匆忙请了假，瞒着钟声赶往位于西郊的小工厂。她手脚发抖地下了车，立即置身于满目疮痍之中，钟家的厂房在眼前变成了一片废墟。

第四章 ✦ 斗强

眼前道路模糊不清，苏沫像是做了场梦，
梦醒了她问自己：前方，等待她的又将是什么？

废墟旁有杂乱不堪的类似推土机和挖掘机驶过的痕迹，可以想象那些重型器械曾在这里毫无顾忌地碾磨倾轧。

天冷，苏沫却急出一头汗，四处寻不着家人的身影，旁边几个围观的农民告诉她："钟老板的腿被砸了，送去前面的卫生院了。"

苏沫顾不上道谢，心急火燎地往卫生院里赶，一路找去病房，就见房里的三人都面色苍白。

钟老板闭着眼，一个字也说不出，只由着老婆折腾，苏沫和钟鸣忙过去把人拉开，舅妈仍是止不住哭。苏沫定定心神，小声问钟鸣："舅舅的腿怎么了？要紧吗？"

钟鸣说："轻微性骨折……"

舅妈一边抹泪一边接过话茬，"还不是心里没斤两，也不看看自己的年纪就跑去逞强。昨夜里，不知道从哪里跑来一伙人就把房子给推了，他跑去拦着人家，砖头掉下来砸了脚。你去求求你们老板……"

钟老板不等她说完，直接对苏沫道："外甥女你听我说，先回去上班，这事你不要掺和，跟你没干系。另外，钟声得拜托你，你把她照顾好，也算是帮了我们的大忙。"说罢隐隐一声叹息。

苏沫忍不住鼻子发酸，说："钟声在我那里很好，你们放心……就是，这事到底是谁做的？要真是我们总公司让人做的，那得找他们去。"

钟老板听着苏沫的话，颤悠地连连摆手，"别说这些没用的，苏沫你快走，照顾好声声要紧，这边的事等我好些再做打算。"

钟鸣见父亲情绪激动，也让表姐先走，有什么事以后再商量，苏沫见时间不早，钟声就要放学，只得先回家里去。

天色渐晚，苏沫再次路过昔日的小工厂，瞧见门口被推土车铲歪的那株柳树，想起它曾经郁郁葱葱、生机盎然的样子，那会儿她把衣物一摞摞从仓库里搬出来，铺在它旁边的平地上晾晒……一晃眼过去大半年，她就是在这里第一次见到王思危。

王思危，她想到这个人，脑海里的思路也愈加清晰：舅舅不过经营着一个小作坊，王家人之所以同他往来，无非是想达成拆迁协议，而舅舅为了不使工人散了心思，便对这事闭口不提。

这一路，苏沫心绪难宁，下车的时候忘了给钱被人撵了好远才知道。到家后她强打精神赶紧做饭，钟声回来一切照旧。

吃饭的时候，钟声说起学校的事，苏沫怕她瞧出破绽，也就勉强提起兴致应对，钟声忽然问了句："姐，昨天星期天我爸妈也没来看看我。"

苏沫道："可能是厂里太忙了。"

钟声说："我想让他们给我买个 iPhone，现在这个手机太旧了……我吃完饭给他们打个电话。"

苏沫忙说："我才打过电话，家里正好来了客人，这几天也忙，他们说过几天来看你。"

钟声到底年轻，脸上显出些失落，苏沫想着她家的情况，心里不忍，说："这周末，姐带你去买。"

小姑娘这才高兴了。

到了周五，苏沫下班回家，家里一片漆黑，按亮灯，她这才看见钟声抱着膝盖靠在沙发里，脑袋埋得低低的一声不吭。苏沫心里已有预感，仍是问了句："今天这么早就回了？"

钟声抬起脸，眼圈发红，小声儿说："是不是厂子没了？这么大的事，为什么都瞒着我？"她中午打电话回家，钟鸣接的，说起买 iPhone 的事，钟鸣脾气躁，立马冷嘲热讽，说以后连生活都成问题了，你还想着买这买那，这一激动就把最近发生的事全倒了出来。

苏沫走过去摸了摸小姑娘的脑袋，"你现在学习任务重，舅舅他们不想让你分心。你也不要太担心，你爸爸妈妈还有你姐他们都好，只要人没事就好，留得青山在，以后还有机会讨回公道。"

钟声坐在那里，半天没吭声，忽然蹦出一句："我爸以前还说让我考港大，一年学费十几万。现在这种情况，就算我考去北京上大学，家里还能出得起学费吗？要是没钱，这么多年的书算白读了。"

苏沫听得心里一叹，仍是安慰她："这不还有大半年吗？钱的事你不要担心，只要你现在好好学，我们肯定会想办法。"

钟声"嗯"了一声，说了句"现在没胃口，先回房看书。"起身就要回屋。

苏沫叫住她，问："你爸的腿受伤了，你知道吗？"

钟声这才道："我听钟鸣说了，爸受了伤，她在跟前待着，倒把我骂一顿，"她想了想，又说，"不就是一手机吗？我不要了。"

苏沫不言不语看了她一会儿，才说："你姐是太着急……算了，你先去看书吧。"

没几天就是农历十二月二十六，是公司做尾牙的日子。

一大早办公室里乱哄哄，男同事聊天寒暄，女同事们纷纷出去做头发准备晚上的穿戴，管理层也睁只眼闭只眼，只当是不成文规定，并不多加约束。苏沫也没心思工作，一个人在茶水间发呆，从蓉进来轻轻拍了她一下，"行了，你也该干吗干吗去，晚上吃饭总不能就穿这一身吧？"

苏沫如今哪有这兴致，原想请假，又一想，缺席的话就见不着王居安，见不着人又怎么讨说法？可是，就算去大闹一场，能管用吗？这事无凭无据，闹完了工作也没了，一家子人可不就全失业了？她绞尽脑汁，却是这样不行，那样也行不通，就像被人缚住手脚扔下河，眼睁睁见着污浊的水浸没身体却无力抗争。

一直挨到傍晚，集团旗下本地子公司领导员工会聚一堂，场面热闹非凡，人人锦衣华服，谈笑风生。

苏沫穿着寻常套装，不声不响地在桌子旁待着，席间又有人提到科技园那个项目，都说是今年的大项目，竞标投得，又说西郊缺水不临海，他们就多买了块地皮打造人工湖风景区，可以更好地吸引外来投资……苏沫耳边嗡嗡作响。

不多时，门外停下豪车数辆，众人纷纷向外间探望，那一行人走进来，为首是位妆容端丽五十来岁的妇人，接下来苏沫一眼就瞧见了王居安，她从未这样肆无忌惮地打量过他，几乎是一路盯着他从门口走来，穿过人群，最后迈上礼台。

王居安西装革履，浑身上下透出一股成功人士的精气神儿，举止从容沉稳，笑意恰到好处，一切无可挑剔。苏沫撇开眼，又瞧见跟在后面的王思危，也是一副人模狗样的姿态，她心里越发郁闷。

从蓉忽然悄悄碰一下她的胳臂，靠过来小声道："还记得上回我们在店子里碰到的那个男的吗？"她冲着那行人里一努嘴，"看见没？那个高个子小白脸，站在老板旁边的那个，当时我看了就觉着眼熟，以前尾牙的时候也见过，好像姓周，是法律顾问……"

苏沫瞟了眼周远山，目光又收回到王居安身上，从蓉仍是在耳边絮叨，同她讲起其他董事的八卦，苏沫满腔怨愤，哪里听得进去。

王居安上台讲话，一改平日的严肃高傲，寥寥数语，逗得台下老中青女员工娇笑不已，就连从蓉也叹了句："哎呀，这个老板……也是这老王家一门基因好，搁哪里都招人。"

苏沫却看不下去，拿了包站起来，转身就往外走，从蓉被她吓了一跳，拉也拉不住。苏沫只是凭一时之气，等她迈开脚步，才发现出去的路比来时漫长，酒店大门似乎在遥远的另一端。

王居安往这厢瞧了一眼，那背影看起来眼熟，忽而就想了起来。他言语间不觉一顿，心里有些微恼，不知是因为这女的不懂事不给当老板的面子，还是因为自己的神经过于敏锐。两样念头都是一闪就过，不过都是芝麻大点的屁事，须臾之间，一切照旧。

苏沫刚开始还端得住，渐渐地各种视线刺过来，鞭策她走得更快，她听见自己脚上的高跟鞋砸在大理石地板上清脆作响，却越来越没有章法。

出了大门下了台阶，她微微喘了口气，不远处却有人笑着问了句："这么早走，你们老板还在里面讲话呢？"周远山站在花坛边上很悠闲地抽烟，这会儿正一边弹掉烟灰，一边歪着脑袋瞧她。

苏沫想起这人是谁，只得勉强一笑，慌忙钻进一辆出租车里。

周远山有些无趣地抽完剩下的半支烟，进了酒店，领导们发言结束，娱乐节目粉墨登场。他四处看了看，瞧见王家兄弟俩坐在里间的休息室里抽烟说话。

就听王居安冷冷来了句："托你的福，我今天应付了一天的媒体。"

王思危咳一声，神色不大自然，"我也是没办法，那男的好说话，本来都松动的事，结果那女的狮子大开口，明显敲竹杠。再说那些办事的人还是尚淳帮忙联系的。"

王居安说："你不给人好处，人愿意帮你？"

王思危嘿嘿笑笑，"哪能不给好处……"

王居安又嘱咐了几句如何善后的话，其中当然免不了夹杂几句嘲讽他办事不力，王思危倒也知事情轻重，面上不反驳，耐着性子一一应下后，生怕被人继续挖苦，忙往外撤。

周远山听见兄弟二人谈话原本想走，正巧撞见他出来，也不好扬长而去，少不得要进去跟人打招呼。

王居安抽着烟，靠在沙发上想事儿，听见脚步声近了，抬头看了眼说："教都教不醒，真他妈累。"

周远山迟疑数秒，指了指天花板道："你看你正好坐在这横梁的下头，横梁压心，当然累了。"

王居安听他说完略微想了想，不觉嗤地一笑。

苏沫忽然觉得，她对钟声一点也不了解。

连日来，小姑娘的表现特别冷静，作息如常，情绪上也无太大波动，这一切倒使苏沫心绪不宁，她不属于习惯理性分析的人，但是上帝往往赋予这类人更准确的直觉。

苏沫花费更多的精力照顾表妹，早上送去上学，亲眼瞧见她走进教室才放心，晚上也尽量早回，烧好饭就去小区门口等着，如果时间还早，就一路散步到学校，接小姑娘回家。苏沫手机不离身，钟声要是回得晚些，她就一个电话打过去，次数多了，钟声就有些不耐烦。苏沫隔着话筒听出她的烦躁，又开始自责，认为自己过于紧张，反在这年轻人心上压了块石头，倒像是处处提醒她家里的变故。

于是，苏沫又努力说服自己，给予对方更多信任。

她在医院、公司和家里来回奔波，精力透支，难免有所疏忽。

学校给钟老板打电话的时候，苏沫正好也在医院，老师说，最近上晚自习钟声经常缺席，是不是家里有什么事影响了孩子？

苏沫当时吃了一惊，心说钟声每天照常上下课，时间上没什么不对呀？

她急忙往家赶，一心要问个清楚。一路上，她为钟声找出各种理由，也许是担心家用不够背地里去做学生工，又或者嫌老师授课内容浅显自个儿跑去市图书馆看书……苏沫认为这孩子喜欢把事闷在心里，表面满不在乎，其实却希望能为家庭分忧解难，一起渡过难关。苏沫打算拿出过来人的阅历，好好劝慰她，以此抹去两人心头那些不必要的顾虑。

等到她轻言细语地问完话，钟声果然答，老师讲课的进度太慢，她宁愿去图书馆独自看书，这样更能节省时间。苏沫看见她从书包里拿出分数不俗的试卷，嘴里虽说不要骄傲自满，心里已然宽慰不少，随即叫小姑娘打电话回去报平安。

虚惊过后，生活看似恢复原貌。

钟鸣那儿又不断传来为寻求公道处处碰壁的消息，最后终是无法，舅舅只得和开发商签订了补偿协议，并且搬出原来的住处。本打算另起炉灶，怎奈钟老板一蹶不振，家里人也不忍心逼他，只得吃着老本，等他养好伤再从长计议。

到了晚上，苏沫想着这些事总也睡不好，半夜里似梦非醒，也不知是现实还是梦境，蒙眬中觉得里间的房门打开，灯光照在客厅沙发床上，照在自己的脸上，接着又听见有人推开厕所门，苏沫忽然就给惊醒了。

借着里屋的光线，她看了眼墙上的挂钟，凌晨两点多，再看看掩着的厕所门，像是有动静。苏沫披了件衣服起身，原打算叮嘱小姑娘早点休息，没承想听见里面有人悄声地哭，她心里一慌，推门进去。

盥洗台的水龙头被人拧开，簌簌流着清水，钟声没有哭，却趴在台子上呕得直不起腰，苏沫过去拍她的背，钟声边呕边说："姐，晚上那个鱼不太新鲜，我吃坏肚子了。"

苏沫脑袋里有些迷糊，想起下午才买的那条鱼，分明是自己从水里捞出来盯着人家剖的，哪会不新鲜？再说就算是药水鱼，为什么她吃了就没事……苏沫没来由地发慌，不敢多想，忙拿了水和止吐药出来，钟声还趴在那儿呕，吐得只剩下清水，接着是胆汁，最后什么也没有，只是流着泪干呕。

苏沫心里咯噔乱响，越发害怕，等她想明白过来，顿时腿脚发软，站在那里一言不发。

钟声觉得好受了些，抬起头来瞧她，灯光下女孩儿脸色惨白，鼻尖通红，一双大眼萎靡浮肿。

苏沫极艰难地开口，她觉得那声音一点儿都不像自己，于是抖着嗓子又问一遍："声声，你是不是、是不是做了什么……啊？"

钟声两眼迷蒙地瞪着她。

四目相对，两人都不说话。

苏沫心里七上八下，“你老实告诉我，你是不是，是不是……”

钟声神情有些古怪，却仍是利落地执起毛巾擦净嘴，一声不吭地进了里屋，关灯上床，裹起被褥缩成一团。

苏沫跟在后面，啪的一声重又按亮灯，过去扯她的被子，可是不管怎样做思想工作，小姑娘就是一言不发。苏沫觉得自己快要崩溃，沉默了十来分钟，才问：“那个人是谁？是不是你那个同桌……王翦？”

钟声愣愣看了她一眼，没否认，仍是猫进被子里睡觉，不多时，就传来平稳的呼吸声。

倒是苏沫彻夜难眠。

隔天一早，天没大亮，苏沫就把人从床上拽起来，到医院做检查。

化验结果很快出来，苏沫勉强松一口气，迷迷瞪瞪地往外走，钟声瞧上去倒比她清醒，不紧不慢地跟在后面。

医院离家不远，两人一前一后进了小区上了楼，瞧见舅妈和钟鸣搀着舅舅在房门口等着。钟鸣问她：“姐，你没带手机啊？我打你电话，就听见在屋里响，你们这么早出去做什么呢？买早点？”

苏沫心慌意乱，结结巴巴地反问：“你们，怎么都来了？”

钟鸣说：“我爸半夜里就闹着不肯住院，嫌花钱，新搬的地方还没收拾好，我们想让他过来住两天，你看这样行吗？”接着小声儿在苏沫耳边道，“老头受了打击，现在脾气倔着，怎么都说不通，只能麻烦你了。”

苏沫怎能答不行，却也没说行，低头开了门，把人让进去。

舅妈见自家小女儿一直没作声，就问苏沫：“你们姐俩这是怎么了？才哭过，吵架了？”

钟声站在那儿绞着手指头，苏沫也不敢答话，使劲捏着化验单，只想把那张纸捏碎，她下意识地把病历往身后掩了掩，舅妈却伸手扯了过去，“一大早去看病？谁病了？声声吗？”病历翻开来，上面写的名儿是假名，年龄胡乱填的“21”，化验单上的字迹却清晰异常：尿检阴性，B超显示宫内无妊娠，左右卵巢正常。

舅妈迷惑地抬起头，“这谁啊？谁的？好端端的检查这些做什么？”

钟声干脆答：“我的。”

四下俱惊，舅妈张着嘴半天没出声，慢慢地哭起来，把病历往苏沫身上一扔，“我让你看孩子，越看越出名堂，你说，你怎么跟你舅交代?!”

钟老板指着她俩说不出话，身子一歪瘫坐在沙发上，半天喘不上气。

苏沫心里早就一团乱麻，实在无法，扑通一下跪到地上，哭道：“舅舅，您先别急，是我不对，您别气坏了身体……”

钟鸣也傻了眼，“钟声，你到底是怎么回事啊？”

钟声小声道：“你们急什么？这不是没事么？”

舅舅又急又怒，冲着小女儿扬手要打。苏沫仍是跪在那里，忙拦住了，“是我不好，钟声不说，她是不敢说……这事，和、和安盛的老板，和他家儿子脱不开关系……”

钟鸣立马往外冲，“我去找那帮兔崽子算账!”

苏沫一把将人扯住，“对付这种人不能硬来，得想办法……”

钟鸣瞪着她，“想办法，能有什么办法？”

苏沫说：“就算报警，他们也能把黑的说成白的，和这种人斗，不想办法，难道比谁的命硬吗？”

舅妈哭道：“我还不知道你怎么想？你就怕你那破工作没了，我们当初怎么对你的？你现在又是怎么对我们的？苏沫，你怎么都行，就是别当白眼狼，小心有报应啊。”

苏沫擦了擦眼泪，勉强站起身，“好，我这就去找他们问清楚。”她踉跄地走出门，像一具被人抽空气体的皮囊，伤心怨怒，五味杂陈。她回头看了眼钟声，女孩儿很有些局促不安，她还是以往那个单纯的小姑娘，容颜娇嫩，发丝乌黑，年轻美好。

苏沫脑袋里闹哄哄的不消停，她在路口拦了辆车，直接说：“去安盛控股，安盛集团的总部。”

司机一愣，“这公司我知道，但是具体在哪里？”

苏沫反问：“连路也不晓得还开什么车呢？”

司机觉得这女的挺横，不敢作声，七弯八绕，问了几个人，跨越大半个城市，总算把人送到了。

苏沫进了大楼，相较电子公司那一片灰压压的房子，此间处处气派庄重，苏沫眼里却瞧不见，跟着几位访客一同进了电梯，上楼问人，都说今天有董事例会，王总在楼上会议室……一切无比顺利。

苏沫直挺挺地站在会议室外，眼见秘书小姐过来阻止，她已经“哐当”一声把门推开，一屋子人全看向她。苏沫谁也不看，只盯着坐在主位右方的那个男人，冷冷招呼一声：“王居安。”

王居安很讶异，眉头微扬，搁下手里的文件，却也不着恼，“现在开会，有事找我先约时间。”

苏沫走近他，“这事对你来说小得很，不花你多少时间。”

王居安打量她一番，也不知动了哪根筋，忽然起了些兴趣，不觉往后推开椅子，颇有绅士风度地站起身，略微笑了笑，“那好，给你半分钟时间，董事们的时间都很宝贵，三十秒之内，你把事情说清楚，下不为例。”

他居高临下，轻松调侃，苏沫心神一慌，脑袋里忽然空白一片。

王居安颇为耐心地等了一会儿，提醒，“还剩十秒，要不你自己出去，要不让保安请你出去，楼下大堂有镜子，你怎么就没好好照照自己，这地方是你能随便进来的？”

苏沫气极，想也未想，扬手就是一巴掌。

王居安哪能料到这茬，只觉得左边脸颊麻酥酥地疼，他顿时面色铁青，低下头恶狠狠地盯着她。

苏沫豁出去了，“你拆人房子，还让自己儿子作践人姑娘，我表妹才十八岁，本来前途大好，你怎么下得了手？坏事做尽，你晚上睡得着吗？良心上能安稳吗？不对，你这人根本没良心，龌龊就是你的品性，你就是一人渣！”

周围一干人早看傻了眼，王居安几乎咬牙切齿，“保安都死哪儿去了？这都什么人，放进来胡闹！”

苏沫往后退开，“用不着，我自己会走，你要小心，阴沟里翻船。”

王居安瞧了她一会儿，伸手抹了抹嘴角，显然认为这种恐吓极为幼稚，他忽而笑起来，“苏小姐，你放心，我的睡眠质量一向不错，就像那天晚上，请问你睡好了吗？或者是睡得太好，前所未有的好，上了心？”

苏沫登时涨红脸，一时间气势下去大半，又听那人道：“别在我跟前耍花招，你这种女人我见得多了，你段数还不够。”

说完这话，王居安舒舒服服地坐回椅子里，仿佛先前那一掌掴是甩在别人脸上，和他毫不相干，瞧见保安从外面冲进来也不忘戏谑，“你们战斗力不行啊，迟了一步，但是老话说得好，牡丹花下死，做鬼也风流，何况只是花拳绣腿的一巴掌。”

众人了然一笑。

这人没脸没皮，轻飘飘一句话，就把社会问题定位到桃色纠纷上。

苏沫被人轰出来，一个人跑去海边枯坐了大半日，心情寥落地回了家。

家里仍是吵翻天，一时学校打来电话问孩子为何无故旷课，从蓉也打苏沫的手机问为什么不上班，一时又是舅妈哭着骂孩子。

苏沫又一次见识了钟声的倔脾气，问她究竟被谁欺骗侮辱，她就是一声不吭，几个大人拿她没办法，一直折腾到晚上，舅妈和钟鸣才一同回去新的住处，临走前把钟老板安置在客厅里歇下，苏沫带着表妹睡里屋。

临出门，舅妈抹着泪对苏沫道：“她往常就和你走得近，你劝劝她，兴许还听得进……”

整晚，苏沫听见舅舅在沙发上翻来覆去，她更加睡意全无，也不管钟声如何，压低声音直接说：“这事必须说清楚，必须和那个人断了联系，这是为你好，你还要上学，马上要高考，你以后的路还长着，不要钻牛角尖……”

过了好一会儿，钟声才轻轻反问：“你怎么知道这么做就是为我好？并不是年纪比我大，就有权替我决定所有的事，何况……姐，不是我说你，”她翻身坐起来瞧着苏沫，“有些话我不想讲，你看看你现在的样子，你混得又有多好？是，你年纪比我大，经历比我多，可你不见得就比我想得透彻，要不然你现在怎么混成这样？老公跑了，婚姻失败，你一个大学毕业的，跑来我们这里还给人做保姆，被人骗去仓库当苦力，说出去都嫌丢人。你从来就没替自己好好打算过，还有我爸，一辈子老实惯了，你看他现在混的，连我的学费都缴不上，考过富二代有什么用？一样上不了大学，说句不好听的，你们就是一群生活在社会底层的loser！”

苏沫先前是怔愣，这会儿又生气，更怕舅舅听了去，忙道：“你小点声！”

钟声放低声音，“自己没能耐，还要我听你们的。”她看向窗外，白净的脸颊被细碎的月光染上一抹奇异色彩，“有时候机会就是伴随危机来的，不试试怎么知道？这件事，就是我现在的筹码。”

苏沫看着她像看一个陌生人，回过神，压着脾气问：“钟声，你老实告诉我，那男的究竟是谁？你告诉我？”

钟声摇头，“我现在不能说，我不会让你们去找他的麻烦，我要自己和他谈。”

“不是王翦？”

“王翦和他比起来不值一提，他成熟、博学，什么都知道，什么问题都能解决，就连一起吃顿饭，我都能学到不少东西。不只王翦，你们谁都比不上他。”

苏沫发了一会儿呆，厘清思路，慢慢道：“声声，我知道你瞧不起我这个大姐，是，我这人笨，没什么头脑，以前上学的时候尽顾着谈恋爱也没好好学，上班了也没什么事业心，成天就知道围着老公孩子转，专业忘得七七八八。我的能力就只配给人当保姆，只能在仓库里和一群粗人混，我也怪自己，但是有一点我不抱怨——有多大的脑袋就戴多大的帽子，我靠自己挣钱，钱再少，那也是我自己挣的，我过得踏实，我不靠别人，不打有钱男人的主意……”

钟声目不转睛地瞅着她，听见这话却笑了，“姐，你现在做销售，就真没靠过男人吗？你别以为我真是待在象牙塔里呢，别人提起女销售们都直摇头呢……”

苏沫一愣，说：“是，偶尔也有过不好的做法。我这么讲也是不希望你走我这条路，你人聪明，底子又好，以后读书深造找个好工作，完全可以不靠任何人。这世上还有很多人凭本事吃饭……”

钟声笑着打断，“你们大人真虚伪，教育小孩的时候义正词严，坏起来又当仁不让。”

苏沫立马说：“那些有钱人也不是傻子，他们总要从你身上榨取更多价值……”

钟声摇了摇头，躺回被子里，显然不愿意多谈，许久才道：“有付出才有回报，而且我喜欢他，很喜欢他……”

小姑娘渐渐睡着，苏沫却抱着脑袋，又是一夜未合眼。

第二天一早，苏沫就自动自觉地回公司收拾东西。

好事不出门，坏事传千里，旁人看她的眼神里似乎附带了许多微妙内容，更有人无所顾忌地议论：还不是看人有钱吗？作为女人不洁身自好，被人甩了还跑去大闹，丢尽咱们女同胞的脸。

苏沫充耳不闻，把手头的任务进度一一理顺存档，又用邮件发给从蓉报备，就拎了些私人用品往外走，没想从蓉却跟出去叫住她：“你这什么态度？招呼也不打一个？”

苏沫说：“我走了。”

从蓉笑起来，把人拉到僻静处，才道：“我说你急什么？上头的解雇信还没来，你自个儿倒先跑了，人家议论几句你就难受了？当初你有胆量在客户面前自曝隐私，现在倒清高了。”

苏沫也不想解释，没作声。

从蓉只当她转不过弯，提点道："你当初要花枪抢了曹大拿的位置，你以为那些人都真心服你？还不是顾忌着那个人，这会儿看你犯了事当然会嚼舌根，嚼舌根又嚼不死人，你怕什么？"

苏沫道："跟这个没关系。"

从蓉很有兴致，"跟什么有关系？"

苏沫哪有心思和她周旋，只说："你还在这里上班，知道那么多对你有什么好处？"

从蓉笑笑，"你不说我也能猜着，"她顿了顿，"那晚，那个人，是不是王……"眼见她脸色微变，挨不住抬腿要走，从蓉赶紧安慰，"这世上有些女人呢，被男人那一套洗了脑，以为认同他们的看法就占据了道德制高点，以此证明自己有多纯洁、多高尚，多值得男人疼爱，多应该让男人送她们一面贞节牌坊。你是实在人，真没必要和这种人一般见识。他横任他横，明月照大江。"

苏沫见她一本正经，有些哭笑不得，"从蓉，你的好意我心领了，但是有些事我不想多说，解决不了问题反会影响你，没必要再拖不相干的人下水。"

从蓉颇为不屑地低哼一声，忽又想起什么，笑道："其实要我说，你还真不亏，那谁要身段有身段，要模样有模样。"

苏沫听她越扯越远，实在不想再耽搁，忙要告辞，却听见身后有人闷声道："让人打你电话也没接，上班时间跑这儿休息来了？"

两人回头一瞧，王居安和几个部门领导打电梯间里出来。

从蓉心说不好，一时没管住嘴巴，也不知人听去多少。好在她反应快，忙道："王总早，我秘书病假，没人接电话，同事才离职，我来问下交接的情况。"

王居安看也没看苏沫，直接吩咐从蓉，"上楼开会。"

王居安这几天过得很不顺，先是在董事会的提议被人打压否决，而后又被人当众甩了一巴掌，还说自己纯洁无瑕、天真可爱的儿子玩弄了谁家清清白白的小姑娘……当时虽勉强应付过去，但过后想起来，心里的火苗仍是刺溜乱蹿，以至于他破天荒地叫人查了某员工的资料，将其背景深刻了解一番。

他有些烦躁，特别烦躁，却也非常忌讳让人一眼瞧出自己的情绪，所以直到下班回家，看见了自家儿子，他心底憋着的那股火气才轰轰烈烈地爆发一通。

外面下着雨，王翦坐在落地窗前仰望天空，静默出神，既不学习，也没像平常猴儿般的四处乱折腾。

王居安顿时炸了毛，心说臭小子装模作样，跟老子玩儿四十五度角明媚的忧伤，欠揍。

他大步上前，扬手就冲人脑袋上拍了一巴掌。王翦一惊回神，王居安这才发现儿子脸上竟有泪痕，他没好气地又一脚踹过去，“你恶不恶心，赶紧擦干了。”

王翦没理他，也不反驳，更没吵闹，王居安压下火瞧了一会儿，觉得这回是出大事了，他心里一直惦记着那个女的说的话，于是问：“臭小子，你是不是做了不该做的？把人家女孩儿给……”

王翦跳起来大声嚷嚷道：“你放屁，我失恋了，老子失恋了，你还有心情开玩笑。”

这种反应才算正常，王居安心里踏实了，摆出一副极其严肃的姿态趁热打铁，“王翦，这件事你要老老实实跟我交代，你那个同桌的表姐前几天跑来找我，说你和那谁谁谁？有这回事吗？”

王翦继续吼：“没有，我说没有就没有，老子做了就会认，没那么孬种，什么狗屁表姐，指不定是看你有几个臭钱来讹的，你傻乎乎地还来问我？！”

王居安听他这么一咋呼，更放心了，也不恼了，在儿子身边席地而坐，“说说看，你这回又受什么打击了，不就是失恋了吗？搞得像你死了爹一样。”

王翦瞥他一眼，“你不懂，跟你说了也白说，”忽想起刚才的话，立马问，“你说我同桌的表姐来找你？你怎么认识她表姐，你怎么知道是我同桌？”

王居安反问：“你同桌不是叫钟声吗？”

王翦的眼神儿直愣愣，“你刚才说什么来着，她被人……那啥了？”

王居安微皱了眉瞧着儿子。

王翦猛地扭过头恨恨地看向窗外，胸膛起伏，许久才道：“她才跟我说她有男朋友，那个人很有钱，要不你也给我点钱，我去砸晕她……”

王居安品过味儿来，觉着有些事还是应该往传统上给予教育，于是说：“王翦，这事应该这么着，你要是真喜欢一个人，就不要用自己最不稀罕的东西去砸她，那是对她的不尊重，懂吗？”

王翦嗤笑道：“哎哟，你倒是挺懂的。”

王居安说：“老子吃的盐比你吃的米多。”

王翦一顿，慢慢开口，“我问你，你对我妈究竟是个什么想法？是不是也属于玩玩的那一类？”

王居安看着儿子，“不是，”他伸手挠了挠后脑勺，“我曾经，非常喜欢她，”他觉着这么说很有些娘儿们的感性，但是教育孩子，动之以情晓之以理，必须的，“我们那时候两情相悦，就是年纪太小了，出了事都慌了什么也顾不上了，有感情但是不成熟。所以我总唠叨你早恋的事，不是想干涉你的自由，是希望你能在成熟的年龄收获一份成熟的感情，即使遇上突发事件，也能解决，而不是稀里糊涂地分道扬镳，不能给小孩一个完整的家。”

王翦吸吸鼻子，低骂，“酸，恶心死我了，”又慢吞吞地说，“我妈要是也这么想，不会到现在也不愿见我。”

王居安诚心道：“她肯定和我一样内疚，这世上的一些错误，男的可以犯完了就过去，女的却不行，这一点你不要怪她，她必须维护好自己的家庭。”

一时间父子俩都不说话，半晌，王翦才道：“爸，你给我申请加拿大的学校，我不想在这儿待了。”

王居安恨铁不成钢，“我是你爸，我当然可以帮你做很多事，但是你不能到我这个年纪还让我帮你。你没有妈，我原本不希望你走得太远，但是现在看来，让你出去吃点苦头也是好的。”

王居安教育完儿子，回书房打电话，首先是工作上的事，接着和周远山联系，让人帮忙申请移民事项，最后，他考虑了一会儿，仍是给王思危去了个电话。他原不想理这茬，事情过了就算了，多一事不如少一事，权当不知情，可又一想，王翦说的并非全无道理，要是有人揪着这事跑来讹诈，失财是小，就怕影响儿子的名声。

电话一接起，王思危就听他问了句：“西郊那个工厂，老钟家的姑娘出了点事，你知道吗？”因为旁边有人，王思危打算嗯嗯啊啊应付过去，谁知王居安不依不饶，“我问你，知不知道？”

王思危无法，忙向旁边那人告了退，走去屋外才答：“有人看上那丫头，因为跟那谁长得像，我就做了个顺水人情，介绍他俩认识呗。”

王居安哼道：“王思危你这什么逻辑？”

王思危说：“这事还真不能怪我，现在的小丫头一个比一个主动，那是拦也拦不住……”

王居安打断，“这事，不是不能怪你，根本就不关你的事，你记着，以后少管这些鸡毛蒜皮的闲事，弄不好还惹一身腥，别说我没提醒你。”

那头挂了，王思危忙回屋问那人：“姑姑，您晚上想去哪儿吃饭呢？我好给您定位置。”

妇人笑笑，“别瞎套近乎，谁是你姑姑呢？我现在去朋友那里，你让老陈备车。”

王思危神色未变，低眉顺眼地应了，让人把车开出来，又送那妇人上了车，随后站在原地，目送车子开出老远。

妇人看着后视镜里的人影冷哼一声，随即吩咐前头的司机，“老陈，你明天把信给人送去，别送到家里，等她出了门递过去就结了。”

司机忙道：“您真是好心人，不过这么做，王先生可能会有些想法。”

那妇人一笑，慢条斯理地说：“我就是要让他有想法，那小子现在翅膀硬了越发狂妄，渐渐不把我们这些老人放眼里，我就偏要把他解雇的人请回来，还要给他搁楼上去，天天提醒着他，别忘了被人当众打过耳光的事儿，我要成天儿地硌硬着他，让他哭不得笑不得。”

苏沫辞了工，心里更空落，也不敢在电话里向父母诉说实情，只告诉他们最近厂子出了点事，舅舅心情不好，央求他们少去询问。苏母只听个大概也跟着担心，过后又聊胜于无地同女儿叹息：“还好你早从他们家出来，不至于丢了自己的饭碗……”又问，“你最近工作上还顺当吧？”

苏沫答：“挺好的。”

苏母说：“既这样，你舅那边你就搭把手，毕竟以前也在他们家住过些时日。”

苏沫面上极为平静地应了，暗自越发焦虑，她又过起四处撒网投简历吃老本的日子，却高不成低不就，每天无精打采，只在家买菜做饭，一则照顾舅舅，二来看着钟声。

钟家因担心小姑娘又跑去见那男人，只得替她向学校告了病假，进出家门也都有人跟着。钟声很固执，和家里僵持着不肯交代原委，她换了手机，新手机整天不离身，连上厕所也不落下。有几次钟鸣气不过，把那手机抢过来检查最近通话和短信，早被删得一干二净，当然查不出什么名堂，钟鸣只好去移动打通话清单，谁想被告知该号码开通详单禁查。

钟鸣恨得咬牙切齿，苏沫也无法，思想工作完全做不通，只能留意观察。

小姑娘也一天比一天焦躁，再如何聪明也毕竟年幼，眉眼间犹疑不定的思绪总会不自觉地流露。苏沫估摸，也许那男人的回应不如钟声初时的设想，别说赠送定心丸，似乎连敷衍也漫不经心。她叮嘱钟鸣：“要是你妹想出去，就由她去，”见钟鸣满脸不解，又道，“跟着她。”

钟鸣悟过来，“是，把那个臭流氓找出来，大闹一场。”

不想这话让钟老板听到，他幽幽叹一口气：“你不要闹，你这么一闹叫你妹妹以后怎么做人？她年纪还小……”钟老板自从厂里出了事整个人衰了一截，腿脚也不利落，心里万分着急却使不上力，只能躺在床上冲孩子们发发脾气。

父亲提心吊胆投鼠忌器，女儿却未必能理解，钟声终是寻着机会跑了出去。

那会儿正是大晚上，苏沫去超市采购一家子的生活用品，路过面点区时，她看见玻璃橱窗里的各种精巧别致的糕点，忽然想起今天是自己的生日，又想二十八年就这么过了，她仍然一事无成。苏沫没心思闲逛，拎着购物袋往小区里走。

路旁，一辆私家车泊在树影下忽然按了下喇叭。

苏沫回头，司机摇下车窗，探出半边脑袋："请问是苏小姐吗？"

来人她不认识，却也不像无聊搭讪。

苏沫没搭理，那人也不多说，直接递了封信过来，言明是董事长的意思，希望苏沫能去总公司上班，而这家公司正是安盛控股。

她一时半会儿无法消化，心里既诧异又厌恶，不由怨气顿生回了句："那些个姓王的很喜欢捉弄人给自己找乐子吗？还是你老板和她侄子有仇呢？"

对方听了倒是呵呵一乐，不答反问："苏小姐最近找工作的情况如何？"

苏沫没作声。

那人继续道："究竟是捉弄还是机会，只看各人的活法。天上掉下来的馅饼，很多人以为是石头，所以碰也不敢碰一下。"

苏沫说："天上不会掉馅饼。"

司机又笑："此之蜜糖，彼之砒霜，吾之馅饼，汝之石头。"

苏沫因为表妹的事，越发厌恶这种侥幸心理，当即扭头就走。直到走出老远，才发觉自己手上还捏着人家的雇用信呢。她正想把信撕了扔去垃圾桶，不妨被迎面跑过来的人一把拦住。

钟鸣拽着她的胳膊上气不接下气，"我才转个身在阳台上晾衣服，死丫头就不见了……我爸急死了，说是爬着也要去找她，我、我……”钟鸣气得一跺脚，“我要是这回揪住她，不揭了她的皮我不姓钟……”

苏沫急道：“千叮万嘱让你跟着她，现在上哪儿找去？”

钟鸣也蔫了，“都怪我没事找事做，要不先在这附近看看去。”

苏沫叹息一声，轻轻摇头。

钟鸣几乎要哭起来，“要是找不着人，我怎么跟老爷子交代啊……老爷子听她和人打电话，说什么南苑，非得说是去了那里，那么多宾馆酒楼、东苑南苑，要我怎么找啊……真是拿这一老一小没办法了我……”

苏沫听得一惊，思索片刻后招手拦了辆出租。

钟鸣回过神，扯着她，“姐……”

苏沫害怕自己的猜测，只道：“试试吧，”两人上了车，苏沫吩咐司机，“四季青南苑，麻烦你开快点。”

四季青南苑，苏沫第二次来这儿，这地方老远看起来就邪乎，明明一个不起眼的院落，外墙老旧，路灯昏黄，墙头支棱着青黄不接的野草，大门也不够宽敞，勉强通过一辆私家车，可是越往里走越是别有洞天，让人生出茅塞顿开之感。

苏沫很不喜欢这里，她不喜欢表里不一，这样的事物只会唤醒她十分的提防心。

门童和服务生见这两人既无会员卡打扮也寒酸，当然拦着不让进。

钟鸣急了，大声说：“有人把我妹妹拐来这儿了，你们要是再拦着我，我可报警了。”

服务生很淡定，“这里是高级私人会所，只有会员才能进来，绝对不可能有未成年人。就算警察肯来，我也一样这么说。”

钟鸣哪里肯依，缠着保安闹得不可开交，苏沫忙拣了个空子溜进去，她一路走得飞快，到了里间又有服务生过来询问，她心里一动随便扯出个人来，“我约了尚总，尚淳，他是这里的熟客，你们总该知道吧？”

服务生立马堆笑，“当然，尚总在三楼老地方，不过他现在忙，陪着几位朋友，还有……”服务生上下打量苏沫，虽不明她的来意，也不能轻易得罪，却可以揶揄调侃，因而多嘴道，“今天来找尚先生的女士真不少，才上去一个……”

苏沫一愣，直觉地小心翼翼问了句：“请问，才上去的是个小姑娘吗？大概十七八岁的学生样子？”

服务生很警觉，看了苏沫一眼就要走，扔下句：“我们这儿怎么会有学生？是不是十七八岁我不知道，但是七老八十的肯定没有。”

苏沫越想越怕，连电梯也等不及，直接顺着楼梯往楼上走，一颗心七上八下几乎跳出胸腔，不知不觉，人已身处宽敞的厅堂，正前方数枚雅致石山，搁在一团碧汪汪的池水里，流水汩汩作响，一群尺把长的锦鲤穿梭在新嫩的荷叶之下，幽静平和。

可惜这会儿让她赏景就像牛嚼牡丹，一股压抑感排山倒海，伴随温热的湿气直扑面门，让人心里堵得慌。

苏沫四处瞧了瞧，厅堂两侧的房门紧闭，也无人声，她又有些拿不定主意，只好顺着池面小桥估摸着往对岸走，下了桥，绕过一道紫檀雕花的屏风，果然里间另有风景。

影影绰绰的隔断之后，房门虚掩，几声男人的喧哗谈笑从里头渗出来，她隐约听见一人道：“尚总，您旁边这片草才抽芽呢，估计也就十六七年的光景吧？”

另一人懒散回应，“这小子是拐着弯骂我老牛呢？才输了几手牌，就搞打击报复，你们说怎么罚他？要不这样，一瓶大拉菲，全吹，就当便宜你。”

苏沫越发紧张。她这人有个毛病，一紧张就犯头晕，一头晕就腿脚发软，即便如此，却也听出适才答话那人，正是尚淳。

她轻轻挪到门口，又听人奉承说：“尚总，你这招反将一军，这小子倒成牛了，大拉菲这么个喝法，不是牛饮是什么？”

尚淳却道：“说起这棵小嫩草，你们别看她年纪小，脑瓜子灵的，鬼主意多的，丫头，我说得对不对？”

一时半会儿却无人应答，苏沫手心里直冒汗，凑近门缝去瞧，正好看见尚淳坐在牌桌上，左手边坐一女的，低着头。苏沫看不见她的脸，只瞧见那姑娘的半侧身子，溜肩细腰，身上是平日里穿的一件普通纯白线衫……

苏沫脑袋里顿时“嗡”的一声，没多想，伸手推开了门，还未开口就听见钟鸣在身后压着怒火大喊：“钟声，钟声，你给我出来！”

一屋子人，四个打牌的，两三个看牌的、陪聊的全看向门边这姐俩。

尚淳扫了眼钟鸣，却是盯住苏沫，像是不认识一样随口问了句：“找你的？谁啊？”

钟声脸色发白，低头看地上，过了一会儿才小声答了句：“一个是我姐，一个是我表姐。”

钟鸣说：“你还废什么话？出来！”

尚淳打断她，“这样啊，一个亲姐一个表姐，我知道她俩里面有一个姓苏，但是你又姓钟，那么姓苏的那个肯定是你表姐了？”

“嗯。”

旁边有人应景，“原来尚总认识，您先别说，我来猜猜，”那人装模作样，“生得白的那位小姐肯定是钟小姐的亲姐，另一个矮点的才是表姐，尚总，我说得对吧？”

尚淳笑道：“正好反了，”他点着门口那两女的，“这表亲倒像是打一个娘胎出来的，比亲姐俩还要像些。”

被人当货物一样评头论足，钟鸣登时气得脸红脖子粗，本想破口大骂，又怕坏了妹妹的名声。另则，她一路跟着苏沫上来，眼里尽是奢华排场，眼前这些人从穿着到谈吐和自己平日里接触的大不相同，她也一时没了底气。钟鸣搁门口吭哧了半天很不服气，忍了忍，问自家小妹：“这人谁啊？”

钟声埋着脑袋，声音虽小却清晰，“就是……我男朋友呗。”

她姐一听更急，呵斥道：“什么男朋友？！这里不是你来的地方，你年纪小，傻了吧唧的缺心眼，别给这些人骗了，赶紧出来，跟我回家去！”

小姑娘坐着没动，尚淳这会儿才拿正眼瞧了瞧钟鸣，没说话，慢条斯理往牌桌上搁了张牌，旁人帮腔道：“钟小姐是吧？你这话说得很不恰当，你父母没教过你怎么说人话吗？这屋子里的男人，犯得着用坑蒙拐骗的手段吗？”

钟鸣气到要死，一张脸更是没地儿搁，当下冲过去扇了钟声一耳光。钟声捂着脸不吭气，只拿眼瞪着她姐，周围一拨男的又瞅着笑起来。

苏沫忙过去扯开姐俩，“别在这里闹，”她看向尚淳，“尚先生，能不能和您单独说几句？”

“不能。”尚淳话虽出口，又见她一脸正经，明明挺生气的架势却难掩天生一抹娇怯风韵，不觉放柔声音添了句，“单独聊没意思，做点别的倒可以商量。说吧，想谈什么？”这会儿他牌也不打了，只拿眼盯着苏沫，又执起桌上的酒杯轻晃，偶尔呷一小口红酒。

苏沫原是耐着性子和他好生说话，这会儿被他看得浑身不自在，她稍稍移开视线，无可奈何道：“尚先生，您有家室，但是我表妹还没成年，你别看她个子高，一米七，但想法上还是个孩子，一时感情冲动被人蒙蔽也情有可原。您比她大十几二十岁，什么事没见过？您比不得她，您是一个有自制力的成年人。以后你不要再见她。”

她一番话说完，尚淳正好小半杯酒品尽，招手让人又斟了些，正要开口，却被人抢了先。

钟声拿手指绞着衣摆，小声儿道：“这是我的事，我和他之间的私事，你们不要管。”

钟鸣作势又要去打，苏沫按住她的手，说：“钟声年纪小，不懂事，我相信尚先生一定比她明白得多。”

尚淳笑一笑，“你表妹的话你也听见了，小姑娘家，我也不忍心拒绝太多，伤她自尊。”他慢条斯理，“你既然想和我谈，总该允许我为自己解释吧？我今天是和朋友们一起找乐子，心情还不错，你们这么大大咧咧闯进来闹，苏小姐，我没直接请你们出去已经是很给你面子。俗话说得好，只说三分话，见面留一线，日后好相见。对不对？”

话音才落，立即有人笑开了，言语十分暧昧，“尚总那是绝对长情，日后还要见面。”

尚淳听见这话嗤地一笑，仍是瞧着苏沫，眼见她脸上浮起红晕，连耳根也渐染粉色，心里不由跟着一荡，正要饮酒，忽然听见角落里有人不冷不热地插嘴道：“尚总刚才说要自辩，可惜这种事还真不好自辩，小姑娘看起来就是未成年，得好好问清楚了，要是连十四周岁也没到，麻烦就大了，别说自辩，就算你请律师打官司也未必说得清楚。”那人窝在沙发里头，不怎么说话也不看牌，似乎只有喝酒的兴趣。

尚淳脸色微变，显然对这种说法相当忌讳，等不及随扈帮腔，侧头就瞪了那人一眼，“你家老板还没开口，几时又轮到你放屁了？”

苏沫也没想到会有人替她们说话，当下心存一丝感激，抬眼看向沙发那边，一看之下立时就认出来——周律师周远山。

她有些诧异：周远山怎么和这些人混在一起了？

苏沫心里隐隐不安，忍不住又去看牌桌上其他人，有两人一边打牌一边不时掺和几句，显然对尚淳这档子事见多不怪，但是剩下一位始终不曾开口。

这人座位侧对房门，一道屏风堪堪隔在当中，遮了外面的视线，苏沫从进来到现在，注意力全搁在钟声和尚淳这边，对他并未留意。可是这会儿她只瞟了眼，就不觉倒吸一口凉气，心说：是非之人来是非地，真是冤家路窄。

王居安正一手夹着烟卷，靠在椅子上垂眼瞧着跟前的一溜麻将章子，略微寻思放了张万子出去，嘴里随意道：“咱们家周大状，有名的刺儿头，职业习惯，逮谁撅谁，撅完了人毛了他就爽了，所以尚兄，千万别让他如意了。”

尚淳一听这话心里骂了句“王八羔子”，面上却牵出一点笑，“毛什么？犯不着发毛，只是他能这样，你这当老板的管教无方呀。”

王居安也笑，“尚兄，咱们这种人呢，周围连哄带骗、溜须拍马的太多，搁一个刺儿头在跟前还能提点神，不至于太得意忘形。”没等对方接茬，他看向周远山，“我说周大状，你是在我跟前撅习惯了还是怎么着？也不看看尚总什么人物，怎么喝多了就犯浑了？没上没下。”周远山还要开口，被他老板一眼给盯回去，王居安又道：“喝多了就出去转转，别跟这儿杵着。”

周远山重新窝回沙发里，看了眼那个低着脑袋的小女孩和立在不远处的年轻女人，苏沫的背影瞧上去消瘦单薄，又透着一股可怜巴巴的倔强劲儿，他暗自叹了口气，从怀里摸出了烟和打火机，踱去阳台吹风。

屋里的气氛更加尴尬，其他人也不好再接这一茬，苏沫拉着钟声要走，钟声却眼巴巴瞧着尚淳。

尚淳心里正不痛快，偏又不好发作，瞅着机会冷冷笑道：“苏小姐，你也看见了，你表妹根本不想走，我拦着她了吗？没有，她这会儿在求我呢。”尚淳慢悠悠抽出根烟卷塞嘴里，立即有人给递了火，他微眯着眼吸了一口，将跟前的牌轻轻一推，“一不留神杠上开花，看来哥几个的财运今天遇上我是要绕道走了。”

钟声涨红了脸，眼泪在眼眶里直打转，她拼命压抑，终是哽咽出声，“尚淳，你以前可不是这样说的，你知道、你知道……”

尚淳侧过脸瞧着她笑，“我知道什么？你说啊？”

钟声忍着哭，“我、我……”当着这么多人的面，后半句终是说不出口，她犹豫半晌，声如细蚊道，“你以前说过……喜欢我，现在我……你，你又……”

尚淳哈哈一笑：“丫头，要不这样，你愿意留就留，再不济我好人做到底，也不怕被你讹上，顺便帮你去学校把事情说清楚，省一中是吧？挺有名的。”

钟鸣听了几乎跳起来，“你休想，我妹妹还要读书，你别乱来，不要败坏她的名声。”

苏沫看向钟声，声音有些颤地问她："他的话说得明明白白，你还去求他？你现在还指望他？你还能指望？你指望得了吗？"

钟声肩头轻颤，死命咬着嘴唇，直到咬出淡淡血迹，忽而站起来，一把甩开苏沫的手，转身就走。

尚淳却道："想来就来，想走就走，这地儿你们家开的？"

他起身踱过去，作势要给钟声抹眼泪，被钟鸣使劲挡开，"你别碰她！"

尚淳瞧着钟鸣一乐："见她哭我就心软了。这丫头可以走，不过要换个大的留下来，走一个留一个，很公平。"

苏沫吓了一跳，赶紧说："尚先生，这事我们也有不对的地方，我表妹家最近出了很多事，我舅舅的腿折了，现在还躺床上不能下地……您大人大量，我保证钟声以后不给您惹麻烦……"

尚淳打断，"笑话！一个小丫头能惹什么麻烦，当我怕了她？"他低头瞧着苏沫，"不过我看你很顺眼，脾气也好，我喜欢和脾气好的人打交道，特别是女人，就该斯文点、温柔点，别有事没事咋咋呼呼的没气质，你说是吧？"苏沫抬眼瞪着他，她气得发抖，想扇人巴掌的那鼓劲儿刺溜直蹿脑门，却深知得罪了这人当真后患无穷，正犹豫权衡，忽听王居安低低笑了一声。

她回头瞧了眼，王居安正百无聊赖地靠在椅背上吸烟，一副看热闹的痞样，这会儿弹了弹烟灰道："尚兄，你这口味，最近越来越奇特，我是不佩服都不行。"

尚淳神情微滞，"这话怎么讲？"

王居安微一扬头吐出口烟圈，隔着薄雾看过来，问："苏小姐，今年几岁了？"

苏沫愣了愣，仍是答："二十八。"

王居安点点头，对尚淳道："老兄，你也不嫌吃了硌牙，胃里冒酸水？"

尚淳一听这话，也忍不住又打量了苏沫一回，忽然觉得：好像是挺一般啊，无非就是生得白些，细眉细眼小门小户的没什么特别啊？真奇了怪了，当时怎么就鬼迷心窍惦记上了？

他越想越发没了自信，除了财富和门路，男人们最怕人议论自己不行，再来便是怕人嘲笑自己相女人的眼光差。包房里这些人，多是吃喝玩乐的行家，他一时面子挂不住，只得佯装随意地笑起来，“没事，我看哥几个闷着无聊，和这几位小姐逗着玩玩，找点余兴节目，其他的还真没想那么多，再说我牙口也不好。”他面上这样讲，心里老不服气，哪肯轻易地放人走，至少得拾个台阶下了再说。

尚淳低头瞧了瞧自己的鞋，弹着手里的烟卷，对苏沫道：“苏小姐，没吓着你吧？其实你不留下来也行，我的皮鞋有些儿脏了，要不麻烦你帮我擦擦？”

几人均是一怔，钟鸣轻轻拉了拉苏沫的衣服，一脸紧张，她瞪向尚淳，“我来擦，擦完了就让我们走。”

尚淳看也没看她，“你配吗？”

钟声抬头瞧了尚淳一眼，想说什么却说不出，她侧过脸去，眼泪终是悄悄流下来。苏沫问：“是不是这样我们就可以走了？还有，你以后不要再招惹她，我不想听到任何有关于我表妹的谣传。”

尚淳打鼻子里哼了一声，“记得用手擦，这样干净。”

一时无人说话，四周安静极了，可以听到外间水声汩汩，还有不知何处传来的谈笑，以及刀叉轻碰白瓷碗碟的叮当悦耳，这些声音连成一片冷清优雅，与天花板上的炽热灯光形成鲜明对比。苏沫像是生病一样，脸颊火烫，手心冒汗，似乎整个人都在慢慢溶解。

她握紧拳，又渐渐松开，沉默地蹲下身去，所有人都瞧着她。

尚淳让人斟上酒，他一边喝一边低头看着，表扬道：“还不错，以前苏小姐在我那儿做小保姆的时候，也是这样敬业，继续保持，再接再厉。”

苏沫一声不吭，动作机械，眼圈发热，手指头止不住地颤抖。她蹲在那里不知多久，时间和血液一起凝固，脑袋身体正变得麻木，这种不适继续蔓延到四肢，逐渐浸入骨髓和五脏六腑。

终于，那人说了句：“行了。”

苏沫慢慢站起身，直视尚淳，“你要记得刚才答应过我的。”

尚淳皱皱眉头，“我答应过你什么了？”他笑，“我以前帮你的时候，可没跟你谈条件，结果你在我面前耍花枪。苏小姐，做人不能太小聪明。”

苏沫见他出尔反尔，脑子里有些蒙了，心想，那些好话软话说与不说在这些人眼里全没差别，他是打定主意和我过不去，我竟然还像傻子一样低声下气被他愚弄。

她羞愤难当，忍着泪道：“你错了，我这人就是不够聪明，不然也不会混成今天这样。”一时间心里的火苗蹿出老高，她一把揪住尚淳的衣领，“我跟你说，你别看我什么都没有就觉得我好欺负，我舅当我是自己的孩子，我把钟声当亲妹，要是以后，他们有个三长两短，我肯定不会放过你，大不了拼上这条命……”她气极，使劲一推，尚淳没防备，踉跄地撞上身后的桌子，满屋子的人没有一个上前搀扶。

过了一会儿，大家回神，忙伸手把人扶稳了，纷纷劝道：“尚总，她一个女人，不懂事，别和她一般见识，传出去让人笑话，算了算了，今天酒喝多了，有点误会，好合好散，好合好散……”

尚淳铁青了脸，咬牙切齿地瞪着苏沫，没再吭声。

苏沫身子发抖，却字字清晰道：“记得我今天说的话。”

姐妹仨出了门，埋头赶路，谁也不说话，苏沫心里后怕，钟鸣觉得解气，钟声却想不明白。

苏沫像是知道她心里所想，转脸瞧过来，“趁早断了以前的念头。”

钟声仍然沉默，气得钟鸣使劲拧她的胳膊，小姑娘这才道：“他以前不是这样的，他体贴有风度，对我很好，也从不说这样的话……”

钟鸣又给气了一回，伸手去点着她的脑门，“他想骗你，当然会对你好，你长脑子没?!”

钟声忽然捂住耳朵，尖叫：“不是这样！不是你说的这样！一定是你们跑来让他觉得没面子！”

苏沫扯开小姑娘的手，“钟声，我说的话你现在听不进，不是它们毫无根据，而是你缺少阅历，你理解不了我，但我能把你看得透彻。都是这个年纪过来的，是，这个年纪很尴尬，你以为自己什么都懂其实什么也不懂，你以为自己聪明早慧、洞悉现实、懂得爱情，其实你在别人眼里只有两个字——愚蠢。”

钟声仍是不服，“你说我愚蠢，你不也连鞋都给他擦了吗？这算什么？大智若愚？”

钟鸣赶紧打断，“那还不是为了你？！”

苏沫叹了口气，“三十年河东，三十年河西，今天我给他擦鞋，指不定哪天，他会求着给我擦鞋。”说到这里，她忽然想到什么，伸手去摸上衣口袋，却发现兜里除了家里的钥匙什么也没有。她使劲回忆，想起那封信像是被随手扔进了购物袋，刚才闹了一场，忙乱中却把购物袋落在了南苑。

她哪里还敢回头去找，只在心里苦笑：现世报，才一时激愤夸下海口，自个儿倒把这最后一条路堵死了。

夜深风寒，街道空旷，三人沿着马路牙子走了老远也没拦到车。

眼前道路模糊不清，苏沫像是做了场梦，梦醒了她问自己：前方，等待她的又将是什么？

没有答案，她忽然想起上大学那会儿，室友们心血来潮，去找一位据说是坊间高人摸骨算命，她当时正和佟瑞安陷入暗无天日的热恋，想去又不敢去，担心被人说出什么不吉利的话。

室友就问她：“究竟是已知的劫数让人害怕？还是未知的将来更让人担心？”

她当时的回答既脆弱又任性，她说：“我宁愿什么都不知道，过一天是一天。”

换作现在，苏沫也一样不会去，她却能告诉自己：无论将来如何，她都要做好准备，全力以赴。

身后一束光划破黑暗，汽车马达声渐近，那车行到跟前，按了下喇叭慢慢停下。姐妹仨都有些慌，却见周远山从车里下来，手里抓着一只购物袋。他走到苏沫跟前，“苏小姐，你好像忘了这个。”

苏沫接过袋子赶紧道谢，又见他掏出一张名片递上来，周远山说：“要是有什么事你可以打上面的电话找我，不敢说一定能帮上忙，但是多一个人多条出路，帮着想想办法也是好的。”

非亲非故，他能做到这一步已是不易，苏沫心里有些感动，再想道谢却觉得这个“谢”字倒是敷衍了，于是勉力笑一笑。她低头去瞄袋子，果然看见那团纸躺在里面，心念微动道：“周律师，说不定以后我们能经常见面。”

周远山笑笑，虽不解也没多问，转身上车，就此告辞。车走了没多远，就听坐在后座的王居安问：“我有些好奇，就你这种性子是怎么做律师的？见人可怜就想帮，还怎么接案子？”

周远山开着车，“人在江湖身不由己，举手之劳的事，多做些我能安心点。”

王居安显然是认为他想法单纯，不觉笑了笑。

周远山又说：“今天晚上，有同情心的可不止我一个。”

王居安靠在那儿像是睡着了，半天才哼了声：“开慢点儿，我今天是喝多了，这车坐得我头晕。”

第五章 ✦ 解套

人都是在磕磕碰碰里慢慢成熟。但是有一点要记得，
十七岁犯的错，到了二十七、三十七的时候不能再犯，
年纪越大重头再来的希望就越渺茫。

几天后，苏沫凭着一封聘用信进入安盛集团的总经办。

对比其他人一路过关斩将数轮面试，她没有经历任何正式的审度和会晤。总经办主任付小姐只瞅了眼她递上来的那封信，说了句："嗯，这个我知道，王工交代过。"随后就连信带人收了进去。

她提到的"王工"就是董事长王亚男女士。

王亚男以前跟着兄长打天下，两人靠电子产品起家掘得第一桶金，自王居安的父亲去世，她就坐实集团主席的位置。又因学理工出身，早年在某大型国企做技术，从技术员到工程师，直至后来下海从商，她更习惯旁人称自己一声"王工"而非某总，这样一来倒使她有别于其他商人，多了些学术味而避免精明浮躁的烟火气流于表面。

苏沫在总经办做了几天普通助理，其间和王亚男打过一次照面。当时王亚男带着一行人直奔里间的办公室，她看起来比实际上年轻一些，步伐利落动作干练，姿态昂然目不斜视，所到之处鸦雀无声。

付小姐忙起身率先同她招呼，又介绍道："王工，苏小姐这周一已经入职。"

王亚男想不起来，步子稍缓，也没发问，随着下属的手势瞧了一眼，这才看到苏沫，随后只对她微笑着一点头便过去了。

直到里面那扇大门被人合上，压抑而紧张的氛围渐渐隔绝，苏沫这才怀揣着一颗活蹦乱跳的心坐回桌旁。

众人各自忙碌，而苏沫除了一遍遍翻阅 OA 上的栏目，依旧无所事事。

并非她眼里无事，实在是同事们对她过于客气，琐碎小事不好劳烦，重要些的项目也不便交予，可惜总经办里除了琐碎小事就是关乎公司发展方向的各项大事，直接面向公司管理层，高权限、高级别，但苏沫在这里就跟个睁眼瞎一样，只能从同事嘴里零碎听来些项目名称，至于具体如何操作无从得知，因为她访问共享资料的权限属于最低级别。

过多的客气就成了明显的孤立和疏离，作为上头点名的空降兵，却是无足轻重的小卒一枚，何况空降的路线相当蹊跷，就连她自己也难免疑虑，不知道这份从天而降的工资能拿到几时。

苏沫想来想去，觉得不能再走才入职新人的那条老路——放低身段从人手里拦下跑腿的活儿继而博得众人的好感，逐渐打通关节，并非她心存不屑，而是时间无多底牌太差。既然这些人搁着她、冷落她、端着她，她便也端着自己，至少让人一时间看不清内幕，至于接下来如何，只能走一步看一步。

又过几日，终于有人给她派了活。

这天下午是每季度一次的董事例会，苏沫接到的临时任务是什么呢？帮人倒咖啡。

她被人喊进去的时候，会议已经接近尾声，先前就隐约听见会议室里唇枪舌剑，发言双方都有一声高过一声的趋势，等到苏沫一敲门，倒是全安静了。

王亚男第一次同苏沫说话，和颜悦色，“苏助理，这是什么？”

苏沫想，不是你让我进来倒咖啡的吗？只答：“是咖啡。”

王亚男捂了捂手边的骨瓷杯，略抬下颌往左手方示意，“给咱们王总经理倒点就成，我们这些老人只喝得惯茶。”

苏沫抬头，看见王居安正坐在那儿盯着她瞧，眼神里有些诧异费解的意思，暗含戾气数分，想是先前争执的时候余焰未消，这会儿又被火上浇油。苏沫被他看得心里直发毛，步伐顿了数秒，上前去往他杯子里浇了些咖啡。

王居安因前些天去加拿大安顿儿子，随后又去外省出差，自那晚一别，再没见过这女人，所以对于她入职一事不得而知。跟前的咖啡热气拂面，王居安收回视线，瞧向他姑姑笑一笑，“您还真是，”他言语微顿，“颇费周章。”

王亚男端起杯子抿了口茶，“我是为你好，”她执着杯盖的手往前面点了点，老生常谈，“你这些叔叔伯伯辈的，哪一个不是看着你长大的？安盛成立的时候，你还在读初中吧？他们哪一个不是走的桥比你走的路要多？这人啊，年轻气盛是好事，也不是好事，要有个度，少了，孬种，没担当；过了，锋芒外露，眼里没人，让长辈们寒了心，离心离德，事业难为啊……”

王居安往椅背上一靠，吊儿郎当地敷衍，“是，我还年轻不醒世，还是姑姑看得远想得透彻，您教训得对。”他视线扫过其余人，话锋转了转，“否则不小心得罪了人，死到临头还不知道……”王亚男知他故意曲解、有意挑拨，神色不悦，正要说话，又听这侄儿向董事们笑着调侃，“各位都是久经沙场的老江湖，我这人不学无术，不及我家老爷子和在座的年轻时候一半能干。其他的没学着，也学不来，倒是遗传了老爷子的直性子臭脾气，对事不对人，有些话说完了也就忘了，要是刚才言语间冒犯了谁，希望别往心里去，不值得和小辈怄气伤神。”一席话说完，各种恭维客套渐渐涌上来，大伙儿拾了台阶打起哈哈，一扫适才的争执和各种阴霾。

苏沫已经收拾好茶杯器皿转身出去，轻轻带上门，不觉暗暗呼出一口气，又把用过的杯盏送到休息室，搁进洗碗机里放好。她才回座位没多久，就见会议室的大门敞开了，董事们鱼贯而出，除去王居安和做记录的秘书，其余都是五十开外的中老年，各自边话着家常聊起儿孙边往外走，一派和风细雨、瑞阳初升，哪还有先时剑拔弩张的影子？

苏沫坐在位置上，继续翻阅电脑里的企业文化、公司章程和大事纪要，有人从她桌旁走过，她下意识抬眼去瞧，正好那人也微微侧头看了她一眼。

王居安抿着嘴，眉头似乎冲着她微微皱了皱。

苏沫慢慢收回视线，心里却是咯噔咯噔的，别人恐高、晕血、恐幽闭，而她最不想面对这种眼神阴鸷的男人，水随山转、时过境迁，那一层心理阴影始终挥之不去。她高估了自己的心态，早先在人前撒野，兜兜转转又跑回来伏低做小，一时之间难免郁闷。

苏沫带着心里的不如意下班，和从蓉、莫蔚清一起吃晚饭。

那边舅舅能下地走路了，被舅妈和钟鸣接回新家住下，所以苏沫现在别的没有，多的就是时间，当从蓉打来电话相邀，她想也没想就答应了。

从蓉对苏沫的近况很好奇，而莫蔚清一点也不在意，只心不在焉地听另两人讨论总公司和分公司的一堆破事，她几乎不怎么说话。

邻座是一对情侣，女方青春少艾，男的年长些，女孩“大叔大叔”脆生生地叫，举着手里的水果串蘸上巧克力酱要喂人家。

莫蔚清忽然压低嗓门说了句：“二十岁的喊二十八岁的是大叔，二十八岁的喊三十六的也是大叔，如果二十岁遇上三十六的该喊什么呢？”

苏沫想起钟声那事没接茬，从蓉却道：“大爷。”

莫蔚清听得咯咯直笑。

从蓉一乐，说：“莫蔚清，你这样介意人家的称呼，别告诉我你看不惯。你看不惯，证明你老了，你担心人小姑娘喊你家那口子大叔的时候也会顺便喊你一声大婶。”

莫蔚清白了她一眼。

从蓉笑笑，推开盘子去洗手间。

莫蔚清等她走得瞧不见了，才从鼻子里哼了一声，“跩什么跩？以前还不是个熊样。”她从包里摸出粉盒直接补妆，一边对苏沫道，“我跟你讲，从蓉当年混得不如你。她呀……大学没读完就跟人私奔，后来年纪大了又怀孕逼婚，谁知道男人不买账……她倒好，自己把孩子生下来……为了养儿子，她除了站街什么工作没做过？慢慢才混成这样，这会儿倒在我跟前跩起来了，切，我当然不吃她这一套。”

苏沫吃了一惊，“我还以为她离婚了。”

莫蔚清嗤笑，“她就是这样，到处跟人说自己结过又离了。”

苏沫想了想，“还不是为了她孩子，不想被人讲是私生子，挺不容易。”

莫蔚清没搭腔，啪的一声合上镜子扔回包里，又说要去前头的吧台那儿喝酒，也没问苏沫去不去，自个儿就拿起包走了。

苏沫低头吃东西，心知刚才没留神，说错了话。

不多时从蓉回来，说是瞧见莫蔚清了，才一会儿工夫就勾搭上几个男的，又对苏沫道：“你想在这公司里出挑起来，不如跟着莫蔚清多学学，少考虑些个人感受，多想想自己要达到的目标，不择手段才能上位。话说回来，莫蔚清这家伙对自己那是真的狠，尚淳这种人，兽性多于人性，要说风度长相多好也不尽然。莫蔚清跟着他，有大半日子守活寡，没名没分还得替人生孩子，她一点也不嫌硌硬，先捞够了钱再说，不然凭她的姿色，什么样的人找不着呢……”

从蓉边说边摇头叹息，苏沫却有些怔愣，过了一会儿才道：“这世上两种人，一种眼里只有结果和目的，反倒简单纯粹。另一种，过于看重自己的感受，一辈子围着个情字转悠，亲情、爱情、友情、恩情，甚至伦理道德，怎么也磨不开、看不淡，等到想通了，一辈子也过完了。”

从蓉笑一笑，“看样子，你是真打算向第一种人过渡了。也对，清贫和清高那是穿一个裤衩的兄弟俩，如影随形啊。”她拍拍苏沫的手，语气有点夸张，“把握机会哦，过了这村就没这店了。”

莫蔚清摇着酒杯和细腰走过来，笑眯眯地问：“讲什么这么投入？”

从蓉回道：“讲你坏话。”

苏沫不想听她俩互相挤对，说：“她让我跟你学什么是女性的魅力。”

“女人味是吧？”莫蔚清直摇头，“高难度技术活，要有悟性，自己揣摩，别人是教不会的。”

从蓉却道：“未必，这种事过了头就是心机和做作，男人难免会防范。倒是有些女人，与生俱来扶风弱柳的气质，男人一瞧之下怜意顿生，保护的欲望奔腾而出。”

莫蔚清摆摆手，“过奖了，你也用不着这样讨我的好。”

从蓉哈哈笑着，“要的要的，你是新时代女性的杰出代表嘛。”

苏沫这顿饭吃得不错，主要是不必赶时间，至于胃口如何倒是其次，她已经很久没这样细嚼慢咽地吃完一顿饭了。

舅舅家的事虽已理顺，舅妈对她的态度却一落千丈，苏沫心里内疚，也不好常往人家里去，只不时和钟鸣电话联系，问问情况，得知工厂拆迁的补偿款已被打进了钟家的户头，她这才放下心。

先前闹来闹去，各种心不甘情不愿，现在却都给折腾得怕了，有些东西生不带来死不带去，只要一家人能生活安稳就好。

痛苦的日子就像吸附在海绵里的脏水，挤出去、晒一晒、晾干了，然后继续活下去。

无所事事又过了几天，苏沫心里渐渐没底，在公司里她整个人被晾起来，除了继续被人叫进会议室倒咖啡以外，她着实想不起自己还做过什么值得一提的事情，因为王居安这人口味刁钻又喜欢装模作样，她倒是把研磨咖啡豆冲泡咖啡那一套学得烂熟。

说起王居安，除了上一次见到她时摆出张臭脸以外，他之后大多神色泰然，眼见她被人招之则来挥之即去，他似乎还有些享受，并且会在她送来咖啡的当口温文尔雅地道谢，甚至有一次，当其他女同事帮忙把咖啡递进会议室，他呷上一口皱起眉头，直言道：“差了点，还是苏小姐泡的咖啡合我口味，让她来。”

等苏沫重新泡好一杯送过去，王居安挺满意地靠在椅背上对着她微微笑了笑，笑得她心头一悚，立马条件反射地抬头去瞧王亚男，而王亚男也正打量他俩。苏沫有些慌了，这试用期一半还没过完，作为一颗硌硬人的小石子，她的利用价值已经所剩无几。

那晚苏沫主动留下来加班，因为本部门的同事都在加班，付丽莉见她这样有些惊讶，“其实你手头没什么事，可以先走的，没关系。”

苏沫答：“我见大家太忙，想看看有什么可以做的。”但是没人搭理她，付小姐也只是无可奈何地耸耸肩，由她去了。这回，苏沫一点也不失望，因为她的目光被公司内网里一张共享照片吸引了，那是王亚男和一位营销部同事的合影，是在去年的拓展会议上拍的。

苏沫和相片里的这位同事打过几次照面，但是印象不深，隐约记得姓李，并非营销部一二把手，似乎年资尚浅。

她先前闲来无事，早把公司外网内网、期刊报道大致翻了一遍，这还是头一次见到王亚男和一位不知名员工的单独留影。照片里这两人笑容欢畅亲切，几乎瞧不出阶层隔阂，苏沫对着屏幕琢磨半晌，她从王亚男闲适放松的姿态里品出两个字：赏识。

苏沫滑动鼠标，点开OA，按那人的姓氏搜出他的个人信息，虽然只能了解到入职日期、籍贯，以及担任过的职务，但也有收获——这位同事资历简单，前年进的安盛，是一位普通的销售助理，自去年拓展活动以后，忽然连升两级，现在是一名业务主管。他的籍贯所在地东北某农村，和王家一个天南一个地北八竿子打不着，可以排除裙带关系，能爬得这样快，想必业务能力相当出众。

想到这儿，苏沫心里起了兴趣，可惜她拿不到营销部的绩效数据，只能从其他方面着手证实自己的推测。她在内部论坛里找到一些蛛丝马迹，然后又浏览了年终表彰会议的记录，从头看到尾，最后得出结论，此人业绩平平，勉强中上游水准，并不引人注意。

苏沫觉得这事越来越有意思。她靠在椅子上想了一会儿，又去翻寻去年拓展会议的相关记录。对于这些无关紧要的业余活动，不存在访问权限的问题，所有内容一览无余。她终于找出该同事在安盛获得的唯一奖项：年度我司外展训练单人一等奖。

所谓外展训练，无非是公司借机强调团队的沟通合作精神，并没有设置太多单人活动。去年，安盛也只安排了射击、攀岩和速降这些内容，再看照片上这位先生的装束，安全帽和安全带还未卸下，额上点点汗迹，显然是才从绳索上跳下来。

苏沫脑海里灵光闪现，忽然记起那天吃饭的时候和从蓉八卦。

当时她提到王工，说这女人虽然五十多岁了，但是走路风风火火昂首挺胸，特有精神劲儿。

从蓉听了就笑，“你没发现她右手有些向外掰吗？”苏沫想想好像也是，不明显。从蓉解释，“听说这老太太人老心不老，五十多岁了还酷爱户外运动，后来攀岩弄伤了手，这才作罢。”接着又叹，“这人厉害起来，玩也玩得与众不同，普通人到她这个年纪无非是在公园里打个太极，或者到街上跳个交际舞就算了……”

苏沫当时没往心里去，现在前后联系起来一想，还真是那么回事。关上浏览窗口，她心里渐渐浮起一种侥幸念头，不觉坐在桌旁发了会儿呆，冷不丁听见付小姐在那边问：“你还不走？我们下班了。”

苏沫忙应了句，赶紧收拾好东西，才走出办公间，就看见前头的几个同事进了电梯，电梯门缓缓合拢，全无等候的意思。她放慢脚步，也不急着过去。付小姐在里边似乎犹豫了一下，最后仍是伸手将门按开，招呼她道：“进来吧，还站得下。”

她上了电梯，客气道谢，也许是工作太累，对方连个生疏客套的回应也懒得敷衍。

苏沫没在意，笑着问了句：“付姐，这段时间经常加班，上头会不会组织个春游什么的让大家放松一下呢？”办公室主任付丽莉三十五六，和从蓉年纪差不多，苏沫也就跟着其他同事一样称呼她。

付丽莉答得一板一眼，“活动肯定会有，下月底有个拓展会议，每年都有，也算春游吧。”

另几个年轻同事立马垂头丧气地表示，拓展训练不能算春游，那是大练兵，是整人运动，完了会脱层皮，所以她们宁愿在家睡觉。

付丽莉笑着白了她们一眼，“王总没走，还在办公室。”

姑娘们吐吐舌头，全不作声了。

隔天，苏沫找了家俱乐部报名，表示每天都要过来训练，眼见教练听了觉着奇怪，苏沫直接道：“我只有一个月的时间，一个月内必须学会。”

教练上下打量她，“我看你这身子骨，想掌握基本技能至少三个月吧，主要是力度不够，还想两个一起学呢，难度更大了。当然如果你多用心，毅力还可以，试试也行，效果好的，练个把星期的基本动作也能出去哄哄人。”

苏沫想，哪有那么容易呢？我不但要掌握基本技能还得变成熟练工种，一点差错也不能有，只是哄人那可成不了事。

第二天开始，她提早下班，反正没人管，即便老老实实猫在公司也不见得有成效，倒不如出去活动下身体，至少还有些益处。苏沫踌躇满志地套上装备，看别人操作的时候不觉得如何，等实际做起来才知道颇有难度，墙壁与地面几乎垂直，又近在咫尺，上天入地一条路，只能硬着头皮咬牙练了。

在她又一次被解救下来的时候，整个人已是虚汗淋漓，才在垫子上坐了一小会儿，就听见外套里手机在响，拿出来接了，莫蔚清在那头问：“喂，你不是要我教你吗，过来陪我跳舞练瑜伽。”

苏沫喘着气答：“我这会儿正练速降和攀岩呢。”

莫蔚清笑她，“你是要练女人味啊，还是想练一身肌肉出来呢？”

苏沫听她这样说也有些担心，低头看自己的胳膊和腿，没什么肉更谈不上有肌肉，连小腿肚子上也没什么肉，就是手和腿止不住地抖，像是三九天受了风寒打摆子一样。练了快两个星期还是这样，一累就抖个不停。不练的时候吧，走路也会不时绊一下，两条腿像是长在别人身上不听使唤，穿高跟鞋上街还崴了两次，磕着尖尖的石头台阶，膝盖上青一块紫一块破皮流血。

苏沫有些着急了，教练看她一眼，评价，“正常，你这是又怕又累的结果，过了这几天的疲倦期会好点，回去多吃些，长点劲儿，还有你也别天天逮着练了，肌肉也是需要休息的。”

苏沫想我也没肌肉，用不着休息。

她晚上在家，端着碗边吃饭边盯着日历瞧，这日子是过一天少一天，眼瞅着就来不及了，没办法，还得天天练，跛着脚也要去练个把钟头。

教练见她可怜兮兮的样子，忍不住劝道：“要不你改学其他的健身方式，做个有氧运动什么的，不容易受伤。休闲嘛，再喜欢也不能拼命，既然不适合就算了吧。”

这事要是搁前几年，苏沫多半就放弃了。她到底更向往过安逸的日子：无须坚强无须独立，更不必自我挑战，指望着别人为自己遮风挡雨、呵护有加。既有求于人，自然就被人牵着鼻子走，自然会因为不断迎合他人而放弃自我。曾经放弃对她来说是件多么容易的事，为了谈恋爱放弃用功读书；为了和佟瑞安绑在一块就放弃了家乡和父母；有了婚姻又放弃了努力上进；因为贪恋爱人的温情不断放弃底线和原则；为了赚点钱争口气却放弃了陪伴女儿成长的时光……那些软弱的、幼稚的、稀里糊涂的岁月历历在目，仿佛就在昨天。

她每每回忆起来就想给自己一个大耳刮子，可是这会儿腾不出手，她必须抓牢前方的石块，暗暗使劲，才能继续向上迈出一步。偶尔她也问自己，再过几年、几个月，甚至就在明天，等回头再看现在走过的路、做过的事、有过的想法，会不会同样后悔自己的不成熟？

转眼一个月过去，苏沫这会儿已经坐在车里，大巴载着他们驶进度假村大门，停车场里已有车辆若干。乘客纷纷下车，全是安盛的员工，男人们在太阳底下眯着眼交谈，女士们则一刻不耽误地掏出包里的遮阳伞。

南瞻市进入三月便有了暑意，大太阳当空烤炙，空气是静止的，夹杂了海洋飘来的温温潮湿，沉默而霸道地贴附、侵蚀着一切东西。路旁的棕榈树在阳光的挥霍下，叶子看上去格外厚重苍绿，树列沿着道路延伸至酒店门口，再远一点的地方青山环绕、绿草莹莹，视野还算宽阔，就是气温比城里还要高些。

苏沫站在树荫下看了一会儿，并未瞧见王亚男和她的座驾，甚至没见到有其他董事过来开会。

会议为期两天，拓展训练占去一天半，第一天上午的集会无非走过场，全由付丽莉和各部门领导张罗，大家在大厅里喝茶休息，然后各抒己见，谈一下对公司未来发展的建议。上头的人不在，底下的都抱了玩闹的心思插科打诨。有的说，建议发年终奖要向某汽车行业学习，至少是半年的工资；有的说，研发部全是和尚，你们人事部是不是应该招两个小姑娘进来调剂下；还有胆子大的女同事建议，拓展培训的奖励机制也不能敷衍，应该设置特等奖，奖品是单独和王总共进晚餐以此鼓舞士气。

大伙儿边听边起哄，付丽莉把这些建议写成便签条贴在白板上，笑说等领导们来了，一定如实呈报。

一早上极轻松的过去，吃了中饭，下午一点半，训练才算正式开始，培训公司早搭好台子挂起绳子，第一个就是单人项目，高楼速降。这一项分两级别，各人自行选择，一种是从三楼降落，另一种高度是十楼。酒店的十楼正好有一块向外突出的观景平台，苏沫手搭凉棚往上瞧了瞧，阳光反射在光亮的平台栏杆上白花花得刺人眼。

相比三楼那边蜂拥而上的排队情形，参加十楼速降的人一只手能数过来，而行政和人事部女同事居多，总经办这边倒有两个男的，可惜脑子好、体质弱，所以这三家的员工大多站在一旁事不关己看热闹。

行政部经理看不下去，努力怂恿了两个年轻点儿的去参加三楼速降，付丽莉瞧见了自然不甘落后，游说了一大圈，那两男的总算愿意上去试试，付丽莉一心想压制对方，又去动员手下的娘子军，说："看见才进来的那车没有？领导们来了，赶紧好好表现，给领导们挣点面子。"

话音方落，王居安已经甩上车门大步流星地走过来，旁边是周律师和两位董事。王居安和周远山都是短袖T恤、运动长裤的装扮，两人差不多的个头，气质上却各有味道，站在一处甚为惹眼。

那两名董事年纪大了，只坐在树荫底下观战。周远山一来就被人事部请去当壮丁，他脾气随和，二话不说便应承了。这边营销部副总赵祥庆递过来一罐啤酒，王居安伸手接了仰头灌了两口，便抱起胳膊，一言不发地站在大楼跟前盯着，先前人多嘈杂的场面一时安静，一些想偷懒的员工也老实了不少。

赵祥庆正喝着酒，忽然点着十楼平台那方说了句："哎呀，那谁家的姑娘？新人吗？挺生猛啊。"

几个人听了全都瞧过去，见一年轻女的正打十楼顺着绳索往下滑，动作训练有素、平稳自如，身段窈窕，梳着马尾，着白T恤卡其色短裤，露出一双秀腿，骨肉停匀。

大太阳底下，王居安觉得有人比平台上的铁栏杆还晃眼，他执起啤酒罐抿上一口，没说话。

等那身影越来越近了，大家全瞧仔细了，付丽莉笑道："赵总，那是我们部门的姑娘，如何？这身手不比你们家的一等奖差吧？"

赵祥庆极为配合地惊讶道："原来是付主任调教出来的人，那就难怪了，巾帼不让须眉。"

付丽莉听了自是受用，正要说话，又听见围观群众低呼一声，抬眼再瞧，悬在绳上的人像是不小心撞上墙壁，随后连绳带人往外轻晃。

苏沫知道自己心急了点，她先前留意了营销部第一名的成绩，十楼滑下去四十一秒，她心里没底就有些沉不住气，一时松绳幅度太大，整个人急速滑下一大截，平衡不好，膝盖硬生生撞上墙壁，就算绑上护膝也无济于事，苏沫疼得脑袋发蒙，也不敢往下看，赶紧调整姿势，放缓松绳的速度，直到平安落了地，一颗心才悄悄归位，只是双腿还在微微打战。

旁边的培训师大声报出时间：三十九秒。

苏沫相当诧异，却见培训师冲她眨了眨眼，她紧张的心情顿时一扫而空，不觉也回了个笑脸，心说还好这次没搞攀岩，她才学会些基础技术，若真比起来，铁定不是人对手。

才卸下身上的装备，就有总经办的两位女同事过来扶她，苏沫有点儿受宠若惊，连忙道谢说只是一点瘀伤不妨事。趁着休息的当口，她四处看了一回，仍是没瞧见王亚男。

接下来是射击，苏沫拿起弓掂了掂，重量不轻，她试着拉弓，连半张弓也拉不开，一支箭轻轻飘出去，到中途便落下。旁边有人低笑说："别只胳膊用力，两肩带也得使劲。"周远山边说边捡起一支箭搭在弦上，举臂扬弓，"嗡"的一声弦抖箭出，直直刺入靶中。

苏沫照着他的架势又试一次，有点效果，总算挨着靶子了。再看旁边，男同事们大多发挥不错，似乎有种天生的兴趣在里头，弓满箭发，正中靶心的不在少数。周远山见她失望，好心安慰道："没事，人无完人，我射箭比你好一点，你速降比我强很多，我恐高，只敢从三楼往下跳。"

苏沫却想，还好王亚男的兴趣不在这上头，不然就算她练死练活，也未必能捞着名次，当然就算捞着了名次，也未必有机会让人瞧见，即使瞧见了又未必会上心。所以说想走捷径得看运气，运气好无心插柳柳成荫，没运气的有意栽花花不开。她自我解嘲地一笑，随意问："周律师，这活动你每年都参加吗？"

周远山答："也不是，不过去年我也来凑了个热闹。"

"王工去年也来了吗？怎么今年没瞧见她呢？"

周远山想想，"她去年好像来过，今天来不来我就不知道了……"

苏沫岔开话题，"去年好像也有射箭这一项，谁第一你还记得吗？"

周远山笑了，"就是你们老板，他好玩这些东西，还有飞碟、射击什么的，平时喜欢练。"他四下里找了找，看见王居安正和两位董事坐在树荫下面的椅子上说话，于是道，"不过我看他今天是没什么兴趣。"

苏沫只往那边稍稍瞟了一眼，立马就撇开视线，心想，有钱呗，当然怎么练都可以，做什么都行。

两人有一句没一句地聊了会儿天，那头的箭靶收起，这边的团体项目已经开始。第一个活动算是热身，相对轻松：要求每个参加者的两只手腕都用一条细绳相连，使绳子、双臂和自己的身体形成一个封闭圈。各组里两人一对，面对面站立，两人的绳子相交，使两个封闭圈相互交错。任务是把自己的圈顺着对方的肢体解套出来，最后使两人也就是两个封闭圈分开。

培训师做完示范，大家在自己的部门里找搭档，因为游戏里双方的肢体接触比较多，所以多是同性组队，避免尴尬。

大伙儿铆足劲儿，想方设法将自己的圈从对方的圈里往外绕，有些人把身体扭成各种奇怪的姿势，谁知越绕越远、越贴越紧，围观的人哈哈大笑，有人鼓掌吹起口哨，一时闹哄哄，你方唱罢我登场。

苏沫正看得有趣，付丽莉过来找她，“小苏，我们这组也要开始了，你的腿没事吧，可以一起参加吗？”

苏沫还是头一次听她这样温柔亲切地和自己讲话，点头答：“可以。”

组员们排成两排站好，苏沫面前却没人了，付丽莉问培训师：“我们组少一个人，是不是要从别组借调一个？”

“怎么就少一个人？”王居安从树荫底下走过来。

付丽莉会意，立马笑道：“哎呀，王总……”

王居安也笑，“付主任，你这是怕我拖你们的后腿，打算把我踢出总经办的队伍吗？”

付丽莉听见这话脸上神情有瞬间的僵硬，随即干笑两声，表现出些许难为情的样子，“我哪敢呀？您不管在哪里都是灵魂人物……”

王居安笑笑没搭话，往苏沫跟前一站，对培训师说：“人齐了，过来绑绳子吧。”

苏沫有些傻眼，上一刻她还手搭凉棚想挡着迎面扑来的太阳光，下一刻那些光线就被遮去大半，眼前这人的影子从斜上方砸下来，砸得她脑袋犯晕，过了会儿，她才说：“我的腿还是有点疼，我想请假休息。”

王居安神色平淡，表现出上级对下级特有的宽容，他往后退开了些，当真低头去看她的膝盖，像是研究了一会儿，才道："还好，就是有些肿，轻伤不下火线。"没等她吱声，又侧过头去问旁边的训练师，"先前你们是怎么跟我们的学员做思想工作的？有没有说明开展这种活动的目的和作用？"

培训师忙说："有、有，都说过，"继而看向苏沫和其他队员，"是这样，我再强调一遍，拓展训练主要是为了加强团体意识，挑战自我极限，对你们这些长时间待在格子间的白领很有好处，一个是锻炼意志力，再就是培养一种对生活的热情，保持健康阳光的心态……"培训师越说越停不住嘴，滔滔不绝，王居安听得异常耐心，苏沫却没法集中注意力。

"……比如说这个游戏，是让我们体会怎样改善人际关系，同时告诉我们团队合作与个人自由并不矛盾，反而相辅相成，只有良好的团队合作才能减少人与人之间的隔膜和束缚……"

"行了。"王居安打断演讲，走到队伍前面，"你们都听见了，教练讲得很详细，公司安排每样活动都有其明确目的，就是希望能在各位将来的工作生活中起到一定作用，即使，以后有人因为某种原因离开安盛，我也希望，他能把永不服输的安盛精神带到新的工作岗位上。我希望，我们在座的每一位，每一个安盛的员工，一旦走出去，不是遇到困难就退缩的懦夫，而是社会上极具竞争力的高水平人才。"他顿一顿，"所以从现在开始，我不想再听到任何人，因为任何莫须有的理由请假。明天的训练任务会更加艰巨，但是时间短暂，我恳请大家，能够珍惜这个提高自我，熔炼团队的机会！"他以严肃的目光巡视众人，粗着嗓门问了句，"都听明白了吗？"

大伙儿齐声回应："明白了。"队伍里的年轻小伙、姑娘们尤其答得卖力。

王居安一挥手，底下的人各自忙活。

苏沫认命地待在原处，任凭培训师把她和这么一人物绑到一处，她的情绪慢慢平复，正逐渐迈向一种波澜不兴的更高级的意境。

王居安低头研究腕上的绳索，阳光打在他的脸侧，更显轮廓深邃。

男的有家底，又长得人模狗样，确实可以来这世上变一回螃蟹。难怪办公室里小姑娘们隔三岔五地悄悄议论他，开什么车、穿什么牌子的衣服、搭配什么样式的领带，或者才在电梯里近距离接触紧张死了看也不敢看一眼云云。总之表象美好，容易遮掩事实，让人瞧不清那双眼里的三分轻浮、七分冷漠。

苏沫垂下脑袋，也去看绳子。

王居安忽然抬头，“你先试试。”

苏沫闻到空气里的淡淡酒味，略偏过脸去看别处，“不会。”话才出口，她又开始后悔，心想至少得虚与委蛇一下，于是添了句，“脚疼得厉害。”这回还没说完，她已经有拍死自己的冲动，语调轻飘绵软，不堪入耳。

王居安瞧她一眼，“你不是挺能的吗？飞檐走壁的。嗯？女侠。”

苏沫没吭声，琢磨着怎么才能解脱，她往旁边瞄了瞄，边上两个女同事已经极亲密地拧成了一股绳，剪不断理还乱，咯咯直笑。再望过去，隔了几个人，付丽莉似乎拿余光打量这边，视线在她和王居安身上来回逡巡……苏沫稍微退开，腕上的绳子紧紧绷住，对方毫不在意往里一收，又把她给扯了回去，王居安说：“你看这里，绳子的打法有讲究，是个活套。”他一手把活套扯开，示意，“你，脑袋钻过来试试。”

苏沫慢吞吞低头钻过去，尽力隔开距离，酒气更浓。

王居安理清几股乱麻，又把手里的活套前后上下稍作移动，试了几次，方蹲下身去，说：“向后转，左脚先出。”

苏沫一板一眼按他的话来，不敢乱动，侧身一脚跨过绳子，总算离远了点，再等他接下来的指示。谁知这人半天不言语，只慢慢站起身，绳圈顺着他的动作往上走，在她腿间微微晃荡，苏沫顿时大窘，满脸通红，不由迅速按住他的手腕加以阻止。

王居安抬眉回视，眼底神色放浪，要笑不笑地说了句：“我得再想想。”

苏沫浑身僵直，心里怦怦地跳，但是一直按住他的手也不好，稍微犹豫，放开了。好在对方没有完全直起身子，只向下捞着活套外侧，还算有分寸。苏沫心里做着打算，这人要是再有不当举动，她一定拔腿就走，什么也不管，从此离得远远的。

王居安却如常道："不太对，你先过来。"

苏沫忍不住微微一抿嘴。

王居安看着她，"你倒是先不耐烦了，学着动脑子，不要一味蛮干。"他用手压低绳圈，显然是在等她，苏沫犹豫，转身把脚挪回去，站定，眼前是男人的喉结，她僵在那里，额前汗水涔涔，背脊有些发麻。王居安站直身子，乜着眼对她笑，"热？鼻尖上都是汗，今天天气还好嘛，至少有点儿风，南风西风北风，只欠东风。"

半晌苏沫回过味来，没理他。

王居安直接道："你转过去。"他低头摆弄绳子，气息吐纳拂过她脸侧脖颈，她的双手被绑在一处，搁在腰上的活套越收越小，那头绳子越放松，活套就更为收紧，苏沫越来越不适应，像是被剥夺了人身自由，想跑跑不掉、想甩甩不脱，完全不比以往在公司的时候，给人倒完咖啡至少可以抬脚就走。苏沫站在那儿觉得自己有些崩溃的倾向，她知道自己早晚会挨不下去，却没想会在这样无关紧要的场合打退堂鼓。

王居安却问："知道这游戏的名字吗？"

苏沫没接茬，他也就没了下文，只撑起一个绳圈往她手上套，再从一旁抽出去，绳圈落在地上，苏沫想也没想赶紧往外走，这回毫无阻力，她低头一瞧，两根绳子已经解开了。

王居安一边解下手腕上的绳子，一边说："这里面有个窍门，你刚才没有章法横冲直撞所以姿势难看，方法对了，一切都好说。"

苏沫耐着性子听他说完，这才把绳子往道具箱里一扔，想反驳，却只低低"嗯"了一声。

王居安这头才把绳子折腾清楚，其他队员就纷纷向他讨教，苏沫担心给人拉去做示范，忙走到树荫底下去喝水，心里暗想，一个私生活糜烂的男人，你能指望他有多正经？

周远山走过来，捞了把椅子坐到她旁边，坐下之前笑着看了她一眼。

这人笑起来一脸阳光，不知不觉中就能博人好感。苏沫不禁又瞧了他两眼，这种下意识的动作让人抓了个现行，她心里虽无想法却也觉得不好意思。周远山却道：“没事没事，我习惯了，接下来可能你会说，我很像你认识的谁谁谁。”

苏沫笑起来，“你的确像我一个朋友，不是长得像，是气质和动作上有些像，他也是律师，人很好，不过专打离婚官司。”

周远山侧头看她，“然后？”

苏沫停了一会儿，才说：“他结婚了，”她说完便觉得不妥，跟人也不熟，远没达到可以一起悲春伤秋的程度，于是补了句，“现在也有了孩子，应该过得挺好。”

周远山果然没接茬，转过脸去望着远处，扬起下颌冲着王居安那方点了点，问：“你挺怕你们老板啊？”

苏沫愣了愣，“为什么这么问？”

周远山笑笑，“我看你刚才一解开绳子就跑了。其实他这人不怎么刁难女人，至少我没见过，你们以前那件事我也听说了，他到现在也没怎么着你，应该不会为难你，别太担心。”

苏沫听得大惊，哪件事？那天晚上的事？他怎么会知道？

周远山又说：“对于公司员工，他这点分寸还是有的。”

苏沫越听心里越没个准头，一时慌了神也不敢乱讲话，只得低着脑袋不搭腔，脸上又是一阵潮红。她暗自盘算，那事到底有多少人知道啊？就算知道也不该这样轻而易举提起来，这会儿提起来是什么意思？这个周律师说话怎么这样没有分寸？是我又看走了眼吗？

周远山见她神色别扭，也觉得奇怪，为缓和气氛，他开起玩笑，“你放心，他总不至于再打回去。”

苏沫只含糊道：“我试用期还没过，要走的话也很简单，上头一句话的事。”

周远山点点头，“既然你担心这个，我给出个主意，你去找他谈，毕竟拆迁的事是公司的意思，承建商为抢进度执行起来有些偏颇，再来，你表妹的事也和他们家无关，误会一场，你主动低个头，他这人要面子，估计不会太为难你。咱们打工的，看老板脸色过日子，开诚布公总比心存芥蒂要好。”

苏沫放了心，细细一想，觉得这话有点道理，当然前提是权当那晚的事从没发生过。以前在安盛电子上班，两人不常见面时她还能苟且偷生，现在三天两头打照面，她既想从人手里继续拿工资，还不给人老板好脸色瞧，世上哪有这样的事？她越想越觉得自己之前有些意气用事。

苏沫打定主意之前，时间过得飞快，转眼第二天，如王居安所言，训练强度一下拔高许多，什么走梅花桩、翻毕业墙、跋山涉水的活动一拨一拨毫无间断，苏沫得益于一个多月以来的锻炼，并不觉得十分吃力。王居安也没再找她麻烦，带着周远山在几个女同事居多的部门里轮流当壮丁，王居安到哪一队，这队的成绩便好一些。

营销部赵总活跃气氛开起玩笑，说咱们王总带着一群娘子军，我也想来试试，个个香汗淋淋的总比我旁边这些一身臭汗的要好。

王居安说，我带的队伍没有性别之分，女孩儿都当大男人用，这么练下来指不定能发现几个做销售的人才，替你们那些大男人冲锋陷阵去。

苏沫在一旁暗自观察，发现这人和女下属打交道时一直注意保持距离，不怎么说笑，冷淡有礼，年轻姑娘们对他又敬又怕，悄悄抱怨他太严厉。苏沫不得不反省，为什么先前他会那样对自己？是不是她的言行给人造成了误会？再加上那一晚的印象，让人觉着轻浮浅薄可以肆意调笑？

她为人习惯先从自己身上找原因，一来二去，渐渐也发现了能说服自己和人低头认错的理由。

一整天练下来又累又热，培训师才说解散，大伙儿都忙不迭跑回自己房里冲凉换衣，最后四仰八叉地往床上一躺，尤其女同事连饭也懒得出去吃，后来还是付丽莉挨个敲门，通知说晚上是聚餐，领导们要讲话，各部门做总结，这才勉强起身。

这顿饭苏沫吃得心神不宁，一方面她到底勇气不足，另一方面王居安将各部门都称赞一遍，又表彰了几个能吃苦耐劳的活动积极分子，颁发了奖品，唯独没提苏沫的名字。部门同事也有议论的，说怎么没我们队的苏沫呢？人也表现得挺好啊。

这事若是搁在其他人身上，说笑一下也就过了，但是苏沫却觉得这是一种暗示：你以前当着那么多人太岁头上动土，现在就算你再怎么努力也好，埋头工作也罢，我都是看不见的，过了试用期就赶紧滚蛋。

苏沫按了按额角，决定按周远山的办法放低姿态走一遭，希望这人如他所言不会记仇。

走完过场，大厅里热闹起来，一整晚，苏沫的眼睛就盯着王居安那边，生怕一不小心让他给溜了，她知道现在是唯一的机会，等明天回了公司，作为下级员工再没什么机会接触到公司高层。

眼见王居安独自从大厅侧门出去，挨了一会儿，苏沫也跟着出了门，找了一圈，才在大堂一边的角落里看见人。

王居安坐在沙发上抽烟，他对面还有一人，那人的半边身子被一盆阔叶植物遮住了，看不清，两人正说话，苏沫估摸着那人可能是营销部的赵祥庆，她只能先在一旁等着。

王居安忽然往这边侧了侧头，瞧见了她，隔了会儿，问："什么事？"

苏沫不愿让其他人瞧见，行事有些犹豫，等到走近了，更加吓了一跳，坐在盆栽旁边的谁也不是，却是许久未曾露面的王思危。

王思危看到她也有些愣神，不觉上下打量她一回，又转脸瞧着自家兄长一笑。

苏沫明白那种笑容里的含义，心里顿时又羞又恼，走也不是不走也不是。

王居安没理会，只拿眼瞧着苏沫，却又不开口继续询问。

苏沫站在那里低着头不知所想，过了半天才说了句："王总，不知道有没有打扰您，我现在有事想和您沟通一下。"

王居安往烟灰缸里弹落着灰烬，说：“工作上的事，先找你的上级领导。”

王思危歪着脑袋看向苏沫，又是一笑，“大哥你别这么严肃，别把人给吓跑了。”

王居安面不改色，眼见苏沫站着没动，又道：“如果不是工作上的事，我们俩能有什么好说的？”

王思危绷不住，哈哈笑出了声。

苏沫面红耳赤，心里气极，但也只能在脑子里撒一回野，仍是小声道：“王总，我现在有事想单独和您沟通一下，请问可以吗？”

王居安又向她瞧了眼，吩咐他弟，“你去吧，我该说的已经说了，你自个儿好好想想。”

王思危有些不情愿地站起身，从苏沫身边走过去，问：“这位小姐姓什么来着？我给忘了，你坐你坐，好好谈，我不打扰了。”

苏沫两手交握，头也不抬。

王思危又对他哥道：“这地儿风水好，多亏当初买得好，我要在这里住上个十天半个月，闭门思过，好好考虑大哥你的教导。”

王居安打鼻子里“哼”了一声：“随你。”等他弟走远了，他抬眼瞧着苏沫，也没让座，等她开口。

苏沫暗吸一口气，低头看着他的鞋尖说：“上次我表妹的事，是我没弄清楚，我为自己的冲动向您道歉。”

王居安却道：“你舅舅的房子的确是我让人拆的。”

她咬着嘴唇不吭声，王居安问：“说完了？”

苏沫在心里费力地组织语言，停了一会儿才道：“我很感激也很高兴能够再次进入安盛，我会珍惜这个机会好好工作，我希望……以前那些不愉快的事您别放在心上，是我不懂事……”

王居安懒洋洋地打断，“以前的事？还有什么事？”

苏沫脑袋里一蒙，顿时心绪起伏，却不敢作声。

王居安转移话题，“你不是不懂事，只是有时候做得太过，”他按熄烟蒂，“这样吧，我教你一招。做事要讲究迂回，不要太刻意，太刻意了就免不了难看，别人不说，是想等着看笑话。第一个把女人夸成花的是人才，第二个是庸才，后来的都是蠢材。人家都做过一次你还去学，太没创意。”

苏沫觉得这人心思变幻无常，从来拿捏不准他下一句会说什么，迷惑之余，她心里又着实松了口气。

王居安站起身，走前问了句：“明白了？”

苏沫赶紧点头，侧身让了他过去，心里想着终于结束了都结束了，谁知这人头也不回，轻轻扔下一句：“我住 1024，你晚上过来。”

苏沫来这世上活了二十多年好歹混成失婚妇女，又在社会上摸爬滚打两年多，她绝不认为王居安最后一句话的意思是：你晚上来找我，我给你讲事实摆道理，顶多盖床棉被纯聊天。她本能地从嘴里蹦出一个字作为惊悚过后的回应：“不……”

王居安果然回过头来瞧她。

苏沫忍不住避开他的视线，低声解释：“王先生，您为人公私分明，您刚才可能对我有点误会。我爸妈和孩子每月等着我寄钱回去，孩子要上学，父母要供房，我在这边不能失业。我以前不争气，这简历上的也不怎么好看，出去找工作高不成低不就，所以我很希望自己能留下来继续工作，我希望自己能在业务上有所发展，而不是……”

王居安打断她，“想留没问题，我们欢迎一切有能之士，那么请问苏小姐，你有什么出众的才干可以让人信服？这么跟你说吧，这公司里不是所有人都像老太太那样喜欢因人设岗，只这一条，你留下来影响就很不好，我们做企业也要有做企业的规矩。”他靠近一点低头看她，“没能力，为什么还把自己端着，还端得老高？”

苏沫哪能不明白他的意思，觉得他说的句句在理无法反驳，而这最后一句听起来尤其刺耳。

王居安继续道：“知道什么样的员工最让老板头疼吗？就是这样没能力有棱角的。”他忽然道，“头抬起来。”

苏沫只得稍稍仰起脸，却看向别处，她知道自己现在的样子一定好不到哪儿去，眼眶发热，眉间怨气聚集无从释放，这模样要是被他瞧见肯定又得落下话柄奚落一番。

王居安见这姑娘眼圈是红的，鼻尖儿是红的，樱唇一点点更是红艳艳，不觉说了句：“哭什么？我又没说重话。”

苏沫死抿着嘴不作声，总算忍住了，才道：“不是。”

王居安仍是瞧着她，没再说话。

两人沉默的当口，尴尬的局面忽然被人打破，营销部赵祥庆走过来，嘻嘻哈哈地扯了扯王居安的胳膊，“头儿，到处找你，一群伙计都等着敬酒，来来来，难得热闹一下。”

王居安这才收回视线，想说什么却又没说，末了只对老赵道：“走，进去喝酒。”

和老赵一同出来的还有他的助理，女孩二十四五的年纪，有点见面熟，这会儿见领导们都走了，忙挽住苏沫的胳膊小声问：“苏姐姐，他刚才是不是训你来着？”她转着眼珠子继续，“我们老远就瞧见了，到底是为什么呀？”

苏沫只好答：“没事，我才偷懒想上楼休息，被老板撞见了。”

“就这样啊，”女孩难掩失望，“没事没事，王总连老赵都劈头盖脸地训过呢，不过……我倒没瞧见他说过哪个女的。”

苏沫这会儿还真想回房休息，无奈被人强拉着往大厅里走，周围闹腾腾，她一坐回自己的位子，拿起跟前的酒杯仰头喝了一大口，心里说，要怪就怪我自己不长进，一有事就求这个求那个。她想到这儿干脆把杯里的酒喝了个干净，酒精过喉入腹，香辣刺激，心里竟舒爽了不少。

她一边自斟自饮，一边又想：上了床骂人下贱，不上床又说人端着装模作样，臭男人都去死。

她咕咚咕咚又喝了一杯，心里仍有怨气：哪天等我能耐了，看我不玩死你们，一个一个捏死你们。苏沫使劲儿地捏着酒杯，等嗓子里的酒水全咽下了，不觉苦笑，当真是希望美好，前程迷茫。她气馁地垂下头，靠在椅子上盯着跟前的雪白桌布发愣。

“小苏，”付丽莉过来拍拍她的肩，“你没事吧？是不是喝多了点？”

苏沫抬头，“我没事。”她确实没觉得如何，就是脸上发烫，可脑袋里清醒得很。

付丽莉看起来很关心她，“脸这么红，这酒是红酒里掺着高度白酒兑的，你真的没事吗？”

苏沫笑笑，“我说怎么这么辣。付姐，我真的没事。”

这边赵祥庆已经喝完一圈，处处与人称兄道弟，不多时就喝到付丽莉跟前，两人端起杯，老赵一仰而尽，付丽莉只微抿一口略作表示。在这方面，赵祥庆一般不为难女士，他瞧见苏沫一人喝闷酒，笑道：“付主任，强将手下无弱兵啊，没想到小苏喝酒这样厉害，以后出去谈事，少不得麻烦你把人借我用一用。”

付丽莉自恃和王亚男走得近，回应道：“老赵你可别说借就借，还得问人家愿不愿意。”

赵祥庆什么人物，笑着往付丽莉跟前送送杯子，“这谱摆得好，应该，王工亲自招进来的人才，不能怠慢。”一言罢了，他提起一瓶白酒分别给自己和苏沫斟满了，说，“小苏，一回生二回熟，别见外，都是为公司，公司好我们大家就好。”

苏沫忙端着杯站起身，她把酒杯微斜过去，使杯沿比对方的略低一些，谁知老赵伸手将她的杯子往上轻轻一托和自己的持平，这才碰杯道：“别客气。”说完他自己先喝尽，最后把杯子倒过来往桌上一搁。

苏沫会意，只得跟着喝完，辣得嗓子眼冒火，却是强忍着没咳出声，末了，也将酒杯倒过来放在桌上。

赵祥庆哈哈一笑：“不错，小苏在这方面倒有点王工当年的风范，也难怪她看重你……”他话没说完，又被邻桌的人请过去接着喝。

付丽莉拉着苏沫坐下，“酒量再好也别跟他们硬来，这些做销售出身的哪一个不是酒桌上的老手？”

苏沫却问：“王工的酒量很好吗？”

付丽莉说：“哪个大老板没自己做过销售呢？做销售又怎能不喝酒？

王工现在年纪大了才不喝，以前，据说能把一桌子的男人喝趴下。”

苏沫“哦”了一声，低头吃菜，填肚子，不多时听见手机响，拿出来看了，短信一则，周远山问：“我是不是给你出了个不太管用的主意？”

苏沫四处瞧了瞧，看见周远山在那边低头摆弄手机，她想也没想就回了过去，“是，这主意太馊了。”

周远山抬头，隔着一屋子的推杯换盏、觥筹交错对她笑了笑，模样温和，略带歉意。

苏沫这会儿才觉着有些犯晕了。

她很少喝酒，也从没像今天这样一连数杯，以前和佟瑞安感情好的时候，晚上闲来无事两人也会拿出红酒听着音乐对酌，当时感觉很惬意，现在回忆却苦涩。喝到后来佟瑞安按捺不住，三两下地吞了，借着酒意抱着她往床上翻滚，那会儿苏沫是没醉也醉了。

短信又来，周远山问：“既然在这里不如意，为什么不回家？”

苏沫眼里盯着“回家”两字，心里各种滋味，她在键盘上胡乱摸索了半天才发出去：“我爸妈一直以为我在这里过得不错，现在回去，还不得急成什么样。”

“报喜不报忧？”

“我不想再让他们失望。”

那边半天没回，苏沫忍不住发了个问号过去。

下一秒听到提示音，短信说：“以前也有个人，对我很失望，我还装满不在乎，现在想想那时候挺傻的。”

苏沫写道，“是女人？”

周远山回了个笑脸。

苏沫猜他不会多说，于是打了招呼，回房洗漱。

同屋的姑娘很晚才回，说是一伙人都去唱歌了，苏沫迷迷糊糊地睡了一宿，再睁眼时，天光大亮。

大伙儿吃吃喝喝近十点才随车出发，苏沫瞧了瞧，没看见王居安的车，想必周律师也跟着一早走了。

过了中午，大巴回到市里，因为是星期天不用去公司，众人各自回家。

苏沫买了水果糕点去看舅舅，又取了些工资塞给舅妈，钟声还在家里待着，没去学校，一个人闷在里屋不出来，苏沫见她这样心里更加自责。

舅妈对苏沫仍是爱理不理，提起钟声就伤心，“没几个月高考，她现在又不想读书，还不如当初去找人讨说法要点补偿，反正那人有钱……”

钟老板听了，一拐杖差点砸过去，他身体渐渐康复，脾气却越来越差。

苏沫去敲钟声的房门，想和她说会儿话，里间没人应，她推门进去，看见钟声趴在书桌上睡觉，手里拿着尚淳之前给她买的 iPhone，桌上胡乱堆着一些课本和试卷。苏沫伸手去摸她的脑袋，却被她躲开。苏沫有些艰难地开口：“声声，你别这样，事情过去了，往前看吧。”

钟声半天才吭气，“对你来说是时过境迁，对我来说不是……”她抬头盯着苏沫，“有些问题我一直想问你，当时，尚淳为什么单单让你留下？”

苏沫一愣，“他的兴趣就是侮辱别人，你知道他有家室有孩子，你知道他在外头妻妾成群吗？你知道他包养了多少个女人？这种人根本没有道德观念。”

钟声摇头，“不是，他为什么不留钟鸣，偏偏留你？他是看上你了，他喜欢你，你们以前就认识是吧？他还帮过你的忙，结果你耍了他，他是不是为了报复你才招惹我的？你别以为我什么都不知道。”

苏沫反问：“那是喜欢吗？那种男人要什么有什么，有兴趣的就想尝一尝，没兴趣了就当垃圾一样扔掉，那是喜欢吗？那是在侮辱人，如果不是你钟声，也不是我，还会是其他人，他想玩弄的，不过是换个名字而已。”

钟声忽然放声大哭，“姐，我觉得自己这辈子完了，我真的完了，我不敢去学校，我怕别人指指点点……姐，我这辈子就这样了……”

苏沫心里一酸，忙抱住她，“声声，你现在才多大，以后的路还长着，年轻人犯错上帝都会原谅，因为有大把时间可以修正。像我这样，你以前也说我笨，你说得对，我就是年轻时不懂事走了弯路，我比你大十岁呢，人都是在磕磕碰碰里慢慢成熟。但是有一点要记得，十八岁犯的错，到了二十八、三十八岁的时候不能再犯，年纪越大从头再来的希望就越渺茫。声声，你就甘心这么稀里糊涂地过一辈子吗？”

钟声渐渐止了哭，过了一会儿她用手擦了擦眼泪，慢慢道：“对，我不甘心。”

傍晚，苏沫从钟家出来，情绪有些低落，又想到自己这些年的境遇，心里更不是滋味，就去小卖部买了红酒、白酒、啤酒各几瓶，到家以后先做晚饭，然后兑着酒喝，一边吃菜一边喝了个痛快，喝到后来就有些醉了。

她又想找人瞎聊天，拿起手机翻了一溜，从蓉、莫蔚清、周远山……周远山。

她思来想去，一颗心在酒精的鼓动下敲锣打鼓，但是那电话始终没有拨出去，她索性扔了手机，倒头就睡。

之后隔几日，苏沫就在家喝一回酒。

先是红酒、白酒混着喝，后来是五十度白酒，接着是五十五度的二锅头，偶尔尝试下六十度的烈酒，辣得她眼泪直流。慢慢地她总结出规律，喝酒前一定吃些饭或者喝点牛奶，中间大量喝水可以稀释酒精浓度，实在喝到想吐一定不能憋着，有几次她难受到吐胆汁，吐完以后再吃些面食，稍作休息又能接着喝点，渐渐地，酒量就上去了。

只是第二天起床的时候最为痛苦，苏沫找人问了个方子，到中药房称了些葛根和樟木回来，晚上添水小火慢炖，上班的时候用保温瓶带去公司稍微喝点，慢慢也就好了些。

最近，付丽莉待她也亲热了，开始交给她一些整理文档的工作，苏沫这才尝到一丝忙碌的滋味。

临近下班，营销部那边又过来要人，说是晚上有饭局，缺人手。

营销部里多是男员工，经常跑来找付丽莉借人，如果不是什么大项目，付丽莉这边多半懒得搭理，心情不好的时候也是不理的。再来，谈生意的饭局多半乌烟瘴气，何况还占用休息时间，谁爱去凑那个热闹？普通女职员躲还来不及。甚至有同事建议，不如成立个公关部，这样销售部同事也落得轻松。付丽莉听见下属这样挤对不觉好笑，嘴里却呵斥道："别跟这儿瞎说，我们公司的销售团体可是业内出名能干的。"

赵祥庆听了哈哈笑道："那是，安盛又不是挖煤的起家，老总也不是暴发户，不能搞那些歪门邪道。我们当然不能靠陪吃陪喝去和人谈生意，完全是看中总经办的各位口才了得，职场精英，都是见过大场面的。"

付丽莉听了这话心里很受用，再说上面也打过招呼，期望各部门积极配合，一起完成这个项目，于是就鼓动两个长相不错的年轻下属过去敷衍一下，谁知其中一位百般推脱，老赵等得不耐烦，指着坐在一旁的苏沫道："还有那谁，小苏，一起。"

苏沫拿眼瞧着付丽莉，见对方没有反对的意思，这才答应。

一路上，赵祥庆有事无事地找她聊天，说一桌子大老爷们不好谈，有一两个女同事在能调节下气氛，又叮嘱她能不喝就别喝，一喝就难脱身，苏沫忙应了。到了吃饭的地方，她和另一个女同事果然规规矩矩当摆设，无非是中途帮人斟个酒，偶尔接个话茬。

对方的人里也有一位年轻女性，据说是某台的节目主持人，实在能说会道，一会儿给这位劝酒一会儿又和那位喝个大小交杯，满场闹得欢，她自己却没喝多少。一来二去老赵自觉境况不妙，只得开玩笑一般对她俩小声道："我们太斯文了，看看人家。"

说话间，客户起身敬酒，这边两位女士照旧少许抿上一口，对方见苏沫满脸粉色、谈吐秀气，笑道："我见过这样的，一喝酒就上脸，其实特别能喝。"不依不饶定要两人喝完。

苏沫的女同事说什么也不喝，一滴也不沾，老赵忙打圆场替人喝了，轮到苏沫却没那么轻易过关。苏沫见时候不早，菜吃得差不多，两边人马也喝得有些微醉，一点没犹豫就喝干手里的一盅，接下来更加一发不可收拾，所有人都冲着她来了。其间她大量喝水，跑了两趟厕所，或者趁人不注意把酒悄悄吐在毛巾里，心知自己现在的酒量也就中游水平，好在选对了时机，等她喝开了，其他人早已酒酣耳热，这么一来倒能勉强唬唬人。

老赵先前还有些担心，这会儿见她行事稳重，脸色虽红，眼神却清明，不觉咧嘴笑呵呵地瞧她同人周旋，一圈酒喝下来，对方还算尽兴，直呼苏沫是赵总的秘密武器。

苏沫心里不免有点得意，自觉酒量还行，尽管很想扯着人聊天瞎侃，但是步伐还算稳当。老赵却不放心，他这边送客户脱不开身，就托了助理和女同事送苏沫回家。苏沫在车里有些犯困，心想这么晚犯困也正常，直到下了车，她才觉着不太好。

同事要送她上楼，她心想也就三楼，再怎么爬也能爬上去，何况人家两个都是年轻姑娘，回去晚了也不安全，想到这儿直接把人打发了，自个儿扶着楼梯慢慢往上走，不多时抬眼瞧见自家的房门，这才歇了口气。她身上热得冒汗，廊上窗户大开，冷风一吹，眼前的门忽然晃悠起来，她看得迷糊，越来越迷糊，咕咚一声整个人倒了下去。

也不知过了多久，耳边隐约有人说话，还不止一个人。她浑身发冷，却睁不开眼。有人拿手轻拍她的脸，苏沫却想：谁啊？为什么打我？怎么会有人进我家里呢？难道是小偷？

她使劲睁眼，眼皮却像用胶水粘上了一样，心说：奇怪，为什么脸不痛，头却痛得厉害？她抬手去摸脑袋，手却被人挡开，她吓了一跳，猛然间清醒大半，立时觉得疼痛钻心，旁边的人说："你不能动，头都磕破了，流了很多血，你怎么躺在这儿呢？"

苏沫听出是对门邻居家的老先生，接着他家老太太也说："这孩子不会是在这儿躺了一晚上吧？怎么醉成这样了？再烦心也不能出去瞎喝酒呀，还好是倒在自己家门口，要是倒在大街上可怎么办？”

老先生又说：“就是，不能糟蹋自己的身体。”又问，“你能不能站起来？得去医院看看。”

苏沫勉强睁开眼，瞧见跟前两人一身运动装扮，再瞟向窗口，天色蒙蒙地发白，她脑子里回不过神，就像这会儿的天色一样混沌。

老太太忙拿手在她眼前晃，“不会有事吧，啊？”

苏沫全身酸痛，只有脑袋还能晃晃，她瞥眼看到地上一小摊血迹，忙揪着手边的栏杆要站起来，那两人伸手来扶，慢慢把她送到家门口，苏沫这才想起给人道谢，又说先进去休息一会儿。她摸到洗手间照镜子，面色蜡黄，额角破了个口子，血迹斑斑。苏沫爱干净，硬撑着洗漱一番又换了身衣服，这才想着去医院。

打开门，那两位老人家还在外面等着，想是不放心，坚持要送她，推不过，只好一起过去。医生让缝针，好在伤口较小，不必剃掉额角的头发。苏沫躺在临时病床上发呆，渐渐地缓过劲来。

包里电话响，拿出来接了，从蓉在那头说晚上有应酬，请她帮忙去接孩子。

苏沫只好把自己的情况大概说了下，从蓉问她：“这都上班的点儿了，你给公司打电话请假没？”

苏沫说过一会儿打。

从蓉却道：“电话你别打，我来帮你打，你这是工伤，不能白伤了。”又问，“昨晚上合同谈成了？”

苏沫想了想，“口头协议，问题不大。”

从蓉在那边笑，“行啊，瞧不出还有两把刷子。”

两人没说几句就撂了电话，苏沫心里信不过，不知从蓉会怎么行事，这边医生正按着她处理伤口，让别乱动，她只好作罢。

才缝好针，那边电话又来了，从蓉说：“你做好心理准备，这事，我估计那边的人全知道了。”

苏沫听她一副满不在乎的口气，忙问她怎么和人说的，又是跟谁说的。

从蓉只答："反正我是帮你请假了，这里那里打了好几通电话，你也不用谢我，我知道你现在的处境，我帮你，就是觉得你人不错，在家靠父母，出门靠朋友嘛。"

苏沫回道："你怎么知道打那些个电话就是帮我了？你知不知道那几个人之间的关系多复杂，老赵和王居安走得近，付小姐又是王亚男那边的，我就是在夹缝中生存的一粒沙子，这两边无论谁稍微不满意了，就能把我轻轻剔出去，你现在又掺和进来做什么呢？"

从蓉笑道："不笨嘛，了解得挺透彻，我就是要把这锅水搅浑了，总有人会帮你出这个头，放心，到时候就看你怎么站队了。"

苏沫挂了电话，想一想，仍是给付丽莉打了通电话。付丽莉的表现很正常，说："刚才医院的人打电话来说你在做手术，这样，你好好休息，工作的事别太操心，养好身体，欢迎早日归队。"

苏沫心想，还做手术呢？从蓉这也太扯了。

想归想，为了配合付丽莉那番说辞，苏沫只得多请了一周的假，其间老赵让人过来瞧了一回，提到合同签成了。总经办那边却没人来瞧。

苏沫等伤口好得差不多，去医院换了最后一回药，护士仍是拿一块纱布帮她用胶带粘在额角那一处，纱布大了点，看起来有点隆重。苏沫先买了些水果营养品送去对门那家，再回公司销假。

她一路上楼遇着些同事，与往常无异，只是大半会往她脑袋上多瞧两眼而已。

付丽莉关心了她几句，又让帮忙整理些文档。一直到傍晚快下班的点，苏沫才搞定手里的活计，晚上是商务英语的培训，她正打算下班走人，旁边电话响起，付丽莉接了电话，通知她去董事长办公室，末了又加上句："小苏，我没看走眼，你是个人才，以后好好合作。"

苏沫放低姿态客套回去，她心里原有些忐忑，现在因为这话又有些雀跃，她在椅子上安静地坐了数分钟，这才起身出了格子间，去会王亚男。

董事长办公室的门半掩，苏沫敲了几下，听里面人应了才推门进去。

王亚男坐在大班桌后看一份文件，如果苏沫没估计错，应该是自己的档案资料。旁边的沙发上还有一人，王居安正闲适地坐在那边翻报纸，苏沫回回见他都有不祥的预感，心里更少了几分底气。

等她在跟前站定了，王亚男才抬头看她，微笑地指了指桌前的椅子，“坐，”又问，“身体好些了吗？”

苏沫道了谢，答道：“好些了，今天换最后一回药。”

王亚男极为和蔼地瞧着她，“那就好，”忽而又叹一句，“我要是再不见你，可不好和那些人交代呀。”说完她呵呵笑了几声，又看向自己侄儿道，“要是再不见见她呀，以后怎么还会有员工愿意给我们安盛卖命？管她真假，至少能树个努力工作的典型。”

王居安也是笑一笑，抬头瞧了苏沫一眼。

苏沫正襟危坐，拿眼看向王亚男捧在手上的茶杯，又听对方问：“小苏，你说说看，对我们公司有什么要求？”苏沫没想到她问得这样直接，不觉一顿，王亚男吹了吹杯里的茶叶末儿，“没有关系，尽管说。”

苏沫暗想，如果我说想要回舅舅的厂房，你们能同意吗？她心里叹息，开口道：“王工，我想转去做销售，其他的，没什么要求。”

这回倒换作王亚男诧异了，她问：“能说说你的理由吗？”

苏沫早理清思路，答道：“我以前做过销售，有一定经验，另外这一行比较有挑战性，能锻炼人，而且……薪水也高些。”说来说去，最后一句才是关键。

王亚男看着她点了点头，对侄儿道：“她倒实诚，想什么说什么。”

王居安搁下报纸，看着苏沫。

王亚男不咸不淡地问了句：“你家的情况不太好吗？找工作，挑剔薪资不是好事，所以大家都不怎么说实话。”

苏沫脸上发热，低声道：“是，我知道，”她略作解释，“我父母就我一个孩子，他们年纪大了，我自己还有个小孩要养。”

王亚男脸上显露出那么一点兴趣，语气也柔和了些，问她：“你小孩多大？”

“三岁零八个月。”

王亚男点头，“为人父母不容易。我记得你以前在安盛电子做过一段时间的销售。”她问侄儿，“在你们那里业绩怎么样？”

苏沫心里有些紧张，不觉侧过头去瞧那男人。

王居安也瞧着她，神色里似乎总有几分讨人厌的讥讽味道，过了一会儿才漫不经心地答：“还行，扮猪吃老虎还行。”

苏沫知道他说不出好话，好在王亚男没接这茬，打量她道：“我倒觉得你不适合做销售。”苏沫屏住呼吸，又听她对王居安说笑，“这姑娘长得太秀气，白白净净的，说话又是这样斯文绵软，少了死皮赖脸的泼辣劲儿。”

王居安继续翻报纸，只说：“您决定。”

王亚男看着苏沫，“我也观察了你一段日子，让你煮咖啡，你就专心煮咖啡，还能让人觉得好喝，甚至不可取代。”她语气变了变，玩笑般说了句，“对于自己不太喜欢的人，能做到这点很不容易。”

苏沫听得一时惊讶一时窘迫，怎么也没想到，王亚男会把自己和她侄儿间的嫌隙搬到台面上。

那边，王居安翻报纸的手也稍微停顿，抬头看着他姑姑低低笑了一声，有那么些宽容的无可奈何的意思。

王亚男又道：“我倒喜欢这样做事踏实的，也未必要在销售部才能得到锻炼学到东西，看你跟什么人。就是你年纪大了些，比不得那些才出校门的小姑娘，再谈锻炼啊、学习啊、机会什么的是不是有些晚呢？”

苏沫静心一想，大概摸清对方的意思，一是在提点她别跟错人，二来想试探她有没有弃暗投明，并且和某些人划清界限的打算。想到这一层，她干脆表明态度，“我相信对每个人来讲，当下就是最年轻的时候，只要肯努力，一切都来得及。”

王亚男看着她一笑，点头，“不错。这样，你还是待在楼上，先参加经济法、财务和人力资源管理的相关培训，我的助理正好生孩子去了，请你暂代她的工作。”

第六章 ✦ 蜕变

忽然之间，生活像饥肠辘辘时一碗不多不少、劲道正好的面条，
余过水凉散了热气浇上了香油，被人稳稳端到了跟前，
苏沫有些不太适应了。

苏沫现在的生活更有规律，日常上班，夜晚上课或者健身，周末去舅舅家探望，又或者和莫蔚清、从蓉相约逛街。

因为尚淳这个人，苏沫原不想同莫蔚清走太近，但是再一想，最危险的地方何尝不是安全之所？莫蔚清这人本性不坏，如果尚淳真想搞小动作，她也许能替自己说上几句话。

苏沫养成早六点起床的习惯，第一件事就是打开电脑收听英语广播，同时洗漱、用餐、化妆全不耽误，也拜莫蔚清所赐，她对穿衣打扮越发注意，何况又是跟着王亚男工作，今后免不了出席各种会议，或是同政府部门打交道，个人形象方面确实要花些工夫。

如今苏沫再次面临工作上的转型，脚下是新的起点，前方是令人兴奋的挑战，以往的迷茫无措渐渐淡散。特别是拿到新合同以后，她眼里反复瞄着那串代表薪资的数字，心里更不能平静，酬劳比她预想得要好，在原始动力的激发下，她头脑一热，马上跑去银行把手里的闲钱尽数打回父母的户头上。

忽然之间，生活像饥肠辘辘时一碗不多不少、劲道正好的面条，余

过水，晾散了热气，浇上了香油，被人稳稳端到了跟前，苏沫有些不太适应了。

所以这会儿，她带着一股当年备战高考的轴劲，坐在培训室里等待老师授课。

桌上摆着笔和纸，窗外光彩明媚，仿佛回到学生时代的课堂，生机盎然的青春在窗外向她频频招手，安慰她还有大把时间可以浪费、可以从头来过，直到兜里的手机响起。

父母来电，问为何又多划了一笔钱过来，苏沫捂着话筒小声说这个月开始工资会涨。

家里人知道后自然欢欣鼓舞，苏沫听见爹娘在那头笑，顿时觉得一切都值了。收线那刻，苏母带着笑意叨叨："别光顾着工作，也要适当考虑下个人问题了，要是碰到合适的，多留个心。"

苏沫嘴里说没时间考虑，可心里又有些发蔫。

离婚之后，这件事她一直避免去想，深知男人都爱二十出头的大姑娘，既是天性使然，也是约定俗成，她早已经错失良机，好在凡事有利有弊，年纪大了，至少不会遇着个合心水的男人就开始做梦。

培训室的门被人打开，来人风尘仆仆。苏沫已有数星期没见周远山，前几次培训都是事务所里的其他同事讲授，闲谈时问起，说是周律师出差去了外省。天热，年轻男人脚步匆匆，一脑门的汗，倒使他沾染上人间烟火气，不至于叫旁人望而生畏。

周远山拧开讲桌上的矿泉水瓶子喝水，目光巡视众人，唯独扫到苏沫时笑了笑。

苏沫却想：这样可不好。

她心里被这人的笑意忽悠得活络了数秒。

苏沫装作没瞧见，低头闷坐，过了一会儿又有些自嘲，她拿笔在白纸上划拉了一行小字：认清现实、正视现实、顺应现实。写完后却觉得过于消极，没有感情的慰藉至少要有工作的热忱，于是补充：不要为现实所阻，不要因现实放弃希望。

周律师的课讲得不错，诙谐幽默，举一反三，适合门外汉。苏沫边听边赶着做记录，一同培训的人里没几个像她这样认真的，一到下课的点就全溜了。周远山拿起一沓纸张过来敲她的桌子，“别抄了，讲义拿去。”

苏沫道谢，又听他问：“中午有空吗，一起吃个饭？”

苏沫抬眼看他，品着这人的神色似乎不大自然，想着反正要去食堂，说：“现在就去吧，一会儿食堂里人多。”

周远山双手撑在桌上，垂眼瞧她收拾东西，笑道：“请苏小姐吃饭哪能去食堂？太敷衍。”

苏沫一愣，问：“周律师，你为什么要请我吃饭啊？”

周远山只说：“有事相求，边吃边聊。”随后请她上车，车子在小巷里七弯八绕，不多时来到有着青灰外墙暗红屋顶的小里弄边上，大门侧开掩在斑驳墙壁里，旁边竖着一只古色古香的食肆招牌。

就近停了车，周远山说：“这里还行，以前跟着老王他们来过两回，口味清淡，不像外面那些乱搁调料。”

苏沫随他进去，室内环境清雅古朴，闹中取静，就是座位太少，店家像是舍不得摆放桌椅，桌与桌之间隔了八丈远。苏沫坐下后稍微看了眼菜单上的价格，心里有些不自在，这儿一道菜快赶上她整个月中午那顿伙食费，看来空间资源的浪费全从这里头捞回去了。

周远山照着菜单一样一样地点得欢，苏沫忙说：“别叫这么多，吃不完。”又说，“无功不受禄，这不是还没帮上忙吗？要不你先说来听听，我也不知道自己能不能帮你。”

周远山替她斟茶，神色里有些犹豫，正是欲言又止的时候，忽然瞟见门口进来两人，嘴上说了句：“巧了，老王也来了，”他起身招呼，“王总。”

王居安对相迎的饭馆老板说：“事先没给电话，就不知道给我留个包间了？”

老板赔笑道：“哎呦，是我糊涂了，现在吃饭的人多，不过今天一早就有喜鹊在窗台上叫呢，想是有贵客……”他热络地把人往里请，

“那边靠窗还有位子，要不您先将就下？”

王居安往周远山这边瞧了眼，“不用，有朋友在，拼一桌。”又对同行人道，“孙总，正好，今天我一个律师朋友也在，您先前说的那几个法律方面的问题可以找他聊聊。”

两人说着话往里走，王居安看一眼苏沫，问：“一起，不介意吧？”

苏沫坐周远山对面，这会儿才瞧见来人，不得已起身，“老总客气了，两位请坐。”

孙总择了周远山旁边的位置坐下，对王居安笑道：“老弟啊，我们是不速之客，打扰年轻人吃饭谈事了。”

周远山把菜单送到王居安跟前，“我们也才到，正好还没上菜。”

王居安坐苏沫旁边，没接菜单，直接道：“天热，来个虫草云粥，不要酒水，都是熟人用不着客套，其他你点。”说完同孙总介绍，“周远山，他们所帮安盛处理法律方面的工作。这位苏小姐，是我们王董的新助理。”

苏沫配合着跟人打招呼，斟茶问好。

孙长跃四十多岁年纪，外地人，北方口音，先前瞧见苏沫时眼睛亮了亮，现下有些惊讶，“王工的助理几时又换了？我去年来过一次，两个月前也来过一次，次次见到的都不同，这换的频率有些高啊。”

王居安笑了笑，“老人家是这样。”

孙长跃又道：“还别说，你们王工找的助理，这形象气质都挺好，老人家会相人。”

苏沫听见这话不免脸热，却一笑置之，以前和佟瑞安相处数载，不曾听人夸过半句，内心渐渐积攒了些自我否定的想法，而现在又多接触生意人，油嘴滑舌的见过不少，心知有人喜欢刻意逢迎，当面一套背地里又是一套，也就更不把这些话放在心上。

席间孙、周二人聊起法律事务，相谈甚欢，王居安不怎么开口，只偶尔点上两句。三人从方案谈到合同，又谈到项目进度，再聊起各自的生意经。苏沫时不时帮忙添水斟茶，暗自也听得来劲，她现在像海绵一样吸收着各种信息，大脑高速运转，不敢分神半秒。

一顿饭将尽，她却没吃几口，一边注意把握分寸，一边还要礼貌周到、大方亲和，一张脸几乎笑得发僵，她实在是没什么胃口，好在往脑袋里塞了不少东西，虽然累但颇有收获。

孙长跃话匣子一打开就收不拢，谈得兴起，让人送了好酒过来，苏沫见这人一杯又一杯自斟自饮喝个不停，知道是酒瘾犯了，又见他脸色通红说话间偶尔气促，不觉提醒一句："孙总，您等会儿是自己开车吗？"

孙长跃会意，笑道："苏小姐是想劝我少喝点。"

苏沫微笑，"哪里，您酒量太好，我生怕您会拉着我们一块喝，不过酒这东西，过了总会伤身，还是少喝些吧。"

孙长跃听了，点头道："我方才提了句，去年和人谈生意喝酒差点爆血管的事，你就记心里去了。不错，苏小姐为人细心、耐心，还很贴心。"

一席话使苏沫脸色微红，孙长跃借着半分醉意，言语里有些感触，"往常出去吃饭，除我家里人，还没听过谁诚心诚意地劝我，今天就听你一回，少喝些。"他果然搁下杯盏，换上云粥，又见苏沫吃得少，问，"你怎么不喝粥？女士们大多冬天畏寒，所以这东西夏天吃了最好，补冬天的身子，最是滋阴补阳。"

苏沫只得避开粥里的肉虫形状的补物，浅浅吃了两口，实话实说，"味道很好，要是端上来之前先把虫草挑出去，那就更好了。"她心知，若是几个话语投机的人凑到一块儿，便对其中唯一的异性不会过于挑剔。何况若无伤人之意，偶尔运用女性的柔弱和魅力调节下气氛，也无可厚非。她又补充一句："我从小就怵这种东西。"

几个男人果然宽容地笑笑，周远山逗她说："它本身是一种草菌，不过是长得像虫子。"

王居安却说了句："不想吃挑出来就是。这是一种蛾类的幼虫，冬天在草里僵化形成。"他将胳膊搭在她身后的沙发靠背上，微侧了身瞧她。

苏沫低下头盯着碗里，用勺子舀起一只，憋气咬牙地咽下，强忍着恶心应了句："的确是草根的味道。"

王居安笑一笑，"既然合口味，都吃了吧。"

苏沫吃完一小碗粥，这回可彻底饱了。

不多时席散，王居安因周远山的事务所离孙总的酒店不远，就吩咐他顺道送人过去。周远山看了看苏沫，问他："王总，您下午有什么安排？"

王居安说："我回公司，下午有个会。"

周远山忙道："您能把苏小姐也捎回去吗？"

王居安点点头，仍是和孙总寒暄，孙长跃是个话篓子，趁着告辞的工夫又扯了十来分钟，完了递一张名片给周远山，又拿一张给苏沫，苏沫回过神，忙将自己的才印好的新名片也递上去，心想：王亚男换助理换得勤，也不知这名片能用多久。

临出门，王居安吩咐苏沫，"我喝了酒，你去开车。"

苏沫答："我没驾照。"

"会开就行。"

"不太会。"

王居安问："不太会还是不会？"

苏沫没作声。

王居安说："做人要老实，没学过就说没学过。"

苏沫一时轴劲上来，"要不您先走，我……"

王居安扭头看她一眼，挺和气地问："怎么？你还想去逛逛？要不你直接下班休息？"

王居安打了电话，不多时饭馆老板给安排了司机，两个人这才上车离开。

两个人坐着，也不说话，一时气氛又有些尴尬，偏生阳光透亮，破窗而入，铆足劲儿地要使一切分毫毕露。

好在他贵人事忙，一路电话响个没停，讲完又响，公事私事皆有，公事不必多说，私事是——“我哪有时间……我叫司机陪你去……喜欢什么买什么……”诸如此类。

苏沫这边也接了个电话，是王亚男吩咐她起草一份商务会议的致辞。王亚男今天不在公司，这类商务会议也并不紧要，却是苏沫近期接到的第一份较为正式的工作指示。王亚男的幕僚和随扈众多，苏沫除了参加培训，仍是做些收发文件和记录电话的打杂活计，好在她耐得住性子，凡事都认真对待。

苏沫接到来电有些紧张，因为王居安正好也在旁边讲电话，苏沫担心王亚男听出他的声音，这两人之间局势微妙，神仙扯皮凡人遭殃，一旦被人误会，她的处境很有可能再次生变。

她正惴惴不安，王居安忽然未置一词就把那电话给挂了，对方像是不依不饶，立马又拨回来，不接，再拨。苏沫就在一连串普通单调的手机铃声中收了线。王居安等它响了几次，才又接了，语气倒相当平和，“……跟你说过什么，忘了？你管她是谁……先搞清楚你自己是谁……”

那头渐渐没了声音，王居安心安理得地掐掉电话。

苏沫心想，这女的不容易，就和自己以前一样捂着石头当成宝。

一时间，车厢内重又陷入静默，苏沫探眼瞧向窗外，先前她与周远山一路过来只觉时间过得飞快，这会儿却发现吃饭的地方离公司有些远。

王居安随意说了句：“不管什么年纪的女人，常有忌妒心。”

苏沫未能会意，也不想多问，隔了一会儿又听他道：“你今天这打扮，搁在男性上司跟前没什么问题。”苏沫微愣，言下之意是搁在王亚男跟前就有问题了？

她低头瞧身上的衣服，上身是件薄软的短袖丝质衬衣，下面搭了条同色系的紧身半裙，衬衣下摆内扎，半裙长度在膝盖上方两寸左右，不算夸张。就是这上衣领口有些偏深V，早上出门凉快，她在外头加了件小西服，看上去还好，到中午热起来，一时就给脱了。

衣服是和莫蔚清一起买的，莫蔚清难得瞧上这样的平价货，自己买了几件不同色的，又唆使苏沫也买。苏沫拿的这件颜色刁钻，挑人，但是搁她身上却很显肤色，她一时心动就跟了风。

现在，苏沫有些怀疑自己是否太容易被人影响，想来王亚男那样正经干练的女强人，对这种风格定是瞧不上眼的。

临近公司大门，王居安向窗外看了一眼，视线似从她身前滑过。

苏沫脸上轰地一下就热了，待车子停稳，不得已低眉顺眼小声支吾道："谢谢……"后半句没讲完，王居安的手机又响，想是工作上的事，说话间神色也渐渐正经了些，自然没空理她。

苏沫连招呼也未打，赶紧下车，快步走进办公大楼，这才松一口气。她刷了门禁卡，电梯间外面的玻璃门移向两边，放她通行。这道玻璃外墙和门禁系统以前是没有的，仔细想想，应该是在她跑来闹事以后才装上的，每次想到这里，她心里就有些莫名其妙的得意。

苏沫的工作日益忙碌。

王亚男并非好相处的人，性子急、脾气大、喜怒无常，有典型的王家人个性，而她给予的指示往往琐碎零散，有些稍微重要的安排绝无可能再三叮嘱，若是脑袋不灵光导致办事不力，那一定是下属的失职。

开始一段日子，苏沫难免抓瞎，因为几件小事挨了训斥，但是她认错态度好，绝不为自己辩解只诚心服从积极改正，王亚男对着她这样的性子倒越发没了脾气。

苏沫这边也慢慢摸出些门道，从王亚男的性格喜好到她每天见了什么人、接过谁的电话、说话时的语气，甚至时间长短都一一记录在案，并且尝试根据她的态度将各种安排分出轻重缓急。她做事素来利落且耐心，王亚男对她和颜悦色的时候渐渐多了。苏沫却一刻也不敢大意，连起草无关紧要的致辞也精心对待，先是找出王亚男以往的讲话片段逐一研究，发掘她偏爱的词语、句式，以及表达方式，再逐字逐句推敲直至完工，等到呈上去，看人读得顺溜并无不适应的感觉，便达到初步效果。

随后她才尝试着加入更多写作技巧，直到有一天，王亚男翻阅发言稿，赞了句："你一个学理工的，文章写成这样也算过得去，文笔不错。”这以后，关于文书方面的工作，王亚男也多半交予她打理。

苏沫总算能缓上一口气，心知这方面她至少得到了领导的认可。

她从小擅长作文，学生时代曾在杂志刊物上发表过习作数篇，比赛获奖若干，算是有点小才，等读到高中时也没有偏科倾向，但最终仍选了理科，至于原因如何已记不清，到如今唯一的感慨却是，如果当初学文就不会遇上佟瑞安，或许她的人生将会是另一种风景。

空闲时间，苏沫把学车提上日程，那天王居安的一句嘲讽提醒了她。苏沫认为，如果当时换作是王亚男，绝不会被挤对一句就能完事。这样想来，似乎侄儿要比姑姑好打交道。她忽然察觉到这一点，连自己也感到诧异，最后只得把原因归咎于那人并非自己的直系领导，所以才懒得同她计较。

至于王亚男的坏脾气，多数情况下，也并非冲着她来，有时和人谈事情谈不拢，搁下电话就开始乌云密布，甚至过后发飙又把电话拨回去，争论间言辞愈发激烈。王亚男的脾气能唬住不少人，但是得罪的人也不少。

这天，又撞见她在气头上，因先前和孙总在电话里谈得不愉快，等再打过去对方竟然关机，王亚男越发忍不住，叫来苏沫说："你给北中汽的老孙发封邮件，就说他办事不力、言而无信，让他以后别净想着往这里跑捞油水，我司从现在开始不欢迎这号人物。"

苏沫一听，心里有数，这位老孙就是上回和周远山吃饭时遇见的那位——孙长跃。

王亚男因做电子起家，对老本行念念不忘，便与欧洲某半导体电子企业合作一个先锋项目，尝试进军国内汽车市场。她找人把项目推到北中汽，通过老孙接洽，好处给了，口头协议也有了，一切进展顺利，谁知产品演示过后，却没了下文。再派人去打听，才知道对方也在开发同类型产品，他们让竞争对手过去做演示，无非想把两家的产品性能做个比较，取长补短。

王亚男在董事会上亲自敲定的项目，劳民伤财，结果被人涮了一回，怎能不恼？

苏沫接到这条指示，很犹豫，觉得领导的措辞太严厉，又想老孙那人谈吐间似乎还有些江湖侠义，不像会在背后摆一道的样子，是不是这里头另有名堂？她拿不定主意，直到下班也没把邮件发出去，正盘算着怎么跟王亚男交代，没想女领导先她一步开口，询问事件进展。

苏沫实话实说。

王亚男听了，明显松一口气，说："不能凭一时之气把人得罪了，老孙这人在业内还有些人脉，三教九流都和他有交情，不做东家做西家吧。"

苏沫心里有了底气，知道自己这回算是蒙对了，又想那天撞见王居安和这位孙总在一起，两人似乎颇有交情，不知同这事有没有关联？

王亚男心思敏锐，见她神色犹豫，问："还有事？"

苏沫心一横，把那天的事大致说了一遍，却掩去周远山这人，只提到和朋友过去吃饭碰巧遇上。

王亚男见她态度认真，也不怀疑，只问："你的意思是，王总和这事有关系？"

苏沫解释道："我只是客观描述自己看到的情况。"

王亚男站在办公室门口沉默半晌，自言自语道："项目是公司的事，安安还不至于这么做，我觉得，他在人前和老孙走得近多半是……"话到这里就此打住，她对苏沫一笑，"还好你把信给扣住了。"

苏沫听得一知半解，末了才发现"安安"指的是她侄儿，估计是小名。

王亚男又道："不错，当助理最重要的不是多聪明也不是多能干，要的就是忠诚，我相信自己没看错人。今天就到这里，你也早些回去吧。"苏沫见王亚男收拾桌上的文件和皮包，忙打电话让司机把车开到楼下候着。王亚男挎着包往外走，想起什么，回头吩咐她，"明天有个饭局，可能有几位领导参加，无非酒桌上那些事，我就不去了，你跟着王总一起过去，多见些人也是好的。"

苏沫应了，待王亚男一走，她开始整理今天的工作纪要，连日来她强迫自己养好习惯，当天的内容当天归纳消化，然后再对明天的工作内容做个大致规划，以防因突发事件，手忙脚乱。

苏沫一直忙到晚上七点多，往外一瞧，总经办那边早已没人，走廊上黑灯瞎火，估计这层楼就剩她一个了。她从抽屉里拿出早上买的面包，去茶水间就着速溶咖啡吃了，心想这会儿赶去上英语课正好。

她喜欢这种忙碌的生活，若是哪天闲下来，早早地回到家，独自做饭吃完洗漱睡觉，一种孤寂的情绪便会悄悄滋生。她给父母打电话，和女儿聊天，那种情绪仍然无法排解，在搁下电话的瞬间又从半掩的窗子外溜进来，像夏季里越来越重的暑热，搅得人心烦气躁。

后来她不得不整晚开着电视直到睡觉，听到里面有人说话方觉着好些，做饭的时候开着，看书的时候开着，进浴室洗漱的时候也是开着。

浴室里热气腾起，水哗啦啦从头淋下，浸润身体的每一寸。苏沫瞪眼瞧着镜子里的自己，她看上去仍然有种年轻的漂亮，黑黝黝的眼珠，被水汽蒸腾过后艳红的嘴唇，肌肤滑腻，依旧丰润的乳和臀……这些带给她太多好的或不好的暗示。

有人说：近三十的女人，往往有着反常的娇嫩，一转眼就憔悴了。

对于这句话，苏沫以前不求甚解，直到如今才算明白，等她明白过来，又像是心尖尖上被针扎过一样生痛，她心里不断升起懊恼，现在这年岁就像垂死之人回光返照，时日无多，却无人能见、无人欣赏，更无人将它纳入怀中珍藏疼惜，只由她静悄悄地不声不响地独自绽开，直到枯萎。

她偶尔被这样的失意挑衅，并且折磨但无力改善，所以，当周远山打来电话的时候，苏沫就想，如果他又想邀我吃饭，我今天只有旷课了。

周远山拿她当老熟人一样，在电话里直接问："在哪儿呢?"

苏沫听得心里冒出一些欢愉，答说还在公司，周远山说："正好，我才经过这里，一会儿上来找你。"

她开玩笑般问了句："是不是又想请我吃饭呢？"

周远山一愣，立时笑起来，"当然，你还没吃晚饭吗？反正上一顿是老王埋单。"

苏沫觉得这后半句有些煞风景，但是听见他的呼吸撩拨人似的从耳旁传过来，也就不那么介意了。她站在茶水间门口向暗沉的走廊那头观望，没多久听见电梯叮的一声响，就见一个男性的挺拔身影向这方走过来。

周远山这人爱笑，才瞅见她便是笑笑。回到茶水间，两人喝了半杯咖啡却不入正题，他开口就问："怎么样，那天老王没为难你吧？"

苏沫简单应了句："还好。"

"他这人就是那样，有些严肃，毕竟身份摆在那里。"

苏沫对这个话题没兴趣，却也接了句："我和他打交道少，他在我印象里就是一大款，比普通人多了些出去玩乐的资本而已。"

周远山一笑，"这年头你以为只有男的会玩？钱权对男女来说都一样。如果道德是地表，钱权是内力，欲望就是不断突破的熔浆，最终结果只能是地表膨胀、变薄，最后形成火山口。"

苏沫含笑看他，"你几时改研究地质了？"

周远山也笑，过一会儿，带着与那天相似的犹豫慢慢开口，"我知道现在找你有些唐突，但是我自己一直拿不定主意，趁着后悔以前，想请你帮个忙。"

苏沫心里又是一跳，笑笑，"这话绕来绕去的，你直接说吧。"

周远山屈起指关节在桌子上轻叩两下，终是开口，"是这样，我想要……莫蔚清的电话号码。那天陪人买衣服的时候看见你们，觉得你俩关系应该不错，所以想跟你打听打听。"

苏沫一时没作声，低头喝了剩下的咖啡，才问："你认识莫蔚清？"

"嗯。"周远山盯着她看，"能给我她的电话吗？她现在……过得怎么样？"

苏沫想，你这样问让我怎么回答呢？只说："其实我跟她也不算熟，就是一起逛过几次街，你要是想和她联系……我得先问问她的意思。"

周远山不勉强，盯着跟前的咖啡杯沉默半天，苏沫也不作声。

隔了一会儿，他似有些尴尬，没话找话地要请她吃饭，苏沫忙说已经吃过了，再看时间不早课也上不成，就请周远山开车送她回去。临分手，两人仍如寻常互道晚安，周远山欲言又止，苏沫瞧他神色有些不忍，说了句："我会尽快问她，然后再联系你。"

他这才点一点头。

苏沫进了门，第一件事就是开电视，又把声音拧大了些，洗完澡窝在床上看书，她以前偏好小说类文学作品，现在却对政治历史、财经管理和人物传记更有兴趣，但是这一夜，她什么也看不进去。

匆匆一觉，隔天上班，王亚男没去公司，苏沫的工作不多，到了快下班的点忽然觉着有什么事没做，胡乱翻开记事本，这才想起晚上有饭局。桌上电话响起，是王居安的助理，说王总的车已在楼下等着了。

苏沫竟把这事忘得一干二净，好在平日里，她都会放一套衣物在公司以备不时之需，她匆忙换了衣补好妆，拎起手袋一路小跑下楼。王居安那车显摆得很，她一眼就瞧见了，还未走近，就有人下来替她开门，苏沫见是营销部老赵，忙打招呼说："赵总，我还是坐前面吧。"

赵祥庆笑眯眯瞧着她，"苏助理，今时不同往日，你现在是王工跟前的红人，哪能让你坐前面？"又道，"上车吧，已经晚了。"

苏沫无法，低头钻进后座，王居安已稳坐一旁，老赵坐副驾，助理开车，苏沫说了句："不好意思，有点事耽搁了，让老总久等。"

王居安没接茬，只吩咐一声，"走吧。"

当晚的饭局是由安盛宴请几位业内人士，一来为集团才拿到本市某旧机场数千亩土地的出让合同表示感谢；二来也为今后去西北某省投资能源项目奠定基础，希望能借着实施西部开发与目标地牵线搭桥，名头是设立友好城市同创两地辉煌。

这种时候，王亚男不出面也有缘由，她在能源和汽车电子方面同王居安有分歧，互相不看好。目前除电子和商厦这两块，集团重心仍放在房地产开发上，但利润渐少前景逐渐萎靡，于是有心另辟蹊径。王亚男认为能源发展投入太大会造成资金断层，嫌年轻人做事激进目光短浅。王居安却觉得，目前国内没有做技术开发的良好土壤，大多汽车制造业只负责次品生产和国内销售，核心技术仍被欧美日韩垄断，即使有新发展也会被当前制度埋没，因而并非捞钱的好途径。

两人说不到一处，干脆互相不理闲事，唯一不同，王亚男背后有董事会撑腰，时刻留神王居安的动作。所以苏沫也明白，自己此行带着一定目的，只是她今天的状态却不大好。

包间里的那些陌生脸孔走马观花一样从眼前晃过，都是些厉害人物，相互买账，热络寒暄。这种饭局又往往少不得女性的参与，但数量不能太多，多则张扬，没有则无趣，少则暧昧，暧昧最好。房里统共两三个年轻女人，苏沫是安盛这边唯一一个，她被安排与王居安同桌。

王居安旁边的首位上坐着业内领导，另一边是江北某大集团公子，老赵和王的助理则在另一桌相陪。

苏沫今晚显得有些木讷，饭局设在城东临海的那家私人会所，她刚才得知，这里原是集团旗下产业。苏沫觉得，若是在这儿显得太过活络或者热情，是对自己的一种侮辱。

她心绪不宁，直到认清某个人时，立时又惊讶不已。

席间那人敬了一圈酒，显见是个会来事的。年轻人身着天蓝色衬衣深色长裤，模样英挺。等喝到苏沫这边时，他忽然说了句："还是苏小姐能干，这一路爬得挺快。"

苏沫稍微僵着脸，回应道："彼此彼此。"

两人都只略呷了一口酒，过后，有好事者低声玩笑，"女人嘛，就是要能干。"

这话的重音在最后两字，大伙儿会意，均讪讪地忍笑。

苏沫如坐针毡，心里异常局促却不能有丁点表现。来时她就担心那些保安前台和服务员认出自己。她一面努力忽略别人的视线，一面又暗嘲自己神经质——那件事过了近一年，谁还会记得清楚？至少她现在已记不真切，就当做了一场荒唐梦，她想不起那些人的嘴脸、手段和目的，唯独记得那一晚，谁扯她陷入泥泞，谁又在她彷徨时伸手扶过一把。但是此刻，这两人都和她同处一室，相互间仿若无事，把酒言欢。

中年人忽然问：“王总，您说我这话对不对？”

王居安靠在椅背上吸烟，要笑不笑地回了句：“不算错。”

那人赶紧笑嘻嘻地替他斟酒，“不错就行，觉得对了就再喝一杯。”

马上有人跟着起哄，这种聚会少不得几个职位不高却会闹场的角色，不然全都藏着端着没气氛又显假正经。

王居安笑着摇摇头，不想扫兴，正要拿起酒杯，那人又说：“这杯我不敬您，我要和这位苏小姐喝。”

苏沫被这话一惊，回了神。

几杯小酒对她来说原非难事，何况她今天喝得克制，绝对不露相，可现在眼见人家端杯过来，她不怕那酒，却担心又被人说浑话。

果然，有人扯住那中年人道：“你搞错了，要我说这酒轮不着你喝，咱们大领导都在这里，你怎么能插队呢？王总他们要尽地主之谊，你就别瞎起哄了。”说完端起满满一杯塞到苏沫手上。

苏沫明白他的意思，是提醒她先给领导敬酒，但是该敬的酒一早喝完好几轮，不知这回又是什么花头。

她不觉拿眼瞧了下王居安，正好碰上对方的视线，可那人像事不关己，一点提示也不给。

先前说话的人又道：“苏小姐，有个问题我也不好问，就这么说吧，你要是结过婚，应该知道这交杯酒怎么喝，你要是未婚，肯定也见过人家怎么喝。”

旁人听见这话越发兴奋，“要喝就喝大交杯嘛，不然有什么意思。”交杯酒有大小之分，所谓大交杯，就是两人相互勾着脖子半搂着喝，小交杯是两人勾着手腕子喝。

苏沫以前见人闹腾过，自己遇到这种情况还是头一遭，她脸上发热，心底难免尴尬，悄悄观察那位领导的做派，年过半百，为人稳重，虽笑得和善，眼里似乎闪过一丝不悦。

看来这酒喝也不是，不喝也不是，就算厚着脸皮喝了人家也未必领这个情，不喝，两边的人都下不来台，苏沫进退两难。

众人都瞧热闹，王居安突然问了句："你行不行？"说话间，他抬眼瞧着她，捏着香烟往烟灰缸边沿上慢条斯理地磕了几下。

四下里先是一静，又笑开了，旁边那位大少拍着他的肩，一口京片子，"居安，什么叫你行不行？你的人，你不知道她行不行？说出去谁信？"

王居安笑，"苏小姐哪里是我的人？我只知道她不太能喝，今天算破格。"

集团公子方大少跟他有些交情，揽着他的肩，"我说哥们儿，别扯这些有的没的，我看你就是舍不得。"话音未落，男人们笑得更欢畅。

王居安说："她要是我的人，我放马出去让她喝，不喝躺下不出门。她又偏偏不是，喝多了，我不好跟人交代呀。"立即就有人问要跟谁交代，他却抿着嘴不作声，只微一摇头。

那个领导笑着开口道："你们这些人呀，就是想不明白，你们几时见小王这样帮人说话的？苏小姐方才已经和我喝了两杯，可以了。成人之恶不如成人之美嘛。"

王居安正抽着烟，这会儿微一低头，轻轻咳嗽了两声。

方大少望着他笑，"你小子别装，"他招了同桌另一个年轻姑娘过来，正儿八经地嘱咐人家，"你来，给这位苏小姐做个示范先。"

姑娘长得挺漂亮，行事很大方，端着酒杯就往王居安跟前一站，"王总，我敬您，不知道我有没有这个荣幸呢？"

王居安却仍是靠回椅背上吐着烟圈，不急着搭话。

方大少笑着搡他一下，"人女孩儿都主动到这份上了，你什么意思呢？"

她站在那儿抿着嘴直笑，王居安却点着那些人，"你们这样，别把人小姑娘吓着了。"

方大少笑眯眯地问那姑娘："王总在帮你说话呢，帅吧？"

那姑娘红着脸，声音小了点，"挺帅的，所以我第一个就敬他。"她语气柔腻，"王总，我手也拿酸了，您好歹给个说法吧？"

王居安见惯这样的场合，这回方笑着起身，顺势把手里的烟往烟灰缸里按熄了，拿起酒杯对那女孩说："年轻，有前途，这杯我喝完，你随意。"

那姑娘身型高挑，在他跟前却像小鸟依人般，两人凑一块格外养眼，但是离得近，女孩儿显得有点拘束，一双大眼含笑望着他，正欲扬起一只皓白秀臂搭向他的肩膀，怎知这男人只和她轻轻一勾手腕子，低头喝尽杯里的酒。

姑娘微愣，也就跟着喝了，一群人大声叫好。

方大少点着王居安，"大伙儿都瞧见什么叫怜香惜玉了？这家伙极其狡猾，这么一对比，在女士们眼里，我们这些人的形象那是一路跌到谷底。"众人接着说笑，话题渐渐转去其他方向，倒把苏沫敬酒的事给翻了过去，一夜相安无事。

晚间一行人打道回府，老赵仍坐副驾驶位，他扭头看苏沫，"小苏今天状态像是不太好呀，你上回喝酒喝到磕破头的精神上哪去了？"

苏沫说："赵总，我今天喝的也不少。"

老赵开玩笑般道："我瞧你是一直猫在那里偷懒，还让老总出面帮你救场。"

苏沫这回只笑一笑，没答话。

过了一会儿，王居安才道："那酒不喝是对的。老赵，你最近没看新闻？"

老赵一愣："头儿，什么新闻？"

王居安没答，只说："那位姓孔的为人十分小心，我今天请的这些人，都和他有些沾亲带故的关系，就这样他先前还不想来，可见他现在有多低调，怎么会跟女人在这种场合搂搂抱抱？当然了，这顿饭我们是一定要请的，感情得联络，又不能太热闹，分寸要把握好。"

老赵连连点头，苏沫听见这些话却不太舒服，王居安的助理二十六七，开着车，有意恭维，"王总，我觉得分寸这种东西最难把握，有些话说过了不好，不说也不好，酒喝多了不好，喝少了也不好，难啊。要是能像您和赵总这样，说话办事收放自如就好了。"

王居安似乎心情不错，这会儿耐心提点，“人在社会上，在不同人跟前，扮演不同角色，该放低的时候别端着，该端着了也别太低姿态，有时候要平和，有时候还得玩点性格，把握好这些，就算练出来了。”他顿一顿，“实在做不来，不如讷于言、敏于行，有些人，别看她话少，话少的人往往不怎么出错，这就够了。”

老赵坐在前头不觉一笑，“今天苏助理岂止话少，简直就不在状态嘛，啊？小苏，我对你这个状态相当好奇，简直和那天判若两人嘛。”

苏沫打起精神，敷衍了句：“没有啊，赵总，我自己没觉得，我一直都这样吧。”

赵祥庆却不放过她，“还是你遇着什么不喜欢的人了？刚才那个小年轻叫什么着？”

助理想了想，“跟我们坐一桌的吧？姓路，好像叫路征还是什么，以前是会所那一区的，才调回市里。”

苏沫强自镇定，一声不吭，任由他们瞎聊。

王居安却瞧着她问了句：“你住哪里？”他不说话还好，一说话，苏沫心里更乱。

她大概报了个地址，王居安吩咐助理道：“先送苏小姐回去。”话题中断，车里稍微安静了些。

过了一会儿，老赵问：“头儿，方大少是不是还在江北混着呢？下个月去江北办事，还是直接找他吧？”

王居安“嗯”了一声：“能有什么事？无非是吃个饭借个车。”他顿一顿，问，“苏小姐，你是江北人？”

苏沫心里诧异，未承想这人会和自己闲聊，嘴里答：“不是，我在那里读大学，工作了几年，后来……”她没再往下说，“也确实待了一段日子。”为了表示基本的礼貌，她在说话的时候不得不瞧向对方。

王居安靠在椅背上没搭话，他神色里略带疲惫，眼里似有淡淡血丝，有些微醺。

苏沫忽然想到自己多半也是这副困倦模样，和南瞻灯火辉煌的夜色相比，人人都看起来疲倦。

视线偶然相触，她下意识地撇开眼，看向窗外。

接下来一连数天，苏沫都被王亚男安排着和她侄儿一同出席饭局，王亚男在人前把话说得很好听，称赞苏沫是自己的得力助手，酒桌上的秘密武器，借给侄儿防身，说他以往喝酒太多，现在也是三十多岁的人了，不能不顾及身体。

苏沫只能依言行事，充分发挥酒坛子的作用。

她在工作方面素无二话，深知自己起步太晚，总经办多的是优秀能干、高学历的年轻人，随便哪一个稍微琢磨就能替代她。她能爬到今天的位置除了有一些赌运，还要舍得拼命，就像现在，把胃囊当抗腐蚀的橡胶袋使。

苏沫今天喝多了些，不至于醉，但是胃里搅得难受，对方的酒是一杯杯递过来，她往旁边瞥一眼，王居安毫无劝阻的意思。苏沫觉得这是典型的生意人作风，即使有一时的风度或人情味，也是为自己的利益做铺垫，没了利益，人管你死活。

她仰头，不得已喝下手里的半杯酒，实在熬不住，略坐一会儿，起身去洗手间吐了个干净，她边吐边想：我的胃不是胃，他的胃才是胃。

念了几遍，吐完了，赶紧漱了口，接了冷水轻轻拍在脸上，人又清醒了。她抹干脸照镜子，镜子里的人神色苍白双颊酡红，两眼没精打采，右眼下边还长出一道小细纹，年轻的时候怎么折腾都行，现在稍不注意，状况就来了。

重回饭局，对方第二轮攻势上来，又要接着喝，王居安忽然侧过脸来看了她一眼，伸手按住她跟前的酒杯说：“最后一杯，我先干为敬，几位都留点精神，等一会儿还有余兴节目。”说完直接喝了她杯里的酒。

对方也不为难，想是惦记着接下来的活动，只说酒品见人品，从喝酒可以看出员工的忠诚度。

王居安却说：“忠诚不见得，领我的薪水，这点用处还是要有的。”他再次侧脸看向苏沫，嘴角微挑，笑问：“苏小姐，是这样吧？”

苏沫胃里难受，心里也不舒服，依旧笑着答一句：“老总过奖了，在其位谋其政，应该的。”

王居安笑一笑，没说话。

接下来的节目自然是不好带女员工一同去的，苏沫回家胡乱洗漱了倒头就睡，睡到第二天早上六点，被闹钟吵醒，怎么也睁不开眼，强撑着起来，全身骨头酸软无力，一摸额头似乎有些发烧，心里竟雀跃——如果晚上还有饭局，至少有个推脱的理由了。

苏沫完成手头的工作，总算挨到下班，最近因为旧机场改造城区CBD的项目，大伙忙得人仰马翻，总经办那边有人加班，王亚男也在办公室，她哪敢提前走人？

正是支着脑袋昏昏沉沉，桌上手机响，苏沫忙接了，是家里打来电话，清泉今天情绪不错，在电话那头叽叽喳喳说个不停。苏沫见女儿兴致好，自己也舍不得撂电话，只得压低声音陪孩子说笑，一时没注意，王亚男从办公室出来，问了句：“在跟你孩子讲电话呀？”

苏沫连忙收了线。

王亚男的神色比以往和蔼，她说：“我家也有个孩子，大孩子，一个女人当爹又当娘，不容易。”说话间她挎着包往外走，王居安拿着文件夹跟在后面，两人才商量完工作上的事，大约谈得还不错。王亚男问侄儿：“晚上又安排了和谁吃饭？我今天有些累了，还是让小苏和你一起去？”

王居安看了苏沫一眼，“几个相关部门的人，还有尚总。我已经安排了其他人，今天苏助理不必过去。”

王亚男脸色一冷，没多说，苏沫却心知肚明，这顿饭她要是去了，王居安还怎么跟人谈？

王居安当然不会带苏沫一起去。他回到办公室放下文件，招齐人马又出门应酬。

这段时间，饭局特别多，睡眠时间又少，酒精摄入量渐长，以至于闻到酒味就犯恶心，每每喝到一半，他就想溜回家蒙头大睡，又极其想念儿时跟着父母享受粗茶淡饭的情形，但是现在再也吃不到了。

如今各种大菜一遍遍吃到腻味，各种场面话要翻来覆去地说。今天老赵带来的小助理不错，能说会道，就是不太能喝。

老赵在这方面是个浑人，话说得好听但是人要喝他也不拦着。小助理初生牛犊，又是和大老板一起出行，很有事事表现的觉悟，明明不能喝还来者不拒。

王居安今天少了专人挡酒，多喝了几杯，见那女孩心里没斤两不由问了句："苏小姐，你还能喝吗？"

助理微愣，笑一笑，却也没反驳，倒是一脸依赖地瞅着他，看得男人心里悠悠晃荡。男人嘛，心里享受的无非就是这些，旁人见状又是调侃，说酒是穿肠毒药，色是惹祸根苗。

王居安对众人道："苏小姐不太能喝，各位意思意思就行了。"话一出口，又觉得哪里不对，还没整明白，助理姑娘这回忍不住了，小声提醒："老总，我姓杨，您叫我小杨就行了。"

王居安脸色微凝，末了笑一笑，"抱歉啊，口误。"

其他人起哄，"这么漂亮的小姐，王总怎么连名字都搞错了？这酒该罚。"

王居安这天着实喝多了些，回去的路上让司机把自己载到公司楼下，到了那里瞧见几乎黑灯瞎火的大楼，自己也晕乎：大晚上的我来这里做什么？

他半躺在车里拨了个电话出去，响了好久，那边的人也晕晕乎乎地接了，大吼："这才几点，你给老子打什么电话啊？"

王居安立马酒醒一半，皱着眉低声吼回去："王翦，你自己看看几点了，还没起床？你不用上课？"

那边顿时安静，支吾了半天，"不是，老头，我在睡午觉，下午的课取消了……"

王居安二话不说掐了电话，又打座机过去，等那边人慢腾腾接了，心里才安生一些，问起儿子的生活和学习情况，未免多唠叨几句。

王翦早不耐烦，嗯嗯啊啊有一句没一句地应着，王居安脑海里浮现出小家伙吊儿郎当没个正行的样子，心里有些急，“你小子别跟我要花招，你尾巴一翘我就知道你想干吗，好好上学，注意身体，不该碰的不要碰，不要玩物丧志，一切适可而止。”

王翦受不了，在那边揪着头发嚷嚷道：“行了啊，年纪越大越啰唆，你是我肚子里的蛔虫是吧？拉泡屎你也第一个知道行了吧。”

王居安被儿子气得心里一梗，咬牙切齿，“长气性了，跟我这么说话？”

那边倒也不敢吱声。

王居安挽回一点面子直接撂了电话，心说我他妈当初不知道抽什么风生你出来，劳心劳命还落不到好，要是没有你，现在不知道多快活，成天操不完的心，还要操心你这个小的，还好我年纪不算老没什么心脏病、脑血栓，不然指不定给气得心肌梗死。

他虽这么想，却不能在王翦面前发半点牢骚，这孩子性格敏感脆弱，不像同龄男孩那样皮实，不知道是不是从小没了娘的缘故。

两代人之间水往下流，王居安想到这儿气消了些，又觉着太阳穴生疼，打算抽根烟再走。

他推开车门，一脚跨出去，靠在车门上摸出打火机和香烟。

公司大楼每晚十一点半拉闸锁门，那方早没什么光亮，只余底下大堂有保安值班，点着夜灯。王居安眯着眼吸了一会儿烟，忽见出口处，大门上的玻璃映着路灯光晕闪了闪，里间出来一人。

那人身段窈窕，姿态娴雅，是个年轻女人。

她肩上挎着小包，手里又拎了只大包，似往这边瞧了眼又像是没看见，径直走到路口的车站，拦了辆出租。

王居安抬腕看表，十一点半整。

他吸完手里的烟，感觉好了些，扔了烟蒂，用脚踩灭了，吩咐司机，“回家。”

苏沫夜里十二点才到家，进门后立马踢掉高跟鞋，只想躺床上一觉睡到自然醒，但她生性喜洁，再累也要把自己拾掇清爽干净。洗漱完毕，瞌睡也醒了大半，等着晾干头发的工夫，又从大包里拿出笔记本电脑和资料夹，打开来一一对照着仔细研读。

她最近应酬渐少，王居安总有理由撇下她，安排其他人出行。次数一多，王亚男那边也没法勉强，苏沫有些庆幸，不用与人拼酒不必吃人口水，身上也没了烟酒味，倒也难得，不想随后上头又有任务下来，压力不小，事情还是她自找的。

最近，王亚男的心思大多搁在汽车电子这一块，恰逢旁边的直辖市有面向国内以及亚洲市场的业内展会，王亚男大力鼓动公司上下做好参展准备。苏沫靠着揣摩领导喜好吃饭，自然也找了些有关资料来看，又或者利用职务便利去工程研发部找技术人员聊天，说来说去便扯到项目内容上头，几次三番倒也懂了些皮毛。

王亚男这方兴致勃勃，营销部那边却不太上心，推了几次，把参展的事推到工程部，说是高科技，一般销售人员做不来。谁知工程部那边又后院失火，才参加了出国培训的两位同事被人撬了墙角，一同跳槽了。王亚男着急上火，立刻召集各部门高管开会，一方面问责，一方面商量对策。

大伙儿把自我检讨、自我批评的表面功夫做得很好，一旦触及核心内容又面面相觑。

工程部说："我们这边本来就差人手，现在又跑了两个，其他员工也没接触过这方面的内容，再去培训已经来不及，走的那两人虽然和公司签订过保密协议，但是国内这个大环境，协议就是一张纸。"

王亚男说："所以这次展会一定要参加，趁对方还在适应期，我们要抓牢先机，其他先不谈，现在的问题是让谁去比较好。"

她看向营销部，赵祥庆张着嘴听他们讨论半天，这会儿终于问了句："这个，到底什么是以太网在汽车技术方面的应用？到底是怎么个应用模式？我还没搞明白。"

大伙儿都看着他，王亚男面露不悦，王居安一言不发，苏沫在旁边埋头做记录，心知老赵因为王居安在跟前才有恃无恐。

做研发的主管只得站出来，就项目核心勉强解释几句，因涉及连篇的专业术语，别说老赵一干人佯装听不懂，其他部门的也是听得云遮雾罩。那主管又多与仪器和计算机打交道，书生气十足，人也老实，心里一着急，越发讲不明白。

苏沫好心替人拾台阶，同时也有意表现，静下心略微思索，她凑近王亚男小声问："王工，我能说几句吗？"得到对方首肯，苏沫才就先前那位的发言把问题重新解释一遍，其间加入了自己的理解，言语更加浅显易懂。

旁人听了点头，王亚男问老赵："搞清楚了吗？你先让两个脑子好使的人去研发部待几天，离展会还有二十来天，抓紧时间。"

赵祥庆连忙叫苦，"王工，这项目的难度有点高，会议要求全程英文讲解，各种数据和电路图，我们这些外行一看就抓瞎，到时候我怕讲不好给公司丢脸啊。再说，"他放低声音，"大伙儿最近都忙得人仰马翻，我们这边是真抽不出人来……"

王居安不咸不淡地问了句："你们那边就这样忙吗？"

老赵会意，让助理送来任务明细，逐行解释分析，各种项目量化到每天和个人。王居安靠在椅背上不动声色，但嘴角微挑仍带了丝笑意出来。王亚男这厢早已皱眉冷脸，她转头瞧见研发部的人一副上不了台面的样子，而总经办的员工又多是法学商科出身，一时无话，满场僵局。

赵祥庆尴尬地连笑两声，说："王工，我心里有个好人选，就是不知道合不合您的意。"

王亚男心里正烦他，这会儿眼皮子也没掀一下，冷淡回应："说。"

赵祥庆也不拐弯抹角，"我听说苏小姐以前学的就是相关专业，她又做过销售，两者兼得，正是我们需要的销售型技术人员，或者说技术型销售人才。大家刚才也有目共睹，先前她那番话就说得很好嘛，反正我是听明白了，而且讲得相当专业，难得难得。"

众人一致看向苏沫，王亚男也看着她，脸上神色稍缓。

苏沫被人天花乱坠吹捧一通赶鸭子上架，心里不禁发毛，自己那点专业知识早几百年就还给学校，何况与电子信号方面的内容也不太搭。

只是王亚男这会儿已到了爆发的临界点，哪能当场拂她的意？左右一权衡，沉默稍许后，苏沫硬着头皮答：“我……试试看。”

王亚男摇头，“我不想听见这样的话，应该是全力以赴，而不是所谓的试试。”

苏沫只得说：“是，我尽力而为。”

研发部很快把资料呈交上来。

对着一堆专业图纸和英文说明书，苏沫两眼发花、头皮发麻，自嘲适才太不淡定，在众人面前夸下海口，现在不得不捧着这块烫手山芋。

王亚男却不管这些，还像以往那样吩咐她做这做那，并不因为公众演示放人一马，何况苏沫这边已经在驾校报了名，眼见就要路考，这会儿正是加强上路练习的时候，拿驾照的日子在即，一时放弃也不甘心，所以该学的还得学，余下时间她全部用来啃书本写英语纪要，平均下来，每天只能睡上三四个小时。终究是年纪不饶人，二十岁左右的时候为了应对考试能通宵不眠，现在却是再也不能了。

莫蔚清偶尔引诱她一起逛街做美容，苏沫想着到时候肯定会趴在按摩床上呼呼大睡，有这个工夫还能多啃几页书，坚决推掉，一时又记起周远山的托付，便在电话里和莫蔚清稍微提了提。

苏沫原想着把这事糊弄过去了，但每次瞧见周远山那张脸以及欲言又止的神情，终究没忍心。

现下，莫蔚清的声音听起来有些慵懒，又藏不住一丝得意，“上回撞见的时候就知道他会找我要电话呢，只没想到他能挨这样久，倒是越发有能耐了。”

苏沫顿时平添几分送羊入虎口的悔意，只问：“要不我帮你推了？”

莫蔚清笑道：“推什么呀？就算这会儿不给，他也能想办法拿到，不如让他省心，你直接给他吧。”

苏沫见她这样说越发纠结，心想这两人以前的关系肯定不一般，要是真闹出点事来，尚淳那号人岂能咽得下这口气？于是她打定主意回绝，“这事我也不好多管，你再考虑考虑。”

挂了电话，这边周远山又三天两头地询问，苏沫只能推说一直联系不上。周远山也就不好多问，过了几天，却又发来短信说："谢谢，我和她联系上了。"

苏沫瞅着前头两字思忖：以后你未必会这样想。

她努力将一团乱麻抛之脑后，继续埋头啃硬骨头。自高考以后，她还从未这样用功。回想大学里的课程也只有网络、模电和单片机稍微能和现在的项目挂点钩，但属于常识范围，运用起来远远不足。苏沫从图书馆借来原版书籍，上网查阅各种相关信息和词汇，或者向研发部的同事请教，总算把资料从头至尾好生过了几遍，接下来划出重点，进行详细叙述、词汇注释和图示说明，几乎是完成一篇几十页的论文。所幸的是一年多的英语学习没有白费，写作方面的问题倒也不大，但叙述的时候和自然流畅仍有一段差距。

她边写边练，刚开始是舌头打结，后来舌头捋顺了，两腮又开始发僵发硬，像是有面瘫征兆。她跑去看医生，人家说是心理因素导致肌肉紧张，让她去中医院做局部按摩或者针灸理疗，苏沫无法，总不能天天挂着张面瘫脸去公司，只得腾出时间去做理疗，回到家却仍是对着演讲稿默记演练，一边慢慢揉捏自己的腮帮子，等到数百条专业词汇熟烂于心，面瘫的问题方才好些。

这样又折腾了一个星期，她终于松了口气，但是人到了一定年龄和阶段，想专心完成一件事几乎是种奢侈。

没多久舅舅家又传来消息，还有一个月高考，钟声却不愿上学了，说是想在家自学。家里一商量，打算要是这次不行，就让她转去苏沫的家乡复读。

苏沫只得匀出时间，分别和两方在电话里沟通，定下最后方案，先请苏家父母联系好复读的学校，等暑假的时候带着清泉过来住个把月，最后顺便把钟声领回去。苏沫已有一年多没回家，如此一来父母孩子都挺高兴，钟家也能放心。

到了最后两天，PPT 做完，上头的决定又有变化。因合作伙伴才空运了相关仪器和设备过来，东西装足一只大号铝制行李箱，原想继续寄往展会城市，却担心时间不够，上机托运又怕有磕碰，王亚男就让苏沫带着设备提前开车过去，车程八小时左右，而其余几位高管第二天再乘机出发，个把小时也就到了。

苏沫才拿下驾照，心里没底，她熟知王亚男用人模式——充分挖掘下属潜力，指望个个都变十项全能，少有其他顾忌。苏沫也不愿在领导跟前露怯，想来想去，只得向王亚男要了个助理，请一位手脚麻利会开车的男同事随行，说是帮忙做搬运，实是想路上有个照应，开长途能换把手。

出发当日，苏沫和助理一清早就到了公司，这回上头倒是给派了辆好车。

两人才把设备和行李搬上后备厢，旁边有人过来帮忙，苏沫抬头一瞧，是王居安的司机老张。

老张拉开车门，直接把装满浓茶的玻璃杯搁在驾驶座上，对苏沫道："苏小姐，我来开吧。"

苏沫看他那架势，心里大喜，有了这位老司机活地图，再远也不惧，嘴上客气道："张师傅，一路八个小时很辛苦，反正我们都有驾照，可以换着开开。"

老张不以为然，"莫说八个小时，从晚六点到早六点我也开过，你只管放心，准备好自己的事就行了。"

苏沫瞧这人一脸风霜，心里很有些感动，一时没忍住就说："还好有您罩着我俩，不然这一路绝对要担惊受怕，就算晚上到了那儿也睡不踏实。"

这话老张听了受用，哈哈一笑，"是王总考虑周全，他提前给我打过招呼。"

苏沫没接茬，等车子开出去，才问："王总这几天不用车？"

老张答得简短，"他出差了。"

张老头开车极稳当，一路畅通无阻，途中下车休息几次后，苏沫想合眼小憩，却睡不着，一方面担心司机太累犯困，一方面又记挂着明天的展会，她如今唯一想做的就是把演讲稿分毫不差地刻进脑子里。苏沫一遍遍翻看手中资料，看得太投入，不觉念出声来。

年轻同事在副驾驶位上打盹，老张却说："虽然我听不懂，但是你大点声讲，也能给我提个醒。"

苏沫笑了笑，干脆拿他当客户，把项目由头至尾详解一番。

老张却微微摇头，"你这把嗓子，搁以前就是靡靡之音。"

苏沫有些不好意思，"是不是听起来不够专业，不够有气势？"

老张又摇头，"不是，蛮好，就这样说，就算听不懂的也喜欢听。"

傍晚，三人到达预定的酒店，简单用餐后，各自回房休息。

苏沫一宿没睡踏实，半夜梦见自己上台演讲，笔记本电脑里的 PPT 文件怎么也找不着，台下嘘声一片，王亚男更是面色铁青横眉冷对。

她在万般沮丧里转醒，背脊上凉飕飕冒着冷汗，再也睡不着，爬起来检查电脑、U 盘和手机里的备份，接着把仪器上的各种数据线理了一遍，又把明天要穿的衣服套在身上试了一回，再对着镜子练习仪态和表情，最后眼皮子打架了，才爬回床上，一觉到天明。

吃过早饭，苏沫带着助理把设备搬去展厅，虽来得早，门口已停豪车数辆，进门时出示函件，每人换了吊牌挂在脖子上，最后到了大厅，苏沫上台转了一圈，想象下方人头攒动的情形，心里有些紧张。

越是这样时间越发溜得飞快，大厅门口不断有人拥入，没多久王亚男带着几位董事和管理层到达。等到苏沫上台时，前面的数家公司都做完了演示，上台演讲的是清一色学究型男士，讲话冗长枯燥，台下也渐渐嘈杂，苏沫觉着这种氛围比较好，随意，不较真。

可是轮到她上去，四周忽然静下来。

身后是巨大的投影屏幕，前方是乌泱泱的人群，聚光灯打过来笼在苏沫周围，她感觉自己的身体有些僵硬麻木。

苏沫看了眼前排，王亚男面无表情地端坐，心里越发紧张，抬手抻了抻上衣领口，摸到别在上面的麦克风，暗自深呼吸一次，张嘴吐出一串开场白，恍然间觉着大厅里回荡的声音并非属于自己。

陌生的嗓音一波波敲击耳膜，苏沫一颗心狂跳不止。她指尖微颤，努力抓稳鼠标滑动，大屏幕上出现PPT文件的欢迎页面，从字体到修饰样样熟悉，再翻一页，字里行间哪一样不是费尽心神？她仍然底气不足，一辈子没当着这么多人讲过话，以往为人师长，也只能忽悠一群孩子，可是这会儿，卧虎藏龙高学历精英不在少数，难免担心自己这现学现卖的半吊子会被行家识破。

她再次深呼吸，调整语速，即使头脑里空白一片，那些演练过无数次的语句却能自个儿冒出来。发现这个好处，情绪得到舒缓，她在心里对自己道：比我专业的没我会说，比我会说的没我专业，底下的人个个衣着笔挺、人五人六，也别想唬住我，我偏要搏一次。

一时好胜心作祟，接下来她似乎越讲越投入，正是酣畅淋漓的时候，大门被人推开稍许，一个男人走进来，那人显然有着吸引异性目光的好皮相、好身板，他直接寻了后排的位置坐下，静静地瞧向讲台。

苏沫心下诧异，不自觉地言语微顿。她赶紧转移视线，一气儿讲完余下内容，待听到台下掌声响起，又瞧见王亚男微微点头，悬着的一颗心总算归落原位。

苏沫手心冰凉濡湿，她不清楚自己是怎么走下台阶的，七八厘米高的鞋跟居然一点没晃悠，又或者整个人踩在棉花里却不自知，她脑袋里有一点清醒又有一点发蒙，心说自己是越来越能穿高跟鞋，大有赶超莫蔚清的趋势。

同事递来一瓶矿泉水，她象征性喝了一口，就拖着一大箱东西往展示区走，接下来的环节是设备调试，展示项目成果。为确保万无一失，苏沫早在出发前演练过数遍，就算现在没有说明材料和线路图也能手到擒来。

展台周围渐渐来了些人，大家挺讲究次序，挨个提问，其中不乏专业人士。苏沫始终自信不足，仍是有些紧张，逢着问题正撞枪口，就有种考前抓到考题的侥幸心理。

余下几位是东南亚客户，说起英语各有特色，苏沫连猜带蒙地把人打发了，剩下最后一位日本客人相当执着，那人说话口音很重，英语和日语夹杂，一个单词重复四五遍还让人不知所云，苏沫面上耐心不减，对方却先摆起脸色。

苏沫额上冒汗，往王亚男那方瞄了眼，心说无论如何先把这位也打发了，不能让人瞧出状况。好在王亚男正被众人簇拥着与国内同仁交谈寒暄，一时无暇顾及这边，她的心这才勉力搁下半分，一抬头，又看见王居安从大厅的后排走过来。

这一路，王居安走得极为风光，在场几个外表光鲜、派头十足的人物似乎没有不认识的，相互间或拍肩握手，或搭背耳语，相当引人瞩目，就连王亚男也注意到了，等看清是自家侄儿，她脸上略显讶异，这样的表情并没持续多久，随即被几丝冷淡和了然所覆盖。

王居安还未走到前面，脚下步伐忽然变了方向，直接迈向展区。

苏沫正挖空心思和日本人较劲，谁想跟前又多了位“镇山太岁”，顿时有些尴尬，脸上也跟着发热。王居安倒是神色如常，也不同人招呼，低头看了会儿展位上的仪器设备，又随意翻开桌上的文件夹。

文件夹里正是苏沫写的长篇大论和收集的资料，王居安一页页看过去，每页大致浏览数行，遇上专业性强的部分只稍微扫了几眼，翻到最后却在《有线与无线网络通信标准》的复印件上停留片刻。

苏沫拿不准这人的意思，忍不住向他手里看了眼，等她瞧清纸上的内容，脑子里忽然转过弯来——日本人想表达的意思，似乎同行业标准有关，只是他混淆了标准和协会的名称，以至于别人产生误解。苏沫试探着说出几个专业词汇，对方明显松一口气，两人的谈话这才上了正轨。

临走前，日本人要了些宣传资料和苏沫的名片，正好王亚男领着人过来巡视，瞧见这一幕大约还算满意，她又瞧向侄儿，不冷不热问了句：“怎么现在来了？你不是一直忙得很吗？”

王居安合上文件夹，一脸随意自在，“这么有前景的项目，又是您亲自出马，当然要来观摩捧场。”

王亚男也表现出一些热络，笑道："昨晚地方一台的新闻特别介绍了我们这次的技术引进，我估计你是瞧见了的……"

王居安一面与其他董事打招呼，一面抽空应了句："安盛每年缴那么多税，哪个项目没上过新闻？"这话只一带而过，夹杂在众人的寒暄里并不明显，旁人也未品出什么异样。何况王居安年纪轻、形象好，在人前足够有涵养，加之言语幽默，举止沉稳，三言两语间就忽悠了王亚男身旁的几位大客户跟着他的思路转，一时间集团一把手自然就被冷落数分，做小辈的反倒风头无二。

苏沫听他和人攀谈，聊起这次的项目熟门熟路，业内术语一茬茬往外冒，显然也是做足功课有备而来，难怪客户更愿意同他交涉。

王亚男这方已不如先前那般热情，她话锋一转，指着苏沫跟人介绍说："先前上台讲话的这位苏小姐，就是我们集团高薪聘请的专业人士，她在欧洲的合作公司参与过相关项目，专业能力强，办事也得力。贵企业如果有技术方面的问题可以向她询问，至于我们这些人嘛，那都是半桶水，就不在各位专业人士跟前班门弄斧了。"又道，"现在人多，晚上用餐的时候我们坐下来详谈。"

这一席话讲得特别诚挚，叫人没有怀疑的余地，苏沫却暗叹，难怪有人说老板们都是忽悠，越能忽悠的越是大老板。

随后，王亚男就叫人订下当地最好的酒店包间，显然想谈成一两笔生意才打道回府，也能在董事们跟前挽回颜面。她的意思很明白，指望着对方是大型国企，上面肯定有拨款，一旦拨款用不完，剩余的钱将被回收，来年的拨款额度也就跟着缩水，所以这钱他们迟早要撒出去，无非是最后花落谁家的问题，安盛不如趁热打铁，至少先和对方套上交情再说。

傍晚同席，酒过三巡、菜过五味，客户那边终是施施然接了橄榄枝，并回送口头协议，进展迅速让苏沫深感惊讶，不知是安盛董事长亲自出马面子足够，还是背地里另有门道，待见客户那边逐渐显山露水，说话办事拿腔作调，苏沫心里渐渐倾向于第二种猜测。

饭局将散，客户意犹未尽，暗示后面仍可有活动，安盛的人哪能不捧场？王亚男招呼几个会来事的下属相陪，对方却独独指着王居安道："王总，我和你一见如故，虽然年龄隔着点，但是相当谈得来，你要是不去，就是不给我们面子啊。"

王居安笑道："您金口一开我哪敢不从？不过我怎么也是晚辈，一切得听我们王董的吩咐。"说罢扭头看向王亚男。

侄儿已在人前给足面子，王亚男虽心里极不情愿，却也不好表露，只能应允。

王居安嘱咐了人把王亚男平安送回酒店，又道："您年纪大了，确实该早点休息，不然身体吃不消。"他一手撑着王亚男身后的椅背，俯在她耳边慢慢儿说完，字字轻松平淡，旁人见了多半觉得是侄儿体贴怜老，可王亚男怎会听不出话里有话？她神色瞬间黯淡，末了轻轻拍一拍王居安的手背道："那就劳烦你替我好生招待这几位老总。"

王居安说："我是您侄儿，您还跟我这样客气，一家人两家话，生分了。"

是夜，苏沫跟着王居安一行在城里四处折腾，没想那帮人会玩得很，去了洗浴城还要唱歌喝酒，灯光昏暗，音乐高亢，苏沫因连日来睡眠不足打不起精神，只在角落边上安安静静地坐着，心里也跟着音乐高低起伏。

昨晚，她立在酒店窗前看夜景，商厦民居车来车往、霓虹路灯流光四溢，她那时斗志昂扬，不禁感慨世事无常：如果没有以往的坎坷，又怎会有现在的机缘和明天的风景？

如今她待在这种地方，先前恶补的专业知识似乎全不作数，大半月的努力远比不上光怪陆离的半个晚上。

有客户喝着酒瞧一眼她，对王居安笑，"苏小姐到底是读书人，搞技术的，想来不习惯这样的场合。"

王居安也不戳穿，笑道："书读得多了，当然有些眼界，眼界高了，接触面却窄了，是好是坏还真说不清。"

几人就着读书人的清高劲儿找到共同话题，纷纷谈起企业里才来的几个海归如何恃才傲物、眼高手低，如何难以融进国内的主流社会云云。这样一说笑，玩闹到大半夜，才有人呵欠连天地提议散了，其余人等各自回去，王居安让苏沫开车先送完客户，两人这才打道回府。

苏沫一路强打精神，王居安坐在副驾上也不说话，忽地轻叩一下身旁的车窗道："开错了，应该上一个路口右转。"

苏沫拿驾照没多久，又是人生地不熟，惴惴地问："这里不能转弯，再怎么走？"

王居安说："前头的护栏有个缺口，从那里调头回去。"

苏沫犹疑，虽然时间已晚，路上仍有来往车辆，再说这儿有禁止转弯的标识，哪能瞎开？万一出事可不是闹着玩。

王居安靠在椅背上瞧她，"要是不从这里调头，我也不知道该怎么走。"

苏沫宁愿另寻出路。

王居安又说："再不转就来不及了，或者你想和我折腾一宿？"

苏沫心神一晃，左打方向盘，借着车流空隙迅速绕了个弯。

王居安靠回椅背，懒散道："对嘛，规矩是死的，人是活的，大活人哪能让规矩给堵死？"

苏沫心想，就是有这样想法的人多了，这世上才越来越无规矩可言。

王居安见她不作声，笑一笑，"怎么着？苏小姐当了一天高学历海归，这会儿还没回神？"

苏沫一怔，忙道："不是，今天还要多谢王总提点，我正想谢谢您。"

王居安顿了顿，反问："我提点你什么了，我怎么不知道？"

苏沫听见自己这样说话就难受，现在拍马屁还拍上了大腿，更是错上加错，她心里闷得慌，一时也不怎么接茬。

王居安等了一会儿，见对方也没个表示，才又道："日本人说英语的时候口音重，他们习惯用片假名音节代替音标。"

苏沫开着车敷衍，"王总真是博学。"

王居安说："我以前在那边待过几年。"

苏沫想：那就应该了。

一时无话，王居安忽然道："一着急就脸红，生怕人看不出你着急？"

也不知是四周过于安静，还是酒后疲倦，苏沫听到这人嗓音里夹杂了轻微喑哑，分明是寻常言语，偏生顺着这喑哑声色衍生出一丝微妙波动，她不去多想，顾左右而言他："我先前见您和客户谈到技术问题非常专业，这才是真人不露相。"

王居安也学她的语气，"苏小姐过奖，我不过是临时抱佛脚，看了你写的那些个玩意现学现卖。"他停了一会儿，又说，"这世上总得有人当垫脚石，而且还当得心甘情愿，对不对？"

苏沫咽下一口气，笑了笑，"那也是王总您……才智兼备。"她方才说得太溜，"德才兼备"四个字险些就脱口而出。

王居安偏头瞧她，"恭维话谁都爱听，有些听起来却不太舒服，一是要看这人会不会说话；二来要看她说得诚不诚心。"

苏沫抿着嘴，不搭腔。

王居安笑，"还真是个闷葫芦，没意思得很。"

苏沫稳稳停了车，才说："王总，到了。要不您先下？我去泊车，祝您晚安。"

王居安瞧向窗外，灯火辉煌的酒店正门果然就在跟前，他嘴里低哼一声算作应允，正待推门出去，忽又想起什么，回身看向苏沫，面容平静，"你想借着这个项目往上走，老太太未必会同意，就算她以前有这个想法，现在也未必能实现，你看我猜得对不对？"

他说完就下车，砰的一声甩上门，扬长而去。

第七章 ✦ 印记

传承这东西，时也命也，没法丢。

自那晚以后，苏沫时不时想起王居安说的话。

照他所言，似乎她这回做的全是无用功。苏沫也清楚记得，王亚男把董助的职位打赏下来时，说法模棱两可，只说先前的助理生孩子去了，所以请她暂代工作。数月的时间一眨眼就会过去，总不能等人休完产假，她就退位让贤，即便让贤，也要留条后路，她不愿重回总经办，变成那个前途渺茫面目模糊的小角色。

展会结束没几天，王亚男果然招了她到办公室谈话。

王亚男看起来情绪一般，她先是向苏沫询问汽车项目的进展，说起那个项目她忍不住皱眉，眼里浮起憎恶之意，客户那边明显和王居安走得更近，倒让她这个一把手插不上话。若非这事已到风生水起的境地，王亚男说什么也要把它压制住，如今却没办法，各董事都盯着公司的业绩，她只好塞了苏沫过去继续跟进，明明一手顺风顺水的好牌，半路却被人截了和。

她靠在大班椅里，脸色疲倦，身形略显干瘦，乍一看和那些正在逐渐老去的寻常妇人没有区别，只是颜面上多出几分匪气和狠劲，这会儿即使当着苏沫的面，讲话也全不避讳，显然被人气得不轻，她冷冷道："这家伙先时故意摆出反对的姿态，让人疏于防范，到了该摘桃的时候，来得比谁都快，背地里肯定还做过手脚，不然那些人哪会这样好说话！”

苏沫怎会不知“这家伙”指的是谁，虽是谈论工作，倒像涉及老板的家务事更多些，姑侄俩逮着空就明争暗斗素来已久，个中原因外人不得而知，她更不好贸然开口。

王亚男情绪难抑，又说：“他从小就狡猾，心肠也狠，都说人老奸，马老滑，我看他年岁不到就已经成了精。若非我们家的……哪里轮得到他撒野……”话说到最后渐渐消融在叹息里。

苏沫听得一知半解，以前也绝没想到，姑侄不和已到了相看两厌的地步。

此时，王亚男全然陷入对往昔的回忆里，她沉默良久，苏沫便在一旁静候良久，眼见她神情越发惨淡哀凄，苏沫轻手轻脚烫了杯温茶递上去。王亚男下意识接了，掀开杯盖，轻抿一口茶水，这才收起颓废之色道：“叫你来是想说说你的事，坐。”

苏沫在跟前的椅子上坐下，心说，该来的总会来。

王亚男脸上露出一点笑意，“别紧张，你说说看，今后有什么打算？”

苏沫明白这话的意思，项目营销这一块已由王居安的人占据，公司又另派人飞去欧洲参加培训，并签订高额赔偿的解约协议，无论哪一方都正逐渐将她排除在外，何况她的临时合同即将到期，是走是留，留在哪儿，都有极大变数。她先前想去营销部，只希望多赚一点是一点，每月能多汇些钱回去就行。可是现在，这种想法无论如何说不出口，一旦表明，便有倒戈嫌疑。苏沫一点不能犹豫，答：“如果可以，我很想继续留在您身边工作。”

王亚男瞧了她一眼，笑道：“我看你还是想去做销售吧？”

在王亚男跟前，苏沫一点小聪明也不敢有，老老实实答：“以前确实有这个想法，但是通过这段时间的工作，我觉得跟着什么人做事才最重要，在您这儿每天接触的人，得到的锻炼，学到的东西，档次完全不同。”

王亚男听见这话点了点头，“对的，年轻人眼光要放长远。这女人哪，过了三十五才真正迈向成熟，你现在这个年龄，还是学习的时候，别只盯着眼前的蝇头小利。”她说，“你知道自己最大的优点是什么？就是老实。一个老实人，要是落在一堆老实人里那是一文不值，可巧的是，我周围全是两面三刀的东西。”她点到即止，没再继续说下去，抬头瞧了眼对面墙角的红木立钟，问：“那群太太团约的几点？”

苏沫答：“三点左右，这会儿就是了。”

王亚男提不起兴致，不屑道：“我和那些夫人们没什么共同语言，无非是打打麻将闲话家常，浪费时间，不去吧，一次次打电话来约。”她忽然问，“你说，我这次去还是不去？”

苏沫犹豫稍许，“我觉得您今天可以去坐坐，就当散心吧。我先前问了人，这次她们好像也约了孔老的夫人。”

王亚男仍是漫不经心，“孔老我知道，上次旧机场那块地是他最后拍板，至于他夫人么……”

苏沫说：“听说孔老这人家庭观念保守，夫妻感情一直不错，上次王总找他帮忙，请了几次人家为了避嫌不肯露面，这次他夫人……”

王亚男来了兴趣，端起茶杯喝一口，“那就去会会，”又吩咐，“你一起过来，顺便开车，晚点再送我回去……过几天，我让人给你配辆车。”

苏沫随王亚男来到聚会场所，半山，临海，阳光西斜，潮声汩汩。

早有人在紫藤架子下面搭起麻将桌子，微风拂拭，深浅不一的紫色碎瓣悠悠儿飘落，沾染在浅白色骨质麻将牌和各色筹码间，倒也有些雅俗共赏的韵味。

王亚男一到，立即有人让座看茶。

摸牌围观的皆是四五十岁的妇人，衣着考究，头发乌黑，指甲干净，一看便是无须成日里围着男人小孩、锅碗瓢盆打转，更不必为五斗米折腰的角色。王亚男为了应景，来时换了身色泽柔和的衣裳，又敷上薄妆，一改先前的抑郁之色，她年轻时容貌不俗，这会儿脸色润泽，神采奕奕，乍看之下也就四十出头的模样。

几位女士互相恭维问候，只有东座的那位妇人最少开腔，穿着也朴实，众人却都想着法地寻她说话，待到她偶尔笑着应上一两句，大家又忙不迭地附和，王亚男不如这些人热情，那人不寻她说话，她也不巴着人开口，偶尔点上一两句，风趣随和，倒叫东座那妇人起了兴趣，一来二去，两人搭上了腔。

苏沫在一旁细细观察她与人周旋，一言一行都有门道，自觉受益匪浅。

隔了六七米的地方，另有一桌，与这边以爬满花叶的木质围栏相隔，围栏数米高，两桌人相互间只闻其声。

就听那桌上有人调侃一些风月之事，引得宾客们笑声连连。

这边，王亚男的脸上似有瞬间的不自在，只一闪而过，让人难以捉摸，苏沫不能断定，只当是小事，没往心里去。

又一女声低啐了句什么，显然想摆出撇清的姿态，却引得旁人直笑，那伙人处得极熟，开起玩笑一点不顾及。

这边一桌也都熬不住，早有妇人一脸羞怒或是轻视，组织聚会的女士脸上也挂不住，嘴里叨叨，“下次还是换地方，这里越来越不成名堂。”她脸朝东座那位赔笑，“要不我们还是回里屋坐着去，您觉得呢？”

那位女士却笑说：“倒也不用，我们家老孔常说什么非礼勿视、非礼勿听，并非是叫人捂着耳朵捂着眼假装不知道，而是听见了看见了却不往心里去，学会杜绝一切不良影响嘛。”

众人忙说：“还是孔老想得透彻。”

那妇人却话锋一转，“如今暴发户多，经济高速发展，造成一时暴富，心态难免失衡。”

大家听了这话，脸上笑容都是一滞，笑也不是，不笑也不好，有些讪讪的，那妇人也不理会，极和气地搁了一张牌出去。

原本安排了晚饭，孔夫人无论如何也要推辞，只说这地方太贵，原本是不该来的，无非是想和几个朋友找个机会叙旧，旧也叙了，茶也喝了，早该散了。其他人不好勉强，只得撤了麻将桌子。

苏沫头一次送王亚男回家，好在她家不远，地处市区二三环间，闹中取静。

车子拐了个弯，王亚男说："快到了。"

苏沫放眼一瞧，树荫后头藏着一排红砖白墙的别墅小区，想来多半就是。

到了小区跟前，门口树下泊着一辆并不起眼的车，夹在一溜名车间有些突兀。王亚男回头看了那车一眼，拿起手机拨出去，对方接了，她有些不大高兴地问："你怎么上这里来了？"等那边说了些什么，她又道，"算了……来也来了，进来吧。"罢了就挂了电话。

苏沫把车停进车库，王亚男示意她进去，说有份文件让她一会儿送回公司，又说自己明天出门办事，早上的会议取消。苏沫随她进了屋，两个保姆早在旁边候着，王亚男随意问了句："天保呢？"

那两人赶紧答："还在午睡，没起来。"

王亚男"嗯"了一声没多问，让人去楼上书房拿一本黑色文件夹，又叫苏沫坐下来等。

苏沫才坐下，外面又进来一人，苏沫瞧一眼立马有些愣神，那人也站在原处瞧着她，两人就这么大眼瞪小眼对视了一小会儿，对方倒是拿出毫不在乎的样子，先她一步瞥开视线。

王亚男见这两人的光景，嘴里低咳一声，忽道："去泡点茶来。"

苏沫左右一瞧，保姆都不在跟前，想来这话是说给自己听的，忙起身往厨房里去，炉子上搁着水壶，炉火已关，壶里的水仍是翻滚，哧哧吐着热气，才烧开的样子。苏沫估摸着打开冰箱，果然瞧见王亚男常喝的几种绿茶极齐整的搁在里头，她挑了样清淡的拿出来。王亚男在外头问了两声，苏沫心里有事，没多想，就着热水泡了茶端出去，本想搁在王亚男跟前的茶几上，她却伸手来接，苏沫忙说："水有些烫，您过一会儿再喝吧。"

王亚男恍若未闻，伸手碰到茶杯，猛然被烫得一掀，厉声道："这么烫叫人怎么喝？"

杯里的水泼溅出来，苏沫低叫一声，手腕上像是被火灼似的难熬，低头一看，右手腕子上渐渐红通通的一圈。

王亚男看向立在旁边的年轻男人，脸上浮起一丝嫌恶，说："你还是走吧，我过一会儿还有事要忙，"她瞧也不瞧苏沫，又说，"你也走，都给我出去。"

那年轻人如同来时一样，一言不发，转身就出了门。

苏沫哪敢一同出去？当下站在那里不作声，直到保姆端了凉茶出来，王亚男接过喝了两口，也不拐弯抹角，"你俩以前认识？"

苏沫心下紧张，额上冒汗，脑子倒转得飞快，清清楚楚地答："是，有次在饭局上见过，当时是和王总一起去的。"

王亚男默然，过了一会儿，脸上神色渐缓，指了指先前搁在茶几上的文件，"你回公司一趟，把这个交给王居安，他一早催着就要，你跟他说，上星期他出差了，全体董事专门为这事开了个会，大半否决。"

苏沫忙应了，拾起文件夹，告了辞，手腕子上跟针扎一样，难以抑制的疼痛，恨不得扎进凉水里泡着。出了门，她心里不知所想，低头赶了几步路，天边夕阳隐入云端，树荫下凉风一吹，身上的汗水也跟着凉下来，她这才想着是直接拦辆车回公司呢，还是先给王居安打个电话问一问他在哪里？

不知不觉中转过前头的树林，又瞧见那辆不起眼的车，她本想快步走过去，谁知车里的人按了下喇叭，车窗摇下来，路征打里边探出头来，"去哪儿，我带你一段？"

苏沫心里的错愕还没来得及抹开，现在不免有些怔愣，只是下意识地摆一摆手，打算拒绝。

路征脸上架了副墨镜，他嘴角挑起来笑了笑："你怕什么？再说这里不会有出租进来，走出去得好远。"

苏沫往身后瞧了眼，整片树林郁郁葱葱，半个人影也见不着，想一想，开门上了车，才说："那……麻烦你了，到前面的主干道把我放下来就可以了。"

路征打横方向盘，等车子上了路，才说："咱俩每次见面都不寻常，"他瞥一眼苏沫的手腕子，"才烫着的时候用冷水浇一浇会好些，现在都起泡了。"

苏沫听他一副油滑腔调，心里不是滋味，忍不住正正经经打量他一回，第一次见面她失魂落魄，第二次邂逅又惴惴不安，根本没机会也没心思细瞧，这会儿才发觉，小伙子长得确实精神。

她琢磨了半天，忍不住开口道："这一年多，你变化不小。"

路征侧脸瞧她一眼，"你也一样，"随即叹了句，"我们都是一样的人，所以我见着你就特别有种惺惺相惜的感觉，真的。"

苏沫没吭声，不愿承认，却也没反驳，也许是听出这话里有种佯装世故的无奈，她心里一时不忍。

路征问她："你觉得，我们是一样的吧？"

苏沫瞧着他，"你在我这里找认同感吗？"她轻轻拍一拍车门，"前面就是车站，请你靠边停车，谢谢。"

路征也没含糊，就近停了车，眼见苏沫合上门，才向窗外喊了句："好走啊，对了你电话多少？保持联系。"

苏沫没理，伸手就拦了辆出租。

到了公司门口，她也不知道王居安在不在，总不能把文件往他办公室里随便一塞，再说，既然王亚男让她当面交予肯定有她的想法。

夜幕逐渐向天边延伸，苏沫抬头看了看大楼，营销部那层还亮着灯，她摸摸包里的手机，里面有王居安的两个号码及其助理的联络方式。苏沫打他助理的手机，没人接，另两个号码却是不想拨出去。

她打算上去碰碰运气，如果没记错，今天下午有营销部例会。

她直接上了楼，还没出电梯，就听见这一层笑语喧哗，热闹非常，赵祥庆正堵在门口，胳膊里抱着一大瓶香槟使劲摇晃，然后咚的一声拔出瓶塞，顿时酒香四溢，白花花的泡沫顺着酒水一个劲儿地往外冲，一时间这个说"赵总我的桌子都湿了"，那个说"哎呀衣服打湿了"。

老赵笑呵呵地掩住瓶口，"是你们要喝酒的，玩归玩，一会儿得把这里收拾干净了，偷懒的扣奖金。"他瞧见苏沫，又是笑，"正好，苏助理也来了，请进请进。”

里面人多嘴杂，苏沫没想着进去，只在门口问：“赵总您这里真热闹，请问王总还在吗？”

老赵啧了一声：“他要是不在，我们哪敢这样闹腾？不然你们上头的问起来，我怎么交代？”

苏沫知道这人古灵精怪嘴又碎，也不和他计较，只笑道：“王工让我给他送份文件。”

赵祥庆往里头一指，“在那儿呢。”

苏沫跟着瞧过去，就见王居安正靠在不知谁的办公桌上吸烟，间或和人说笑，这会儿他正好往门口瞟了一眼。

两人视线相触，苏沫忙冲他点一点头，脸上笑容不减，迎面走上前。

只是瞬间，路征的那几句言语又被抛入她的脑海，如同暗夜敲石，异常顽固，越发高亢。

桌上搁着酒水和外卖拼盘，一室人声喧哗，这种热闹实在恰到好处，无形间揉碎各种情绪。

有年轻同事端着手机蹿上来拍照，焦点搁在王居安身上，一时总有员工过来要求合影，苏沫在旁边等了一会儿，王居安抬起夹着香烟的手示意，“行了，当我是布景呢？”旁人都笑起来，王居安看向苏沫，“什么事？”

苏沫走过去，规规矩矩把文件在人前递了，王居安又看她一眼，接过去随便翻了两页，很快合上，说：“办公室谈。”他按灭烟蒂，率先离开，临到门口又执起文件夹轻拍一下老赵的肩头，嘱咐几句，无非是说别闹得太晚注意影响。

赵祥庆嘴里应着却往他身后瞄了瞄，苏沫回视，老赵自然而然调开视线，转去吆喝着同事们喝酒。

两人一前一后进了总经理办公室，王居安把文件夹子搁在桌上又往后翻了几页，头也未抬，吩咐，“随手关门。”待苏沫轻掩上门，他坦然问，“老太太想让你跟我说什么？”

苏沫也不走近，站在原处把王亚男的意思尽可能委婉复述。

王居安抬眼看她，“你还挺会挑时候，知道才谈成个项目大伙儿正高兴。”

言语里嘲讽意味一点没掩饰，苏沫心里也有准备，王亚男指着她给人兜头一盆冷水，看来被人训斥一顿是在所难免，何况对方生气也有缘由——

早前有卖家想转让某商业银行股份，消息放出来，数家企业蜂拥而上，安盛控股也有受让之意，无奈价格水涨船高，不少人打起退堂鼓，王居安反向董事会提议高价买入，之后逐步增持，坐稳该银行主要股东的位置。王亚男及一干元老却是不允，只道很少听说有人愿意投入如此高价，这一步迈出去太过浮躁。王居安哪里肯服软？他也不打无准备的仗，回头就递了计划书上去，涉及扩大经营融资途径，银行股业绩拐点经济周期等一系列有关长远战略利益的分析，洋洋洒洒的长篇大论详尽阐明。时间紧迫，费尽心思，却仍被王亚男扣在手里偏不放行，怎不叫人憋屈窝火？

眼下，苏沫进退不能，为免城门失火殃及池鱼，少不得小心翼翼添了句：“王总，这也是上面的决定，事情多半有得有失，不急于一时，何况山不转水转，总有其他的路可以走。”

王居安听她说完，略微笑笑，“你倒是来安慰我了，”他走过来，拿起文件夹在她跟前扬了扬，“既然这样关心我，不如把这什么纪要扔你主子跟前去，替我跟她说一声，这玩意儿全是废话，狗屁不通，行吗？”他的嗓音低缓冰凉，末了，把文件夹轻轻抛在旁边的茶几上。

苏沫依旧低眉敛目，一声不吭地挨着，近旁是时钟干脆利落的滴嗒声响，远处又有车流划过马路的噪杂入耳，稍抬眼，瞧见眼前这人胸膛微微起伏，似乎正遏制着脾气，过了会儿，才听他低低吐出一句：“出去。”

她如蒙大赦，暗想这个词前面添上个“滚”字可能更符合他的本意。

苏沫转身开门，前脚还未迈出去，又听他在身后道："回来。"

她站在欲开不开的门前僵持了一会儿，转过身，试探问道："您还有什么吩咐？"

王居安立在原处，神色间喜怒不显，似在盘算，又像是使劲打量她，过了好一会儿才闲话家常地开口，"总有其他的路可以走是吧？我给你指条通畅水路，你偏去翻山越岭……"他向前踱了两步，声音压得更低，"你是真不懂，还是揣着明白装糊涂，嗯？"

苏沫往后一退，正巧将身后的房门咔嗒一声合上，心里越发忐忑，先前说话还怕被人听了去，这会儿倒也不必担心了，想到这儿她干脆说："王总，请你不要这样。"

两人间隔着大半米距离，王居安摊一摊手，反问："怎样？"

苏沫有点懊恼自己的冲动，不得已抬头看他，"我只是帮人跑腿带话，要是有词不达意的地方，希望你不要介意。"

"你倒是情愿这样做。"王居安听她说完，眉头微锁，瞧上去挺认真，"苏小姐，你在职业方面有一个明确规划么？还是希望自己一直被人当枪使，指哪打哪？"

苏沫怔住。

王居安又问："所以我先前说的话，你是不是想到别的方面去了？"苏沫脸上微热，来不及否认，又听他继续道，"我倒是想起一件事，那天晚上，我是出了力气也没落个好，你倒是爽得不行，实打实的过河拆桥，你自己说说，怎么办吧？"

苏沫脑袋发蒙，简直要昏过去，血气上涌，立时涨红了脸。

虽然对方没有出格举动，但神色轻浮，俨然一种玩乐姿态，只等她惊慌失措、语无伦次，他必定更加惬意。

她伸手去摸衣服右边的口袋，手臂擦过衣物，顿时袭来锐痛，疼痛绵长直达大脑，反而让纷扰晦暗的羞耻感稍微缓解。她屏住呼吸，颤声道："你不如再说清楚些，不然我又会想到别的地方。"

王居安重新打量她两眼，凑到她耳边轻笑，"想听我说什么，详细过程？"

苏沫稍稍侧开脸，仍是被他的气息笼罩，她艰难开口，“是的，详细过程。那晚，安盛电子的女员工被人下套……”话未说完，她身子轻颤，再也说不下去，隔了很久，才又道，“你这样一次次提醒我，让我不停想起那件事，是想看我的笑话吗？我不明白，你一个大男人，有名有利有地位，何必跟一个无足轻重的小职员较劲？你斗不过王亚男，却把气撒我头上。”她忍住泪，低声道，“我都替你觉得寒碜，真的，特别丢人特别寒碜。”

王居安收了笑，一言不发，像天气骤然恶劣的前兆，面上水平如镜，却暗涌不断，流露摧毁之欲，始终戾气难掩。

苏沫忽然觉得万念俱灰，从口袋里摸出手机，好不容易寻着播放键按下了，从进办公室开始直到现在，两人的对话重新上演，半字不落。

王居安倒被她这架势给气乐了，“长出息了，多大点儿事，录音都用上了。”

苏沫眼圈晕红，佯装冷静，“要不我放到内网上，让全公司的人都知道总经理怎么骚扰女职员。是你逼我的，我还能怎么做？”

王居安点头，“这招也算出人意表，可惜是个花架子。你看你，既然道理在你那边，怎么拿个电话手还抖？”说话间他低头瞥一眼苏沫手腕上的伤处，伸手过来握住，力道不大，却足以让人疼痛难抑。

苏沫顾着伤口，一时没注意，手机就被人收缴过去。

王居安拿着手机点一点她，“既然录了音，就不要当面给人听，完了可以发个备份过来，多简单的事。”他态度耐心，“以前也有人跟我这么玩过，她和你不同，直接把床上的照片和视频发给我，想拿点钱，可惜这种事对男人来说算不得什么，她要是直接开口，坦坦白白的，说不定我还能答应，但是这么跟我耍心眼，让人倒尽胃口。”

他说着，慢条斯理卸下手机的后壳，只把SIM卡拣出来塞进她手里，“功夫不到家，小惩大诫，手机没收，你先回去练熟了再出来玩。记得，威胁人的时候，声音得粗，语气要狠，就你这嗓门，不知道的还以为在撒娇，你拿录音给人听，也未见能说清楚。”

苏沫气得忘了言语，隐约听见自己牙齿咬得咯吱响，即便把牙全咬碎也不解气，多半还得和血咽下。

王居安瞅她这样，问："怎么，还舍不得走？"

她回神，夺门而出，却听门里那人似嗤笑一声，苏沫转眼瞧见外间的矮桌上搁着一只水晶玻璃烟灰缸，不多想，立刻拾起来死死捏在手里，转身盯着那扇半掩的门。

忽然有人问："苏助理，你做什么呢？"

苏沫醒过神，回头瞧见赵祥庆出了电梯间，她淡淡应了句："我瞧见里面有烟灰，才给倒了。"

老赵笑笑，"我常听总经办的付主任提起你，说你办事周到，即使王工不来公司，她的办公室你每天必定打扫一回。事无巨细都能搁进眼里，确实是用心良苦啊。"

苏沫说："分内事，赵总过奖。"

老赵问："王总在里面吗？楼下散了，我上来打声招呼。"

"在。"

老赵点头，径自过去。

苏沫忘了乘电梯，转身下楼，走了几级台阶，低头瞧见下面拐来拐去见不着底的楼梯扶手，想到今天诸事不顺，忽然心生倦意，她索性坐下来休息，一时没忍住，压抑地哭了一回。又想起约了从蓉看房子，她低头瞄一眼手表，时间已近，忙擦干泪，强打精神，起身往电梯间去。

王居安和赵祥庆正迎面过来。

苏沫理也未理，直接进了电梯，眼看门将合上，老赵在外面嚷嚷："等一下喂"。

她恍若未闻，拿眼盯着两扇门间的距离，越来越窄。

电梯里明亮至极，反衬外间昏沉黯淡，苏沫瞧见那人身影由重雾一般的光线里逐渐迫近，心口又突突直跳。王居安的视线往她脸上简单平常地扫一眼，她便不由自主地，举起适才执着烟灰缸的手，轻轻点了下旁边的开门键。那门再次洞开，苏沫让路一旁，垂手而立，压抑的姿态是"妥协"二字的最好诠释。

赵祥庆首先到了近旁，也是往边上让一让，招呼声"王总"，等对方进去，这才随后。

苏沫迟到，从蓉见着她就说："打你电话不通，还以为你不来了。"

苏沫只能答："手机坏了。"

从蓉说："你现在的工作至少要备两只手机，要是上面的找不着人怎么办？"她笑，"你可是大忙人了，在领导身边跟前跟后，我们普通人想见你一面都难。"

苏沫一肚子苦水，却不想在从蓉跟前流露半分，只随她说笑。

说着话，两人穿过走道，敲开对面邻居家的房门，过道是酒店式装潢，一层四户，两架电梯，比现在的住处离公司稍远了点，但是周边环境好，不像商业地带那样嘈杂，租金也还能承受。

那户人家请她们进去，苏沫细细打量，房子是小型复式，比从蓉那间略小，少一个儿童房。楼上是主卧主卫，楼梯台阶铺了防滑地毯，家具装修八成新，楼下是客厅、厨房、客卫，大阳台采光好，屋主人把阳台封起来当书房，又说虽搬新家，但这里的家具全不带走，留给租户使用。

苏沫心里合计，把书房里的双人沙发搬出来，搁张小床进去，清泉来了就能用上，楼上让给爸妈住，自己在客厅的沙发床上凑合，面积大小正好。就算以后独住，也不会过于浪费。双方商量租金，从蓉也怂恿她租下，直说别舍不得这几个钱，钱赚来就是享受的，再说你现在的身份不要去住那些旧里弄老公房，别让王亚男失了面子。

苏沫却想，也不知现在的工作能不能做长远，至少得把这两三个月应付过去，等父母回去了再做打算。她这么一想，订下房子，打算周末的时候抽空慢慢把家当搬过来。从蓉请她去自家坐坐，苏沫记挂着去买手机，婉言推了。

从蓉送她到电梯口，忽小声说："你知道我那天带我们家胖仔去外头吃饭碰见谁了吗？"

苏沫随便一猜，"莫蔚清。"

从蓉笑，"遇见她倒不奇怪，看见她和那个法律顾问在一块倒是很新奇。”

苏沫问：“周律师，周远山？”

从蓉点头，“就是那个大帅哥，难怪莫蔚清最近没空搭理我们，看来是寻着新欢了。”

苏沫忙道：“这话可不能乱说。”

从蓉不以为然，“怕什么，男未婚女未嫁……”

苏沫看她一眼，从蓉会意，两人心照不宣，再不提起。

从蓉瞄见她手上的烫印，问：“你的手怎么了？”

苏沫说：“不小心烫着了。”

从蓉摇摇头，惋惜道：“怎么烫成这样？好好的细白胳膊，这可破相了。”她停了会儿，忽然问道：“你和那谁，现在处得怎么样了？”

苏沫一愣，“谁？”

从蓉没出声，比画嘴型，明显是“王居安”三字，苏沫满脸尴尬，从蓉却是哈哈一笑。

苏沫着恼，“我不明白这有什么可笑的？”

从蓉一点没在意，“早提醒你不要站错队，别看她现在呼风唤雨，但是没后劲。你跟着老的混，不如跟个年轻的，你先前跟人闹成那样，他倒还容得下你。不如多下点功夫，你也有大好机会。再说人有财有貌，多少女的惦记着，你就一点不动心？”见苏沫不答话，她叹息一句，“往往就是那些小门小户出身，在父母跟前也没吃过苦的，反而把自尊看得比天大，生怕被人瞧不起，累得慌。”

苏沫去买手机，不能用太差的，买贵的又肉痛，挑来拣去拿了部中档价位、功能尚可的先用着。

一路到家，手腕子仍火烧火燎地疼，腕上早起了一溜水泡，她忙拧开水龙头冲了一会儿冷水，才觉得好受些。之后她又找出烫伤膏敷上，用白棉纱布轻轻绕了两圈，熄灯，睡觉。

怎么也睡不着，有些事像火车一样在脑海里轰隆穿行。

苏沫轻轻叹口气，睁眼瞧见房门边的衣架暗影，衣架顶上搁着只帽子，中间搭了两三件衣物，模模糊糊里瞧着像个人一样，她把被沿儿拉高些，挡住眼。

她从小怕黑，这毛病在婚后倒是没了，身边躺着个孔武有力的男人，即使周围再黑，也能酣然入睡。如今就有些难了，偏巧今天上床早了些。苏沫想着今天发生的事，不知不觉中意识模糊起来，睡到半夜开始梦魇，一时有人在她耳边喃喃低语，念咒一样；一时又是父母为鸡毛蒜皮的小事拌嘴，忽而是清泉跑过来扯她头发；心念怔忪，又换作佟瑞安在旁边翻阅资料，一页一页翻过去，清脆的、悦耳的，拨动着脑海里的细弦，哗啦啦作响。

她知道是梦，极力想睁眼，却不能动弹，急出一身冷汗，仿佛只要稍微犹豫，整个人就会被逝去的时光吞噬。她拼命反抗，徒劳无功，只能使劲绷着身体，忽然手指微动，摸到床的另一边，空荡荡的，猛然就惊醒了。

夜里没睡好，苏沫一早上班，脸色憔悴，大夏天没法穿长袖，胳膊上仍是绕了一圈纱布，被人瞧见了，眼神里便多了点探究。

十点多，王亚男到了，吩咐了几样工作就进了办公室，两人还像往常那样相处，对昨天的事绝口不提。苏沫埋头做事，不多时有人过来轻叩桌子。

王居安的助理对她笑笑，递上一卷文件，“王总让拿过来。”这话说完，年轻人略停了一会儿，又将一部未拆封的手机的盒子搁在桌上。苏沫瞄了一眼包装盒，又看了看跟前这人，对方也瞧着她，含糊地扯了个笑脸，说：“没别的事，苏助理你忙。”

苏沫心里微怔，想了想，笑着道了谢，又说：“你先放着，等企宣那边提交了纪念币样本，我一起拿进去给王董过目。”

助理表情诧异，忍了忍，没多问。

等人走了，苏沫稍稍拨开盒子边往里瞧，里头手机和各种配件一应俱全，是时下流行的机型，比她昨天买的那一款高档不少，心里有些不舍，又看了眼，才把盒子搁进柜子，大锁一闩。

一上午相安无事，苏沫去食堂吃饭，看见周远山打外头进来，他今天穿着浅色细条纹衬衣休闲长裤，行走带风，眉眼带笑，新近又理了发，比以往越发显得精神。

苏沫食欲不佳，慢慢扒了几口饭，没多久，周远山便端着餐盘在她对面坐下。

两人有一搭没一搭地聊天，冷场的次数比以往频繁，苏沫夹了些菜搁碗里，没吃，问他："好久没见，最近忙什么呢？"

周远山避而不答，笑道："我可是常往这边跑，总能瞧见你，倒是你正眼也不瞧我。"

苏沫知道他在避嫌，心里也对他帮王居安办的那些事没多少兴趣，"你总说自己忙，但是气色比以前好，人逢喜事精神爽。"

周远山面前的碗碟已然见底，他拿纸巾抹嘴，"能有什么喜事？多发些钱还差不多，这几天忙得脚不沾地，老王是打算硬扛了，银行的事他碰了钉子，心里不痛快，我们这些人全跟着受罪，就盼着中秋那点奖金了。听说你们要发什么纪念金币，记得到时候分我一块。"

苏沫笑，"中秋的时候正好二十周年庆，二十年的老员工发二十克的，十年的十克，你拿几克？"

他想想，"你们有两克的吗？"苏沫听得笑起来，周远山也笑，"估计用牙嚼嚼就碎了，还不够塞牙缝的。"正说着话，搁在桌上的手机响，周远山看了眼来电号码，冲她做了个先走的手势，起身就往外面去了，他快步走到门口，这才接通电话。

苏沫远远瞧着，那人微低了头，手机贴在耳上，凝神细听，眉头舒展，脸部表情很温柔。她心里有点异样，拿起手机翻出莫蔚清的号码，犹豫一小会儿，仍是拨出去，信号音传来，占线。苏沫慢慢收了手机，跟前的饭桌上堆满碗碟，他赶着去接电话，餐盘也忘了还。

临下班，企宣那边把几份设计图样提交上来，苏沫又放在手头压了几天，直到王居安过来找他姑姑谈事情，苏沫才就着送茶水的时候把样稿和新手机一起拿进王亚男的办公室。

王亚男先瞧那几张样稿，不太满意，说是样式不够大气，公司名不醒目，字体也不漂亮，空白处太多云云，随口便提了一堆意见让苏沫反馈下去，她又问侄儿：“你看怎么样？”

王居安对这种事哪有兴趣，随口附和几句，又赞王亚男眼光独到，设计理念时尚前卫，好听的话说出口毫不费力，引得王亚男要笑不笑地瞟他一眼，而后看向桌上的手机盒问：“这是什么？”

这个当口，王居安也抬眼瞧着苏沫。

苏沫心里正暗自叫苦，王亚男事无巨细要求完美，在工作上有较为强烈的个人喜好，小小的设计稿已按她的意思屡次修改，企划那边颇有微词，上传下达看似简单，实际麻烦，既要让上面的满意，又不能让下头的讨厌，影响以后工作的开展。

她见这两人都看着自己，忙收了心思，也不敢去瞧王居安，只照先前打好的腹稿答：“这是王总早前让人送过来的，王总想得很周到，如果做纪念币赶不及，发手机也是个补救方案。”她虚心请教，“王总，您差不多是这意思吧？”

王居安盯着她把话说完，顿了会儿才点点头，“对，”他一点儿没掩饰脸上的轻浮神色，添了句，“你真是……越发出息了。”

王亚男来回看了看他俩，才对侄儿说：“难得你在这些细节方面也下功夫，但是这个方案没什么纪念意义，没价值。”她转头看向苏沫，“你跟他们说，设计稿周末之前务必敲定。”

苏沫想了想，“明天周五，晚上您飞北京，下周不在公司，等样稿推翻重来，您可能没时间细瞧。”

王亚男立马道：“我又没说重做，就是把字改大点，能用多长时间？”

苏沫说：“知道了，我马上提醒他们把字体调大点，其他不必修改。”临出门，她又问，“王工，要不把这手机放在尾牙会上当赠品行吗？”

王亚男皱眉，“这种小事也来问，行政那边是做什么的？”

苏沫却说：“不是，要是当赠品的话数量又不够，就不知道王总那边能不能多赞助一些？总公司、分公司一起这么多人，各部门平均下来，至少得几百台吧。”

王居安说：“几百台，你打算开店？”

王亚男笑起来，“小家子气，你还在乎这点钱，你那些个小公司不是有这方面的项目吗？让你给你就给点吧，别叫人小瞧了。”

王居安笑一笑，“不是钱的问题，玩儿的事，能值几个钱？”他瞧一眼旁边那家伙，不紧不慢道，“您这样把人惯坏了不行，有些人就是仗着小聪明，给点颜色开染房，欠收拾。”

他出言轻薄，苏沫心里更不自在，没敢多留，转身出来，回到自己的座位上，不觉吐出一口浊气。

那天，王居安的助理把新手机往她跟前一搁，当场就有两三人瞄见，如果这事借着别人的嘴传进王亚男耳里，反而不好。苏沫为人和气，从不参与同事间的吐槽和八卦，背后不说人，却难保别人不嚼舌根，对付这种事，她从不敢大意。

苏沫一边小心应对，一边又忙于工作，这边还在起草协议，那边就接到客人来电要求安排预约，正在整理会议纪要，又被领导打发去协调工作。

王亚男临行，也是苏沫最忙的时候，喝水吃饭顾不上，只能拿下周难得的空闲安慰自己。只等老佛爷走了，她手头工作才能告一段落，便可以匀出些时间整理新住处，迎接父母和孩子的到来。

中午，她仍是和前几天一样在办公桌旁就着咖啡啃面包，没吃几口，桌上电话铃大作，内线，前台小妹说楼下有朋友找，苏沫问清来人姓名，心里很惊讶。

不多时，莫蔚清踩着十厘米的高跟鞋，从电梯间一路铿锵而至，细腰长腿，所过之处，男的女的都忍不住回头看她两眼。莫蔚清习以为常，走到苏沫跟前，将勾在手指上的小巧精美的纸袋往她桌上轻轻一扔，“特地买给你的。”

苏沫揭开一看，是以前在天河广场闲逛的时候，三人常去的一家西点房的芝士蛋糕。

天河那边的名牌一条街，就连蛋糕也是名牌价，苏沫不爱去那里，莫蔚清却相当喜欢。她为人豪气，经常抢着埋单。莫蔚清埋单，无非是想让人陪她，苏沫吃着蛋糕，却惦记着女儿，并怀有一种内疚心理，齿间香甜松软，清泉一定喜欢。

这会儿，莫蔚清开门见山，“我来找周远山，他说还得忙一会儿。”

苏沫心里吃惊，“你来找他？”忍不住问了句，“找他做什么？”

莫蔚清说：“男的女的在一起还能做什么？往好听里说是约会，直白点就是苟合。”

苏沫心说不知道这家伙是犯糊涂还是胆子粗不在乎，她瞧瞧周围人来人往，忙把莫蔚清扯到楼梯间僻静处，“你俩到底怎么回事呢？”

莫蔚清一连咳了好几声，她对烟味敏感，想是才有人猫在这儿吞云吐雾，她扬手轻轻扇了两下，说：“没怎么回事，就是有些无聊了。”

苏沫掩上逃生门，才问：“这要是让那谁知道了，你以后怎么收场？”

莫蔚清一乐，“你这话真好笑，我和他一点法律关系都没有，知道就知道呗，我现在就是腻了，怎么？就许他腻味我，不许我腻味他？再说了，我还不能从良了？”

苏沫听得有些晕乎，“你俩连孩子都有了，想分手早做什么去了？你又不是不知道那个……尚淳的为人，再说，你总要为孩子想想吧。”

“你像是比我还了解他。”莫蔚清一脸轻松，上下打量苏沫，“哎，这身衣服以前没见你穿呢？你跟着我混了几天，越来越像那么回事儿了。”

苏沫心想，像什么？她忙低头检查自己这身打扮，职业装，挺正常，就是右手腕子上多了两道褐色疤痕，上次烫过的地方渐渐好了，颜色却褪不了，瞧起来有点割脉自杀未遂的意思，平日里只能用手表遮挡。

莫蔚清哪里明白苏沫的心思，问：“你到底是担心我呢？还是周远山？还是尚淳？”

苏沫一愣，“你瞎说什么？”

莫蔚清觉得有趣，“说嘛，是周远山还是尚淳？”

苏沫有些急了，压低声音道：“我告诉你，别把我跟那个……尚淳扯到一起！”

莫蔚清点头，“那就是周远山了？”她若有所思，笑道，“难怪先前不想把我的电话告诉人家。”

苏沫撇开眼，“不是这么回事。”

莫蔚清不依不饶，“你还真看上他了？”她盯着苏沫的脸，得出结论，“你看上他了！”

苏沫脸上微红，一时不知该怎么反驳。

莫蔚清又笑，“我就说呢，怎么忽然这样关心我？原来是自己心里有小九九，我跟你说苏沫，我可是拿你当朋友看的，我这些事是从来不避讳你的。”

苏沫无可奈何，“不是你想的那样，我对周远山是有些好感，周围这些男的，就他还比较正常，我……”

莫蔚清“咯咯”笑起来，伸手揽住她的肩，“也对，他这样的正人君子，长得又好看，职业也不错，你要是对他没想法倒奇怪了。不管是以前还是现在，凡是和他打过交道的女人，没几个不动心的。”

苏沫瞧着她这一脸得意，心里不舒服，说：“我还是那句话，没事别折腾，要是尚淳知道了……”

莫蔚清哼一声，“你怎么总是尚淳尚淳的？你去告诉他呗，你敢近他的身吗？要不是我看着，他不知道整你多少回了。我也不管你们以前有什么过节，他倒一直对你心心念念的呢。看在我们相识一场，我懒得计较你那些小心思，你反倒跟我耍心眼，什么事你都要插一杠子。”她冷笑，“你显摆什么呢？以前也就是个小保姆，你觉得自己现在有点人样了是吧？你看上人家，人家可未必瞧得上你。”

苏沫见她越说情绪越不对，先前还和颜悦色，现在竟有些咬牙切齿的恨意，心想怎么谁都能往自己身上置气呢？苏沫憋了半天没憋住，小声道：“是，我就看上周远山了，可又能怎么样？就算我挖空心思使出浑身解数，他也不会多瞧我一眼，这事我想得很明白，只有你稀里糊涂一知半解。一样米养百样人，这世上好男人还是有的，你小心自己两头踏空，得不偿失。”

莫蔚清的脸色更难看，“真没意思，多大点事你就上纲上线，一本正经做给谁看呢？”她从手袋里摸出手机，故意当着苏沫的面一个电话拨出去，她嘴角挑起一点笑，一面和那边的人轻言细语，一面转身就走。

苏沫心里气不顺，一会儿寻思莫蔚清话里的意思，莫非真是尚淳因为钟声那事儿想找碴被她拦着了？一会儿又想，难不成她真打算和人拆伙？要是这样，也算好事一桩，自己不该多管闲事，就怕尚淳不肯罢休，再说，那周远山究竟是被蒙在鼓里还是不计前嫌呢？

她越想脑袋里越乱，各种猜测蜂拥而至，忽觉着烟味儿比先时更重了些，夹在风里从窗口飘过来。

苏沫忍不住咳了一声，心里随即打了个激灵，想了想，轻轻往楼梯侧面的角落走了几步，她心里有些紧张，悄悄探身去瞧——怕处有鬼，窗户旁边还真站着一个人。

王居安一手撑着窗棂，一手捏着半截烟卷，望向窗外，略微一仰头，吐出清淡的烟圈。

苏沫一口气差点没提上来，双脚像是被钉在地上，走也不是不走也不是，愣在那里半天没动作。

王居安却侧头瞥了她一眼，寻常神色，又像是根本懒得搭理，未久，又看向窗外，仍是自顾自地吸着烟。

苏沫张了张嘴却不知该说什么才好，她蓦然转过身子，快步走出去。

王居安听见楼梯间的门被人砰的一声合上，四下里顿时安静了，又等了半支烟的工夫，裤兜里的手机振动起来，他拿出来接了，问：“沧南证券的事怎么样了？”

那边人道：“有些不好，我听省银监局的熟人说，有人反映保顺投资和商行南瞻分行的两家支行都有贷款纠纷，保顺投资是集团旗下的老公司，是……”

王居安打断，“哪两家支行，多大的窟窿知道吗？”

那边人道：“说不准，还没开始查，这要是查下去……”

王居安一字一句，“捂着，给些好处，不管怎么都得先捂着。”

“那沧南收购的事？”

王居安哼道：“只能先放着，难怪先头银行的事她死也不松口，就是怕人查，一旦曝出去，不定会查出什么，后果非同小可。”

那边应了，王居安收线，烟卷夹在手里也忘了吸，此时朝向背光，他整个人沉浸在高楼斜下去的影子里，向下四十五度角方向，午后阳光倾泻，照着宽大的马路像根白布条一样碍人眼。再远一点，绿色的草坪仿佛被烤焦一般热气蒸腾、奄奄一息，草坪外是一处中型环岛，不时有车辆抢道绕圈，制造不必要的麻烦、堵塞，以及低效率行进，好好的绿化带变得乌烟瘴气。

王居安手里捻着烟，就着窗台随意写了个字，才第一笔那火光便湮灭，他仍是接着写完，灰白色笔迹越往后越清淡，只隐约看得出一枚左耳刀旁，最后，他把烟蒂压扁在窗沿子上。

回到办公室，王居安打了几个电话。

通话时间都有些长，直到日头坠入楼与楼之间的缝隙里，室内逐渐暗沉，他这才叫人送了一杯冰咖啡进来。

之后，他靠回大班椅，合着眼，忽又想起件事，打起精神，将电话再次拨出去，这回却是打给自家儿子，座机没人接，再打手机，全无应答，他心里有些烦躁，端起桌上的咖啡一气儿灌了，冷静片刻，又拨了个号码出去。

等人接了，王居安熟门熟路道：“叫宋天保听电话。”过了一会儿，听见那边的人说话了，他才笑一笑，“天保，最近怎么样？”

对方反问：“什么怎么样？”

“问你好不好？”

对方说：“好，你过来陪我唱歌。”

王居安存心道：“唱那些破歌有什么意思？你来来回回就那么几首

也不嫌腻味……这样吧，我过几天又要出门办事，要不就今天，一会儿过去陪你玩儿……”

那边连忙说好，王居安收了线，伸手压一压后颈肩，使劲向后撑了几下胳膊，方觉着精神了些。最近，只要是伏案或者开车久了，颈肩处就觉得酸麻，前些天才找盲人师傅按过，人家说他心思太重，导致气血阻塞。

按摩的时候，那师傅同他唠嗑，说以前老婆嫌他不会赚钱两人总扯皮，他当时就说，你以为那些有钱人赚的都是舒坦钱？你看见人家有钱却没看见人家受累，你心思只放在赚钱上面，钱多钱少都过不舒坦。

这话说完，师傅把胳膊肘往下使劲一按，疼得王居安咧了咧嘴，酸痛过后却觉着格外受用。

按摩师傅继续叨叨，“我想不通你们这些大老板，已经这么有钱了，为什么还把自己整得跟咱们农村耕地的牛一样，把犁放下，背上也舒服些，管他肩周、颈椎……保证什么问题都没有。”

王居安道：“我没什么钱，比上不足，比下有余。”

那师傅“嘎嘎”笑了两声，“您要是没钱，我们这样的就不能活了。”

王居安笑一笑，“你祖上做什么的？”

“早些年给人看跌打，卖药，还有点小名声。”

“看来你这手艺还是祖传的。”

“没办法，一来糊口，二来也算是一点家底，舍不得丢。”

王居安说：“传承这东西，时也命也，没法丢。”

今晚无饭局，既答应了人家，少不得走一趟。

王居安出了办公室，原是低着头心有所虑，迈向电梯间的当口却习惯性地往董事长办公室那边瞧了眼，灯点亮了，桌子上收拾得干干净净，人已不在。

他让老张把车开到市二环的蓝泉湾别墅小区，进门就问：“宋天保呢？”

保姆往楼上指了指，说："这个大少爷，唱歌唱得不愿意吃饭。"

王居安径直往楼上去，闻见厨房里飘出的香味，像是红焖海参的味道，顿时腻得慌，回头吩咐那保姆，"炒个笋尖，熬点粥，我和他一起吃。"他来到二楼偏厅，门关着，有人在里头粗着嗓门唱歌，声音盖过了音乐，他推门进去，"宋天保，还唱呢？吃饭了。"

宋天保转过身冲他笑笑，嘴里却不停，正在唱那首老歌《选择》。

王居安拿起另一只话筒说："天保，你妈不在家，你就瞎胡闹不吃饭，等她回来我告状去。"

宋天保却说："来，我们对唱，你唱女的唱的，我唱男的唱的。"

王居安不干，"你唱女的，我唱男的。"

宋天保拿起遥控器换下一首，"那我们唱《心雨》，你唱女的唱的，我唱男的唱的。"

王居安心想，还没完没了了，点点他，"说好了，唱完这首，下楼吃饭。"

宋天保赶紧点头，两人你一句我一句唱起来，宋天保又嫌调子压低了，说："安安，你声音太粗，后面会唱不上去。"

王居安在这方面没一次能拗过他，只得尖着嗓子唱完后半段，吊完嗓子，他喉咙冒烟，那哥们儿倒是满意地拿着话筒拍了两下手，那派头像是大首长看完文工团表演。

随后两人下楼吃饭，王居安看见那两保姆还在桌子跟前杵着，说："你们回房吃吧，看看电视，休息休息，累了一天了都，这儿我看着他。"等人走了，他给宋天保夹了一大块海参，"天保，最近在家做些什么呢？有人来陪你玩不？"

宋天保吃起海参囫囵吞枣，嘴里夹杂不清，"在家，我有时候睡午觉，有时候不想睡，就唱歌，我还到花园种花。"他想了想，又掰着手指头数着，"一、三，要上画画课，做手工。二、四，语文，数学。"

"没人来家里陪你玩？"

"杜叔叔和魏伯伯常来，他们只和我妈说话，不陪我唱歌。"

"他们和你妈妈说了些什么好玩的没？"

“没……他们在书房说话，关上门，我听不到。”

“你听不到，这个游戏你就输了，我赢了，这盘海参就归我了。”

宋天保急了，忙用手护住盘子：“我、我知道，还有个人也来过。”

“谁？”

“一个小子……他站在楼下，我妈发脾气骂他，后来他就走了，有几次，我妈又和他一起出去，没骂他。”

王居安顿时没了兴趣，言语不屑且暧昧，“你妈是个牛人。”

宋天保听不懂，也没问，又道：“我妈说，要是你来了，让我别和你玩。”

王居安接话，“你妈还说，因为我会害你。”

宋天保停下筷子，直愣愣地瞅着他，“你会害我吗？”

“你说呢？”

“我妈说了，上一次是你害我……”

王居安也停了筷子，“你信吗？”

宋天保没说话，过一会儿笑起来，学着他的语气问：“你信吗？”

王居安继续吃饭，喝了两碗粥就饱了，等着宋天保吃完，又陪着唱了几首歌，方打道回府，路上仍是给王翦打电话，没人听，他又打去临时监护人那里说了下情况，对方道，“昨天晚上还在我这里吃了饭才走的，这个点肯定是上课去了，不方便接电话，你放心，我好几次突击检查去看他，他都老老实实在家待着，没跑出去胡闹。”

为人父亲的心里这才安生了些。

这几天王亚男不在，苏沫忙着把新家打理齐整，她一个人住，东西不多，倒是搬家后为父母孩子准备了不少，苏沫帮老人孩子购置了一堆衣服和床上用品，又给清泉买了好几个芭比娃娃，她心里估摸着小女孩儿总会喜欢这些。苏沫把娃娃摆在清泉的小床上，又买了些粉色的小饰品，公主和城堡的卡通墙贴，把那间小书房打扮得漂漂亮亮。

做完这些事，她心里开始倒计时，每日里在公司也待不住，到点就下班，或者回家把新买的床单衣物涮洗晾晒，或者一个人去街上溜溜，看看家里还有什么物品需要添置。

这期间，苏沫冷静下来，想起那天的事，便觉得莫蔚清的情绪不太正常，似乎有事憋在心里却不能发作，正好她又爱管闲事撞上了人家的枪口，当了回出气筒。苏沫本想事不关己，却又隐隐地担心，于是发了条短信主动求和，那边不回，打电话过去，直接拒听。一来二去，她也就收起和好的心思，心说尽人事听天命，随她去。何况，尚淳这么久也没来找碴，估计是面子上过不去，不屑同她一个女人计较。

苏沫不必再和莫蔚清打交道，心里不觉松了一口气。她发现自己正进入另一种状态：若是某人对她而言没了利用价值，那么双方间的交往就变成一件浪费时间的行为。

她又开始厌恶自己。

苏沫漫不经心地在街上闲逛，买了几样东西，付钱的时候，手表在右手腕子上滑下去，露出烫伤的印记，旁人的眼神便有些奇怪，要是被父母瞧见，更会担心起疑。苏沫抬起头，一眼看见街对面的文身铺子，突然打定主意。

活了近三十年，除了和佟瑞安没结婚就滚床单之外，她从没做过出格的事情，不逃课、不翘班、不化浓妆、不乱花钱买衣服、不去酒吧，一心与人为善，从未欺辱过谁，可是这一路，她却遭人欺辱，受人嘲弄，被人拿捏。

她走进去，对文身师傅说：“我想文个图案，把胳膊上这一块遮住。”

师傅是个中年女人，摊开几本厚厚的图例让她选，苏沫瞧见一只蝴蝶很飘逸，用手点了点。那女人把她领进里间，戴上口罩，拿出一盘消过毒的器具，灯光很强烈，苏沫在灯下痛得直冒汗。

那女人一刀一刀地刻上去，柔声道：“这种蝴蝶叫暗夜女神，柔和灵动，魅惑人心。”

苏沫听她说话一股子文艺腔，不由好笑。

那女人又说：“可惜刻在手腕上，少了很多韵味。”

“应该刻在哪里？”

“这里，”女人指着自己右边的腰臀之间，“这种图案、色彩配上你的身材肤质，小小的点缀，会让男人发疯。”

苏沫觉得这人神叨叨的有些意思，笑起来，“那这儿再文一个。”

不多时完工，苏沫拿了药水回去擦，开始几天很疼，往后逐渐恢复，红肿褪掉，蝶翼的颜色显出来，浅玉色里勾勒着几抹深紫，效果还不错。

第八章 ✦ 问佛

这世上，肯定有这么个人，也许你会把她藏起来，
藏在心里也好、装在脑袋里也好、
收进兜里也好……你就是不愿意，不愿意把她拿出去，
和其他女人搁在一块儿比较……

这天苏沫请了假，一大早起床，开车去火车站，车是上次谈话以后王亚男给配的，已经用了半个多月。清晨的街道，人少车少，畅通无阻，她的心里既兴奋又紧张。

到了出站口，栏杆外面围了一圈人，又等了半小时，列车准点进站，苏沫的手心微微冒汗，一颗心怦怦直跳，冷不防有人在她肩头轻轻拍了一下。

回头一看，王居安的司机老张站在旁边，对她笑道："小苏，我看了半天，还真是你。怎么，你也来接人?"

自上回老张帮她开过长途，苏沫心里感激，特地去买了两条好烟，连同以前王亚男打发给自己的精装冻顶乌龙一并送给人家。老张这人没什么其他嗜好，就爱喝茶抽烟，当即笑逐颜开地接过去，随后对苏沫的称呼也由"苏小姐"变成"小苏"。

苏沫忙跟人寒暄，说今天爸妈和孩子从老家过来，又问他来接谁，老张笑一笑："我来接个朋友，"他神色里有些犹豫，"一个老战友。"

两人正说着话，前面的玻璃大门打开了，里头的人三三两两出来，顿时招呼声和笑声此起彼伏，渐渐又都散去。

苏沫等得着急，老张也在一旁伸长了脖子，他正想拿出手机打电话，忽然就瞧见了，冲着来人直招手：“老吴，吴久发，这边……”

这会儿，苏沫也找着了自家爸妈和孩子，苏家老两口各推一辆行李车，看起来苍老了许多，行李箱堆在车上，箱子上坐着一个梳着两条小辫儿的女娃娃，正睁着一双黑亮亮的大眼四处瞧着。

苏沫鼻子发酸，赶紧迎上去：“爸、妈，跟你们说了别带太多东西，多累啊？”

苏母擦了擦汗：“你爸车上的行李是那位老人家的，我们带的就这些。”又说，“清泉，你看看谁来了？”

三四岁的小娃娃这会儿却把脸扭到一边：“我的妈妈呢？我的妈妈呢？”

苏母笑道：“傻丫头，这不就是你妈妈吗？”

清泉飞快地瞄了苏沫一眼，又把脸扭到一边，嘴里小声道：“我的妈妈呢？我要找我妈妈。”

苏沫蹲下身去看着她，嗓子里有些哽咽：“清泉，我就是你妈妈呀。”

“不是，我妈妈不是这样的。”小娃娃看也不看她，跳下车去抱住外婆的腿。

苏沫再也忍不住，眼泪掉下来，又怕爸妈瞧见了不好，赶紧擦了。

苏母佯装生气：“这孩子，一路上就嚷着找妈妈，这会儿又不认了。”她安慰女儿，“没事，就是离得太久，过几天就好了。”

苏沫勉强一笑，帮忙拿行李，清泉见她过来，连忙跑去另一边躲着。

老张搀着那个叫吴久发的战友过来打招呼，接过苏父手里的行李连声道谢。那姓吴的头发花白，走路一颠一颠的，是个瘸子。他右手搁在胸前不停抖动，现下又颤悠悠地向老张介绍道：“一路上多亏这两位照顾，拿行李、放行李都是他们帮的忙，我本来睡上铺，他们见我不方便，和我换了位子。”

苏家父母忙说：“应该的应该的，都是老乡，不要客气。”苏父笑呵呵地对老张解释：“在车上聊天，原来他老家也在江南省云岗县，在云岗庙山，我呢，以前正好是东川的，这两个地方离得不远。”

吴久发连连点头，又连连道谢：“这一家都是好人，世上还是好人多……”

两方人又是客气，又是告辞，这才散了。

苏母对女儿叹息道：“这人也怪可怜，他一人拉扯大几个孩子，临老了又得了帕金森，出趟门都不方便。”

苏沫道：“你们说不爱坐飞机，我让你们坐软卧包厢，偏去睡硬卧，又带着孩子，这一晚上都没睡好吧？”

苏母摆手：“软卧硬卧也没什么区别，再说包厢里也闷得慌，花那些钱做什么？”她这会儿才有空仔细打量自家女儿，“丫头呀，现在会打扮了，整个人都不一样了，就应该这样，女人就是要会折腾自己，你要是犯懒，那男人……”

苏父岔开话题：“我家姑娘不但变漂亮了，个儿也像是长了。”

苏沫笑起来：“爸，我怎么还能长个呢？”她稍微抬一抬脚，“穿高跟鞋了。”

清泉这才奶声奶气地开口：“我没穿高跟鞋，都长个儿了。”

苏沫一听她说话就乐开了花，也不管小家伙愿不愿意，把她揽进怀里亲了一下，清泉挣了挣使劲躲开了。

来到停车场，看见那车：苏家父母更高兴了，苏父来回打量那车，“这车只怕要二十来万吧？”

苏母也感叹：“也算有出息了。”

苏沫忙说：“这车是公司派的，不是我买的。”

苏母上了车，抹了抹眼泪：“你要是没出息，工作做得不好，人家会给你车用吗？”老人家心里又琢磨了一回，忍不住说，“现在情况慢慢好起来，来年你就二十九了，虚岁三十，也该考虑下个人问题，你工作的地方，周围有合适的没？”

苏沫一听这话就有些头痛，嘴里嗯嗯啊啊地应付着，打岔地从包里拿出一个芭比娃娃递给清泉，谁知小姑娘玩了两下就扔到一边，苏母解释：“你不了解她，这丫头喜欢火车飞机的那些玩具，这些个娃娃她不爱玩的。”

说者无意，苏沫心里却更内疚，再瞧父母的白发，脸上的皱纹，她有些恨自己。

苏沫一整天没去公司，一边忙着买菜做饭伺候爸妈，一边和女儿培养感情，可是进展不大，外婆走哪儿，清泉就跟哪儿，不愿和妈妈单独相处，午睡也不愿睡小房，把娃娃扔得满地都是，最后跑上楼和外公外婆挤在一块儿休息。

苏沫脸上笑着，耐心哄劝，背过身去却又想流泪。

晚上，舅舅舅妈和钟鸣过来坐了一会儿，说起家里发生的事，大家不免又长吁短叹。

钟老板对小女儿的那段经历讳莫如深，只说这孩子现在青春期闹情绪，学习也不如以前了，过几天高考，把握不大。

舅妈却在苏沫新租的房子里转了一圈，冷着脸对苏母说了句：“大姐，你家姑娘倒是越混越好了，她现在那个公司呀就是拆了我们厂子的那家，很厉害的。”

这两桩事一直拧在苏沫心里，早已拧成了麻花，虽然经常往舅舅家送些钱去，她仍无法释怀，更无言以对。

钟鸣倒是帮了句腔：“这事谁也不想的，总不能让人辞职吧？大姐要是没了工作，每个月谁给你钱花？”

舅妈忍不住又开始哭，唠叨自家女儿：“你要是有点出息，我还会稀罕别人那点钱吗？现在一家子闲人都等着吃饭呢。”

第一天的晚上就这么乱糟糟地过去了，夜里，苏沫趁着孩子睡熟后，如愿以偿地把小人儿抱在怀里，她心里却一点也不轻松。

隔天，王亚男回到公司，召见了苏沫和另两个同事，一位是研发部的，另一位姓胡，商务特助，是王亚男手下爱将，常年跟着她走南闯北。

胡特助率先传达了王工的意思，说是上次展销会的那家国企联合另两家上市集团在江南省打造了一个新品牌汽车城，如今正向业内人士广发邀请，推出了几个招标项目。

王亚男对苏沫道："他们邀请王总过去，也提到了你，对你的印象还不错，下去把材料准备准备，后天出发。"

苏沫哪能料到这一出，想着家人才打那边过来，她现下却要回去，才见面又不得不分开，她心里有些不大乐意，却不能表现出来。

王亚男说："我原想让小胡他们陪着去一趟就行了，想着你是当地人，比较了解情况，就给你个机会历练历练，要是不行……"她用手指在桌上点了点，"机会不是人人都有，我在南瞻欢迎你们的凯旋。"

老佛爷开了口，苏沫少不得提起精神，匆忙打点出行事宜，又把一家老小托付给从蓉，人生地不熟，有什么事希望她能帮忙照看下。

临出门，清泉躲在外婆身后瞄着她，苏沫摸摸女儿的小脑袋，说："祝妈妈工作顺利，好不好？"

清泉点一点头。

"乖孩子，喊我一声好吗？就一声。"苏沫教她，"喊妈妈……"

清泉想了想，说："工作顺利。"

苏沫不再勉强，笑道："谢谢你。"

不多时，赵祥庆打电话来说这个点容易堵车，提醒她早些到机场。

王居安此行带了两个人，一个赵祥庆，另一个女同事，专门和胡特助一起负责商务标书。

赵祥庆打电话的时候，王居安也才出门，老张从后备厢里搬出一麻袋的不知道什么东西搁在门口，说："老板，我一个战友大老远过来看我，带了很多当地土特产，也有自家晒的干笋，我想着拿过来一些给您尝尝。"

王居安瞟了一眼那只半旧不新鼓囊囊的蛇皮袋子，随意道："搁外面就行了，没人拿。"

老张依言行事，又把王居安的行李箱拎回车上，王居安走出院子，瞧见路旁的林荫道上站着一个人，远远地望向这边。老张忙说："他就是我那个战友，说是在我家待不住，跟出来转转。"

王居安上了车，汽车发动，又见外面那人走路颠颠儿的很不利索，问了句："他怎么回去？"

老张道："他说自己走回去。"

王居安说："你叫他上车，跟你一起。"

老张探出脑袋说了句，那人却慌忙摆手，硬是不同意。

王居安看了眼手表，吩咐道："走吧。"

三小时后，一行六人到达江南省省会城市，苏沫看着窗外的街道房屋，满耳皆是乡音，心里有些感慨。

众人在酒店里安顿下来。当天，王居安就约了汽车城的两位老总一起吃晚饭，下午又在自己的套间里招齐人马，开了个会，研究标书和方案。

王居安翻着资料，问了句："那两位老总还有什么爱好没？"

胡特助说："我倒是听过一些江湖传闻。"他凑过去对王居安耳语几句，赵祥庆坐在近旁也听见了，不觉哈哈一乐。

王居安抬眼看看苏沫，又看看那个负责写标书的女同事，最后将视线放回苏沫脸上："苏助理，麻烦你去把自己的行李箱拿过来。"

苏沫以为听错了，愣愣地瞧着他，不知道这人又在打什么主意。

王居安瞄了眼手表："快去。"

苏沫无法，只好回屋把行李搬过来。

王居安又说："打开。"

苏沫忙道："箱子里都是些衣服。"

王居安不跟她磨叽，直接把箱子拎去一边，自己打开了，说："你过来，"他指着放在最上面的一条裙子，"拿起来看看。"

苏沫把那条裙子展开来给他瞧，王居安却是摇一摇头，又看其他的，仍然不满意。苏沫翻到最后，一眼瞥见下面那些个姹紫嫣红蕾丝花边的小衣裳，立马合上箱子："没了，就这些。"

王居安微微皱眉，从上衣口袋里掏出皮夹，抽出一张卡扔在行李箱上："给你一个小时，去买件像样的衣服，那家会所很正式，今天有个VIP酒会，六点，你换好衣服直接过去。"

苏沫头一次在自己的家乡逛名品店，她记得这些商铺以前是没有的，这两年才渐渐多起来。

苏沫掐算着时间，基本上去每家店里瞧两眼就出来，不是嫌这件衣服太高调，就是嫌那件布料又薄又少，到了最后一家铺子她才停下，在墙边的一排打折商品里，她发现了第一次见到周远山的时候，曾经试穿过的那条裙子，正好剩下一件小号。

导购起先爱理不理，这会儿见她瞧得仔细，才走过来说："女士，我们的牌子从不打折，这次是因为米兰公司的首席设计师婚礼庆典，才做的活动，一般就是原价，还有不少人买的。"

苏沫不想显得自己没见识："我怎么记得以前逛的时候也见过你们打折呢？"

导购有些尴尬："是吗？您是在哪里看到的？"

苏沫说："大概米兰的那位设计师经常离婚。"

眼见时间不早，她直接拿起裙子到更衣室换上，顺便补妆，接着让人配了双鞋子，觉得裙子的领口有些低，又选了件样式保守的小外套披上。

她站在镜子前左看右看，还是觉得少了点什么，导购捧来一盒首饰，苏沫这才想起来，挑了一套不那么晃眼的耳环项链戴上，还选了一只手包，最后，她二话不说直接刷卡。

看见收银机上那排数字，她还是忍不住肉痛，暗吸一口气，瞧见那张陌生的银行卡像是做梦一样，周围的人投来艳羡的目光，又使她心潮澎湃。

苏沫装作理所当然，把银行卡收回自己的钱包，尽管那张卡上永远写着别人的名字，还是一个让她不愿面对的人，可是现在，她仍然抑制不住内心的兴奋。

傍晚时分，苏沫准时来到约定地点，进门后，她一眼就瞧见王居安和几个同事正坐在不远的地方。

大厅里，人们手执高脚杯，含笑点头，低声交谈，努力使自己的仪态和这儿的装潢，以及轻轻弥漫的古典音乐一样充满格调。

门口的服务生极有礼貌地向她伸出手，苏沫一时转不过弯，对方略微指指她身上的外套，她这才会意，脱下来衣服交给人挂好。

苏沫横穿会场，旁边的男士向她行注目礼，她脸上发热，心里不大自在，却不得不保持先前的姿势，略抬下颌，面露微笑，目不斜视。

那边，王居安原是和人说着话，这会儿忽然停下来，靠回椅子上看着她。

苏沫更加窘迫，匆忙调整视线。

到了跟前，赵祥庆连忙起身，帮她挪开椅子，王居安向人介绍说："这位是负责这次项目技术方面的工程师，苏小姐。"

对方几人很有礼貌地同她点头寒暄，苏沫忙说："对不起各位，我迟到了。"

那些人立即笑道："不晚，女士们迟一点是应该的，我们等得了。"

接下来的谈话与项目无关，苏沫心知这次非正式会晤，王居安只带了老赵和胡特助过来，叫她来这儿也无非是缺个花瓶，所以不必多话，只需安安静静地坐在一边就行了。

品完半杯酒，身旁的一位老者十分和蔼地同她聊起专业方面的内容。

这人姓潘，言辞斯文，说自己早年从事机械制造，和她算半个同行。好在苏沫做过详尽的业内功课，两人间的谈话你来我往，没有冷场。末了，那人眼神灼灼，赞了句："闻名不如见面，苏小姐真是才貌双全。"

苏沫一听这话就心虚，无非是随口聊几句，哪里受得起这种抬举？她心里也就留了意。

又是一杯红酒下肚，那人的腿挪过来，在桌下轻轻碰了碰她，见她没什么反应，接着是第二次，等到第三回，干脆整条腿挨上来，苏沫忍无可忍，起身笑一笑，“抱歉，我去一趟洗手间。”再回来时，将椅子往旁边挪开了些，对方明了，倒也不敢轻举妄动。

第二天投标，包括安盛，台面上公布了七家公司，苏沫纳闷，这项技术在国内的研发开始不久，怎么突然又冒出三四家同行？她心里不太有把握。

谁知当天开商务标的时候，形式立即明朗化，有两家因报价偏高前景渺茫，另两家报价虽低，却在业内毫无名气，剩下一家价格适中，但是起步太晚，缺少品牌效应，这么一来，中标者很有可能在安盛和竞争对手北中汽之间产生。

几个人不约而同松了口气，唯独王居安沉默不语，踱去窗前看风景。

赵祥庆分析，“刷下去四家很正常，其中一家报价和我们一样，但是产品性能肯定不及我们好，另一家产品性能和我们一样，可是价格虚高，至于另外两家，情况也差不离。”

研发部的同事没想明白，“赵总，我怎么觉得这话说了等于没说呢？肯定是比不上我们才被刷下去嘛。”

苏沫却问：“赵总，您怎么这样肯定？报价低的那两家公司，产品性能就一定不如我们呢？”

赵祥庆习以为常，“很简单，这中间有两家是老板找人安排的，保不齐另两家也是北中汽的陪衬，行业潜规则。”

苏沫说：“所以北中汽才是重量级对手。”

胡特助却道：“对他们来说，我们也一样，我们有自己的优势，舶来品，技术先进。怕的就是，开技术标的时候没能突出优势。”

王居安摇一摇头，“他们的东西确实比我们便宜点，我们的技术过硬一些，但是对有些人来讲，产品质量是其次，既得利益者，考虑的还是这笔买卖能给自己带来多少好处。”

胡特助想了想，看一眼苏沫，对王居安道："其实……潘总那边也不是没有突破口。"

苏沫听见这话，额上冒汗，假装不知，又想：可见那么贵的首饰和衣服不是白得的。

胡特助摊开手笑道："我这么说也是为公司好，公司好大家才会好嘛。"

赵祥庆起先是看着老板，这会儿又瞧瞧苏沫，而后又看向王居安，一言不发。

王居安坐回沙发里："既然有突破口就去试试，机不可失，失不再来。"

此话一出，其余几个人都不作声，或埋头装糊涂，或肆无忌惮地瞧向苏沫，显而易见在等着她表态。

苏沫低着头，脚尖在地毯上蹭了蹭："我来这里工作，拿的是普通白领的薪水，请胡特助放心，讲标的时候我一定会尽全力，至于其他方面，不属于我的职责范围。"

王居安随意问了句："苏助理，你以前做销售的时候，从来没有面对过这种局面吗？"

苏沫没说话。

王居安又道："这些天一起吃过几次饭，我发现老潘这人对佛理很有研究，人就是这样，年纪越大越需要信仰，就会越迷信。"

苏沫也想起来，姓潘的曾无意提过，他刚来江南省的时候就听人说，西山寺有个老和尚算命特别灵验，却一直无缘见面，非常遗憾。苏沫当时还想，我老早就见过，也不觉得如何灵验。她因为讨厌姓潘的，也就不愿多讲。

这会儿她却忍不住小声接口："信仰不一定都是迷信吧？人需要信仰，也许是因为宗教能够触及到法律无法管辖的地方，比如说内心和良知。"

王居安看她一眼，没理，继续道："他想找西山寺的住持算命，又一直见不着人。"他和颜悦色地看向胡特助，"小胡的点子多，不如你去帮人求求，要是求来了，指不定这事也就成了，王工一定不会亏待你。”

胡特助没想到话题转得这样快，指着自己道：“我？我从来没跟什么和尚道士打过交道呀。”

赵祥庆憋不住笑起来：“让你去你就去吧，废什么话呢？”

胡特助无法，果然往庙里跑了两次。

第一次把当地顶级素菜馆的新样菜打包过去，人家不要，搁在外面。

第二次他又买了些高级素食干货，还往里面塞了些钱，又给人撵了出来。

胡特助回来以后连连叹气：“我连老和尚的面都没见着，那几个小和尚就不是吃素的，脾气好暴躁。”

赵祥庆起先笑得不行，后来却发愁道：“哎呀，这可怎么办？小胡你这是办事不力呀，要是拿不到合同，王工问起来你可咋整啊？”

这边，苏沫先没声张，自己抽了个空，到外面买了些软糯可口的素食点心送到庙里，找着了后堂厢房，果然被两个年轻和尚拦住。小和尚说：“住持老人家年事已高，身体抱恙，近些年都不见外客，更不曾给人算命，女施主还是回去吧。”

苏沫轻言细语：“烦劳师父转告一声，我姓苏，是老住持的俗家亲戚，我父母听说老人家病了，就托了我来看看。二十年前，我父母也带我来看过老人家，当时他还从供桌上拿了个桃子送给我吃了，不知道他还记不记得？”

小和尚见她说得有模有样，不敢怠慢，忙转身进去。

苏沫等了半炷香的工夫，小和尚出来道：“我家师父请施主进内堂说话。”

苏沫从庙里回来，把跟老和尚见面的事和另几人说了，王居安起先有些不信，却仍是和潘总约了时间，姓潘的刚开始还摆谱，说是投标后不方便接触太多，怕人讲闲话。王居安直言，低调拜菩萨，绝不谈项目，那边方才应允。

第二天，王居安带着赵祥庆和苏沫，那边是潘总带着夫人和女儿，一同去拜佛。

见到苏沫，潘总无事人一般寒暄。

赵祥庆笑道："还是苏工的面子大，那老住持一见她就说她有佛缘，我们这些人都是沾了她的光。"

潘总便颇为崇敬地看了苏沫一眼。

小和尚把众人让进内堂，老住持正坐在天井里的藤椅上纳凉，手里握着一卷经文。

苏沫有些不放心，快走几步，上前小声道："老人家，您随便说几句吉利话就行了，也不用和他们费心，累坏了身体。"

老和尚却道："出家人不打诳语，我有什么，便说什么。"

苏沫一顿："那二十年前，您给我算命的时候，应该不是有什么说什么吧？"

老和尚记性奇佳，这会儿仔细想了想："苏家姑娘，我当年算你初婚不过三秋，当时就用手比画了个三，是你们自己没看明白吧？"

苏沫听见这话，十分惊奇，暗想：难怪后来我爸一直说，这和尚亲戚跟他做了个 OK 的手势。

老住持也不多话，挨个打量来人，众人见他年迈体衰，但目藏精光，都不敢小觑，也就由着他看来看去。老和尚一瞧见赵祥庆就笑了，指着他道："这人生了一脸福相。"

赵祥庆很高兴，只是大老板在跟前，也不好表现出来，只说："哎哟，老神仙，借您吉言，我可是给人打工的，快四十了还没找着老婆呀，我都心灰意冷了。"

老和尚答话："万事莫急，船到桥头自然直。"

苏沫在旁边忍不住轻轻咳了一声，老和尚这才看向旁边那一家三口，随意挥了挥手："这三个也是福相，都是有福气的。"老潘一家听了自然眉开眼笑。老住持最后看向王居安，表情严肃，"你进来，我先给你算算。"

众人诧异，苏沫正要提醒，谁知老人家很坚持，点着王居安道：

“我一定要跟你先算。”

这边老潘也客气道：“王总，你先请吧，这是缘分。”

王居安压根不信这玩意，又见这老家伙倔得很，只得在众人面前依了他。

老和尚把人带进屋里，又叫苏沫进来磨墨。

王居安环顾四周，两三样旧式家居，床上挂着补丁摞补丁的青纱蚊帐，一旁的墙边放着数不清的经书，朝南的位置上摆着供桌，搁着瓷器菩萨、陶泥香炉，连同三盘放蔫了的水果，屋子中间有一方旧桌，上头文房四宝一溜排开。

这会儿老和尚也在打量王居安，摇头说了句：“一脸戾气。”又叫他报上生辰八字，让苏沫写在纸上，然后对照字条，从书堆里抽出一卷破了边儿的旧书，看了又看，算了又算，神色颇有些古怪。

王居安等得不耐烦，却不露声色，只说：“老人家，您尽管说出来，我听着就是了。”

老和尚沉吟：“就怕你听不懂，你这人，你这人，假行真运，不贵也富，驿马离途，一世沉浮，如非商贾，即为道僧。”他顿一顿，认真问道，“我看你还有些慧根，可愿意出家当和尚？”

王居安听得一愣，随即笑出声，心想这老家伙在庙里关迂腐了，不懂世事，不通人情，有心戏谑道：“老人家，都说人这一生就像白驹过隙，如不及时行乐，到老了就只有伤心的余地。我看您神色悲苦，尘心未了，可愿意留发还俗？”

老住持一声长叹，缓缓念着：“众因缘生法，我说即是空，亦为是假名，亦是中道义。未曾有一法，不从因缘生，是故一切法，无不是空者……”他抬手捻一捻胡须，对王居安说，“还有句老话，说出来怕是又要惹你厌烦嘲笑——种善因方得善果。施主，你还是回去吧。”

接下来才请了那一家三口进去，仍是苏沫研墨写字，老和尚却不如方才仔细，果然只拣了些吉利话把人送走了事。姓潘的听了却感激不已，直说要往前面多添些香油钱，临出门又跪在菩萨跟前连磕了三个响头。

等人走了，苏沫也去拜了三拜，道了谢，叮嘱老住持注意身体，她按捺着好奇心正要出门，又被叫回去。

老和尚仍是从香案上拿了一个桃子递给她。

苏沫站在门口接了，瞧见王居安在外面打电话，王居安对那边的人说：“王翦？你这几天跑哪儿去了？在家？哪个家？你跑回来做什么……”

她一时没忍住，转身问老住持：“先前您给这人算命的时候，捏了捏胡子，又是什么意思呢？”

老和尚听得有些茫然，想了一会儿才答：“苏家姑娘，捏胡子可能是我的习惯动作。但这个人……”他微微一摇头，神色间竟有些肃穆，末了低声说出四个字。

苏沫听完，不由怔住。

一连数天都在紧张和忙碌中度过。

投标之前，王居安就让苏沫和技术部的同事一再修订述标文件，最后对里面的图例仍不满意，让人去掉黑白页面，重新使用高质彩印，王居安说：“那些人能懂什么？都是急功近利之辈。外行看热闹，先用花里胡哨的仪表盘、功能键和显示屏迷住他们的眼，第一印象最重要。”

苏沫心里不以为然，她觉得这人自视过高，只会投机取巧。虽这样想，却不得不立马照办，白天拜访客户，到了晚上，几个人一起把文件拿出去重新打印，装订成册，录入光盘，每天忙到深更半夜。

那天下午从庙里回来，王居安请人吃饭，一行人回到酒店已是深夜，同住的女同事很快歇下，苏沫却还要为第二天开技术标做准备。

这回和上次的展销会不同，这次涉及几千万元的单子，如果在技术环节出现问题，如何担得起？好在她并非孤身作战，技术部的同事出国参加过培训，又是电子专业出身，很有两把刷子，并非她这样半道出家。

苏沫第一次跟这么大的单，晚上兴奋得睡不着，忽而记起白天老和尚说的话，也不知真假，忍不住又在心里琢磨了一回。

天蒙蒙亮，她从床上爬起来洗漱，镜子里的人眼圈泛青，脸色苍白，呈现一种病态的亢奋。

苏沫收拾一番，去楼下吃早餐，技术部的同事到得更早，一边啃面包一边青着张脸对她讲："苏助，这可怎么办？我拉了一晚上肚子，才睡着肚子就疼，一晚上翻来覆去的。"

苏沫不解："昨天一起吃的晚饭，我没事呀？"

男同事知她为人宽厚，小声道："我这人有个毛病，以前上学的时候考试，只要是大考，我就爱紧张，一紧张就拉肚子。"

苏沫瞟眼瞧见其他人正从楼上下来，连忙说："千万别在老板跟前表现出来，我相信你，一会儿进去，我给你鼓劲，像平时那么说就行了。"

男同事这才没精打采地点一点头："等会儿万一出了什么差错，你可要提醒我。"

王居安等人已经走近，这边两人没再说话，苏沫现在一颗心提到嗓子眼儿，先前只是紧张，这会儿却有些不安了，满脑子的念头都是：如果这单子真在自己手上出了纰漏，估计王亚男把他俩生吞活剥的心都有了。

苏沫努力克制，担心被人瞧出来，谁知赵祥庆偏偏哪壶不开提哪壶，直接坐到她旁边，歪着脑袋打量她几眼，问："小苏昨晚没睡好？紧张了？"

苏沫笑一笑："还好。"

赵祥庆说："我跟你讲，你要是紧张了，试试那个拉梅兹呼吸大法，可以释放压力，减少痛苦，真的，有孩子的女士应该都知道。"

女同事帮王居安端来咖啡，接话道："赵总您可真博学，没生过孩子都门儿清。"

赵祥庆说："开玩笑，做我们这一行的必须是杂家，上知天文下懂地理，财经政治无一不晓，无论碰到什么样的客户都能忽悠上。"

王居安喝一口咖啡，说了句："老赵的这个方法，剖腹产的应该不会用。”

苏沫原是在勉强应对这些人，突然听见这话，脑袋里一空，低头啃面包差点咬到舌头，等她回过味儿来，蓦然抬头看着对方。

胡特助顿了一会儿，嘻嘻笑道：“王总，这话有内涵，您怎么知道呢？”

王居安翻开报纸，反问：“知道什么？”

胡特助拿眼瞅瞅苏沫，却不好直说。

赵祥庆接茬道：“这还用说？现在中国的剖腹产率世界第一，反正只能生一个，何苦折腾。”

那位女同事也忍不住插嘴：“赵总，您一大早为什么说这些呀？还让不让人吃饭呢？”

赵祥庆说：“你们不了解，这会儿真不用紧张，过一会儿从里面出来，等消息，那才叫人着急，就像等孩子出生一样。”

女同事一努嘴，“瞧您，又来了。”

王居安笑笑：“小同志你有所不知，赵总是房子车子都有了，就差妻子孩子，能不着急吗？”

赵祥庆笑起来：“头儿您这话可是说到我心坎上去了。”

大家都是一笑，苏沫心里也放松了些。

王居安问她：“苏助还紧张吗？紧张的时候想些不相干的事，引开注意力。我这方法，比老赵那个怎么样？”

苏沫心说有完没完？她一本正经认真道：“谢谢老板，我现在真的好多了。”

王居安瞧了她一眼，继续看报纸。

几个人吃完早饭，最后一次回到开标地点，主办方特地安排出几间会议室供投标单位休息，只等时间到了，再依次入场讲述。

安盛这边一直等到下午两点，中午随便对付了一餐，除了王居安和老赵，其他几个人胃口都不太好，胡特助也有些紧张，其间接到两次王亚男的电话，他回头告诉苏沫：“王工说，都交给你们了。”

苏沫的一颗心悬在技术部的同事身上，就见他借口出去抽烟买东西又跑了两趟厕所，不觉暗暗叫苦。

上一轮对手述标完毕，出来时貌似脸色疲乏，苏沫更觉得不好，不由伸手拍一拍同事的肩膀，低声笑道："就把里面那些人当作你家孩子，你说什么，他们就得听什么。"这位同事前不久喜得贵子，听了这话不由笑了笑。

不多时，工作人员请他们进去，述标会议室极为敞亮，椭圆形会议桌旁，客户的人坐一边，王居安带着人坐另一边，双方人马握手寒暄，而后由苏沫开始做产品介绍。

苏沫起先还有些紧张，慢慢地越讲越顺，还算清楚流畅，接下来更专业化的问题交由技术部同事解释，表现虽不及以往，也还过得去。只是在答疑环节遇上个难缠的，提的问题也似是而非，初时苏沫还以为撞上了内行里的内行，越交涉越发现这人只是胜在气场，技术方面也是一知半解。对付这种人的方法就是态度耐心，言辞干脆，不能轻易被人唬住，几番下来也能应付过去。

述标接近尾声，对方交头接耳互相询问意见，王居安趁这工夫嘱咐下属："后面述标的就是北中汽，一会儿出去的时候，脸上一定要轻松，面带微笑，首先气势上不能输。"

主办方示意这轮述标结束，并感谢他们的参与。北中汽的员工早已等在门口，安盛一行人鱼贯而出，笑得脸部发僵，赵祥庆看不过去，伸手对苏沫道："来，美女，Give me five，讲得不错。"

苏沫松了一口气，和他轻轻击掌，胡特助也伸出手，她一溜拍下去，到最后却顿住。

王居安双手插裤兜里看着他们。

苏沫收回手，王居安却从兜里掏出手机，转过身去接了，对那边人道："老张，这两天你先把那小子看好，我明天一早的飞机，明天上午，你带他到公司等我……一会儿你抽空把车开到机场……不用来接，我直接开回公司。"

到了晚间，王居安请大伙吃饭，顺便布置接下来的任务。招标结果一周后公布，老赵和小胡留守，其余人等明早回南瞻。

苏沫早已归心似箭，和清泉相处没多久，就出差了四五天，心里很过意不去。

第二天回到南瞻，一下飞机，另两位同事立马向老板告了假，苏沫却接到王亚男的电话，一时无法，总得有人回去复命。

王居安听她说完，问："你往哪边？"

苏沫想，明知道我要回公司还问，又想，怕他做什么？她直接道："王总，能坐您的车回公司吗？"

"不能，"王居安拿着钥匙在她眼前晃了晃，"除非你来开。"

这车太好，苏沫开起来不习惯，一碰油门就飞出去老远，中途好几次急刹车。

王居安也没言语，靠在后座接电话，前几个电话还算正常，无非家事或公事，最后一通接起来便轻轻笑开了，压低声音问那边的人："想我？想我做什么？"又说，"别生气了，这几天忙得人仰马翻，哪有工夫给你打电话……骑马？骑什么马？你说你脑子里装的都是些什么？我这会儿没那精力……是，都攒着呢，给你……还要礼物？那地方没什么可买，想要什么在南瞻买不就行了……不是给过你一张卡吗……"

苏沫心里咯噔一下：哎呀，他有张卡还在我钱包里放着，我怎么就给忘了？真糊涂！她脸上一热，心里一急，红灯还没变绿，车子已经蹿了出去。

王居安这回倒开口了："好好开车，"想是那边问了句，他又道，"请了个新司机，技术有些差。"

眼见到了公司楼下，苏沫正寻思着怎么把卡还回去，王居安已开门下车，拎起坐在台阶上玩手机的少年说："待这儿做什么？上楼去。"

王翦摘下耳机："我一会儿有事要出去，先跟你打声招呼，省得你唠叨个没完。"

王居安不理："上楼。"

"我一会儿有事要出去，没听见？老头，你是不是年纪大了，耳朵也不好使了？”

“你能有什么事？”

“不关你的事。”

“我生你养你，怎么就不关我的事了？你说你现在跑回来做什么，不用上学了？”

“我放假了！”

苏沫赶紧把钥匙递过去，自己先进了电梯。

王翦看着那女人的背影，一把勾住他爸的肩膀笑：“怎么着，又泡上一个？小子你行啊。”

王居安头疼得很，皱眉道：“小孩家别乱说话，她是公司的员工，同事，我们才出差回来。”

王翦不屑：“你当我好骗？你几时让女的普通同事开过你的车，不都是张爷爷在开吗？”王居安正要开口，王翦又指着他爸，“别告诉我你一大早就喝酒了啊，还真当我是三岁小孩，你俩肯定有一腿，名为出差实为鬼混，我告诉姑奶奶去，说你尽吃窝边草。”

王居安顿一顿，道：“你不是有事要出去吗？去吧。”

王翦来劲了：“这可是你让我去的，”他撒腿就往外跑，没几步又转过来点着他爸，“老王，你心里有鬼啊。”

王翦离了他爸，立马跑去省一中，他站在学校门口，一直等到下午五点。

一阵冗长铃声过后，学生们陆续从里面出来，几个男同学走过来，把书包往地上使劲一掼，万分解气道：“我他妈终于自由。”

王翦咧嘴笑了笑：“牛叉啊，考得怎么样？”

一男生揽着他的肩：“再牛也牛不过富二代，高考不用考，直接出国。要不我跟你换个爹吧？”

王翦搡他一下：“走，我请你们吃饭，吃完饭去泡吧……把那谁，钟声也叫上。”

男孩们哄笑：“最后一句话才是重点。”

几个人推推搡搡，呼朋唤友，不多时后面就跟了十来个青年男女。

钟声原是不想去，转眼瞧见父母站在人群里显得一脸晦暗，回家里待着也不得劲。钟老板察觉女儿的犹豫，便说："既然考完了，你也去放松放松，晚上早点回。"

王翦一双眼就随着那姑娘转，这会儿见她走过来，不由轻轻松了一口气。

钟声和几个女同学走后面，王翦就拉了一个男生慢慢跟着，也不敢离太近，生怕把人给吓跑了。他觉得她有些不一样了，又说不出哪里不一样，也许不如以往那般高傲得可恨了，眼神里也多了些成熟女人才有的妩媚和冷淡，这使他既心动又痛苦，而后，他又为自己的痛苦入了迷。

一整晚，王翦都在这种混乱里摸索，却越发不敢轻易招惹。

夜店里人头攒动，有人喝酒，有人跳舞，女孩们扭动的腰肢都不及她静静地坐在角落里更有吸引力。白净的脸，白色衬衣，表情惝恍，也许她就是这样认得了那个男人，被他吸引和愚弄……音乐爆响，王翦一个机灵坐直了身子，伸手抓住桌子跟前的酒瓶。

王翦拎着酒瓶晃过去，在她旁边使劲坐下，说："待在这儿跟个贞节牌坊一样，来这种地方不喝酒不跳舞，你来干吗呢？"

钟声说："混时间。"

头一次只问一遍，她就开口答他，这真令人惊奇，王翦伸开胳膊把手放在她背后，慢慢触到她的腰，却不敢摸实，最后爬上她的肩。

钟声侧脸瞧他："你做什么呢？"

王翦吞了口酒，含糊道："做什么？你又不是没被人这么碰过。"

旁边一男孩路过，见状立马坐到钟声另一边，也伸手搭上她的肩，嘻嘻直笑："就是，别人做得我们就做不得了？装什么装？"

王翦把那人的手使劲扒开："一边去，这儿没你什么事。"

那男孩喝了些酒，赖在跟前，"我不，我就在这儿，凭什么听你的呀？"

"老子今天请客，你有本事就别死皮赖脸地跟这儿混。"

男孩跳起来嚷嚷道：“凭什么你说了算？你不就是有几个臭钱吗？冤大头，你没钱谁跟你混呀？你没钱她会让你碰？”

王翦心里的火腾地起来了，当胸推了那人几下：“说什么呢？你说什么呢？欠揍吧，你别碰她，赶紧滚，滚！”

男孩却把钟声往怀里使劲一搂：“怎么就碰不得了？我还摸她了，怎么着……”

王翦起身，把女孩推到一边，揪住那人的衣领按在沙发里狠揍一拳头。还没收回手，自己脸上就挨了一巴掌，旁边有人说：“王翦你打我兄弟做什么？”

那男孩赶紧说：“王翦，你孬种。”

王翦一听，伸手又是一拳头，自个儿也被人踢趴在茶几上。他不服，一股脑儿地乱踢乱打，三人立时扭打成一团。王翦觉得自己的脑袋像是要爆了一样痛，有人按住他，有人使劲踹他，他侧脸瞄了眼地上的空酒瓶，伸手去够，够不着，却被另一人的手捡起来，下一秒，那瓶子就砸在对方的脑袋上，“砰”的一声，立马血流满面，钟声随手扔了瓶子，小声问那男孩：“你还乱说话吗？”

周围的人全傻了眼。

王翦晃悠悠站起身：“你真够狠的……”

钟声头一回进派出所。

夜里值班的警察有些忙，一会儿给两个男孩做笔录，一会儿又接到医院的电话，钟声只坐在一旁发呆。警察搁下电话，问：“酒瓶子究竟是谁抡的？”

一男孩伸手指着钟声，王翦却立马举手：“是我，”又问，“那家伙是死了还是残了？”

警察说：“瘫了，这辈子起不来了。都是同学，你怎么就下得去手啊？”

王翦脸色变了变：“我要给我爸打电话，在律师来之前，我可以保持沉默。”

警察笑起来："你爸？你先来说，家住哪儿？什么学校？为什么打架？谁先动的手？先把这些说清楚，再让家长过来解决医药费问题，还保持沉默，港剧看多了是吧？"

王翦道："凭什么你让我说我就得说，这儿还有人权吗？"

警察有些儿生气了："人权？你砸人脑袋的时候想过人权没？你横什么啊？"

钟声忽然开口："那谁的脑袋是我砸的。"

警察上下打量她："唉，小姑娘，刚才问你你怎么不说呢？"

王翦趁机猫下身子给他爸打电话，电话还没接通，手机就被人给捞过去，警察说："手机没收，先在我这儿交代清楚再打电话，都别想走后门拉关系。"

钟声接着道："情况应该不严重，我力气不大，瓶子裂了但是没破，他顶多皮外伤，大不了加个脑震荡。"

警察一愣，用手指着他俩："瞧瞧你们这什么态度？至少得拘个三四天，好好教育教育……"正说着话，玻璃门吱呀一声推开，打外面又进来一人。

那警察抬头，忙打招呼："哎呦，路处，下基层视察来了？"

路征笑道："什么路处，没影儿的事！老徐他人呢？找我来说事儿，自己又跑了。"

那警察抬头打量路征："你可真是今时不同往日了，以前是徐头，现在是老徐。老徐带人出警了，今天晚上状况多。"

路征看看屋里几个小年轻，问："什么情况呀，这是？"

"打架斗殴，还有个躺医院里。"

"严重吗？"

"脑袋上缝了几针。"

路征瞧瞧王翦和钟声，又看看坐在另一处的那个男孩，问："躺医院的男的女的？"

"男的。"

"有点意思啊，"路征笑道，"一男一女倒把两男的打趴下了。"他拿起笔录夹翻了翻，靠在钟声面前的桌子上问，“你叫什么呀？”

“钟声，声音的声。”

路征一笔一画写上去，嘴里哼道：“钟声当当响……为什么把人脑袋给砸了呀？”

“因为他对我性骚扰。”

“怎么骚扰你了？”

王翦打断：“这你也要问？”

路征看他一眼：“是言语还是肢体上的？”

“都有。”

路征指了指王翦：“你俩什么关系？”

“普通同学。”钟声问，“我能给家里打个电话吗？这么晚没回，他们会担心。”

路征点点头。

钟声先跟家里打招呼说自己稍微晚些回去，然后又给苏沫去了个电话，直接道：“姐，我在派出所，你能不能来一趟？先不要告诉家里，你带点钱过来。”

苏沫正陪着清泉读故事书，接到电话又吓了一跳，到底不敢声张，找了个借口从家里出来，慌里慌张地赶过去。到了派出所，看到路征先是一愣，也顾不得这些，赶紧拉住钟声问个清楚。

小姑娘见她来了，开口说了几句，眼圈便红了，又说到被人欺负，结果自己一时冲动把人脑袋砸了，泪珠儿就直往下掉。

苏沫隐约听出来，起因是有人拿钟声以前的那些事儿说闲话，心里也很不舒服，忙把表妹搂到怀里。

路征瞧着钟声一副可怜的小模样不觉笑了笑，转头问以前的同事：“保释金多少？晚了，让人先走吧。”

同事说：“先交两千，至于医药费还得看双方怎么协商。”

路征说：“还协商什么？明摆着正当防卫，稍微有点儿过，把人姑娘给逼急了，下手能不重吗？”

同事没作声，苏沫赶紧去交钱，这边路征递了张纸条过来："家长签字，留个联系方式。"苏沫愣了愣，路征又说，"不是交了钱就能了事，还得看对方的意思，到时候所里还会跟你们联系。"

苏沫一想，还是留自己的手机号码为好。

路征瞧着她写完，笑道："早说过，我们俩每次见面都不寻常。"他掏出手机，存下号码。

王翦也松了口气，拉住苏沫说："表姐表姐，你是钟声的表姐是吧？他们把我的手机给收走了，你帮我给我爸打个电话呗？"

苏沫看他一眼，问小姑娘："他又欺负你了？"

王翦大声道："什么叫又啊？"转念一想，凑到钟声跟前，有些儿想笑又不敢笑，"你和你表姐提过我啊？"

钟声没理他，直接对苏沫道："没，姐，我们快走吧，爸妈该着急了。"

两人出门上车，苏沫仍是犹豫，最后终是一打方向盘，靠边停车，给王居安去了个电话。

起先，王居安的声音听起来似乎有些惊讶，等她说完，语气顿时暴躁起来，直接问："我儿子怎么又和你那个什么表妹混一块儿去了？你们又在搞什么名堂？"

苏沫心说自己真是多管闲事，不由呛了句："这话我也想问，我也希望他俩以后不要见面，王总，您还是亲自问过您儿子以后再下结论。"说完就挂了电话。

王居安皱眉，低低哼了句："胆子不小，现在连电话也敢撂了。"他心急火燎离了饭局，拿起手机，一边拨号码一边自言自语：王翦啊王翦，你就是不想你老子过得省心点，一回来就给我惹事。

打了几通电话，对方应承一会儿就把孩子给送到家里去，王居安又听儿子亲口说了几句话，看情形似乎还好，这才轻轻叹了口气。

到了家，瞧见儿子被人打成一副猪头样，他又是生气又是心痛，当即就往那小子的脑袋上轻轻拍了一下，说："有点出息没？被人打成这样，以前带你练拳击是白练了。”

王翦吹牛：“我一个打俩，有一个还在背后偷袭我，不过那家伙被我打进医院躺着去了。”

“真的？”

“骗你我不姓王。”

王居安又往他脑门上轻轻拍了下：“以后别和那谁混一块儿，有多远离多远。”

“谁？”

“……”王居安想不起名字。

“就是那谁的表妹吧？”

王居安顿了顿：“让你别来往就别来往，也不想想那丫头跟谁一起混过？和尚淳一起混的能有几个好东西？”

“哟，”王翦笑起来，“和你王居安一起混的又有几个好东西？”

王居安盯了儿子一眼想骂人，王翦却不理他，去吧台那儿给自己倒了杯红酒，王居安跟过去，把杯子夺过来，给孩子换了杯果汁。

爷俩坐在高脚凳上各喝各的，王居安评价道：“你这是青春躁动期，熬过这两年就好了。”又道，“话说回来，就算以后你考虑成家的事，这种女人也绝不能进我王家的大门，心思歪，不检点。”

王翦啪的一声放下杯子：“你瞎说什么呢？钟声她年纪小，就是因为年纪小才会被像你这样的中年男人给骗了。你们这种人，有几个臭钱就爱招惹小姑娘，完了又说人不检点。”王翦满脸鄙夷，双手作揖，“大哥，算我求你了，脸皮不带这样厚的。”

王居安皱眉呵斥：“胡说八道，你说话不过脑子啊？我几时招惹过这样的？”他平息了一会儿怒气，耐着性子提点，“天下熙熙皆为利来，天下攘攘皆为利往。她小小年纪就知道这个道理，以后还得了？王翦，那丫头的心思绝对没你想的这么简单，我见过她怎么和尚淳打交道，她心里明白得很。那心理素质，不说现在，就算十年后，你也未必是她的对手。况且她和尚淳也不一定断得干净……”

“你别说了啊。”王翦拿起他爸跟前的酒杯一饮而尽，“我不想听。”

王居安见他这样，心里的火气又腾起来，心说：我怎么就生了这么个东西？为了个女人叽叽歪歪没点长进，读书倒没见他这么用心，这样下去，以后还怎么做事业？

他越想越气，一时间也就不愿搭理儿子，只由着他喝酒，过了会儿却又想：算了，不能和小孩置气，能教育还得教育，说不通再想其他法子，总归是自己的血脉。

不得已，他继续规劝："难道她和尚淳的事你就一点不介意？作为一个男人，你能咽得下这口气？你现在不介意，因为你还没得到她，要是一旦尝过了，你就不会有那个好奇心。你信不信，我只要给她一笔钱，或者其他什么好处，她对你，一定能如你所愿。你要是不信，我们可以试试。"

王翦已经喝完大半瓶酒，脸色微红，神情萎靡。他忽然搁下酒瓶，转过脸来看着他爸："爸，你是我爸，所以你好像什么都懂，但是有时候，我又觉得你什么都不懂。这么跟你说吧，我觉得啊，我一直觉得，对很多人来说，这世上，肯定有这么个人，也许你会把她藏起来，藏在心里也好、装在脑袋里也好、收进兜里也好……你就是不愿意，不愿意把她拿出去，和其他女人搁在一块儿比较，无论她高矮胖瘦，是美是丑，无论她是单纯，还是邪恶，你压根就不愿意多合计……"

他絮絮地说着，声音逐渐低落，最后身子一矮，趴在吧台上睡着了。

王居安看了儿子半晌，不由低声骂了句："小屁孩儿，"他伸手推一下，"醒醒喂，收拾干净了回房睡。"

王翦嘴里嘀嘀咕咕不知说些什么，却是侧过脸去接着打呼噜。

当爹的无法，只得架起小伙子的胳膊往旁边的沙发上挪，忽然间觉得自己肩上的分量沉得很，似乎昨天还在满地跑的小不点儿，一转眼就长成了大个子。回想那几年，好像自己都没怎么抱过孩子，只一味地当甩手掌柜花天酒地，这么一个小家伙，以前只觉得他烦，是个大包袱。

王翦被安置在沙发上躺下。

他爸以少有的耐性，替他脱鞋脱袜盖好薄被，又拿了块温热毛巾替他擦净了手和脸，而后在伤口处上了些药，贴了几块创可贴。

折腾完了，王居安顺手把耷拉在孩子额前的碎发往上一捋，露出一双年轻倔强的眉眼和初显男性刚毅气质的额头。他仔细端详，越看越觉得像自己，越看越觉得陌生，最后仍是骂了句：“小屁孩儿。”

他调暗灯光，拿起茶几上的信件上了楼，回到书房，靠在椅子上闭目养了一会儿神，这才打开电脑，进入邮箱，果然瞧见一封类似垃圾邮件署名的未读信件。

点开来看，上面写着：

2006 年 3 月，保顺投资将南商广场的法人股 4723.87 万股分别质押给商行南瞻分行南滨和北湖两家支行，共申请 5.2 亿元贷款。2007 年初，质押解除，又因融资需要，继续将该股权抵押给以上两家银行，期限两年，到期后又申请续期一年。经查明，该股权抵押是为当年收购英华生物科技（后改名保顺科技，法人王女士）贷款提供担保，贷款由保顺投资提出申请，协议以集团名义签署……

王居安看了两遍，删邮件，关窗口，思忖：父亲 2005 年 8 月病逝，自己那会儿才从日本回来，公司事务当时交由王亚男一手打理，这是查出来的事情，那些被藏着掖着的还不知有多少。

以前是被蒙在鼓里，如今知道了，却是一刻也不能不想，一时间头也疼起来，太阳穴跟着突突直跳，他靠回椅子里，点了支烟，阖上眼良久，手里的烟卷却是一口未抽。

当天晚上，苏沫把表妹送回舅舅家，因担心舅妈瞧见自己又生气，不好进去打招呼，只在楼下叮嘱小姑娘以后不要意气用事。说话间提起回老家复读的事，钟声却不言语，好一会儿才开口：“姐，我这次肯定能考上大学，再说，就算复读以后能上好学校、好专业，家里也没能力负担……你放心，我不会再像以前那么傻了。”

苏沫知道她主意大，若是常在跟前唠叨，只怕又会引起她的叛逆情绪，也没多劝，让人赶紧上楼，直到听见钟鸣在走廊里说话，这才调头回家。

到家以后，清泉已经在楼上睡着了，爸妈在厅里看晚间新闻，音量调到几乎听不见。

苏沫要去把孩子抱下来，孩子外公忙拦着，说："就让你妈陪着睡几晚上，等处熟了再跟你，要不晚上醒了又哭着找人，都睡不好。你睡清泉的房，我睡沙发。"

苏沫不愿意，苏母也说沙发太软，老头子颈椎不好，不能这么折腾。

可是老爷子很固执，就是不同意。

苏沫瞧见两老均是一边说话一边捶背拍肩，精力远不及以往，心里很过意不去，说："都是带孩子给带的，太辛苦了。"

苏母拉着她在沙发上坐下，笑道："你还和我们客气，我们就你这一个孩子，我们不帮你谁帮你呢？"说到这儿，她神色黯淡下来，"你以前的婆家，离婚前指望不上，离婚后更指望不上，他们几时主动来看过这个孙女的？有时候想起来，才打电话问两句，没带过孩子就没感情，可怜我的清泉……"

苏沫心里更难受，忙说："等我再存些钱，回家里找个差不多的工作，以后一家人都能在一起。"

苏母问："你几时能回去？"又道，"要不我们就在这里买套房子，沿海城市，气候好，也干净，不像我们那边，夏天热冬天冷的。"

苏沫一愣，她从没想过要在南瞻扎根，回想以往的经历心里百味杂陈，这里的生活使人忙碌而不安，远不如内地清净，她想了想道："南瞻的房价太高了，不划算。"

苏母点头："也是，买不起的，"她瞅了眼洗手间，见老伴还在里面洗漱，压低声音道，"你爸不让我跟你说，我们是很希望你在跟前的。你爸来之前做了身体检查，他颈椎方面的问题很不好，经常头晕没力气，又有高血压，心脏方面也有些毛病，你看他这两年瘦的，以前的裤子大了一圈，我们是老的老小的小，你在跟前，也能有个照应。”

苏沫急道：“正好我这几天休息，带爸去医院瞧瞧，总得治治才好。”

苏母连忙摆手：“你不要在他跟前提这些病啊灾的，老头子年纪越大脾气越古怪，最讨厌人家说他身体不好。再说，这也是自然规律，人老了毛病都来了，我就想着你要是能就近找个工作和我们在一块儿。这是其一，还有件事，你爸也不让我说……”

苏沫抬眼看她，一颗心已是怦怦乱跳，只担心自家父母还有什么病痛瞒着自己。

苏母慢慢开口：“我听说，佟瑞安那边添了个儿子，他们家高兴得不得了。我一想到这事心里就不舒服，你一个人带着孩子，他那边就和人又生一个，所以说，这方面，女人就是不如男人能折腾。你现在也要好好考虑了，年纪大了，还有个拖油瓶，只怕往后更不好找。”

苏沫听得心里不是滋味，却也松了口气：“妈，我知道您的意思，我现在的级别虽说和中层管理差不多，但是还缺少经验，等混上管理层，攒点资历，以后回去也能找个薪水不错的工作。我现在最担心你们身体吃不消，要不你们一边住个大半年，回去以后我请个保姆带孩子。”

苏母笑起来：“在这儿住大半年，那家里的房子怎么办？还有你爸养的那些花花草草，他哪里就舍得了？而且我看这里的消费很高，还是回去住省些。我也知道你担心经济方面的问题，所以说，要是找个男的帮衬下，你也能轻松些。来之前，你姨还和我说这事，她认识一个人，四十出头，也带了个女孩，读小学，人看起来还蛮老实，是个公务员，要不你过年回去见见？”

苏沫没作声。

苏母问她：“沫沫，你别是嫌人年纪大吧？你舅妈跟我说，以前给你介绍个条件不错的对象，你也是嫌人年纪大，我跟你讲，离过婚的女人比不得男人，男人二婚，还能挑上未婚小姑娘，大环境就是这样。再说，如果你当初不找姓佟的，今天也没这些事了……”

苏父从洗手间出来，咳一声：“还在唠叨什么？不早了，睡觉去。”

苏沫这才道：“我也知道自己的情况，想找个合心意的很难，我看得上人家人家看不上我，实在不行，我一个人带着清泉过也很好，再说大环境也没规定女人不能单身的……”

苏母低声打断：“又说孩子话，你还有大半辈子要过，不结婚，难道孤独终老？要是女的不结婚很正常，那电视报纸上还成天拿剩女说事？”

苏父把被褥铺在沙发上：“唠唠叨叨，别把清泉吵醒了。”

苏母这才不作声，苏沫几乎是逃进旁边的小房，轻轻掩上门，不由叹了口气。她在外与人交往渐入佳境，可一旦面对最亲的人，仍会轻易被挑起情绪，大抵还是因为心怀愧疚。

趁着招标结果还未公布，苏沫请了几天假，陪父母出门游玩或者在家带孩子。

她和女儿相处渐熟，毕竟母女连心，小家伙也开始爱黏着她了。清泉喜欢玩乐高积木，却不愿意外公外婆陪着，只让苏沫在旁边帮忙。苏沫问她原因，小家伙说：“幼儿园的小朋友，都是爸爸妈妈陪他们玩，爷爷奶奶们只管买菜做饭。”

苏母接口：“这孩子心里爱装事，幼儿园开运动会，她都不让我们去，说人家都是爸爸妈妈跟着去。”

苏沫没说话，过了会儿问孩子：“清泉想爸爸了，是吗？”

清泉埋头玩积木，没吭声。

苏母坐在沙发上瞧着，忽然叹一口气，小声道：“你说你不想再婚，但是孩子也需要爸爸呀。”

苏沫说：“妈，别当着孩子说这些事。”

苏母说：“你瞧她玩得多认真，她哪里懂这些话？就是这家伙，长得太像佟瑞安了。”

苏沫看向女儿：“清泉，下次妈妈回去，带你去看爸爸好吗？”

小家伙头也不抬：“他为什么不来看我？”

苏沫说：“他很忙，我们有空可以去看他。”

小家伙没说话，隔了好一会儿才道：“哦，他家里有小弟弟了。”

苏沫看了她妈一眼：“妈，你连这也告诉她了？”

苏母疑惑："没有啊。"

清泉仍是玩着积木："有啊，上次外婆和外公说过。"

苏沫没多问，心里却无可奈何，趁着饭后父母下楼遛弯的当口，她一边教女儿洗碗，一边说："清泉，我和你爸打过电话，他也很想你，就是太忙了，我们大人，有很多事要做。等他有空，我们也有空的时候，可以去看他，他一定很高兴。"

清泉站在矮凳上洗小碗："你们这些大人，到底在忙什么呀？"

苏沫想了想："庸庸碌碌，蝇营狗苟。"

"嗯？"清泉听不懂，睁大眼望着她，"你在说什么呀，小鹿狗狗怎么了？"

苏沫忍不住笑起来，抬手在女儿脸上抹了一点清水，清泉也举起沾满泡沫的手往她身上抹，娘俩儿笑做一团。

门铃响起，苏沫去开门，从蓉进来瞧见她们，笑："哎呀，她才多大，就能帮着洗碗了，你爸妈瞧见还不得心疼了，说你用小童工？"

清泉使劲拍着手："我早上还刷了浴缸，很好玩。"

苏沫点点她的鼻子，表扬："那是，刷得可干净了，能照出人影。"

清泉忙道："我明天还要刷。"

苏沫笑道："明天我们擦地。"

从蓉摇头："你还真把人当童工了。"

苏沫说："这就是劳动的乐趣呀，等孩子大了，哪怕读书一般，能力不够，至少还能靠体力劳动养活自己，而不是眼高手低仰仗别人，反倒觉得这样的工作是种羞耻。"

从蓉听完，笑一笑，过了会儿才道："我约了莫蔚清晚上过来吃饭，你也来吧。"

苏沫没多想："我不去了，在家陪孩子。"

从蓉说："我觉得她最近情绪不对劲，这可是少见了。你也知道，她这人总是对什么都无所谓的样子。我们三个好歹相识一场，她又没什么正经朋友，家里人也不来往，能劝就劝劝吧，"她顿了顿，接着说了句，"她又怀孕了。"

第九章 ✦ 失守

而今花非花雾非雾，堤防瓦解欲望流淌，
她等待着，又害怕自己的身体逐渐失去水分而干涸龟裂，
以至于缺口处泛起一阵空虚的疼痛，心跳骤然加速。

自那天和莫蔚清不欢而散，苏沫就直觉有事发生，念及这段日子的相处，到了傍晚，她做了两样菜，送去从蓉家里。

莫蔚清仍不和她说话，只一个劲儿抱怨从蓉煲的汤有股肉腥味，闻起来就难受，倒是把苏沫烧的两样菜挪到自己跟前，夹了几筷子。

从蓉瞧着她："你这回的早孕反应可比上回大，看样子是个小子，姑娘打扮娘，小子折腾娘。"

莫蔚清脸色蜡黄，眼神却一亮："真的？"

从蓉笑笑："就算这回不是，你还年轻，接着生嘛，只要有恒心，铁杵磨成针。"

莫蔚清冷哼一声，低头吃菜，半天才说："你是请吃饭呢，还是特地来硌硬我的？"

从蓉道："硌硬你？我没这能耐。人家怀孩子欢天喜地，你倒好，又担心又着急，饭也吃不下，觉也睡不香，我看着替你难受，关心你嘛。"

莫蔚清嗤笑，没理，忽然手机响，拿起来接了，换了副软绵绵的腔

调对那边人说：“我和几个女性朋友一起吃饭呢……你别成天电话我好不好，我一个大活人，又跑不了……明天一起吃饭？不行，我晚上要加班……”

苏沫一早听出电话里那人的声音，虽听不清话语，却记得周远山略带笑意的嗓音。苏沫瞧着莫蔚清和她还未显怀的肚子，忽然又想起前夫与那个新生儿，她有些走神。

莫蔚清收了线：“用不着替我难受，就算十月怀胎挺着大肚子出门，也有未婚男青年愿意跟我好。”

从蓉说：“什么未婚男，那个律师？你加班？加什么班，是加班伺候尚老板吧？”

莫蔚清懒洋洋地瞧着她：“是啊，真不巧，明天尚淳约了个什么居士一起吃饭，说要给孩子选个好时辰出来，再起个好名字。”

从蓉啧啧出声：“这世上总有些傻女人，可以轻易挥霍别人的感情，何其幸运？”

苏沫心想，这世上总有些傻女人，可以把感情送给人挥霍，何其不堪？她不由说了句：“要是有人真心实意对你好，应该珍惜的。”

莫蔚清笑：“珍惜什么？你怎么知道我该珍惜谁离开谁？倒像比我看得还清楚，你是那些男人肚子里的蛔虫？你怎么就这样乐意在我身上花心思呢？”

苏沫还没开口，从蓉先笑起来：“都是荷尔蒙惹的祸，说个话也夹枪带棒。算了，谁叫你情况特殊，坐公汽都得有人让座，我们也不能和你计较。”

莫蔚清立刻回嘴道：“我们是谁呀？从蓉，我和你认识的时间可比其他人要长久……”

从蓉无奈，看着她叹了口气。

正巧苏沫这边也接了个电话，从蓉听出对方是个年轻男人，只等她通话完毕，转移话题玩笑说：“这一晚上，都在我跟前忙着拒绝男人的约会，故意刺激人呢？”

苏沫心里正烦着路征，懒得解释，也不愿被莫蔚清继续挤对，推说还要照看孩子，就回家了。

还是前几天，路征已打来两通电话旁敲侧击，暗示她应该答谢自己。

苏沫躺床上拿着手机合计，始终觉得，这么晾着他也不是办法。一来钟声的事还没彻底解决，再则路征曾对她笑言道：“知道你的女领导最恨什么？”他自问自答，“最恨人脚踏两条船。”

由此，苏沫越发讨厌他，却不得不在考虑过后回电，说是为表谢意，想请他明晚赏光一起吃个饭。她知道王亚男明晚在市里有个聚会，于是避开从公司到聚会地点之间的路线，把请客的地方定在相反方向。

路征很聪明，一听就明白，说：“这几天市里和大学城那边都堵得慌，我们走东三环北路，靠海边有个旮旯地不错，物美价廉。看吧，我多为你考虑，时间长了你就知道了，其实我这人一点也不贪。”

第二天，两人在约好的饭馆碰头，路征说：“我俩这次见面还算寻常，没遇着什么事，希望下次也这样，一次比一次好。”

苏沫却想，没有下次。

席间谈话，聊得最多的是苏沫现在的工作，其中无可避免地提到王亚男。苏沫难免尴尬，路征却大方自若，对于王亚男的喜好，侃侃而谈，就是一律不提人名，只用“女领导”代称。

吃完饭，路征提出要走，说这几天忙得很，他的车交给同事出警用，请苏沫送他一程。

虽然天阴下雨，但仍是盛夏，夜色来得晚，苏沫开着车，远远瞧见前边的人流。

路征说：“调头吧，绕远些走临海路，省得麻烦。”

苏沫依言行事，将车子开过去，谁知原先僻静的道路，这会儿竟也堵塞。

雨越下越大，路征伸长脖子往外面瞅了瞅：“在等红绿灯吧，红灯时间有些长……”正说着话，前面有个人骑着自行车过来，看了眼苏沫的车子，停下来说：“掉头掉头，前面有人砸车！”

苏沫将信将疑，有些儿慌神，打方向盘的时候一直熄火。

路征说："你下去，我来。"

苏沫道："是谁说要走临海路的？警察都做什么去了？也不管管。"

两人互相指责，跑下车换位子，苏沫还没拉开车门，忽然咣当大响，车前盖上凹下去一块。她吓得一哆嗦，伸手想护住车。那边路征对肇事者破口大骂，冷不防脑袋上挨了记闷棍，他一时吃痛，本能回手就是一拳头。

旁边立马有几人扑上来，把路征围在中间，一阵拳打脚踢。

大颗的雨点砸在人脸上、脑袋上，使人视线模糊，晕头转向。

苏沫想上前去救，却被人使劲掀到旁边，她又要过去，路征冲她道："这事和她没关系，快走快走。"他起先还能碎碎叨叨地骂上几句，渐渐就没了声音。

天色已黑，人行道上一圈围观的，苏沫眼泪掉下来，却是横下心，跑过去护住路征，有个中年人赶紧拦着她说："姑娘，你不要冲动，我帮你报警了，你现在赶紧去旁边拦辆车，快些把你朋友送医院去。"

苏沫浑身发抖，昏头涨脑地跑回马路上，原本就不够宽的马路被堵得只剩一小片地方留给来往车辆通过。

没人愿意停车，他们急不可耐地驶过潮湿而混乱的街道。

苏沫回头，隐约瞧见路征满脸血污地蜷在地上，她身上渐渐没了力气，蹲在地上低声抽泣。

有辆车驶到跟前忽然急刹，车灯极其刺眼，苏沫顾不上，赶紧站起来，跌跌撞撞地跑过去。

车窗摇下来，王居安露出半张脸，问："你怎么在这儿？"

"我……"苏沫呆了呆，心里顿时失望，仍是忍不住哽咽，"我朋友被人打伤了，他需要去医院。"

王居安往那方看了眼："你找错人了，应该找警察。"

苏沫没多想，转身就走，那伙人把路征撂到一边，继续砸车。苏沫把路征扶起来，让他靠在自己腿上，他头上有个伤口，不住地流血。路边有个年轻姑娘悄悄递了几张纸巾过来，苏沫接了，按在路征的伤口上替他止血，没多久那些纸巾就给浸透了。

那些人大张旗鼓地冲着车子挥舞棍棒，差点砸到路征身上，苏沫又怕又气，使劲抓住那人的铁棍往旁边一掀，对方回头瞪着她，苏沫嗓音里带着哭腔放狠话："看着点，你长眼睛没？"

对方冲过来嚷嚷："他欠揍！"那小年轻扬了扬拳头，却被人隔开。

王居安不知何时过来，架起路征说："走。"

对方越发来劲，堵在跟前不让路，带头砸车的人走过来伸手搭在王居安肩上："你谁啊？"

王居安拨开他的手。

旁边有人说："兄弟，你这车不赖啊。"说着率先走向王居安的车作势要踹两脚。

王居安放下路征，伸手揪住那人的衣领，那人反手要给他一巴掌，王居安一记老拳出去，余光里瞟见路边有人拿手机拍照，拳头挥在半道又堪堪收回，随即说道："我知道你们要什么？砸了我的车，可就什么也得不到了，何必损人不利己。"

"别跟他废话，我还没砸过这么贵的车……"那些人兴奋地大声嚷嚷，一脸跃跃欲试，又不敢轻举妄动。

王居安低头点了根烟，叼在嘴里，不慌不忙往车子走去。

苏沫看不明白，只当他要抽身闪人，一时间眼泪又掉下来。

王居安打开车门，猫腰从里面拿出样东西，他举起那样东西使劲扬了扬，夜色里，一沓粉红色钞票显得格外鲜艳。他拿着钞票走过来，放在手掌上随意磕了磕，抽了几张出来往天上轻轻一抛。

钞票纷纷而落，众人仰头呆立。

最先回神的几人弯身去捡，捡到了的无不欢欣鼓舞，没捞着的又扼腕叹息，王居安随手又抽出一沓来往高处扔了，钞票在雨中飞舞。人们或躬身弯背，或像孩子一样蹦跳着伸手去够，一时间笑的、叫的、吵的、闹的、推的、搡的，混乱不堪。

王居安搀起路征，对苏沫道："愣着做什么？赶紧走！"

三人来到车旁，隐约听见救护车鸣笛，王居安顿住动作，吩咐道：“带他去坐救护车，别弄脏了我的车。”

果然，鸣笛声越来越近，转眼到了跟前，医护人员抬着担架下来，看见这情形傻了眼。

苏沫把路征送上救护车，也要跟着一同上去，被人拦着了，救护人员指着那些为争抢钞票打破脑壳的人说：“受伤的比预计要多，车上坐不下，请家属另行去医院。”苏沫没头没脑地又往回走。

王居安问：“你那车还能开吗？”

苏沫浑身湿透，天气不冷，她却瑟瑟发抖：“不是我的车，是公司的车给砸了。”

“算了，以后慢慢赔。”

苏沫茫然抬头：“赔多少？保险也会赔一部分吧？”

王居安面无表情地瞧着她。

苏沫继续往那边走，王居安拽住她的胳膊：“你还过去做什么？那破车不能开了。”

“我的包和手机还在里面。”

王居安瞪她一眼，快步走过去，取出车里的东西塞回她手里，又见苏沫仍是瞧向救护车，不觉说了句：“别看了，死不了。”他略作停顿，似乎在打算什么，又像是有丁点犹豫，最后一把拉开车门，把她塞了进去。

苏沫伸手擦了擦脸，一声不吭地呆坐，神色恍惚，不知所想。

王居安看她一眼，开车上路，越走越畅通，不多时就到了。

苏沫被人带进一幢房子，大门哐当一声关上，厅灯大亮，入眼之处无不陌生，她心里怔忪，猛然回神：“这是哪儿？”

“我住这儿。”

苏沫又是一愣，转身要去开门，才将手搁在门把上，王居安的手也跟着覆上来，他低头在她耳边问：“大热天的，手还这么凉？”

苏沫霍然转身，才发觉对方离自己很近。

王居安寸步不让，瞧着她湿漉漉的长发，白润润的脸，脸上犹有泪痕，一双眼无助而戒备地望着自己，怪可怜的模样，一时更加心痒难耐。他接着问："还在发抖呢？是觉得冷，还是害怕？"

苏沫没说话。

王居安伸手按在她肩上："现在没事了。"

苏沫往后缩着肩膀，躲不开，小声道："我很累，我、我……"

王居安低头看着她："你和那个警察是什么关系？"

苏沫避开他的视线："没什么关系。"

"没关系那么护着他？"

"他帮过我。"

"那我帮过你没？"

苏沫别开脸，两人都不说话。

王居安手上加了一点劲道，彻底把人揉进自己怀里，仍是在她耳边问："我问你，我帮过你没？你这么重情义，是不是也要报答我？"

一时间，苏沫只觉得手脚发软，整个人像是被人抽去了骨头似的无所支撑，脑袋里也一片空白，竟是拿不定主意，忽然又想：这个人，他至少对我有兴趣……

不多时，王居安放开她，独自躺了会儿，下床，进了浴室。

苏沫身上骤凉，扯起被单裹住自己，蜷在床边。外间的某个角落里传来有规律的嗡嗡声，她睁眼想了很久，忽然觉醒，手忙脚乱裹紧被单跑出去，从扔在地上的包里翻出手机，屏幕上显示有四五个未接来电。她努力平复了一会儿，赶紧接了。

那边，家里问怎么这么晚还不回，打电话也不接。苏沫忙说外面有人游行，到处堵车，手机信号也有问题，又问清泉睡了没。苏母说孩子等了一晚上，问妈妈去哪儿了，熬不住才睡着。

苏沫收了线，发了会儿呆，回到方才那间卧室，衣服七零八落地散在地上，她一件件拾起来，展开来看，衬衣和裙子上都沾了血渍污迹，便想着用清水把衣服洗一下，看能不能把血迹弄掉，她这会儿脑子里的反应仍是慢半拍，一时蹲在那里瞅着衣服直愣神。

王居安披着浴衣从里间出来，瞧了她一眼说：“都成这样了，扔了算了。”

苏沫没看他，眼睛盯着衣服：“借下浴室，我洗洗衣服。”

王居安拿起床头柜上的电话拨出去，吩咐那边：“睡了没？叫人送套女装过来，多大……”他抬眼打量苏沫，“身高167、168，体重50公斤出头，三围……”

苏沫抬头看他，脸色不悦。

苏沫没理，起身进了浴室。

等她再从里间出来，床头柜上放着一套衣物，王居安已穿戴齐整。苏沫也不推辞，换上新衣，往镜子里瞥了眼，还挺合身。她忽然想起来，又从包里找出信用卡搁回柜子上，王居安看了眼，不以为意道：“拿着吧。”

苏沫仍没搭话，收拾好旧衣，拎着包低头出去，王居安又说：“这么晚，你怎么回？”他拿起钥匙走在后面，出了门，到了近旁，又破天荒地替她开了回车门。苏沫报上地址，两人一路无话，直到快下车，王居安才说了句：“你这人话挺少的。”

苏沫回神，“嗯”了一声，又见王居安抬眼向外面打量小区的建筑，才忍不住添了句：“这里是从蓉介绍的，她跟我……住得很近，同一层。”

王居安不言语，苏沫下了车，没走几步听见身后汽车马达响起，渐渐远去，她不觉吐出一口浊气，快步走进楼里。

到家后，苏母还没睡，在客厅里看电视，见女儿回来，打量了几眼问，你这是才买的衣服？

苏沫说，是先头在公司里备着的，早上穿的衣服上沾了墨水，在公司里给换了。

苏母没再多问，只催她早些休息。

苏沫原计划带一家老小坐游轮出海度假数日，因车子被砸，船票已订，只好把父母孩子送上船，自己先回公司销假。又没想到，她才到公司楼下，就有同事打电话过来，说苏姐你快回吧，王工在发脾气，让你快过去。苏沫不明就里，又做贼心虚，撂下电话赶紧上楼。

王亚男这几日气性大，看什么都不顺眼，这会儿正拍着桌子训人，说：“这么些人连个行程都安排不好，高速堵车，误了航班，让客户在那边干等着，你们会不会做事？这要是有小苏在，前前后后的安排她能列出好几个计划给人参考，你们这样做事究竟是不带脑子，还是在敷衍我……”又发牢骚，“这个苏助，是不是玩得太快活，不想上班了？”

旁边有人解释：“苏助正在休年假，这一时半会儿也回不来。”

王亚男没好气道：“你直接问她还要不要这份工作……”

苏沫正好推门进来，听见这话脸色有些儿发白。

王亚男瞧见是她，倒笑了：“我不叫人去请，你是不舍得回来的。”又问，“你家里人来了吗？都还好吧？”

苏沫忙回了句还好，定一定神才说起被人砸车的事。

王亚男也吓了一跳，忙说：“人没事吧？难怪脸色这样差？”

苏沫说：“大人倒没事，就是把孩子给吓着了，本来在水族馆玩得挺高兴，没想到回去的时候遇到这样的事，哭闹了一晚上。”

王亚男忽然问：“去水族馆走三环，你怎么跑去临海路了？”

苏沫如实回复：“当时三环上有人游行，我担心出事，就想着绕远路，谁知道还是撞了个正着。”

“昨天几点回的？”

苏沫把时间说早了些：“七点多。”

王亚男回了句：“这可是巧了。”

苏沫表示不解：“王工，怎么巧了？”

王亚男看着她：“没什么，还有两天出投标结果，后天下午董事例会。你觉得，我在会上怎么说才好呢？”

苏沫直接道：“投标的事，我和技术部的同事都觉得很有把握，述标方面您完全可以放心。”

王亚男笑一笑，又吩咐几样事，便让她下去。苏沫转身出门，先去休息室倒杯咖啡缓上一口气，路过总经理办公室的时候，原想快步走过去，却不由自主瞧了眼，那门紧闭，外间也没人。等她回过味来，心里登时升起一丝恼意，忙目不斜视回到自己的座位上。

一直忙到下午，接到从蓉的电话，苏沫不免心惊，想着好事不出门坏事传千里，要是从蓉跑去和家里父母打听情况，岂不是又多一人知道？

谁知从蓉并不知情，只说自己晚上有应酬，请她帮忙去接孩子放学。

苏沫一颗心放下来。

从蓉却想起什么，问："也不知道莫蔚清昨天给她孩子算时辰算得怎样了，她和你联系过没？"

苏沫早把这事给忘了，说："没联系。"

从蓉又问："你觉得这事奇怪吗？"

苏沫说："不觉得啊。"

从蓉却道："你想啊，第一次生孩子，尚淳都没这么看重，这次还不知是男是女呢，他就请人算时辰，难不成终于想通了，要把莫蔚清扶正了吗？要真是这样，也难怪她嘚瑟……"

苏沫哪有精力去打探别人的私事，只笑道："你要是不放心，就打电话去问问吧。"

从蓉嘴上不应，下班前仍是给莫蔚清去了个电话。

那边莫蔚清显然没空多说，正忙着穿衣打扮，说是昨晚全市大堵车，高人出行不便，又约在今天会面。

莫蔚清一边撂了电话一边抹唇膏，她仔细端详镜子里的自己，又瞥了一眼身后的男人。

尚淳站在玄关处瞧了眼手表，他面向窗外，看不清神情，背影却透出一丝萎顿。

莫蔚清一直对这些社交活动不耐烦，因知他最近事业不顺、心烦气躁，难免要顺着他的意思才好。想到这儿，她心里软和了些，拢一拢长发，才走过去，就被人捞住了腰身。

尚淳在她唇上狠狠吻了一下：“真漂亮，别说什么高人，只怕和尚道士瞧见也会动凡心。”

莫蔚清轻轻拍开他的手：“你轻点儿，别伤着孩子。”又道，“那是什么高人呀？说不定是瞧你脑门上刻着钱多人傻速来，跑来招摇撞骗的吧？”

尚淳捏捏她的鼻子：“这话不能乱说，多少人求着他，他也不愿搭理，在南瞻做生意的，没几个不认识他的，确实有些本事。你要是心不诚，人家可未必灵验，算不准，对我们孩子也不好。”

莫蔚清见他表情极为认真，当即不再多言，暗自却高兴起来。

两人上车，尚淳仍是说起大家族里一、二、三房的那些事。

这种家族争端，以前他不说，莫蔚清也从不主动打听，时间久了，尚淳在她跟前越发少了避讳，偶尔发一通牢骚，说起大房从政，他们二房、三房的只能仰仗着人做点生意，很多事自己还拿不了主意，过得憋屈，很不自在，除此之外，余下各房也是明争暗斗，又惹人烦心。

一路过去，到了酒店包房，席间已有数人等着，如往常般有男有女，端着些半生半熟的脸孔。

莫蔚清的身份不必说破，大伙也能会意，尚淳并不介绍，只帮忙引见了一位五十来岁的男人，他称那人为二舅。莫蔚清心里讶异，不觉压低声音问：“你这是唱的哪一出？”

尚淳笑起来，在她耳边小声道：“还能是哪一出？见家长呀，你可要好好表现，表现好了，就给你名分。”

没等莫蔚清说话，那些人先笑起来，纷纷打趣：“这两口子，感情好得很，没大没小的，在家里长辈跟前咬起耳朵来了。”

莫蔚清面露粉色，一时坐下来，喝了两杯茶，那位高人姗姗来迟。莫蔚清细瞧那人，知命之年，面相方正，慈眉善目，谈吐不俗，当即也放了心。

桌上搁着精致清淡菜肴，几人以茶代酒，高人替这伙人一一摸骨，轮到尚淳时，笑道："生就麟骨，呼风唤雨。别人是财重压身，你这人是天生富贵，含着金钥匙出生。"又将他前三十来年的境遇一一道来，八九不离十，尚淳听得不住点头，莫蔚清心里也暗暗称奇。

那人又道："只是这两年，你在事业上不怎么顺，常有劫难，纷争也多，以至于劳心劳力了些……"他止住言语，忽起身站在尚淳跟前，动作利落地将他的头骨摸了一遍，方坐回位子，脸色微凝。

尚淳犹豫地问："大师，是不是有什么不方便说？在座这些都是自己人……"

那人摇头："天机，现在人多，不便多讲。"

尚淳想了想，便道："大师，我老婆已有身孕，来年生产，不如请您帮忙算算，这孩子是男是女？二来，也想起个好名，去去霉头。"

那人听了，盯着莫蔚清打量一番，请她将手搁在桌上。

莫蔚清被他瞧得老不自在，避开视线，扭头看了尚淳一眼，等尚淳微抬下巴略作示意，这才伸手过去。

那人分别握住她的双手，从手腕处细细摸到每根指头的指尖，欲言又止。

尚淳按捺不住，有些儿急了："究竟怎样，你好歹给句话吧？"

那人这才开口："尊夫人秀外慧中，人中龙凤，只是……夫人的出身，和先生这样的贵人比起来，似乎云泥……"

其余人一起伸长脖子听，尚淳搁下茶杯，没好气地打断："说重点，我问的是孩子。"

那人不紧不慢往屏风后面一指："借一步说话？"

尚淳点头，莫蔚清也站起来，三人一起过去。

高人这才小声道："我实话实说，二位即使怪我也还是这话，这孩子就是症结所在，父子相克，妨碍事业发展……"他叹息，"的确有些不妥，对生意尤其不好，若无钱财损失，必有刑伤。"

一室寂静，尚淳脸色越发难看，良久才问："用什么方法可以化解？"

那人叹息道："寻常说的化解方法，无非利用五行相助，改变风水，这方改得好了，那方却是差了，拆东墙补西墙，至于最后有没有用处，说不准……二位还年轻，从头再来，还能枯木逢春。"

尚淳神色阴鸷，拿手点着他："你要是敢乱说一气，我不但端了你的饭碗，还要缝了你这张臭嘴。"

"有话好好说，别像个刺儿头一样见人就扎。"尚淳的二舅从后面踱过来，按住外甥的肩，想是方才略听见几句，脸色也好不到哪儿去，他转脸看向那人，"大师是高人，别和年轻后辈一般见识。"

那人倒有好涵养，神色未变，只微微点一点头。

莫蔚清一直没怎么说话，这会儿禁不住伸手去抚肚子，不由自主地看向身边的男人。

尚淳也看了她一眼，仍是忍不住问："真没其他办法吗？"

二舅开解道："你又不是不知道，这先生说话一向灵验，你们年轻人不要意气用事。俗话说得好，宁可信其有不可信其无，防患于未然，一定要仔细考虑，从大局着想。"

尚淳板着脸，一言不发，伸手去握莫蔚清的手，她的手微微颤抖。

这几天，苏沫给路征去了好几通电话，一直没人接，她心里很有些不安，但也不敢贸然去医院探望。

正是收拾桌子准备去吃饭的当口，手机忽然嗡嗡作响，派出所打来电话说，被钟声打伤的那个男孩家属提出打人方应承担一切医疗费用，并要求钟声家长去医院探望。

苏沫赶紧走去角落里接了，又和钟声说了下情况，仍是不敢惊动舅舅。

钟声也想过去瞧瞧。苏沫却担心对方会说出些不好听的话，二来也怕双方又起争执，于是忙道："你好好待在家里，我先去看看情况再说。"

苏沫买了些水果和营养品去了医院，见到那男孩。男孩脑袋上缠着纱布，精神倒还好，正半靠在病床上喝粥，孩子的爷爷奶奶都在跟前照顾着。

两位老人对她当然没什么好脸色，直接扔了一沓缴费单过来，让她去交钱，还说自己的孙子伤得不轻，这种事完全可以追究刑事责任。

从言辞中听出，这男孩从小父母离异，全由祖父母一手养大，个中艰辛可想而知。苏沫心里也有些不忍，可是拿起那些个账单仔细一瞧，又被吓了一跳，杂七杂八的检查费用和医药费加起来有一万多元。

男孩的奶奶猜度她的神色，补充道："只是这几天的费用，医生说了，我孙儿还要留院观察，还有些检查没做，你再预付一些。"

苏沫说："这事不是我表妹一人的责任，当时您孙子对她动手动脚，说了些不好听的话，她是一气之下才犯糊涂，在派出所已经做过笔录，警察也说了，属于正当防卫。"

那男孩读了这么些年的书，说起话来也是一套一套的："我没侮辱她，是她用不检点的行为在侮辱自己，学校里谁不知道？你表妹给男人当情人，我和她同学一场，看不过去想在言语上帮助教育她。谁知道她当场翻脸，把我打成这样。我是男的，她一个女生，如果不是让着她，能被她打成这样吗？凭什么她能做，就不许别人说呢？"

一番话，引得病房里的其他人都瞧过来。

男孩的奶奶说："这里人多，我们明天就换个单间，清净，好养伤。"

苏沫脸上也有些发热，只好说："我表妹清清白白的一个好学生，从没做过这样的事，你们这是诽谤，无稽之谈。"

男孩的爷爷道："这事他们学校早传开了，一粒老鼠屎坏了一锅粥，就算是捕风捉影，也是有风才有影，你不用和我们争这些，赶紧去交了款才是正经。不然我们就去法院起诉你亲戚的刑事责任，让人民法院把这些好好查一查。"

苏沫忍着气："你孙子当时对我表妹动手动脚，真要打官司，还不知道谁才是原告。"

男孩忽地扯掉手上的吊瓶针头大喊大叫："我没有，没有，我太冤枉了……"

孩子的奶奶赶紧搂着自家孙子抹眼泪，说自个儿命苦，一家老小被人欺负。一时间吵吵嚷嚷，引得护士医生跑进来。

孩子的爷爷问："我孙儿是不是头部受了太大刺激，情绪很不稳定，还要再检查下才好？"

护士从善如流："明天一早就安排，再做个脑部 CT。"

苏沫观察那孩子的神色，说："不如做个伤势鉴定，看看到底是个什么情况。"

两个老人回道："做就做，我家孙子脑袋上缝了好几针，做完鉴定，正好定你们的罪。"

秀才遇见兵，苏沫也不愿再多费口舌，转身出去找护士要求看病历，护士不肯给她瞧，苏沫又问："这孩子大概还要住多久的医院？"

院方含糊道："建议还要住一段时间，需要继续观察。"

苏沫一时无法。

一位同病房的家属走过去小声道："那两个老家伙在医院里有熟人，不讹你们讹谁呀？"

苏沫愣了愣，手机又响，钟声在那头问她："姐，怎么样了？"苏沫把情况大致说了一遍，钟声道，"我们是被人讹上了吧？"停了会儿，又说，"姐，我看见那个警察了，好像是他，在院子里晒太阳。"

"哪个警察？你现在在哪里？"

"就是上回那个警察呀……我已经到住院部楼下了。"

"我让你先别过来……"

小姑娘打断她："姐，要不我们去请那个警察帮帮忙，他上回不是还帮我们说过话吗？"

苏沫忙道："你不要去。"

钟声觉得奇怪，反问："那你去？"

苏沫说："我们再想别的办法。"

钟声问："还能有什么办法？"

苏沫说："总会有解决的方法，我们先不要去找他，你不知道他是什么样的人。"

钟声见她吞吞吐吐，有些急了："管他什么人，能帮上忙就行。姐，你就是太老实，不愿意求人，你不去我去！"

苏沫气道："你这孩子怎么这么不听话呢?!"

钟声直接挂了电话，苏沫要下楼，被那男孩的奶奶一把扯住，说："你不要跑啊，款子还没交呢。"

苏沫嘴里敷衍，赶紧又把电话拨回去，钟声接了，说："不找他也行，去找那个什么王总帮帮忙，就是王翦的老爸，你们……平时应该接触挺多的吧?"

苏沫脑子里一乱，直接道："不行。"

钟声冷声反问："怎么又不行?"

苏沫只好说："这个人……很不好打交道，我以前又得罪过他……"

钟声想了想："那我去找王翦。"

苏沫叹了口气："声声，我和你说过多少次，不要和他们家的人扯上关系。"

钟声道："这也不行那也不行，我马上要上大学，总不能在这个时候和人打官司。"

苏沫想了会儿，说："他们想要钱就给吧，这事不能闹大，对你没好处，能用钱解决最好。"

钟声有一会儿没作声，过后低声道："凭什么?明明是他们有错在先，凭什么到头来还要我们认错?"

"声声，你冲动之前怎么没想过后果……"

那头又挂了电话。

苏沫有些头疼，转身对男孩的家属道："我这卡上一共四万，四万应该够了吧?"

对方说："谁知道，病还没看完，说不准的。"

苏沫回了句："你们别太过分了。"

对方又不依不饶哭闹起来。

围观人渐多，苏沫无法，只得说："别拦着我，我先去缴费。"

那老太太执意要和她一起，两人走到电梯口，电梯门开，钟声和路征一同出来，路征脑袋上缠着纱布，左胳膊上绑着绷带，右腿脚踝处上了夹板，腋下拄着拐棍，眼睛青肿，脸上却是笑嘻嘻的。

路征看看这些人，直接对那老太太说：“你们也别闹了，你孙子做笔录的时候，我正好在所里，他猥亵女同学的事还有人证，再闹下去，你们也讨不到便宜。”

老太太嚷嚷：“你是谁啊？你和她们是一伙的，我凭什么信你？”

路征对苏沫说：“挑起事端的人也有责任，要不你们直接去法院，申请个治疗期限鉴定。最好能找个熟人，程序上会快一点。”他说着，凑过来，压低声音，“接下来的事，我也不好再出面帮忙。”

苏沫点点头，抬眼打量他的伤势。

路征又说：“人家也有权住院，你们先把之前的医疗费用垫上，这一笔是省不了的。”

老太太听说他们要直接去法院，也不敢使劲闹，看戏的慢慢也散了。

苏沫让钟声先回，自己去缴费，完了又在楼下花园里看见路征，不觉走过去问：“你现在还好吧？”

路征坐在长椅上，拐棍靠在一边，他左手一摊，没答话，意思是，你瞧我这样能好吗？

苏沫心里过意不去，想着早知道他在这里，应该买些礼品过来瞧瞧，又问：“我给你打了好几次电话，怎么没接呢？”

路征说：“大姐，你看我这个样子，蹩手蹩脚的，接电话方便吗？我不想接，当然就不接了。”

苏沫又道：“这几次的事情，都要谢谢你。”

路征说：“谢我什么？咱俩还是离得越远越好。”他想到什么，忽然抬头笑着瞧了她一眼，神色促狭，“大前天的晚上，你和那个高富帅……”

苏沫不由羞恼，嘴里道：“你想说什么？”

路征笑起来：“哎呦，你慌什么？我是想说，多亏你和那位王总挺身而出。”

苏沫没接话：“有机会我再来看你，你需要什么，给我打电话，吃午饭了吗？要不要我给你去买点送过来？”

路征冲她摆手：“吃了吃了，你走吧，别在这儿给自己找不自在了。”

苏沫见他不纠缠，如释重负，心里却更加不安，也不愿多说。

她前脚才走，旁边就有人给路征递了杯冷饮过来，路征回头去看的时候有些费力，等瞧清了，他笑道：“你怎么还在这儿呢？”

苏沫折腾了一中午，饭也没吃，急忙赶回公司，整理文件，准备下午的董事例会。一切就绪，王亚男还未到，苏沫靠在椅子上想钟声的事，她忽然想起一个人，立时觉得有了希望，没多犹豫，拿起手机拨出去。

那头很快接了，周远山一如既往有礼貌，与她笑着客套：“苏助？有什么可以效劳？法院？法院我熟……你别急，一会儿我们可以面谈。”

苏沫道谢，他就说：“为美女效劳是我的荣幸。”苏沫听见那声音觉得不太对，似乎离得很近的样子，抬眼一看，周远山和王居安两人从电梯间走出来。

周远山没挂电话，正笑着看向她。苏沫却没有准备，不觉有些愣神儿，周远山问：“怎么，看见我还挺惊讶？”

苏沫勉强笑一笑：“没，”末了仍是打了声招呼，“王总。”

王居安略微点一点头，望向董事长办公室。

苏沫说：“王工还没来。”

王居安这才“嗯”了一声，把手里的文件搁在苏沫的桌子上：“复印几份，开会要用。”说完，转身进了自己的办公室。

等人走了，周远山趴在苏沫桌前的隔断上，微微摇头说：“老王就是个工作狂，我才和他从邻市回来，你表妹的事，不是什么大事，找个熟人打声招呼，赔点医药费，别让他们这么讹下去。”

苏沫放了心：“麻烦你了，因为她以前那些事，我不想闹得太大，闹大了对她不好。”

周远山点一点头，想说什么，又有些犹豫，过了一会儿才低声道：“我这儿也有件事，想请你帮忙，莫蔚清这家伙，这几天都不接我的电话，不知道你见过她没，是不是有什么事？要不你帮我去她家看看？”

苏沫想了想，问：“你还不知道她住哪儿？”

周远山没答，只说：“现在的女孩子，个个都很会保护自己。”

苏沫回道：“人和人之间还是要多了解才好。”

周远山苦笑：“那也要有机会才行。”

苏沫左右为难，想说却说不出口，含糊道：“如果她有男友呢？”

周远山自嘲地笑笑：“她现在不可能没有其他追求者，只要没结婚，就还有希望。”

苏沫没作声，眼见董事们从电梯间三三两两出来，周远山起身告辞。

会议室里，王亚男坐首位，人都齐了，王居安最后才来，进来就说：“给我来杯咖啡，”苏沫忙出去吩咐，谁知他又说，“很久没喝苏助理煮的咖啡了。”

王亚男笑起来：“就你们这些小年轻名堂多，我的人是专门伺候你喝咖啡的吗？”

王居安也笑：“姑姑您这话当真是见外，一家人，还分什么你的我的？”

苏沫听见这话，脚步顿了顿，头也不敢回，仍是转身出去，一颗心随着磨咖啡豆的声音扑扑直跳。不出五分钟，咖啡煮好，端上来的时候忘了搁在小碟里，只用手捧进去，也不觉得烫。

董事们仍是闲聊，王亚男忽然问自家侄儿：“你觉得怎么样，投标的事胜算多少？”不等对方答话，她接着道，“三点开标，这都几点了，怎么那边一点消息也没有？”

王居安也看一眼手表：“不急，三点刚过，一有消息，老赵会打电话过来。”

王亚男转脸吩咐苏沫："你把投标的情况给大家简单说说。"

苏沫介绍了下产品优势和那几天的工作流程，拿出信心十足的架势，表示在整个过程里，技术环节上没有出现任何问题，请各位董事放心。

王亚男听了微微点头："你这边我倒是不着急，至于其他方面就说不准了。"

王居安认真瞧着她俩一唱一和，慢慢喝了口咖啡，再搁下杯子时，咖啡漾了一些出来，洒在文件纸上，他略微皱眉："怎么，苏助理连咖啡碟子都舍不得给？这几页湿了，过来收拾收拾。"

苏沫只得过去，说："我叫人给您重新复印。"

王居安抖了抖那几页纸："不用，你擦擦就行了，"他微微一笑，视线扫过她的脸，稍微凑近些她耳边放低声音，"多收拾几次，总会服帖的。"

苏沫脸上发热，不敢多话，只埋着脑袋，把他跟前的桌子打理干净。

一旁手机铃声响，众人全看过来，王亚男一言不发表情严肃，气氛变得紧张。

王居安不紧不慢地接了，听那边讲完，只答了句："你明天回来，直接到公司。"他说完挂了电话，靠回椅背上看向王亚男，"这回您可以放心了。"

王居安话音才落，王亚男就接到胡特助的报喜电话，这边消息来得稍晚，王亚男对胡特助有些不满意，可是转眼一瞧，各董事都纷纷向自己点头祝贺，于是当即表示，这次安盛中标，虽是万里长征第一步，但为答谢各位同事的努力，公司将于明晚举办一个小型庆功会。

中标的消息传遍公司，大家都很高兴，苏沫歇下一口气，得了空，请上半天假，打算明天一早请周远山去法院跑一遭。

这边，王居安接到儿子的电话，早早回了家，推门一看，那位大少爷正跷着二郎腿歪在沙发上打游戏，脚边搁着行李箱，箱子里胡乱散出几件衣服。王居安还没开口，王翦倒是扔了平板电脑一骨碌爬起来，急吼吼道："爸，你这回可得帮我。"

王居安没作声，瞅见茶几上的几只用青色竹篾编的蝈蝈笼子，拿起来瞧了瞧："让你在乡下多住几天，巴巴儿地跑回来做什么？老张他人呢，送你回来就走了？"

王翦说："他要送吴老头回去。什么鸟不拉屎的破地方，还有那俩老头，成天不是钓鱼就是下棋，再待下去，我得闷死。"

前几天才下过雨，这会儿天更热，家里倒是凉悠悠的，王居安索性脱了衬衣打起赤膊，说："青山绿水的地方还嫌不好？你这样的就得磨磨性子，别整天跟只没头苍蝇一样到处乱晃。"

王翦便真晃过来，当胸给了他爸一拳，学着北方口音道："哥们儿，挺壮的啊。"又想起什么，在他爸腰腹上比画了一下，"那个吴老头这儿有这么长一道疤，吹牛说自己参加过越战。我就说，那你怎么混的，打过仗的就这么一副屌丝样？那丫听不懂还跟着傻笑。"说到这儿他哈哈乐起来，乐完了，仍是跟着他爸转悠，嘴里胡言乱语，"大哥，算我求你，你就帮小的这一回吧。"

王居安仍是没接话，从冰箱里拿出一罐啤酒掀开来喝。

王翦蹭过去："就是上回那女孩，为了救我打伤了人，现在人家找她麻烦，都闹到法院了。"

王居安心里来气，小兔崽子就知道为个女人瞎折腾。他忽然想到什么，停了一会儿，不觉说了句："就为这事？"

王翦一听，以为有戏，连连点头："是啊是啊，对你来说就是芝麻绿豆的小事，随便打个招呼就成，天底下就没老王你办不成的事。"

王居安说："就这点破事，你不管自然有人管。"

王翦挺高兴："我不管当然是你管。"

王居安瞪他一眼："那姓钟的女孩，这回是她主动找你的？"

王翦装没听见。

王居安低哼："小丫头片子。"本想好好教育儿子一番，提醒他学会识人，可是话到嘴边又咽回去，心说这个年龄的都是似懂非懂的花岗岩脑袋，讲再多也治标不治本，人还嫌唠叨。少不得找个机会，把这事儿连根除了才好。他心里不耐烦，索性不管，径自上楼冲凉。

第二天，周远山带着苏沫到法院找了人，他人缘好，钟声的情况不算复杂，操作起来很顺当。出来以后，周远山又陪她跑医院和派出所，到中午大致敲定事情。苏沫想请他吃饭，周远山说已经约了客户，两人就站在冷饮店的遮阳伞下喝汽水。

周远山一直没提莫蔚清的事，苏沫倒有点不好意思，眼见人家帮忙帮得爽快利落，自己却支支吾吾连个回音都没有，似乎说不过去。想来想去还是先了解下情况再说，苏沫直接问他："周律师，你和莫蔚清以前就认识？"

周远山面上有些不大自然，低头笑一笑，"认识挺早，当时年纪小不懂事儿，谁也不让谁，后来为一件小事稀里糊涂分了手。我大学毕业去了外省，前两年才回来，后来的事你也知道了，无意中碰上了……"

他停住，望向街上的车流："以前吧，觉得这姑娘傻乎乎的，什么也不懂，让人着急，现在变成个人精一样又觉得不习惯，不知道该怎么接触。"

苏沫说："一个人变化大，肯定是生活有变故，受了挫折吃过苦，要是条件允许，谁愿意没事折腾自己呢？"

周远山没再多讲，从裤兜里摸出一根烟正要点上，想起来问她一句："不介意吧？"

苏沫摇一摇头，又有些惊讶："你抽烟？"

周远山笑起来："我怎么就不能抽烟了？"

苏沫笑："我以为你烟酒不沾。"

周远山嘴里咬着烟，掰起手指数给她瞧："抽烟、喝酒、搓麻、赌博、溜须拍马，缺一不可，你以为老王真像他自己说的，尽喜欢刺儿头？"他话没说完自己先笑起来，"要是浑身带刺随便扎人，我还怎么混？"

苏沫听见这话，也忍不住好笑。

周远山又说："像老王这样的有钱人，要是巴心巴肝地凑过去事事都合他的意，他肯定心里不屑又提防。像我这样，偶尔给他惹点小麻烦，他会觉得，这人是挺二，但有点意思，真性情还在，没俗到家，可以一用。"

他说得有趣，苏沫却想：周律师太不小心，轻易就说出这些话。可转念又想：怎么看他都不像粗心的人，能说出口自然是因为信任我。

她忽然有些高兴，心里就越发犹豫，觉着莫蔚清的事总瞒着人家也不是个办法。只等周远山一走，苏沫就打了个电话过去，莫蔚清仍是不接，她既庆幸也担心，接着又打给从蓉，那边也说联系不上。

苏沫回公司上了半天班，总经办的同事忙着布置大洽谈室，一时购买烟酒小吃准备水果拼盘，一时又联系酒楼预订席位。

下午开会，王亚男率先总结发言，表彰各部门的积极配合，接着王居安也表示，希望大家接下来全力以赴，争取更好的成绩。

会议快结束，赵祥庆和胡特助才赶到公司，赵祥庆一进门，房间里顿时变得热闹起来，他先是往王亚男跟前凑了个趣，逗笑一片人，又挨个儿地和开会的人拍肩搭背抱了一圈，走到苏沫跟前还不忘问她，老人孩子最近如何，足见这人心细如发。

王亚男今天高兴，人却略感疲倦，只让王居安和几个副总带着人去酒楼开庆功宴，自己回家休息。

赵祥庆瞧见一把手走了，更来劲儿，一边让人在席间拍照，一边又撺掇着上次参与项目的同事和几个部门老总坐一桌，偏生漏掉胡特助。而苏沫也瞅了个空躲开去，溜去总经办付丽莉那桌坐下，那一桌多是女同事，都不怎么喝酒。

谁知付丽莉却要带着大伙去凑热闹，给领导敬酒。一群年轻姑娘小媳妇个个端着杯子笑嘻嘻地往王居安旁边一站，旁人起哄说："你们也太没诚意，这么些人给领导敬酒，怎么杯子里都是可乐橙汁，还有酸奶呢?"

付丽莉回身一瞧，除了自己个个都端着饮料，一时赶紧让人去换，王居安原是靠在椅背上和人说话，现下转头笑道："我才多喝了些，付主任又带人来灌我，这机会可拿捏得好。"

付丽莉这一巴掌拍到马腿上，端着酒杯讪讪地笑。

王居安倒是挺有风度地执着酒杯站起身来："家宴，无非图个热闹，付主任的面子我一定要给，这杯我喝完，女士们随意。"他抬了抬视线，瞧见苏沫不远不近地跟在这些人后面，一张脸沉静得很，眼神也是凉凉的不知道正搁在哪边，忽想起那晚销魂之时，她何曾是这样的神色？一时身上有些燥热，仰头就干了。

不知谁插了句嘴："领导都喝了，付主任你们都换上白酒吧，不然没意思。"

旁边立马有人上来斟酒，直接兑在饮料里，几个女同事本以为只用跟着走过场，谁知现下却要动真格，一时你看我我看你面露难色。付丽莉正要举杯，赵祥庆却拦住她："付主任这边都是娘子军，王总也是好意，不想为难人，要我说，你们这边不如派个能喝的出来，代表大家喝一杯就是了。"

底下几个人就说："苏助理能喝的。"

一时间苏沫就被人推到前面。

苏沫不得已拿起酒杯，方抬头看了王居安一眼。

王居安一直没言语，等她喝尽一小杯酒，周围有人拍掌叫好，他稍微凑过来压低声音说："过一会儿，你来车上找我。"

酒过三巡，眼见都吃得差不多了，几桌人又商量着要上哪儿唱歌继续消夜。

王居安笑道："你们玩，我就不去了，去了你们放不开，巴望着我赶紧走，都玩不痛快。"

大家笑起来，几个胆子大的开口道："王总，您不去才没意思。"

王居安往烟灰缸里按熄了半支烟，临出门吩咐："你们几个别喝太多，完了把女同胞们先送回家去，注意安全。"

赵祥庆等人赶紧起身相送，又听见两个女同事也说不去唱歌，太晚回去家里孩子闹云云，老赵忽然扭头问苏沫："小苏，你一会儿怎么安排，要赶回去看孩子吧？”

苏沫借着些微酒意，脸上仍是热得很，听见人问冷不防心跳漏了半拍，忙说：“我、我今天不着急回去，我爸妈带孩子出去旅游了。”

赵祥庆“哦”了一声，又向王居安那方瞄了眼，才要说话，一个年轻男同事自告奋勇：“赵总，没事儿，一会儿晚了我送苏助理回去。”

赵祥庆笑道：“你送我不放心，要送也得我送。”

大家都笑起来：“赵总，您可真直接。”

赵祥庆撵在王居安后面：“头儿，要不您也一起去玩玩？”

王居安没答话，径直走了。

苏沫心里平静了点，随众人去唱歌，这几天因为钟声的事儿有些累，在角落里坐了一会儿就开始犯困，心想时间也差不多了，不如先回去。只和旁边的一位女同事打了招呼，就悄悄溜出门。

到家以后不过八九点钟的样子，她洗漱完毕，换上家居衣服，舒舒服服地坐在沙发上，拿起手机想给清泉他们去个电话，也不知道能不能接通。忽然有人按门铃，苏沫也没多想，这个点除了从蓉还能有谁，多半是来说莫蔚清的事儿。

开了门，王居安站在外面。

苏沫愣住。

王居安见对方也没让自己进去的意思，问：“从蓉也住这儿？”

苏沫隔着一扇门也能听见从蓉呵斥孩子做作业的声音，接着另一边又有邻居出来扔垃圾，她心里一慌，忙让开些，说：“先进来。”

等人进了屋，立时关上门，心里急跳了好一会儿，她才想起来问：“你怎么找上来的？”

王居安站在客厅中间环顾四周，面积小小的，装潢也简单，但是看上去干净整洁、舒服雅致，处处都精心布置过，屋子里还飘散着柔和的女人香气。他直接走到沙发旁坐下，答了句：“我给从蓉打过电话。”

苏沫又吃了一惊，脑袋里这才转过弯来，急道：“你怎么问的？她知道了？”

王居安反问："你说呢？谁让你这样不听话？"

"我为什么要听你的？"苏沫见他轻描淡写，心里更烦，又有些慌，第一反应就是想着怎么在从蓉跟前把这事给掩过去，再一想，从蓉那样精明，哪能骗得了？一时之间手足无措，只在屋里来回踱步。

"别转了，转得我头晕。"王居安一拍旁边的位子，"你过来，坐会儿。"

苏沫看着他有些愣神儿，忽然走过去拉开房门，小声说："王总，时间太晚了不方便，您还是先回去吧。"

王居安见她T恤短裤一身小姑娘打扮，板起脸孔也不见多少威慑力，不由好笑，起身过去轻轻推上门："这么点事，就把你吓成这样？"

苏沫抬头看他："这事对您来说是无所谓，但是对我来说很重要。"

王居安问："什么事对你来说很重要？是这份工作？还是怕人议论你的私生活，说你表面正经，实际上奔放？"

苏沫脸上红一阵白一阵。

王居安伸出一根指头点点她的脑门，调笑："让我想想，你这样的人，就像以前那种喜欢讨好老师的女同学，人前规矩，其实经常躲在课桌后面吃零食讲小话，转过身去还老打小报告，最喜欢偷偷摸摸地行事。"

苏沫咬着唇不出声。

他的声音越发低下去，苏沫转身要躲，被他一手按住腰，两人面对面贴在了一起。苏沫也不敢叫，只用手去推他，又被他捏住手腕。王居安一身酒味，这会儿呼吸有些粗："别折腾了，我也没用多少力气，你要是想跑早跑了，你也知道，我还是挺喜欢你的。"

苏沫脑袋犯晕，心想：这么个男人，多少女人都惦记着他，我既没勾引也没讨好，是他自己找上门来，我还想这么多做什么呢……

没多久王居安也起来，腰间围着条浴巾，看见沙发上搁着叠放齐整的衣物和洗漱用品，吩咐道："再给我准备双拖鞋，我不穿别人穿过的。"他伸手按一按脖子，又说，"床也得换，这什么床？没法睡。"

苏沫说："你快点吧，上午九点到省里开会，不是还要准备材料吗？

晚了路上堵车。”

王居安瞧了她一眼。

苏沫解释：“前天的会上，王工提过这事。”

王居安笑笑：“她的人就是了不得，个个耳听八方，眼观六路，记性好得很。”

苏沫直言：“我得靠这个吃饭。”

王居安不再多说，洗漱完毕，换好衣服出了门。

苏沫竖起耳朵听，生怕他出去时声响太大，直到听不见动静了，才松了一口气。她浑身不自在，回到浴室又想冲澡，无意中从镜子里瞄见自己的脸，被欲望满足，又因欲望而羞耻，多么陌生。

她走近了，双手撑在盥洗台上，又仔细瞧了一回，突然扬手，把那人搁在台子上的洗漱用具全部扫落在地。

苏沫收拾停当，提早上班，原想错开从蓉出门的点儿，以免碰上，谁知她前脚进电梯，后面就有人喊：“喂，把电梯按着等一下。”苏沫扭头一瞧，是从蓉的孩子，背着双肩包颠颠儿地从家里跑出来，到了跟前才对她喊一声“阿姨”。苏沫冲他笑笑，按住电梯的开门键。

从蓉从房里快步出来，锁好门，嘴里仍不忘训斥道：“跟你说过多少遍，让人帮忙得说请，你总是改不了，别人不会批评你，只会骂你老妈没把你教好。”她一脸疲倦地进了电梯，道了谢，嘴里才消停。

苏沫心里存着顾虑，敷衍道：“小孩子嘛，过几年就懂事了。”

从蓉仍是说：“你不知道，孩子是越大越难管，七八九，嫌死狗……”

那孩子立马笑嘻嘻地回嘴：“嫌死妈，嫌死妈，嫌死妈……”

从蓉伸手往他嘴上一捂：“行了啊你，记得在学校多喝水，要期末考了，好好上课，别跟人打架，吃饭前洗手，收拾好自己的东西……”碎碎唠叨了一通，才对苏沫叹道，“你看我，像不像更年期快来了？一啰唆就没完，我自己都烦，等他放了假更麻烦，我上班，又没人带。”

苏沫见她神色如常，心里也多了几分侥幸。

从蓉又说：“到时候只能给他多报几个班，让保姆接送，我本来想……”她停了停，“正好趁你爸妈在这儿，请他们帮我带带，我按周给些钱……”

这话让苏沫有点不自在：我以前给你做过保姆，我爸妈也要给你打工吗？她笑道：“都认识这么久了，还说什么钱不钱的，能帮得上就帮。倒是我爸妈身体不太好，怕是有心无力，他们又只待到七月初，时间上短了点。”

从蓉问：“待一个月就走？老两口又没什么事，应该住些日子。”

苏沫说：“我表妹要过去读书，他们赶着提前回去安排。”她心里始终念着对方曾帮过自己，又说，“孩子的事你别急，只要有时间，我就帮你带，做饭接送都可以，有人分担一下也是好的。”

从蓉看着她一笑：“我也就是想想，现在哪敢麻烦你呢？这种事交给保姆做就行了，不然叫那谁知道了多不好。”

苏沫心里一怔，当作没听见，电梯铃叮的一声响，从蓉拉着孩子往外走，苏沫埋头走去路边搭车，却半天不见有车过来。

从蓉把孩子送上校车，开着私家车过来，摇下窗户冲她笑笑：“我去见客户，正好能捎你一段路。”

苏沫上车，两人又开始谈工作聊家常。从蓉抱怨孩子作业太多，家长跟着受累，两人都睡眠不足，白天又忙着保业绩做事业，每天亚健康状态，又说起孩子不听话的事越发生气，她忽然话锋一转，叹了句：“我们这些单身女人，既要看孩子又要赚钱花，比别人也老得快些。你别看我在外面风风火火，其实回家就想当病猫，什么都不想管。可为人父母，是到死都不能撂挑子的工作。还是你现在好啊，机会在手，以后也能过得轻松点。”

她见苏沫没接茬，自己倒沉不住气，笑道：“别装了，昨天老板给我电话了。你行的，我没看走眼，你比莫蔚清有出息，她找的那个有家室，身边一堆麻烦，你倒好，直接钓个钻石王老五。”

苏沫暗自叹气，问：“他怎么跟你说的？”

从蓉道：“没怎么说，开门见山地问，苏沫住几楼？我当时没防着，就告诉他了，一说完他就撂电话，半句废话没有，哎哟喂那态度，牛得不行。”

苏沫这才道：“不是你想的那样。”

从蓉一点没信：“少来，大晚上的找你，是为了亲自送文件呢还是谈工作呢？他那车，停在这楼下可闪瞎了我的眼，想回避都来不及。”

苏沫没作声。

从蓉又说：“人都追上门了，你那边怎么个打算啊？还是身在曹营心在汉？”

苏沫含糊道：“和那些没关系，也就这一两天，等他腻了，自然就消停了。”

从蓉看她一眼，没说话，又看她一眼才道：“我先前是白夸你了，你这人吧，就是没有莫蔚清那种不撞南墙不回头的蛮劲儿。什么叫等他腻了？那你现在算什么？陪太子读书？你这姿态放得可够低的啊。”

“我人微言轻，说了也不算。”

从蓉轻哼：“怎么不算？你铁了心不跟他，他还会缠着你？”

苏沫面上窘迫，瞧向窗外。

从蓉瞧她那样，又随和地笑笑：“你一个人也不容易，旁边有人帮衬那是多好的事儿？运气再好点，捞一笔是一笔，给你房子也好车也好，先留着，不如意就卖掉，离了南瞻，回家去，也没人知道。要我说，你如果真跟了他，只有这条路可行，其他那些都是虚的，想不得，图不到。”

苏沫说：“你想的真够远的，你说的这些，我都没想过，以后别再说了。”

从蓉不以为然，心里冷笑：这些年我什么没见过？我是说到你心坎上去了，所以你不愿搭理。摆姿态谁不会呢？越年轻的越爱拿腔作势昭告世人，彰显自己多么纯洁无辜，无非是怕授人话柄没男人要罢了。等着瞧，到头来还不是一头栽进人怀里？什么自尊什么清高，在虚荣面前一文不值。莫蔚清多么直接，你偏要矫情。

她虽这样想，却也明白，以后说话再不能像往常口无遮拦，于是随意来了句：“也是啊，像老板这样的男人，什么都不缺，光瞧着就让人喜欢，我们女人一时看迷了眼也是有的，人之常情。”

苏沫一早到公司，喝了杯咖啡，静下心查看 Email，先找出需要向王亚男请示的内容归纳打印，再拣出要紧的邮件逐一存档回复，最后处理其他琐碎事情。其中有一封群发邮件，是昨天庆功宴上的照片。她随意点开看了几张，翻到自己和王居安那张合影时不由停下。

照片是在她给他敬酒的时候拍的，两人都侧对镜头，寻常距离，打眼一瞧并无特殊。苏沫却越看越心慌，只觉自己态度暧昧，眼神闪烁，笑起来勉强，也不敢直视对方，说不出的扭捏作态。

再瞧上面的收件人，密密麻麻数排地址，她渐渐脑壳发涨，手心冒汗，马上手忙脚乱地从内网搜寻其他合影作比较，翻了一圈总算找着一张，是上回营销部聚餐，王亚男叫她给人送文件的时候照的。

苏沫把两张合照拷到硬盘里，存进同一个文件夹，看了会儿，更觉差别明显。

早前那张，王居安随意靠坐在身后的办公桌上，姿态随意潇洒，而她立于一旁，脸带微笑，态度恭谨，一眼能瞧出上下级关系。

那会儿她从不怕被人说三道四，因此眼神清澈一片坦荡，可是现在，这双眼里暗藏了太多情绪，从此有理的事变成没理的，指责也成了笑话，曾经清者自清，如今浊者自浊。

她兀自发呆，忽听有人喊了声“小苏”，回过神，王亚男已走过来，苏沫赶紧关掉窗口，笑着掩饰道：“王工，您今天来得真早。”

王亚男看她一眼：“十点多了还早？你一直在忙什么呢？”

苏沫忙把打印好的文件递交上去：“有几封邮件回执请您过目。”

王亚男接过去看了眼，收了，说：“一会儿销售和技术的都有人过来，你让他们去小会议室，再叫人泡几杯茶送过去，年轻人气性大，喝茶静心。”她忽然问了句，“王总今天在公司吗？”

苏沫心里跳了跳：“应该不在，我记得上次开会的时候，您说过他上午要去省里办个事……”

王亚男一想：“是的，我给忘了，省里有个企业座谈会让我们这边派人过去。”她一笑，“难怪工程部的找这个时间和营销的那伙人杠上了，知道他这个总经理一碗水是端不平的。”

过了会儿，那两边果然都有人来，脸色都不太好看。

苏沫照王亚男的意思做了，去茶水间的时候，就有人事部的同事同她八卦，说才在审核这次中标项目的奖金计算表，合同还没签呢，技术部那边就因为奖金分配的问题和营销部有了分歧。

苏沫一听原来是这么回事。按理说这次项目不小，参与过的同事或多或少都能拿到一定奖励，苏沫因为钟声的事破了些财，这次没有例外当然也盼着。原本七月份有次工资级别的调整，但是她资历尚浅，何况数月前因为岗位的调动才涨过薪水，这次再涨的可能性微乎其微。

她一面盼着奖金，一面又希望能继续跟进这个项目，以后的履历上看起来能漂亮点。她对这事有一定把握：一来王亚男待她越发信任；二来她为这个项目所做的努力，王亚男不可能没瞧在眼里。

王亚男和那两个部门的员工一直聊到中午。

下午，王居安回公司，和王亚男以及几个部门领导一起协商，正式组建一个班子专门负责这次的项目，确定了小组成员名单。

到了下班时间，王亚男又召集大家一起开会，苏沫从旁记录。

大伙儿都因为上头这次的行事态度有些紧张，会议室里鸦雀无声。

前面当然是介绍此项目的前景和对于公司发展的重要性，接着又是各相关部门领导积极表态，最后由总经理宣读入选项目班子的成员名单。

苏沫听他一路念下去，心跳得极快。

王居安念到后来似乎瞧了她一眼，当他说出最后一个名字，苏沫心里顿时失落，怎么想都觉得不可能，王亚男一连喊了她两声，她才听见，以为还有希望。

谁知王亚男对她说：“我晚上有饭局，你现在买些菜，到我家里做晚饭。我两个保姆，一个事假，一个又病了，你去帮忙替一下。记得，菜一定要少盐少油，最好两素两荤一汤，米饭也不能太软，不然我孩子不爱吃。”

苏沫的心情顿时如一夜重回水深火热之中。

第十章 ✦ 受困

一般这种表面苦哈哈的，要么是没出息，
要么是真能忍，为什么他能忍？
不投资哪来回报，忍的多，要的更多。

王亚男把苏沫叫到办公室，说了几样菜名，又告诉她去哪些地方才能买到上好食材，说家里孩子一顿要吃多少饭等。苏沫对此还不在状态，王亚男就说："内容太多，你先记在纸上，回头别忘了。"

苏沫一笔一画在便签条上写字，动作显得机械化，想了想，抬起头，看向领导："王工，我想问一下，为什么……"话没说完，桌上电话响，王亚男拿起来接了，和对方谈笑风生。苏沫看她那意思，一时半会儿也说不完，只好小声告辞，王亚男这才对她点一点头。

街上人群车流匆匆，苏沫想着先前的事，越发沮丧，赶着去买了菜，搭车去蓝泉湾。

进了王亚男家的院子，就见一个打着赤膊穿着运动裤衩的年轻男人蹲在路边的花圃前劳作，想来是园丁，另有两名戴墨镜的男子站在旁边的树荫下喝矿泉水。望见苏沫拎着满兜的菜进来，那两名男子上下打量她一通，问："苏小姐？"

苏沫点头："是王工让我来的。"

"是的，王董先前打过招呼。"

两人请她进去，草地上的喷头洒着水，路面潮湿，零星散落着一点泥土，苏沫正往里走，半道被人伸手拦住，“园丁”抬头望她，只说：“踩着了。”

苏沫低头一瞧，脚边横着条蚯蚓，忙绕过去。

那人拾起蚯蚓，见小虫儿扭了几下，他很高兴：“没踩着，没死。”他把蚯蚓放进花圃。

戴墨镜的男人对“园丁”道：“宋天保，一会儿饭做好了，你可要吃啊，小心你妈回来发脾气。”

宋天保“哦”了一声。

苏沫心里诧异，回头瞧了眼，觉得这人与常人有点儿不同，他身材高大结实，已入壮年，神态却天真无知如孩童，一时间很难估出年龄。

宋天保也看着她，问：“你是谁？”

苏沫答：“我是……你妈妈的秘书。”

进了屋，苏沫果然没瞧见保姆，她直接去厨房准备晚饭，早前就听说王亚男的儿子有些问题，所以只靠家里养着，并不在众人跟前露面。至于是什么问题，众说纷纭，王亚男更不愿提及。

苏沫一面洗菜，一面想着，别人在高堂广厦里工作，自己却被当下人使唤伺候病儿，来去间全凭旁人定夺，这也怨不得谁，自己学历一般，比不上搞技术的那些同事，但是营销那边的也不是个个高学历，可为何连一个理由也没有，她就被人摒弃不用？

莫非是王亚男听到了什么风声，还是怀疑了？

苏沫心里忐忑，三两下就将几样菜端上桌。

宋天保早饿了，乐呵呵地过来吃饭，才扒了两口就又搁下筷子，往楼上去。苏沫不解其意，忙拉住他，宋天保说：“不好吃，我想唱歌。”

苏沫劝他：“你先把这碗饭吃了，再去玩。”

宋天保人高马大，虽行动比常人迟缓，但力气不小，稍稍一挣，险些把她推到地上，说：“不好吃，我不想吃。”

他行事无常，苏沫有些怕，只能随他去，又瞧着一桌子菜，看看墙上的挂钟，担心王亚男回来责难，就往碗里夹了几样菜，取了勺子，跟去楼上。

宋天保正在试麦，看见她问：“你想唱歌？”

“我不唱。”苏沫试探，“要不这样，你唱两句，歇会儿，吃一口饭，好吗？”

宋天保摇头：“不好，我妈不让，她叫我好好地吃饭。”

苏沫说：“那你下楼去，坐在桌子跟前好好地吃饭。”

宋天保仍是摇头：“我不想吃，为什么你还要我坐在桌子跟前好好地吃饭？”

苏沫说：“要不我喂你吃。”

宋天保说：“喂饭不好，我妈说，那些人就想省事，其实是害了你。”

苏沫说：“……我没想害你，但也不能让你饿着，你自己好好地吃吧。”

宋天保摇头：“我不想吃，为什么你还要我自己好好地吃？”

苏沫：“……”

宋天保扯开嗓子唱歌，语不成调，但是很投入。苏沫在旁边听了一会儿，趁他唱歌的间隙，嘴还没合拢的工夫，赶紧给他塞了一勺子饭菜。这家伙因为急着唱下一句，囫囵吞枣，歌没唱几句，饭倒吃了好几口，他察觉上当，立刻不耐烦，胳膊一挥，把她手里的碗掀到地上。

地毯上全是饭粒，苏沫便又忙着打扫，等收拾干净了，也没耐性再伺候这傻子，就自个儿坐在一旁琢磨王亚男的想法。

谁知宋天保倒不干了，拿着话筒忽然大喊：“秘书，我好饿啊。”

苏沫被他吓得一跳，赶紧问：“你想吃什么呀？我再去给你做。”

“面包。”

“我出去给你买？”

“我妈说，外面的不干净，不地道。”

苏沫不会做面包，只好劝他：“吃面包不顶饿，我去给你做馅饼吧？里面有肉的。”

宋天保一听，点点头。

苏沫松了口气，赶紧又给人做馅饼，用油煎了香喷喷的端上来，宋天保咬了两口就不吃了，道："我妈说，油炸的不健康。"

苏沫忍着脾气问："你到底想吃什么？"

"刀削面。"

苏沫叹了口气，又跑去给他做，用海参鲍鱼汤做底料，先时的菜少盐偏淡，这会儿就多给了些调料，尝了尝味道不错，心说这回总得吃了。谁知宋天保只吃了两口，就搁到一边。苏沫忍不住了："你是在耍我吧？"

音乐很响，宋天保没听见，自顾自地坐在地上唱歌，苏沫气得鼻子发酸，走过去拔了插头说："你是装的吧？和他们一样都在耍人玩呢！"

宋天保看看屏幕，又看看苏沫。

苏沫指着那碗面条："吃了吧。"

宋天保愣愣地道："烫。"

苏沫用手试了试，果然还有些烫，一时气也消了些，心说何必跟一个傻子计较？又想还不是自己太没出息，其他人她又哪敢去计较呢？她越想越难受，索性坐在旁边一声不吭，宋天保也不说话，两人都席地而坐，沉默不语。

过了半晌，宋天保跑去把插头接上，又开始唱歌，唱了两首觉得没劲，对苏沫说："这歌，你唱女的，我唱男的。"

苏沫哪有心情："我不想唱。"

宋天保拿起一只话筒塞她手上："你唱女的，我唱男的。"

苏沫耐着性子："我不唱歌。"

宋天保歪着脑袋瞧她："你不高兴？"

苏沫没理他。

宋天保说："这歌，是不高兴的，你唱。"

苏沫无可奈何："你先把晚饭吃了，我才唱。"

宋天保连忙点头，端起一海碗刀削面呼呼啦啦吃了个底朝天。

苏沫拿起话筒，唱《萍聚》，唱到男声部分，宋天保却是痴痴地看着屏幕，不张嘴，等苏沫唱完一整首，他才噼里啪啦地鼓掌，说："秘书，你唱得很好听，比安安唱得还好。"

苏沫没答话，低头看手表，琢磨着王亚男就要回来了。

宋天保说："我再吃一碗，你再唱一遍。"

苏沫又给他盛上一碗，他果然吃了，听她唱完，还要吃第三碗，苏沫怕他吃太多，两人又开始较劲，楼下却有人喊"天保"。

宋天保跳起来，高兴道："妈回来了。"

王亚男上了楼，一脸疲倦，见着儿子时却是笑眯眯地问："天保，吃饭了吗？吃饱了吗？苏秘书做的菜还合口味吧？"

宋天保拍拍肚子："饱了，秘书，她明天还来吧？"

王亚男看向苏沫，瞧上去还算满意，说："小苏，时间不早了，你先回去。"又道，"这星期，你把手上的事放一放，多往这边跑跑。主要是中饭和晚饭没人做，我也懒得再去找人，信不过。还有，天保每天都要上课，必须有人陪他一起去，你明天一早就过来……"

苏沫只能先应着，想问的事情却开不了口，心里没底。

出了别墅小区，也没见着出租车，走了会儿想起自己还没吃饭，过了主干道，路上渐渐嘈杂，旁边有一面摊，还在做生意，凉棚上点着晕黄的灯。苏沫腹中空空，顾不上许多，进去点了碗面条，只吃了几口就难以下咽，付钱走人，想是受了那傻子的折腾，这会儿胃口全无。

又或者，她这段日子已习惯在大酒店里吃香喝辣，就连应酬时喝的酒也讲究年份了，哪里还受得了这种委屈？

苏沫回到自家小区，在楼下碰见从蓉倒垃圾。

两人一起进了电梯，从蓉拉着她的衣服上下打量："你这是做什么去了？这么高级的套装，又是面粉又是油渍的，你和人应酬，还得自己做饭呀？"

苏沫心情不好，更不想让人看笑话，于是一声不吭。

从蓉笑道："照理说不能呀，那谁应该不舍得自家女人出去应酬吧？更别说是去做粗活了。"

苏沫憋了一晚上的怨气立时点爆，直接说："我就是去做粗活了，我给人做饭带孩子去了，早和你说过，我和王居安之间根本就不是那么回事，你以后也用不着对我冷嘲热讽。"

从蓉不以为意，拍着她的肩笑道："哎呦，看来这委屈还不小嘛，来，给姐姐说说，没准能帮你参考下。"

苏沫没作声，剩下的半腔怒气又给按了回去。

从蓉说："人在江湖飘，哪能不挨刀？你明明手里有盾牌，却偏要玩清高。自古世事难两全，何况我们这种人，又想清高，又想过得舒坦，是没那个福分的。苏沫，你到底想要什么呢？"

苏沫心里一怔，问："你都知道了？"

从蓉笑笑："除你之外，就不许我在那边认识个把人？"

苏沫说："没想到我这种小角色，也有人喜欢在背后嚼舌根。"

"你今时不同往日。"

"你这是什么意思？"

从蓉说："我什么意思？这事是由总公司那边部门间的争执引起，平息事端，总得有人当牺牲品。"苏沫还要问下去，从蓉打断，"我就知道这么多，其他的事，你何必绕远路来问我？你这人嘴也不甜，还成天摆出一副苦大仇深的样子，从来不知道自己要什么，男人见了没胃口，我都替你着急。"

苏沫到了家，把门一关，靠在门板上想了半天，终于拿出手机，敲了一行字："现在有时间吗？"她仍是犹豫不决，谁知一不小心手指碰到屏幕，把短信发了出去。苏沫立即傻了眼，心说这话歧义太大，忙又添上一句，"有件事，我想问问。"

她内心惶惶等了一整晚，对方却没有丝毫回音。

第二天一早，苏沫陪宋天保去上课，保镖开车。苏沫趁着宋天保上课的空当又跑出去买菜，中午回去做饭，下午陪人抢救爬到太阳下的蚯蚓，种花除草，出了一身臭汗。

正忙着准备晚饭的时候，又接到公司的电话，项目小组的同事委婉地对她说，因为参与本项目的员工都签署了关于技术方面的保密协议，所以希望她能将以前留存的材料全部提交，并且彻底删除电脑中的备份，同时隐约透露，说现在苏沫用的电脑会交由临时助理用一段时间，所以资料保密尤为重要。苏沫问那个临时助理的名字，得知是付丽莉手下的一个新人。

宋天保正一脸无知地扯开公鸭嗓子，在旁边放声高歌，苏沫越发看他不顺眼。

晚上回家，仍然不死心地翻看短信，只收到父母在船上发来的消息，说是旅费虽然贵了点，但是景观和住宿都很好，这钱花得值，又说是托了自家女儿的福。

苏沫心事重重，握着手机睡着了。

第三天，一切照常，先陪宋天保上课，因为家里还有食材，不必买菜，苏沫就在接待室里翻杂志，这几天一直没睡好，她一时扛不住打了个盹儿。

醒来时，四周空无一人，跑去教室，仍是看不见人影，苏沫心慌起来，找了老师来问，老师说："下课的时候，我看见宋天保过来找你了呀，你们没有一起走吗？"

苏沫二话不说跑下楼，哪里还找得着？又赶去停车场，保镖正待在车里玩手机，问起来也慌了，两人分头去找。苏沫在学校跟前搜了一圈，急得满头大汗，一想到后果，双腿就直打战，最后无法，蹲在草坪上小声哭起来。

忽然有人过来轻轻摸她的脑袋。

苏沫抬头，宋天保站在跟前，微笑地瞧着她。

苏沫气得随手抓起一把草扔到他身上，大声说："宋天保，我求你别折腾我了行吗？我很累了，我快被你吓死了，你知道吗？"

宋天保很吃惊，磕巴道："我，看你在睡觉，就、自己出来走路。"

苏沫说："你走路？你是跑路吧，你连七八岁的小孩都不如，还想离家出走？"

宋天保傻乎乎地看着她，没作声。

苏沫瞧见他这样子就来气，直接道："我没必要在你身上继续浪费时间。"

当天下午，苏沫强迫自己什么也别想，瞅了个空，直接给王居安去了个电话，打了两通，还不接，第三回，响了半会儿才接起。

苏沫直接问："王总，您什么时候有时间？我有件事想和您沟通一下。"

王居安的声音平静无波："苏助理？我最近有些儿忙，不过……今晚可能还有点空闲。"

晚上，苏沫回家洗漱冲凉，换上一身质地考究的衣裙，开始仔细化妆。准备就绪后，她打量自己，镜子里的人看起来十分隆重，隆重得有些尴尬，这让她很不满意，不得不卸了妆重新上粉。来回折腾了几次，无论如何也达不到预想的效果。苏沫呆坐片刻，扔掉手里的粉底刷子，彻底洗净了脸，仍换回这几天常穿的 T 恤牛仔裤出了门。

到了约定的酒店门口，她有些犹豫，欲进不进，又怕被熟人瞧见。

担心什么来什么，墨菲定律屡试不爽，立马就听人喊："小苏。"

苏沫抬头："张……张师傅。"

王居安的司机老张正坐在大堂角落的沙发上抽烟喝茶看报纸，瞧见她也很惊讶，而苏沫也因为对方的表情更添几分羞耻感。

张老头迟疑少许，仍是多嘴问了句："你……来找王总？"

苏沫一顿，点了点头，直接进了电梯，一路如芒在背。到了王居安说的那间套房门口，按了门铃，没人应，试着拧动把手，门开了。

这会儿，王居安还在楼下的包房里和人打麻将，又摸了几圈，觉得时候差不多了，起身告辞，他今天手气一般。

牌友问："王总，您这是中途退场呢还是完了再搞？"

南瞻人嘴里的"搞"字是一款百搭动词，意味深远，于是有人接茬道："还是搞了再来玩？"

王居安摁熄纸烟："我不玩了，你们继续。"

几个男人一乐："这么早就撤，悠着些别搞大了。"

王居安上了楼，来到那间长期预订的套房门口，推门进去，就见这个女人正规规矩矩地坐在小客厅的椅子上，那模样瞧上去比任何时候都拘谨严肃，正经得一塌糊涂。

苏沫等了快一个小时，以至于脸上的表情和肢体语言都有些僵硬，当她瞧见来人时，下意识地站起身。

“坐，”王居安随口吩咐，打开冰箱门给自己拿了罐啤酒，坐到她对面的沙发上，“说吧。”

苏沫小声道：“我想知道，为什么我没能进项目小组？”

王居安反问：“你认为呢？”

苏沫说：“我觉得，当然，我自己有些方面做得还不够好……”

王居安轻轻笑了一声。

苏沫抬眼瞧他。

王居安随手打开易拉罐呷上一口：“继续说。”

苏沫声音大了点：“之前，我还以为，王董……可能在怀疑我跟你的事。”

王居安问：“什么事？睡了两晚上的事？”

苏沫没理，接着道：“可是我后来一想，如果她真的怀疑我，怎么会把我放到她儿子跟前去？宋天保不管到哪儿都有保镖跟着，吃饭、睡觉、外出她事事过问样样操心，她这么宝贝自己的儿子，怎么会让一个不信任的人去接近他？所以我想问，你到底是用了什么理由把我踢出局的？”

王居安看着她：“你才说了，自己有些方面做得不好，既然认识到自己的不足之处，还跑来问我做什么？”

苏沫努力冷静：“人无完人，就算我学历一般，资历也有限，但是在这个项目上，我的投入和取得的成绩不比那些人少。”

“所以你对自己还算满意？”

“是。”

“业务方面呢？”

“尽心尽力。”

“人际关系呢？”

“我人缘一向不错。”

“是吗？得罪了谁都不知道。”

苏沫一愣：“什么意思？”

王居安说：“当初大家开会决定谁去做演示的时候，你是怎么上位的？”

苏沫还没想明白。

“你争强好胜，在王亚男和那么多人面前，把接手这一块儿的技术主管拉下马，想起来了？”

“我只想给自己一个机会，我确实提前做了准备，但是从没想过给他使坏。”

王居安说：“你没想过，你没想过的事多了。你才来多久？人家在这公司混了多少年？他是什么学历？有什么背景？你一来就把人面子给端了，以后想使坏，记得找个比自己弱的，没法反抗的。”

苏沫不禁跟着问了句：“他有什么背景？”

王居安说：“自己回去查，谁有空手把手教你？”过了会儿又道，“算了，保顺科技你知道吗？你的顶头上司就是那家公司的法人，这个人，是她从那边带过来的。知道她为什么上哪儿都带着他吗？因为他是魏股东的表外甥，接下来的话还用我说吗？”

苏沫想明白过来，心里也跟着一滞，顿时有些难过。如果他说的都是真的，那么她被踢出局的事也是早成定局。而其他人，事成之前等着看笑话，事成以后又开始抢功劳，她一个两头不靠的新人，被人排挤掉是轻而易举，王亚男也无理由一定要保全她。至于营销和技术两边的争端，并非只为了现在那点奖金，事关重点项目，谁不想挤进去多占些资源？

想到这里，她鼻子发酸，半天不作声，好一会儿才说：“所以，你们……公司为了平衡两边的关系，像我这样的，就最先被踢走了。”

王居安瞧着她：“首先，你应该摆正自己的位置，一个小职员，一无背景二无靠山三无超能力，平白无故谁有那工夫针对你？这件事，说好听点，是你百密一疏考虑不周，往难听里说，就是顾头不顾尾。”

他没再多说，有一口没一口地喝着酒。

苏沫心绪难平，也不作声，她心跳很急，忽上忽下，就是挨不着底，过了一会儿，她终于抬起头来，说了句：“我要进项目组。”

王居安靠回沙发里：“不乐意伺候宋天保了？你要是不想做，可以辞职。”

苏沫眼眶发热：“我不甘心就这么走人，我跟了这个项目多久做过哪些事你们都清楚，现在好不容易有些进展了，我不能就这么算了。”

王居安道：“你出社会多久了？普通人，不付出肯定没收获，付出了也未必有回报，这个道理不懂？”

苏沫低着头没吭气。

他调整坐姿使自己更舒服：“苏小姐，你上一刻才跑来兴师问罪，现在又让我给你出力办事，女人真是善变，有你这么求人帮忙的吗？再说这事儿，你来找我算什么？我不是你的直系领导，凭什么用你？我直接把你捞出来搁那儿，我姑姑会怎么想？我犯不着为这种小事去烦她。”

“你……”苏沫两手相握，手指尖捏得青白，“总归会有办法的。你不是说过……挺喜欢我的吗？”

王居安笑起来：“你多大了？18岁？”

苏沫觉得自己的耳根脸颊像是被火烤一样发烫，她心里很紧张，比那天做公众演讲还要紧张，这会儿却不得不豁出去乱蒙一把：“但是你这话我当真了，何况这半年，你有事没事总拿话试探我，不管是为什么，我都觉得你在这事上太有毅力了。那天晚上，你不是还跑来拍我家的房门吗？还有，你不是挺忙的吗？你会帮每个女下属分析她们工作里的失误吗？还有那天，就是我的车被砸了的那一次，你为了帮我撒了一摞人民币，我后来听新闻里说，在临海路有个疑似精神病患者因为一时受了刺激，当街撒了四万多块钱，造成众人哄抢，四万多……你说你这些表现正常吗？连新闻都说不正常了，你让我怎么能不信呢？”她歇了会儿，缓上一口气，“其实我也不知道，你为什么会对我有兴趣，但是我觉得，你对我很有兴趣，说不定比我想的还要多。”

王居安面色一顿，却笑起来，说："你这是打哪儿来的自信呀？"

苏沫低着头，面红耳赤："你给的。"

他又笑。

苏沫见他神色放松，认真诚恳道："要是你这次肯帮我，我会很感激你。"

王居安把手里的啤酒罐往茶几上一放，不以为然："这话说得太直白。"

苏沫想了想，忍着泪道："我知道玩心眼肯定是比不过你，所以我怎么想就怎么说，我希望你能帮我这一次，就这一次。"

王居安却问："要不要我教你怎么说？你可以和其他女的一样，凶悍点，直接冲过来嚷嚷，说王居安，这件事你必须给我解决了，这个忙你不想帮也得帮，老娘不能让你白睡了。你看你，刚才说了那么多，重点在哪儿呢？你不想这么激进也可以，但是你先前打的那通电话有问题，开口就是王总、苏助理，马上就生分了，前尘往事一笔勾销，我凭什么帮你？当然还有个办法，将欲取之，必先予之，这个道理你懂？"

苏沫眼眶微湿，强作冷静地点头："知道，这句话我也送给你。"

王居安起身，走向门口："你想知道的我都告诉你了，我明天出差，你还有几天时间考虑。"又说，"好好照顾天保，他人挺好，别尽想着做无本买卖。"他打开门，站在门口瞧着苏沫，见她迟疑，问，"还是你现在已经想明白了？"

苏沫红着眼圈低着脑袋，打他身边走出去。

两人一前一后下了楼，老张首先瞧见了苏沫，觉得这姑娘和来的时候没什么两样，仍是一脸憔悴心事满腹的倒霉样子。等她出去了，又瞧见王居安，老张忙让人把车开过来。

王居安上车不久，接了个电话，是先前的牌友，聊了会儿天，说了些关于银行业务方面的事，合上手机后，便仰头靠在椅背上闭目养神。老张听他在电话里和人谈的什么质押担保也听不太懂，只瞧他现在这模样，就知道是又遇着什么烦心事了。

张老头本不想打搅，可他这人又憋不住话，想了想笑着发了句牢骚：“咳，这家的菜不怎么样，赶不上我们老王家东边那店一半儿好。”

王居安闭着眼应了声：“您是半个美食家，尝两口就知道了。”

老张叹道：“是啊，我也只能算半个。以前董事长在的时候，那才是一等一的行家，我跟着他老人家天南地北到处跑，沾了不少光，也只学了些皮毛，我是没那个资质和福气。”他顿了会儿，“但是呢，别的没学到，这相人的眼光，我倒还不差。”

王居安没答话。

老张接着来：“就说我家那个小丫头，她从小就精灵古怪，您也知道，那家伙长得还行，又是一肚子花花肠子。去年吧，她读研究生交了个男朋友，有一天我买了些吃的喝的去学校瞧她，结果她不在，她男朋友抱了一堆衣服递给我说，叔，我把她的衣服都洗干净了，我进不去女生宿舍，您一会儿交给她。我当时想，这两人感情不错，还知道互帮互助，后来那丫头回来，我问她你做什么去了呀？她说我跟谁谁谁去哪儿吃饭去了，后来又和谁谁谁一起去海洋公园了。我当时听愣了，我说你这丫头，一个男孩儿专门帮你洗衣服，一个陪你逛公园，还有一个专门伺候你伙食，你这是做学问啊，还是在折腾人呢？”他说着就笑开了。

王居安也笑笑：“选择太多，不稀罕了，也不是非谁不可。”

老张立马点头：“老板您这话可是一针见血呀。所以我问她，到底哪个才是你男朋友啊？她说暂定洗衣服那个，因为她最讨厌洗衣服。我批评她，我说你这样不对啊，人家给你洗衣服，一是因为喜欢你，二来是他性子善良实诚，你怎么能这样戏弄人呢？你是我和你妈的宝贝疙瘩，人家就没爹娘了？人家爹娘就不知道心疼了？你以后为人父母，要是有人这么欺负你孩子，指不定要冲上去跟人扯皮。啊，是吧？就算一个男的帮女朋友洗衣服是有些没脾气，但这事儿要搁一个女人身上那叫贤惠呀。这世道，年轻姑娘们个个都和爆竹似的，一点跳老高，三句不和甩脸子走人，有几个脾气好心地好又贤惠的？要我说，打着灯笼难找。后来，我就跟她说，你再这么花花肠子玩下去，到老了你得着急了，跟前一个贴心的都没有。既然你觉得自己有本事，就去使唤那些和你差不多的，别招惹这种老实孩子，人家也不容易，伤不起。”老头儿絮絮叨叨讲完了，问，“老板，您觉得我说的是那么回事吗？”

王居安睁开眼，看向窗外，漫不经心来了句：“到了，说会儿话就到家了，你今天动作挺快。”他下了车，吊儿郎当回了句，“老张叔，你让你闺女再试试那男孩，先别轻易下结论。一般这种表面苦哈哈的，要么是没出息，要么是真能忍，为什么他能忍？不投资哪来回报，忍的多，要的更多。”

之后，从蓉找了个机会询问苏沫进展如何。

苏沫因这人说话不中听原有些烦她，再一想，从蓉虽然言辞刻薄了些，但只要不涉及利益冲突，就无害人之心，往日里处起来也还算热心快肠，况且人家消息灵通人脉也广，何必为几句意见相悖的说辞就将人拒之门外。

苏沫直言，想请王居安帮忙却碰了个钉子，从蓉有些惊讶，问她是怎么说的？苏沫就把当时的情况避重就轻略微讲了几句。

从蓉听了笑起来：“你的意思是告诉他，既然大晚上能追家里来，总要帮点忙表示下诚意？妹妹，你这是求人吗？怎么求人的比帮忙的还高姿态呢，谁还愿意帮你啊？”她又说，“除去你俩这层关系，一般到领导那儿求人办事，不都是带两瓶好酒拎几条好烟跟人说，自己上有老下有小，请领导体恤困难，帮忙解决问题吗？领导心里一软，不就松口了吗？当然老板这样的人，什么好酒没喝过？你真想求他，来点甜言蜜语最实在。”

苏沫叹气：“他哪里是这样的人呢？有些话以前不是没说过，也没多少用处，这人软硬不吃，很难伺候。”

从蓉又问：“你找过王亚男吗？”

“没敢去找。”苏沫说，“公司里除了几位老股东，王工的儿子有几个人见过？她厉害一辈子，要脸面，要是我直接说想进项目组，她哪能听不出我的意思？心里肯定会扎根刺，除非我不想待了。所以稍微好点的办法，就是由项目组那边要求增派人手，只要他们开口，我这边的希望就多了一点。”

从蓉笑笑：“你倒也谨慎，”她想了想又道，“老板这人，一般不会怎么为难下头的人，这事他要是答应得太爽快，我倒不看好你，但是现在我觉得你还有点希望。”

苏沫不解：“他已经说了，不想为这种小事麻烦王工。”

从蓉笑道：“我又不是说工作，我是说你俩的事。他们这样的人谁不爱面子？既然你能为王亚男着想，怎么就不能替她侄儿想想？这王家的人，都是一个脾气。你俩既然已经开始了为什么还避而不提？男女间的事也要上点心才行。要我说，就算他现在拿你当一普通床伴，你努力加深他对你的印象，把普通变成不普通，然后发展感情，成为他那些绯闻中的一个，接着运用你的体贴和贤惠变成他想歇息的港湾，再用你的忍耐成全他偶尔的放肆，让他觉得只有你不会约束他，并且不离不弃，这样你就离正牌女友的名分越来越近，最后，说不定还能登堂入室。”

苏沫道：“你别再拿我穷开心。”

从蓉说：“其实，你俩男未婚女未嫁，想开了也就这么回事，跟职场一个道理，老板喜欢什么样的员工？男人喜欢什么样的女人？你得慢慢摸索逐步改进，机会不是没有，就看你能不能抓住。你要真没这方面的打算，又何必去求他？”

苏沫心里咯噔一下，忽然有些儿犯糊涂，一时觉得是这么回事，一时又觉得不是，当下没作声。

从蓉看她一眼：“你都有这打算了，就对人好点，对人不冷不热的还想求人办事？这种人，只有人上赶着他的，你几时见过他上赶着别人？”

接下来的几天，苏沫心不在焉，照顾宋天保的时候，她给爸妈打了几通电话，苏家父母和孩子就要回来了。苏母在电话里对女儿笑道：“你爸在船上和同行的人吹牛，说自家姑娘的工作多么出色，在大公司里做事，还经常参加董事会议，别人都羡慕得很。”又说，“这回，你爸可是真高兴了，说佟瑞安那小子是有眼无珠。”

老人家多有这样的虚荣心，但是现在，苏沫听到这些话却很不是滋味。

早前她去公司整理文件，因赶时间，身上穿的仍是看护宋天保时常穿的T恤牛仔裤，结果走进办公大楼的时候，她心里就老不自在，一路上总觉得旁人看自己的眼神有些儿特别。到了楼上，原本属于她的座位上多了个年轻姑娘，她的电脑倒没人用，被人搁在一旁。苏沫提交了资料，心里更加空落落的。

苏母还想多说几句，宋天保又开始走音跑调地唱歌，苏沫忙掐了电话。她心情不好，越发想女儿，只觉得自己没出息，环顾四周，宋家大宅落在阳光下，像一张与世隔绝的网。

苏沫想了想，去门外给莫蔚清发了条短信说，我有事找你帮忙。

她心想，莫蔚清这人也是心高气傲，自负又自卑，旁人若是表示安慰同情，她多半不买账，如果说有事相求，她未必不会理。

过了一会儿，那边果然回了电话，莫蔚清的嗓音略显低沉沙哑，苏沫按捺住好奇心，直接说："我最近认识了一个男人，他还有些身家，就是难伺候了些。"

莫蔚清咯咯笑起来"恭喜，第二春、饭票子都有了，你这是来向我讨经验吗？"

苏沫说："在他跟前，我不知道自己怎么做才对，主动了又怕人看不起，不主动又什么都得不到。"

莫蔚清说："他既然给你机会就是看得起你，不管是身材外貌还是性格，总会有一点合他心意。你有了这个机会，其他的就别多想，唯一要考虑的是，怎么成全他。想他所想，急他所急，凡事站在他的角度考虑问题，事情就简单多了。都说无欲则刚，你还要时刻给自己催眠，你对他没有任何要求，他对你却可以予取予求。但凡有点身家的男人都好脸面，好脸面的就会有大男人倾向，时间长了，多少都会有些怜悯之心。"

苏沫听得很压抑，莫蔚清继续说："当然事情都有两面性，时间一长，你也会面临其他问题，两人经常接触，慢慢地，你会发现自己越来越离不开他，无论是经济、心理，还是生理，慢慢地……”

大热天的，苏沫忽然觉得背脊发凉，打断道：“我知道了，你最近还好吗？”

莫蔚清说：“就那样呗。”

苏沫问：“去医院检查了吗？预产期具体是什么时候？”

莫蔚清沉默了一会儿：“孩子我没要，打掉了。”

再问，她更不愿多讲。

挂了电话，苏沫把手机拿在手上掂量了很久，像是和自己赌气一样，终于又发了条短信出去：“有时间吗？”

过了很久，那边回了个问号。

苏沫又发一条：“几时回来？”

又过了很久，那边回：“明天。”

苏沫回：“回来后，我想请你吃饭。”

那边回：“在哪儿？”

苏沫还在想。

那边又发来消息：“你家？”

“嗯。”苏沫屏息静气，把最后一个字发了出去。

隔一天傍晚，王亚男回家早，苏沫提前准备好饭菜就走了，到家后又做了几样精致小菜，等了半天不见人来，发短信过去问，那边到了夜间才回话，说有事，今天就算了。

苏沫一个人慢慢嚼着几盘冷掉的菜肴，食之无味，末了全倒进垃圾桶。

周末，父母和清泉回来了，苏沫正在家里准备午饭，听见门铃响，忙去开门，王居安站在外面，她脱口而出：“你怎么来了？”

王居安熟门熟路地进了屋：“不是你让我来的？”

苏沫跟在后面：“今天我爸妈孩子都在家。”

王居安问：“不是出去旅游了吗？”

“已经回了，在楼下遛弯。”苏沫本想说，又没让你今天来，却给咽回去，只道，“要不……改天吧。”

王居安瞧着那一案板的食材，说：“你倒是挺喜欢做饭，还没做够？”

苏沫说：“给家里人做饭是乐趣，人这辈子，吃饭最重要。”

王居安没答话，直接道：“借下洗手间，”他走进去拧开水龙头洗手，完了问，“擦手毛巾在哪儿？”

苏沫过去递给他。

王居安随手掩上浴室门，直接把人推到门后抵在墙角，低声笑道：“你看现在这样多好，做什么还要正儿八经地和我谈？没劲。”

“别闹……”苏沫推他，却想起莫蔚清的话又一时收了手，心说都已经这样了，不如等事情解决了再说。

王居安见她一副乖觉的样子反倒停下来，抬起胳膊撑在她身后的门板上，要笑不笑地瞧着她。两人面对面站了会儿，他收起那点笑意，略微低下头。

苏沫顿觉不堪，有些狼狈地别开脸，他碰到了她的鬓角。

王居安收起笑，脸色不大好看，四周很安静。忽然钥匙转动，开门的声音显得十分清楚，两人这才分开。苏沫赶紧往厅里走，苏家父母带着清泉进了家门，抬头，瞧见自家女儿身后多了个男人，十分惊讶，一时间大眼瞪小眼同来客相互打量。

苏沫尴尬地说了句：“这位是我同事，路过，上来送点资料。”

王居安看了她一眼，没说话。

苏家父母忙说：“站着做什么？赶紧请人坐呀。”又客气道，“就在这里吃饭吧？

王居安道：“不麻烦了。”

两位老人见这后生一表人才，说起话来也还斯文，心里皆是一动，言行上也跟着认了真：“不麻烦不麻烦，添双筷子的事，既然是同事，就随意些，别太客气。”

王居安想了想，忽然答了句：“也好。”

苏沫瞧着这三人，不管看向谁都觉得紧张，也没吭气，倒是清泉脆生生问了句："他是谁呀？"

苏沫又答："是我的同事。"

清泉"哦"了一声，仰着脑袋一个劲儿地盯着人瞧。

苏沫转身去厨房，赶紧把菜做好，其间竖起耳朵听，外间也没什么人说话，偶尔一问一答，双方都很客气。

饭菜上桌，苏父招呼王居安："王先生，喝点酒吧？"

王居安答："我还是不喝了，一会儿要开车。"

苏父挺高兴："不喝酒好，最好是不喝酒也不抽烟，这两样对身体都有坏处，年纪越大越明显。"

苏母接过话茬："是啊，我看王先生也有三十了吧？"

苏沫一听，忙说："妈，吃饭吧，人家一会儿还有事。"

苏母没理，只看向对方，王居安只好答了句："我三十四了。"

苏母点一点头，又问："王先生在哪里高就？"

苏父打断："都说了是同事，"又看向王居安，有些儿犹豫地问，"王先生这个年纪还是忙事业的时候，没什么时间忙个人问题吧？"

苏沫一张脸通红，这会儿只想找个地缝钻进去。

王居安只笑笑，也不答。

苏母见有些冷场，忙说："我是想问人家做什么工作，同事那么多，各部门都有的，你家里……"

苏沫红着脸打断："妈，他做销售的，和我不是一个部门……吃饭吧，菜都凉了。"

苏父见孩子有些不好意思，忙打圆场："吃饭、吃饭，你们年轻人别嫌我们，老年人是这样，不管熟不熟，喜欢找人聊天儿。"

王居安这才答了句："不会。"

一时四人无话，气氛有些尴尬，各自埋头吃饭，偏生清泉不觉得饿，拿着筷子东敲敲西敲敲，无论看见王居安夹哪个菜都会说："这个菜我最爱吃了，你少吃些。"

苏家父母批评小外孙女没礼貌，清泉说："他是客人，他才应该讲礼貌。"

苏家父母说："这个叔叔吃饭的时候很规矩，比你有礼貌。"

清泉没吭声，等想清楚了才反驳道："老师说，到别人家做客，要先打招呼，我怎么不知道他要来啊？"

苏家父母笑道："这孩子，就是一张嘴，你妈妈知道的呀。"

清泉问苏沫："妈妈你知道他要来吗？"

苏沫被她问得一脸窘迫，不说是也不说不是，轻声呵斥："你快吃饭吧。"

王居安看了看苏清泉，说："你孩子长得不像你。"

苏沫没答话。

清泉扒了口饭，说："我长得像佟瑞安，"她补充，"外婆说我像佟瑞安，一直说一直说，真烦人。"

提起孩子的生父，苏家三个大人都不免有些尴尬，苏父只好跟王居安解释道："佟瑞安是她爸。"罢了，微一摇头，叹息不语。

王居安随意喝了口饮料，放下杯子时，却又瞧了苏沫一眼。

这顿饭，苏沫吃得有些恍惚，等人走了，她才缓过劲，收拾碗筷端去厨房。

苏母不知道在外间和老伴嘀咕什么，过了一会儿跟进来，对自家姑娘道："刚才那个姓王的……你爸说，这人虽然年轻，但是言语短了些，为人像是很有城府，不太适合你，又是个销售，工作不稳定，应酬还多，花天酒地的，怕你降不住……"

苏沫叹了口气："我和他真没什么，"她细细洗着碗，又低声添了句，"不会有什么长远发展。"

苏母点头："那就好，我们就怕你又像当初对佟瑞安一样一头栽进去，这一路吃了多少苦头啊？你也要长点记性，别看人长得好就……"

苏沫打断："妈，不会的。"

苏母仍是不放心："既然这样，也不要让人往家里来，虽然是租的房子，给人瞎议论也不好。"

苏沫没作声。

苏母继续老生常谈："这种事，女人可比不得男人。我跟你讲过吧？我们以前的邻居赵阿姨家的姑娘，比你只大几岁，当初也是老公外遇家里闹得不可开交。她后来气糊涂了跑去街上随便找了个人过了一夜，结果怎样？现在都没人肯搭理她，更别说再婚了，都说她自找的，活该！男人可以由着性子胡闹，咱们女人可不能这样……"

苏沫原本就心情低落，一直觉得肩头压力极大，满心苦恼也无人理解无处发泄，这会儿听着听着忽然生出一股豁出去的怨气，到最后她不觉笑起来。

苏母奇道："你笑什么？"

苏沫说："妈，有部小说叫《天龙八部》，您看过吗？里面有个王妃，为了报复丈夫的花心，跑出去和宫门前的乞丐过了一夜，你说这事多龌龊多愚蠢，够惊世骇俗吧？可谁知道，这乞丐才是正宗王储，她老公却是个冒牌货。所以，如果把男人换个身份，倒是一桩让人啧啧称奇的因缘巧合，好笑吧？"

转眼七月中，苏家父母忙着打点行装，清泉每天黏着苏沫依依不舍，她人小，心里却爱装事，知道又要和妈妈分开，很不情愿，却倔着性子不愿表露，只是每天都要问几遍："我还有几天就走？"

苏沫说："还有三天。"

清泉还没有足够的时间概念，又问："三天，要睡几个晚上？"

"四个晚上。"

小家伙似乎松了一口气："好像还很久的样子。"

苏沫观察她的表情，蹲下身子和孩子平视，小心翼翼问："清泉，你是不是很不高兴妈妈这样？"

"什么样？"

"我在这里工作，不能和你一起回去。"

清泉没作声，低头玩积木，脸上神色既有些防备的意思，又像是无可奈何。

苏沫见了更加难受，嗓子哽咽，低声道："不是你的错，是妈妈没出息，你可以对我很不高兴，没关系。”

清泉没看她，也不说话，过了一会儿才道：“我讨厌妈妈。”

苏沫忍不住吸吸鼻子，却微笑说：“可是我很喜欢我们家清泉，不管她多讨厌我，我都会一直喜欢她，非常非常喜欢。”

清泉这才抬眼看她，好奇道：“为什么？”

苏沫停了会儿：“对我来说，这世上你是最最重要的人，你可以讨厌我，可是我只能喜欢你。”

清泉有些害羞地撇开眼，嘴里却小声说：“那么，妈妈，你和我一起回外婆家吧。”

苏沫心想，是呀，为什么不呢？在哪儿不是做保姆呢？

苏父忽然说：“你别逗她，要不走的时候肯定会哭，心里惦记着就行，别拿出来说。”

苏沫想，我哪里舍得逗她玩呢？这孩子缺少安全感，有些话我不说，她又怎么能知道？

苏母好意解围，对外孙女儿道：“清泉，那天我不是和你说过吗？妈妈要在这里工作呀、赚钱呀，这边工资可比我们那边高呀，在这边挣钱回家花很划算呀。再说，没钱怎么给你买玩具呢？谁供你以后读书呢？你不是喜欢上舞蹈课吗？没钱交学费，我们可就上不了啦……还有，我和你说过多少次啦？不要总说外婆家外婆家，那就是你的家，我们现在住的大房子，是你妈妈上班挣钱买的呀，不要讨厌妈妈，你妈妈为了你是什么苦都吃得，记住没有？”她又想起什么，对苏沫笑道，“这家伙很有意思，有一次我带她去买菜，说这钱怎么就不经花呢？转眼就没了，她听了就说，没关系，去取款机那里按几下键盘就能出钱了。”

苏父也笑了，却说：“你不要整天和孩子说这些，她还小，别老是钱钱钱的。”

苏母有些尴尬：“你这话说的，我又没其他意思，不教她怎么知道呢？不明白她妈妈的辛苦，还以为这钱是大风刮来的。”

苏父说：“她现在小，长大了自然就懂了，我们家娃儿没那么不懂事……”

苏母仍是辩解，老两口又拌起嘴，小打小闹一辈子，却怎么也分不开。

这边机票已出，苏家父母准备打道回府，那边钟声却一点动静也无，小姑娘才收到南瞻大学的录取通知书，虽和以前的规划有差距，但也勉强算 211。苏沫问了几次，舅舅无奈叹息："我是希望她能复读的，她以前肯定不止这水平，但是她说什么也不想再读一年，说是浪费时间，好说歹说就是不听劝……"

苏沫也不想过多干涉，和家里商量要把机票改期，这样他们可以住久一些。苏家父母不愿意，说一张机票改期就要大几百元，太浪费，又惦记家里，久了不安全，还是以后再聚。走的那天，清泉一点没哭，她头一次坐飞机很兴奋，临别，只催促外公外婆："快点快点，我要进去安检。"

不多时，只剩下苏沫一个人站在玻璃墙外望着里面发呆，小孩儿冲她挥挥手扭头跑掉，苏家父母却是回过头来看了又看。

忙完这些天，苏沫又赶紧回王亚男家复岗，先前的保姆也不知道得了什么病，被辞了，另一个还没回。苏沫成天陪着宋天保，不怎么说话，也懒得唱歌，王亚男不在家，她便无精打采地应付，闲下来暗自盘算，这都多少天了？王居安那边一个短信也无，自那天后，更不曾打过照面。

苏沫坐台阶上瞧着宋天保捡蚯蚓，自嘲地笑笑，心想你还真把自己当个人物了？还指望人家时不时地和你联系。

宋天保听见她笑，抬起头来。

苏沫说："你在这里救它们，可是有些人偏喜欢吃它们，用油炸了，香喷喷的，比海参好吃多了，还有营养。"

宋天保看看她又看向自己手里的东西，呆了片刻，露出难以置信的神色，又呆了片刻，将蚯蚓扔掉，开始干呕，呕得眼泪快要出来了。苏沫忙去轻拍他的背，好不容易消停了，宋天保吭哧吭哧开了口："真的？秘书，你、你吃过吗？"

苏沫一犹豫，意兴阑珊答了句："没，我只是听说。"

宋天保叹了口气，放心了："你以后也不要吃。"

苏沫没理他，拿起手机发了个短信："那顿饭你还想吃吗？"发完了，觉得应该写"那顿饭你还记得吃吗"比较好。

接着便是等回复，想到注定是杳无音讯，何必再受折磨，直接一个电话过去，那边接了，她又难以开口。

"说话，"王居安压低声音，有些不耐烦，"我现在很忙。"

苏沫还在组织语句。

他直接道："挂了。"

苏沫忙说："等、等会儿，我……上次说让你去吃饭，你什么时候有空？"

那边停了停，懒洋洋道："不是已经吃过了吗？"

苏沫听见这样的语气就不舒坦，忍了忍，横下心："上次人多……菜少。"

王居安语气好了点儿，有些在笑的意思："这次多做几个菜？"又道，"乖了，忙完给你电话，这会儿别再打了。"说完就收线。

和人谈完事，王居安回办公室，一边看文件一边要拿笔签字，随手一摸，捻到桌上的一截小木棍样的东西，拿起来看，是一小截柳条，心说这垃圾是打哪儿来的？和这里的一切都格格不入。又想，不定是王翦什么时候扔进来的，这小子还没长大呀，把孩子气当个性。他摇摇头，接着看文件，下意识地动作，去折那根树枝，手上越用力它倒越有韧性一样，骨皮相连，不屈不折，他不死心，收回力道，只使了点巧劲，它立马脆生生变成两截。

王居安皱着眉把垃圾随手扔进纸篓，忽想起儿子对自己的评价：雄性激素衰退，和什么都爱较劲。

苏沫在回家的路上去了趟商场，找了个不俗的品牌，购置男士睡衣拖鞋，想了想，又选了套时尚的床上用品，破费不小，她心里忽然升起一种恍如隔世的痛快。她瞧着手里的睡衣努力想了很久，犹豫王居安是否中意这种颜色款型，最后眼一闭，把东西塞回购物袋。

她在家等了几天，仍无来电，无聊的时候，她把新的床单枕套洗净晾干，罩在床上。苏沫想，什么时候才能给他打电话？这个问题杀掉她不少脑细胞。

苏沫把这事当成最近必须完成的任务，一夜没睡好，早上赖了会儿床，勉强爬起来去王亚男家上班。

王亚男今天瞧上去懒懒的，靠在沙发上看报纸，似乎提不起兴趣做任何事，也不打算去什么地方。见她来了，王亚男吩咐：“我今天想休息，你帮我送份文件到公司，给王总。”

苏沫心里随着最后那两字咯噔一下，想着，正好。

到了公司，王居安正在办公室里靠着桌子和人讲电话，见苏沫搁下文件没走，他也不问，又说了会儿，收了线，他才抬头：“怎么？”

苏沫没作声，两人僵持，她觉得自己的脸一定是看起来足够可怜巴巴了，因为他终于笑起来：“是，我给忘了，要不明晚吧？”

苏沫答了声“行”，转身出去。

她最近难得来公司走一遭，大家瞧见她倒还热络，一路都有人打招呼，路过休息室，总经办的几个姑娘在里面喝着上午茶，凑在一处小声说笑，见着她忙把人拉进来，好奇地问道：“苏姐，那个宋天保到底长什么样啊？传说他特帅，比大中小王都帅。”

苏沫笑笑：“还好。”

一女同事却叹道：“真好，传说中的高富帅呆，要是能嫁个这样的，我岂不是要风得风要雨得雨？”

几个女孩都笑：“你真色，色女……”

女同事正色道：“说正经的，这样的绝对比王总那样的要好，那样的没人兜得住，听人说又换女朋友了……”

苏沫心里有些慌：难道她们听见什么风声了？

女孩们继续八卦：“听说这回这个挺正经，书香门第，中学英语老师，二十四五……”

“怎么有钱人又流行找老师了？”

“干净、正经、职业高尚、说出去好听，就像书柜上那一排外壳漂亮的学术著作，一看，哟，文化人，有爱心、有品位……”

“你这话酸得冒泡。”

……

苏沫瞅了个空走人，回到宋家大宅，木头木脑地做着事，第二天晚上她仍是做了一桌子菜，对方果然爽约。

第三天是周六，苏沫给他电话，直接说：“既然没空，就不要随便答应人。”

王居安言语平淡：“怎么了？我最近忙。”

那头传来年轻女声，苏沫没忍住，多说了句：“你确实挺忙的。刚才谁在说话呢？”

王居安语气变了些：“你管她是谁？先搞清楚你自己是谁！”

这话听起来多耳熟，苏沫拼命忍着气，来回踱步。

宋天保大叫：“秘书，你踩死蚯蚓了，一只、二、三……”

苏沫没理他，平静了一会儿，说：“你不觉得这样很无聊吗？这样耍人好玩吗？”

王居安倒是笑了，和那边的人说了句什么，走到一旁，对苏沫继续道：“苏小姐，我有什么必要耍你？我一心给你留面子，你倒不领情，还这么执拗。”

苏沫没作声。

王居安说：“你请我吃什么饭？你自己更清楚，你那天去酒店是以什么身份来找我？又是用什么身份要我帮忙？别遮掩，你想卖，别人未必愿意买。”

苏沫一口气险些喘不上来，想说话，嗓子里却又哽咽起来，她使劲摁下挂机键，气息不匀，只觉得世上为什么会有这样的人？十足的刁钻古怪让人憎恶。

她坐到台阶上，看着那一团团被自己踩成肉泥的东西，竟然看了很久。她堵着气，又把电话拨回去，那边出乎意料地接了，苏沫慢慢开口：“我告诉你，我为什么会这么做，我就是害怕，会再摔下去。你的人生一直是这个样子，没什么变化，你一定没试过省吃俭用数钱过日子，你一定不知道读了十几年的书却跑去给人当保姆的滋味，被人砸断手却要丢工作，只想好好做事却被人踢出局，为了赚几个钱对人点头哈腰……只有站得越高，碰到的倒霉事儿才会越少，我把你当救命稻草，我怕我再摔下去，就没了翻身的时候，真的，我特别害怕……”

苏沫收了线，伸手捂住眼。

宋天保弯腰瞧了她半天，才说：“秘书，你别哭，我不会怪你。”

苏沫胡乱抹了把脸，连说：“不是、不是，对不起……”

她起身和保镖打了招呼，就往外跑，一路不知所想地到了家，直接上楼把那些个男式睡衣、床单床罩扯下来使劲扔到客厅，只想找把剪子把所有布料都剪烂、烧掉变得无影无踪才好，可这会儿她已被抽空力气，坐在卧室的地板上闷声痛哭起来。

也不知过了多久，她看向下边的那堆衣物，自嘲：它们有什么错呢？

苏沫双手抱膝，呆坐到天黑，不觉摸索出手机给家里打了个电话，她想和女儿说会儿话。

清泉接到电话很高兴。

苏沫却又有些想哭。

孩子很敏感，慢慢地也不作声了。

苏沫说：“宝宝，妈妈做错了事。”

清泉问：“什么错事呢，你也吃了同桌小朋友的糖吗？”

苏沫笑笑：“比这个严重，我不是你的好榜样。”

清泉半天没说话，过了会儿才道：“没关系，我抱抱妈妈。”

海风习习，大半的太阳掩在云里，这天气正适合打球。

王居安听那边撂了电话，站了一会儿，才把手机塞回裤兜，转身上了球车。

他们这组的小白球已上果岭，另一组林董带着赵祥庆特意落后一段。球童把车开去绿地旁停下，王居安接过推杆，走过去随意一挥，球与洞口擦肩而过，同行的姑娘笑："你输了。"她轻轻挥杆，正中。

姑娘才二十四五，中等个头，脑后的乌黑发尾活泼跳跃，胸脯高耸不时轻晃，短裙下的长腿结实有力，无不彰显出年轻女性的青春活力。

不多时，林董和赵祥庆开着车赶超过来，双方打招呼，姓林的老头见这一对男女相谈甚欢，也跟着眉开眼笑。

午间休息，王居安进男宾室冲凉，疲乏减去不少，再出来，瞧见那姑娘乖乖地坐在外间的长椅上候着，这地方僻静，左右无人，她低着脑袋不知在倒腾什么。

走近些，他才想起先前无意间把手机落在桌上，这会儿正被她抓在手里翻看。

姑娘很警觉，不慌不忙抬头笑道："怎么这么久？我等得无聊，你这手机里也没个好玩的游戏，没意思。"

王居安坐下，不由笑了笑。

姑娘问："笑什么呀？"

王居安靠在椅背上看着她叹息："我儿子也是小孩心性，有时候我不让他玩游戏没收他的手机、电脑，他却偷偷拿我的手机去玩，还说是电话响了正帮我接。"

姑娘没作声，过了会儿起身坐他腿上，搂着他脖子软声撒娇："我也就是好奇瞎看看。"

"你想看到什么？"

姑娘把脸贴在他颈窝里，小声道："谁让你电话这么多？一个接一个催命似的，难怪他们说你这人很花心。"

王居安说："你倒是会抓紧时机。"

姑娘听他语气不对，忙说："我年纪比你小嘛，一时贪玩，你大人不计小人过，别生气了。再说……就算你这人花花肠子一堆，我也希望……你只对我一个人……"

王居安侧头贴着她耳朵小声问："对你一个人怎样？"

姑娘呼吸有些儿急促。

王居安伸手抚弄她腰侧："说，怎样？"

姑娘红着脸，有些抗拒，却埋着脑袋任人为所欲为。

王居安慢慢停下动作，替她整平衣领，才抬眼笑道："你年纪还小。"姑娘听得一知半解，莫名竟有些感动，却听他接着说，"你以后也会组建家庭，其实对男人来说……"他轻轻推开她，起身拿水喝，"不会因为你那些个小聪明、小算计对你产生好感，真喜欢你的，才会容忍那些缺点。"

话才说完，林董带着赵祥庆过来，女孩儿心里有事，收拾了衣物去女宾室。

林董等人走了，对王居安笑道："我看你俩是越处越好了。"

王居安也笑："她人不错，就是年纪上差得多了点，有代沟。"

林董挥挥手："只会嫌女人老，哪有嫌小的？再说八九岁的差距根本不是问题，她家虽不如你们王家，但胡总就这么一个孩子，他夫人出身书香门第，几个舅舅也颇有势力。这姑娘从小被家里护着，为人处世难免单纯了些，不过这也不是问题……"

王居安神色谦逊："倒是我这人声名狼藉，对方家里未必同意。"

林董摇摇头，笑道："不同意？不同意能让她和你来往这么久？你和胡总头一次打球的时候，我瞧着那姑娘就有些意思。再说男人那些事，大家心知肚明，过来人看男人，不拘小节，只看大义，就看你能不能成事。人不风流枉少年，谁没个年轻的时候？我们这些老头儿，蹦跶不了几年，讲究修身养性，你们还年轻，正是好日子。何况你儿子也大了，不用太操心，以后都是二人世界，能力和家事都摆在这里，他们凭什么不同意？"

他停了会儿，言语低沉了些："虽然我在你父亲跟前时间不长，但他信任我，我也看着你一路过来。王家现在的情况，除去上头的，底下还有个养不熟的家伙，你对他好，他却未必真心……年轻人容易感情冲动，你要好好为自己打算，若是因为其他的事，玩玩就算了，不能当真。"

王居安没言语。

两人又说了些话，分头散了，赵祥庆开车送王居安。

赵祥庆从后视镜里看了看老板，笑着说：“头儿，都说三年一代沟，这差了八九岁也算隔三代了。不过话说回来，那些差个五六岁的，不也隔了两代吗？其实吧，说来说去也就那么回事，您说是吧？”

王居安懒散地瞧了他一眼，不置一词。

第二天，苏沫照常上班，宋天保见到她似乎有些生疏，不如前几天那样话多，苏沫觉得，是她昨天情绪太过激动，把人给吓着了。

宋天保不说话，她也不愿多说什么，只默默陪他。

他在花圃里除草，她就帮忙收拾垃圾，他给花浇水，她便像往常一样小声提醒别淋湿衣裳，宋天保去捡蚯蚓，苏沫也随他去做，她对这种蠕虫已然克服了最初的厌恶，逐渐习惯。

过了大半天，宋天保终于问了句：“秘书，你今天是不是又要很快走？”

苏沫猜测他的意思，笑笑：“不会，我今天不会提前走。”

宋天保这才咧了咧嘴，又问：“那明天呢？”

“也不会，”她想了下，又说，“但是你要适应一直换保姆的生活。”

宋天保茫然。

苏沫说：“我想我不会在这里待太久，如果有合适的……”

宋天保问：“你要走？”

苏沫扯开话题：“照顾你的人一两年就换一拨，你应该早就适应了。”

宋天保仔细回想，才说：“我记不清……”

苏沫解释道：“其实王工……你妈妈这么做，是不想让你过于依赖谁。”

宋天保听不懂，没作声。

苏沫捡了根树枝，在地上划拉了几下，问他：“你除了种花和唱歌，还想做些什么？”

宋天保说："我上课。"

苏沫点头："我知道，你会做手工、画画、一些简单的加减法，你还会认些字，你会看报纸吗？"

宋天保说："我不看，大人才看。"

"你已经是大人了。"

"妈妈才看。"

苏沫想了想："你觉不觉得你妈妈最近看上去很累？"

宋天保摇了摇头。

苏沫叹口气："你妈妈也会老，她老了，你以后怎么办呢？"

宋天保说："我……种花唱歌。"

苏沫犹豫一会儿，才道："要是有人不让你种花唱歌，怎么办呢？"

"妈妈会说他。"

苏沫心想自己真是咸吃萝卜淡操心，她笑笑："你也许可以抓紧时间学些东西，开始很难，慢慢积累就好了。"

"学什么？"

"学着读书看报。"

"很多字我不认识。"

"学吧。"

天保半天没吭声，忽然高兴起来："秘书，你教我，"他伸手拉她进屋，"你每天都要教我。"

苏沫原是随口闲聊，谁知宋天保认了真，每天在家做起好学生，还偏挑着傍晚快下班的时候。他学习进度奇慢，苏沫被他缠得无法，暗自后悔自己多事，每每忙完已是晚上八点多。

苏沫虽然后悔，但又有些实心眼，总觉着既然答应了人就别敷衍，做一天是一天，等投出去的简历有了好消息，再走也不迟。

倒是王亚男回到家里，见她这么认真，嘴上虽不说，神色里却和蔼许多。

有天，苏沫心血来潮，跑街上买了套小孩用的文房四宝带去宋宅。

没承想宋天保瞧了却有些不屑，说："妈妈的书房里有这个，比这个大。"

苏沫自嘲：也对，这人虽然傻，但也应有尽有，什么没见过？是自己糊涂了。

她研好墨，铺开宣纸，问："你会写毛笔字吗？"

宋天保没答话，若有所思。

苏沫在纸上写他的名字，宋天保接过笔，也在旁边歪歪扭扭写上自己的名字，慢慢道："这个，我以前好像写过……我不记得了。"他又问，"秘书，你的名字是什么？"

苏沫写上自己的名字，宋天保又跟着描了一遍。

只是他拿笔全无章法，苏沫说："你先坐好，头正身直，手腕悬空……这样……"她俯下身，仔细摆弄宋天保的手指，又示范正确的握笔姿势，宋天保却一直不吭气。

长久的安静使她感到诧异，抬头一瞧，那傻子竟红了脸，慌忙把视线从她脸上移开。

苏沫又好气又好笑，忙站开些，轻轻一拍桌子道："你好好学吧。"

宋天保赶紧歪歪扭扭临摹了几个字，描得还算认真。苏沫闲下来在旁边写了几句唐寅的《落花诗》，她数年没练，多少觉得手生，提笔落下，想起儿时被长辈逼迫临帖的情形，抬头见着窗外，落日余晖里绿荫融融，一时间心里格外平静。

王亚男回来，瞧见那字说了句："字是好字，诗太消极。"看了会儿又说，"这行书写得不错。"

苏沫说："小时候跟着我爷爷练过几年。"

王亚男点头，又道："唐寅的行书脂粉气重，我不大喜欢。"

苏沫熟知她个性，便说："右军如龙，北海如象，比起他的字，我也更喜欢李邕《晴热帖》的风范。"

王亚男这才笑道："没想到你还有这能耐。"她叹息，"我近几年才开始练这些，人老了，手上没力气，写字容易飘……让你在这里待着，是不是有些屈才了？”

苏沫心里微怔，面上挺平静：“做不同的工作总能学到不一样的东西。”

王亚男笑起来：“你每天跟着天保能学到什么呢？”

苏沫也笑：“天保做事很有毅力，哪怕每天只学三个字，一年下来也有近一千字了。”

宋天保接茬道：“妈，秘书说要教我看报。”

王亚男看着儿子隐隐叹了口气，眼里尽是怜惜，吩咐苏沫：“晚了，你今天早些回去。”

又过了两天，苏沫仍去宋家大宅上班，中途王亚男打电话回来，说有份文件落在家里，请她在天保午睡的时候送去公司。苏沫顶着烈日往外赶，到了公司，进去王亚男的办公室，看见王居安和销售、技术的两位领导都在那儿，想是在汇报工作。

苏沫心事重重，略微低下头，把文件搁在王亚男桌上便要出去。

赵祥庆却冲她一脸笑意：“苏助来了，好些天没见了。”

苏沫只得抬眼对他笑笑：“赵总您好，”却不能只招呼他一人，于是一一望过去，“李总……王总。”

王亚男说：“你来了正好，有件事，他们说项目组里缺人手，想找个助理，因为你对这方面还了解，问你愿不愿意过去？”

苏沫心里极为惊讶，向那方飞快瞄了眼，一时间竟拿不出任何拒绝的理由，顿了一会儿才问：“王工，那天保怎么办？”

王亚男点点头：“这确实是个问题。不过，你要是真想进组，我只能马上找个人替你。”

苏沫略一思索，说：“我担心这样频繁换人对天保不太好，以前刚接手的时候，他各方面都不太习惯，情绪也有波动，最近才把作息和身体调理好些……进组的事，谢谢领导们的器重，一定有同事比我更能胜任。”

王居安一直在翻阅手里的文件，这会儿合上文件夹，抬头瞧着她。

王亚男笑道：“你们看看，所以我说要先听听人家的想法，”又道，

“小苏，你先回去，项目组的事我们会另外安排，天保那边，你还要暂时多费心。”

误入浮华

下

不经语 著

长江出版传媒 长江文艺出版社

第十一章 ✦ 坠楼

余光里，忽然有什么像蝴蝶一样，
从高处翩翩坠落，越来越近，
最后咚的一声砸至地面。

从公司回来，苏沫越发用心对待宋天保，特别在教授识字断句时下足功夫。起初宋天保还兴致盎然，几天后新鲜劲儿过去，就开始偷懒耍赖。

苏沫也知他现在是小孩一样的脾气，除了种花和唱歌，凡事三分钟热度，强迫学下去效率更低。可她内心仍有些浮躁，又觉时日无多，一心想在王亚男跟前做出些成绩。她表现得越心急，宋天保就更抗拒，以往是舍不得她下班走人，如今却希望她早些回去，等苏沫出了门，他又跟在后面唠叨道："我想要你陪我唱歌，我不想读书。"

苏沫却说："只要你肯读书，我就留下来，多久都可以。"

宋天保一脸不情愿。

苏沫回到家里，在网上翻阅了一些关于低能儿如何学习的资料，一心希望找出对策，其间接到莫蔚清来电，莫蔚清似乎欲言又止，苏沫却匆匆忙忙，那边察觉，没说几句就挂了。事后，苏沫又没来由地担心，想着等有空一定去瞧她，可是日子像拧干水的海绵，拧干她心里所有杂念，这事就给搁下了。

苏沫偶然看到一部纪录片，讲述一个自闭症小女孩如何学习与人沟通的过程。那孩子不说话也不与外界接触，却酷爱老电影，尤其是爱情片，她反复观看那些影片里的相似片段：男女主角在历经磨难后重逢，先是隔着人群深情相望，随后男主角张开臂膀，女主角如飞鸟投林奔向爱人怀里。

女孩的母亲便效仿影片里的动作，微笑着向女孩张开臂膀，小女孩逐渐会意，跑过去被妈妈高高抱起。这是一个有趣的、不会使人厌烦的游戏，每进行一次，母亲就把孩子抱在怀里教她一些简单口语，小女孩学会的第一句话是我爱你。

苏沫想起宋天保最喜欢做的事。

第二天，她对宋天保说，我们来唱歌。

宋天保当然高兴，苏沫递给宋天保一页诗词："你学会这首歌，就能背下上面的诗词，这些字不简单，我以前读书的时候背了一晚上，如果你能在你妈妈面前背出来，她一定会非常高兴，你也会对自己更有信心。"

宋天保懵懵懂懂地瞧着她，苏沫教他用《千千阙歌》的曲子唱一小段屈原的《离骚》，宋天保喜欢《千千阙歌》，他学得很快，唱熟后，果真可以诵读原文。

王亚男回家听见自然高兴得很，高兴过后又有些落寞。

苏沫暗想自己是不是哪里做的不得当。

王亚男叹息："我家天保小时候不知道多聪明，喜欢看书，能说会道，不像现在这样……"她又说，"这么多年我已经死心了，你也不用太费神，只求他快活一天是一天。"

苏沫说："我想着如果他能慢慢看懂报纸上的新闻，说不定也能看一些业务上的合同……"

王亚男虽不以为然，却笑起来："如果他不反感，你怎么想就怎么做，给他找点事儿也是好的。"

苏沫认为自己在揠苗助长，宋天保见王亚男笑得开怀倒是很得意，过后问她：“苏秘书，你怎么知道可以这样……我能认字？”苏沫隐去了关于男女情爱的部分，给他讲了下小女孩在家人的帮助下学会说话的故事，宋天保却突发奇想，“我们也来做这个游戏。”

苏沫失笑：“你这么个大块头，一下子冲过来，我可接不住你。”

宋天保跑远一些，冲她张开臂膀：“你来，我能接住你。”

他脸上满是渴望。

苏沫心里一惊，忙说：“天保，你才吃了晚饭，该走动走动，去种会儿花吧。”她说完转身就走，像是有预感，越走越快，几乎要跑进屋里，却仍被身后的人一把抱住，苏沫急道：“天保，放手。”

宋天保不说话，垂下脑袋埋在她颈窝里，闷闷地喘气，胳膊越收越紧。

苏沫气道：“宋天保，你快放手，你再不放手，我喊人了，等你妈妈回来，他们会告诉你妈妈，她会很生气，会让我走……你快放手！”可她越挣扎，他越发激动，嘴里吭哧道：“苏……我、我……你，香香的。”

苏沫正要叫出声，身后忽然有人喊“宋天保”。

宋天保听见那人声音，身子一抖，慢慢泄了力气，抬头应道：“安安。”

苏沫面色发白，心里极其不舒服，将天保使劲推开，狠狠瞪着他。

王居安过来又把人扯开了些，问他：“你干什么呢？”

宋天保没说话，只瞧着苏沫，一张脸涨得通红，神色里满是害怕、委屈和无知。

苏沫站了会儿，念及他以往淳朴友好，气消了点，脑子里却仍很混乱，说：“宋天保，我当你是孩子……不管你是什么，你都不能、不能侵犯别人，你这么做很没有礼貌，不，这不是有没有礼貌的问题，你错得离谱，如果我报警，警察会把你抓走，你……”

王居安听到这儿直接道：“天保，你想不想出去玩儿？”

宋天保看看他又看看苏沫：“不……苏秘书，我、我真的会被警察抓起来？”

苏沫几乎不愿意瞧见他。

王居安说："天保，我们出去玩。"

宋天保这才问："安安，你带我去、去哪里？"

王居安没作声，抓着他的胳膊往外走，一直走到车子跟前，把人塞进去，才说了句："带你去开荤。"

苏沫后怕，一时没回过神，等想明白了，又给吓了一跳，眼见王居安的车子走远，赶紧开着另一辆车跟在后面。

王居安把人带进一家按摩会所，随便开了间房，对宋天保说："你乖乖的，一会儿就有人来陪你玩，你想怎样都行。"

宋天保似懂非懂。

王居安说："很好玩的。"

宋天保这才笑笑，又开始发愁："但是苏秘书生气了。"

"别管她。"

宋天保呆呆地坐在床边。

王居安出去，不多时果然进来一个女人，那女的手里拿着一只小塑料袋，笑嘻嘻道："我先帮你戴这个。"说着就过来扯宋天保的裤子。

宋天保吓得跳起来，一把将人推开，那女人摔得不轻，气道："我看你不是傻子，你是个疯子，"她想走，到了门口又折回来，"算了，你朋友给了不少钱，我今天忍了。"

苏沫跟着王居安的车一路找来，跑到楼上，看见王居安正百无聊赖地靠在走廊尽头的窗户旁吸烟，却不见宋天保的人影。苏沫满头大汗，正要问，就听见旁边一间房里的动静大了些，她走过去仔细一听，果然是宋天保的声音，呜呜咽咽，像是在哭。

苏沫急得使劲拍门，大声喊："天保，天保。"

隔了一会儿，宋天保也在里面喊："秘书，苏秘书……"

王居安原是事不关己一样瞧热闹，这会儿倒嗤的一声乐了，他嘴里叼着烟，走过来，大力叩了一下门板："开门。"

那门随即打开，苏沫立马冲了进去。

宋天保衣衫不整，猫在墙角，一脸惊惶，见她进来，想去拉她的手，又不敢，只往她身后躲。

屋里的女人对王居安道："算了，我退钱，伺候不了。"

王居安随意摆一摆手，让人出去。

苏沫松了口气，仍有些难以置信，瞪着王居安说："你真是……荒唐。"

王居安在沙发上坐下，瞧着他俩，问："天保，你今年几岁？"

宋天保愣愣地看着他。

王居安又说："他今年三十四，心智上像小孩，生理上已经是个成年男人，苏秘书，你不能这么残忍。"苏沫正要反驳，王居安弹了弹烟灰，接着说，"要么是我错怪你，你是尽职尽责的好员工，也许你想超额完成任务。"

苏沫气极，什么也不说，拉着宋天保就往外走。

两人走到门口，王居安说了句："朝夕相处，这种事有一就有二，他不懂控制，你的力气根本敌不过他。"

苏沫顿住脚步。

两厢里都不说话。

过了一会儿，苏沫转头对宋天保说："先前那个女人那样对你，你是不是很害怕？"

宋天保赶紧点头。

"是不是很生气呢？"

宋天保又点头。

苏沫说："天保，你知不知道为什么？"

宋天保迷惑地看着她。

苏沫说："因为她没有问你愿不愿意，她在强迫你，所以你会很害怕很生气。"

宋天保说："是的。"

苏沫又说："你先前那样对我，没有问过我愿不愿意，你是在强迫我，所以我很生气很害怕。"

宋天保嗫嗫道："是的。"

苏沫说："但是我相信你是个好人，你不想伤害别人对吗？"

宋天保哭丧着脸："是的。"

"没有下次。"

"没、没有下次了。"

王居安道："有些话可以说得很动听，实际上，你为了一己私欲，忽略了他的感受。"

苏沫气道："你把他扔在这里，又考虑过他的感受吗？"

王居安靠回沙发上吸一口烟，没答话。

宋天保扯扯苏沫的衣服："秘书，我、我想回家。"

王居安瞧着他俩，再次开口："也对，在前进的道路上，总得捡几块石头垫脚。"

苏沫心里微怔，仍然反驳："我从没想过要去利用谁，"她随后添了句，"至少现在没有。"

王居安没理，神色讥诮地问："往后，如果有人情根深种到难以自控，这个责任，你担还是不担？或者根本是乐见其成？"见她不作声，他伸手按熄烟蒂，表情淡然了些，低声道，"我不杀伯仁，伯仁却为我而死。"

回去的时候，宋天保迷迷瞪瞪地上车，苏沫习惯性地要替他绑安全带，忽然犹豫，对他说："你自己试试。"

宋天保的手仍有些哆嗦，他费了些脑细胞才完成手头的任务，王居安的车早已绝尘而去。

苏沫看了他一眼，宋天保正望着窗外，呆呆地不知所想。她想安慰几句，也不知从何说起，又发愁，回去该怎样应对。

片刻后，宋天保小心翼翼地开口："苏秘书，你怕不怕安安？"

苏沫愣了愣："不怕。"

宋天保说："安安还很喜欢撒谎。"

苏沫说："是的。"

宋天保又说：“他说带我去玩，说很好玩，我会很高兴，可是我很不高兴。”

苏沫没作声。

宋天保也不吭气，过了很久，他突然生气道：“他想让我不高兴。”

苏沫被他的大嗓门吓得一激灵，连忙好言安抚：“乖，天保，现在没事了，他已经走了。”

宋天保渐渐平静了些，又忸怩道：“苏秘书，今天安安欺负我，你能不能别告诉我妈妈？”

苏沫诧异：“为什么？”

宋天保很沮丧：“妈妈会说安安。”

苏沫心里也沮丧，心想如果是这么简单就好了。

宋天保接着道：“妈妈知道了，安安以后就不能来我家了，也不能陪我唱歌了。”

苏沫心里不是滋味，小心问了句：“你不怪他吗？”

宋天保没回答。

苏沫想了很久，才道：“他……王居安今天做得很不对，但是他说的一些话……却没错。”

宋天保神色迷茫。

苏沫叹了口气：“天保，你以后要学会照顾自己。”

苏沫半道停车，找了家花店搬了几盆花放进后备厢，又拿出湿纸巾让宋天保把脸擦净。

两人回到宋家大宅，王亚男果然已经到了，正心急火燎让人四处找儿子，一看见他俩，就对苏沫厉声呵斥：“就知道带着他瞎跑，手机也没拿，做事没脑子！”

宋天保急道：“不是、不是。”

苏沫把花搬出来，说：“天保一定要出去买花。”

王亚男不信：“怎么没和家里的阿姨打招呼，保镖也不带？”

苏沫说：“当时阿姨和保镖都在里面吃饭，天保又一定要出去，拦也拦不住。我说再等等，他一生气就自己往外跑，力气又大，我拽不住，又担心他跑不见，就赶紧开车跟着。”

宋天保扯着苏沫的衣角可怜巴巴地站在那里，一脸信赖，王亚男的神色这才缓和了些，对儿子道：“你想买什么让人送过来，要不就让他们出去买，以后别这样任性，外面人多，那些人心思都很坏，会骗你欺负你。”

宋天保咧一咧嘴，想哭，却又忍住了。

王亚男安慰他：“幸好小苏在，她反应快。”

苏沫脸上发热，不敢多话，直到宋天保洗漱睡了，才打定主意，去敲王亚男书房的门。

王亚男正在里头给人打电话，声音很大，气急败坏，她搁下电话后歇了会儿，才说：“进来，”抬头瞧见是苏沫，问，“你怎么还在这里？”

苏沫手上捏着辞职信，说：“王工，我有点事想和您说，不知道您现在方不方便？”

王亚男道：“你说吧。”

苏沫正要开口，桌上电话又响，王亚男随手接起，皱着眉听里面的人说了几句，神情十分疲倦，而后又诧异开口：“是他？怎么会是他？”又道，“就算是被人利用，也是饭桶一个，成事不足，败事有余……从明天开始，我不想见到这个人。”

她啪的一声摔上电话，兀自伤神。

苏沫只好说：“要不您先休息，我的事明天再说。”

王亚男像是没听见。

苏沫转身出去，拉开房门的当口，却被女老板叫住。王亚男看着她若有所思，最后打定主意才开口：“这样，过两天你还是回公司上班，明后天我让人找新保姆过来，你稍微交接下……对了，你刚才找我有什么事？”

短短两句话，使苏沫的想法瞬息万变，心情既惊喜也疑惑，她一时没作答。

王亚男又问一遍："你才想说什么？"

苏沫把手里的纸张往身后掩了下，脑子转得飞快，直接道："关于天保。"

王亚男立刻问："天保怎么了？"

苏沫说："天保那天把梯子搬出去想翻院墙，要不是保镖拉着，没人拦得住，我想是不是在墙根那里种些矮树花草好些，要不给他找个男保姆？"

王亚男说："男保姆住家里也不方便，让那两个保镖分开吃饭休息吧，总得有个人跟着他。"

苏沫点头："也对。"

王亚男笑笑，瞥见她手上的东西："是不是还有什么要给我瞧的？"

苏沫只好把那沓材料递上去："九月初的周年中秋庆典，我之前已经做了些方案，这段时间趁着晚上没事才把它做完，不知道用不用得着，您要看看吗？"

王亚男只翻了第一页就没再往下瞧："这些小事就别操心了，你回去上班的时候交给我现在的助理，让她看看。"

苏沫应下，把那沓纸张连同压在下面的辞职信一起拿回来，心里怦怦跳，又想：既然招了新助理，为什么还让我回去？回去搁哪呢？

王亚男问："我记得你以前是想做销售？"

苏沫摸不准她的意思，委婉说："是的，我当时觉得做您的助理应该能力全面些才行，所以想去做一段时间的销售锻炼锻炼。"

王亚男又问："然后呢？"

苏沫知她在问自己的职业规划，先前自己所投的简历主要针对两方面，一是继续当董助，二是转销售，但是做销售有专业局限性，而董助这个职业需要重新接触新老板的一切，适应过程更为艰难。

她稍作考虑，认为这种形势下无须遮掩，干脆实话实说："我以前认为自己在工作上有两条可能的上升渠道，一是争取从董助做到董秘，二是想往管理上发展，但是在管理方面，我认为自己还欠缺经验。"

王亚男问她："你觉得自己适合做管理吗？"

苏沫想想："就目前而言，还不是我的强项。"

王亚男笑起来："我从来不随便论断一个人的发展潜力。"她换了话题，"你想转去做销售，但是销售部有个能人赵祥庆坐镇，你去了也是个小业务员，有什么意思？再说你以前又不是没做过一线销售，这种小经验还需要再积累吗？"

苏沫看着她，没作声。

王亚男接着道："这样，你还是继续做你的董助，但是不必负责日常行政工作，转去跟进大项目，级别和老赵一样。"她低哼，"还想让我的人去给他们当小助理，有意思得很。"

苏沫听得一愣，继而窃喜，心里感慨塞翁失马焉知非福。

等她告辞出去，王亚男却说："在公司业务方面，我一般不重用女员工，并非有性别歧视，我也是女人，所以清楚得很，女人偏感性，容易受感情诱惑，到底比男人软弱，又比不上男人的现实和理智，非常容易倒戈。所以，你不要让我失望。"

苏沫对这番话虽有余悸，却按捺不住心底的兴奋，头一次步履轻松地走出宋家大门，赶在商场关门之前，跑去买了点化妆品、高跟鞋和一套春夏款职业女装。这段日子尽顾着伺候宋天保，只当自己是保姆，哪还有心思打扮，一直素面朝天。

想到宋天保，苏沫心里有一丁点内疚，和新保姆交接工作的两天，她有意避开离职话题，但天保似乎有所察觉，情绪比以往低落。苏沫走前和他道别，他抬头看了她一眼却一声不吭。

第三天，苏沫起了个大早拾掇自己，在衣橱里挑来选去，看中一件浅蓝一字领中袖，提肩收腰样式，穿上显瘦，在空调房里待着也不会觉得凉，再搭根银色细链，黑色皮质表带银面腕表，下身配条灰色及膝窄裙和一双中跟浅色皮凉鞋。

她原是挽上发髻，想想又放下，最后不高不低扎了个松松的马尾，仍露出额头鬓角。她额角生得漂亮，衬着秀气五官白皙肤色恰到好处，这两天睡眠质量转好，肤色也温润，无须粉底，只将眉毛刷黑些，再涂亮嘴唇。

苏沫照着镜子，觉得还不错，清爽端庄，很有精神。

来到公司，她心里略有紧张和期待。

上了楼，王亚男的新秘书正在为她整理办公室，新办公室位于董事长办公室旁边，面积不大，往常只供胡特助一人使用，桌上搁着她先前用的电脑。

苏沫向新秘书打听了才知道，胡特助前几天离职，原因不明。

她想起那晚王亚男接到的电话。

不多时，她被告知，汽车项目组有会议，董事长交代，由她代替胡特理出席。

苏沫想山不转水转，她心里一亢奋，就去早了，干脆独自待在会议室里研究手头的材料，等了半天，陆续有同事进来，看到她都有些惊讶，客套地问好，最后到的是王居安和赵祥庆。

进门时，赵祥庆原在听老板指导工作，谁知王居安话说一半忽然打住，赵祥庆顺着他的眼神瞧过去，瞧见了苏沫。

那姑娘正坐在桌旁，右手指间夹着笔，这会儿也正望过来，眼神里带着些娇软的无措，薄唇微抿，脸颊上细小酒窝若隐若现，仍像以往，再如何打扮干练，言行端正，也掩不住那几分我见犹怜的韵味。

随即她侧过脸，安静地盯着面前的文件纸张。

王居安也收回视线。

赵祥庆十分肯定，让那小女人产生不安和抗拒情绪的肯定不是自己，只等老板说完话，他一边坐下一边对苏沫笑着招呼："哟，小苏回来啦。"

苏沫对他温婉地笑笑。

旁边有人小声问："胡特理还没来，又迟到？"

没人答话，苏沫坦然说："王工让我暂时接手胡助理的工作。"

技术部立马有人对赵祥庆笑道："赵总，现在可不能随便称呼了，级别已经赶上您了，快得很哪。"

赵祥庆笑道："知道、知道，"又说，"苏助理升职了，好事呀，要不晚上找个地方，大家一起热闹热闹？”

苏沫还没说话，那人又说：“人家未必有时间吧？听说苏总最近做了不少工作，让王工刮目相看，这里离不开她，那里也离不开她，肯定忙得很。”

苏沫略微一笑，不理这茬，仍细看手里的文件。

赵祥庆心想要不帮人解个围？

王居安坐首位上一直没开口，这会儿把资料夹往桌上轻轻一扔，说：“开会。”

会议内容仍是有关产品投标，此次招标的是本地一家国企，之前苏沫只需负责技术标，现在胡特助一走，她开始跟进客户，接触商务部分。

王居安做事绝不拖沓，接到消息立刻展开工作，也要求大家高效配合。

苏沫结合本公司产品优势做了一下午客户需求分析，其间又接到莫蔚清的电话约在晚上见面，谁知临下班却得到总助的通知，要求当天提交授权书和标书索引。

如今苏沫对王居安及其周围的人十分提防，也知道这项目重点耗时部分在技术一块，何况还要等待估价员提交结果才开始资审，因而并不匆忙制作经济标。

苏沫提交了需求分析和委托书，等总经理和董事长签署，并询问：余下部分能否明天提交？

总助转达王居安的意思：明天还有另外的工作，建议加班。

苏沫把工作进度和安排做成 PPT 发去王亚男的邮箱并转发王居安，表明自己在时间上有充分把握和详尽计划。

下班时间将近，她又看眼邮箱，没收到对方的任何回复，又不希望落下口实节外生枝，正犹豫着要不要过去知会一声，谁知桌上电话响起，还是内线。

总助说：“苏助啊，老总还等着要东西。”

苏沫答："我已经给老总发过邮件，说明今天的工作情况，我一会儿还有点事，如果不着急，明天一早送过来，你看这样行不行？"又问，"你们也要加班吗？"

总助无奈叹气："是啊，都要加的，不过你那边的事，我也不知道他为什么催得这么紧。要不这样，我帮你转接，你自己跟他解释。"

苏沫还没说话，信号长音响起，不多时，对方就接了。

王居安淡淡"喂"了一声，嗓音里略有倦意。

苏沫停了一会儿，大致解释了自己的情况。

王居安道："你第一次接触商务方面，需要时间适应，你提交的东西，我们这边也需要人员检验修改，如果拖太久，会影响整体效率。"

苏沫知他是无理也要辩三分的人，也就没作声。

王居安问："你几点有事？"

"约的八点多。"

"那就加班到八点。"

全无商量余地，她心里叹息，应下。

苏沫果然工作到八点，剩下的打算拿回家开夜车。

走出办公室，外头黑灯瞎火，来到过道上，声控灯骤亮，又往总经理办公室那边瞧了下，哪还见得着人影，总助的位子上也是空的。

苏沫暗自发句牢骚，想起给莫蔚清打电话，说临时加班，晚些才到。

莫蔚清的语气听起来有些踌躇。

苏沫心里越发觉得奇怪，转身要走，总经理办公室的门忽然打开，王居安从里间出来。

王居安拿着手机车钥匙直接往电梯间去，随口问："做完了？"

苏沫只好说："没，还差一些，我回去接着做。"

王居安这次没为难人："明早拿来给我，需求分析我才看了，还有问题。"

苏沫答应，进了电梯，王居安站在中间，苏沫尽量与他隔开，很长时间，两人都不说话。

快到底层时，王居安忽然问了句：“宋天保最近怎么样？”

苏沫故意道：“不太好，听说晚上睡不安神，总是做梦惊醒，而且……一见女人就害怕。”

王居安听得笑起来，侧头瞧了她一眼，道：“你这是越来越坏了。”

话音未落，门开，苏沫出去，电梯继续下行，王居安到地下停车场取车，苏沫在路边等出租车，不多时，就见王居安的车从旁驶过，她松一口气，又想电梯间的摄像头不知有无录音功能。

苏沫到莫蔚清家，原以为从蓉也在，谁知只有她俩，桌上搁着两盘冷菜，想是叫的外卖。

她早饿了，就着吃了些饭，莫蔚清却什么也不吃，坐在桌旁边抽烟边瞧她，苏沫被她瞧得有点不自在。

莫蔚清说：“这衣服挺好看的……你现在混得挺不错吧？”

苏沫也打量她，就见她脸色泛黄，身上披着睡衣，全无先前的讲究，不知该做何评价，只笑了笑问：“你找我来有什么事吗？”

莫蔚清说：“你和先前那人怎样了？”

苏沫停下筷子，平静答：“没怎样，没在一起。”

莫蔚清问：“为什么？”

苏沫说：“他看不上我，也知道我对他有目的。”她自嘲地笑笑，“这种人身边不缺女人，真正喜欢他的肯定也不少，是我自不量力。再说经济地位决定一切……”话没说完，突然想起莫蔚清的处境，立马打住，转移话题，“你最近怎么样？身体好些没？”

莫蔚清若有所思，仍是问：“你说得这样轻巧，难道就没对他动过心？”

苏沫微怔，低头吃菜：“一起出去做项目，有他在，就觉得心里不慌……只是这样。”

莫蔚清说：“既然你认为有很多女人会喜欢他，那么外在条件也是不错的，至少还年轻……让我想想，你们一起工作，他是你上司……如果是一般的上司，也就是个白领，谈不上好条件……他应该是你的老板，对不对？你在什么公司来着？安……”

苏沫搁下筷子：“都过去了，我不想聊这个。”

莫蔚清笑笑：“好啦，聊天当然是瞎聊啦，不聊男人聊什么？不过你也够本事，才来多久，就碰上个这样的，栽了也值，当交学费了。再说……”她窃笑，“你觉不觉得，这样的男人更有吸引力？上了你，又甩了你，是不是特别让人恨得牙痒痒？”

苏沫起身道：“你要是没什么事，我先走了。”

莫蔚清忙拉住她：“逗你玩呢，我当然有事才找你。从蓉我信不过，就只能找你。”她一反常态的认真，“周远山不知从哪里知道我和……尚淳在一块，现在面也不露，电话也不接。我想……让你帮忙带句话，就说，我莫蔚清给他最后一次机会，他到底愿不愿意跟我重新开始。”

苏沫听得一知半解，又见她眼里隐有泪光，于心不忍：“我实在不好掺和你们三个之间的事。”

“不用你掺和，带句话而已，你跟他说，我给他三天时间考虑……第二件事，”她从睡衣口袋里摸出一把小钥匙递过来，“这是我家楼下信箱的钥匙，我的门牌号是1001，信箱的号码却是1004，你记好，我要是跟他走了，你来帮我收信。”

苏沫觉得她有些神神道道，将信将疑接过钥匙：“怎么号码不一样？”

莫蔚清又笑：“是啊，可能是物业搞错了，这事，尚淳也不知道呢。”她停了会儿，有气无力摆一摆手，“行了行了，你可以走了。”

苏沫见她如今这光景不愿去计较，仍是安慰，“你要是有需要帮忙的地方，可以跟我说，只要不是掺和你们之间的那些事，我……”

莫蔚清懒懒地过去开门：“走吧走吧。”又嘱咐，“钥匙拿好。”

门才打开，外间就进来一人。

尚淳抬头笑道：“今天好点没，”他往屋里扫了眼，“有朋友来看你？”

莫蔚清不说话，苏沫也没作声。

尚淳本不以为意，随便瞧了苏沫一眼，诧异之下又瞧了眼，笑道："我得好好想想，这位是谁？"他走近些，微低了头看她，"苏小姐，很久不见。"

苏沫顾忌这人，直觉地往莫蔚清身边挪了几步。

尚淳瞧她一副娇怯怯的模样，心里又不争气地发痒，随即想起早先的事，克制自己即使瞧着她也得冷下脸："我……"

莫蔚清问："你什么你？"

尚淳要笑不笑回了句："我知道她是你的朋友嘛。"

苏沫趁两人说着话，赶紧往外走。

尚淳又把视线移回她脸上，微微侧身，却只留半侧门的空隙。

苏沫不想和他打交道，硬着头皮挤过去，男人的体温和呼吸近在咫尺，她热出一身汗。

进了电梯，转身站好，余光发现那人似乎又往这边瞧了眼。

莫蔚清站在门里，一双泪眼盯住尚淳。

尚淳回头，搂着她进了屋："宝贝儿，你这样看着我做什么？怪瘆人的。"

莫蔚清说："你也知道害怕？我天天等着你，好不容易等来一次，你还使劲盯着别的女人看。"

尚淳仍是笑："看看怎么了？你以前很大方呀，现在怎么变得这样情绪化？你这抑郁症什么时候才能好啊？再说了，我们家这个小保姆还挺耐看……"

莫蔚清气得抢起沙发上的抱枕砸他，哭道："浑蛋，你就是个浑蛋……"

起先尚淳还忍得，耐性磨尽，一把捏住她的手腕子，把人往沙发上扔，巴掌扇到跟前又停住，压低声音说："够了，越来越没劲了你，念着你跟我这么久我才哄着你，别把我惹毛了……"

他目光森冷咬牙切齿，莫蔚清也被吓住，却不服，冷笑："你也瞧见人家对你怎样了？你就是没吃到嘴，不甘心。我跟你讲，人家找着更好的了，看不上你。"

尚淳不以为然，起身整着衣服，冷哼：“我管她找着谁了，我早说了，这种女的，就是给你提鞋也不配，我懒得费那工夫。”

莫蔚清不信：“她傍上了安盛的老板，怎么就比我差了？”

尚淳一愣：“王居安？”随即笑起来，“这小子。”

苏沫回家，把那枚莫名其妙的钥匙收进抽屉，熬夜做完工作，第二天一早把文件递交总经理办公室，王居安不在，秘书收了。

中午，接到面谈通知。

她过去时，王居安坐在大班桌后看文件，秘书在外间忙碌，办公室门大敞着。

半月前才打电话向人义愤填膺地控诉，她何曾想过会跟这人还会有交集？如今虽是公事公办的脸孔，心底仍滑过一丝不自在。

对方显然缺乏这样感性的体会，需求书直接扔到跟前，简明扼要指出不足。

苏沫站在桌旁，一页页翻过去，有些词句段落被人重点标记。她自恃做事细心，不想这人遣词造句更加严谨，连标点也不放过，从头至尾过完一遍，三言两语间，又定下初步的跟进方案。

如果换成旁人，她早已流露出欣赏和钦佩，这会儿却只是认真倾听，努力吸收，又像好学生一样低头做笔记。

王居安看一眼手表，午休时间过半，问也不问，直接让人从员工餐厅送两份饭菜上来。他吃得快，吃完后，又拿起其他文档不紧不慢地翻阅，苏沫默默吃了几口，食不下咽，等候批示。

不多时，秘书叩门，问：“王总，两点约了南建三局的人开会，是不是让老张先把车开到楼下备着？”

他点头，文件递过来说：“没有逻辑关系图，补上，过两天，我这边就要标书的初稿。”

苏沫应了，出去前收拾餐盘。

王居安看她一眼，忽然问：“不能吃辣？”

苏沫不提防，匆忙说“是”。

她去洗手间洗漱，发觉镜子里的人双唇艳红，眼含水光，多了点似怨似嗔的气质，赶紧捧一把清水擦了擦脸。

第二天，苏沫把修改后的文件再次提交，中午又被叫去谈话。

秘书忙碌，办公室门稍掩，过后，两人一同吃饭，菜仍是辣的。

王居安布置完任务，照旧出门办事。

之后几天，再无任何传唤。

苏沫拿到项目估价，开始拟定标书初稿，正忙着，接到电话，莫蔚清问："你跟他说了没有？"

苏沫忽然想起来，答："一直没碰见周律师。"

莫蔚清猛烈咳嗽几声，病恹恹道："你打他电话试试。"

苏沫问："你生病了？"

"感冒，有点发烧。"

苏沫不放心，下班后顺道去瞧，莫蔚清的家静得像坟墓，窗帘放下，没有灯光。

莫蔚清勉强起来开门，又摔回沙发里蜷着，身上裹一层薄毯。

苏沫在厨房熬上一小锅粥，让她回卧室休息，莫蔚清闭眼道："那间房，只有一张床，床头对着梳妆台的镜子，我一个人睡不着，总是做噩梦。"她喝了半碗粥，又躺下，拿药给她吃，却不理。

苏沫进厨房收拾，水槽里已堆叠好几天的碗。

她擦净碗碟，听见大门那边有动静，有人拿钥匙开了门，走了进来。

尚淳的声音响起："要我来看你，你却每天都是这种样子。"

苏沫立时停下动作，待在里头不肯露面。

过了好一会儿，莫蔚清才答："我病了，"又说，"你知道我昨晚梦见谁了？"

"谁？"尚淳按亮客厅的灯，又去开窗。

莫蔚清说："我儿子啊，大胖儿子，长得真好看呀。他怨我，我就说，找你爸去，别来找我，是他不要你。"

尚淳不耐烦："没完没了的，整天拿这些说事。"

莫蔚清气极，几乎从沙发上一跃而起："你做也做了，还不许人说？你现在一边着急离婚，一边和我们撇清关系，是要娶新老婆了吧？听说她家世好得很，人家拼爹，你家孩子多，只能拼老丈人，新老婆厉害啊，眼里揉不得沙子，你哄着她，就挨个收拾掉我们。"

尚淳没作声。

莫蔚清冷笑："你这人不只花心，还祸害人家小姑娘，就不知再婚以后，能不能管住下面那东西，不如我先说给她听……"

尚淳立马道："你闭嘴。"

莫蔚清越发伤心："以为我待家里，就什么都不知道呢？连自己的孩子都算计，你也不怕遭报应。"

尚淳恼羞成怒："莫蔚清，你别倒打一耙，那孩子谁的，只有你自己清楚。"

莫蔚清哭道："你真没良心，除了你，我还能跟谁？我十八岁就跟了你，这么些年，我最好的时候，就只跟着你。"

尚淳笑："怎么？那姓周的又甩了你吗？"

莫蔚清把抱枕扔过去："滚，给我滚，我看见你就恶心……"

"哐当"一声门响，屋里立时安静。

莫蔚清从呜咽变成痛哭，几近崩溃。

苏沫听得心惊肉跳，各种安慰都是空谈，不敢走开，一直陪她到深夜。

这一晚，苏沫没睡好，早上起来时，心里仍不好受，恰巧从蓉休假，就请她过去瞧瞧，只说莫蔚清生病，其他没多讲。

荒废一整晚，初稿尚未完成，苏沫赶去公司，直到中午才把文档提交上去。

没多久，王居安打电话叫她过去，言辞里似不太满意。

他要求严苛，苏沫也有心理准备。

王居安开门见山："有一处连招标方的名称都没改过来，摘要部分单薄了点，缺少吸引眼球的内容，苏助理，你的工作劲头只能持续两天？”

苏沫自知理亏，担心对方出言不逊，忙说：“我昨晚临时有事，没时间加班，我争取明早之前一定做好。”

王居安“嗯”了一声：“到底是争取还是一定？这两词要是放合同里是要被抠字眼的。”

他神色温和，让人有些不适应。

王居安起身道：“先这样吧，我现在要出去，今天不在公司吃饭，明天……你中午之前交过来。”

苏沫赶紧答应。

王居安见她这样，又说：“食堂的菜最近有些辣，不知道是不是换了四川厨子。”

苏沫没说话。

他问：“你们那边的人应该能吃辣吧？”

苏沫说：“是的，只是我个人口味偏清淡些。”

王居安顿一顿：“明天出去换个口味，浙菜、粤菜，或者日本菜，你想吃什么？边吃边说，不必挨饿。”

苏沫心里微怔，答：“不，谢谢，我可以带三明治，在办公室里吃。”

他不再说话，径直往外走。

苏沫跟在后面，出了办公室，才瞧见王居安的几个下属全在外头候着，周远山也在其中，互相打了声招呼，那几人随王居安进了电梯间。

眼见周远山神色如常，苏沫又犹豫了一会儿，最后仍赶紧跟上去，小声道：“周律师，能不能借一步说话？”

周远山瞧了老板一眼：“苏助，你想说什么我也明白，这会儿要和王总出去办事，有空再谈吧。”

苏沫把后半句咽回肚子里。

下午，从蓉给她电话，说去瞧过了，莫蔚清已退烧，就是不怎么吃饭，又问："你觉不觉得莫蔚清现在变得有些神经兮兮？好奇怪。"

苏沫暗自叹息，临下班时又拨给莫蔚清，说明天有时间再去瞧她。

莫蔚清只问："你和周远山说了吗？"

苏沫安慰道，"我一直没见着他，出差去了吧，你先别急。"不知是昨晚睡眠不足，还是被莫蔚清传染上感冒病毒，她这会儿只觉得脑袋发沉，眼皮泛酸，想早些回去休息，再起来开夜车。

前脚才出办公室，桌上电话就瞎闹腾，转身接了，内线。

总助说："苏助，王总请你把标书拿给他。"

苏沫奇道："不是说明天中午才交吗？"

总助答："这个我就不清楚了，他只说如果没做完，晚上必须加班，因为明天下午开会，最好能先定稿。"这回没等她问，又道，"今天都要加班的，谁叫我们跟着个急性子老板呢？"

苏沫重新打开笔记本电脑。

两边太阳穴隐隐胀痛，她勉强做完工作，时间已过八点，却全无胃口，趴在桌上休息了一会儿，听见走廊上仍有人声，只得打起精神，整理好文档给人送过去。

王居安那边果然还有人在加班，外间，几个同事围在一起争论去哪里消夜划算管饱。

苏沫走近看了看，总经理办公室的门虚掩着，里间隐有灯光，王居安站在落地窗前和人讲电话，最近，他似乎心情不错，瞧上去春风得意。

王居安对那边人道："不急，先稳住，这只是冰山一角……玩就玩一把大的……她怀疑有人查？随她……疑心重，才开了个人……"

苏沫正想离开，被人瞧见。

王居安略说几句挂了电话，对她道："进来。"

苏沫站在门口："王总，我来交初稿。"

王居安过来接了文档："先进来，等我看看。"

苏沫走近，闻见他一身酒气，犹豫道："我今天有些感冒，头疼，请问能早些下班吗？"

王居安站在那儿看文档，头也未抬：“你是身体不舒服还是约了人？”

她避开话题：“我明早修改，应该赶得及下午开会，您看这样行吗？”

王居安一页页翻过去，好一会儿才答：“不行。”他抬眼瞧着她，“我明天早上不在公司，你当我改行了，其他业务不用管，整天教学生，还得配合你的时间上课？”

苏沫说：“我不是这个意思。”

王居安又走近些：“我大概能猜着，你是什么意思。”他随手关门，落了锁。

苏沫心里直跳，条件反射地去开门，反倒撞人怀里，酒味不轻。

他说：“关门谈工作，不违规不犯法，你这么害怕做什么？”

苏沫忙站开些：“你，你就是见不得我好，让我每天往你这儿跑，故意让人瞧见……”

王居安笑起来：“你不是还挺配合。”

苏沫眼圈发红，没作声。

他继续轻描淡写：“你要是直接给我当助理，也用不着怕人闲话。”

苏沫忍不住道：“我拒绝你不是赌气，也不是什么勾引人的手段，你不要误会。”一时心绪不平，深知他最忌讳什么样的话题，打蛇打七寸，“我是怕你给的位置做不长久，现在安盛到底谁说了算呢？我想公司里的人都知道，肯定不是你这样的。”

王居安低头瞧着她，没说话，脸上喜怒不显，过了一会儿，却对她点头道：“你过来。”

她被人拽至窗前。

熄了灯，窗外车水马龙，流光溢彩，璀璨无边。

王居安站在她身后，指着城中心方向：“遍布城中的大小商铺，是安盛除去电子公司以外最早的投资业务，之后是南瞻国贸大厦，中心花园酒店，接着，是各大城市的房地产开发……”

“东面那块，临海路商务区，以后是本省最大的金融中心。”

“西面，在建的科技园区，可以带动那里的地产发展，增加成千上万的就业机会。还有典当、证券、银行入股，即将开展的能源项目，还有这里……”最后，他指着自己脚下，“这里，所有的一切，用不了多久……”

他贴向她耳边，低声道：“用不了多久，所有的一切，只能是我王居安的。”

苏沫静伫良久，在他这番言语的刺激下，竟也跟着心潮起伏，和着百米之下的车流声，只觉身后那人的心跳犹如雷鸣。

他一身酒气，靠过来：“即使搏命，我也比她活得长久，没有人，会把希望放在一个傻子身上。”

他说完，低下头要同她接吻，忽然敲门声骤起。

两人的身体都是一僵，苏沫吓得半死，大气也不敢出。

外面那人敲了几下，又试着拧门把手，拧不开，和旁边人道：“王总走了？刚才不是还在吗？”

“走了吧。”

“刚才灯还是亮的。”

“肯定走了，他走了，我们才能下班，走吧走吧……”

人声渐远。

苏沫半天才缓过劲，忙挪去旁边，整理好衣服。她脑袋里渐渐清明，后怕不已，小声说：“不行，这样肯定不行。”

王居安的胸膛微微起伏，仍是气息不平。

他看了看那女人，又侧头看向窗外，低骂一句：“Fuck！”

苏沫走近门边，等了一会儿，直到外面再无声响，立即开门出去，也不知怎样下的楼，怎样拦的车，怎样回的家。

到家后，她立即进了浴室，脱下被人拉扯跳了丝的透明长袜和一身皱巴巴的职业女装。

镜中女人，眼神虚浮，模样放浪。她不敢再看，拧开莲蓬头冲洗，凉水兜头而至，心中悔恨重又升起，却不知是恨别人还是更恨自己。

大半晚辗转反侧，苏沫心里既后怕又有一种不敢言明的失落。

隔天一早，她到公司准备好文档，中午前提交上去，那边也无回音。

下午项目组开会，打印出来发放到各人手上的文件，正是她连日来的辛劳成果。

那人仿佛全无困扰，坐首位上侃侃而谈，她却正眼也不敢去瞧，感冒加重，忍不住咳嗽，大伙的视线全移过来，心里尴尬至极。

临下班，苏沫精神越发糟糕，昏昏欲睡，桌上座机适时响起，试图赶走疲倦。

那边的人直接问："好点没？"

苏沫停了片刻，才答："没，更重了。"

他低笑："你过来，让我打一针，马上能好。"

苏沫顿时面红耳热，想起昨晚的孟浪，心里一阵怦怦乱跳，她捂着话筒，趴在桌上半天不作声，好一会儿才小声道："你别这样，很影响工作。"

他又笑："结过婚的，应该更放得开，你怎么这么保守？"

苏沫没作声。

王居安道："我这几天出差，今晚就走，你暂时可以放心。"

苏沫应了一声："以后别这样，我……不想丢饭碗。"

王居安道："女人不需要多上进，可以找个人养着你。"

苏沫忙说："抱歉，我有内线进来。"说完就撂了电话，连续咳了几声，有些喘不上气。

王居安果然说话算数，没有任何联系，苏沫得以安心工作几日，又留意公司里是否有艳闻传播，同事们与她接触，似乎还是寻常神色。

等她感冒渐好，便想去莫蔚清那里瞧瞧。

再见莫蔚清时，苏沫有些惊讶，她似乎心情大好，屋内收拾齐整，人也开始打扮了，大晚上坐在梳妆台前一边补妆一边道：“周远山主动打电话给我，说一会儿就过来。”

苏沫想想：“那我先走了，你们好好谈。”

莫蔚清却说：“麻烦你，帮我炒几个菜吧，我不知道他吃过晚饭没。”说这话时她巴巴儿地瞧着苏沫，就像小孩在对大人撒娇。

苏沫见她又消瘦了，问：“你也没吃吧？”

莫蔚清有些不好意思，点了点头。

苏沫去厨房做饭，莫蔚清倚着橱柜，和她聊天。

莫蔚清今天话多，双眼在灯光下折射出亢奋的神采，她“咯咯”笑道：“我告诉你，十八岁不到，我就认识了周远山，他是大学生，我在他们学校门口的照相馆做了几天模特，他来照登记照，每天来，照了许多张，后来终于不照了，说要请我吃饭……所以，今天，我也要请他吃饭。

“我们以前还约好，等他毕业就结婚。他给我买了枚戒指，一百来块钱。有天下雨，吵架了，我把戒指扔进路边的水沟，他一声不吭挽起袖子去捞，满手泥污，旁边有人看笑话，他很生气，跟人打了一架，头破血流。

“我们都没什么钱，我后面还有两个弟弟……现在出息了，都不理我，你不知道，我有多羡慕你。你再累，也有父母全心全意地帮你……

“我不想看到他这样，一个大男人，不该为一百来块钱被人笑。我去夜店卖啤酒，然后……遇见尚淳。他出手很大方，又有男人味，小姑娘嘛，很容易迷了眼，他知道我有男友，更缠着我……

“周远山发现我去那种地方做事，又和我吵。那天我很伤心，晚上，尚淳请我喝酒，趁我喝糊涂了，就把我……”她轻笑一声，“那晚以后，我觉得自己好像变成另一个人，有些记不清之前到底发生过什么……后来，我和周远山分手了。”

她说得越是云淡风轻，苏沫就对她越发同情。

莫蔚清笑嘻嘻地问：“你会不会觉得我很贱？竟然跟着一个强迫过我的男人，一跟就是十多年，我还给他生了孩子，还想缠着他一辈子。”

苏沫内心惶然，嗓子里窒息得难受，手上一滑，差点摔碎碗碟。

莫蔚清目不转睛瞧着她，眼泪簌簌落下：“你会不会觉得我很贱？”

她又笑又哭。

她不知如何作答。

周远山很守时，到了以后却只站在门口，看见满桌子的菜面露难色，最后仍是道：“我就说两句，说完我就走，你们不需要这样麻烦。”

莫蔚清看着他没作声。

苏沫忙说：“你们谈谈，我先走了。”她出门换鞋，身后的房门尚未合拢。

周远山嗓音柔和：“几个月前我见到你，我很高兴……现在，我，没办法，再和你重新开始。”

苏沫停下脚步，回头去看。

门里灯光明晃晃地照耀，莫蔚清的脸异常美丽平静，她眼里含泪，却笑道：“两句话，说完了吗？”

周远山沉默。

她缓缓点头：“好，好的，”她似早有准备，递过去一样东西，“还给你吧，你要保重。”

周远山半晌开口：“你也是。”

他转身往外走，中途又顿住脚步，微微侧脸，想说点什么却始终没有言语，最后，大步走出去。

苏沫赶紧回屋，莫蔚清站在那儿一动不动，怎么叫她也不应，只有眼里的泪水哗哗流下。苏沫抱住她，连声说：“你先休息一会儿，你等我，我去和他说，他一定会回来，你等等我……”

她把人扶到沙发上坐下，出了门，不放心，回头看了眼，转身跑去楼下。

周远山走得很快，苏沫追上前，上气不接下气：“周律师，莫蔚清当年是被尚淳……她那会儿才十八岁，什么也不懂，她为了你，才去那种地方打工挣钱，她……”

周远山没等她说完，反问："那现在呢？她还是十八岁？十年！他能诱骗、强迫她十年？"

苏沫无法反驳，只能说："是，她也不对，但是她现在有抑郁症，不能受刺激，她所有的希望都放在你身上，她现在想摆脱这种生活。就算你不看以前的感情，当是做善事，拉她一把，给她点安慰，先过了这道坎，其他的事以后再说吧。"

周远山摇一摇头："一个女人，能为一个男人怀孕生女，又为这个男人怀孕堕胎，不是只贪图他的钱、他的地位。她爱他，离不开他。就算我现在带她走了，等她心里风平浪静，一样会回来。我周远山不是冷血没感情，但也不是圣人，对这样一个女人，我不可能做到无条件付出。"

苏沫听得一阵心惊，努力想了想，才道："是，我也不是圣人，如果不了解这事，我也不想管，但是到了这一步，不帮她做点什么，我怕我下半辈子会良心不安。她最近情绪波动很大，我怕……"

"不会，"他笑，"这种人，自尊不重要，享受才最要紧，她不会亏待自己。十年，她有手有脚有脑子，姓尚的成天捆着她了？囚禁她了？都没有，这是她自己的选择。"周远山眼里藏不住愤慨，他抬脚又往外走，英俊的脸孔在稀薄的路灯下显得冷酷，"这世道，无非是男人的钱和权，女人的身和心。"

苏沫眼见拦不住，急道："周远山，你管他那么多，她没有杀人放火，不是罪大恶极，就算她又蠢又贱不要脸，她也是一条命，没什么比人命重要……"

周远山猛然转身，使劲盯着她，脸上满是痛苦，过了很久，他勉强开口："你不了解男人，男人爱女人，要么是因为她表面放荡内心传统；要么，她本身就是个妓女。但是，一定要看起来忠贞清纯。你记着，男人们只会爱上表里不一的女人，很肤浅是吧？"他自嘲地笑笑，一字一句，"可惜她莫蔚清是个婊子，她现在，从里到外都是个婊子！还有你，不要做第二个莫蔚清。"

苏沫整个人怔住。

余光里，忽然有什么像蝴蝶一样，从高处翩翩坠落，越来越近，最后咚的一声砸至地面。

两人都愣了半天，互相看了一眼，不由自主走过去，瞧清了，一个年轻女人，长发披散，一身粉紫色丝质长裙，她躺在那里，颜面凄惨，地上的血迹缓缓漫延。

路人惊叫：跳楼了，有人跳楼了！

苏沫浑身颤抖，险些晕倒。

周远山脸色煞白，直愣愣地看着那方，慢慢走过去，步履歪斜，到了跟前，他低头看了良久，突然腿一软，双膝着地跪了下去，他抬起胳膊，捂着头，无声恸哭。

苏沫脑子里浑浑噩噩，几乎以为是梦，只听见周围的人惊慌呼喊，喧嚣忙碌。

有人报了警，尚淳却来得更快，瞧见莫蔚清顿时傻了眼，也大声哭了一回，旁边早有人劝散围观群众。

尚淳哭得睁不开眼，嘴里道："你怎么这样傻？我一时说的气话，哪里会丢下你不管？"一时瞧见周远山也在跟前，拽住他的衣领朝他脸上狠揍一拳，骂道，"你他妈的孬种，还不如带她走，也好过她跳楼死了，你就不是个男人……"

周远山面如死灰，一声不吭地由着他。

苏沫瞧见了，哪有心思劝解，泪水模糊双眼，只迷瞪瞪地看着他俩。

周远山被人打得鼻青脸肿，也不还手。

尚淳瞄见他指间里紧捏着一枚戒指，抢过来哭道："这是什么好东西？她当宝贝一样留了这么些年。"他蹒跚走过去，单膝着地，拉起莫蔚清的左手，把戒指戴在她的无名指上，那戒指素朴简拙，只反射出丁点细碎的光，一闪即逝。

一时间，尚淳越看越伤心，又哭一回，含糊发誓，"你放心，我一定好好养大孩子，我拿她当我的长子看待，不让她受半点委屈，我让她进宗祠，上族谱……”他呜呜咽咽说不停口，直到随行人等将他费力搀起。

远处警车鸣笛，尚淳擦了擦眼泪，对同来的两人道：“这事一定不能闹大，先打发了警察，要他们马上出死亡证明，再封了媒体的嘴……还有，赶紧打电话给殡仪馆，快点把……人运过去，一定要快！”

其中一人问：“嫂子的家人，要通知见一见吗？”

苏沫先时吓得不轻哭得伤心，没瞧清，灯光下一看，才发现说话这位是王思危。

尚淳很不耐烦：“见什么见？百十年没见过，问起来，塞点钱。”又狠狠盯了王思危一眼，“这事，要是闹得满城风雨，我就找你。”

王思危喊冤：“尚哥，这里这么多人瞧见了，要是真有什么事，你也不能拿我开刀呀。”他指一指周远山，又指一指苏沫，“他，她，还有这里住着的，不都看见了吗？”

尚淳这才发现苏沫，也是一愣，想了想，只对王思危道：“滚蛋，我让你去做事，你还傻头傻脑杵在这里……”他骂骂咧咧，转过身去一连打了好几通电话，夜色里，背影高大，神色淡漠。

苏沫看晃了眼，忽地怔忪，心说这两人何其相似？

她心里越发感到荒凉，谁也没理会，独自回了家，开着灯，和衣躺在床上。

闭眼，脑子里就浮现出莫蔚清生前的模样，美目顾盼，巧笑倩兮，接着又是她死后的惨状。苏沫赶紧起身，冲进洗手间呕吐，晚饭未吃，胃囊空空，她只是干呕。

呕到无力，直接坐在地上，一次次地回顾想象：如果不是自己一时冲动，非要跑下楼拦着周远山，如果一直在楼上陪着莫蔚清，和她谈话开解，等消极情绪过去，是不是这会儿，莫蔚清还活着？

她靠在墙角，哭了大半晚，躺回床上才迷迷糊糊睡过去，又是一出接一出的噩梦。

第二天苏沫请假休息，想去莫蔚清家瞧瞧，又不知去瞧谁，人走楼空。

公司里大小项目运转不停，一时王亚男找她，一时又是项目组给她打电话，又或者三天两头开不完的会，苏沫避不开，回去上班，强迫自己一刻不停地工作，以此麻痹大脑。

没多久，就听公司里传言，周律师请了长假，上头另聘请一位律师暂时接替他的工作。

王居安接到周远山的请辞，十分突然，并未立即批准，只说服他申请年假，休息一段时间再考虑。

那会儿，他才到南瞻机场，电话刚开机，就得到事务所的确切消息，说周律师向公司推荐了一位更有经验的法律顾问，并和人商议好面谈时间。

接下来又是好几通客户来电。

他一一打发干净，总觉得还差了点什么，拿出电话慢慢翻寻，项目组汇报工作的短信电话也有几个，却都是旁人。

王居安想了想，对同行的秘书道："晚上我请人吃饭，你帮我订两个位子。"

秘书问："您想去哪家俱乐部或者餐厅呢？有具体要求吗？"

他说："找个好点的地方，口味要清淡，格调是女士们喜欢的，"想了想，又说，"还是订个中档的吧，不会太拘束。"稍微犹豫，最后却道，"算了，我再想想。"过不多时，他直接给人打了个电话。

这边，苏沫才陪王亚男出去开了个会，才散会，听见手机响，赶紧落下几步，拿出来接了。

王居安在那边说："是我。"他似乎人在外头，背景声音颇有些嘈杂。

苏沫抬头看了看走在前边的女领导，假装随意地问："你好，你在哪里？"

王居安答："南瞻机场。"

苏沫"嗯"了一声，没再说话，过了会儿，听那边接着道："晚上一起吃个饭，我过来接你。"

她正要拒绝，又想起什么，回了句："不用这么麻烦，你说下地址，我可以自己过去。"

王居安道："一家私房菜馆，地方不好找。"

苏沫瞧见王亚男回头看了自己一眼，忙歉意地对她笑笑，嘴里和那边敷衍道："还是不用了，要不改天再说，这会儿我有点忙。"

王居安笑道："说话不方便？"

苏沫又低低"嗯"了一声。

他说："难怪和气多了。"又道，"蚌埠路74号，从上闸口和解放路交叉的地方左转，七点半见，直接报我的名字。"

苏沫应下，道谢。

下班后，她叫了辆出租车过去，果然七拐八弯地才能找着地方，一看时间，七点二十，正好。

她有个习惯，和人谈事，通常会提前十分钟到达约定地点。

进了门，内间布置并无特别，老板四十出头，男性，气质儒雅，说话和气，却不显唐突，倒像是这家小饭馆里最好的装潢。

听见她说约了位姓王的先生吃饭，侍者问老板："还是在王先生以前的那间？"

那老板正不着痕迹地打量苏沫，听见这话笑笑："不，去西边那间吧。"

苏沫被人带过去，推开门，里间茶香四溢，一张古朴小桌、两张矮凳搁在中央，桌上茶水点心俱全，左手边的墙上挂着幅仿王羲之墨迹的《妹至帖》。对面的墙边立着一人高的旧式书架，数排线装书和竹帛，并几样奇石和古色古香的器皿作装饰，斜对门的位置，两扇仿古的八角格子窗微微启开，透进路旁的鸟语花香和市井街语。

王居安未到，苏沫喝了口茶，无心细品，想起莫蔚清的事仍是伤神。近几天，只要独处，难免会有所回想。

她干脆起身，去瞧墙上那幅草书，两行十七字，小小一页白麻灰色纸裱在一大张白纸上。她曾在电视上见过王羲之墨迹唐摹本的拍卖照片，再瞧这一幅，似乎仿制得十分精细。

苏沫转身又去看书架上的竹帛，却被旁边的饰品吸引。

她拿起一只淡蓝底色彩色花卉图案的瓷碗瞧了瞧，质地陈旧，手工朴素，色泽却鲜艳可爱，巴掌大小，十分精巧，她不觉多看了几眼。

身后木门吱呀一声响，王居安推门进来，神色稍带疲倦，风尘仆仆，他随意道："堵车。"又见她手里拿的东西，说，"这个不错。"

苏沫忙放下，回到桌旁，两人相对而坐。

侍者送来菜单，王居安与他相熟，说："她第一次来，做些口味清淡的，上次……"

苏沫低着头，一页页翻过去："我想看看再点。"

王居安摆一摆手，正要打发人走，想到什么，起身一并出去。

过了一会儿，他回来，苏沫看着茶杯里的水，热气袅绕，她慢慢道："我想和你谈谈。"

王居安抬眼看她："难怪今天这么爽快，原来又有事。"他合上菜单，"说吧。"

早先在心里打好的腹稿忽然有些乱，她平静一会儿道："我……有时候不太能理解你的行为模式，我……"又顿一顿，"我……"

王居安觉得好笑："你你你，和我说几句话，比你面对那些客户还困难？"

苏沫点头，小声道："作为老板，你的确不太好相处，作为男人，"她打定主意开口，"每次和你相处以后……"

他似笑非笑："什么以后？"

苏沫低着头道："对于你的生活方式我没什么立场多说，我就觉得……我们不是一路人。我的要求很简单，找个和自己差不多的男人，人品过得去，身体健康……我是说，我们之间的差距太大了。有时候，我会被你吸引，比如砸车那晚，可是，那不是因为你的个人魅力，应该是……你太有钱了，是钱的魅力。就算是做买卖，你可以买很多像我这样的女人，但是我，我什么都没有，我卖不起。"

她眼圈微红地站起来，仍是言语细柔："不管什么样的私人关系，我们之间都没有可能。请你以后……不用再找什么借口，不要再来骚扰我。”

王居安的脸色很难看，他顿了数秒，问：“你又受了什么刺激？”

苏沫不去瞧他，只答：“没。”

他搁下茶杯，又问：“那你检查出什么没有？”

苏沫转身要走，隔了张小桌，他忽然捏住她的手腕。她甩不脱，王居安站起来，把人往自己怀里使劲一带，她的腿磕在桌上。他凑过去用力咬住她的唇。

苏沫疼得不行，呜呜推开他，伸手擦了擦，手背上一抹血迹。

王居安将人放开，依旧坐下来喝茶：“别看了，赶紧上医院。”

苏沫快步走去门边，仍不忘用力抹嘴，无奈一碰就疼，下嘴唇已然红肿，她气道：“恶心。”

王居安自斟自饮：“恶心什么？”

她胸前微微起伏，忍了很久，说：“我……我是在恶心我自己。”说完就开门出去。她脚步匆匆，埋着脑袋往外走，走过前台，走去大门，站了会儿，又折回来，犹豫道：“我要结账。”

侍者也犹豫：“王先生还在里面，还是等他埋单吧……”

苏沫坚持：“先前的东西，我来埋单。”她摸出钱包拿纸币，这才发现自己的手指有些打战，略作掩饰问，“多少钱？”

侍者看一眼老板。

那老板说：“你去忙，我来。”他对一下账目，“点心是送的，只算茶水，两千一。”

苏沫顿住，心说这什么茶？我才喝一口呢……又见人正瞧着自己，只得抽出银行卡，心疼道：“还是，划卡吧。”

老板照办，却在还卡的时候又递上一样东西，用漂亮纸盒装着，巴掌大小。

苏沫问：“纪念品？”

老板笑一笑，没答话，低头算账。

苏沫随手接了，心里懊恼：这能值多少呢？一冲动就吃亏！

老板送走客人，亲自给王居安端去两碟菜肴。

王居安表示不满："这都几点了，只有菜怎么够？送米饭来。"

老板笑："酒也不喝？这么好的菜，你拿米饭配？"

王居安摇一摇头，拾筷夹菜。

老板给他斟茶："我说，你是怎么把人给得罪了？连结账的面子也不给你。我特地把她往这儿带，墙上这帖子，你是瞧也没瞧啊？白费我一番苦心。"

王居安这才瞧了眼墙上那幅字："拍到了？"

老板说："先前有人想哄我，说手头有几样宋代高古瓷，又说不要买这种唐摹本，说他有真迹，我一看，什么真迹？这世上，真迹就和真爱一样，可遇不可求，我什么也没买，轰他出去。要是他只推销那几个破罐子，指不定我还要了，那家伙，胃口太大，不够矜持。"

王居安没作声，点了支烟，喝一口茶。

老板又说："兄弟啊，你是多久没追女人了？和气点，温柔点，哄一哄，慢慢来。"

王居安听得一笑，吐出烟圈，问："你那边有什么消息没？"

老板想了想，正色道："你留点余地，人家这么些年也不是白混的，到时候狗急跳墙，那位子干脆不要，烂摊子一扔，自己养老去，也不是没可能。"

侍者敲一敲门，端来托盘，上面搁着两碗米饭，几样精致小菜。

王居安叹息一声，夹着烟的手轻轻叩着桌面："就和那个卖古董的哄着你一样，老太太也在和我赌，赢了算她的，输了算我的，她想让我只输不赢，但是，"他使劲摁熄烟，"安盛绝不能是烂摊子。"

苏沫隔天上班，请示了王亚男，招一名小姑娘当助理，但凡有跑腿的活计只需交给她。

此后，除了开会，她和王居安倒也很少碰面。助理虽好用，苏沫又觉得自己多此一举，至那天不欢而散，总经理那边再无内线电话过来。

小助理才出校门，为人活泼，对什么都有好奇心，却也对什么都拿不定主意。虽给她做助理，又喜欢和销售部门打交道，也爱往总经办那边跑，一到休息就找不见人影。

苏沫工作勤勉踏实，一来二去，小同事有些跟不上她的节奏，但苏沫脾气好，想着人无完人，对方的灵活直爽，正好能弥补她自身性格上的不足。何况她现在独处一小方天地，和上头的打交道比下头的要多，公司里流传的消息也需了解。

没到吃饭的点，助理敲门进来，递交文件的同时，也趴在苏沫的办公桌上不走，一会儿问："苏助理，他们都说王总很花，是不是啊？"

苏沫边忙边答："有钱人的生活，我们没法了解。"

小姑娘点头："也是，可我回回见着他，都觉得他好严肃……"一会儿又说，"周律师刚才来了，名不虚传，是个帅哥。"

苏沫停下："你才来多久，谁都认识了？"

小姑娘嘻嘻笑道："本来不认识，我一看是个帅哥，去复印的时候多跟了几步，正好听见他和人打招呼。我听人说他想离职，好像是因为什么私事……"她神秘兮兮，"说是家里死了人？"

苏沫缓一缓，才道："别听人瞎说，去吃饭吧。"

两人收拾了文件，一同去食堂，苏沫买好饭菜还未坐稳，对面也坐下一人。

苏沫看他一眼，没说话。

周远山很憔悴。

小助理打量着他俩，磨磨唧唧端了餐盘去其他地方寻位子了。

周远山空着手，没买吃的，对她道："我去办公室没见着你，估计是下来吃饭了。"

苏沫不想见他，低头拣着饭粒："什么事？"

周远山说："我知道你现在不愿见我。"

苏沫没作声，过一会儿勉强开口："都已经这样了。"

周远山默默坐了片刻，才道："我明天飞马来西亚，会待上一段时间。走前，我来向你道歉。"

苏沫仍不作声。

周远山说："那天我心情很不好，才会跟你说那些话，但是，王居安这个人……"

苏沫忍不住打断："我和他男未婚、女未嫁，一起工作，抬头不见低头见，要发生点什么也很正常，不用其他人操心。"

周远山忙道："是，我知道，也看得出他对你有想法。但是……我跟他混了这两三年，有些事见得太多，你俩不是一个圈子，你没见过他怎么个玩法。我也是男人，了解那些东西的诱惑，一个下半身麻木的男人，你不能指望，他的上半身还能被感情左右。"他停一停，低声道，"你很好，是个好女人，我不想看见你……和她一样，面临那种境地……"

"别说了。"

两厢长久沉默。

周远山没再言语，起身走了。

苏沫原本强制平静的心又起波澜，而每天的工作按部就班，项目投入，开标在即，因为安盛是全省唯一一家参与这次大型投标的企业，本地报纸早已大肆宣扬，项目组内外气势高涨，人人都有夺标预感。

苏沫才和王亚男通过电话，阐述了项目的跟进情况，小助理冒失跑进来："苏助，公司楼下围了好些人。"

苏沫不明其意，拨开百叶窗往下瞧，一看之下更觉奇怪，心说就算是采访项目组也用不着这么大阵仗，又隐约瞧见有人打出白色横幅。

小助理也解释不清："好像是死了个什么人？家属还没看见尸体，就给火化了。"

苏沫听得一惊："这和安盛有什么关系？"

"好像……和小王总有关系，据说死的那个，是他的情人……"小助理继续八卦，"我还听他们说，那女的跳楼死的，死前穿一身大红衣服，不知道是不是想变厉鬼报仇啊……"

这会儿，王居安正从外面往回赶，他心里气不顺，车里冷气开得十足，他却仍觉得热，扯开衬衣领，握着手机想了想，吩咐老张："掉头，先别回公司。"

赵祥庆不解："头儿，这闹事的总得打发了再说吧？"

王居安言语冰冷，没好气道："事情都没弄清楚，怎么去打发人？语焉不详，只会让人更反感。"又说，"你先过去，做做安抚工作，态度一定要好，问起来就说一概不知，只等上头的出面解决。"

赵祥庆应了，下车。

王居安立马给他弟打了个电话："人在哪儿？马上滚回来。"

王思危回道："哥，出什么事了？"

王居安骂道："你还有脸问？我只当你脑残，没想到还有精神玩女人，还把人给玩死了。一做正事就孬，搞这些花头倒胆子不小……"

王思危知他气极，忙道："哥，你听我说，这事真和我没半毛钱关系，那女人也跟我没半毛钱关系。那女的以前是尚淳的人，也不知道为什么要寻死，尚淳见人死了，立马就犯糊涂，又怕没法跟他二婚老婆交代，只让人赶快拖去烧了，谁知道别人家属不依。我看，多半是摸着他的底，想讹钱……"

王居安更怒："他尚淳惹的事，和我们安盛有什么关系？人家没找他的麻烦，倒讹我们头上来了。现在，公司楼下围一圈人，马上还有个招标会，庆功宴都准备好了，你让我怎么跟股东们交代？"

王思危也急了："我真没想到会这样啊，他让我帮忙和警察谈，不知怎么就推我头上了，我、他……"

王居安冷笑："他是天王老子还是你爹娘老子？你马上回公司，把这事跟人说清楚，还真讲义气，不是你做的，平白无故你给人顶什么包？"

王思危忙道："老大，你冷静点，那会儿我也在场，这事要能说清楚我早说清楚了，他又用科技园那块地说事，他……"

王居安显然不信，哼道："你会对公司的事这么上心？你王思危就不是这种人。是不是还有什么把柄在人手上呢？"

"我……"王思危支吾，"有天晚上酒驾，正好碰上临检，我他妈也是点儿背，车里落下几包东西，结果被人瞧见了，他、他帮我找人暂时摆平了，但是他又说，一时半会儿不好销案，搞不好，三到七年……”

王居安微愣，一口气堵在胸口，伸手把额前短发使劲往后捋了捋，一言不发挂了电话，仰靠在座椅上静默出神。

只是这样安静的时刻并不长久，手中电话立时又响了，王居安一看号码，只得接了，苏沫停了一会儿才开口：“王总，王工让我问，投标的事还有几成把握？”

就听那边人说：“我来跟他讲，”王亚男拿过电话，直接道，“你那个便宜兄弟又捅娄子了，这事，你打算怎么处理？”

第十二章 ✦ 陷情

那些伤人言语， 那段不堪岁月，

在她以为累到快要遗忘的时候， 再次浮现。

就在这个被人热吻的夜晚， 她却趴在床上忍不住哭泣。

近来，安盛处于风口浪尖上，前几天还因媒体报道“引进国外先进技术，促进我省业内科技进步”而夺标呼声最高，这两天就有人跑来集团总部聚众闹事，一时间颇为吸引人眼球。高层为此召开紧急会议，股东施压，力求尽快解除这次形象危机。

会议完毕，苏沫被人叫进董事长办公室，里间，除她以外，都是王家人。

王亚男直接问她：“听说事发当晚，你也在场？”

苏沫只得把那晚的情形大致说一遍，又说明自己和莫蔚清如何相识，却隐去周、莫二人的前尘往事。

王思危听她说完，轻轻一拍沙发扶手；“姑姑，大哥，你们也听见了，这事真和我没关系。要是不信，可以再问周律师，他当时也在，要我说，这就是一场混乱的男女关系，殉情自杀，是吧，苏……助？”

苏沫瞧也没瞧他，不作声。

王居安对他弟道：“不如你去解决了？”

王思危却不吭气。

王居安这才又问一遍："当时周律师也在？"

苏沫见王亚男正看着自己，只好略微点一点头。

王居安说："你先出去。"

等人走了，王亚男才道："尚淳那边也不能得罪，我们做生意的哪能随便和人结梁子？求人办事，替人消灾，以公司大局为重，其他的，你们自己看着办。"

王思危听得连连点头："哥，姑姑说得太对了，那老小子不好惹。"

王居安不置一词。

不多时，两人一起回总经理办公室，王居安坐在大班椅上，想了一会儿，打几通电话出去，托了些人，原是神色不耐，此时也不得不微笑寒暄。

搁下电话，又叫人请了在楼下蹲了两天的莫家家属上来，那几人原本吵闹不休，却见这老板一脸和气地让秘书看茶让座，也不觉有所收敛。

王居安诚恳道："发生这种事我也很难过，各位的心情我能理解，从人道主义的立场出发，我公司想对莫女士的家属表示安慰。"王思危配合地将先前开好的支票推过去。

莫家人瞧一眼支票上的数字，不满道："什么叫人道主义立场？这都是你弟搞出来的事。"

王居安说："实际情况，你们应该比我更清楚，殡仪馆那边说了，尸体放了好多天无人认领，家属也联系不上，冷柜需要租金，最后只好烧了……"

对方正想反驳，他又说："这种事原本和我们安盛没关系。当然，如果你们想在法院见，我们这边已经准备好材料，他们马上就把停尸证明送过来。莫女士身前患有重度抑郁症，生活无法自理，你们家属长期对她不闻不问，不知会不会构成遗弃罪？请医生开份疾病证明，好像也不困难。"

那些人愣住了，揪住支票不放。

王居安去拿支票："这东西暂时放我这里，各位还有半天的时间考虑，过了今天，你们不要再找我，直接去找殡仪馆，如果他们愿意……”他想一想，“至多赔个一两万吧。”

对方有些慌，一把捞过支票。

王思危说：“拿了钱，就撤吧。”

那几人毛躁地传看支票，低声商量一会儿，态度倒温和了：“死者为大，不用撕破脸，能和平解决最好，我们马上就走。至于那些看热闹的，可不关我们的事。”

王居安对他们点一点头，等人离开，稍微整理衣领，起身出了办公室。

王思危忙跟过去：“哥，你别下去，楼下还有记者守着……”

王居安头也不回，低骂道：“蠢材，不关你的事你怕什么？以后别尽给我找事，我今天就用这些钱买你后几年的安生，你给我记着，这是最后一次。”

王思危当即不敢作声。

安盛高层现身楼下大厅，记者们立时围拢来，厅内早已摆放桌椅数张，桌上烟灰缸、矿泉水一应俱全，看起来有些像新闻发布会的现场，无不显示公司对此事认真慎重的态度。

王居安有意耽搁片刻，等待更多的媒体单位聚集。

苏沫接到王亚男的指示，追下楼去，递交准备好的发言稿，谁知那人微一摆手，只说：“不必。”

记者们支起麦克风、摄像机，王居安神情凝重，缓缓开口：“非常感谢各位的到来。首先，我谨代表我公司对莫女士的去世表示沉痛哀悼，一条鲜活的生命在大好年华里就此消失，我相信，即使素不相识，在座各位的感受都是一致的。无论什么情况下，生命最值得我们珍惜。”

他顿了顿，字字清晰：“经过我公司连日来的内部调查，已确认，莫女士的自杀事件与公司某位员工有一定关联。”

话才出口，场下一片哗然。

王居安等境况平息些，接着道：“该员工是我司外聘的一位法律顾问，姓周。周律师和莫女士有过深厚的感情基础，近期两人的相处似乎稍有隔阂。为表示对死者的尊重，私人感情问题，旁人不便多说。”

“周律师因失去女友过于内疚和悲痛，同时也担心影响公司声誉，已引咎辞职。即便这样，作为他的前领导，我也有不可推卸的责任。如果对下属有足够关心，如果发觉员工有情绪波动能及时疏导，也许就不会有这桩惨事发生。各位同事每天在公司工作八小时，除去睡眠时间，比在家的时间还要多。所以，安盛不仅为各位提供工作岗位，也应该为员工们提供家庭般的关怀，在这方面，安盛还需努力。因此，我代表公司向莫女士家人，各位媒体朋友，以及关心此事的朋友们，为此事给大家造成的困扰，表示诚挚歉意。”

台下有人鼓掌，也有记者正要提出质疑，王居安抬手往下稍稍一压，示意大家安静。

他又说：“据悉，莫女士生前曾患有重度抑郁症。今天，在社会上，很多人对抑郁症并不了解，甚至对抑郁症患者抱有歧视态度。重度抑郁症曾被称为心灵的癌症，是导致自杀最常见的精神疾病，患者长期沉浸在悲观情绪里无法自拔，产生无数的轻生念头，他们日益消沉，又不被人理解，非常痛苦……”

他列举数例，竟有女记者听得落泪，随后便听他宣布：“今早，我公司高层开会，大家对莫女士的过世深感痛心，全票通过，成立一个名为阳光安盛的抑郁症基金会，以帮助更多这样的患者，希望他们能看到生命的美好，重回阳光下生活。”

他拿出笔签下一张支票，投进一旁的捐款箱：“这是我个人的第一笔捐款。”

顿时掌声响起，苏沫却目瞪口呆。

有记者问：“您还没解释尸体提早火化一事。”

王居安礼貌回应：“抱歉，关于这件事，我公司确实不了解情况，无法解释，也许你可以询问莫女士的亲属和殡仪馆。”

那记者转身找人，哪还看得见莫家的人影。

又有记者不依不饶：“莫女士的家人说这事和令弟有关，这跟您的说法完全不同。”

王居安正色道：“不排除有人为了扩大事态影响有意扯上公司高层，如果不信，可以询问周律师。他做法律这一行，又是当事人，应该能比我阐述得更好。但是……”他神情非常诚恳，“我并不希望你去问他，死者为大，活着的人还要继续活下去，请不要逼迫他。”

……

王居安摆脱众人，独自走进电梯，电梯门正要关上，却被另一人轻轻按住。

苏沫不知作何想，低头进来，那门渐渐闭合，她看起来很犹豫：“你把所有的事都推给周远山，他现在已经很痛苦了。”

王居安无所谓：“所以也只有他才不会为自己开脱解释。你要是碰见他，记得跟他讲，不必再回来上班。”

苏沫低声说：“他可能连事务所的工作都会丢掉。”

王居安笑：“想得真多，树挪死，人挪活。还有，”他侧头看她一眼，“做人不要太正义，太正义的人得到的反而少，只剩自己纠结。”

她反应落下半拍，一时语塞。

王居安仍是看着她，抬手，往自己嘴上指了指：“你这里好了？”又说，“你的感情天平已经倾斜，所以不能更客观地看待问题。”

苏沫心里一滞，脸上发热，没敢看他，低头打量自己的脚尖：“我哪里正义了？要是够正义，当时就会找尚淳理论，我……也确实没立场多问你什么。”她打定主意，才说，“那晚的事，还有他们三个之间的纠葛，我可能比较清楚，但是有一点很奇怪，当时尚淳可以直接拎周远山出来顶包，为什么还绕个圈子，和安盛扯上关系呢？”

她停了会儿，重新理一理思路，才道：“我想来想去，只有两个比较合理的解释，要么他对周、莫二人还有丁点愧疚，要么是觉得周远山不够分量，所以想找个更有意思的对手。也许你们之间还有其他利益冲突，如果尚淳拿这种事开玩笑，也许说明他一点没把你放眼里。就算你有意讨好，帮他兜下整件事，他也未必会领这个人情。”

王居安瞥她一眼，最后却看向前方的门，没答话。

楼层已到，门移两旁，苏沫最后壮胆扔下一句：“如果真是这样，周远山于你，就像你于尚淳，万一明天的王居安变成今天的周远山，你又会怎么做？”她表面镇定，心里已认定这位是个睚眦必报的角色，冲动完了当然一时快意却难免后怕，也不管对方怎么个态度，赶紧拔腿就走。

王居安果然顿住身形，眼看那人溜得迅速，心下冷哼：“女人家能有什么全局观念？只把儿女情长当正事。”刚要迈脚，那门已合拢，按迟一步，电梯往下行驶。

他略站一站平息情绪，抬腕看表，没多想，直接按了地下停车场按钮。

这两天费心劳力，他只想早些回去休息，一路开车到家，进门就见王翦靠在沙发上打游戏，睡眼惺忪懒散邋遢，毫无年轻人的朝气，心里更烦躁，却懒得多讲，只问：“你行李收拾好了？”

王翦头也未抬：“老张在帮我收拾，”想了想，忽然问，“爸，你明天送我吗？”

“没大没小，老张也是你叫的？”虽然批评，但语气已温和不少，“明天我还有事，让他送你去机场。丑话说前头，最好让我瞧见你老老实实的，我随时会过去突击检查。”

王翦眼里盯着平板电脑，心里踏实一半，嘴上说：“爸，你还是别去了，你陪着我就看我不顺眼，成天发脾气，你还是去看你那些小明星女同事吧，至少秀色可餐看着心里舒服，这样我们爷俩都能好过点。”

“胡说。”王居安抬手按脖子，略微活动颈项肩背，“最近公司里忙，脱不开身……”

“这招对我没用，解释就是掩饰，我又不是那些个女人。”王翦拿眼盯着平板电脑，冷不丁又冒出句话，“爸，要不，我……不读书了，直接跟你学做生意，我又不是读书的材料。”

王居安最烦听这些：“想都别想，你不读书，不读书能做什么？公司被人卖了你还帮着数钱。”忍不住劝道，“我对你要求也不高，读个本科出来就行了，读完了想怎么闹腾我都不管。”

王翦没作声，歪到一旁继续打游戏，钟点工把晚饭端上桌，喊他去吃，他也不理。

王居安在桌旁等了会儿，扒了几口饭，没瞧见有动静，抬眼瞪过去，心里压着火说：“就知道玩游戏，再玩下去把几句英语都丢了。”见那边没反应，火气冒出头，一根筷子便扔过去，正砸儿子脑袋上。

王翦摸摸后脑勺，没精打采地挪过来，两人都不说话，自顾自夹菜扒饭。王居安忽然就没了胃口，胡乱吃几口起身上楼，回书房里坐了一会儿，想起件事，给人打手机过去，那边是关机提示，又打事务所电话，没想却有人接。

他自报家门，“安盛，王居安。”

对方很热情：“王总，您好您好。”顿了顿，语间尴尬难掩，“那件事我们都听说了，还专门开了个会……是啊，影响实在太坏。对于周律师的行为我所深表歉意，同时也采取了一些补救措施，包括对他劝退处理……他现在人在大马，但是我们已给他口头通知……”

王居安靠在椅背上，手指抵着太阳穴，随便敷衍几句，撂了电话。

过了一会儿，想着和王思危去个电话，嘱咐：“既然尚淳已经过问了，你催着他赶紧把那事结了，这两天都在为你的事折腾。以后给我收敛些，三十岁的人了，该收心了，别还跟浑球一样……”

王思危毕恭毕敬地答应，等那边挂了，忽地把电话往桌上使劲一掼，烦道：“有事没事就骂我一头包，我是他弟呀，还是他儿子？成天牛哄哄地做给谁看？什么为我的事折腾，我看他是逮着机会就作秀，今天又出够风头了，爽了，这会儿又来硌硬我，都是一个爹生的，他有必要在我跟前时时显摆吗？”

一旁的老人轻拍他的手：“危呀，他到底是你哥，运歹金减价，运好铁成金，你妈命不好，进不了他家的门，人在屋檐下，你就低低头吧。”

王思危气道：“阿公，岂止低头，”他伸食指往自己胸前一戳，“我已经匍匐倒地，就差磕头谢恩了。看着吧，三十年河东三十年河西，我不信这辈子都翻不了身。”

表面上安盛把莫蔚清一事压下去，并积极为员工提供免费 EAP 心理咨询服务以安抚人心，但如今是信息爆炸的年代，网络上的猜测一时却堵不住，何况是关于富二代的桃色纠纷。

一些网民对尸体火化问题很执着，一面引申到讨伐特权阶层的腐败，一面又对艳情和死亡津津乐道，最后风传：安盛的小老板有个情人，情人又养小白脸，小白脸正好是安盛员工，捉奸在床，争风吃醋，情人疑是他杀。

安盛高层对这些后续发展倒不十分担心，一来公安局做过尸检，二来当事人里既无公众人物，也不涉及弱势群体，激不起网民的同理心，五花八门的社会新闻一茬接一茬冒出来，没几天就会被淹没在信息海洋里，只是无聊媒体时不时会来电骚扰一二，难免叫王居安等人忙于应付。

开会的时候，王居安的手机又响了，他以为仍是老生常谈，拿来接了，对方自称《南瞻证券时报》的记者，开门见山地问：“最近业内有消息传，贵公司和几家银行都有贷款担保方面的纠纷，资金链紧张，请问情况是否属实？”

王居安心里一惊，压低声，言辞和煦：“没这回事，想采访，欢迎，请你先和相关人员约时间。”说完直接挂电话。

王亚男问侄儿：“还是为王思危那事？”

桌旁坐了好几位董事，王居安不动声色微一点头。

王亚男低哼道：“几位老总都盼着这次投标的结果，别让大家的努力前功尽弃。”又说，“要我看，这事还得去找尚淳，他和招标那家的老总相熟，那人从部队转业过来，以前在他叔叔还是谁那里待过。再说，你现在不去会他，难道等人把这事忘了才去？你弟不争气，你要知道趁热打铁。”

王居安仍点头称是。

这侄儿难得乖顺，王亚男不觉多瞧他两眼。

散会，王居安回办公室给人打电话："和上次那个制药厂老总约个时间，把合同签了。"

那边吃惊："你想继续收购沧南证券的股份？不怕被人查？这边刚有些进展。"

王居安走到窗前，将衬衣领口扯开些："瞒不住了，就是要引他们来查，他们查起来比我们方便，现在的情况是不能再拖，要尽快解决，不然窟窿会越来越大。"

那边会过意，连说："这是一记险招，太险了，你胆子也真够肥。"

王居安道："治重症下猛药。"

才搁下电话，外间有人敲门，他坐回大班椅应一声，却是苏沫的新助理过来送文件。

年轻姑娘搁下文件，顺带捧上一杯温咖啡。

王居安正觉口渴，瞧了一眼那姑娘，淡淡道谢。

小助理大方得很，一点不见外，俏生生立在跟前说："王总，少糖不兑牛奶是吧？我瞧您平时都是这个时间喝杯咖啡，顺便就泡了一杯进来。"

王居安接过杯子呷一口，又见她笑模笑样，脸上一对酒窝，看着还行，便也笑笑。

小助理想起来又说："王总，苏助想征求您的意见，明晚跟尚总的饭局约在哪里比较好？"

王居安一顿："苏助也去？"

小助理点头："是呀，王工叫她去，而且要尽快去，所以定在明天晚上。王总，您方便吗？"

王亚男行事干脆，控制欲强，不容商量便做主定下时间，倒不让人意外。

王居安说："王工都发话了，哪能不方便？"

年轻姑娘又跟着笑。

王居安那几日接连被人挤对，这会儿忽然心念微动，说："自家就有地方招待人，何必再另找酒店？你跟苏助说，还是那家老会所吧。”

小助理不知：“哪家？”

王居安翻开文件签名，头也未抬：“苏助知道。”

小姑娘一知半解地出去，又被他叫住，见他含笑看向自己，顿觉此人比往常更英俊，不知不觉红了脸。

王居安问：“怎么称呼你？”

小助理愣了愣，立马说：“王总，我姓陆，大名陆慧，小名慧慧，您怎么称呼我都没意见。”

王居安随意道：“不错，和你领导一样，会来事。”

小姑娘连蹦带跳回去找苏沫，说：“苏姐，王总刚才表扬你了。”

苏沫听得一愣，心想他能说出什么好话？却问：“王总表扬我什么？”

小助理趴桌上道：“他说你会办事。”

苏沫没答话。

小助理却说：“我现在觉得他人挺好，我给他倒一杯咖啡，就待我很和气了，也不知他那些露水情缘的传闻是真是假？”她又叹，“也许正因为这样，才显出老男人的魅力，浪子回头，从此只对一人钟情，多么跌宕起伏动人心魄。”

苏沫抬眼看她：“什么跌宕起伏动人心魄？是让你这样的小姑娘跌进谷底魂飞魄散，领导的私事还是别议论了。”她停一会儿，“但是，如果一个男人私生活混乱还洋洋自得，只能说明他既缺乏自控能力又为人肤浅，能有多少魅力可言？”

小助理笑嘻嘻道：“苏姐，你的择偶观念一定很传统，周律师那样的看起来就很规矩很传统，可是呢……”

苏沫面色微顿，仍是轻言细语：“公司应该成立个八卦部门，请你当老总。陆总，喝口水歇一歇，工作别太累。”

陆慧见她神情不如以往和气，忙吐舌出去，装模作样端坐桌前，敲打电脑键盘。

苏沫一面为饭局做准备，一面想起先时王亚男对自己说的那些话。

王亚男说，这可是你升职以来经手的第一个项目，我用人从不慢慢打磨，没那个时间。外面能人多得很，是龙是虫一试便知。要是做得顺利，以后独立负责项目的机会直接扔给你，就看你够不够卖力。若是有造化，你以后也不必要公司配车，拿的薪水已足够你去买自己喜欢的车，再往后，还能在南瞻购屋买房，你一家老小也能在这里落地生根。

苏沫被她一席话说得心旌摇动，思来想去，等不及事件风头过去，便拿了那枚信箱钥匙，择了个人少的时候，驱车前往莫蔚清曾经的住处。

事发后，她与从蓉说起莫蔚清，两人都不免伤感落泪。

从蓉精明，闲事不多问，却能猜到七八分，只是这钥匙的事，苏沫谨慎，不曾露半点口风。她对信箱的事十分好奇，寻思莫非只是一些女人的情感日记，倒是自己想太多小题大做。

车入小区门口，来不及睹物思人、悲秋伤春，远远瞧见楼下林荫道旁的车里下来一人，细看，正是尚淳，他戴着墨镜，也正往四下里瞧。

苏沫轻轻刹车，不敢耽搁，拐了个弯往外走，又想尚淳那车，普通大众，并非他以往的座驾，心知这人和自己一样，不愿让人撞见。

不得已空手而归，到了晚间，随了王居安、赵祥庆等人一同出席饭局。

苏沫第三次来这家会所，仍有厌恶情绪，又觉自己轻贱，她不怎么说话，更不多看王居安一眼，好在对方也不理会她。

这样的场合，两人都只和旁人说话，各自间却回避交集。

老赵笑言："看来这地方和我们苏助气场不合，怎么一来就少言寡语呢？"

不多时尚淳也到了，瞧上去一如往常，众人心照不宣，闲谈说笑。尚淳打量满桌佳肴，忽然冒出一句："菜式不错，就是还缺一样。"

众人不解，他笑："爆炒老白菜，你们王总爱吃。"

四周静下，苏沫呆住，脸唰的一下热了，更觉冷气不足，燥得额头冒汗，汗珠浸在背心上，又带起丝丝凉意。

王居安正为先前那事憋着气，现下果见这人一点情面不讲，这会儿也靠向椅背，看着尚淳点头笑道："尚兄，今天我做东，当然先把你伺候好了。"他招来服务生，"你们忘了，神仙活跳虾，弃禅佛跳墙，这两样更合尚总口味，是不是，苏助？"

苏沫还没言语，尚淳就已脸色微变，赵祥庆知这二人素来不对盘，逢见必掐，却又不撕破脸，他暗自捏一把汗，赶紧打圆场："尚总，不是我自夸，我们这里做的佛跳墙在南瞻认第二，没人敢认第一，专门请了蔡氏传人来做。他以前做国宴，大家都知道，佛跳墙又叫福寿全，菜虽常见，但一定要吃，每人一盅，讨个好彩头嘛，以后还要多合作。"

王居安因他弟和公司的事也借坡下驴，说："尚总好事将近，这彩头是一定要的。"

尚淳低哼，只当这是拿话点他，也知道这家伙不像王思危那样绵软，一旦横起来不好收场，当即便有所收敛，随便挑了个话头，扯到其他方面，又见人给自己斟酒，转眼一瞧，却是苏沫。

苏沫微笑："尚总，别只聊天呀，想给您敬酒都插不上话，赏脸喝一杯？"

尚淳在那人跟前顿觉有面子，也笑："好得很，女士开口，当然要喝。"他浅抿烈酒，看着苏沫赞道，"有段日子没见，苏小姐是越发标致了。"

苏沫略微低头，小声说："尚总贵人多忘事，"她任务在身，接着又道，"最近因为招标的事，大家忙得人仰马翻，只希望能快些出结果。"

赵祥庆顺势也说："尚总神通广大，有您罩着我们才放心，不知听到什么消息没？开标之前，我们也不好和招标方见面……"

尚淳装没听见，只拿起酒杯轻碰苏沫的杯子："苏小姐，再喝？"

火候未到，苏沫只能听从，尚淳一行人都是酒桌老手，劝酒自保不在话下，苏沫喝完一杯又一杯。她已许久没这样折腾，胃里不适，阵阵抽疼。

上了酒桌，要么能说，要么能喝，两样都不行，便不能逗人开心。安盛来了两位女员工，另一个活泼漂亮能闹腾，而她苏沫绝非这样的人才，带点颜色的段子更说不出口，只能强撑豪饮。

赵祥庆看不过去，帮忙挡了两杯，再瞧老板，面上一点反应没有，心里犯嘀咕，说到底怎么个意思，这不是叫人为难吗？眼见上面的无作为，虽于心不忍，却不好多管。

酒过数巡，说起正事，尚淳有意回避，挑眼看满桌残羹，直言还没喝尽兴，换个地方再喝。

王居安也随他，让赵祥庆安排个大套间，支牌桌，继续喝酒。

临出门，尚淳却说："到哪里打不了牌呢？难得碰上苏小姐这样的酒友。"说着打量王居安两眼，"老弟你今天没怎么沾酒啊？你们几个不能喝的也不必强撑，我要和苏小姐叙旧。"说罢扶着苏沫的肩便往外走。

赵祥庆吓一跳，心想，这可不行。

尚淳借着一丝醉意凑近苏沫，耳语道："看不出你这样豪放，喝痛快了，你让我做什么都行。"

众目睽睽，苏沫脸色微红神情尴尬，稍稍错开身子。

这回，老赵不得不瞧向自家老板。

王居安却看着苏沫，那女人没作声，他点头说："也好，时候不早，没事的都散了。"

苏沫这才抬眼看他。

一行人离开，赵祥庆不忍，紧走几步上前，小声道："头儿……怎么跟王工交代？"

王居安很平静："交代什么？交代结果最重要，人家一心想表现，你拦着做什么？"

赵祥庆不作声，把车开出来，王居安上后座。

车开出老远，眼看要进市里，赵祥庆坐在副驾驶座，从后视镜里偷瞧后面那人，他正微眯着眼看向窗外，路灯垂下的光影模模糊糊掠过他的脸，忽明忽暗，也不知怎么个想法。

王居安突然开口，吓得司机差点抡歪方向盘。

只听他闷声道："掉头，开回去。"

车子迅速拐弯。

到了会所楼下，赵祥庆欲言又止，一路早已思绪乱飞，终于含糊道：“头儿，这都半个多小时了。”言下之意，要是男的机能还不错，事情能办完两轮了。

车停，王居安却在后座没动，只说：“你上去。”

老赵心下怔愣，暗想这叫什么事？要是真撞见什么，岂不两头不是人？不得已，劝道：“头儿，求人办事，得罪人不太好。”

王居安说：“所以才让你上去。”

赵祥庆度他神色，知道拗不过，无奈只能暗骂两声，下了车。

进门，搭电梯，他心里打鼓，终于摸去套间门口，侧耳细听，没听见什么蹊跷响动，松了半口气，又伸两根指头去点那门，竟发现房门虚掩，才歇下的半口气重又提上来，手一抖，没掌控好力道，那门就被他推开了。

一时额上冒汗，眼前逐渐敞亮，他立马抬手，在门板上不管不顾敲了两下。

再张眼，左右一瞧，对上屋里人的视线，眼见那一男一女正边喝酒边说着话，心放下一半，又见女方衣衫还算齐整，一头乌黑发丝分毫未乱，那脸白里带红却也并非醺醺然，赵祥庆彻底笑逐颜开，伸手抹汗：“小苏，太好了……你，还在呀？”

他扬一扬手机：“你爸妈打电话到处找你，打到公司你没在，又打给从经理，从经理找到我这儿了，老人家急得不行，说你们家孩子病了……啊？你手机是不是没电了，怎么打不通呢？”

苏沫也是一惊，赶紧接过电话去听，那边哪有人声。

她松一口气，却仍走到门口对着手机说了几句，随后掏出自己的电话瞧：“真没电了。”末了面带难色看向尚淳，“尚总，真不好意思，我家里临时有事，您看……我们是不是改天再聊？”

尚淳看着他俩，一直没作声，这会儿想了想，一抬下颌：“你去吧，”等人走到门口，忽又喊，“赵祥庆。”

两人一起回头，尚淳笑：“送出来了又收回去，王居安这小子的气度不如以前。”

赵祥庆又伤一回神，脸上赔笑：“尚总，不能呀，也不敢呀，事赶事，事有凑巧嘛。”

尚淳只笑，不言语。

出了这门，老赵一路默不作声，却侧头瞧了她一眼，瞧得苏沫平白添了些负罪感，等电梯门关，听他轻吁一口气。

才到大厅，就望见外面停的车，和车里的人影，苏沫脚下微顿。

赵祥庆抢先一步，去开左后方的车门，她当没看见，坐到副驾。

车行大路，这回换作三人全不说话，赵祥庆寻思要不放点音乐，却瞧见苏沫又拿出手机讲电话。

她压抑了一整晚，情绪复杂，想起赵祥庆才说的事心里不安，于是打电话回家，听见那端语气如常，这才舒坦了点，谁知清泉还没睡着，吵着要妈妈像往常那样，在电话里唱儿歌说故事。

苏沫听出孩子精神很好，心里更放松一些，却想旁边供着两罗汉，气氛十足尴尬，如何又说又唱？心下有歉意，只能柔声哄她早睡，又说自己才下班，累了。

清泉情绪好，小嘴很甜：“妈妈乖，早点睡觉，我会想你。”

苏沫心里一暖，忙捂着话筒小声道：“妈妈也想你。”

两人又磨叽一会儿才收线。

车里再无人声，赵祥庆无论如何忍受不住，让司机打开收音机，听交通路况，夜已深，路况很好，鲜有堵塞，主持人无话可说，一时情歌盈耳：

除非是你的温柔
不做别的追求
除非是你跟我走
没有别的等候
我的爱不再沉默

听见你呼唤我
我的心起起落落
像在跳动的火
我的黑夜比白天多
不要太早离开我
世界已经太寂寞
……

赵祥庆挺喜欢这种老歌，从里到外浸透着年轻那会儿浑身涌动的荷尔蒙气息，尤其在深夜里回味无穷，让人心里发痒。

听听老歌，养条老狗，陪伴老妻，安安稳稳过下半辈子，夕阳无限好，只是近黄昏。

却见女人说了句什么，没听清，调小音乐，才知她报了自家地址并客气道谢。司机忙说："不谢。"没多久把人送到，她只和赵祥庆与司机道别，下车，头也不回地走了。

赵祥庆听着音乐，暗示司机不急发车，心里开始默数。

王居安仍然一言不发，忽然推门，跨出去。

赵祥庆歇一口气，并不刻意地往外瞧。次次押中，难免小得意，和司机打了个招呼，让司机先回家。他酒醒得差不多了，一个人坐在车里等着。

夜里安静得很，王居安说："你给我站着。"

苏沫停下，也不转身，听见脚步声越来越近，忽然就有些着急，脑瓜子转不停，努力思索各种对策，竟比先前应付尚淳还紧张。

到了跟前，王居安见她低着头，耳根晕红，眼珠子乱转，越发气不顺道："你别再给我惹事了。"

苏沫想好的应对全不作数，慌里慌张回了句："你才惹事。"

他沉默少许，转移话题："一身酒气，哪里像个女人？"

苏沫答："今天喝多了点，我想上去休息。"

他不搭话。

苏沫不自觉地伸手去捂胃部。

“胃疼？”

“嗯。”

“疼死你。”

“……”

“拼酒能解决问题？”

她反驳：“我听说有人喝完半斤白干，签下几百万元的单子，还有人喝掉两打啤酒，当场敲定生意，在南瞻这里，没什么不可能。今天是求人帮忙，我……你、你实在没必要这样。”

王居安没说话。

到了这一步，她懒得再装傻，小声说：“有些事讲究两相情愿，那里是安盛的地方，我是老总的助理，不像以前……如果我不愿意，他不能把我怎样。再说……我亲眼见过他女人是怎么死的，他心里有数。”

王居安瞧着她。

她硬起头皮，话音更小：“尚淳什么都知道，今天这事砸你手上，你怎么向她交代呢？”

他仍不答，忽然低头封住她的唇。

四周万家灯火，身后车水马龙，大庭广众，忽地被人撑住后脑勺，揽腰按向怀里，苏沫吓得抬手去打，手指触及他硬邦邦的胸膛，拂过心跳，那里竟热烈至极。她吃了一惊，慌忙收回手，脑子里又开始乱转，一时想怎么办有人看着呢？一时想这人发什么疯力气这样大？忽地又想：他上次咬过我，谁让他咬我呢，我……

一气之下，她也张嘴咬住他。

王居安吃痛，果然收敛了。却仍不放。

赵祥庆在车里听歌，手指和着节奏轻敲方向盘，跟着小声哼道：“你给我小雨点滋润我心窝，我给你小微风吹开你花朵，爱情里小花朵属于你和我，我们俩的爱情就像热情的沙漠……”

他自觉唱功不俗，正陶醉，忽然手机震动，摸出来接了，那边人问：“喂，在哪里？怎么还在外头？”

赵祥庆本想答我在你家楼下，末了却说：“陪老板办事呢。”

那边说：“办什么事啊？都这么晚了。”

“还不是汽车项目投标的事。”

“怎么样了？”

“难办啊，越来越麻烦。”

“怎么了？”

“有人坏事呗。”

“谁啊？”

“说来话长。”

“长话短说。”

赵祥庆伸了个懒腰：“年轻啊，还是年轻！”他继续哼歌。

那边大笑：“赵祥庆，你做什么呢？”

“唱歌给你听，好听吗？喜欢吗？唱的就是我俩现在这样。”

“滚蛋，一边去……”

“这可是我的心里话。”

“滚。”

“太阳见了你，也会躲着你，它也会怕你这把爱情的火啊。”

他长叹，又听后座上的手机也响，忙伸手捞过来瞧。

苏沫想走，脚像生了根一样，拔不动。

他眼里有笑意，瞧着她：“斩钉截铁地回答我，你对我没感觉吗？”

苏沫撇开眼。

他又上前：“你对我真的没感觉？”

她不作声。

过了很久，只听得见呼吸声响。

他淡淡开口：“我对你很有感觉。”

她哪敢有回应？一时间不止胃疼，头也疼起来。

身后，那车轻轻响一声喇叭，王居安回头瞧了眼，赵祥庆拿出手机示意。

他又看了她一会儿，才说："你先上去。"

苏沫如释重负，"嗯"一声转身便走，等进了楼道，听见车子发动后马达声响，顿时软了身子骨，只靠在墙边不想动弹。

赵祥庆边开车边说："好像是王工打来的。"

王居安打开电话一瞧，果然是，再响，仍不接，扔去一边，坐在那儿用手往后一捋短发，想了会儿道："你明天，帮我联系孔老的秘书，约个时间，尽快见一面。"

赵祥庆应了。

手机又响，不依不饶，无法，拿过来看了，陌生号码。

鬼使神差地接了，却是王翦。

王翦试探："爸，你在做什么呢？"

王居安心里意外，心说这家伙只要离了家，就难得主动打电话回来，一时顾不上深想，只答："没做什么，你又在做什么？"

王翦怪笑："我在给你打电话啊，怎样，没打扰你做坏事吧？"

王居安皱眉："有屁快放。"

王翦说："我一会儿去上课，上课要关手机，你别找不着我又生气。"

王居安说："你还在家？你这是什么怪电话号码？"

王翦说："我用网络电话打的，省钱。"

王居安笑起来："你还知道省钱？"

王翦说："你看，我就是怕你担心才提前打给你，还不是被你骂。"

"我说什么就是骂你了？"王居安缓和语气，"去吧，用点功，好好学。"

"知道、知道。"

"注意身体，想吃中餐让阿姨给你做，别总吃薯条炸鸡。"

"好、好、好。"

“没事出去跑几圈，别老打游戏。”

“是的、是的。”

旁边有人喊他，王翦忙捂住话筒，赶紧收线，三步两步蹿过去问：“她来了吗？”

“说了半天，她不来。也难怪，人家一进大学就很多人追。”

“她是不是又看上谁了？”

“谁知道？也许吧。”

王翦失魂落魄跌回沙发里，同伴一拍他的肩：“算了，别想了，我给你介绍个带劲的，两点钟方向。”

王翦推他一把：“什么样的我都没兴趣。”

同伴把着他的脑袋狠狠转过去瞧。

灯光闪烁，王翦眯眼瞧了半天才看清楚，心想确实够辣。

那女孩身材前凸后翘，发育得像只水蜜桃，脸蛋却还稚气。

王翦听见他旁边的家伙咽了一下口水，不由哈哈大笑，引得那姑娘瞧过来。她走近，和认识的人聊两句，眼神却往这边飘，王翦懒得理会，撂起长腿搁茶几上，靠沙发上喝酒。

姑娘便坐到那茶几上，她侧过身子，连看王翦数眼：“我好像在哪里见过你？”

王翦装老油条：“是吗？你这样的我见得多，分不清。”

女孩没料到，微微窘迫，转过脸去和旁人略说了些话，起身走了。

同伴瞧那女孩的背影，推搡王翦：“你真够拽的，你长得帅就了不起哦，送到跟前都不要。”两人以前一个学校，临高考，王翦出国，这位却打架斗殴被开除，仗着家里也有点钱，成绩一塌糊涂，但在外面混得开，很会玩。

回到宾馆，王翦玩游戏到半夜，困了蒙头大睡，一觉醒来天光大亮，看时间已是下午，气也消了，邀上朋友一起去南瞻大学找人。

他俩熟门熟路，直奔学校后面的大操场，果然瞧见满场一片迷彩服。

王翦一班一班地瞧，美女没几个，有也被晒成黑乌鸦，脱下便装不施粉黛个个原形毕露，只有他的钟声最好，系连队的钉子兵，身板挺直，小腰娇俏，小脸纯白，出挑得不得了。

这一比较，心里更喜欢，打定主意再搏一回。

王翦看着钟声多少有些不好意思，他朋友倒替他开口，也不管教官就在跟前，站在旁边扯开嗓门喊“钟声钟声”，一时学生们憋不住笑，有女孩说：“钟声，你男朋友又来找你了。”

钟声抿着嘴不说话，也不瞧他俩。

等队伍解散，钟声去食堂，他俩也跟去吃饭，点完菜结账，人家不收现金，让去找本校同学借校园卡，钟声回头，二话没说帮忙结了账。

三人一桌吃饭，她很少说话，王翦觉得有戏，暗自陶然，借机仔细瞧她。

其他女孩身上多半戴些耳环、手链、戒指等小玩意，她却一概没有，就连手机也用得朴素，屏幕磨损已暗淡无光，实在配不上。

王翦看着心疼，他从不知心疼是这般滋味，曾被藏起来的最害羞的情感被一只无形的手不留余地展开，下一刻又被使劲揉捏，拧着，像要把人拧成渣，掏心掏肺，只盼望换取她一丁点的高兴。

他身上还有小几万元，说是还钱，直接拉人去校银行办理转账。

钟声不肯，惹急了，见左右无人，使劲把他推到墙角，见他仍是笑着，忽然抬起胳膊抵住他的咽喉，气道：“我再说一遍，别来烦我。”

王翦越发带笑瞧她，觉得自己没看走眼，这丫头真带劲。

钟声没笑：“砸钱也没用，那钱是你爸的不是你的，离了你爸你什么都不是，就算现在，也是一摊扶不上墙的烂泥。”她说的特别自然，“我瞧不上你，我宁愿找以前那男的也不会跟你，趁早死了这条心。”

她将纤细手臂往前一送，几乎令他窒息，短短几分钟，就已四季轮回从夏到冬，笑容僵在脸上，他一阵猛咳。

钟声收回手，轻笑：“烂泥，你就是一摊烂泥。”

她说完就走。王翦弯下腰，双手撑住膝盖，半天不作声。

朋友从一旁转过来："孬种，见着她就完蛋了。"

王翦伸手："再给我一根。"

"什么？"

"烟。"

"什么烟？那东西比烟贵多了，烧一根就是烧真金白银。"

"会上瘾吗？"

"看人，偶尔玩玩没事。"

"真的？"

朋友拍拍胸脯："看我就知道了。"

王翦掏出一沓钱扔他手上。

左右无事，他仍回宾馆打游戏，原想没人管着会更尽兴，谁知不多时就腻了，往床上一倒，掏出那烟又瞧半天，下狠心点了。开始不适应，吸完以后特别舒服，舒服得睡着了。

王居安又接到儿子的电话。

王翦说："爸，加拿大的冬天又冷又长。"

王居安回道："还是南瞻好？"

"还是南瞻好。"

"当初是谁要出去的？"

王翦不吭气。

王居安叹一声："王翦，男人要有点狼性，不能太软弱，既然选定了，不要轻易放弃。你是我儿子，我相信你没那么差。"

王翦一听这样的大道理就全无交流的欲望，反问："什么狼性，色狼本性啊？"

王居安也觉头痛，顿时没了耐心，这会儿也不好长篇大论地说教，更不能发脾气，只说："我现在有事，你好好读你的书，其他的不要想。"

他已等了快一个钟头，孔老孔立德才从会议室出来，招手请他进办公室，两人谈了小半日。

对此，王居安已有心理准备，问："孔老，听说有关部门正在安排人去欧洲做相关产业的考察？”

孔立德一听，点着他笑：“年轻人，消息很灵通嘛。”

王居安道：“对于发展汽车产业这一块，我有个想法，不知道您有没有时间？”

孔立德来了兴趣：“说说看。”

王居安说：“安盛现在做汽车这一块，引进的技术虽然顶尖，但只靠中介性质的投标长久不了。另外，国企这边，每年都要交给老外一笔技术转让费，降低了利润。我的想法是，这次去欧企考察，可以顺便推广招商，邀请国外企业来南瞻投资创业，既能引进技术也能吸引高科技人才。”

孔立德说：“脑瓜子转得快。我们确实有这个打算，只是工业园区的开发还需地皮规划和承建开发，南瞻地少价高，我们想选个地级市来招标。”

王居安笑道：“地级市交通不便，南瞻西郊的科技园区占地3000亩，划一半出来做汽车产业园，您还担心没地方？”

孔立德眼睛一亮，点头：“你是有备而来。”

王居安说：“上头完全可以省下这笔钱出去招商。至于技术引进，安盛起步早，和那边的企业有一些来往，其余工作，我们也已经做好准备。您这边人力、物力都能节省，只差安盛在本地打响第一炮。”

孔立德笑起来：“你绕来绕去还是说到这上面，互利互惠，想法很好，但是……”他沉吟半晌，抬眼瞧过来，神情严肃，“我听到一些关于安盛和银行方面的传闻。”

王居安说：“您听说过，我也听说过，哪家企业没被人传过这种消息？越是发展好越被人无中生有。”

孔立德笑，让人添茶水道：“这样，你先回去和王董商量，交份计划书上来，我们也需要时间审批。”

走出办公大楼，阳光刺眼，王居安站树荫底下抽了半支烟，计划虽有眉目，但因王亚男那事处处受阻，心里很不痛快，也不知这块心病几时才能根除。

回公司的路上，他忽想起来，问司机老张："那天送小家伙去机场，都还顺利吗？"

老张说："还顺利，我看着他入关才走的。"

王居安估摸着时间，给儿子打了个电话，手机关机，座机无人接，立马又打给加拿大的临时监护人，那边已过凌晨，对方睡意蒙眬："他在学校申请到宿舍，应该已住去那边，上课方便，这么晚手机关机，已经睡了吧。"又肯定答复，"我是亲自去机场接的人，这几天我在外面度假，他都有给我电话，一直有联络。"

王居安这才放心，回到公司，立时召集手下人马研究计划书，希望赶在下周股东例会时提交，但不提前知会王亚男。

王亚男却主动找了投标小组几个负责人开会，似乎志在必得，会散，只留下王居安道："你弟的事对公司影响很坏，得亏尚总出面帮忙，我才能与投标方老总私下会上一面。你可把家里那个惹事精看好，别又出乱子。"

王居安心里诧异，又听她说："我记得我哥在世的时候，安盛电子收购过沧南证券的股份。"

心里叹息，他答："是的，当时征得过股东们的同意。"

王亚男道："事情过了好几年，股东也换了几个，别处还需加大投资力度，沧南的股份先卖了吧。"

王居安假装不明白："如果安盛能控股沧南，把证券公司发展成集团，这完全符合实业加资本的长远规划，每年净利润数上亿甚至十多亿，现在卖掉可惜了。"

王亚男摇头："饼不能画大，战线太长，增加资金压力。"

王居安道："先前入股银行的事您不同意，这回又要卖掉沧南的股份，"他顿一顿，忽然发问，"您是不是在担心什么？"

王亚男略显一愣，抬眼瞧他："我是担心，你们年轻人太激进。"又说，"过几天例会，我提这个事，相信股东们也会赞成。"

话不投机半句多，王居安随意敷衍，起身出去，又去楼梯间抽了半支烟，略微放松。

出来时路过员工休息室，一眼瞥见那人正斜倚在橱柜边喝咖啡，长发盘起，衬衣窄裙，一身正经打扮，只是一双脚却从高跟鞋的束缚里释放出来，像是怕地面又硬又凉，稍微踮起脚跟，只将足尖轻轻踏在地上。

对比室内灯光明亮，又掂量那晚的情形，竟如虚似幻的不真实，忙碌一天，似乎再无当时的闲情雅致。

王居安本欲从门边路过，余光里却发现那人往里缩了缩身子，他一时不知作何想，脚步顿下，又折返回去。

苏沫见他进来，忙扶住低柜穿好鞋，神色里流露出几分羞涩。

王居安吩咐："来杯咖啡。"他坐到桌旁，环顾四周，以前几乎不来这里。

苏沫还记得他的口味，斟上大半杯，用小勺搅匀了，连同咖啡碟一起端上去，他没喝："你那天问我搞砸了怎么跟王董交代？但是昨天她已经和招标方见了一面。"

"嗯。"她站在旁边，过了一会儿，小声解释，"我是说你搞砸了这件事，又没说我也会搞砸它。"

王居安呷一口咖啡，抬头望她："你怎么办到的？"他靠回椅背，"你给了他什么好处？"

语气让人难堪。

她稳住，回道："下边这些人负责办事，领导们看结果就可以了。"

"你怎么回事？"他微皱眉，手指轻敲桌面，"这就是你对领导的态度？"

苏沫低下头，没作声。

王居安也不说话。

过了一会儿，有同事进来喝茶，见他俩一坐一站，气氛并非友好，也不敢细品，和老板打一声招呼，端了茶杯赶紧出去。

等人走了，他才问："你几时下班？"

苏沫正担心别人多想，这会儿也按捺下情绪，中规中矩地答："我手头还有事，不知道几时能走。”

他喝完咖啡，搁下瓷杯：“你尽快做完，我在车里等你。”

苏沫不做回应。

他起身，出去，走到门口转身看着她，懒散地调笑：“既然你不肯说，我只好亲自检查一下。”

苏沫会意过来，哪敢多瞧他，只待他走远，听不见脚步声响，赶紧回去自己的办公室，才坐下，手机上便收到一条短信：早些下来，别让我等太久。

她反复瞧那条短信，再看发信人，一时竟不想删，心说以前都是自己巴巴儿地贴上去给人发消息打电话，还不见得有好脸色，风水轮流转，哪想过他也有这一刻？

她留下短信，却不回复，心情一如那晚，回想当时仍觉不可思议。

那天夜里分开，到家后她心慌意乱没法平静，他又发来短信问胃痛好点没，要不要让老张送点胃药过来。苏沫当时直接回复说她不会开门的，想了想又觉语气生硬，接着回：谢谢，我家有药。

那边再无消息，她却躺在床上大半晚没睡好，想这夜的奇特经历，想这十年来的情路坎坷。

当时年纪小，晕头涨脑的热恋，只盼早早对世人宣告自己名花有主，即使有人告白，也被佟瑞安一一挡下，不曾在心里落下半点痕迹。

现如今，青春将逝，苏沫心潮起伏，只恨不能对世人和前夫宣告：那人正在追求我，你们可知他身家几何？可知他外表多么出色？可知他人前多有气势？可知他被多少女人追逐喜爱……可是你们却看不到。

佟瑞安曾说：“苏沫，你成天和我哭闹，就像疯子和泼妇，让人厌烦，我对你再没以前的感觉，只求你放手，放了我。”

那些伤人言语，那段不堪岁月，在她以为累到快要遗忘的时候，再次浮现。

就在这个被人热吻的夜晚，她却趴在床上忍不住哭泣。

苏沫收起手机，按部就班完成工作，歇一口气，拔下发簪，让长发随意披在肩头。

今天没开车，她走出安盛的办公大楼，天色已黑，大门外有车驶过，在夜里的街道上划过淡淡流光。

王居安的座驾似乎仍停在路边。

她感到吃惊，跑去确认了车牌，心跟随周围的马达声响急剧跳动，再近些，隔着玻璃，只模糊瞧见驾驶座上坐着一人。

走过去，前面的车窗摇下一半，那人靠在椅上，闭着眼，胸膛轻微起伏，已然睡着。额前短发垂下一缕，他眉头微锁，轻抿着嘴，以往神色里冷硬强悍的攻击性似乎在这一刻荡然无存。

苏沫屏住呼吸，站在窗外静静打量。这样一个人，偶尔的冲动使他更为真实，人后的疲倦点缀出他的性感，一时的认真便能迷惑人心。这些短暂的瞬间，不应属于她的世界，却足以使它颠覆。

她犹豫，伸手轻敲车窗。

他登时醒了，睡眼惺忪地望过来，带着些小孩似的盲目，过了一会儿，他伸手抹了把脸，又去捏弄后颈，清醒了些，才冲她偏一偏头，嗓音暗哑地说："上车。"

苏沫摇头："不，不用了，我就说两句话。"

王居安将车窗完全按下，似乎有些烦恼地看着她。

"我跟尚淳什么事也没有。"她停顿，"我对你，我要说的，那天在蚌埠路也都说完了。"

他问："什么蚌埠路？"

"蚌埠路 74 号，我们在那里……喝过茶。"

他愣了愣，侧过脸去看着前方。

她轻轻说一句："不要在我这里浪费时间。"

他不说话，坐了片刻，按下手刹，发动了汽车。

苏沫走去旁边，等着拦出租车，夜里起了风，暗空中云卷云舒，雨意渐浓，想起昨晚听新闻，说今夜有台风登陆。

王居安的车到达前面的十字路口，红灯亮，从后视镜看见那女人的纤纤身影，风越发大了，吹起她秀发飘散。

身后的车按响喇叭。

抬眼再瞧，黄灯变绿，雨点砸下，在玻璃上晕开，那女人捉住乱飞的发丝弯身坐进一辆出租车。

他添了把油门，车子迅速冲出去。

大雨来前，苏沫赶回家，才关好门窗，就听见窗户上噼里啪啦一阵嘈杂，再望时，外面已是白茫茫的雨雾。

她坐在窗前，又拿出手机来瞧，短信逐一翻过，逐一删掉，心里忽然涌起莫名的情绪。她起身去找那天的纪念品。也不知随手搁在哪里，屋里转了一圈，四处都没寻着。走去门口，回想当时如何进屋、换鞋、放下皮包……她弯腰，从门边的矮凳下摸出一只纸盒。

剥开外面的包装，露出一只蓝底彩花的小碗，正是当天拿在手上把玩的那只。

心里一动，不觉叹息，早前和佟瑞安相处那样久，也没见他做过这种事。

又想，佟瑞安虽有外遇，但所处的环境决定他没这些讨女人欢心的小手段，比不得那人在脂粉堆里安营扎寨。

苏沫不敢多想，不愿多瞧，直接把瓷碗塞进旁边的鞋柜。

雨越下越大。

她收了心，照旧给父母孩子打电话报平安，又打去舅舅家，说自己最近忙，周末还要参加董秘培训课程，一时不得闲去瞧他们。

舅舅和舅妈同她抱怨，说钟声军训快一个月，学校不许学生回家，孩子又不让他俩去瞧，打电话过去，那丫头也像是没话说一样，说不了几句就嫌人啰唆，只好托苏沫时常和她聊聊，询问近况。

苏沫收了线，再打给钟声。

那头接了，听起来小姑娘还好，和以前差不多，不难接触，苏沫嘱咐她最近天气不好，要注意安全，又问她几时才能回家。

钟声说："不知道呢，学校说天气不好军训暂停，但是没说可以回家，只让我们在寝室里待着。"

苏沫笑笑："这样也好，和同学们多相处，增进感情，学生时代的友谊最难得。"

钟声却道："才不是，我现在就一个人在寝室，她们都出去了。"

"这么大的雨也出去？"

"有的去别人寝室打扑克，有的和男朋友去看电影。"

"声声，一个人待寝室里会不会觉得无聊？"

"还好，我在看书，马上要开课了。"

苏沫很欣慰，见小姑娘挺用功，不便多打扰，又说要是没零花钱了只管跟她讲。

钟声应了，才撂下电话，同寝室的两个女孩嘻嘻哈哈跑进来，嚷嚷道："哎呀好大的雨，淋死人了。"两姑娘抢着用浴室，一个先跑进去，哗啦啦洗了一通，又打开门问，"我的洗发水用完了，你们谁借我下？"

另一个说："这才一个月就完了，你得多大颗脑袋呀？"

浴室里那个说："谁知道呢？我一直放里面的，说不定别人也在用，寝室里有四个人呢。"

钟声从柜子里拿出自己的洗发水递给她。

那女孩道谢，瞅一眼那瓶子，立马还回来："哎呀，你买超市的洗发水呀？这种便宜的我用了不舒服。"

钟声想，洗发水不在超市买在哪里买？

另一个把自己的递进去："用我的，和你的是一个牌子，"这姑娘从外地考学过来，她看一眼钟声，问，"你也是南瞻人，不是说南瞻人都很有钱吗？"

钟声没搭话，坐回桌前继续看书。

入学时间久了，女孩们都有了各自的小圈子，或本地人跟本地人处得多些，或经济条件差不多的在一块，或都是差不多高、差不多漂亮的又在一处。

钟声渐渐开始做独行侠。

每逢周末，宿舍楼下不乏豪车，可是这些与她无关。她永远抱着书本，教室、食堂、寝室、图书馆四点一线。但她个人条件优秀，被老师推荐去学生会或者艺术团，偶尔也参加活动，她心里却不愿，因为没有太多出席各种场合的衣物和鞋子，姐姐钟鸣交了个男朋友，快要谈婚论嫁，父母的重心搁在那边。

晚上，钟声去图书馆。

下楼时，看见一位穿着时尚的师姐站在楼梯边，对着消防栓柜子上的镜子左看右看。

蓝色镜面衬着她的脸更加成熟妩媚，就连捋衣领、拨头发的动作都那样有女人味，和才入学的小姑娘们不一样。

钟声想：我比她高，比她漂亮，成绩也会比她好。

师姐抬头挺胸地下楼，那气质有点像出入高级写字楼的职业女性或者T台模特。

钟声忍不住跟在后面。

门外等候的男人年轻而热情。

钟声又想：他一定没什么钱，开的车一定烂大街。

出了门，师姐带着一丝矜持上了那男人的车。

钟声认得一些好车品牌，可是那车的牌子却无须辨认，因为它经典昂贵，众人簇拥，它的价格足以使她这样的女孩相形见绌。

她顿时失落。

第十三章 ✦ 殇逝

我这个人确实没出息，

其实我最大的愿望就是找个自己喜欢的女人当老婆，

再生一个孩子， 不， 最好两个吧， 我们好好养孩子。

钟声的苦闷无处诉说，她想到了苏沫。

但是在面对苏沫的时候，她也无法直言，只是简短描述新环境里的一些人和事，并不过多评论，她等待表姐的意见。

无奈的是，苏沫对这些情况表现得十分宽容，微笑听她说完，风轻云淡道："每个人都有自己的活法，有人家世出色，有人能力出色，你是后者。生活很公平，这边多给你一些，那边就拿走一些，看清楚自己，做好你自己就行了。"

钟声想：这都是骗小孩的大道理，生活里最不公平的就是它本身，生活就是一面凹凸镜，每个人只能从里面看到扭曲的真相。所以，这世上大多数人痛苦以后才知道清醒，我却宁愿清醒地痛苦着。

苏沫心细，表面不发作，心里却着急，感觉这小姑娘的言行里又有了曾经聪明过头的预兆。

于是，当钟声再一次用艳羡却不屑的语气描述高年级的女生和有钱人交往时，苏沫忍不住问："明明自己条件更优秀，却没有她们的境遇，你是不是觉得很难过？"

钟声不说话。

苏沫道："有时间，我带你去个地方。"

她在工作上的忙碌稍微告一段落，招标结果出来，安盛胜出，庆功宴照旧，不只如此，王亚男等人还打算宴请尚淳和招标方领导。成果令人满意，重要角色纷纷登场，也是她这样的小人物淡出的时候。

苏沫开车，带钟声去了莫蔚清的旧居。

现在钟声对车的兴趣更大，问她："姐，你买车了？"

苏沫道："不是，公司配的。"

她"哦"一声，等车进入绿化极好树叶浓密的小区，问："姐，你带我来这里做什么？"

苏沫在路旁停车，认真看着她："声声，尚淳曾经的一个情人，以前就住在这里。"她小心翼翼问："尚淳，你还记得吧？"

"当然，怎么会不记得？"女孩神色冷下来，"你带我来这里做什么？"

苏沫有些自责，不知这个办法是否过于残忍，"那个女人，已经死了。"

"谁？"钟声抬眼望过来。

"那个情人。"

"她死了关我什么事？"

苏沫不理会，有些犹豫，最后仍是指着楼前的那片空地，"就在那里，她从十楼跳下来，死的时候，她就躺在那里。"

钟声脸色发白，这才问："她为什么自杀？"

"尚淳打算抛弃她，可是她已经怀孕，尚淳怕她闹，就想方设法让她打掉孩子。"苏沫叹息，"她知道了真相，受不了打击，得了抑郁症，跑去跳楼……她还很年轻，也很漂亮。"

钟声沉默。

"声声，"苏沫认真瞧着她，"我很抱歉带你来这里，我是想说，如果一个人，她一心惦记着不属于自己的东西，钱也好、感情也好，那太危险，也许就算付出了很多代价，仍然一无所有。"

“那个女人，”钟声忽然问，“最后得到了他的同情吗？”

“不，”苏沫鼻子发酸，“尚淳怀疑那孩子不是自己的。你知道，我以前在她家做过保姆，她去世之前，曾找过我，尚淳知道以后，就找机会问我，她死前究竟对我说过什么。”

钟声跟着问：“她究竟说了什么？”

苏沫记得，那晚尚淳的神色非常急切，于是她利用一桩惨事和他做了笔交易，后来才在电话里告诉他：“她说过，这辈子只爱你一人，自从跟了你，就一心一意对你，她和周远山从来没有发生过关系，她打掉的那个孩子，姓尚。”

钟声又问：“然后呢，他有什么表示？”

苏沫苦笑，“什么也没说，直接挂电话。”

“就这样？”

“就这样！”

女孩沉默。

苏沫坐了一会儿，看看四周无人，下车，嘱咐钟声道：“你在车里待着，我上去看看。”

“你上去看什么？”

“朋友一场，我想去拿张合照……她爸妈应该还在楼上住。”

天色渐暗，她一人进了楼，电梯间隔壁的拐角处，是一格格的邮箱，声控灯将坏不坏，嗤嗤闪烁。

苏沫掏出钥匙，打开1004号信箱。

里面是一封信，未封口，正要拿出来，那灯忽地熄灭，有人喊了声什么。

苏沫吓了一跳，手一抖，有东西从信封里滑落，却未发现，等看清来人是钟声，方松口气，小声道：“吓死我了。”

钟声赶紧走过来，“你也快吓死我了，这里死过人，我不敢一个人待着。”

苏沫忙挽着她往外走。

钟声被鞋带绊住脚，弯腰去系，昏暗里看见一样东西躺在脚边，像是先前从她姐手上掉出来的。

她系好鞋带，两人赶紧出去。

上了车，钟声说："姐，你还没去她家。"

苏沫把信封塞进包里，撒谎，"我刚才想起来打了电话，没人接，她爸妈可能不在，下次再说。"

钟声没再说话。

苏沫把她送回学校，见她进了宿舍楼，立刻把信封打开来瞧，一张便笺，一枚银行卡。

便笺上没有称呼，潦草写着：

> 卡上有一百五十万，五十万给我爸妈养老，记得千万别让我那两个兄弟知道，他们是见钱眼开的，只有几块钱也会从我爸妈那里抠出来花了，我爸妈不认我，所以你别说是我给的。还有一百万，留给我女儿防身，不知道她以后过得好不好，不知道有没有人欺负她。我知道你为人最心善，一定不会辜负我，密码是我女儿的生日，多谢。
>
> 莫蔚清

苏沫忍住泪，把信收好，发动汽车。

第二天上班，王亚男打发了两个小项目给苏沫，让她试水。

竞标成功带来的愉悦氛围依然在项目组里延续，却不知董事例会上已暗潮汹涌。

过半数的股东对继续投资沧南证券一事表示否决，其次，王居安关于汽车产业园的提议仍被打压。

王居安和少数几位支持者认为，汽车产业园前景不错，科技园区转型为国企和民企合作，政府投资招商，安盛能获得地方财政的补给和支持，并且通过广告效应得到更多便利。其余人却觉得，科技园区的招商定位发生变化，将造成土地出让的回款延缓和影响企业孵化器的孵化效果等，给园区的经营带来压力。

两边各不让步，争执不下，王亚男冷眼旁观，并不多说一句，直到会后，才对侄儿冷冷说一句："来我办公室。"

王居安过去，见她脸色不善，比开会时还要冷淡，就知所为何事。

果然，王亚男把文件夹往桌上一拍，几乎咬牙切齿，"你眼里到底还有没有我这个长辈？"

王居安笑道："姑姑您先别生气，您不但是我的长辈，还是安盛的董事长兼首席执行官，您一言九鼎，说的话就是圣旨，我哪敢不从？"

王亚男盯住他问："我叫你放掉沧南的股份，你倒好，连招呼也不打，又和人签了收购的合同，你小子当面一套，背地又是一套，说得比唱得好听。"

他两手一摊，"这绝对是误会，在您说放掉股份之前，合同就已经签了，我就是怕您说，才没敢吱声嘛。"

王亚男冷笑，"你胆子这样小？还怕人说？"

她侄儿忽然叹一声，"我也是感情用事。"

"怎么又感情用事了？"

王居安顿一顿，言辞恳切，"您也知道，我爸生前心心念念就是想做一家证券集团出来，成为本地唯一一家能够拥有证券集团的民企，我只是想完成他老人家的遗愿。再说，现在安盛的发展势头很好，在您的带领下，说再现辉煌也不夸张，至少从账面上看那是一片和谐，做证券正是时候，您说是不是？"

这话倒把王亚男问住。

她歇一口气，脸色显得疲乏，过一会儿才道："你也知道，我既代表各位股东的立场，也是这家公司的一把手，责任重大，所以我请你，尽快把以前收购沧南的旧协议交上来，其他的事我们再开会从长计议。"

王居安回到总经理办公室，紧绷着脸，一把扯开领带，直接将文件扔老板桌上，而后走到落地窗前，双手撑住窗沿，遥望远方的街景。

不满和憋屈日益漫涨，不知哪一天就会当面爆发。

手机响起，国际长途。

王翦的临时监护人在那边急吼吼道："我刚度假回来，就去找他，以前的房子、学校、宿舍都找不到人，问学校，学校说，他一直没去上课。我和学校吵，说这种情况下应该通知我们，可是学校说……"

王居安按掉电话，赶紧让人查王翦银行卡的提款记录，等了一下午，对方才提供详细清单，多数是在本地一家宾馆使用，宾馆是南瞻大学的招待所，另外也在大学附近使用过，还有一些娱乐场所，夜店酒吧等。

他越看火气越大，忽地把桌上的文件纸张一并扫落，过一会儿，又开始着急，立马去宾馆抓人。

到那里说明情况，服务生领他上楼，打开门，那小子正戴着耳机摇头晃脑坐在电脑跟前玩游戏。王居安简直快被气死，疾步走过去，一把将人揪起，拳头挥到跟前，却又砸不下去，硬生生打住。

王翦正玩得云里雾里，突逢变故，惊魂未定，又见他爸脸色铁青，知道事情不妙，吓得大气也不敢出。

他爸一个字也不说，捏住他的肩膀押着他往外走，一路押上车，也不顾别人怎么看，到了家，打开门，直接把人扔进去。

王翦已被他爸吓得腿软，当即站不稳，摔了个趔趄。

王居安就在屋里转悠，却说不出话，过了好半天，才指着他儿子恨恨道："王翦，你就这点出息。"

王翦蹲在地上不作声。

他爸更来气，过去踹上一脚，喝道："起来！"

王翦抱着脑袋慢慢起身。

他爸问："你怎么解释？"

儿子不敢作声。

王居安满屋子找，最后抽出一支高尔夫球杆握手里，往他儿子跟前一晃，作势要打，"你说不说？"

王翦吓得一缩脖子，才支支吾吾道："我说我说，我、我早说了，我不想读书，读不进去，我、我就想跟着你学做事，我想早些赚钱，就是这样。”

王居安吐出一口气，道：“你连高中都没毕业，走出去谁服你？你的学习能力没有经过系统的训练，又缺乏基础知识，怎么去跟人拼事业？没上场就会被玩死，至少先混个文凭出来再说。”

王翦一梗脖子，“那么多、那么多没文凭的土疙瘩都能做生意赚钱。”他顿一顿，放低声音，“是，我不能和你比，我没妈，我没你聪明，没你能干，读不了那什么早稻田……”

王居安听得烦躁，“这和你妈有什么关系？”他不想多谈这事，从长裤口袋里掏出银行清单，抖开了，又看一遍，“我问你，你去南瞻大学做什么？”

王翦不吭气。

王居安更怀疑，一不做二不休，直接给人打了个电话，“你那个什么表妹读的哪所学校？”

那边，苏沫被他问得摸不着头脑，又听他来势汹汹，只好回道：“钟声？南瞻……”

王居安挂了电话，点着他儿子，“你就是为了个女人，什么都不顾。”

王翦忙说：“不关她的事。”

王居安更加确定，瞧着他点一点头，道：“好，你不想出国不想读书是吧？从今天起，不许你走出这个门半步，不然打折你的腿！”

他独自去露台，吸烟，透气，心说臭丫头心机重很会勾引人。

想了一会儿，他又打电话过去，冷冷开口道：“你去安排个时间，我要见见你那些亲戚。”

苏沫心想这人莫名其妙。

王居安说：“我不找那丫头，只想见见她的家长，一起吃个饭。我儿子现在被她弄得五迷三道，这段时间一直住她们学校的招待所，有家不回，有书不读，这种情况我也是刚发现，已经比较严重了，两边的家长是不是应该坐下来好好商量下解决办法？”

苏沫听出他在气头上，她一时不敢惊动舅舅，无法，只好打电话问钟声有没有这回事。

钟声说："有，他最近老来找我。"

苏沫也急了，"你们在谈恋爱啊？怎么没听你说呢？"

钟声说："不是谈恋爱，是他自己想多了，一厢情愿，我说过他了。"

苏沫问："你怎么说的呢？"

小姑娘不作声。

苏沫说："你要是对人没意思就赶紧拒绝了吧，别让人误会。"

钟声反问："姐，你要是碰到一个条件还可以的男的追求你，你是马上拒绝，还是会观察一段时间呢？再说我们这个年龄也不算早恋了，我又不讨厌他，不能当恋人还能做朋友吧？"

轮到苏沫没话说，末了只道："现在王翦的爸爸想见舅舅和舅妈，舅舅身体不好，你这样不是让他俩担心吗？"

这边苏沫还在考虑要不要管闲事，以及如何管的时候，那边王居安已直接打电话给他弟，让他找出上回那家拆迁户的电话和住址。

王居安知道，那小女人为人处世小心谨慎，顾虑太多，倒不如自己快刀斩乱麻尽早解决。

他特地抽出一顿晚饭的工夫，约了钟声的爸妈在一家酒店包间见面，酒菜早已让人备好，他却晚到。

钟老板两口子不知道发生了什么事，原本就担心，这回又等得焦心，待人来了，一见之下顿觉自己矮了半截，闹心。

好在王居安表面上挺和气，把情况大致介绍了下，恳请对方家长能够尽力配合，各自约束好自己的孩子。

钟老板从他的话里品出了暴发户的傲慢和不屑，心里气不过，但他为人老实，又因自家女儿有前科抬不起头，一时不知该如何辩驳。而舅妈虽比自家老公精明，却免不了欺软怕硬，看见王居安那架势竟也惴惴不成语。

王居安心说对付这两人还不是小菜一碟，正是"把酒言欢"的当口，钟家小姑娘忽然推门进来。

钟声看向王居安不觉愣了愣，不多时便恢复一脸沉静，说："叔叔，这事您不能只给我们家施加压力，就算我和您儿子真的谈恋爱，为什么我能考上大学，可他连书也不想读呢？还有，我爸妈并非在这方面对我一味纵容，他们是信任我，相信我能平衡好学业和感情，我也劝您，过多的干涉只会适得其反，只会让王翦更加叛逆。"

王居安靠回椅背，微眯着眼打量她，心说怎么俩木头疙瘩整出这么个不让人省心的丫头来！

他懒得浪费时间，也不答话，直接掏出一张支票搁桌上，打断她道："我记得好像在哪里见过你？让我想想……应该是上次在尚淳尚总的饭局上，当时你高中还没毕业吧？"他看向钟家父母，笑，"钟老板，你家这孩子很不简单哪。"

此话一出，对面三人的脸色都不好看。

他把支票推过去，向钟声道："我知道你需要什么，对你也没其他要求，这事，不管是我们家王翦主动也好，还是你主动也好，离他远点，不要理他就行了，多简单，让他自己觉得没意思，自然就淡了。"

他起身走人，留下满桌菜肴和默不作声的一家三口。

第二天，王居安自己开车去公司，留老张在家里好生看住儿子。

他昨晚给孩子做重返学校的动员工作没什么进展，一边还惦记着公事，又是半宿没睡着，干脆起来跑两圈，又练一会儿拳击，出了汗冲了凉，整个人清醒不少。

做完这些事，却觉得无处可去，待家里吧，一见那小子就觉得挫败，想找个地方释放压力，又少不得要和人周旋，想来想去觉得累，还不如回办公室里待着，关上门，看看新闻、听会儿音乐、玩玩室内高尔夫，至少还有个清静地方。

他难得早到，放眼瞧去，外间座位上只有员工两三名。

董助办公室却已有人上班，房门半开，苏沫摊开记事本，找出要用的资料和文件夹，再倒一杯热气腾腾的咖啡搁桌上，太阳打天边慢慢爬上来，点缀着被晨雾遮掩犹如黑白老照片一样的疲倦都市，又是一天新的开始。

几丝碎发搭落下来，她侧脸拨弄下头发，这才看见那人从门外走过。苏沫心里疑惑，还以为自己瞧错了，这个时间段，王居安很少在公司露面，直到听见他在走廊上低声咳嗽。

估计是有太多事情需要处理，据说最近高层之间又有分歧，前两天她路过王亚男的办公室，听见姑侄两人在里面高一声低一声地争执，像是矛盾不小，再添上孩子的事，有的让人忙活。

一想到那对还没脱离青春期的少男少女，苏沫就头疼。

现在两边各执一词，真相不明，他又是办事不留余地的强硬作风，一时气头上难免冲动，如果闹到舅舅那里，让老人担心，孩子寒心，更不好收场。

苏沫想起前晚放他鸽子，想起上星期他让老赵替自己解围，不知不觉心里生出几分歉意，尽管不愿正视，可那点歉意足以柔和人心。苏沫觉得应该尽快找人谈谈，至少说一下自己了解到的情况，相信他也能体谅钟声父母的心情。她拿起电话正要拨内线，手机却响，王亚男说一会儿要到省里开会，让她准备好材料赶紧过去。

在外面忙碌了大半天，苏沫下午才回公司，匆忙间也没细瞧，在大门口突然被人叫住，她回头，很惊讶："舅舅，您怎么来了？"

钟老板正在胡乱转悠，不知道该怎么做才能进去找人，问前台，前台一会儿说要有预约，一会儿又说今天老板不在。他心情不好，一时说话冲了些，惹得人不耐烦，被保安请了出来。

苏沫忙和人打了招呼，带他去自己的办公室。

钟老板却坐不住，问："你们那个姓王的老板在哪里办公？我想找他说几句话。"问他什么事，他却不言语，只一味道，"你忙你的，只告诉我他在哪里办公就行，我自己去找他。"

苏沫越想越觉不对，估摸着是因为钟声那事，拗不过，打内线去问总经理秘书，被告知王总正在办公室和几个中层谈话。

钟老板执意去他办公室门口等着。

没多久，里面人出来，他也不等人请，立刻进去，苏沫忙跟在后面，钟老板急道：“你不要跟过来，这事跟你没关系，不好影响你工作。”

苏沫瞧他如今这副神色，哪里能放心？

王居安坐在大班椅上瞧着他俩，招手让人关上门。

钟老板犹豫一会儿，走过去，掏出那张支票，嗫嚅道：“这是您昨天给的，我也不知道您是什么意思，但是这钱我们不能要。”

苏沫瞧了瞧舅舅，最后看向王居安。

王居安的表情始终平淡，也不接支票，说：“我现在还有工作，私人问题我们抽时间再谈。”

钟老板见他摆谱，按捺已久的情绪立时上来，老脸涨得通红，结巴道：“王老板，你要把事情搞清楚，我孩子这回是被冤枉的，是你儿子经常去找她。我跟你说，他要是再去骚扰声声，我、我就报警。”

苏沫只听了个大概，却也明白了八九分，心里很不是滋味，又见舅舅气得双手打战，担心他一激动血压飙升，忙去把人扶住。

钟老板顾不得，心里早有积怨，如今忍不住挑明，“以前厂子被人拆了，我可以不和他们闹，但是我自己的孩子一定要护着。我今天要了这钱，就等于承认了那些事，就等于把脸伸过去给人打，坏我姑娘的名声！”话音未落，竟已哽咽。

自上次变故，他身体状况大不如前，易悲易怒，以往笑眯眯的神色很难再见，五十出头的年纪，看起来却有六十来岁，头发花白、满面风霜，身子也渐渐佝偻了。

苏沫瞧得心里不舒服，暗骂自己软弱，太容易遗忘过往轻信他人，先头的几分歉意霎时烟消云散，她抬头望过去，王居安也正抬眼看着她。

她鼻尖微红，一言不发，接过舅舅手里的支票，直接放回他桌上，随后搀住她舅，转身出了门。

苏沫原想把人送回家去，钟老板说什么也不肯，更后悔自己一时冲动连累外甥女，甩开她就走，苏沫无法，又安慰他一番，帮忙叫了出租。

下午工作效率低，磨磨蹭蹭挨到加班，苏沫一直在办公室待到七点多。

出去等电梯，好几位同事都在那里，王居安也在，众人纷纷同老板打招呼，苏沫却不吭声，只随他们一起下楼，又一同去取车，王居安走在前面，直接去高层泊车的区域。

苏沫上车，放手刹，倒车出库，半个车身还未出去，就听身后一阵尖锐刺耳的轮胎摩擦地面的声响。

她吓出一身冷汗。

心里藏了事，一时没留神后面有车驶过。

王居安刹住车，胳膊搭在放下玻璃的窗户沿上，侧头瞧了她一眼。

苏沫缓一口气，只好把车开回去，给人让路。

他却不走，堵在出口。

苏沫不明白这人到底什么意思，待车里没动，不远处传来同事的交谈声，她一颗心越跳越快，烦躁得很，原想按一声喇叭，忽然间脾气上来，直接挂倒挡，发动车子，眼看就要撞上。

对方反应够快，车速比她更快，立时往后退开，刺耳的摩擦声再次响起。

她开着公司的车，没胆量真撞，只想出一口气，趁着这会儿空隙，急踩油门，有意贴着他的车身扬长而去。

这一路，车速比以往都快，将要到家的时候才发觉，后视镜里，那台车正不紧不慢跟着自己。

苏沫担心再生事，引邻居和熟人瞧热闹，索性家也不回，立刻掉头绕去人少车少的大道，随即胡乱择了几段弯路，抬眼一瞧，依旧甩不脱，却发现自己正往山上去。

秋夜凉风习习，路边树林密集，越往前越黑，也见不着来往车辆，更不见行人踪迹，她心里有些发怵。

走过弯道，前方出现一块空地，后车忽然加速，从一旁呼啸着超过，马达轰鸣，掀起强劲气流，险些将她逼进路边草丛。

苏沫更加恨得牙痒，油门踩到底，只可惜车子不争气，没一会儿工夫就被人甩开距离。

不远处，转向灯闪烁，那车忽然打横车头，急急刹住，霸道地截住她去路。

苏沫死命刹住，车子直冲到跟前方停下。

她抱住方向盘低头喘气，王居安从车上下来，走过来敲她窗户，问："刺激吗？"

苏沫手脚发软，说不出话。

王居安伸手撑着车顶，俯下身瞧她，"我不给你让路，你就直接撞上来，你想玩真的，我陪你玩，还敢撞吗？"

她不理，坐一会儿后缓过劲，立马再挂倒挡，踩油门，想从窄路上掉头。

车速仍是快，这次王居安没防着，只得丢开手。

后方底盘忽然"哐当"一声响，不知轧上什么东西，进退不能。

"倒个车还想玩甩尾？"他笑，退后看了眼，"一堆砖头，后面的保险杠磨了。"

苏沫也后怕，下去检查，保险杠上果然花去一小块，车尾倒进了乱石堆。

她气馁，蹲下去捡石头，一句话也不说。

王居安看了一会儿，忽然道："倔脾气。"他过来把人扯起，"还生气呢？"

她不吭声，甩脱他的手。

王居安说："你不用瞎担心，那个姓钟的丫头不简单，她扛得住。"

苏沫扔掉手里的石块，抬眼看他，"那你担心你儿子吗？现在的小孩都不简单，你也不要管就好了。"

"两码事。我的儿子我知道，纯得很，不管做什么，他的目的都很单纯。"王居安往旁边看一眼，又低头瞧她，"倒是你那个表妹，要是玩心眼，你玩不过她。”

苏沫低声回道：“我的事不用你管。”

他顿一顿，“宁教人负你，不可你负人？你还活在上个世纪？五讲四美三热爱，这年头谁理你？”

苏沫被这话噎住，过一会儿才说：“我最落魄的时候来南瞻找我舅，在他们家吃，在他们家住，他人很好，从不跟人起冲突，你昨天还把他气成那样。你以前拆人工厂，现在不问青红皂白，像打发乞丐一样，你让他怎么想？”

王居安无所谓， “我没时间搞拉锯战，能用钱解决问题对双方都好。”

“对你来说是图方便，对他们来说就是一种羞辱。”她眼眶发酸。

他不耐烦，“你不说话的时候很好，一开口就让人扫兴。”他走去山边，靠着栏杆，“这地方其实不错，能看夜景，空气也好，你过来，说点别的。”

“说什么呢？”苏沫问，“说你对我有感觉，我也应该对你有感觉？”她顿一顿，“你总是这样羞辱我，欺负我家里人，”她眼泪汪汪，气息难平，“我是有多贱，才会一次又一次只想着你。”

王居安走近，却不说话，夜色里看不清他的脸，不知过多久，他嗤笑，冷冷开口道：“什么是羞辱？你最平和，从没羞辱过别人？上次当着那么多老总的面，你给了谁一巴掌？后来在蚌埠路，你说的那些话是不是羞辱？”他脾气上来，继续道，“你得寸进尺，要是把对我的狠劲搁其他人身上，我保证，你苏沫以后肯定无敌！”

她忍住泪，一时没说话，又去捞那些石头，一块块扒拉出来，才说：“我不想多厉害，只图个安稳。”路上再无阻挡，上车，点火。

苏沫小心倒车，但是路面狭窄，前方树林草丛，后头山石栏杆，半天转不过弯，她不觉踢一下油门。

王居安过来说：“你下车。”

苏沫神色紧张，可怜巴巴地没敢瞧他，“不，我要回家。”

他忽然叹息，打开门，直接把人抱出来。

她挣扎，他紧紧搂住，低下头作势要吻，吓她一吓，他却放开手，自己坐进车里，慢慢掉转车头。她的车终于面向来路，他下来，低声扔出一句："对你好的时候永远不觉得。"

车灯闪烁，他的神情里似掺杂一分腼腆，转瞬即逝。

苏沫怀疑自己看花眼，一时微怔，撇开眼瞧着他，"我还真没觉得。"她顿一顿，小声道，"别跟我谈感情，我这人有点死心眼，你可小心些，别被缠上了。"

王居安看着她不说话。

苏沫发动车子，窗户放下一半，又说："要不你反省下，为什么你对人好，别人不领情，是不是你做人有问题？如果是这样，说不定往后还会栽跟头。"

车子开出去，她从后视镜里瞄了眼，至少他没再追上来。

苏沫每每被这人弄得心神不宁，晚上多半睡不好，第二天一早，就被王亚男喊去谈话，说是又招了位新助理，今天过来，让她带着在公司里转一圈，熟悉下情况。

苏沫一听这话立时提防。

王亚男笑言："那人以前在别处搞技术，现在想转销售，但是我看他学历高了点，又缺乏销售这方面的经验，就给他临时安排个位置，让你稍微带一带。"又说，"你现在参与的项目不少，让他给你打个下手，男女搭配干活不累嘛。"

苏沫抽空翻查新助理的简历，北美的海归博士，姓韩，31 岁。

之后见了面，苏沫称他"韩工"，那人听了立时摆手笑道："我是新人，苏助就叫我小韩好了。"

那人文质彬彬，却没有读书人的清高气，又比苏沫大个几岁，她仍是按之前的叫法称呼他。

两人共事几日，苏沫暗自观察，想着高素质人才确实不同，聪明好学，又不像周围同事那样油滑。

她思来想去觉得不妥，又和王亚男谈，说人家韩工是海归，又是博士，我一个本科毕业生，怎么好给他做师傅？不如直接转个项目让他做，也是对人家的一种尊重。

王亚男听了点头，“你倒不贪。”又说，“我从不以文凭来评价人，文凭有时候就是个面子工程，别看他是海归博士，我想他能力也就这样，不然怎么还跑回国发展呢？就算回国，他也可以进高校嘛，我估计他那个毕业的学校也一般得很。”

苏沫说：“南瞻是前沿城市，安盛又是这里的大公司，不少人都想进来，韩工来这里也很正常。”

王亚男这才笑道：“你觉得可以就试试，不行再说吧。”

苏沫当即移交个项目过去，对方很感激，谁知客户那边不愿意，一遍遍打电话来问情况，说既然已经和苏小姐处熟了，相互间打交道也很愉快，为什么要临时换人？

韩工无法，又来求助。

苏沫只好给对方几位领导和负责人一一回电解释，说安盛这边的新项目负责人是海归博士，业务能力比她强。

那边也是一样的回复：既然水平这么高，为什么还回国发展？

苏沫说，他是我司近期专门为项目引进的人才。

对方才勉强同意，韩工对苏沫说：“苏小姐，你人真好，我也不知道该怎么谢你，改天一定请你吃饭。”

苏沫推辞，“举手之劳，我读书一般，所以很欣赏会读书的人，这是你应得的待遇。”

两人在茶水间又谈了会儿工作，韩工方出去，办公室主任付丽莉忙坐到苏沫跟前，笑眯眯道：“我看小韩人不错，斯文有礼貌，年纪也不大，你俩挺合适。”

苏沫笑起来，“韩工是已婚人士，他夫人是和他一起在国外念书的同学，都有两个孩子了。”

“那太好了。”付丽莉又凑近些，“我认识一个小伙子人不错，你有没有兴趣见一面？”

苏沫一愣，向门口瞟了眼，没作声。

付丽莉顺着她视线一瞧，忙起身招呼："王总，刘秘今天没上班？"

王居安进来倒咖啡，随意道："她请病假。"

付丽莉赶紧给人找好杯碟，笑道："难怪我几天没见着她，就看见您亲自过来端咖啡，其实随便叫个人过来就行……您办公室里不是也有咖啡机吗？"

"付主任，"王居安坐到另一桌，"你要不要在休息室门口贴张纸条？上面写'王居安止步'？"

付丽莉想笑又不太好意思，"王总，我不是那个意思，我是担心您来来去去好累的。"

王居安问："你们坐这里聊天累不累？"

付丽莉说："不累。"又改口，"累，我们马上走。"想起来看表，笑道，"王总，您又吓唬我们，这还没到下午上班的点。"

王居安笑笑，没再言语，喝咖啡。

付丽莉放低声音："小苏，要不你定个时间，我安排下？那小伙子三十出头，条件很好的。"

苏沫一直没说话，这会儿才道："我要求也不高，薪水和我差不多，有房最好没房一起买，主要是人品好、身体好、脾气好、不嫖不赌……"

付丽莉打断，"我会给你介绍又嫖又赌的吗？那样的肯定不行。"

苏沫叹息，"我最怕遇见那样的，道貌岸然，背地里乱七八糟。"

付丽莉小声道："女人都怕那样的，那些爱玩的，就应该直接打激素，让他们互相玩……"她忽然顿住，眼神往隔壁那桌瞟了眼，忙说："时间到了吧？上班了。"她示意苏沫一起走，自己先出了门。

王居安过来，把咖啡杯搁苏沫跟前，"收拾下。"

等就剩他俩，他又说："我反省过，看来你还是对我们第一次见面的方式有想法，要不这样，你干脆把我灌醉了，直接扔床上，然后你可以为所欲为，但是我不会报警。我多吃点亏，你觉得怎么样？"

苏沫不说话，拿起他的杯子，把剩下的咖啡直接浇他皮鞋上。

他躲开，笑着出去。

王居安忽然心情大好，回到办公室往家里打电话，问老张，今天王翦表现如何？有没有想回加拿大读书的意思？

老张说："我看他有这个念头了，我也和他谈了半天，他说现在这样过得没意思。但是小家伙有个条件。"

"什么条件？"

老张把电话递给王翦，"自己跟你爸说。"

王翦慢吞吞接了，"你那天把我电脑砸了，我要去买台新的。"

"然后呢？"

"然后我就回加拿大。"

"说话算数？"

"嗯。"

"我让人给你送一台过去，别总是打游戏。"

"不，我要自己出去选。"

王居安没搭话。

王翦继续道："张爷爷陪着我，你还不放心？"

王居安叹一口气，又嘱咐老张几句。

一老一小开着车在外面转悠，王翦不去专卖店，要去电脑城。老张不同意，说电脑城在南瞻大学旁边，你爸不让你往那边去。王翦说，我去买电脑，哪会那样巧就能碰上？老张拗不过。

等到了那里，王翦又说："张爷爷我就进去看她一眼，就一眼。"

老张听了直摇头。

王翦巴巴儿地瞧着他，"您也有过年轻的时候吧？这样您跟我一起进去，我就跟她说几句话，说几句话就完了。"少年很忧郁，"其实，我只想跟她道个别。"

老张想这孩子没妈，他爸又忙，不忙的时候也难得有好脾气，一时心软，答应了。

王翦也不食言，两人到了钟声的宿舍楼下，王翦给她打电话。

钟声说什么也不愿下来，只在电话里说：“我就算想和你在一起，也过不了你爸那一关。”

王翦恍恍惚惚地听着，问：“为什么？”

钟声道：“你爸太厉害了，闹到我家去，扔下一笔钱，说让我别再理你，我爸都给气哭了。”

王翦没说话。

她却问：“王翦，你怎么一点也不像你爸呢？他好酷，欺负人都欺负得理直气壮，你要是像他，你就不会怕他，你要是不怕他，说不定我会喜欢上你，等我喜欢上你，他也拦不住我们。”

王翦立马道：“不，我一点都不怕他。”

钟声说：“晚了，我爸妈一定不会同意，这事对他们来说是羞辱，他们丢不起这个人。”

王翦撂下电话。

晚上，王居安回到家，他儿子破天荒地坐沙发上等着，一见面，儿子就说：“你真恶心。”

王居安一怔，过去拍他儿子的脑壳，“你瞎骂什么？”

王翦挥开他的手，“你做过什么？”

他一脸怒容，王居安倒是好奇，反问：“我做过什么？”

王翦噌地站起身，快要和他爸一般高，“你去找钟声的爸妈，我已经说过，我要回加拿大，你还去找她爸妈？”他重重呼吸，“你扔钱给人，我这回是丢脸丢到家了。”

见儿子气成这样，多半是和那丫头之间起了大矛盾，王居安一时放心，好笑道：“你有什么脸可丢？要是那丫头还肯见你，那她是彻底没救，她现在不肯见你，说明她还知道点廉耻。当然，她那点自尊心足以抵消对你的想法。所以你不要瞧不起钱，关键时刻它能派上用场，什么人性感情，它就是试金石。”

王翦气道：“狗屁试金石，别把对付外面女人那一套搁家里用，你就是仗着有几个臭钱，玷污我的感情！”

“玷污感情？”他爸冷笑，“我的感情也被人玷污，我找谁说去？你要换学校，我就给你换学校，成绩不好，就给你找补习老师，学校不收，我给他们捐款，给人赔笑说尽好话。结果你不想高考想出国，我立马叫人办移民，我这样忙，还三天两头跑去看你，你自己算算，这几年，我在你身上花了多少精力多少钱？你不但玷污我的感情，你还玷污我的钱。”

王翦点头冷哼：“我知道，我花了你的钱，你心里硌硬，看我不顺眼，我喜欢的，你就一定瞧不起，你瞧不起钟声，怎么就瞧得上她表姐呢？她俩是不是一家子？你这是只许州官放火！我正儿八经地追个姑娘，是不知廉耻？你满世界今天这个明天那个，就是正常的？你自己身不正，有什么资格说我?!”

王居安恼羞成怒，没多想，抬手就是一巴掌。

王翦当即捂着脸说不出话，狠狠瞪过来。

两人面对面站着，王居安胸膛起伏，好一会儿才平静，立马又心疼，忙去扯开他儿子的手瞧，左边脸颊已然浮肿，血水顺着嘴角流出来。

他更懊悔。

王翦用手背抹干血，使劲推开他，“别再跟我提钱，从今天开始，我要是再用你一分钱，我就不姓王。”

他转身出门，王居安伸手去捞，没捞着。

老张就怕父子俩起争执，待门口一直没敢走，好说歹说把小伙子劝住。

王居安上前揪住他儿子，又被人甩开，他磨不开面子，气道：“你别跟我闹，要走就走，你这身衣服，还有钱包、银行卡，哪样不是我给的？把东西留下，以后想去哪我都懒得管。”

王翦硬气，撸下身上的T恤，摸出口袋里的东西往地上一扔，大步流星出了门。

老张着急，说衣服也不穿一件肯定会着凉。

王居安却道：“你别拦着，这孩子就是好吃好喝给惯的，这回一定要挫挫他的锐气，他现在身无分文，我看他还怎么横?!”

王翦离了家，往裤兜里一摸，还有百十来块，打算去姑奶奶家，想着那也是王家地盘，还不如找以前的朋友凑合下，又觉得狐朋狗友怎会有真心?

他有些伤感，只想灌酒。

到了以往常去的夜店，以前的那帮子人也在，一看见他就嚷："这回好了，请客的人来了。"

旁边有个女孩瞧着他眼睛一亮，王翦也不在意，直接开骂："请什么客?老子一分钱没有。"

别人不信，他就扯出长裤口袋给他们瞧，那姑娘捂着嘴直笑。

王翦随便抄起一瓶酒仰头就喝，被一伙计拦住，那伙计半开玩笑，"没钱你还喝?"

"滚!"王翦踹他一脚，"老子以前请你们灌了多少黄汤，喝你们这一回你就急了?"

那伙计素来看不惯他大少爷脾气，这回杠上，要夺他酒瓶，两人推推搡搡闹得不可开交，另几人过来劝架实则看热闹，跟前围一圈，惊动了保安和服务生。

王翦正揪住人衣领不放，忽有人拍他肩膀问："你怎么到这里来了，你爸呢?"

王翦回头一瞧，"叔。"

王思危笑，"都别闹了，谁说我侄儿没钱?"他从钱包里抽出一张银行卡扔桌上，"王翦，带着他们好好玩，这一单我请。"

几个小年轻都乐，伸手去拿卡，王翦忙抢过来塞口袋里。

王思危将他的脸扒拉过来瞧，"怎么回事呀，谁打的?"

王翦不作声。

"你爸?"

还是不说话。

"也只有你爸敢这样，"王思危啧啧道，"哎呦，都打肿了。"

王翦撇开脸不让他瞧。

王思危笑笑，“我在那边和人谈事，”他往另一端较为安静的角落指了指，“有事喊我，叔帮你摆平。”

他安抚了侄儿，回到原处。

尚淳看着那边笑，“你侄儿可跟你哥一点不像，父强子弱，相生相克。”

王思危摇一摇头，“我看他谁都克。”

尚淳又道：“有这么一个儿子，也够让他急了。”

王思危没说话，抬眼看向那方。

王翦好生坐下来，那姑娘一直在瞧他，这会儿慢慢凑近些，靠他肩膀上。他不耐烦，稍微推开。

女孩不知是不是喝了酒，看起来既迷糊又兴奋，嘟着嘴说：“帅哥哥，我们上次见过，你忘了？”

王翦仔细一瞧，心说原来是她。

女孩指着他的脸画圈，“还有上上次，我们也见过，你也忘了，钟声？钟声，你应该没忘吧？”

他心里隐隐作痛，一口气提不上来。

女孩继续说：“有一次我去学校找她，你拦着不让她走，想起来了吗？”她嘻嘻笑着，“对了，我叫冯瑜，你叫什么呢？”

王翦这才正眼打量她。

冯瑜道：“你不用说，我也知道，你姓王，你是王老板的侄儿。”

“你认识我叔？”

“王老板，王思危嘛，”冯瑜朝那角落里一抬下巴，忽然问，“你是不是很喜欢钟声？”

王翦不答。

冯瑜挽住他的胳膊，凑过来，“也对，钟声长得又白又靓，就是没钱，你俩现在还联系吗？”

王翦被她热乎乎的胸脯顶得心烦，抽回胳膊，“关你什么事？”

冯瑜笑，“是我带她进这个圈子的，你说关不关我的事？”

“滚！”他一阵恶心，使劲把人推去一边。冯瑜趴在沙发上笑了半天，方坐起来说：“你还挺喜欢她的，她以前多纯洁呀……你知道她的初夜给谁了吗？”

王翦下意识地握起拳。

“喏，坐你叔旁边的那位。”

他一颗心怦怦乱跳，呼吸渐疾。

“那人姓尚。”

他拿起一支空酒瓶，使劲握牢。

冯瑜没察觉，半眯着眼靠沙发上笑，“你知道谁介绍他俩认识的吗？”

王翦另一手拽住她的胳膊，艰难道：“你找谁不好，偏偏找她？”

冯瑜吃痛，轻轻叫唤，“帅哥哥，我可不是拉皮条的，真正拉皮条的是你的亲叔叔呀。”

王翦脑袋里轰的一声。

记忆里的那个女孩，有一张纯美的脸，对他笑，对他生气，对他不冷不热，又对他流露几分怜悯。

他手发抖，忽地起身，往那边走去。

冯瑜一惊，想拽住已来不及，跌跌撞撞跟在后头，眼看王翦到了尚淳跟前，她怕生事，忙往旁边躲。

王翦的手止不住颤抖，他死命抡起酒瓶。

一时间有人叫有人喊，接着是茶几上的器皿碰撞落地，稀里哗啦一阵响动，王翦被人推开，摔到地上，他右手撑地，玻璃碎片插入手心，鲜血淋漓。

王思危伸手帮人挡了一下，尚淳没事，自己的胳膊倒像折了一样痛。他嘶嘶吸气，想去扶侄儿，尚淳却一脸又惊又怒就要发作，王思危赶紧骂：“王翦你小子疯了，发什么神经？等一会儿告诉你爸让他收拾你。”说完扶着尚淳从他身边跨过去。

王翦躺地上半天起不来，手掌钻心疼痛，周围都是人，各种脸孔，各种神色，他看得眼晕，身上冒冷汗。

直到有人扶住他胳膊，他才勉力站起。

冯瑜带他去了附近的一家小诊所。

少年赤裸着上身，短发凌乱，薄唇紧抿，手掌滴血，神色愤怒而忧郁，在混沌夜色里呈现出一种狰狞美感。

冯瑜的心跟着他呼吸的节奏一次重似一次地怦怦跳动。

医生拣净他手心里的玻璃碎碴，白纱布包扎，他握拳，痛到麻木，转眼一瞧，身旁的女孩眼里有泪，目不转睛地看着他。

王翦不理，直接出去，冯瑜追过来，问："你去哪里？回家吗？"

"不。"他也不知道。

冯瑜踌躇，跟了他一路，终于开口，"我一个人在外面租房子，你要不要过去休息一下？"

王翦想了想，点头。

她住的地方很小，一室一卫，两人进去便转不过身。但她有很多名牌包和衣物，没地方搁了，只好占领半张床，另半张床上还堆着几只玩偶。

他坐沙发，冯瑜坐床沿，他若有所思，她也跟着沉默。

冯瑜轻轻问："你要不要去冲凉？"

他木偶一般点头。

王翦衣物未除，闭眼立在花洒之下，疼痛如影随形，右臂被人抬起，他也恍若不觉。

王居安接到加拿大来电。

临时监护人询问王翦的情况，听后安慰："青春期就是场灾难。我一个朋友的儿子，冬天一定要穿运动短裤才肯出门，否则就不去学校。你也知道，加拿大的冬天有多冷，一家人为这事吵了好多年。过了十八就正常了……还有个同事的女儿，读高年级开始谈恋爱，没毕业就生下孩子，一家人跟着操心，后来忽然开窍，现在人家是牙医……"

王居安暗自叹气。

下班前项目组开会，他心情不好，面色不愉，虽未训斥任何人，但话里话外对现在的工作进度不满意，认为组里无须把人力和时间耗费在企业的技术辅导方面，应该迅速投入下一个项目的推广。

有人认为不妥，那人正是才进公司的韩助理。韩助理说，这种汽车技术的应用关乎产品的安全性能，技术辅导做得过硬，也是对终端客户的安全负责。

王居安却问："你知道国人办事的特点是什么？"

韩工答："勤奋善良。"

王居安道："几千年前是这样。现代人的特点是急功近利。就说这次技术辅导，厂方才开始学习怎么使用第一个内核产品，就计划在三个月后投入生产，他们根本不在乎产品的安全性、耐用性，反正他们的客户关心的也不是质量问题，而是数量，首先问的就是上量了没有？产量上不去，不考虑。你们又何必把时间浪费在别人根本不重视的地方？国情如此，我们要做的就是减少无用功，顺应大潮流。"

会散下班，韩工要请苏沫吃饭，说："在外面请客显得太客套敷衍，我太太已经买好食材在家里准备了。"

先前苏沫已婉拒过，这回见他诚挚相邀，不好再推。

两人一同下楼，韩工对苏沫尴尬笑道："难怪现在很多公司都不愿聘请海归，海归需要大量时间了解情况适应国情，除了学历优势，我们在其他方面根本比不上土鳖。"他自知有些激动说出得罪人的话，忙说："抱歉，我没有其他意思。"

苏沫笑一笑，"我相信你现在关心的问题也是国内企业发展的目标，他们只是还需要时间改进。"

韩工很有绅士风度，说地下停车场空气很差，他请苏沫在门外等候，自己到底层帮忙取车。

苏沫走出大门，就见王居安的车停在外面，车里没人，司机老张站在旁边闷头抽烟。她和人打招呼，笑说："张师傅，您烟瘾又犯了？"

老张一见是她，摇头道："你不知道，我现在急得不行。"又见左右无人，走近些说："老板的儿子好几天没落家，老板也着急，又不肯出去找。爷儿俩都是倔脾气，说起话来火星子直冒，谁都不服软，小家伙才十八，正是倔脾气的年纪，急死人。"

苏沫听得心里一跳。

随后到韩工家里，韩工系上围裙亲自掌勺，他夫人陪苏沫说话，旁边两个孩子嬉戏玩乐，灯光柔和，菜香四溢，一派温馨愉悦。

苏沫多时不曾感受这样的家庭氛围，不由心生羡慕。

韩工的夫人年长几岁，欣赏她温柔稳重，又见她单身，忍不住询问情况。苏沫略微说了，他夫人笑道："有机会带你女儿过来玩，三个孩子更热闹。"又讲："我们同学里大把单身男士，以前忙着奔事业，现在安定下来都着急讨个好老婆，如果你有兴趣，我可以帮忙列一个名单出来。"

说完二人都笑，气氛融洽。

苏沫却始终放不下，回家后思来想去，打电话给钟声，问她这几天如何，又问王翦有没有再来骚扰。

钟声答："没有。"顿一顿又说："他不会再来找我。他在外面跟人同居了。"

苏沫惊讶，"你怎么知道？"

钟声语气平淡，"冯瑜特地给我打电话炫耀，说自己傍上了安盛的小开。"

"冯瑜是谁？"

"就是我那个初中同学。"

苏沫想起来，"声声，你还在和这些人接触？"

"她知道了我的电话，主动打给我。"钟声停一会儿，语气不屑，"我才不会和她联系，我没那么傻，她溜冰的。"

"什么溜冰？"

钟声有些不耐烦，"就是吸冰毒。"

苏沫心里咯噔一声，犹豫半晌，"你……知不知道他们现在在哪里？”

钟声反问：“姐，你这样关心别人的事做什么？”

苏沫被她问住，想起那男孩以往聪明活泼、惹人喜爱的模样，说：“上次你被人欺负，他为你和人打架，其他不说，他至少真心喜欢过你。”

钟声沉默一会儿，才道：“以前王翦让我去一家酒吧我没理他，好像他们那伙人经常去。”

苏沫拿着手机，在屋里来回踱步，本想打给老张，最后仍是给那人拨过去，电话响很久，以至于她怀疑是否扰人好事，正要挂断，那边却接了，王居安嗓音喑哑，像是喝了点酒，又听见麻将推送哗啦作响。

她一时头疼，心说还不如知会老张。

王居安没等她说完，打断，“我儿子的事，你们家脱不了干系，他要是少一根汗毛，我跟你们家那些亲戚没完！”

苏沫气道：“我好心提醒你，你倒赖我们头上，这事和我表妹一点关系也没有。”

王居安嗤笑，“那你还多管闲事？”

苏沫稳住，不和他吵，“你以前说帮过我我却不觉得，我今天这样做，只想还你个人情。”

他不说话，苏沫只听见电话线那端隐隐的呼吸声，接着道：“我表妹说，你儿子以前经常去一家酒吧，要不你去那里找找？”

王居安这才开口，“他又没钱，能去什么酒吧？”

苏沫道：“具体情况我们也不清楚，她还说，你儿子现在交往的女孩叫冯瑜，她好像还吸毒……”

王居安听得一惊，立时酒醒大半，挂掉电话，起身出门。

坐回车里，拨打王翦的电话，仍被拒听，心乱如麻地呆坐半天，理清头绪，翻出那张银行卡消费清单来瞧，找出儿子惯常消费的夜店地址。

老张瞧他这模样不敢多问，只将车开得飞快。

一路飙过去，王居安进门后四处瞧了一圈，没见着人，抓了几个小青年问姓冯的丫头住哪里。

谁想那女孩艳名远播，知道的人不少，有些人一脸暧昧地瞧着他。

那姑娘正和王翦在家里闹别扭。

王翦初尝性事，血气方刚，连日来索求无度，完事后却蒙头大睡，半句话也不愿和她多讲。姑娘气不过，偷拿他的手机翻出钟声的电话号码，给人打过去宣示主权。

王翦知道后，大发一通脾气，便要走。

冯瑜更急了，哭道："第一次看见你，我就喜欢上你了，我也知道自己配不上，只有钟声那样的才能入你的眼，你怎么做我都能容忍，就是受不了你心里还想着她。"

她梨花带雨，哭得悲切，王翦渐渐心软，暗想，钟声对我冷漠无情，就像我对她一般。

一时感同身受，他不觉抬手摸摸女孩的脑袋，叹息道："算了，以前的事谁也别提。"

冯瑜方止住哭，偎进他怀里，两个年轻人搂搂抱抱，立时催动兴致。

敲门声咚咚响起，外面的人大喊："王翦，你给我出来！"

王翦吓得一激灵，随即冷静下来，对冯瑜说："是我爸。"

冯瑜慌忙整好衣服，去开了门。

王居安瞧见这一男一女，满屋子乱七八糟的景象，和着一股污浊气味，心里顿时凉了半截，也没了脾气，只站在门口问儿子："王翦，你到底想怎么样啊？"

王翦不言语。

王居安说："跟我回家。"

王翦说："我不，我在这里很好，比在家里要好，在家里，在加拿大，只有我一个人。"

王居安叹气，看了眼冯瑜，对儿子道："你跟我回家。"

王翦不作声。

王居安指着冯瑜："她吸毒的。我再问一遍，你跟不跟我回去？"

王翦愕然，又见姑娘脸色惨白，再瞧向他爸，犹豫后，仍是字字清晰道："我不回。"

王居安再不多言，转身下楼。

冯瑜抱着王翦哭道："我以前试过那东西，现在没有了，你相信我，我们这些天一直在一起，你几时见我碰过那些呢……"

王翦充耳不闻，关上门，跌回沙发里沉默。

老张见王居安下来，却没瞧见王翦，急问："老板，小家伙不在上面？"

王居安摆一摆手，只说："回家吧。"

老张心里没底，见他脸色颓败又不敢多问，一时不知如何是好，只慢慢开车。

电话却响，王居安拿起来接了，淡淡"喂"了一声，那边人说："我才听到一些风声，证监会打算彻查了，你要做好心理准备啊。"

他一言不发，挂断电话。

老张往前开了几步，终是在路边停了车，忍不住劝道："老板，这外面什么人什么事都有，太危险了，不管怎样，先把孩子带回家再说。"

王居安置若罔闻，他将胳膊肘支在窗沿上，手指按住太阳穴，过了很久，低声道："老张叔，我很累，很累。"

老张沉默，心里跟着难受。

等把人送回家后，他又跑来一趟，找着了王翦，小家伙发起倔来，连门也不给开。

他想起个人，顾不得时间太晚，给那人打电话，"苏小姐，请你明天一定要劝劝王总。"

苏沫听得一愣，"怎么了？"

老张直接道："王翦那孩子人是找着了，但是父子俩又闹崩了，一个有家不愿回，另一个干脆丢手不管。小家伙是我看着长大的，万一有什么事……"

言语间甚是劳心费神，苏沫犹豫，“我劝他，未必能起作用，说不定还会惹恼他。”

“你今天和他一说，他就出来找。你说的，他多半会听。”老张叹息，“不管怎样先试试，算我求你。”

夜里，苏沫躺床上回想今年春天的时候，他们一行人到她家乡做项目，后来又去找那老和尚算命的事，原本难信两三分，现在却越发不安。

第二天上班，她去休息室煮咖啡，这几天，很少遇着那人。

她想了想，回头取了份报告，亲自递交总经理办公室。

王居安正坐在大班椅上批阅文件，见她进来，只略抬一下眼皮，也没兴致发问。

苏沫关上门，搁下文件，问：“昨天找到孩子了吗？”

王居安神色疲倦，头也不抬，“这是我的家事。”

苏沫顿一顿，“我女儿在江北跟着我父母，我一年多没见她，她就不愿认我，不喊妈妈，也不和我说话，因为每天陪她吃饭、睡觉、做游戏的人不是我，后来磨合了好些天，她才愿意接近我。”

“为人父母的，有没有把时间和耐心花在孩子身上，还是花在其他地方，平时都能看出来，孩子和家长不亲近，叛逆不听话，我们做家长的应该先找找自己的原因。”

王居安抬头看她，“王翦已经大了，他有自己的想法，和你的情况不一样。”

苏沫想了想，仍是轻言细语，“昨天张师傅打电话给我，让我劝劝你，他认为你儿子现在的处境不太好，他希望你能适当宽容些，对孩子耐心些。”

王居安突然扔下文件，神情冷酷，“他已成年，愿意怎样就怎样。不回家也好，堕落也好，死在外头没人管也好，都是他自己的选择。我养了他十八年，不能养他一辈子。”

苏沫等他说完，问：“你还记不记得上次去江北，请老和尚算命的事？”

他懒得答话。

“他最后给你批了四个字，没敢告诉你。”

王居安轻笑着一摇头，不屑搭理。

“是关于王翦的。”

他这才抬眼，问了句：“他说什么？”

苏沫极为犹豫，不知该不该开口。

他又问：“到底说了什么？”

“他说、他说，”苏沫感到紧张，闭一闭眼，豁出去，小声道，“说你无子送终。”

王居安惊愕地望着她，随即怒斥：“胡说八道。”

苏沫虽有准备，仍是被他吓得一哆嗦，艰难开口，“我既然敢告诉你，肯定是不信的。何况他后来又说，只要珍惜福报，任何事都有转机。”

王居安脸色铁青，浓眉竖起，“换成其他人，我早就……”他顿住，从牙缝里挤出几个字，“你出去！”

苏沫想，既已得罪了他，也不怕多说两句，“你与其拿钱砸人，还不如心平气和坐下来跟孩子谈谈，听听他的想法，别再图自己一时的痛快要横。”她略停，见对方没打断的意思，埋头继续，“他毕竟只有十几岁的年纪，心理上还脆弱，承受能力比不得你，你越强硬，他越退缩。”

他干脆重新翻阅文件，不予理会。

中午，苏沫去食堂吃饭，碰见老张。

老张正从里面出来，很急切，问：“怎么样？”

苏沫道：“张师傅，我已尽力，该说的都说了。”不该说的也说了。

老张失望，却安慰道：“算了，都是这样的脾气，除非他自己想着想着能转过弯来。”还要说话，兜里手机响，老张赶紧拿出来接了，“王总。”

他对着手机倾耳细听，末了只答：“好，好的。”

老张收了线，对她略微一笑，稍稍竖起大拇指，匆忙离开。

王翦正是肚饿，拉着冯瑜起床，下楼找餐馆。

姑娘家却磨磨蹭蹭地又是换衣又是化妆，他讥笑几句，被人娇嗔着往外赶。

王翦懒得当它是情趣，不等说第二遍，立马转身走掉。

到了楼下，忽被人一把拽到巷子拐角。

老张好生劝他："王翦，回家算了。"

王翦挣开他的手，见他年迈，也不敢太用蛮力。

他爸走过来道："他不想回就不回吧，在这里说几句也行，"又问，"你身上还有钱吗？老让人家女孩养着也不大好。"

王翦杵在那里不作声。

王居安这才仔细打量儿子，身上套了件廉价 T 恤，像是才买的，面色泛黄，双眼无神，表情防备而暴躁，和街头的小混混别无二致。他压住火，看向小家伙的右手，包得像只粽子，忍不住了，要去扯过来瞧，"手怎么了？"

王翦避开，还是不答话。

爷儿俩正对峙，一辆面包车在楼栋门口戛然停住，从车里下来几人，其中两位穿着民警制服，这伙人直接上了楼。

王翦无来由地害怕，回神，拔开腿要走，被人揪回去。他气得反手推搡他爸，大声吼："又是你搞的鬼吧？"

公职人员办事效率高，不多时两位女警架着冯瑜从楼上下来，姑娘抽抽搭搭地哭个不停，手腕上多了副明晃晃的手铐。

警察问她："家里还有其他人吗？"

冯瑜一双泪眼往墙角瞧过去，哭了一会儿，才答："没有了，我一个人住。"

王翦原本极其愤怒，喘着粗气使劲挣扎，听见这话却彻底安静了，眼睁睁地看着她被人塞进车里。

冯瑜再没瞧他。

车行渐远，王翦抹一把脸上的汗，却发现眼里也有湿意，他慢慢地低声道："你放手，我回去就是了。"

王居安往他后脑勺上轻轻拍了一下，"你还哭上了，让她去戒毒，又不是抓她坐牢，她家里没人管，看你小子的面子，我只好多费些神。"又说，"我不这么做，你肯跟我回去？"

一路沉默。

到家以后，王居安取来医用箱，剪开儿子手上的纱布查看伤口，纱布上被人打了个小小的蝴蝶结，他心里冷哼，扔去一边。又看儿子的手掌，大大小小的伤口十多个，小一些的呈褐色快要长好，大点儿的尚未愈合，露出里面的白肉。

一看之下，他心里顿时缩成一团，肉痛得很，忍不住埋怨道："你就胡闹吧？这手都快成马蜂窝了。"又问是怎么弄的。

王翦自从答应回家，忽然变得乖顺不少，淡淡应道："本来想抡瓶子砸人，结果被人给修理了。"

王居安说："没出息，"顿一顿，换了语气，"有事好好讲，武力解决不了问题。"

王翦嗤笑。

王居安不言语，帮他重新上药包扎。

王翦却道："对付流氓只能用流氓的招数。"他从口袋里抽出一张卡扔茶几上，"帮我还给他。"

"谁？"

"王思危。"

王居安一怔，"他几时给过你钱？"

"我离开家的那天晚上，我俩在酒吧里碰见过。"王翦懒洋洋地靠在沙发里。

"他见过你但是没跟我说？"

"他见人打我也没跟你说，"王翦笑，"不对，他打过我，所以他一定不会告诉你。"

“他为什么打你？”

“冯瑜告诉我，就是他给钟声和尚淳拉的皮条，正好那个姓尚的当时也在，我冲动了些，跑去问他们有没有这回事，”他两手一摊，“结果就这样了。”

王居安若有所思地瞧着他。

儿子忽然笑起来，“我明白了，你早知道你弟是个拉皮条的，对不对？”

他爸没说话。

王翦继续，“我以前听人传，钟声的表姐到公司大闹，这样你也能容得下她，还让她继续在跟前待着，因为你心里有愧，对不对？”

王居安不觉皱眉，“那事和我没有任何关系。”他想了想，换成另一种表述，“在事情发生之前，我一无所知。”

王翦哈哈一笑，起身上楼，“我先去冲个凉，再吃顿好的，最后好好睡一觉。”

王居安“砰”的一声合上医用箱，喊钟点工过来做几样儿子爱吃的菜，又找了个保安在大门那里看守，最后仍是让老张待屋里陪着王翦，自己开车去公司交接手头上的一些工作。

才进办公室，就有人打电话，说到银监会和证监会的事，他直接回：“我这几天没空，要在家陪儿子。”

对方奇道：“这种时候，你回去带孩子？”

“他喜欢看英超，最近有一场曼联战切尔西，我打算带他过去看看。”

对方说：“现在比赛才开始，等明年开春过去住一两个月也不迟，还是公司的事要紧。”

王居安没答话，过一会儿才道：“我也没办法，就这几天吧，不会太久。”

他收线，叹一口气，吩咐秘书道：“叫王思危过来一趟。”

王居安足足等了一下午。

临下班，他弟才来敲门，进来后，觍着脸笑，“老大，多时不传唤，我都闲得长毛了，有事尽管吩咐。”

王居安也笑，“我看你最近气色不错，在外面玩得开心？”

王思危应变自如，“哪能呀，我惦记着公司事忙，茶饭不思。”

“你是茶饭不思还是良心不安？”

王思危笑，“哥你这是什么意思啊？我这人笨，听不明白。”

王居安收起笑，“你在酒吧遇见过王翦？王翦说，你打他？”

王思危忙道：“他是我侄儿，谁舍得动他一根指头？要说起来，他打我这个叔还差不多吧。”

“到底怎么一回事？”

“那天他见着尚淳，立马拿了酒瓶冲过来，眼看就要出事，我帮尚淳挡了一下。”他抬一抬胳膊，“不信你看，现在还是乌的，疼得我不行，这要是砸人脑袋上，那还不得见血？”

“然后你就跟尚淳走了？我儿子受伤躺地上，你就不管了？”

王思危一时语塞，辩白，“哥，我也是没办法，尚淳是什么人？我不带他走怕他拿这事做文章，对公司也不好嘛。”

王居安看着他，“别拿公司做借口，我问你，你把你侄儿一个人扔在那种地方，他身上还有伤，你到底为他考虑过没有？王翦可是你亲侄儿！”

“我……”

他打断，“即使不帮他，至少知会我一声，可你装没事人。我以往怎么对你，你现在又怎么对他？”说到后面，他几乎咬牙切齿，“你真让我寒心。”

王思危急了，“大哥，我错了，我知错就改还不行吗？以后我一定事事考虑周全，再不会这样慌里慌张了。”

王居安笑，摇头，拿起一张银行卡，“这是你给他的那张卡，原来卡里有小几万，我又给你划了三十万。”他紧绷着脸，言语冰冷，隔着大班桌，把卡扔地上，“从今以后，别在我跟前出现，公司的事也和你再无关系！”

王思危瞧了他半晌，难以置信地问：“你这是什么意思？断绝关系？三十万？你就用三十万来打发我？你以为我是谁？”他指着门外，恨恨地笑，“外面那些人？还是街上要饭的，啊？三十万，在南瞻能买几平方米？我跟你说，我也忍你够久了！”

王居安平淡道：“拿了钱，滚！”

他弟也气得涨红脸，“凭什么让我滚？”

王居安说：“要么我叫保安？闹起来，脸上都不好看。”

王思危瞪着他，气息难平，压制了半天，仍是弯腰拾起那张卡，走到门口，回身又看他一眼，才出去。

接下来一段日子，王居安果然老老实实在家陪儿子。

离出境还剩几天，他或者教孩子打高尔夫，或带着一起去玩飞碟射击，小家伙虽感到兴趣索然，又时常挑刺，王居安也不敢多讲半句重话。

临行，开始收拾行李，王翦却躲房里不出来，也不知在磨蹭什么。

王居安过去敲门，不开，喊了也不吱声，他一时有些急，就说：“王翦，你再不开门，我去找钥匙了。”

里边窸窸窣窣一阵响动，人才露面。

王居安看着儿子，“天气还不凉，你换长袖做什么？”

王翦没答，却说：“爸，我不想去看英超。”

“为什么？”

“不为什么，就想待家里。”

见他把手缩袖子里，他爸拉过来瞧，“你的手不是快好了吗？这又怎么了？”

袖子卷起，胳膊上全是红疙瘩。

两人都不说话，过了一会儿，他爸说：“过敏吧？去医院看看，拿点药。”

王翦道：“我不想出去。”

他爸说：“要不请医生来家里看看。”

王翦沉默，忽然开口，“我身上都是这种疙瘩，后背也有，我前两天还拉肚子、头晕、没力气，爸，我得艾滋了。”

王居安瞪着他，“不要瞎说，先让医生来看看。”

“我肯定是得了，我完了。”

王居安按住他的肩，慢慢道：“你听我说，先找医生过来看看，开点药擦，其他的事过会再想。”

王翦颓唐不语。

没多久医生来了，看了下喉咙，又量体温，说有点低烧，三十八度，扁桃体略红，问是擦药膏和物理降温，还是打点滴消炎。王翦忙说：“打点滴。”又问，“这是什么病，有没有其他可能性？”

医生不解，只答：“一般皮疹，扁桃体有些发炎，多休息。你年轻，出去跑一圈说不定就退烧了。”

父子俩不说话，等人走了，王居安帮儿子抹药，说：“王翦，要是实在担心，去医院查一下，我相信你没事，查了更放心。”

王翦缩一缩身子，“我不去。”

“我陪着你，没事。”

王翦死活不愿意，好说歹说，半强迫着上了车。

王翦问：“其实你更怀疑是吧？”

王居安不作声。

不多时到了疾控中心，被告知，高危后时间不足六周，还得过大半月才能检查出来，三个月后要复查。

王居安暗道，我真是急糊涂了。又把人给领回去，见儿子浑浑噩噩，心里又气又急。

这天以后，王翦越发足不出户，一时伤风感冒也更厉害，他面如土色，吃不下，睡不着，竟似坐在家里等死。好容易挨过几周去做检查，又要等上数天才能知道结果，候院方电话通知。

王翦每晚做噩梦，电话铃声萦绕不去，他渐渐面黄肌瘦，半夜醒来忍不住哭。

王居安晚睡，路过儿子的房间，气急，把人从床上揪起来，耐心耗尽，终于忍不住，劈头盖脸骂一顿，说："孬种，有胆做，没胆子扛，就算真得了又怎样？那么多生病的，也不是一时半会都死了，你要是真得了，家里的钱堆起来给你用，还怕延不了你的命？你就是这样没出息，和你妈一样懦弱。"

王翦头一次听他提到母亲，不觉张大嘴，像是喘不上气来一样，半晌才问："我妈、我妈到底怎么了？"

夜色里，他父亲的脸孔极为残忍，他听见他一字一句："她早死了，生下你，她和她父母迁出南瞻，认识了一些不三不四的朋友，成天吸毒，有一次过量，直接死了。"

"我这辈子最痛恨人吸毒，你叔也这样，我宁愿和他断绝关系。"王居安问他，"你想和她一样吗？软弱、逃避、没勇气……"

"不要说了，不要说了！"王翦的声音很低，泪水在黑暗中无声滑落，他回房，安静地躺在床上。

王居安发完一通脾气倒冷静下来，又恨不得给自己一耳光，一晚上待在儿子的房间外面不敢睡，直到天亮。

第二天，王翦神色如常，可以看出，是想在父亲跟前勉强振作，第三天，似乎又更好一些，话多了，也不像之前那样爱抱怨。王居安逐渐放心，爷儿俩拿了两瓶啤酒坐在游泳池边聊天，王翦想下水，他爸不让，说感冒渐好水太凉。王翦很听话，也不争。

喝了小半瓶，他忽然道："爸，我知道你嫌我没出息，是啊，我想过，我这个人确实没出息，其实我最大的愿望就是找个自己喜欢的女人当老婆，再生一个孩子，不，最好两个吧，我们好好养孩子。你说，我是不是跟个女人一样的想法？"

王居安没答话。

他又说："我就想，反正你有钱，养我们几个还是养得来，你养我们，我们再养几个小孩……"他顿住，喝一口酒，"爸，我肚子饿了。"

王居安这才出声，"想吃什么？"

王翦想一想，"就是那种路边摊，我小时候一见就特别馋的，我记得，有一次你和我上街，不让我吃，还给了我一巴掌。”

“我让人去给你买。”

“不，还是你去吧，只有你知道我喜欢吃的是哪几样东西。”

王居安犹豫，见他眼巴巴地瞧着自己，不忍，“你在家待着，我马上就回。”他出门，叮嘱保安好生看着，别让那小子溜了。

时间不对，地方也远，他开着车走街串巷，好不容易找到一家，敲开门，让人快些营业，等人做好了，他扔一张大票出去，却没接稳对方递过来的食盒。

食物碗筷摔了一地。

他怔愣，心里忽然扑腾扑腾地跳，二话不说，转身上车，撒野似的往家赶。

到了门口，见一切如常，才松了口气，却想：东西没买着，儿子问起来怎么说？又想：真糊涂，直接带他去吃不就行了？

他边想边往里去，兜里手机铃声大作，接了，疾控中心打来电话说：王先生吗？检测结果出来了，是阴性。

王居安心头大喜，跑去后院的游泳池，却没见着人，又去屋里四处找，一样没人应答。

空荡荡的一所房子，时间似乎停滞。

他惶然，站住，慢慢地回到游泳池边，水面上漂着一张锡纸片的残角，水纹一圈圈地漾开……

王翦听见前边院门合上，从口袋里摸出一小包粉末，拿出打火机。

忧愁散去，堕入另一片云雾。

他看见前面有个女人，渐渐地越来越清晰，她脸庞温柔，慈爱地望过来。

他很高兴，忍不住流泪，站起身，跌撞着向前走去。

妈，我见到你了。

第十四章 ✦ 夺位

苏沫做着梦， 梦见钥匙叮当撞击，
梦见脚步声， 梦见浴室里花洒未关，
忽又在梦里想， 那小碗可以用来搁钥匙。

连着数星期，苏沫再没见过王居安，项目组交由其他高层负责，例会上的位子也空着，总经理办公室大门时时紧闭，似乎昭示那人的无奈和决心。

苏沫从门口经过，他的秘书一边收拾东西，一边像是在抹泪，见着她，把人拉住说："这回出大事了。"

"什么事？"

"王总的孩子没了，他现在连公司也不回。"

苏沫没听明白，愣愣问："没了什么？"

那秘书抽出纸巾擤鼻子，道："我也是才听说，那孩子一不小心，掉进家里的游泳池，淹死了。"

苏沫像是被人狠狠掴了一耳光，她不信，故作轻松道："不会，家里的游泳池怎么会淹死人？还是那么大个孩子。"

"可不是，谁知道呢？多好一孩子，都这么大了……"

苏沫头脑发蒙地回到位子上，呆坐半天，接到王亚男的传唤。到了董事长办公室，另几位副总和助理也在，王亚男坐在大班椅上，双眼已经哭到红肿，她清清嗓子，压抑语调宣布了几项工作重新分配的消息，至于理由却不多讲，只说王总最近有家事拖累，抽不开身。

底下的人也心照不宣，不敢多问。

苏沫起先还怀疑，这下子忽然就信了，眼泪止不住往外涌，强忍住，心里自责，“我为什么要和他说那种话?!”

她坐立不安，想去问明情况，又不敢，时间一天天过去，心口就像压了块大石。

始终没忍住，给老张打电话，那边很久才接，老张的语气惨淡无力，只开口应一声“苏小姐”便不再说话。

苏沫想到那孩子的模样，不觉哽咽道：“张师傅、张师傅……”却无论如何问不下去。

老张听出来，只说：“小家伙没了，老板每天只待在屋里，有什么事，请同事们帮他打点下，也不知什么时候才能缓过来。”

苏沫这才道：“孩子怎么就没了呢?”

老张叹气，不愿多说，“他当时生着病，不小心掉进池子里。”

苏沫忍着泪，“怪我，我那天不该和他爸谈。”

老张不解，忙安慰，“和你没关系，天意，老天爷要收人，拦也拦不住。”他言语悲切，“我现在去买些纸钱，给孩子多烧些，他从小就娇惯，我怕他在下面过不好，他爸，一次也没到坟上去。”

苏沫听见这话，到底没法抑制，眼泪悄悄地流出来。

一晃秋天过去，王居安仍不出现，公司里人事照旧，王亚男的脸色却一天差似一天。苏沫心里有愧疚，也懒得去打探，工作上的斗志渐渐不如往常，回忆这两年的境遇，偶尔会想要逃避：不如离开是非地，从此再也见不着这些人。

她害怕见到王居安，王亚男偏生派她去做事。

股东会议上有几份提要仍需王居安签字，又有几样决策要向人转达，苏沫翻阅那几样文件，没一样是能让他看得舒心的，不觉提醒，“王总最近心情肯定不好，是不是再缓一下?”

王亚男瞧向她，反问："你的意思是，他看了这些东西心情会更糟？你很了解他？"

苏沫略微低头，没作声。

"有时候，我也很欣赏你的，觉得你还算个人才。"王亚男表情平静，"公司和工作、时间、项目、效益，这些都不等人。"

不得已，苏沫又给老张电话。

老张说："老板有时候会出门办事，夜里到家就在游泳池边坐着，有时候我早上过去，就见他衣服也不脱，睡在旁边的瓷砖上，跟前一打空酒瓶，这都快一个月了，我怕他身体熬不住。你直接去家里找他，正好也能劝劝。"

苏沫想，只怕他看见我会更痛苦，不得已问："张师傅，他可能不希望有人打扰，您能不能帮我送几份文件过去？"

老张说："我今天在外地，帮他办点事，可能后天才回。"

苏沫无法，收拾好东西，硬着头皮过去，到了半山临海那住所跟前，踌躇良久，夕阳无力散尽，那房子里没有灯光，被郁郁葱葱的树林围绕，一片死寂。

大门虚掩，苏沫穿过客厅，瞧见他的背影。

他独自坐在泳池旁，池里的水早已抽干，一片空旷，她在身后站立良久，王居安才问："谁？"

他回头，望见她。

苏沫无法躲避，下意识地仔细打量。暗淡的阳光落在他肩上、发上和脸颊边，他看上去一如往常，却又有无法言明的变化。

王居安向她伸出手，"拿过来。"

苏沫走近，文件夹递上去，猛然间心里哽住，仍是怀疑，低头再看。

他已两鬓染霜。

她忽然有些喘不上气的难受，抬头看向天边晚照，原以为是光线投落，现在才瞧清那浓密发丝里夹杂根根白发。

苏沫捂住嘴，眼泪仍不受控制地落下，她忍不住呜咽出声。

王居安抬头看她，竟然笑，“你哭什么？”

苏沫泣不成声，勉强开口，“对不起……对不起，我很抱歉……”

他接着问：“抱歉什么？”

她侧开脸去，不敢让他瞧见，伸手抹泪，仍然无法自已，过了好一会儿，才说：“我，不该跟你说那样的话……”话虽如此，却知道，如今说什么都为时已晚，只有让内疚之情一天天啃噬人心。

王居安没理，拿酒瓶喝酒，一边继续看文件，而后起身，将摊开的文件夹放在一旁的桌上，拿起笔，沉默，一页一页翻过去，在项目交接上署下名字，翻到最后一页，顿住，问：“还有什么事？”

苏沫擦干泪，尽量委婉地说：“汽车产业园的事，其他的股东也觉得，不是很可行，还需再商议。”

他低笑，迅速签下最后一个署名，“回去别忘了和你主子汇报，你们这些人，休想在这个时候扳倒我。”他拿起文件夹点着她，眼神阴鸷，“休想，总有一天，我挨个找你们算账。”

苏沫不敢作声。

文件夹被人随手扔过来，纸张在半明半暗的夜空里纷纷散落，文件夹的硬角砸在苏沫的额头，她没防着，踉跄退开，鞋跟踩歪，崴了脚，差点摔进池里。

王居安转身回屋，吐出一个字：“滚！”

上了楼，经过儿子的房间，忽然听见里面有动静，他在门外呆立半晌，原是起了风，吹动窗户不断开合，砰然撞击。

他推门进去，王翦的衣衫仍是随意散落，抽屉半开半合，笔记本的电源灯仍然闪烁，足球明星的海报，签过名的队服覆在墙上，所有一切铺天盖地，仿佛那人随时都会回来。

王居安弯腰收拾衣物书本，手里塞满，却一时不知该放在哪里，毫无头绪。

他缓缓坐到床边，低头看向手中物品，这些东西已经不会再有人使用，已经失去意义，一如他的过往。他使劲咬合着牙关，重新把衣物散落回去，试图和先时一模一样。

做完这些，才想起去关窗，楼下，那个女人一瘸一拐走出大门，消失在暮色里。

他合上窗户，放下卷帘，带上房门。

第二天，王居安又去找冯瑜。

早先，他已去过戒毒所，里面的人说那姑娘已被家人接走。

王居安问："怎么这么快就出来？就算出来，也应该有监控管制。"

工作人员解释，"你说的是戒毒所，我们这里是康复中心，她情况不严重，所以被警察送到这里，在康复中心，病人和病人的家属都能随意进出，我们这里的特点就是为病人提供心灵上的自由……"

他赶往冯瑜以前的住所，邻居说，自那天被抓，她再也没回来。

这次他又扑了空，汽车驶出巷子，路边有家卖香烛纸钱的商店，他停下，直到后面有车按响喇叭，这才拨动方向盘，慢慢靠边。进了商店，店主问是不是烧给老人，他不答，买了一大包，又问："有笔记本电脑吗？"

对方摇头。

王居安把东西放进后备厢，想去上坟，到了山脚，车子便停下，无论如何也迈不出那一步。

他拿了瓶白酒出去，就地洒在路边，剩下一些，边喝边道："王翦，我一直觉得你还会回来，所以我就不上去了。以前不让你喝酒，你还不高兴，现在让你喝高兴了。我原说给你买台车哄你高兴些，车子提回去，没人开，样子和颜色只适合你们这个年纪……再有两个月，又要过年了，你说，你说说看……"他嗓间哽咽，"究竟是我无能，还是你自私？"

他仰头吞下最后一口，摔掉酒瓶，"是你太自私！"

坐回车里，王居安正要掉头回家，刚起步，后面上来一辆出租，晃眼间，后座那人看起来特别眼熟。

他想了想，超车上去，连按喇叭，司机不解，怕出事，慢慢靠边，冯瑜瞧见他却大惊失色。

王居安上前，直接把人拉下车，又扔给司机两张钞票，“你直接开走。”

那司机愣愣瞧着他俩，不放心，欲言又止。

王居安说：“记住我的车牌号，有事你报警。”他把冯瑜拉到路边，“王翦身上的白粉是你给的？”

冯瑜的胳膊快被他拧折了，疼得直嚷：“什么白粉？不关我的事，不关我的事。”

“那些天他天天和你在一起，他，他是因为吸毒才……”

冯瑜哭起来，“他死了我也难过，我真心喜欢他，所以今天来看他，我要是真想害他，不会跑来看他。”

“闭嘴！”他怒，“我问你，那东西是不是你给的？”

冯瑜非常害怕，“这事你别怪我，要怪就怪……”她抽噎好一会儿，“我也有父母，你孩子没了你会心疼，我要是有什么事，他们也会心疼。”

王居安语气缓和些，“这事到底和谁有关系？”

冯瑜支支吾吾，“尚、尚淳。”

“讲清楚！”

姑娘歇了好一会儿，才道：“白粉是尚淳给的，我本来是想找他要钱，他叫人给我一堆粉，说我反正要钱也是买这些，我把这些东西拿回家，不知道怎么办才好，王翦看见了，说要冲厕所里，但是，我没想到他会自己留着啊。”

“你找他要钱做什么？”

那姑娘又想了半天，才道：“我一个小姐妹是他的人，给他生了个孩子，当时尚淳要送她走，我姐妹心情不好，我陪她去夜店，我们看见王翦，我姐妹就说王翦怎么怎么好，说我要是能钓上他算我有本事，她会让尚淳给我钱，我就想这样赚钱也太容易了。可是、可是你儿子好酷的，上次他们打架，我才得手，可是，我是真喜欢上他了，后来我们住一起，他嫌房子小，我就想去租个大房子，所以、所以就去找他们要钱……”她呜呜痛哭。

王居安胸膛起伏，半天才道：“尚淳知道你吸毒，知道你俩在一起，特意给你们的？”

女孩只是哭，不说话。

王居安一把将她推开，掏出一根烟点起来抽了。

冯瑜蹲在地上又哭了半天，讨好道：“我听我小姐妹说，尚淳也有把柄在别人手上呢，他玩我，人玩他。”

“什么把柄？”

“他另一个女人跳了楼，死前给他电话，说有什么证据，他接电话的时候，正好我姐妹也在边上，说他脸都白了。我姐妹说，那段时间他特别疑神疑鬼，总是跑去那谁跳楼的地方，不知道找着了没有。”

王居安心想，跑这么多趟，肯定没找着。

冯瑜又道：“也可能只想吓唬他吧？”

王居安想起一件事，对冯瑜道：“赶紧滚，不准上去见他！”

他站在路边，望向林子后面，远处的海水波光闪烁，他忽地抬手，使劲捶击身旁的树干，直到疼痛钻心，方得以缓解。

苏沫在家擦药油，从蓉敲门进来，见她这样，问：“你这是被打劫了？”

“没事，快好了。”她轻轻揉搓脚踝，“前几天在路上摔了一跤。”

从蓉问：“你是不是在想事呢？这么不小心。”

她没说话。

从蓉叹息，“我们老板也够惨的啊，我在公司瞧见他，人还是那样，就是年纪轻轻的，头发忽然白了不少，看得人难受。你说，怎么会出这样的事呢？这么大的孩子失足落水？会不会是真的想不开呢？”

苏沫吸了吸鼻子，不愿多谈。

从蓉又道：“你们以前……你有没有去看过他？”

苏沫眼圈泛红，摇一摇头，心里却想，我哪有脸见他？

从蓉没说话，好一会儿才道："只怕是财重压身，有了钱，生活也未必安乐，我还听说有户人家，也是做生意的，家里三个孩子，两男一女，结婚后都没得生，一个儿子离婚了，另两个呢，都是做了好几年试管婴儿才怀上。所以我们这样的普通人，该知足了，平安是福。"

苏沫咽下泪水，敷衍道："是的。"

从蓉又说："我听说，老板在外面还有其他公司，你看他，孩子没了，还成天在外面忙，这要是搁普通人身上，整个人早垮了，所以说也难怪人家有钱，就这种拼劲，寻常人比不上。"

苏沫听得一愣，"他已经很久没去总公司了。"

"躲事吧，他这段时间经常去安盛电子。"

"躲什么事？"

"有人在查另外几家子公司的账目呗，"从蓉轻轻推她一把，"哎呀，你还是领导跟前的人，怎么什么都不知道呢？"

苏沫没作声。

从蓉见她这样，忍不住试探，"你要是心里惦记着，就去看看，你们之前不是都说开了吗？"

苏沫不解，"说开了什么？"

"他不是承认了对你有意思吗？"从蓉提醒，"那晚在楼下的时候。"

苏沫诧异，看着她，"老赵跟你说的？"

从蓉没说是也没说不是。

苏沫小声道："以后没可能了。"

从蓉叹气，"其实老赵让我来，是想找你去劝劝他，这种时候，他身边需要个人陪着。你喜欢也好，不喜欢也好，这事太严重了，你把以前那些个江湖恩怨暂时放下，稍微低低头吧。"

"不是这样简单，和这件事比起来，所有的事都微不足道。"她流泪，过了很久，才说，"他恨我。"

从蓉沉默地看着她。

苏沫搁下药油，去浴室洗一把脸，冬天已至，气温降到十摄氏度以下，窗外风卷残叶，零星细雨，冷水浸润眼底，才觉得好受些。

有人按响门铃，一声即止。

苏沫出来，从蓉奇道："这么晚，还会有谁来？"

苏沫说："是你儿子吗？醒了没看见你。"

从蓉赶紧跑去开门，等瞧清了不由一愣，回神把门大开。

王居安手撑门框，带着一身酒气，踱进屋里。

从蓉忙打了招呼，扭头看一眼苏沫，出去，轻轻带上门。

苏沫站在那里，说不出话。

王居安坐到沙发上，面色潮红，显然喝了不少，他抬眼瞧过来，随后视线上移，又看向她的额角。

苏沫伸手按了按额上的创可贴，低声道："我没事。"

他没说话，仰头靠向沙发背，微微阖眼。

苏沫进厨房倒一杯糖水，撒了点盐，再出来时发现他蜷在那里像是要睡着。

她轻轻推他，"缩手缩脚的，等我把沙发床放下来再睡。"

他忽然微睁开眼，问了句："东西在哪里？"

苏沫听不懂，"什么东西？"

他含糊地答话，却转身面向里侧，用胳膊挡住眼，又睡过去。

苏沫暗自叹息，帮他脱了鞋袜外套，拿出一床被褥搭在他身上，关了灯。她不敢走太远，也不敢离得太近，只在隔壁书房将就一晚，更不敢睡太沉。

他夜里偶尔有些咳嗽，倒水给他喝，被不耐烦地赶走。

苏沫躺回床上，耳边是街上隐隐的车流声响，落在房檐的沙沙雨声，他轻轻的呼吸却使一切显得安静，仿佛是沉闷的悲伤在逼迫下压抑良久，又冷不防直透胸腔。

不知不觉，她梦见家乡的父母孩子，他们的存在见证她往日的无忧无虑、年少情怀、琐碎的生活和俗世间的伤感。如今想来，这些境遇无一不爱惜着她、保护她、温柔对她，不至于直面如今的痛苦。

在它们渐渐远去的时候，她猛然惊醒，天边泛起白光。

外间安静如常，她走出房间，他仍在沙发上安睡。她去厨房熬粥，去楼下买早点，她洗漱，换上职业套装，犹豫着在哪一段时间才唤醒他，又犹豫地想也许只有现在才是他最为放松的时刻，犹豫着如何面对他，如何开口说话，最后却只将一把备用钥匙悄悄搁在茶几上。

又走近些，发现他的脸色仍是微红，呼吸却比昨晚粗重，迟疑，伸手摸他的额头，滚烫一片。她放下包，换了床薄被，又拧了块冷湿毛巾给他擦脸，帮忙把衬衣领口解开一些。

他稍微醒过来，有些挣动。

苏沫轻轻道："你发烧了。"

他不说话，闭着眼，微微皱眉。他的手机却十分敬业，从天亮开始，就在外套口袋里不断振动。苏沫拿出来，未接来电数个，最近一个是老张打来的。王居安仍不理会，她把手机搁在他伸手就可以拿到的地方。

想了想，她转身进房，给公司打电话，帮自己请了病假，又打给老张，直接说："张师傅，王总在我这里，他病了，有些咳嗽，发烧。"

"急死我了！"老张松一口气，"在你那里就好。他上午要出门办事，让我一早去接，我一去，家里黑灯瞎火的，一个人都没有，打电话也不接，我真怕又有事。"

苏沫又问："他平时都吃什么退烧药，有没有药物过敏的问题呢？想带他去医院，我劝不动。"

"他平时吃什么药？也没见他吃什么药，有一回流感，高烧三十九度多，下雨天，他去跑步，回来又练拳击，出了一身汗，马上就好了。"老张叹一口气，"可能是这段时间累积的，先让他休息，我一会儿过来看看。"又问，"苏小姐，你今天上班吗？"

苏沫说："我请假了。"

"好。"不等她说完，那边就撂了电话。

苏沫帮他换了块毛巾，王居安不耐烦地推开她的手，哑着嗓子道："太凉。"

她又换上一块温热些的，“是你的温度太高。”

给他体温计，同样不配合，她只好一次次替他擦拭耳后根、颈脖、手心，又稍稍卷起他的袖子，擦拭肘窝。

他这才睁眼，瞧了瞧她。

苏沫试探地问：“起来喝点水，吃点退烧药？”

他不说话，躺了一会儿，勉强撑起来。

苏沫把上回清泉留在这里的果汁味退烧剂拿给他喝了些，他皱眉，“这什么东西？”说话间又躺回去。再问他要不要吃点粥，怎么也不理会了。

老张来得快，苏沫觉得奇怪，想起来问他：“我好像还没告诉您，我家的地址。”

张老头喝着水，没搭话，过一会儿跟来厨房放茶杯，才道：“上次老板跟我说了你住这里，让我送药过来，后来又说算了。”

苏沫没作声，低头盛粥，问老张吃过早点没。

张老头看一眼案台上搁着一锅清亮亮白汪汪的热粥和几样新鲜小菜，点头，“你不说我不觉得，你一说我还真饿了，试试。”又问，“老板吃了没？”

苏沫递给他一碗粥，“我问他要不要吃些，他不理我。”

张老头道：“多少要让他吃些……还有，这么大的块头，睡沙发上多不舒服，他颈椎也不好的。”

苏沫说：“我劝过，他都不听，张师傅，要不您去劝劝。”

老张吃完，果然去劝，说了半天，王居安才肯起身。苏沫早把书房里收拾妥当，把人安置过去。

张老头端来一碗粥，说：“先别睡，就这样靠一会儿，吃点东西。”

王居安闭着眼，懒得理，却还听他的。

老张把粥递到苏沫手上，“我一个男的做不来这些事，还是苏小姐你来吧，你们姑娘家细心些。”

苏沫只好坐跟前一勺勺喂他，喂快了又怕他觉得烫，慢了又见他像是不想等，吃了大半碗，他把碗一推，“不要了。”躺下去又睡。

苏沫估摸着差不多了，也不强迫。

老张又说：“过一会儿出了汗，得给他换身衣服。”

苏沫说：“我这里没有。”

老张没搭话，去客厅转了转，才道：“收拾得蛮干净，就是地方小了点，里面那个床太小了。”他指指楼上，“主卧在上面？”

苏沫说是，又说：“住楼下，吃饭去卫生间都方便。”

老张这才点头，“我去给他拿几件衣服过来，没换的可不行。”

快到中午，王居安发了些汗，温度降下来，脸孔也变得白净，下巴颏冒出淡青胡茬。仍是只喝了水，不想吃东西，偶尔给他擦汗，又被他嫌弃干扰了睡眠。

老张果然赶到，手里拎着中号行李箱。

苏沫看见，微微一愣。

张老头像是有些不好意思，眼圈微红地笑笑，“苏小姐，真是太麻烦你了，我说句心里话，他在你这里，比在任何地方都让我放心。那个家，哪里能住下去哟……”他叹气，瞧了瞧客厅，“沙发旁边还有空位，要不我叫人送个小点的衣柜过来，样式颜色方面你放心，保证给你好好搭配，不会破坏现有的风格。”

苏沫只好说：“张师傅，别买了，楼上的衣橱够用的。”

老张笑道：“那就好。”又说，“没必要找医生，没用处，让他好好休息几天。”

病人的体温起起落落，在床上躺了三天，苏沫不能请假太久，老张白天来得多，她便一早一晚照顾着。

到了公司，想起那天从蓉说的话，苏沫心里起疑，不免留了意，果然发现王亚男和几位股东关在办公室里谈话的次数越来越多，王亚男的情绪也越来越差，又有证券部门安排相关人员接受记者采访，发言仍是冠冕堂皇那一套，无非是银行、股民以及合作企业要对安盛保持信心等。

谁想没过几天，网络上就出现了“安盛陷入旗下股东担保连环套”“安盛集团董事长王亚男资金压力巨大”“王氏企业违规担保圈露出冰山一角”等传闻。

公司里流言不断，没有人不担心这些传闻有朝一日会变成旧闻。

苏沫下班回家，进门之前，每次都会给自己做一下心理建设，但是现在她必须更加小心，因为有的人又将面临其他困境。她既为隐瞒实情而感到不安，又担心自己会说漏嘴。王居安身体渐好，再不似前些天那样病歪歪，他越来越频繁地下床活动，洗漱、剃须、吃饭、冲凉，甚至让老张捎来笔记本电脑，他不怎么出门，但是手机铃声从早到晚，一直响个没停。

苏沫想，他肯定比自己更了解情况，然后他表现得很平静，异常平静。

有天她在厨房做晚饭，转身扔垃圾的当口，发现他正坐在沙发上不远不近地瞧着自己，等她看过去时，他又一言不发地撇开眼，起身进了书房。苏沫端菜上桌，看见书房里笔记本的屏幕保护是一组照片，再走近点，看清了，每一张里都有他儿子。

他不看，只躺在床上闭眼休息。

夜里，他去另一边的小阳台讲电话，声音很低，说完后，就靠在栏杆上抽烟，喝酒。他以前喝酒比较节制，现在却提着瓶子一口接一口，直接灌白的。

苏沫洗好衣服拿出去晾晒，忍不住劝，“你少喝些吧。”

他半晌没作声，黑夜里忽然淡淡开口，“有些事，就是报应。”

苏沫转身看着他。

他说：“王翦一直不知道他妈死了，我也没告诉他，打算给他留点念想。”

他似乎半醉，提着酒瓶，靠墙而坐。

苏沫坐下来看他，“你别想太多。”

他喝一口酒，又说：“还有宋天保，我爸以前老喜欢他了，我有时候觉得我爸对他，比对我还有耐心，我爸只会冲我瞎嚷嚷。”

“不过，天保小时候真聪明，他喜欢读书。二年级，刚开始写作文，我们在一个班，他的作文总是被老师拿上去读。有一次他写，既生保，何生安？”王居安笑，“当时我听不懂，下课了问他，他说你没看过《三国演义》这本书吗？里面说既生瑜，何生亮？我要说，既生了我宋天保，为什么又来一个王居安？”

他笑着，低头向后捋一捋额前的发茬，过了很久又道：“他一直得表扬，我一直被人批，我爸常说一句话，你看看人家宋天保。后来有一次，我俩一起玩，抢一截什么东西，我都记不得是什么东西了，当时都想要，都不放手，我就想，让你摔一跤，看你还跟我抢。我忽然松手，他往后摔下去。我忘了，那是在二楼的平台，他摔下去，人没事，但是后脑勺给砸了。”

王居安又笑：“你说，这是不是报应？还是现世报。”

苏沫心里叹息，一时间没作声，看向外面。

他说：“你也觉得是。”

苏沫说：“错就是错，对就是对，但是我不信这些。”

王居安冷哼，“你不信，你不信为什么还要跟我说？”

她顿住，低下头不作声。

“算了。”他忽然缓和语气，“你也见识过人死的那一幕，应该能理解我的心情。何况王翦走的时候没给我留下任何话，这才是遗憾里的遗憾。你呢？你朋友跳楼之前，跟你说过什么没有？”

他的眼神流露热切，却又极其冷静地看着她。

苏沫不忍，商量道：“可以不说这些吗？”

他仿佛没听见，“她一定和你说过什么，就像遗言。”

她暗自深叹，过了一会儿，才道：“她说了很多，人终究是感情动物，永远逃不脱感情二字。后来回想，她说的每一句都有暗示，都像遗言，只是我当时疏忽，放任一切机会的流逝，所以……”她停下，不再继续。

王居安的视线垂落，他不说话，仰头靠在墙壁上，良久。

她可以看出他双颊紧绷，似乎紧咬着牙根，这使他的侧脸在夜色里犹如冷硬的雕塑，只有微微起伏的胸膛，赋予了一丝生命的迹象。

苏沫自觉说错话，静默等待。

他忽然用手撑起自己，站起身，绕过她，回到书房，合上门。

她如鲠在喉，站了好一会儿，按熄客厅大灯，那扇门后再无一丝光亮。

苏沫上楼去卧室，想了想，打开衣橱，里间有一个上锁的抽屉，打开了，拿出莫蔚清的那封信，从头到尾又瞧一遍，该有的东西一样不少，她把那页信纸翻过去瞧，瞧不出名堂，最后物归原位。

她略微寻思，给钟声打了个电话。

小姑娘在那边有些惊讶，问："姐，这么晚？"

苏沫关上卧室门，才道："你睡了？"

"还没，刚从图书馆回来。"

苏沫深呼吸，末了终是说："你知道吗？王翦，他……"

"我听说了，他出事了。"

苏沫心里一紧，试探，"太突然了，都没想到。"

小姑娘"嗯"一声，在那端沉默。

苏沫忍不住提醒："声声？"

"不值得。"钟声开口，"我遇到的事情不比他少，但是我绝不会像他一样自暴自弃，他太弱。"

"人无完人。"苏沫忍不住打断，"至情至性的人往往更容易被感情困扰，人都走了，别再这样评价他。"

钟声隐隐被人戳中痛处，干脆一不做二不休，狠心道："姐，你想听我说什么呢？逝者已矣，生者如斯夫？"

"算了，你早些休息。"苏沫撂了电话。

靠坐床头，楼下再无动静，她却很久没睡着。

这段时日，同事们跳槽的消息不断传来。

隔几天上班，又有人过来低调告别，按照安盛的老规矩，大伙集资从面包房定制各样点心，搭配茶水咖啡，备好送别礼品，一起去休息室喝下午茶。

老员工们围在一起，悄声议论今年的年终奖拖至年后才会发放的消息，也有人消极预测，这回的数额远不及以往。

付丽莉端着咖啡杯，低声戏谑道："以前走的多是实习生和退休的人，几个月也难得热闹一回，大家有说有笑，趁机吃饱喝足。现在呢，个个都麻木了，近来公司情况不好，底下的人也不敢闹得太过，明明找到更好的去处，心里乐开花，偏又做出一副灰溜溜的样子，像是被炒了一样。"

苏沫听得一笑。

付丽莉忽然道："苏总啊，你这架子端得十足。"

苏沫笑问："付姐，我怎么了？"

付丽莉说："那事你考虑得怎么样了？问你几次，也没个回音，人家还等着答复，择日不如撞日，不如等下了班去见上一面？"

她这才想起，婉拒，"公司都这样了，我哪有心情考虑个人问题啊？"

"哎哟，"付主任用胳膊肘轻轻搡她一下，"你还忧国忧民呢？说得自己像多大的领导一样。"

苏沫笑道："我是着急万一自己失业，对方抱怨，你不好解释。"

"咸吃萝卜淡操心。"付丽莉跟着笑起来，"王工那样器重你，就算我们这些人都没地方去，她也会把你拎到跟前放着。再说安盛家大业大，旗下好几家子公司，一时半会也完不了。"

苏沫没作声。

付丽莉一锤定音，"就今天吧，我一会儿给对方打电话，约个地方吃饭。"

苏沫见她热心快肠提过数次，不好再推。

两人一起下班，外面又是风雨飘摇，苏沫取了车，慢慢开出大门，路边车上下来一人，冲她招手，苏沫认识他，赶紧刹住，那人过来说："苏小姐，你下来看看吧。"

她疑惑，“怎么了？”

那人往旁边一指，“他在这里等了一下午，就是不肯回去。”

宋天保蹲在花坛边上，缩着身子，抱住一把伞，那伞只撑开一半，他湿了半边身子。

保镖说：“你劝劝他，董事长说了要出差，这两晚没回家，他就跑来找，跟个小孩一样，我们都拿他没办法。”

苏沫才和王亚男通过电话，却不曾听她提出差的事，王亚男这几天很少来公司，下面的人还以为她在家里避风头。苏沫不说破，赶紧过去帮人把伞撑开了些道：“天保，下雨呢，你怎么不上楼等呢？”

宋天保很固执，先不看人，也不答话，仍把伞缩回一半撑着，抬眼望过来，想了半天，才开口：“苏、秘书，你在这里？”

苏沫点头，又问一遍：“天保，怎么不去公司里等着呢？”

天保说：“我妈不让我去找她。”

苏沫扶他起来，“是了，她在工作，你去打扰她不太好。”

“不是，她不想让人见我。”

苏沫顿一顿，“回去吧，她晚上就到家了。”

“真的？”他不信。

“嗯，她给我打过电话。”

宋天保松一口气，起身跟她走，“秘书，你能不能送我？”

“好。”

苏沫看一眼车里的付丽莉，对方也正探究地瞄过来，她只得过去跟人解释，说临时有急事，改天再约。

宋天保不眨眼地瞧着她，又见她上了车坐到自己旁边，顿时高兴得不得了，过了一会儿，却换作一脸委屈，“苏、秘书，你很久不来看我。”

苏沫想到先前的事，哪敢同他玩笑？认真道：“天保，我们先说好，等一会儿把你送到家，我就走，因为现在有其他保姆照顾你。”

宋天保没吭气，过了片刻慢慢开口，“秘书，我跟你讲，蚯蚓越来越少，天冷，它们全躲起来。有时候，我去门口找，我看见门，就想，你会不会从外面进来？我猜了很多次，你一次也不来。”

他侧脸瞧过来，她却不能回视，只说：“我还有其他工作要做。”

宋天保又道：“安安也不来，我一个人唱歌，不好玩。”

苏沫这才看向他，想起什么，指指自己的后脑勺，问：“天保，你这里还疼吗？”

宋天保难解其意，有样学样地去拍自己的脑袋，摇头，“不疼啊。”

苏沫叹惜。

宋天保到家，早把先前约定抛去脑后，好说歹说央她进屋一起唱歌，苏沫打定主意不心软，转身就走，心里却隐隐不忍。

回去的路上，顺便进超市补给蔬果蛋奶，想着男人都爱吃肉，又让人划了几块带肉丰厚的新鲜牛胫骨，备作汤料。今天回得晚，她忘了给人电话提前通知，只赶着进门做饭，购物袋里塞得满满当当，苏沫觉得累，脑海里忽然有些茫然，她不知自己为何要这样忙碌。

自从王居安病愈，又除去他醉酒的那晚，两人交谈的次数十根指头能算过来。

掏钥匙开门，视线穿过客厅，看向厨房一角，连日来他足不出户，这会儿却破天荒在炉子跟前忙碌，走近一瞧，想是饿了，又不见她回，只好煮上一锅云吞面，里面除了两枚豁了黄的鸡蛋，便是清汤寡水，再没其他配菜。

苏沫放下购物袋，“还是我来吧。”

王居安不理，直接端锅下炉子，热锅底大咧咧搁在木纹餐桌上，随意吩咐，“可以吃了，拿碗来盛。”干净素朴的碎花围腰被他扯过去擦手，完事后揉成一团扔水槽里。

苏沫先盛一碗给他，他不说话，埋头吃面。

她又给自己添了一小碗，只尝一口，就难以下咽。

王居安吃完大半，抬头看她一眼问：“不好吃？”

苏沫说：“还好，我不太饿。”又吃两小口，搁下筷子。

王居安看了她一会儿，拾起炖锅，几乎将里面的全扒拉进她碗里，

“不难吃就别剩着。”

苏沫躲不开，转移话题，“我今天碰见宋天保了，他去了公司。”

他果然停下动作，问：“他去公司做什么？王亚男也在？”

见他警觉，她更不敢多讲，只说：“我也不清楚，可能是一时好奇，跑去看看。”

王居安不再搭理她，吃完饭，刷了牙，却又去阳台抽烟，偶尔接到电话，和人谈事，言语一如往常。

苏沫把碗里的云吞面悄悄倒掉，心说这人真是矛盾。

夜里，他在浴室里冲凉，苏沫不知道，那门虚掩，也听不见水声，她进去拿熨衣板，见他赤裸着上身站在镜子前，双手撑住盥洗台边沿，头颅低垂，发梢湿漉漉落着水珠，胡子刮了一半，下巴颏上沾了一点剃须膏的泡沫，不知在想些什么。

她正要转身出去，他回神，却恼怒，像被敌人闯入绝密领地撞破了隐私，低斥：“出去！”

苏沫反应慢半拍，即使被人撵走，也不忘道歉。过后一边替他熨衣，一边越发想不明白，压抑着的情绪忽然蹿上来，等他出来，忍不住问：“你是不是一看见我就觉得很难受，很讨厌？”

王居安站定，侧过脸来瞥她一眼，说：“是。”

她被对方的理直气壮噎住，迫使自己冷静了，才道：“你在这里住了快一个月，既然觉得难受，何必还要苦苦折磨自己？不如眼不见为净。”

他不说话，转眼瞧见被她扯皱的衬衣，说：“烫齐整些，挂起来，我过几天要穿。”随后进书房，再不出来。

苏沫无法，白天忙碌，下班后又像多打一份工，洗衣做饭任劳任怨，还得时时度人脸色，照顾人情绪，虽说久病床前无孝子，可如今这情形进退不得、胶着不明，以至于她的内疚感并未得到太多缓解。

这些天，业内又传，安盛的子公司保顺科技将被某省内同行收购，一时引得记者不断登门，王亚男拒不露面，保顺科技的总裁却接受采访，表示这属于集团层面的运作，具体情况他不便多说。没几天，集团方出面，谴责报道与事实不符，并进一步否认安盛控制人资金吃紧的传闻。

众说纷纭，倒使前段时间的猜测愈演愈烈，王亚男一来公司，又有高层找上门，不得已，再次召开临时会议。

苏沫等人留在外间，随时等候上头的决议下来，以便拟成正式文档，再发放相关人员处，此刻，四下里极其安静，即使各人疑虑重重，也不便开口议论。

会议步入白热化阶段，电梯间那边忽然过来一拨人，王居安为首。

集团总裁数月不在公司现身，底下人见了无不讶异，何况他现在衣冠楚楚，大步流星，神色里，丧子之痛丝毫不显。

好一会儿，众人方回神，纷纷带出些伤感的恭敬同他问好，他一如往常，目不斜视微微颔首，比旁观者的表现更加自如。

若非鬓上的白发，仿佛那桩惨事不过一起恶意谣言。

他一路走来，苏沫的视线便不由自主地追随，直到跟前，他才若有似无地瞧了她一眼。

苏沫下意识低头回避，不用细看也知道，这人身上的西服、衬衣，甚至领带，全由她那天一手打理，尽管如此，仍有无所适从之感。

王居安旁若无人地推开会议室大门，直接道："我要和董事长单独说话。"

王亚男静静打量他，请其余人先回，不多时，偌大的椭圆形会议桌旁只剩两人。

门关上，她率先开口，"多事之秋，公司里也忙，叫人去好几个住处找你，都没见着人，你不来公司，又没有出差，也不可能出境。别说我们了，就算狗仔队掘地三尺也找不出人来，你到底躲哪里去了？"

"您侄儿悲痛欲绝，当然要找个地方疗伤。"王居安择了个不远不近的位置坐下，"再说了，我手上的所有项目已经全部移交，您就差请个职业经理人回来助阵了，没想到还会惦记着我。"

王亚男冷哼，"你是疗伤去了，还是在悄悄拨你的小算盘？"

王居安叹息，也笑，“您这是习惯性把人往坏处想啊，侄儿知道您最近焦头烂额，寝食不安，所以特地带来一个好消息。”他把一沓文件扔桌上，“我才和人谈过最后一个收购合同，估计问题不大，只要能拿下来，我们就能控制沧南证券总股本的百分之四十八点二，也就是获得控股权，到时候我会向证监会递交审批。”

王亚男一言不发。

王居安摊手，“您至少应该摆出一点高兴的样子吧？”

王亚男说：“儿子都没了，你还不忘算计。”

他神色微顿，随即掩饰了道：“您说得对，也只有这种时候，你们才不会防着我，这么好的机会，我不想错过。”

王亚男点一点头，“心肠够硬，你哪里还像个人呢？”

王居安没理，“只要我提交审批，证监会一定按部就班走程序，何况安盛风头正旺，他们想打马虎眼都不行。”他笑得轻松，“那些人会彻查收购资金的来源，收购协议上有我爸委托您作为保顺投资法定代表人的签名，接下来，他们就会把调查重点转移到保顺投资那一块，至于这家子公司的名声好不好，您最清楚。”

王亚男脸色难看。

王居安抿一口茶水，“据我所知，当年保顺投资收购英华生物科技的时候，管轻工业这一块的正好是您以前的同窗，姓刘。那人很贪财，知道您有意收购，事先和英华签了合同，再抬高价钱转卖给安盛，您求胜心切，少不得从公司掏出大几百万拿去送人，所以这事一来二去就成了。”

“当然了，这只是其中一桩。”他用指关节轻叩文件夹，“业内传什么冰山一角并非空穴来风，如果他们想看证据，我这里有的是，行贿案，牵扯越广，判罚就越重。”

王亚男逐渐沉不住气，想去翻看文件夹，被侄儿拦住，他继续道：“就我听说的，有人被判了十来年，这还不算挪用公款，违法收购。”

王亚男的脸色更加灰败，半晌，嗓音沙哑地问一句：“你想怎样？”

王居安慢慢品茶，随意道：“这茶不错，我越喝越喜欢，不比咖啡差。”他话锋一转，“即使没这些材料，现在多家银行集体逼债，只怕您也很难向股东们交代了。”

王亚男气道：“终于被你等着了。”

侄儿笑，“其实您年事已高，现在甩手不管也未尝不可。但是，这还不算最糟糕，到时候证监会和银监局相互影响，轮番彻查，越查案情越深入，最后把人查进了局子，我怕您血压飙升扛不住啊。退一步讲，就算安盛玩完，您精精神神地进去了，以后天保怎么办？就您这把老骨头，还能见着儿子吗？”

王亚男气极，手指打战。

侄儿安慰道：“您先别急，我们是一家人，就算砸锅卖铁也要帮您渡过难关。其实我这人心善得很，见不得自家人难受，就想着卖掉自己名下那几家小公司，帮您填窟窿。谁知您还不领情。”

片刻后，王亚男勉强开口，“你痛快些，有话直说，别跟我绕弯子，我不信你平白无故地做善事。”

王居安笑开，起身走过去，一手撑桌，一手扶住他姑的椅背，俯身道：“姑姑最聪明，我确实有条件。”他言语和气，“我爸去世前，交给您托管的那些股份，您现在也该给我了吧？另外，我还要您手上的股权。”

“总之我王居安想要的，就是你现在的位子！”

姑侄俩在会议室密谈数小时，所为何事，大伙也能猜出个七八分，至于具体内容，外人却一概不知，但是苏沫发现，等那侄儿从里面出来，开门关门的瞬间，王亚男的神色似乎暗淡无光。

这事以后，集团层面再无任何动静，公司运作一切照常，升斗小民们左右不了大方向，回过神来，或忙于找下家，或只惦记眼前一亩三分地，赚钱吃饭，等米下锅，无可厚非。

王居安在公司里露面的次数变多，逐渐恢复到王翦走前的状态，大家也慢慢习惯，无非换作另一种略带悲悯的眼神偷偷打量他。

两人偶尔在公司遇见，言语间比以往冷淡，但是苏沫心里不得不提防，怕人瞧出破绽，好在他俩达成默契，错开彼此碰面的机会，分头回家。

随着时间一天天过去，众人眼神里的怜悯也慢慢淡而无味了，面对这样一位叫人捉摸不透的年轻领导，他们的防备和惧意重新取而代之。

至少人前，这人刚毅强势，风光无限，无须挥霍太多同情。

苏沫却见过他的萎靡，忙碌的时候他晚归，一旦沉静下来又嗜烟酗酒。

他拿了她的备用钥匙，却没言语，夜里回来晚了，也从不打招呼，她时常倒掉整盘的菜肴，因为他厌恶在第二天看见头一晚的剩菜。

隔几日，付丽莉询问那天来找她的男人是谁，苏沫不多解释，只说绝对没有那层关系，付丽莉听了，立马催她去相亲。

苏沫再次和一位陌生男士共进晚餐。

这人和她年纪相仿，外形不错，离异无孩，外企中层，有车有房，事业处在上升期。

苏沫想起初到南瞻的时候，舅妈也曾给她介绍过相亲对象，那人的模样她还记得，如今不由感慨，她不必再用年轻和美貌，换取对方在财富上的照拂，以及一具濒临衰老、气息腐败的躯壳。

既不想低就，也不敢高攀，付丽莉给她推荐这样一位条件匹配的准男友，使她觉得受到了尊重。

苏沫暗嘲自己一如既往的清高。

两人才打照面，那男人眼前一亮。

仅凭女性的直觉，她也知道，无须费心，也能享受到对方的殷勤。

他友好善谈，却不够精彩。

是的，不够精彩。苏沫微笑倾听，低头喝茶，这句评价毫无预兆地蹦进脑海。

转念又想，事先也没打个电话回去提醒，不知他吃过晚饭没有。这会儿是不是又在阳台上没节制地抽烟？

对方很体贴，问：“苏小姐是不是上班劳累了？”

她回神，“有一点。”

对方笑，“我的个人情况，你一句也没问，和其他女孩不一样。”

苏沫直言，“付姐已经和我说过一些，而且第一次见面就问人隐私，好像不太礼貌。我们不如聊聊自己的兴趣爱好。”

他点头，“女士优先。”

苏沫说：“我很喜欢现在的工作。”

男人笑。

“我喜欢烹饪，或者装饰房间，简单一点的攀岩、瑜伽、慢跑，还有看书。”

对方说：“我也喜欢慢跑。我还喜欢高尔夫，这种运动既健康又休闲。”

苏沫心想：高尔夫？也许他喜欢，或许更喜欢抽烟喝酒发脾气？

男人又问：“如果你有兴趣，也许我们可以约个时间一起去。”

苏沫却想：兴趣？我现在的兴趣不在这里，我这是怎么了？

一晚上终于过去，她没让人送，自己开车回家，进了小区，抬头一瞧，阳台上果然有一小撮烟火明灭。楼层不高，他像是才抽完一支烟，歪头，伸手护住火苗，又点一根。

他吐出烟雾，垂眼，也看见她，随即又漫无目的地望向远处。

苏沫进了屋，路过阳台时问了句：“吃了饭没？”

他嘴里叼着烟，“嗯”了一声，又像是低哼。

“吃的什么？”

“面条。”

苏沫犹豫，仍是劝：“少抽些烟吧。”

他不理睬，过一会儿转身进来，“你们那一片今天好像不加班？”

苏沫说：“我今天有事，所以回来晚了点。”

“什么事？”

“也没什么事。”

他看着她不说话。苏沫只好解释，“就是和人出去吃了顿饭。”

王居安没再问。

苏沫却说："还有件事想和你商量下。"

"怎么了？"

"以前的商务车还好，今天开的车停在楼下有些打眼了，不太像……这个小区的配套设施。"

"你怕被人发现？"

"嗯。"

"换个工作。"

苏沫一愣，"我没想那么多，以为现在这样只是暂时的，虽然赶上公司情况不太好，但是王工那边……"

他打断，"要么换工作，要么少说话。"

苏沫闭嘴，上楼换衣，又去厨房收拾碗筷。

桌上电话振动，他拿起来接了，那边人问："你决定了？"

"是的。"

那边人说："人家是卖掉祖业图个轻松享乐，又或者用在注资发展自己的产业，你倒好，卖掉自己的心血，扶持祖业。"

王居安踱回阳台，隔了半天，才道："我有生之年，绝不想看见安盛的股票代码前加上 ST 两个字母，我现在孤家寡人。"他停住，低下头，艰难抑制了，继续道，"要是连安盛也垮了，我就什么都没有了，以后怎么跟我爸交代？"

苏沫原是要到阳台上收衣裳，站了一会儿，又轻轻退开。

相亲对象的短信越来越勤。

付丽莉也暗示，对方一开始听说她是外地人，还有个孩子在老家养着，不太满意，谁知见了面以后很喜欢，有意加深了解。

碍于付主任的情面，苏沫也不好太快拒绝。

两人又出去吃了回饭，看了场电影，逛了回公园。苏沫仍没找着感觉，也不明白自己在瞎忙活什么，心知南瞻并非久留之地，又何必跟这里的人扯上更深层次的关系？

男方为人不错，她想跟人说清楚，却又盘算，指不定以后真要换工作，那人恰好在人事岗位，也许还能派上用场。苏沫打算找个好点的地方请人吃顿饭，并事先说好由她埋单，一来还人情，二来尝试着作为普通朋友结交。

对方倒觉得她有趣，笑言："你看起来那样秀气，谁知大女人十足，你这样做太不给我们男人面子。"话虽如此，却想见她，只得答应。

他热情诚恳，苏沫觉得自己不够厚道。

她定好地点，男人却借故把约会时间推到周六下午，苏沫明白他的意思，晚上尚有大片空闲，如果感觉不错，还能相邀周日再见。

苏沫一边搭配衣物，一边想好托词，听见楼下响动，便知是王居安回来，原以为他有应酬，会出去一整天。

她衣衫不整，忙去关上卧室房门。

王居安今天出席了老股东会议，众人已表决同意，由于爆出安盛陷入违规担保圈，并且旗下部分股权遭质押等亏损问题，将免除王亚男的董事长职务，并着手草拟股权转让协议。

虽未对外宣布，但距他的胜利仅一步之遥，只等在下月的新股东会议上重新任职。

一场政变突如其来，使股东们惊心动魄，他却觉得不够刺激。

等人散了，王居安尝试地坐到会议室主位上，预期中的兴奋之情并无太多，心中感受和四周一样空旷，他点烟，向后仰靠，双脚搁在桌子上，越发索然无味。

驱车离开，回到半山别墅，只停在院子门口，看向二楼，那里窗户紧闭。

他在车里，待了一下午。

苏沫换好衣衫下楼，王居安转身瞧她。

"我晚上不在家吃饭，"她借机通知，"饭菜做好了，在厨房的案台上。"

他没搭话，却打量她，忽然问："你穿成这样？"

苏沫低头看了看，里面的裙子正是上回在江南名品店购得，搭配外面的大衣并无不妥。她解释，“吃饭的地方稍微有些讲究。”

王居安问：“谁请客？”

她实话实说，“别人请过我几次，这次我想回请。”

隔了一会儿，王居安说：“如果对方是男人，他一定不会让你用钱埋单。”

苏沫不作声，想起手机还在楼上搁着，返回去拿。

他跟上来。

她没在意，一边伸手取了耳环来戴，一边道：“换洗的衣服已经熨好了，在你床头放着。”没看见手机，却听见铃响，赶紧从枕头下摸出来，接了。

对方问要不要来接她。

苏沫婉拒，说担心路上堵车，可能会迟一些。

那边人说晚到没关系，多久也愿意等。

不及搭话，身后却有人密实地贴上她的背脊。

苏沫吓一跳，险些叫出声，电话漏音，那边人问：“你怎么了？”

她不敢闹出动静，尽量躲避，“没事……我、我马上出门……”话音未落，已被人按在床上……

苏沫才睡着，手机又响，一声赶一声，睁眼，窗帘半掩，夕阳已不知不觉没入天际。

她拿起电话来瞧，没接，不知该怎么跟人解释，索性作罢。楼下没动静，她犹豫要不要下去，又或者以何种面貌下去，剪不断，理还乱，丧气地想：做完坏事要洗澡，肚子饿了要吃饭。

她穿上居家服，对着镜子收拾齐整些，可脸上的神色却展示着狂欢后的落寞。

下了楼，客厅没人，路过厨房，饭菜好端端地搁在原处，没被人动过。浴室门开，书房门开，阳台上也空着，全无踪迹。换下来的衣服倒是堆在洗衣机上，她这回却没心思打理，但也松一口气。

男士拖鞋放在门边，她拾起来收进鞋柜，抬头，看见那只蓝底彩花的瓷碗端端正正摆在了柜子上。拿起来细瞧一圈，稍微松手，想着它自由落体的模样，只瞬间又捏住，仍塞回柜子里。

一连数天，王居安没再露面，也不还钥匙，但还知道在消失前替她锁门，想是那天怕她睡过头。

苏沫到了公司，恰逢付丽莉出差，等她回来，更担心被人兴师问罪，要么装出忙碌的样子，要么提前下班，却仍在电梯间被人逮住。

一见面，付丽莉就拉住她问："苏总啊，你那天怎么回事呢？平白无故放人鸽子，男方说……"

苏沫内心极为难堪，也紧张，"他，说什么了？"

付丽莉答："他说本来和你讲电话好好的忽然就不理人，再打电话也不接，问我到底怎么了？"

苏沫听得心惊肉跳，硬着头皮道："付姐，当时手机坏了，不小心掉厕所了。"

付丽莉一脸"有没有搞错"的表情，"你叫我怎么跟人说啊？"

她故作平静，"就这么说吧。"

付丽莉有些生气了，"这都这么些天了，你要是对人没想法最好说清楚，这不是莫名其妙吗？"

苏沫心说，有些想法哪里说得清楚，这世上再莫名其妙的事也不少。

她放软语气，"付姐，我也不想这样，是现在情况有变，我可能明天就会失业，你介绍的人确实好，各方面条件都适合，我也不想拖累人家。再说……如果这份工没了，我多半直接回江南，既然要走，又何必给人希望？"

付丽莉想一想，气消了些，点头，"说得也是，这天说变就变，我们都没想到。"她好意道，"小苏，趁着工作还没交接完，你申请调岗吧，或者东家不做，做西家。南瞻这么大，总能找到地方。"

苏沫暗自叹息，微一摇头，"进公司不久，我就跟着王工做事，现在改朝换代，勉强待下去也尴尬，再找工作又得折腾，何况老人孩子都不在南瞻，我迟早是要回去，早些回去，说不定工作机会更多。”

付丽莉相当惋惜，“我也了解你的难处。说实话，我觉得你俩各方面都般配，他是因为老婆外遇才离婚，作风上没问题。我也看出来，他对你真的是……”她神色不忍，“你不接电话，他就求着我问，这才见过几次呀？就像被勾了魂一样。”

“再说，一个女人你不管多优秀多能干，有了孩子就是不好找。你想再找，对方人品就特别重要，要喜欢孩子，还要心胸宽广，肯付出，我劝你，还是再考虑考虑。”

苏沫默默听完，有些不自在，稍微往后看一眼，放低声音道：“考虑也需要时间，我现在也没心思多想，把人拖着不好，还是算了。”

付丽莉听得直摇头，见她往后瞧，这才注意不远处有人，先前尽顾着说话，也不知这两人几时来的，忙堆笑招呼，“王董。”

王居安对她点一点头，电梯到，赵祥庆按住下行按钮，笑，“付主任，女士优先。”

付丽莉退开，“王董您请进。”

王居安笑笑，依言进去，随意说：“搭电梯而已，付主任太客气。”

四人同乘，老赵看向苏沫，忽然问：“小苏，你打算回家啊？”

苏沫答，“嗯，回家。”

“不是，我问你是不是想离了这里回江南？”老赵站边上，隔着王居安对她笑，“怎么我们安盛就留不住你啊？”

苏沫微顿，回避道：“过年了，想回去看看，我去年也没回。”

“也对，要不是最近高层重组，也不会拖到年三十才放假。”老赵又问，“春运人多，机票买好了吗？”

“嗯。”

“看完老人孩子早些过来，年后又要忙。”

苏沫没搭话。

只这几周，安盛高层的局势就一改往日的云谲波诡，发生了根本改变。

报纸上大幅刊登有关“安盛政变”的新闻，称原董事长王亚男将所持安盛集团第一大股东保顺投资的百分之六十股权转让，安盛电子重新获得集团第一大股东位置，并将以投资和融资方式为集团化解债务危机。同时，经董事会审议，任命原集团总裁王居安为董事长。

从蓉一边看报纸一边啧啧称奇，说：“苏沫，你老公真够厉害，迅雷不及掩耳之势夺了权，王亚男肯定措手不及。”

苏沫在旁边叠衣服，只道：“你别瞎说了。”

“我怎么瞎说了？”从容笑，“要不这衣服是谁的？住一起快三个月了，不是老公是什么？”

苏沫没答，只说：“我把这些收他箱子里。”

从蓉看了她一会儿，问：“这些天都没见着人，你们吵架了？”

苏沫摇头。

从容试探，“那……他有别的女人了？去别人家住了？”

苏沫仍是摇头，“我真不知道。”

“你怎么一问三不知呢？”从蓉斜她一眼，“多加把劲，难怪老赵说你要回去过年，年还没过完呢，人就跑了。”

苏沫道：“你俩真无聊。”

从蓉替她着急，“真的，别尽顾着不好意思，想那么多没用。他现在是什么条件？上市集团一把手，又没了孩子，黄金单身汉，扑上去的女人只增不减，你再这么晕乎，大好机会就没了。”

“他条件再好也不关我事。”苏沫难得表现一丝不耐烦的样子，“还有，别拿孩子说事，再风光也换不回来。”

从蓉见她认了真，一时闭嘴，过会儿才道：“其实按理说，但凡遇到这事的，肯定哭得死去活来，恨不得跟着去了。他怎么还有精神搞策反？这回是上位成功了，可下头一堆人都说他心狠，自己儿子没了，又去欺负人孤儿寡母。”

她停住，观察苏沫的脸色，“我和他共事这些年，都没看透他，真心劝你一句，图钱图前程都可以，别让自己陷进去。”

窗外冬雨飘零，模糊了万家灯火。

苏沫收好最后一件衣物，淡淡开口，“他那个人，就是在找刺激，想麻痹自己，怎么刺激怎么来，如果不折腾点事出来，我估计，”她略停顿，“他会垮掉。”

又低声道：“垮掉算了。”

从蓉望了她半晌，问：“你到底怎么想啊？”

苏沫不答，也拿起报纸来瞧。

上面罗列出近期安盛发生的几件大事。

从半年前收购沧南股份开始，多个质押担保浮出水面，接着又有大幅收购沧南股份的举动，引发业内对集团担保圈违规的质疑，随后，传出王亚男背负资金黑洞的消息。紧接着，安盛电子就对外宣布，董事会已决议把旗下两家子公司共同持有的沧南证券股权悉数转让，以此坐实王亚男败走资本市场的传言。再到上月中数次股东大会的召开，从罢免，提名，任命等无不详尽。

那人步步为营，与她处在同一屋檐下，也不曾透漏半点风声。

苏沫反复阅读整版的油墨小字，连从蓉何时离开也没留意。

她打开电脑，上网查找相关内容。

另有媒体报道，年初这番“政变”为王氏血亲内讧，并将其称作王亚男的“黑色辛卯”。

她叹息，关掉电脑，给家里打电话，说年三十才放假，晚上想请舅舅一家吃年饭，大年初一想去给以前的领导拜年，年初二才能回。

苏父听了很支持，“是应该去看看人家，虽然现在退了，但是对你有知遇之恩，做人要懂得回报。”又问，“你们领导退了，对你的工作会不会有影响？”

苏沫忙叫他们放心，说没什么影响，又听见清泉软软糯糯的声音从那边传来，心里顿时舒服不少，恨不得把孩子抱过来搂在怀里。

清泉说：“妈妈，过年你会给我压岁钱吗？”

“会呀。”

“妈妈，那你想要什么礼物呢？”

苏沫想一想，说：“小清泉，妈妈最想要的礼物，就是你这辈子平平安安。”

清泉嘴甜道：“我最大的愿望，就是妈妈你也平平安安。”

苏沫心说：我也希望，却不知明天又会发生什么。

王居安新官上任，溜须拍马套近乎的人自然多了，业内聚会也一个挨一个，赵祥庆既要走亲访友，又忙于公务，不胜其烦，却少不得奉陪，一边自我安慰：大过年的出去热闹下，也比让人一个人在家待着好，就当积德做善事，等到初五再去庙里拜拜财神，今年就不用愁了。

王居安却对这种聚会兴趣不大，能推就推，事情搁到赵祥庆那边却能揽就揽。老板在电话里问：“哪些人参加，有用处吗？”

“有，肯定有。”赵祥庆在那边吹得天花乱坠，政商两界，一个个给他掰名字，又说晚上开车去接。

赵祥庆打扮齐整，到了半山临海别墅。他来早了些，大门没关牢，直接进去，在后院才找着人。

暮色四合，王居安西服笔挺，却坐在游泳池边烧纸钱，两张两张地扔进火盆里，原本想说：王翦，你老爸我轻易不出手，出手必惊人，现在，安盛是我们的。

但这话已成天大嘲讽，他改口道：“小子，过年了，该花钱花钱，该享受享受，不要省着，多吃饭，多锻炼，别老玩游戏，伤眼。”

赵祥庆本要张嘴喊他，一口气又给憋回去，心说，他妈的这可真难受。

嗓间一哽，眼眶有些湿，他赶紧转身抹了，看向屋里，忍了半天，方才好些。

风大，压住火苗，王居安随手拿起酒瓶，半瓶酒倒下去，那火轰的一下子旺起来，不多时，黄纸变灰烬，卷上半空。

他独自坐了一会儿，起身进屋，瞧见赵祥庆，“来了？”

赵祥庆有些不敢看他，又不得不正视，却见他神色平常，松一口气没话找话，“刚到，头儿，大门先前没关上。”

“那门一直有问题。”有浓烈烟味随风飘进，他平淡道，“孩子走了整四个月，我给他烧点纸钱。”

平日里老赵快人快语，此刻却只默然点头。

两人上了车，王居安坐后座，话很少，到了会所，眼前灯火辉煌，觥筹交错，他这才笑开，与人拍肩握手，招呼寒暄，很快融入人群。

赵祥庆却觉得自己办了件糊涂事，饶是美女如云也无心观赏，酒也不喝，随便去长桌前扒拉了一盘子东西，也没看清是何物，坐到旁边，直往嘴里塞。

又见老板与人合照，有美女过去挽他胳膊，他收回手，直接将胳膊搭人香肩上，把人姑娘往自己怀里轻轻一带，周围人笑，共同举杯，庆贺新春来临。

赵祥庆心底一声叹息。

一晚上下来，王居安喝了不少，却不怎么吃东西，喝到半醉，点点老赵道：“走。”却不说要去哪里。

老赵开着车，也有些犯晕，从后视镜里瞧见他正阖眼休息，忽然福至心灵，暗骂自己太蠢，一打方向盘，拐去其他路上。

不多时停下，他轻咳一声，“头儿，到了。”

王居安微微睁眼，皱眉，“这么快？”疑惑中打量四周，一时顿住。

赵祥庆也不多话。

王居安略坐，抬头看那扇窗，里面有朦胧灯光，问：“几点了。”

“快两点了。”

半夜三更还不睡？

他推门，下车。

赵祥庆放了心。

王居安上了楼，站在门口犹豫片刻，却见赵祥庆从另一部电梯里出来，问：“你跟来做什么？”

老赵特意迟点上来，没想到还是撞见，很有些尴尬，指着老板跟前一家，“您进这门，”又指旁边那家，“我进那门……”

王居安皱眉打量他，微一摇头，转身掏钥匙进去，果然瞧见里面点着台灯，却没看见人。

拉开柜门换鞋，那小碗又滴溜溜滚进他手里，随手一搁，仍是放在柜子上。

苏沫做着梦，梦见钥匙叮当撞击，梦见脚步声，梦见浴室里花洒未关，忽又在梦里想，那小碗可以用来搁钥匙。

脚步声，男人的脚步声，上楼，到了近旁。

温热的感觉在血液里缓缓流淌，寂静无声，就这样渐渐睡去。

第十五章 ✦ 密谋

妹至羸，情地难遣，忧之可言，须旦夕营视之。

——《妹至帖》

身后那人呼吸平稳，或侧身，或平躺，总有一只臂膀枕在她颈下。

单身已久，叫人十分不习惯，她整夜似睡非睡，也不敢轻举妄动。

窗外蒙蒙发亮时，沥沥下起了雨，苏沫半边身子麻木。

苏沫不说话，穿好睡衣下床，被他稍稍握住手腕，她收回手，“年前最后一天上班，要迟到了。”

到了公司，韩工在大堂和人说话，介绍了才知道，那人年纪不到四十，是他高几届的大学校友，正好来应聘高级经理人，两人遇上。

苏沫在办公室整理项目文档，门未关，就见王居安进了隔壁的董事长办公室，没多久，又有几位高管陆续进去，便知面试工作已经开始。

中午去食堂，韩工边吃边等他那位校友，两人将近吃完，那人才来。韩工忙帮人买来饭菜，那人坐下，和苏沫打过招呼，拿纸巾抹汗，不及动筷子，一脸感慨，“我走南闯北这么多年，在不少大老板手下做过事，面试肯定不止这一次，却是最紧张的一次。”又说，“没想到王董这样年轻。”

韩工问：“情况到底怎样？”

“你们老板要安排吃饭，我说不必，正好遇见旧友。”那人喝一口水，说，“一帮人在办公室，高管们轮流提问，他很少说话，就坐在大班桌后看着我，观察我。我觉得自己好像被困在一个笼子里，每说一个字都要仔细斟酌，甚至连面部表情的变化都有顾虑。”

韩工摇头，看一眼苏沫道：“小苏是自己人，我说话直白，这王家人，确实都不太好打交道，连你这样的人才都觉得难以应付，何况其他人。”

那人笑，忙道：“也不是说难以应付，就是对话的权利好像不是那么平等，王董这人，十分不可捉摸。”

韩工安慰，“别往心里去。王董有个亲弟，据说只要进了他的办公室，就低眉顺眼像个小媳妇，去年不知道因为什么事，直接把人轰走了。你听说过吗，小苏？”

苏沫摇头，“这事我不太清楚。”

校友说：“你们老板作风强硬，是缺点也是优点，凌厉有余，随和不足，容易得罪人，”他摇头叹息，“年纪比我小，后生可畏。”

苏沫心想：说得不错。

那人吃完饭告辞，苏沫和韩工上楼回办公室，韩工说：“小苏，有空去家里坐坐，我家那位和你谈得来。”他语气有些消沉，“我昨天已经递交辞职信。”

苏沫问：“你也要走？”

韩工点头，“我才来不久，和王董也就打过几次照面，他跟前人才多，我很难出头。”

苏沫若有所思。

韩工又说：“我一家四口只有一个人工作，我拖不起，投了几家高校，有公立也有私立，还是专心搞学术安稳些。不然就去重点中学，现在一些海归博士去好的中学教数理化，待遇也还不错。”

苏沫心里叹息，却说：“你的条件摆在那里，一定没问题。”

韩工摇一摇头。

下午，苏沫提早下班，请舅舅一家在外面吃年饭，给王居安发短信说迟些到家，无回音。

席间，舅舅忽然问起王翦的事，苏沫简单说了，钟声低头不语，舅舅却很是唏嘘，钟鸣带着男朋友一道过来，见他们这样，忙岔开话题，大家勉强说笑。

吃完饭，舅舅一家邀她一起去家里守夜，苏沫推说要提前整理行李。

回去的路上，超市大多关门，剩下的蔬果已不新鲜，只随便买了点鸡蛋、肉类和干货，盘算他若是过来，应该做几盘像样的菜，本想买酒，又想拿回去只会被人嫌弃，也就算了。

到了以后，家中无人，黑暗一片，忙打开灯，客厅里的行李箱被人挪了位置，平放，想是他出门前找过衣服。

苏沫给家里打了电话，看春晚，一直走神，干脆去做了几样小菜，留作消夜。

不多时，听见有人掏钥匙开门，她忙取下围裙，踮着脚跑去浴室，对着镜子收拾头发。

王居安进来，看见桌上的菜说："我吃过了。"

苏沫道："我也吃了。"

他忽然想起来，问："去亲戚家了？"

苏沫"嗯"一声，没多说。

他脱掉大衣，递给她，过了一会儿，问："你表妹最近好吗？"

苏沫顿住，暗自后悔多说那四个字，慢慢地帮他把衣服挂好，没搭话。

电视里，音乐既喜庆又聒噪。

王居安也不作声，进厨房倒水喝。

苏沫才小声道："她很难过，我舅舅知道了也很难过，谁都不想这样。"

他似乎没听见，手机响，转身去书房接，一整晚电话不断，全是新春祝福。

十二点左右，鞭炮声轰隆而至，他不知几时上的床，早上醒来，一人睡一边，被子却不够宽大。

第二天，他一早出门，苏沫没见着人，留下字条，买了鲜花果篮去看王亚男，人家要什么有什么，只当尽个心意。

年初一的宋家大宅看起来有些冷清，帮佣们都回去和家人团聚，只留了一保姆一保安照看着。

宋天保见到她高兴极了。

王亚男也微微露出些笑意，让人斟茶倒水，说："今时不同往日，也只有你还记得来看我。"

苏沫安慰，"王工，是我来得太早了。"

王亚男笑，"你不用安慰，我活了这么些年哪会不明白？以往过个年，电话拜年的，从三十晚上一直吵到正月十五，吵得人没法休息，怎么会像如今这样冷清？"

苏沫勉强笑笑，没说话。

王亚男问："你现在怎么样，有什么打算？"

"我想回江南，"这是大实话，接着又拍半句马屁，"再待下去也没什么意思。"

王亚男竟是颇为动容，点头道："你很好，不像他们，走的走，散的散，要不就直接倒戈……"

苏沫心里咚的一跳。

又听她接着说："其实我一直有个想法，就不知道你会不会答应。"

苏沫忙道："您尽管说。"

王亚男道："我年后回保顺科技开展工作，你愿不愿意跟我过去？"

她的眼神既疲倦又期盼，苏沫不敢犹豫，直觉答："当然愿意，我还担心您不想带着我。"

王亚男平淡开口，"你要知道，那家公司和集团的待遇可没法比。"

苏沫考虑片刻，想到这几天的人和事，诚恳道："如果当初不是您开口，我也没法在安盛待下去，只要您觉得我还有用处，就算所有人都走了，我也不会走。”

“好。”王亚男满意点头，“能在这种时候不离不弃的人，以后我必定不会亏待她。”

苏沫心情复杂。

宋天保已经等得着急，拉着苏沫要她一起去唱歌。

王亚男笑着拍拍儿子的手，“行，你们去玩一会儿，他也可怜，这几天只对着我这个老太婆，学校又放假，连个伴也没有。”

苏沫赶紧答应。

王亚男又说：“初四开始，我要去给几个领导拜年，你休息两天，开车来接我。”

苏沫想既已说定，再拒绝只怕她生疑，心里难免落下疙瘩，只管应承。

上了楼，宋天保长叹一声，“过年，安安也不来玩，妈妈也不让我去找他。”

苏沫说：“你就在家陪着你妈妈不是很好吗？”

“可是妈妈也不陪我，她有时候出去，一天，有时候在书房，也一天。”

苏沫道：“你妈妈太累了，她好像脸色不太好，你觉不觉得？”

天保迷茫，“什么？”

苏沫笑笑，没再说下去，话筒递给他，两人一起唱歌。

中午，王亚男留饭，她托词说要去舅舅家拜年才作罢，王亚男上楼休息，宋天保却偷偷跟出来，问她：“秘书，你带我去找安安？”

苏沫说：“这可不行，你妈妈会担心。”

宋天保做了个手势，“我打电话，给他。”

苏沫正烦恼没时间回家看孩子，又被他缠得不行，只得拿手机拨号说：“天保，你自己跟他讲吧。”

那边接了，宋天保期期艾艾，“安安，过年，你怎么不来？”

苏沫站远一些，听不清那边说什么。

过一会儿，宋天保又说：“嗯，她在我家，嗯，我们唱歌……”

王居安敷衍几句，挂了电话，看着老张从后备厢里拿出香烛纸钱。

老张说：“这种黄表纸一定不要忘记，放在最后才烧，老人家迷信，说这种是天罗地网，网住先前烧的纸钱，下面的人才能收得到。”

他边絮叨边往山上走，发现旁边没人，回头一瞧，王居安站在车旁抽烟，问：“老板，你不上去？”

王居安微一摇头，“你去吧，我前两天在家里给他烧过，你给我爸妈也烧些。”

老张没再多问，心里难受。

两支烟的工夫，他从山上下来，开车回去，说：“老板，我下午回老家过年，要不你和我们一起去？不要一个人闷在家里。”

王居安想了想，“可以。”

老张又说：“老家才盖的新房，住的地方够了，就是条件差些，你不要嫌弃，把苏小姐也叫上，一起去。”

王居安说：“不用，她回江南过年。”

苏沫把收拾好的行李放回原处，又给家里打电话说明情况，父母听了都表示理解，说工作重要，不要辜负领导的信任。唯独清泉话少，小孩儿不明说，但也不愿搭理她，才讲两句就要挂电话，说：“拜拜，我要看喜羊羊了，你去上班吧。”

苏沫无可奈何。再给王居安打电话，那边关机，他一走又是几天。

到了初三晚上，她决定最后试一次，电话终于打通，他问：“你没走？”

“没有。”

他当晚过来，她却躲去书房。

王居安不以为然，“躲什么？成年男女，很正常。”

苏沫用被子把自己裹紧，说：“不是这样，你是在发泄愤怒。”

王居安没作声。

苏沫直言，“在你面前，我不敢提起任何人任何事，生怕自己说错话。”

隔了一会儿，他才道：“我没法不想。”

苏沫说：“你何苦这样折磨自己，又折磨我？”

“要不是……”他平淡道，“我可以让你那些亲戚，在南瞻待不下去。”

苏沫摇一摇头，她眼里有泪，好不容易忍住了，说：“有件事，我想跟你说……我，打算跟着王亚男回保顺科技。”

他皱眉，“你怎么想的？”

“她希望我过去。”

“那家公司情况一般，其实我可以帮你随便安排个工作，只要你开口。”

苏沫没理会，“你觉不觉得天保很可怜？你姑姑这么大年纪了，还在为他奔命。”

他顿一顿，忽然看着她笑道：“你的同情心就这样不值钱？”

苏沫趁他不备，直接打开门推他出去。

王居安才低头系皮带，那门砰的一声被人合上。

早上八九点，各屋里略有响动，仍是安静，楼梯间窗户没关，走廊上冷风嗖嗖。

过了一会儿，行李箱被人迅速推出，两人都好面子，也不吵嚷，推来挡去，沉默僵持。王居安把手抵进门缝，谁知里面那人像是吃了秤砣铁了心，一点不顾忌。他吃痛，收回手，门板再次合上，王居安扛着外间寒意，咳嗽几声。

又过一会儿，门只开一点，他的衬衣、西服外套、皮鞋全被扔了出来。

王居安才披上衬衣，从蓉家房门打开，赵祥庆带着母子俩，看见他既诧异又尴尬，两厢里一静，又互相打量一回。

赵祥庆摸摸后脑勺，“头儿，我们去吃早点，您要不要一起？”话音未落，腰上的肉被从蓉轻轻一拧。

王居安没理，冷着脸，慢条斯理地扣上前襟纽扣。

另三人不敢多话，推搡着进了电梯。

王居安这才拍门道："好了，开门。"

那边不应。

他伸手去摸裤兜，钥匙没在，只好放低声音道："行了，是我说错话，你开门。"

苏沫裹着披肩倚在沙发里，没作声，却拿眼盯着门把手，多时听不见动静，忍不住起身过去，悄悄把门打开一条缝。

王居安站行李箱旁，皱眉瞧她，忽然手臂一伸，使劲把门推开。

苏沫往后一个踉跄，稳住门说："箱子放外面，人进来。"

两人面对面站着，苏沫开口，"你说得对，我是很同情你，我也同情宋天保。"

王居安扣着袖口，"弱者的善良不足为信，因为除了表示同情，别无选择。"

苏沫冷静了些，说："对的，你最好别信。"

他又道："你爸妈一定教育过你，人心肉长，你诚心待人，别人总会被你打动。"

她顿一顿，"是的。小时候亲戚和我家闹矛盾，后来他们有困难，我爸妈还给人送钱去。我很不理解，我爸妈当时就说过，人心都是肉长的。可是呢，别人把他们的付出看作理所当然。后来，我结婚，婆媳关系不太好，他们又教育我，婆婆是老人，你一定要孝顺，不能计较，我听话照做，但是我婆婆，却觉得我软弱没出息。再后来……我老公外遇，几乎所有人都说，是我做得不够好，留不住他，我爸妈劝我，你不要跟他闹，应该宽容他，感化他，让他迷途知返。"她笑起来，"所以我一边忍受他的背叛，一边还要加倍对他好，结果……其实这些与人为善的目的，无非是希望对方接纳自己，是自己对自己妥协。"

她停下，见他坐回沙发，若有所思地瞧着自己，并无打断的意思，才继续道："这些天住一起，我可能也是因为愧疚，怕你怪我，所以想尽力补偿，其实我早就受够你的脾气。我也想过，就算那事和钟声有关，可她是她，我是我，我没法控制她的行为，就算我说过什么，也是一时情急，我没必要负责……”她叹息，“你还是快些搬走吧，我们两个都需要冷静下。”

他忽然发问：“冷静什么？”

苏沫说：“你现在面对我的感觉，就像我以前面对你，如果我对你有其他表示，会让自己有负罪感，你也是这样，对不对？”

他没有回答。

她撇开眼，小声道：“我们之间隔着太多东西，你的事，我也尽力了，我有自己的生活……”

他说：“所以你连安盛也不想留。”

“不全是这样。”她想了想，“现在你身边的能人越来越多，大家巴结你还来不及，就算留下来，我在公司的处境，恐怕还比不上在你床上的分量，也不用工作，你只要买张床就够了。但是王亚男那边又急着用人，我跟着她，至少不会这样尴尬，她要是诚心留我，很可能会手把手带我，她经历的大风大浪，几十年的人脉，对我来说机会难得。我只是……我就是一个机会主义者。”

王居安沉默，半晌道：“你这人虽然能力有限，好在够坦白。”

苏沫无可奈何，“我想再给自己半年的时间，赌一把。王亚男在赌，你也在赌，我们都为以后赌。”她略停，仍是说出口，“你却在为过去……”

他不想听，直接道：“所以你现在跟我划清界限？”

她不想辩解，只能沉默。

王居安有些迟疑，仍是站起身，习惯性地去摸裤兜，却在另一侧找到钥匙，掏出来，出门之前不知作何想，直接扔进柜子上的瓷碗里。

房门打开，苏沫感到冷，窝进沙发，听到门合上的声音，她静静待了一会儿，仿佛情绪已无波动，却有泪水落下来。

她赶紧擦了擦脸，瞧一眼墙上的挂钟，时间不早，起身梳洗打扮，路过书房时，看见床铺仍是凌乱，今天阳光正好，斜斜照进来，似乎暖意还在。

苏沫到了宋家大宅，王亚男备好的礼品搁在茶几上，人却靠在沙发里等着。

王亚男看见她倒是笑了笑，说：“稍微迟了点，还以为你不会来。”又说，“先前，我和另几人谈过，小韩那边我也是抱了希望的，可惜他去意已定，到底是读书人，为人处世不及你灵光。”

苏沫第一次听人这样评价自己。

“书读多了，容易瞻前顾后，也舍不得对自己狠心，难得你一个女人却有几分豪爽。”王亚男话锋一转，“能狠下心的，又多半有野心。”

苏沫微怔，没说话。

两人一道出门，车子七拐八弯转过窄巷，进入一处鲜见绿化带的小区，灰扑扑的小高层立在里头，看起来已有些年月，路上铺一层鞭炮碎末，杂乱肮脏。

王亚男说：“现在的人都低调，怕人讲闲话，有些呢住房条件确实差了些，比下面的老百姓还不如……”她掩去后半句，“我们今天来，先探探路。”随即，又把听来的有关对方的爱好习惯、家庭情况随意聊了一番。

苏沫勉强记住，时常走神，她心里叹息：总要有一段时日才会习惯。

到了人家里，那人很谦和，话不多，却问了句：“听说王总和尚总尚淳的交情不错？”

王亚男答：“这些年，生意上一直有来往。”

对方听了点一点头。

回到车里，王亚男道：“他想找人帮忙，所以尚淳那里，我们还要跑一趟，大过年，人家理不理是一回事，我们面子上要做足。”

隔了几日，苏沫跟着她见过一溜领导以后，才去拜访尚淳。打电话约时间，尚淳起初果然推辞，没说几句，却又应下。王亚男收了线，问苏沫：“我现在树倒猢狲散，他却还肯见我，你知道为什么？”

苏沫已猜到几分，却诚恳道："他敬重您。"

王亚男摇一摇头，"尚淳这个人最现实，要不是对王居安那小子有意见，他多半不会见我。"

猛然听见那名字，苏沫心里顿时一跳。

王亚男又说："这两人以前的关系好得很，王居安从日本回来，求胜心切，一连谈了几个项目，全是尚淳经手。"

苏沫小心应对，"但是上次投标，王居安去找他，他并不买账。"

"你不了解，说起来还在你进安盛以前。"她笑笑，"王居安不是在外面有几家小公司吗？当时发展不错，据说尚淳提出分暗股，王居安不同意，尚淳认为他过河拆桥，心里就存了芥蒂，两人闹崩了，现在只是面子上还过得去。"

苏沫点头。

王亚男道："都说尚淳只知道花天酒地，我看他是更重权势，他需要钱财为自己铺路，女人们降不住他。"

苏沫说："要不我朋友也不会跳楼。"

"是她太愚蠢。"王亚男轻描淡写，"有句话说得不错，商界名利场，输钱不输心。名利场上的人，只有欲没有心，才不会受人掣肘。什么情呀爱的，都是些虚无缥缈的东西。"

苏沫没说话。

王亚男看她一眼，"我这把年纪，看人不会出错，我最欣赏的，就是有野心的聪明姑娘，有野心，才不会被男人牵着鼻子走。"

到了尚淳的住处，两人握手寒暄，对于王亚男的失势，尚淳全无揶揄神色，反倒比以往表现出更多的热络。

厅里，保姆牵着个一岁多点的女婴玩耍，那孩子已会走路，正扶着矮柜好奇地瞧着来客，眉眼灵动，长得很像莫蔚清。

苏沫一时百感交集，忍不住又去打量。

尚淳冷眼看她，转头吩咐保姆，"收拾东西，把孩子送回我妈家。"

小女娃被人抱上楼，趴在保姆肩膀上冲尚淳怯生生地喊"爸爸"。

尚淳没理，只和王亚男说话，等客人走了，他也出门，酒席应酬过了正月十五才慢慢消停，年后还有几次公众活动，头一桩就是南瞻大学新图书馆落成，校方邀请他剪彩。

学校开学，停车场一溜名车，图书馆门口张灯结彩，临时布置了主席台和表演场所。天气转暖，数名相貌姣好身材高挑的礼仪小姐穿艳红旗袍，正引领各位嘉宾入场。

尚淳前排就座，主持人宣布仪式开始，领导纷纷发言。尚淳眯眼打量台上的主持人，那姑娘肤白貌美，相当惹眼，他看了又看，想起来，不觉一笑。

两人隔着不远，对方却像没瞧见一样，微扬下巴，一脸正经。旗袍颜色虽俗，却反衬出少女的清纯。

尚淳正被午间的太阳晒得口渴，转眼打量其他几个姑娘，暗自比较，都无这等风韵，心里有些发痒又自鸣得意，认为那姑娘出落到如今这模样，他功不可没。

听见她一一宣读剪彩者姓名，尚淳扯松领带，走上前。

音乐响起，红绸展开，领导们各就其位，钟声手捧托盘，立在跟前，若无其事地瞧着他。

尚淳嘴角噙笑，看她一眼，从托盘里拿起剪刀，咔嚓一声，彩球掉落盘中，台下鼓掌。

就着放剪刀的动作，他低头，略微凑拢去，说一句："比以前丰满了。"

剪彩完毕，尚淳敷衍着与人握手，再转过身时，那姑娘早不见踪影。

再婚以后，尚淳不得不有所收敛，豪车换成普通大众，车子坐上去都有点颠，空间不够宽敞，音响也旧了，跟前还多了位闷葫芦样的司机。但是他对这一切却很满意，他瞧着那司机也越发顺眼，能给领导们开车，言语较多办事浮躁的那是绝对不能用。

他才高升，整个人容光焕发，新婚老婆却嘲笑，"这位子有什么好？

车是越坐越差，人也越来越忙，股份不能要，生意不能做，你还巴巴地望着。”

尚淳不以为然，“和钱相比，还是其他东西玩起来过瘾。”

老婆一听这话，立马警觉，“女人？”

尚淳神色如常，伸手轻弹她脸颊，“我这样辛苦打拼，还不是只为了一个女人？”说着就要搂着人亲嘴，却被欲迎还拒地躲开了，他也乐得顺水推舟，放开手道，“我去看一会儿材料，这些日子天天开会，报告不断，你老公我压力大啊，你还在这里和我较劲。”

尚淳进了书房，关上门，立时就清闲下来，闲得有些发闷，一时无聊，打听了那丫头的院校寝室，又让人送花过去，花束里夹了张卡片，上面只有一串数字，是他的私人手机号码。

送了小半月的花和礼物，那边虽收下却毫无动静，尚淳又冷了她几天，自己倒越发按捺不住，晚上开车到学校门口，让司机进去找人，不多时钟声抱着书本出来，俯身敲他的车窗，窗户按下，小姑娘神色平淡，“喂，我不吃回头草的。”

她穿紧身线衫和牛仔裤，扎马尾，没化妆，嘴唇粉嫩，胸脯饱满，神色里流露孩子气的任性。

尚淳不觉一笑，心想，这才对嘛，这样才符合年龄。他嘴里道：“丫头，这都快一年了，我也没能忘了你，可怎么办？”

钟声白了他一眼。

尚淳又说：“别不理我，以前跟你讲那些话，都是在气头上，还记着呢？”

钟声直接道：“说完了吧？我还有事呢。”

“我改天再来，想要什么直接给我电话。”尚淳毫不在意，含笑打量她一眼，“这身行头配不上你。”

钟声没搭话，转身就走，听身后汽车开远，终是抑制不住兴奋，跑去墙角，给人拨电话，“我跟你说，以前那个男的又回来找我了。”

那边的人嗓音倦怠，“钟声当当响？你这都什么破事啊？以后再说，我现在忙。”

钟声被人泼了冷水，抱怨，“每次给你打电话都忙、忙、忙，你是怕见我吗？”

“怕见你？你是丑得不能见人还是怎样？”那边人道，“我爸一大早又进医院了，抢救，现在刚醒。”

钟声说：“又进去了？从我认识你到现在这都几次了？”

“尿毒症是这样，麻烦，我挂了。”话音才落，那头就撂了电话。

第二天下午没课，钟声买了些水果去医院，进了住院部，就见路征靠在楼下花园的长椅上抽烟。钟声从塑料袋里拿出一瓶饮料递过去，问：“你爸好点没？”

路征接过饮料，皱眉道：“我发现你这人其实特别自来熟，我让你来了吗？你没事总往医院跑做什么？”

“我知恩图报，上次你帮了我，我来看看又怎么了？”

“你都来看好几回了。”

钟声沉默一会儿，“我就想找你聊聊。”

路征扔掉烟头，踩熄了，“我和你这样的小姑娘家能有什么聊的？不都是你那些乱七八糟的事。”

钟声在旁边坐下来，忽然问：“路征，你爸这病要花不少钱吧？要是万一，你们家没这些钱，你愿意从别的渠道赚钱给他治病吗？”

路征斜眼看她，“什么渠道？”

她组织好语言，“就是找个有钱人什么的。”

路征顿了一会儿，忽然嗤笑，反问：“换了是你，你愿意吗？”

小姑娘说：“就算我愿意，我爸妈也不愿意，特别是我爸，他一辈子都突破不了非黑即白的思维定式。既然他们不愿意，我做了也不讨好，能力有限，所以我会把人送进医院，顺带再送个钟，算是尽力了。”

路征笑起来，“小丫头说话挺狠的啊。”

钟声叹气，“我爸常说，命里一尺，难求一丈，但是我最讨厌这样的话。”

路征没作声。

小姑娘又道："以前的那个人又来找我，我知道他什么意思。我一直有预感，老天肯定会再给我一次机会。现在是机会来了，来得太容易，我心里没底。"

路征打量她，"你和你表姐一点也不像。"

"所以我从不和她说这些。"

路征又笑，问："你现在有男朋友没？"

"没。"

"去找一个。"

钟声没想明白。

路征道："要让他有危机感。"

钟声嗤笑反驳，"找个比他更有钱的才会让他有危机感吧。如果能找着更有钱的，我还理他做什么？"

"傻。"路征笑，"可以在穷人面前炫耀金钱，也可以在富人面前炫耀感情，他不想给的东西，你更要高调显摆，表示你虽贫穷但忠贞，视钱财如粪土。人人都有赌徒心理，越没有越想往外掏，求胜心切，加倍下注，最后输得两手空空。"

钟声寻思片刻，哈哈一笑。

路征说："明白了？近水楼台，学校里的小青年论斤称，只要你不挑，短时间内搞定一个没问题。"

钟声忽然想起王翦，竟有些伤感，暗叹可惜，又想他爸王居安并非省油的灯，比起尚淳来少了弱点，更不好打交道。

董事例会开完，王居安回到办公室，火气压不下去，随手把电脑显示屏扫落。

赵祥庆进来，就见桌下地上一片狼藉。

王居安冷哼，"王亚男人不在，影响却有，今天我坐这个位子，还是有人不买账，和先前比起来，没什么变化。"

赵祥庆知他为了汽车工业园又被否决一事发火，想："怎么会没变化？以前只敢扔扔文件夹，现在砸电脑也不怕人知道。”他不敢答话，过了一会儿才道：“多半是因为以前老王董股权托管的事，那边一拖再拖，有些股东又开始观望了。”

王居安问：“你联系了没？对方律师几时来？”

赵祥庆道：“周律师说，最近忙着和王工一起出差，还在外省。”

“周律师？”

“周远山。”

“他回了？”王居安不觉笑起来，“和女人打交道就是不痛快，处处都是细节。”

老赵心里也气，一时没忍住说：“头儿，要我说那边办事太不厚道，现在股价才涨了点，要是真为企业好，他们不能再这么折腾。”

王居安没说话，随手拿起桌上的企业内刊，瞄了眼，这期的主题为“冰雪消融，春暖花开”，其内容旨在稳定民心鼓舞士气。

赵祥庆见老板不表态，也不好多话，只招了人进来收拾地上残局。

王居安坐回椅子里，大致浏览刊物头版，又往后翻，“员工天地”一栏，均是各子公司员工投稿，多为书法和国画，其中也有保顺科技的推荐行书作品，一派和谐景象。

那幅行书苍劲有力，不看署名，几乎瞧不出是出自女人之手。

他心里一动，将报刊摊开来细瞧，却想这人连字迹也一板一眼，张扬之时似乎刻意压制，率性之处也谨慎自持，字如其人。

王居安合上刊物，扔去一旁，起身拿了外套出门，难得晚间无酒席应酬，上了车，想了半天，不知该往哪里走。

他有意开去空旷山路，踩足油门，风从耳边刮过，路旁景色越发模糊，转弯不减速，却仍觉不够刺激，窗外原本斜阳绚丽，到了傍晚，又沥沥飘起雨。

从城市另一端回到市区，正值下班高峰，一路堵车，他也不着急，知道家里既无人声也无灯光，再没任何要紧事催促。

苏沫今天没开车，也没带伞，抱着一摞资料去挤地铁，半道上被大雨截住，站在商厦的屋檐下避雨。

橱窗里，模特的着装风格似乎越过春天直接进入夏季，全是色彩明快的薄衫短裙，她无所事事，转身打量。连日忙碌，更无心逛街娱乐，她换新工作才个把月，时间却像落下的雨水流淌不见。

玻璃窗映出淋湿的马路和路上车队，走走停停，一辆黑色轿车缓缓移到身后，很有些眼熟，苏沫稍微往里站了站，却忍不住回头，飞快瞄了眼，瞧清车牌，心里一阵疾跳。

周围霓虹初上，橱窗里灯亮的瞬间，她侧身躲进商店。

王居安回神，车头碰到前面的车尾，赶紧刹住。

前车的司机跑下来，瞧见自己的车被人撞得凹下去巴掌大小，立时不耐烦，转身要跟他理论，看见王居安的车又开始犹豫，气焰下去，只抬手轻轻敲一敲车窗。

王居安按下窗户，递了一张名片道："打上面的电话找我。"对方看清名片，也不多纠缠，处理完毕，等他再看向路边，哪里还寻得见人？车子继续往前，有人心里终究不情愿，找了空位停下，电话打过去，响了几声，等那头终于接了，他没好气地道："你跑什么，我能吃了你？"

苏沫捏着手机，"你先控制好脾气，再和我说话。"

那边沉默，过了一会儿，他稍微缓和了语气问："人在哪里？"

苏沫正犹豫怎么回答，隔着玻璃窗，忽然瞧见他从街角走过来，像是在往这边张望。她赶紧避开，却忍不住回头细看，雨水淋湿他的肩和发，路灯下他眼神急切，短发湿亮，她仿佛能瞧见他的发梢上附着温润的水珠。

他似乎打算往里走。

苏沫没多想，直接按了挂机键，随手拿起两样衣物拐进试衣间，才合上门，手机又振动，她低头瞧了眼，直接塞回包里，再也不接了。苏沫在里面站了大概十来分钟，出去时，导购小姐迎过来问："这两件您还满意吗？"

苏沫没带脑子地"嗯"了一声。

导购又问："您想现在结账还是再看看？"

苏沫没瞧见那人的身影，想起手里的衣服都没试穿过，这会儿才发现颜色样式全不合意，一无是处，越看越不值当，索性回道："我再看看。"她搁下衣服，出了门，心情有些低落，到家后随便吃了点东西，耐着性子去读保顺的资料。

刚进新公司，上面的人瞧着，下边的人盯着，她虽是从集团过来，但年纪轻资历浅，或有人心里不服，和她热情攀谈实则试水，或有人拉帮结派，直截了当同她发牢骚套近乎，抱怨谁会在工作时要滑头请她提防，苏沫从不轻易表态，听人讲完只说："好的，我知道了。"或者推托现在还有事要处理，以后再说。一来二去，那些人也摸不清她道行深浅。

另一方面，苏沫也谙悉，人心里都有本账，装模作样终究不能长久，必须尽快做出些成绩，才能让人信服。人生地不熟，她只会笨办法，有空就去档案室，花了三天左右，从条例规章奖惩制度，到人事安排以及生意合约，逐一了解，重要的还会力求参透，至少让自己心里有个谱。之后，她又拣了个机会重操旧业，替王亚男挡了几回酒，帮保顺科技接下一笔与政府部门合作的项目。

项目不大，王亚男却在人前做出很当回事的样子，例会上表扬，随即就给她安了个市场部的代理总监一职。因是代理职务，并未在全司范围任命，只在管理层发布了一个临时通报。

集团层面的一系列变动，波及子公司，保顺科技里有几处职位空缺，底下一干没走的人都眼巴巴瞧着，谁想却叫一个年轻女人讨了好。苏沫才来就升职，难免有人心里不平衡，在背后诟病她为人不实在，只会溜须拍马。先前那个项目虽是她谈成，却是市场部副总牵的头，副总是保顺的老员工，比苏沫年长，人前劳苦功高，见了面直接唤她"小苏"。

苏沫心里明白，但是不想因为这点事为难人。

保顺科技的市场部有个惯例，项目谈成即发奖金，不管多少都会发放，借此鼓舞员工士气。

那天周一，苏沫仍是早早去了公司，之前也听说了发奖金的事，她心里还在寻思，既不见下头的人请示，也不见财务过来让她签名。谁知午间去吃饭，就听人貌似无意地说了句：“一大早市场部又在发钱，好热闹。”说话的人提及部门副总的名号，三言两语间，苏沫了解了大概，当时没作声，吃完饭直接找到公司会计。

公司会计因为上面的人跳槽临时负责财务这一块，级别低于苏沫，这会儿毫不在意地笑道：“以前市场部发放奖金都是他负责，这事是有先例的，老总也默认的，你才来，可能不了解。”

苏沫知道对方想敷衍，如果这次放任自流，多半给人落下和稀泥的印象，那些人更会得寸进尺，以后越发难管。因此她面上和善，态度却很坚决，“先例不是条例，按照公司的制度，工资报表、业绩考核，以及奖金发放，必须由部门负责人签名、申报。他们完全避开我这个环节，不符合规定。”

会计表示为难，“这个……发都发了。”

苏沫笑道：“这笔钱由您经手出去，麻烦您追回来，然后重新走流程发放。”

会计说：“没这个必要吧？钱也不多，最少的也就得了一百来块。”

苏沫跟着王亚男也历练了一年多，当即说：“一分钱也要追回来，你我都忙，我不想为了件小事特地往上头打报告。”

会计收了笑，不作声。

过了两天，财务那边通知钱已收回，市场部的人也把业绩报告重新递交过来，再由代理总监按照考核结果一一发放。

王亚男没把这些明争暗斗当回事，却在员工会议上说：“我不会只凭资历提拔人，我看中的：第一、忠诚；第二、能力。有了这两样，再年轻的，我也赏识她。”

底下顿时鸦雀无声。

老板当众照拂，要是以后还无建树肯定说不过去，苏沫工作起来只能更加卖力。

保顺科技因先前的项目向集团提出追加投资的申请，王亚男叫人把方案和申请材料递交上去，一拖再拖却被驳回。去集团交涉的同事勉强转达母公司的意思，无非是上头无意追加投资，打算将集中精力发展更有前景的产业。

王亚男听得一笑，“什么前景？谈好的项目难道没有前景？这点钱他们拿得出来，最近不是有个扶植子公司的投资计划吗？就算我们不要，也有其他公司力争，给不给不过他王居安一句话，所以还是你们工作搞得不到位，一次不行，还可以申请第二次嘛。”

众人都知这姑侄俩结了怨，不好明说，只摆出谨慎严肃的表情一言不发。

王亚男继续道：“方案重做。”她忽然停顿，眼风扫过来，“做好以后，小苏送过去。”

苏沫应承了，却略微低眉，下意识避开她的视线。

没几天，一切准备就绪，原本只需像上次那样把材料交给上头相关部门的负责人即可，可是苏沫一揣度王亚男的意思，越想越不是滋味，最后只好厚着脸皮联系了王居安的秘书，预约了时间。

苏沫已经在董事长办公室外门口等了小半个钟头，直到王居安招去谈事的人出来，也不见传唤她。

王居安的秘书和她交情不错，见里边没动静，好心敲门提醒，王居安这才应允。

还没见着人，苏沫已开始忐忑不安了，早前因工作变动向他求助、被他羞辱的情形还历历在目，不知这次又是怎样的遭遇。她转念一想，自我安慰，“上次为私事，这回是公事，至少我在节操上还是有进步的。”

苏沫进去，王居安正靠在老板椅上自顾自翻文件，脸庞似乎又比先时消瘦了，胡茬倒是刮得干净，衣着也一如既往地考究。

她不远不近规规矩矩地候着，两人像是较着劲，都不主动说话。

王居安晾了人半天，终于隐隐叹一口气，抬头看她，“苏总，恭喜你又升职。”

苏沫有些尴尬，材料呈上去，腹稿打了无数遍，“王董，这是追加投资的申请方案，我们对细节做了些调整，关于利润的估算都有详细阐述，希望您能拨冗……”

王居安不以为然地打断，“这东西不用直接交给我。”

她心里顿时警惕，听他接着道：“你既然直接找我，当然是希望胜算更大，为什么会这么笃定？”不等她答，他略笑，像是自嘲，“女人们都很会运用自己的直觉。”

苏沫面上一热，心里比先时更没底。

王居安话锋一转，语气轻松地问：“最近怎样？新环境，新职位，应该不是那么容易。”

苏沫如实回答，“刚开始确实有点困难。”

“只是有点困难？”他显然不信，闲适地靠向椅背，“空降，一去就是管理层，年轻女性，经验不足，性格也不泼辣，说好听点是玉不琢不成器。脑子多转转就能想清楚，你以后只能仰仗她，随便灌点迷魂汤，就得替她卖命。做得好，皆大欢喜，做不来，朽木不可雕。”

苏沫答：“我一旦做出选择，就会努力证明自己的选择是对的，所以宁愿往好处想。”

王居安神色讥诮，扔出一句，“主要是你这性格，做不来管理，给人当个秘书，处理些杂七杂八的问题，负责个把上不来台面的项目，还说得过去。”

苏沫对于不留情面的打压，早就做过心理建设，可是一旦直面，多少有些气馁，只好说：“行为方式可以学习，性格里的缺点可以克服，如果实在不适合也不要紧……大不了换岗或者辞职。”

王居安笑，问：“有人刁难你？”

被人说到点子上，她自怜情绪更多，只强撑着不肯出声。

王居安观察她几秒，“说说。”那模样真是意料之外的和气。

连月来孤军奋战，身旁连个吐苦水的人也没有，苏沫一时没兜住，拣了最近的情况大致讲了些。

听她说起去档案室熬夜翻资料的事，王居安嘲弄，“只知道死记硬背。”

苏沫无可奈何，小声道：“笨人也有笨办法。”

他失笑，“你有自知之明。”停了一会儿，又说，“奖金的事，这么处理还行，大到集团，小到部门，掌握财权是第一步，该你签字的东西不能假手于人。其他方面，不要轻易表态，至于那什么副总不服你，他资历比你深，拉帮结派成了气候，部门的运作暂时离不开他。去找他谈一谈，顺便摸个底。”

苏沫答：“通报刚下来的时候，我就找他谈过，效果不明显。”

“你还是先想办法把‘代理’两个字去掉。”他习惯性地点支烟，浅吸一口，“你那个下级，多半是个老油条，公司里传他和客户背地里接触捞油水不会是空穴来风，你要是有能耐，培养自己人，慢慢替代他，再找个机会查清他那些事，上下都没话讲。想踢个把人还不容易？”

他又林林总总说了些，苏沫听得服气，牢牢记下，忽然烟味飘过来，她忍不住轻轻咳了两声。

王居安动作一顿，极其自然地把手里烧了一小截的香烟摁进烟灰缸。

苏沫品过味来，心里无风不起浪，生怕自己多想，却不由顺势瞧过去，烟灰缸里面已有四五支烟蒂，她忍了忍，没作声。

王居安也抬眼瞧她，话题中断，一时冷场。

他低头看材料，沉默片刻，才说：“你搬家了。”

“嗯，”她解释，“以前住的地方离保顺太远。”

他不言语。

突然沉寂的空间不断剥夺头脑运转的动力，苏沫拉回情绪，尽可能清晰地道：“关于现在这份投资方案，如果你还有时间，我想说一下……”

“先放着，我一会儿还有事。”他合上文件，“既然做事业，心不能太善，心善容易被人利用，下面的人虎视眈眈，都想踩着你肩膀上去。”

苏沫忙答："是的。"又小心翼翼试探，"你估计，保顺这回还有没有机会？"

"公司还要开会研究。"王居安瞧她一眼，起身，去拿沙发上的外套，"今天就这样。"

苏沫正犹豫，见他已经打开房门，这才低低说了句："今天谢谢你。"

他忽然把门使劲掀回去，苏沫很惊讶，一时只担心避之不及，忙向后退开。

王居安脸色不比先前，"谢什么？我实话实说，我要是你的领导，就不会用你这样的人。江山易改，本性难移，有些人，即使改变一时，关键时候，肯定是心慈手软缺乏原则，又被打回原形。"

苏沫和王家人周旋这么久，早已习惯这些人的喜怒无常，两句话不对就翻脸无情，这回又被他戳中痛处。她回想以往，无论是失婚还是婚后的遭遇，哪一样不是和自己的性格有关？就说眼前，不该接触的人，自己还屡次和他纠缠，没事的时候还好，自我安慰说都过去了，不用再提，也绝不会再有下一次，一旦遇到难处，最先想到的还是他。

她自尊受挫，钱也不想要了，心说爱怎样怎样随他去，便只管一声不吭地往外走，出去的当口，却听见那人说："其实你心里明白得很，"他顿一顿，"明知道我不会拒绝你。"

这人忽冷忽热，真真假假，苏沫只当他在说笑，又或者是请君入瓮，只等她服软又是一通冷嘲热讽。三番两次，她对这样的把戏已经有些厌倦，这会儿也不敢回头仔细瞧他，避开视线道："王亚男对你也有句评价。"

王居安果然应声，"什么评价？"

苏沫心里想着，要钱这事即使成了也未必讨好，表面风光，背地却惹人起疑，塞翁得马，焉知非祸？她打定主意，直接道："她说你还嫩得很。"

王居安没搭话。

她继续说："为了帮安盛抵债，你名下的几家公司已经卖得七七八八，但是老王董的股权还在王亚男手上捏着，最近还有传言，说有第三方股东想转让股权，你难道一点不着急？"

这回他倒毫不介意地笑起来，"着急？不着急，就算她现在舍不得给，再过几个月，托管期限一到，由不得她。"他走近些，意味不明地低声道，"难为你替我操心。"

苏沫闻见他的气息，忽然有种这段日子一直生活在高原地带的感觉。只一瞬间，熟悉的自厌的渴望放纵的情绪重又侵袭，就在她自信但凡过去的都能过去，过不去的也已经沉淀的时候。她不说话，按捺着，平心静气地，反手轻轻地拧开门把出去，却在不知不觉中步伐匆忙。

苏沫回保顺上班，王亚男特地在例会上问她情况，苏沫直言，材料已经递交，也打探过情况，追加投资的事安盛那边需要重新审核，开会决议。接着又打预防针说，各子公司都提交了申请，成功的概率和上一次差不多，主要看集团层面对保顺这边的利润评估是否有兴趣。

周围一干看笑话的人果真放松下来，王亚男也没表态，这事似乎就暂时搁置了，过不久，却听说人力资源那边开始对公司里的几个空缺职位进行对外招聘，其中包括市场总监一职。

苏沫浏览公司网站，果然看见一溜招聘中出现了变动。她叹一口气，这么一来，她以后在工作时面临的阻力肯定会更大。苏沫打心底再次对王亚男感到失望，更有些"明月照沟渠"的怨气。

正是失意的时候，有猎头找上门。

猎头为她提供了两家公司管理层职位的应聘机会，但是福利一般，多少有点试水的意思，虽不尽如人意，也好过待在保顺没有着落。

她一时心动，参加了几轮面试。其中一家双方都有诚意，应聘公司的人事对她的印象相当不错，苏沫从他们那里打听到情况，说是候选人包括她在内只剩两位，希望很大。

有了退路，她稍微放心，谁知等了大半月，又杳无音讯，她从可有可无到充满希望，渐渐越发地不甘心，也顾不得还在公司上班，主动致电询问。

对方人事部的一位女主管接到电话，直说惋惜，暗示人选已定，正是另一位男性应聘者，同时还委婉提到：公司高层对苏沫作为单身母亲的身份有顾虑，担心她在照顾孩子和家人的同时，没有足够精力投入到管理层的繁忙工作中。

苏沫搁下电话，靠在总监办公室的皮质转椅上轻轻长叹。

环顾四周，窗明几净，书籍和文件夹在高柜里整齐罗列，桌上绿植翠意盎然，这几盆植物，她才养了不到两月。

桌上内线响，苏沫等了一会儿，才拿起来接了，果然是王亚男让秘书请她过去。

苏沫在心里做好最坏打算，王亚男处事态度过于现实，使她萌生厌倦情绪，又生出一股死猪不怕开水浇的无畏。

来到老板办公室外间，还没敲门，身后忽然过来一人，急匆匆地，二话不说推开门直接进去，秘书忙劝："王先生，王工现在有事。"

王思危头也不回，"有事怎么了？皇帝老子的事也没我的事重要。"

秘书见拦不住，只得对苏沫道："苏姐，麻烦你再等等。"

苏沫点头，"没关系，你忙你的。"

里间，王亚男像是说了句什么，王思危才折回来把门甩上。

王亚男忍不住呵斥："毛毛躁躁的像什么样子？"

王思危赶紧说："姑姑，我这是着急呀。"

"急什么，天塌下来了？再急也要改改你这毛病，一言一行都要稳住。"

王思危打断，"是的是的，您就别唠叨了，正事要紧。"他来回踱步，却又不开口。

王亚男道："说吧，让你说又不说了，又惹麻烦了？"

王思危一听这话，笑起来，"姑姑，瞧您说的，哪能呢？我昨晚吧，请老魏吃饭，相谈甚欢，就是出来的时候撞见老赵了，我越想越觉得不好，必须给您报备一下。"

王亚男疑惑，“什么老魏老赵，打仗啊？围魏救赵？你说清楚。”

“老魏，不就是那个董事嘛！老赵，赵祥庆。”

王亚男瞪他一眼，“人家六七十的老董事，你没大没小乱喊什么？”顿一顿，想明白过来，她气道，“你没事请他吃什么饭？早说了，不能浮躁，要低调。”

王思危辩解，“姑姑，我知道姓魏的和姓杜的都对我有成见，看不惯我，我也想做点正事，和他们增进增进感情嘛。”

王亚男气得肝疼，“什么正事？你要是有人家王居安一半能干，我会用他这么久？我会过得这么憋屈？”

王思危面上委屈，“连您也瞧不起我，您就瞧得上他？既然这样瞧得上他，还折腾什么呀？要我说，都别费那力气了……”

“放你娘的狗屁！”王亚男气得一拍桌子，先前是肝疼，这会儿五脏六腑竟像是都在隐隐作痛，压下火气，稍微捂住腹部，靠回椅子里不作声。

王思危见她这样，小心翼翼道：“要不传出消息，就说我和老魏不合，闹崩了……”

王亚男乜眼打量他，恨铁不成钢，“他王居安是这么好糊弄的人？”

“那您说，他要是怀疑了怎么办？”

“怀疑就怀疑，欲盖弥彰只会让他更加怀疑。”王亚男想一想，忽然道，“干脆高调点，除了崇文置业，再让老魏私下多见两个买家。他不是弯弯绕绕的心眼多吗？心眼多的人难免多疑，疑心生暗鬼。”

王思危搭不上话。

王亚男料他也转不过弯来，叹了口气，“算了，你去吧，这事我来处理。”

苏沫在外面等了多时。

那门猛然打开，王思危从里间出来，瞧清跟前的女人，冲她一笑。

苏沫只当不认识，听见里面招呼，目不斜视地进了办公室，心里正敲鼓，王亚男见着她却未语先笑。女老板开门见山：“好消息，追加投资的事，集团那边已经批下来，下个月钱就能到账。”她加重语气地表扬，“小苏，这么多人里，还是你办事得力。”

苏沫讶异，随即掩饰了，心里百转千折，嘴上只说：“是大家的功劳。”

王亚男摇头，“你来了没多久就办成了几件事，我没看错人。原来公司对优秀员工有一些奖励机制，但是你也知道，公司现在情况一般，奖金数额无论多少，代表了公司的诚意，希望你继续努力。”

苏沫想了想，“王工，这些我能理解，奖金是次要，我有其他的考虑。”

“你说。”

“我听说公司现在正对外招聘市场总监。”

王亚男略微皱眉，不以为然道：“这事我好像不知道，你现在是代理总监，招聘的事应该是不着急的。”

苏沫懒得和她计较，直接说：“所以我想毛遂自荐，希望公司能给我这个机会，这段时间，我已经了解了目前的工作情况，也熟悉公司的经营状况，相对外来员工，我不用再浪费时间和同事重新磨合，这是我的优势。何况，我一路跟着您从安盛到保顺，别的不说，上下级之间，大家的办事方式我也更加了解……”

王亚男若有所思地看着她，似在探究，又像是考虑，隔了一会儿，笑道：“你是个有冲劲的人，我年轻的时候也这样，不甘心不服软。”她叹息，“一晃几十年就过去了……当然，上进是好事，你有这个心，公司没理由不给你机会，我建议你和其他人一起参与竞争，一方面对自己是个锻炼，另一方面，通过这种方式证明自己的能力，更有说服力。”

这一番话既诚恳又充满期望，同时表达了对管理层选拔的严格要求，但传到下级部门，却只是走个过场，苏沫才来不久就屡屡成事，又是王亚男带来的人，人事部门更没有为难她的道理，几轮面试下来出人意料的顺利。两周后，王亚男在全司范围内正式下达人事任命书。

苏沫如愿以偿，工作起来更有劲头，白天忙碌，夜里一个人，静下来的时候，不断想起那天和那人的谈话，忍不住一字一句反复体会，时而怦然心动，时而越想越糊涂，仿佛无数线头纠结一处，看似有活套，却怎么也解不开。

她躺在床上，望着天花板，索性换种思路，细细分析保顺科技提交的方案里的优势，终于得出对方公事公办并无私心的结论。她松了一口气，拉起被单遮住脸，逼迫自己蒙头大睡，心说：管他呢。

但凡有心逃避的现实，生活一定不遗余力地引导人们学会正视。

傍晚，有人踩着下班的点打来电话，苏沫心里一跳，手指也跟着不听使唤地按在接机键上。

隔着线路，王居安问："这回高兴了？"

她不作声。

他又道："说话。"

苏沫本想言不由衷，却经不起催促，脱口而出，"你为什么这么问？"

那边的人似乎笑笑，"不高兴就不会接电话。"

她再次沉默。

王居安随意道："有没有时间？一起吃个饭。"

她犹豫，却听见他不容拒绝地扔下一句，"蚌埠路 74 号，你现在过来，这里人少，清静。"

王居安说完，收线，手机扔桌上，他靠回椅背有一口没一口抽烟。

"少抽烟，多喝茶，烟草是纯阳之物，性辛温，麻痹人心，和你这样至刚至阳欲念深重之人正好相冲。"食肆老板坐对面，斟着茶道，"绿茶正好相反，多饮则清心明目，阴阳调和。"

"文绉绉！"王居安执杯，皱眉品上一口，却不知其味。

老板气乐了，"你跟人姑娘说话就大气不敢喘，假模假式风度翩翩，在我跟前连半句人话也不会讲，我叫你喝茶你就多喝些，多喝茶，多尿尿。你这种肝火旺的人，要小心那方面出毛病。"

他原是玩笑一句引人一乐，怎料王居安却点掉烟灰，看向窗外道："我现在哪有心思想这些？比起腹背受敌，企业朝夕不保，什么毛病都是小毛病。”

老板道：“早该断了老太太的后路，你这是养虎为患。”

王居安微一摇头，“她经手的烂账不少，证据一箩筐，越是这样我越不能动她，一旦查起来，安盛这边少不得要冻结资产，得不偿失。现在又有跟她走得近的股东想出让股权，这事我一定要查清楚，别人查不出名堂，她跟前的人多少会听到些风声。”

“你这又何必？”老板一愣，会意过来，“既然看重人家，何必把她拉进这种纷争？换作我，宁愿护她周全，就当给自己留块清净地方。”

王居安嗤笑，“你是情种，凡人比不上。”他略低下头，吐出一口烟雾，过了一会儿，才道，“有些女的，不甘愿躲在男的后面，宁愿站在风口浪尖，我成全她。”

老板笑，“看起来柔弱？”

王居安没答话，却也不觉一笑。

老板仔细打量他神情，心里暗叹一回，抬腕看表，“说了半天话，快到了吧？”又点着他，“别再抽了，搞得这里乌烟瘴气。”

王居安想了想，顺手掐灭纸烟。

老板开窗散味，叫人擦净桌椅，换上新茶，顿时茶香缭绕，恰像美人清艳而不自知的体味，温热拂面，更像她温柔的手。

王居安抬眼，正瞧见对面墙壁上的《妹至帖》：

> 妹至羸，
> 情地难遣，
> 忧之可言，
> 须旦夕营视之。

看了半晌，回神，才发现那扇门已被人轻轻推开，女人的窈窕身影正落进他眼里。

她描了眉，也点亮了唇，进门时瞧他一眼，眼神颇为柔和，撞见他目光时却微低螓首，一举一动都与这里相得益彰。直到来人走到跟前，王居安方收回视线，伸手替她斟茶，“坐。”

茶香沸腾越发熏得人耳热，她面颊微红，衬得脖颈粉白。王居安往壶里添了些热水，浓翠的茶叶顺同水涡划着圈。他捡起茶壶盖，漫不经心地合上，瓷器的轻微碰撞在难得平和氛围里呈现出一声清脆响动。

苏沫搜肠刮肚，末了只说了句：“路上堵车，来晚了。”

对面的人稍微转动手中茶盏，答得更简短，“不晚。”

又是片刻无话，服务员适时叩门，端进几碟菜肴，打破局促，苏沫感觉轻松了些，注意力转移到饭桌上，菜式里素食居多，与她家乡的风味相近，又偏清淡，全不似南瞻海鲜大餐那样油香色重，几乎样样合她口味。

王居安夹菜，随意开口，“最近进展如何？教了那么多办法，总有些用得着的。”

苏沫说：“情况好了些，做事比以前顺手了。”

王居安笑笑，“被我点拨过的一般都没问题，人也不笨，就是……心好了点。”

苏沫心说，不知道这算不算表扬？要是不了解他的人，三言两语间就能被卸下防备，当然还有个前提——只要他愿意。相反的，就算曾经朝夕相处，冷不防被他用上看似褒义的词点评一二，也会情难自禁地窃喜，就像她现在这样。

这回王居安对工作以外的事绝口不提，从项目谈到人事，又因为王思危最近常在保顺走动，难免不被说起。

苏沫厌恶那位王二少的为人，也知道这顿饭不是白吃，少不得跟着模棱两可地说了些情况。她今天只喝茶，滴酒未沾，自觉言语比往常多了些，这不是好兆头。苏沫点到即止，抬头瞧了眼窗外，夜色比以往来得早，云层晦暗缓缓融合，当空汇聚出浓酽一片，眼见要落雨。

王居安结了账，两人才出去，豆大的雨点就砸下来，不多时连成雨雾，扫过人脸，风动树摇，远处响起闷雷。王居安没开车，少不得叫她载上一段，又问：“车停哪了？”

“前面路口。”

“那么远？”

“我担心里面没车位。”

“这旁边不是一样可以停？”

“我不记得这里有没有禁停标志，担心被人抄牌。”

“警察下班吃饭，谁会特意跑来抄你的牌？”

苏沫也觉得自己想多了些。

他说：“瞻前顾后，想事事圆满，又事事不顺遂。”

苏沫只当没听见，嫌他连这点小事也不忘挤对，又想或许是他目的达到所以没了忌讳，一时心里更不乐意，走去树荫下，离他远一些。

谁知他立马道：“打雷闪电，你还往树下跑，不怕被劈死？”

苏沫被他一吓唬，又往空处走。

他要笑不笑又说：“空旷的地方更容易被雷劈中。”

苏沫瞪他一眼，干脆走去他旁边，心说要劈一块儿劈。

他摸透她的心思，跟着说了句：“别走得太近，要劈只劈你一个。”

苏沫气得抬头瞪他，果然离远了些，却又被他伸手扯回来。

大雨泼下，她发丝滴水，贴在脸上，正要挽去耳后，见他仍是看着自己，想是雨水打湿了脸弄糊了妆，难看得很，便有意低头避开，正想抬手遮一下。谁知他的手先一步覆过来，先是拨一拨她的头发，随后又罩在她头顶。

苏沫一愣，埋头走两步，肩上又多了件男士西服外套。她回过神，抬眼瞧了眼，王居安走得很快，这会儿已经走到前头去了，他身上的白色衬衣半湿，贴着肉，现出微深的肤色和背肌轮廓。苏沫紧走两步，“我穿着外套呢，你把衣服拿去吧。”

他不耐烦，走得更快，“叫你穿就穿。”

她有些尴尬。衣服上还带着他的体温，高级布料，名牌商品，用来遮风挡雨既暖和又十分惬意，她往里缩一缩身子，又想，刚才是糖，现在是衣，利用人的时候都是这个套路。

两人上了车，王居安坐副驾，苏沫琢磨着问：“还是走临海路？”

他“嗯”了一声。

苏沫瞧他一眼，忍不住又问：“你冷不冷？”

“不冷。”他靠向椅背，看着窗外，一路沉默。

经过闹市，雨没那么大了，车子排起长龙，时而龟速前进。

街道两旁的酒吧夜店鳞次栉比，华灯流泻，花花绿绿争奇斗艳，这个点正是夜生活的开始，外面的停车坪上陆续停下各种豪车，其中又夹杂着几辆毫不起眼的中档车，灰扑扑的车身鸡藏鹤群。

苏沫的车窗未关严实，就听路边两个小年轻指手画脚地大声议论，“你看这个牌照，那辆也是，还有那辆……”

“那车可真破！”

“你不懂，车牌牛就行了，人家这叫低调……”

苏沫不爱开着车路过这种繁华地带，人多车多堵车费油，正想着上次的油钱还没报呢，公司情况不好，报销额度一直紧缩……

王居安忽然冷不丁道：“停车。”他的嗓音原本就男性化十足，现在更多了几分萧肃杀气，苏沫手一抖，下意识脚踩制动，猛地刹住。

后面的司机狂按喇叭。

苏沫醒过神，心说马路中间停什么车？嘴里道：“是不是我刚才压线了，不会被照相了吧？”她侧脸瞧了眼，这才发现王居安的脸色很不好看，他正目不转睛地盯着街边一家夜总会，不知是看见了什么。

他一言不发直接下去，又砰的一声甩上车门。

苏沫摸不着头脑，没来由地隐隐担心，犹豫了一会儿，开到前面找了个空位靠边，下车找人。

那家店面外表气派装潢奢华，里间格局弯弯绕绕，苏沫进去转了一圈，才瞧见王居安。

他正待在角落里抽烟，有女孩过来送酒，顺便搭讪，他当作没听见。好几次，送酒的女孩都是同一人，但是他没注意，反正是个人就对了，管他男人女人是猫是狗。

那女孩似乎习以为常，才转过身就垮下一张脸，吧台前坐着个年轻男人，看样子跟她相熟，调笑，“又犯贱了，碰了这么多回钉子还发骚？”

女孩说：“你懂个屁，这种高难度级别的，一旦攻克更有成就感。”她托着腮帮子不远不近地瞧过去，“你看他那身衣服，再看他衣服下那身腱子肉，不是你们这种小白脸能比的。”

年轻人表示不屑，撇嘴，“直接说你就是欠……”

女孩一瞪眼，“滚！”

苏沫要了瓶不含酒精的饮料，打断他俩，“请问……他经常来这里？”

女孩听见她问，神情有些防备，喝着酒不答话。

年轻男人却故意唱反调，热情开口，“是啊，这几个月，不，有大半年了，他经常来，来了也不理人，就一个人喝闷酒。”又故意问，“他是你男人啊？我看你男人头发都白了，年纪也不小了吧？这么喝法真不行，老人家扛不住，赶紧领回去好好劝劝。”

女孩拍他一下，“你说谁老呢？”

小年轻有些怒了，“我说她男人，你激动什么？”

苏沫听见“大半年”三个字不觉微怔，忽然想明白过来，多半是王翦生前常来这里，所以当爹的也时不时过来吊唁。她叹一口气，走过去，把王居安桌上的酒瓶挪远一些，想要劝他少喝些，可是到了跟前，又不忍说。

王居安瞧她一眼，果然懒得搭理，自顾自地拿起酒杯一口喝尽，搁回桌上，瓶子捞过来再倒满，来来去去没多久，桌上又多了两只空酒瓶。他酒量不错，喝掉三四瓶也不见醉意，只面上略有些红，过了一会儿，他似乎喝痛快了，随意摸出几张纸币扔桌上，起身往外走。

迎面撞到一人，那人醉意更浓，几乎站立不稳。

王居安正眼也不瞧他，一拳便往人脸上招呼过去，苏沫吓了一跳，想要去拦，被他推到一边。接着又是第二拳，落处有声，四周哗然。

那人鼻口流血，捂着脸趴桌上，喊了几声，过了一会儿才勉强抬头看他，一看之下就愣在那里。

旁人忙扯开他俩，“多大的事，不小心撞到了，怎么能乱打人？”

王居安微眯着眼，模样有些醺然，伸手揪住桌上那人的衣领，迫他站起来，又仔细打量他的脸，才道：“原来是你？我还以为是哪个走路不长眼的小浑蛋，抱歉抱歉……”

尚淳适才被他勒得几乎喘不来气，酒醒大半，又惊又怒，脸上火辣辣的痛，他思忖如今身份不同，对方也不是无名小卒，一时心里顾忌，就连发作也怕人闲话，手上抓了个玻璃酒瓶硬是砸不下去。有人问他要不要报警，尚淳面色铁青，狠狠盯住王居安，犹豫再犹豫，才一抹嘴角不甘心道：“熟人，喝多了，误会。”

王居安笑起来，嘴里叼着烟，随手拍拍尚淳的肩，“好兄弟。”

尚淳隔开他的手，摇摇晃晃抬脚就走，不防又瞧见苏沫，心里更加诧异，走出几步，忽然又回过头来，使劲打量他俩。

苏沫一颗心还在怦怦乱跳，没放稳当，这会儿更加悬得老高，不由自主地往王居安身后站了站，一只手抓住他的胳膊。以往没人照应的时候，她只能硬撑着，并以此沾沾自喜，可是现在却觉得，不必伪装的女人才更幸福。

男性的臂膀肌肉贲张，蕴藏力道，拳头仍然紧握。不知是想阻止还是抚慰，她手指滑落，轻轻覆上他坚硬的掌骨，感觉到它逐渐地稍许地放松。

人群散去。

苏沫跟着王居安往外走，一路上了车，他仍不开口，直到车子停在临海别墅的院子外边，才说了句：“晚了，你快回去。”

一想到先前那幕，苏沫就忍不住心惊肉跳，正踌躇着想问，却听见手机响，王居安掏出来看一眼，下车去接了。

苏沫靠在椅背上歇了口气，等人进了院子，才发动汽车，走出没多远，瞄见他的外套仍搭在椅背上，伸手一摸，衣服仍是半湿，正想着回去打理干净了再还给他，手指头碰到口袋，有些响动，她伸手进去，摸到一串钥匙，没多想，掉头往回开。

车子照旧停在外面，院门没关，苏沫一进去就听见人声。

王居安正站在别墅大门前，伸手从裤兜里掏钥匙，没找着，索性也不急着找，接着跟人讲电话，夜里寂静，他嗓音更显低沉，疲倦难掩。

先前说的苏沫也没注意，直到听他提到王思危，这才留了心。

王居安对那边道："我今天特意找人了解情况，说王思危最近和老太太来往密切，老魏接触的那家什么崇文置业，可能也和他有关系……"

苏沫虽早有准备，可是对比这一晚相处的情况，落差不小，心里禁不住凉了半截。

又听他道："消息来得越容易，就越不可信，老太太精明，不会这样大意，我估计是声东击西。再说就算借他王思危十个胆子，也不敢在我跟前反水，这种人成不了气候，你们没必要在他身上浪费时间。"

"要查就查和老魏接触过的另一家，如果是姓宋的产业，那就很有问题，那是王亚男的姻亲……就算几十年不来往，那也是亲戚。"

那边的人问了句什么，王居安戏谑，"赵总，我找谁了解情况，是不是还要跟你具体汇报？我怎么说你就怎么做，大半夜你不睡觉打电话来问这么多，你白天太闲了晚上睡不着？"

赵祥庆赶紧赔笑，王居安回道："以苏沫和王亚男的关系，她说的话不能全信，也许反过来想，才是正确答案。"

苏沫听得一颗心坠入谷底，自己在糖衣炮弹的轰击下眼看三魂不见七魄，人家却还心似明镜台，勿使惹尘埃，两人的修为差距之大，估计下辈子也弥补不了。

王居安挂了电话，又伸手去摸两边的裤兜，仍没找着钥匙，突然想起来，转身望向庭院大门。

苏沫上前把衣服递给他，"你搁在车上忘了拿。"

他接过去，果然找着了钥匙，却不说话。

苏沫想了又想，才道："其实，你完全没必要……这样拐弯抹角的，怀疑我。"

有些话她小心翼翼回避了一整晚，似乎一旦捅破这层窗户纸，就坐实了自己的倒戈，什么诚信，什么自尊，都化成乌有。

王居安看着她没作声。

苏沫心里不是滋味，不觉笑笑，“王董即使做不成上市集团董事长，改行当小白脸，也是有饭吃的。”

她转身要走，快到门口，却听他说了句：“我不是不信你。”他接着道，“王亚男既然能想到用追投的事试我，她也一定会提防你，所以她跟你说的话，让你见到的事，都不一定是事实。”

苏沫停下，脸上有些发热，心里叹息。

他又说：“现在公司的情况确实不太好。”

她回头瞧着他。

王居安似乎犹豫，过了很久，才艰难开口，“我儿子，不是无缘无故失足落水，害死他的东西是尚淳给的，因为我和他之前在生意上有些过节。”他顿一顿，“现在这个节骨眼上，我输不起，尚淳有背景有地位，我要是连安盛都输出去，更没法和他拼。”

“有时候，不是，这大半年，我当王翦还在加拿大，等着圣诞节放假，他才会回来。可是我打他电话，再也没人听。”

苏沫努力克制，可是眼泪止不住，她想劝，却发现自己语无伦次，“不能一直这样，你还年轻，不能把自己也搭进去……”

他根本不听，“每天，只要一睁开眼，我就在想，怎么才能杀了他。”他笑，“这辈子，我都解脱不了。”

第十六章 ✦ 惊变

不管结果怎样， 你能不能……放自己一条生路？

那晚，王居安神色平静，说起儿子小时候的事，说小家伙十八年来只挨过他两巴掌，一次是王翦四五岁的时候，王居安中途从日本回来，抱着孩子上街去玩，希望能拉近父子关系。小孩儿嘴馋，看见路边摊撒泼打滚地吵着要吃，当爹的嫌脏，脾气上来一巴掌甩过去，儿子立时嘴角流血，吓得连哭也忘记。

那会儿王居安也才二十出头，正是男人犯浑的年纪，只想着回去别让父母知道了生气，赶紧把儿子脸上的血迹一抹了事。

第二次，就是为了钟声。

说到这里，两人都沉默，过了一会儿，他淡淡开口，“我始终理解不了，他为什么会对那丫头有这样执着的感情。”

苏沫想，可惜父母们往往对孩子的执着嗤之以鼻。她只好这么安慰，“也许他只是在潜意识里寻找自己难以得到的东西。”

王居安不说话。

大厅里没开灯，四周融入隐晦不明的黑暗，与外间光线的交接处，有着黑白交替相互渗透的边缘，毛糙而模糊，像摸不着参不透的命运。

他席地而坐，仰头靠墙，双眼微合，像是睡着。

苏沫低声试探，“如果，如果以后你报不了仇……”

他猛地睁眼看过来，冷冷打断，“不可能。”

她不作声，更加心悸，隔了一会儿又小心翼翼道：“如果有一天，你发现，这周围很多人，都要对这件事担上责任，也许每个人都脱不了干系，你会怎么做？”

他冷哼，“你用不着为你表妹开脱。”

“不，我不是这个意思。”苏沫低头，忍着泪，“不管结果怎样，你能不能……放自己一条生路？”

他抿着嘴一声不吭，喉结轻微滚动，显然是极力压抑着情绪。

不知过了多久，他岔开话题道：“我还听说了一件事，尚淳好像有把柄落在谁手里？”

苏沫不解。

他提醒，“他有个情人，就是你那个朋友，跳楼之前有没有什么东西交给你？”

“莫蔚清？”苏沫摇头，实话实说，“她只给过我一张字条和一张银行卡，留了话，说以后把钱转交给她爸妈和孩子。”

王居安略微皱眉，“问你也是白问，你这人藏不住事，要是真有什么，我不会看不出来。”

苏沫不作声。

他想了想，“那些东西她是怎么给你的？有没有通过别的什么人？”

“放在一个邮箱，她事先给我钥匙，我当时也以为里面东西和尚淳有关系，因为她说过，邮箱的事连尚淳也不知道。”

王居安沉吟，“要是真没关系，她用不着这样拐弯抹角，有没有可能……你去拿东西的时候，被什么人看见了？”

“没……”话没说完，她忽然想起什么，一时顿住。

王居安立马问：“怎么？”

苏沫有些犹豫，想起他刚才的言行，强自冷静，“没，没被谁看见。”

王居安没再追问，却道：“都累了，早点睡。”他侧过脸来看着她，眉目里暗藏苦涩，身体却靠过来，有些想吻她的意思。

苏沫现在哪有心思，稍微避开，说："不了，我这就回去。"

王居安也不强迫，放开她道："太晚了，你现在走，我还得送你，折腾了这么久，我也很累。楼下有客房，你随意。"

他说完上了楼。苏沫也疲惫得很，一晚上发生这么多事，让人头昏脑涨，回去的路程不短，想着不如先休息一会儿。进了客房，她想起那天的情形，心里更加七上八下，关了门，赶紧跟人打电话，那边已经关机，她更睡不踏实，刚眯着了，再睁眼已经天亮。

苏沫赶紧洗漱了出去，看见王居安坐在饭桌旁喝咖啡、看报纸，话不多说，打了声招呼就出门，到底不放心，直接开车去南瞻大学。

到了学校，打电话去宿舍，同寝室的女孩说钟声不在，手机也没带，可能晨跑去了。

苏沫又找去大操场，操场上已有不少晨练的人，稍微瞧两眼就能看见钟声，姑娘很惹眼，扎着马尾戴着耳机，正精精神神地跑圈儿。

钟声见着她也觉得奇怪，拿下耳塞问："姐，你怎么这会儿来了？"

苏沫把人拉到一边，直接道："声声，你老实告诉姐，上次带你去我朋友家的时候，你是不是捡到了什么东西？"

钟声反问："你哪位朋友啊？我捡到什么了？"

苏沫昨晚还不敢相信，现在却越发起疑，神色严厉了许多，"就是尚淳的情人，跳楼的那个，我当时去拿她邮箱的东西，让你在车里等着，后来你跟过来了。"

钟声装傻，"想起来了，然后我们就走了呀。"

苏沫见她这样更着急，"这种事可不能闹着玩，我怕你会惹祸上身，你要是真捡到了，赶紧给我，姐绝对不怪你。"

钟声在栏杆上压着腿，不紧不慢道："姐，我真的不知道你在说什么。"

旁边过来一人，随意说了句："你姐是问你，有没有拿什么不该拿的东西。"

王居安一身运动装扮，手里拿着车钥匙，靠在栏杆上瞧着她俩。

钟声这才有点怕了，苏沫也是一惊，侧身挡在小姑娘前头。

王居安言语轻松，“我说过，你这人藏不住事，不如你这个表妹。”他看向钟声，开门见山，“东西给我，你直接开个价。”

钟声表情一滞，动作顿住，不多时就恢复平静，继续压着腿，“你能出多少？”

王居安笑起来，“你要多少？”

“不就是个 U 盘吗？东西我看过，还以为只有尚淳想要呢。”钟声壮了壮胆子，“可是现在买主多了，我要好好想一想。”

苏沫简直难以置信，正要开口，被王居安按住肩。

过了一会儿，钟声伸出三根指头晃了晃，早晨的阳光下，少女的手指像白嫩嫩的葱管。

苏沫气道：“三万块？不行，一分钱也不行，你一个小孩要这些钱做什么？这是敲诈，你别瞎闹。”

钟声笑道：“要是我找尚淳要钱，那才是敲诈呢，再说几万块钱，我可看不上。”

苏沫忍着气，却忍不住好奇，“三十万？”

小姑娘不表态。

王居安一直没说话，这会儿才道：“三百万，一手钱一手货。”

钟声摇一摇头，理直气壮，“三千万，我要三千万！”

不等人搭话，她又说：“三千万不多了，现在通胀这样厉害，一套房子就要大几百万，你们要是看了 U 盘里的内容，就知道这钱花得有多值，要是不愿意，我转手就给尚淳，他肯定愿意。”

苏沫十分错愕，像瞧陌生人一样瞧着那小姑娘，半天缓不过劲。

王居安却神色如常，想了想道：“第一，我要先看看 U 盘的内容；第二，三千万不是小数目，我需要几天时间准备。”

钟声歪着脑袋一笑，很大方地开口，“没问题。”

钟声今天特别开心。

她表现开心或者不开心的方式不是像一般女孩儿那样买衣服、吃大餐，而是学习效率奇高无比，比如一口气背完一百二十个英语单词。钟声觉得自己更成熟了。

这段时间她交往了一个名义上的小男友。年龄相近的男孩总让人有代沟错觉，觉得很傻很乏味，但是她必须忍受他身上乳臭未干的恶心气味，和他在人前表现出亲热的一面。

事实情况是，她随便勾一勾指头，那男孩就受宠若惊，如果再对他表现出一丁点好感和兴趣，对方就像丢了魂一样，可现在她已经用不着他，只想一脚把他踢开，踢到地球之外。当然她不能真的这样做，直接疏远是目前最好的分手方式，但是这样一来，更能勾起对方各种不甘心、不情愿、不理解，使得爱恨纠缠不断上演。

年轻男女在学校门口拉拉扯扯，偏巧这一幕又被坐在车里的尚淳瞧见。

男孩痴情而霸道，女孩伤心又逃避，两人都一副眼圈发红欲哭无泪的小模样。

这种情形第一次见到，尚淳当是看笑话，两次、三次便有些不耐烦，第四次就彻底忍不住，何况他前天才被人打一顿，心情已经恶劣到极致，这种心情使他放大一切看不顺眼的人或事。一怒之下，他让人直接把钟声拉进车里，车子开起来，男孩追车洒泪，偏偏钟声也满眼泪花地扒着玻璃窗瞧着人家。钟声也不想这样，实在是对方刚才扯住她不放，力气大得不得了，吓着她，也捏疼了她的手腕，她想着也许他跑着跑着能摔一跤。

尚淳很不耐烦，“你哭什么？他又没死。”

钟声抹泪，不作声，她在心里合计下一句该说什么。

事到如今，尚淳对她来说已经用处不大，只是就这样放过他又让她感到遗憾。

她的沉默被人当作痛楚，尚淳气道：“毛都没长齐整的小屁孩也值得你这样？”到现在她都没正眼瞧过他，也没发现他脸上有伤，更没觉得自己带着伤来见她应该是有多么的使人感动。

钟声捂着脸，断断续续道：“我，是我，是我配不上他。”

尚淳奇道："你怎么还配不上他了？"

钟声半天不吭声，只小声地哭，"我跟他说我已经不是处女，他说他不介意，他这样好，我更觉得对不起他……"似乎说道痛处，她扬手使劲拍打身边的男人，哭得梨花带雨，"都怪你，都怪你……"

莫名其妙地，尚淳反倒觉得极为受用，一把搂住女孩的秀肩，感慨，"怪我，怪我。丫头呀你别听他瞎说，除了你的第一个男人，这种事没几个男人不会介意。他现在说不介意，还不是为了骗你上床？"

钟声道："我不信，他不是这种人。而且……我爱他，忘不了他……"

尚淳听得心里一拧，"你还小，懂什么狗屁爱情？"

钟声使劲推他，"你才狗屁，别以为有几个臭钱就了不起，停车，我要下去……"

一时间惹得尚淳又要去哄，车当然是不会停的，直接开到一处隐蔽住所。

钟声当然不会像以前那样单纯，好言好语地劝了人去冲凉，自己赶紧往门外跑，谁知那门不知何时上了锁，钥匙倒有，但是太多。钟声只好拿去门边一把把尝试着开锁，冷不防被人从后面一把抱起，任凭她又踢又打也无济于事。

……

这两天，钟声的电话一直响不停，有心敷衍却躲不过，等她从尚淳那里回来，苏沫已经在宿舍里候着了。

这个点正适合晚自习和谈恋爱，寝室里也没其他人。钟声进门扫一眼，床上被子没叠，书桌乱七八糟，上头搁着的植物、书籍、笔记本电脑，全无被人动过的迹象，走前什么样现在还是什么样。

苏沫坐在椅子上，见着她就问："你跑去哪里了？"

钟声没说话。

苏沫又问："东西在哪儿？"

钟声才从尚淳的战场回来，心里总归有些没底，连走路的姿势都不大自然，又怕被她姐瞧出什么，一听这话，反而松了口气。

苏沫接着道："你要是再这样胡闹，我回去告诉舅舅，让他看着你。这事我不知道还好，现在知道了，我担不起这个责任。"

钟声不以为然，像往常一样对她撒娇，"姐，你要是能告诉我爸妈早告诉去了，不用等到现在，对吧？"

苏沫昨天才受了刺激，哪敢跟以前一样拿她当孩子看待？如今是处处留心，时时留意，只答："舅舅身体不好，你乖些，可别再气着他了。"

"姐，你这话说得好听，"钟声一脸调皮，"你俩想暗地里整人，当然不会闹得满城风雨了。"

苏沫被她说中为难处，没接茬，放缓神色道："声声，姐能力有限，你要的那些钱我这辈子都给不起。虽然我平时给你的零花钱不多，但是作为学生也是够用的，知道你现在大了，穿衣打扮都要用钱，我只要去商场就会给你带些衣服回来。上次你说想换台电脑，我二话不说就给你买了。我虽然帮不上你什么忙，但只要是力所能及，哪一次让你失望过？"她顿一顿，"你……能不能看在以往的面上，把东西还给我？钱我可以给你一些，虽然不多，你以后想出国读书也好，或者结婚买房也好，我能帮的尽量帮……"

钟声坐在桌前，托着腮瞧她，神色里似有些难以理解，忽而开口打断，"姐，你做什么要这样帮着他呢？"

"我帮他什么了？我是担心你。"苏沫急道，"东西在你手上一天，我就担心你一天，塞翁得马，焉知非祸，这话你总该知道吧？"

钟声点头，"就是还有百分之五十的胜算嘛，再说了，找王翦他爸要钱，也是我应得的。"

苏沫一愣，"你应得什么？"

钟声反问："你说呢？"

苏沫想了想，不觉叹息，"是，他的确做错事，但是王翦那孩子还是很好的。现在他儿子没了，就算是不认识的，知道这事也会同情……"

"一码归一码。"钟声冷笑，"我凭什么同情他？拆我家厂子的时候，他同情过我没？我爸腿折了，他同情过我爸没？他儿子没了是他的报应，要怪就怪王翦有个这样的爹！还有啊，我答应把东西卖给他，已经是帮了他的大忙，我已经很有同情心了。”

苏沫看了她半天，越发为那天带她去莫蔚清的住处感到懊恼，“我以前真是一点都不了解你。”

钟声却说：“但是我了解你，姐，你已经被王翦他爸给迷上了吧？狐狸精可不分男女。”

苏沫心里不大自在，正要开口，小姑娘又道：“你别否认，当时我就瞧出来了。”她把桌上的植物挪开些，凑过来说，“姐你可别傻啊，别像我以前对尚淳那样一头栽进去。就说昨天吧，我看他是一大早就在跟踪你吧？这种人……”她摇一摇头，“手段太多，你呢，人又太好。”

苏沫干脆附和，“是，你说得对，我也没想到他会跟着我过来。你也说一码归一码了，先不谈他，那东西是别人交代后事的时候给我的，你总该还我吧。”

钟声笑，“东西放你那里也没用，你和尚淳又没过节。”想了想又说，“姐，你对我好我知道，你在我家住了那么久，我爸妈对你也挺好的吧？我爸现在一蹶不振，又是谁害的？所以呢，你真不该和王翦他爸走太近，你帮他就是对不起我爸。何况姓王的和尚淳一个样，没什么事他们做不出来，利用女人手到擒来，用完了就扔。以前尚淳对我好的时候，可是说尽好话装尽可怜。你当时怎么说我的？说我没有生活阅历，说我愚蠢。可是现在呢？对付这种事，我是过来人了，我现在看你，就像你以前看我一样。”

苏沫不言语，心知这小姑娘，不，这小姑奶奶，手里正拿着炸弹呢，随时可能扔出去，如果技术不好，指不定就地引爆了，一时哪敢得罪和激怒？

钟声见她这样，很自得，“怎样？姐，你是说不过我的，因为道理在我这边。”

苏沫心想，不是因为道理在你那边，是因为我牵挂太多，比不得你没心没肺。她面上一点没生气，反倒笑笑，“算了，我确实说不过你，人跟人不一样，我在你这个年龄可不如你想得透彻，不，完全没有可比性，说起聪明能干，我绝对比不上你。”

没人不爱听好话，何况是自负自傲的孩子？钟声顿时眉开眼笑，扬扬得意。

临出门，苏沫劝她，“周末有空还是回去住住，舅舅他们都惦记着你。”

钟声心情好，自然答应。

苏沫却暗自叹气，想一想仍不放心，折回去又嘱咐道：“U 盘的事，千万不能让尚淳知道。”

钟声趴在床上，一副无所谓的样子，“为什么呀？”

苏沫却心悸，低声道：“别忘了莫蔚清是怎么死的，他杀人不见血。”

到家以后，苏沫尝试着联系王居安，想再商量下解决办法，顺便探探口风。

谁想电话接通，那边只有一句，“已经没你什么事了，没必要多谈”，他说完就收线，等她再打过去，却怎么也不接了，仿佛那晚的促膝长谈只是梦境一场。

事情变得越来越复杂。

先时，苏沫只顾着担心小姑娘，又万分同情那男人，更为自己一时疏忽懊悔无比，可现在，偏偏就是这两人，一个百般狡辩敷衍自己，另一个干脆避而不见，都曾当面说她人好心软，背地却在她最信任他们的时候，利用她的好心，深藏不漏，玩尽手段，各种行事如出一辙。

苏沫忽然生出一种错觉，似乎她被这两人合起来摆了一道。

她忍不住叹息，一边担心钟声万一有事如何向舅舅交代，一边又揣测王居安现在的想法，想来想去，觉得小姑娘说的话并非全无道理。

如此左思右想，又是一夜无眠。

第二天上班，苏沫忽然被王亚男叫到办公室。

王亚男见她脸色不好，笑道：“最近工作忙应酬多，我也知道你辛苦，要不是实在没办法，我也不会找你帮这个忙。”

她态度越客气，苏沫心里越警惕，生怕一不小心又着了这些人的道。

王亚男说：“你也知道，我家那个大孩子的脾气，最近不知怎的，他情绪很不好，成天吵着要人陪他唱歌，跟前的保姆和老师全给他轰出去，说他们唱歌不好听，最后吵来吵去，指名道姓叫苏秘书过去。”她笑着，竟带了几分为难地开口，“小苏，你看，你今天能不能早些下班，过去陪他玩一会儿？哄好了，你就去忙你的。”

苏沫松了一口气，心里却有其他顾虑。

王亚男见她犹豫，笑意略收，说了句：“请苏总监去做这样的事，也确实委屈了。”

“哪里？”苏沫忙答，“我也好久没去看天保了，中午出去见客户，正好顺路，完了我就过去瞧瞧。”

王亚男这才点一点头，叹息，“其实天保就跟孩子一样，心地很单纯，要是谁真心待他好呀，他心里都有数呢。就是因为这样，他才一直记得你。”

苏沫笑笑，没搭话。

工作忙完，她开车去宋家大宅，进了院门，就见宋天保正蹲在地上用小木棍有一下没一下地掘土，挖出蚯蚓来了就随手挑进花圃，整个人瞧上去无精打采。

苏沫也不惊动他，轻轻走到跟前去，蹲下身子瞧他。

宋天保一时没觉得，过了好一会儿，才发现照在脸上的阳光不见了，这才慢吞吞地抬起头。

苏沫不作声，只是笑。

宋天保不作声，也是笑。

两人像小孩一样大眼瞪小眼瞄了半天，苏沫才问：“天保，你不认识我了？”

宋天保还想生气呢，却怎么也憋不住笑意，好不容易才说了句：“对，我，我不认识你，”话才说完，又怕人走了，一把拉住她的手，

"我们去唱歌。"

苏沫轻轻挣脱了，引开注意力道："你不认识我就让我进屋，万一我是坏人呢？"

宋天保人虽傻，内心却敏感，也不懂掩饰，见她抽回手，忙站开三米远，急得脸上冒汗，"我、我、我，对不起。"

苏沫心想，我还真是坏人。

进了屋，苏沫见好几个保姆都在周围忙活，放了心，但也注意和他保持距离。

两人唱歌唱了一下午，宋天保很高兴，也忘了那些事。苏沫却累得不行，她已经三十多个小时没合眼，这会儿更是眼皮打架睁不开，趁着宋天保唱得起劲，便偷懒在沙发上靠一会儿。

宋天保忽然道："这歌，安安喜欢唱。"

苏沫睁眼一瞧，是Beyond的《海阔天空》。她使劲想了想，这歌流行的时候，好像是九十年代初，她还在上小学，而他正当青春少年时。苏沫忽然问："天保，安安是个什么样的人？"

宋天保一愣，"是个男人。"

苏沫乐了，又道："我的意思是，他是好人还是坏人？"

宋天保神情懵懂，似乎又很震惊，就如孩子一样不知所措，过了很久，才小声答："我不知道……"

两人都沉默，宋天保心里却不留事，对苏沫道："苏，你再来唱。"一连说了几遍，没人应声，他转身一瞧，苏秘书蜷在沙发上像是睡着了。

苏沫听见他问，应了几声："好。"

天保却说："你睡觉。"

苏沫迷迷糊糊道："不行。"

对方又说："你睡，我不说，我妈不知道。"

"……"

王亚男回到家，上了楼，见娱乐室的房门大敞，探头一瞧，见着了儿子，问："天保，你在做什么呢？"

宋天保赶紧回头，竖起一根指头在嘴边直比画，“嘘，妈，别说话……嘘，她睡着了……”

王亚男这才发现，儿子刚给人盖毯子呢，心里说：这家伙，三十多年了，也没见你对你妈这样体贴过。她转身往外走，忽然就觉得不对劲，渐渐回过味来，一时整个人钉在了那里。过了一会儿，她慢慢折回去，看见儿子动也不动地坐在那里，不远不近地瞧着沙发上的女人，神色里竟有些着迷的意味。

王亚男心里一凛，颤声道：“天保，你……”

宋天保醒过神，脸上的表情又恢复以往的无知。

王亚男面上虽严厉，倒也怕吓着儿子，放低声音说：“天保，你出来。”

苏沫早已惊醒，没想到自己才打了个盹儿，就被领导撞了个正着，一时尴尬，忙从沙发上起来道：“王工，我们一直在唱歌呢，我刚才有点累，不小心眯着了。”

王亚男看着她，神色复杂，“没事，你可以回去了。”

宋天保却不依，指着外面，“天还是亮的。”

王亚男冷着脸，“现在快夏天了，天黑得晚，苏秘书也累了，她要回去休息。”

苏沫就怕他这样，趁人不注意，已经走到门口，宋天保更急了，咧着嘴做出要哭的样子，含含糊糊地也不知在叫嚷什么。一时间，她走也不是，不走也不是，只得站在门口看王亚男的意思。

王亚男正眼也不瞧她，皱眉道：“赶紧走吧。”

苏沫直觉她脸色不对，却也没往那方面想，还没走到楼下，就听宋天保竟是放声大哭起来，其间夹杂着王亚男中气不足的呵斥，又隐约听宋天保抽噎着问：“苏，她什么时候还来？”

接着是王亚男道：“不会来了。”

“不行！我要她来！”

“天保，这事我说了算，我说不行就不行。”

宋天保扯着嗓门道："我说不行就行……我说行就不行……"他认真想了一会儿，终于理清头绪，更大声喊，"我说行就行！"

王亚男气不打一处来，她毕竟年岁大了，又在外面忙活了一天，觉得累，被儿子这样闹腾，越发力不从心，腹部隐隐作痛也没在意，只听得楼下大门关上人已走远，才苦口婆心地劝："天保，妈知道，你现在长大了，想法多了，但是这件事上，你一定要听妈一回。她……那个苏秘书她离过婚有孩子的，就算你跟别人有些不一样，就凭你这身家，也有漂亮的黄花大闺女争着嫁你，何况她还跟人不清不楚，你看中谁也不能看中她呀。"

宋天保哪里明白这些，使劲消化了半天，他神色向往，说了句："苏，她很漂亮……"

王亚男瞧得一愣，忽觉筋疲力尽，叹一口气道："下楼吃饭去。"

宋天保似乎想到什么，眼珠子转了转，嘴一撇，头一摆，"我不吃饭！"

王亚男扬起巴掌，"再胡闹我可打你了。"

宋天保一字一句，"苏来，我吃饭。"

王亚男二话不说，转身下楼，有心饿他一顿。

偌大的饭桌，一桌子菜，今晚却只有她一人坐在跟前，顿时心生悲凉，一时冲动，找了家里两位保姆过来道："你们也坐下一起吃吧。"两保姆受宠若惊，推脱几句，忙拿来碗筷摆上，她却又嫌人脏，"算了，还是各吃各的。"

这顿饭食之无味，王亚男又时刻关心楼上动静，更加心不在焉，直到有电话进来，说魏董转让股份一事目前进展顺利，她的心情这才好些。

连日来，苏沫在公司总觉得不自在，似乎领导比以往对她关注更多。

有时候她在格子间布置任务，王亚男遇上了，必定会停下来瞧一番；有时候在茶水间和同事说话，王亚男路过，又会多瞄她两眼；如果一起出门应酬，王亚男的视线也时不时往她这边扫过来……一开始，苏沫心里还有点发毛，可是近来烦心事不少，渐渐也就豁出去了，心说上有政策下有对策，走一步看一步，若真有问题，等事情来了再想办法。

这边，王亚男也头疼，原想找个理由狠心把人开了，谁知竟找不出任何说得过去的把柄。

这姑娘吧，算不上如何优秀特别有才，但是为人很有分寸，放这里能用，搁那里也能使，不管在哪儿都能适应，见着谁都是一副笑模样，不动声色却能唬人。水平一般吧，又总给人一种面面俱到的错觉。结果是部门以外人缘好，部门以内也服她，工作能吃苦，行事有眼色，清洁工大妈亲近她，客户很少防备她，走势低迷不抱怨，行情高涨却低调。

王亚男一合计，更犹豫，现在的年轻人要么恃才傲物爱找麻烦，要么看着低调其实水平也低，能做到这丫头的份上也算特殊人才。再深想，更懊恼，怎么但凡自己看得上眼的，那小子就要上去掺一脚？留吧，是祸患，不留，培养了这么久还真可惜，何况看起来忠心耿耿一路追随，最后到底是忠是奸竟然连她也不能看透，这可有点意思了。

王亚男下班回家，宋天保见着她就来劲，一声不吭。

对于孩子，她心底总有深深的补偿心理。

当年王亚男也是普通人，老公又走得早，婆家也渐渐看不惯她。她性格好强，带了天保离家出走，跟着大哥学做生意，为了谈成一笔和客户软磨硬泡，追到人家里，大冬天把还不会走路的儿子搁楼下弄堂吹冷风，结果生意谈成，孩子高烧四十度，肺炎吊水十多天，大脑壳快被扎成马蜂窝。

就那几年，类似的事不知道发生过多少。

连宋天保被人推下楼摔成傻子的时候，她还在牌桌上盘算着怎么才能把钱给输出去。

以前孩子正常的时候，每天都要说个七八遍“妈妈你再不早些回来，我就不和你玩了”，摔傻以后却再也不说了，一次也没说过。

生意做得越大，王亚男心里就越觉得亏欠。这会儿，六十岁的人却绞尽脑汁跟儿子套近乎，说什么他都不理，只提一句“苏秘书”，小浑蛋立马来了精神，凑过来问："她来了？来了吗？"

王亚男叹气，忽然问："天保，你真的喜欢苏秘书？"

天保脸上泛起羞涩，那一瞬，仿佛变回一个头脑正常、性格腼腆的大龄未婚男青年的模样，让当妈的看了不免心旷神怡。

王亚男又问："要是……安安也喜欢，怎么办？"

王居安的临海别墅门口，有辆车停了几乎一晚上。

苏沫决定直接过来逮人，到了大半夜，那人才开着车回来，任凭她连按喇叭也不理会，直接驶进院子，以前那院门是一直不关的，这回才进去就立时被合上。

她发了条短信过去，"我等到你出来为止。"

过了大概半支烟的工夫，那门缓缓打开，王居安方露面。

苏沫下了车，好言相劝，"能不能先拖着别给钱，总有办法可以拿回东西。"

王居安说："现在不是我给不给钱的问题，你那个表妹又坐地起价想糊弄人。"

苏沫没料到，听得一愣，却直言："我管不了她，我来找你就希望这事能看在我面上，你不要太决断，都给对方留条路，总有办法……"

"笑话！"王居安冷哼，"我用得着求她留什么路？早说这事跟你没关系了，赶紧走。"

苏沫气道："你过河拆桥？"

王居安顿一顿，"是，我过河拆桥。你那个表妹已经无药可救，不连累个把人她不甘心。现在这事就是我跟她还有尚淳之间的买卖，跟你没半毛钱关系，你有多远走多远，别再瞎掺和，就这样。"

他说完就走，半分钟也不多挨。

苏沫急得一拍车前盖，"你、你给我站住！"

王居安全不理会。

苏沫又道："不管三百万、三千万还是多少，你肯定不会那么容易给她，你恨她都来不及又怎么可能让她占便宜？"

他果然停下。

苏沫心跳急速，知道被自己说中，缓一缓又道："你有那么多办法，说不定现在连录音都备齐了，到时候让她吃不了兜着走也不是没可能。"

王居安这才转身，略微扬眉，表示认同，"小姑娘青春年华，又好面子，能走法律途径解决当然最好。万一证据不足，试试其他方法也未尝不可，不信搞不死她。"

苏沫听得背脊发凉。

他接着道："你比不上她愚蠢，却比不过她心狠，一个聪明又不够心狠的人，注定比别人活得痛苦，还不如糊涂些好。"

苏沫看着他，慢慢开口，"钟声要是在你手上有个三长两短，你让我以后怎么办?"

王居安走近些，"我本来想算了，可惜她这回自己撞枪口，臭丫头人蠢胆肥，想当初我跟王亚男斗的时候，王亚男连屁都不敢放一个，乖乖走人。她倒好，仗着手里有点东西就讹我。我跟你讲，"他低头，狠狠盯着她，轻描淡写，"这世上，从来都是我威胁别人我欺负别人，就算要讹，也是我讹别人！没人敢威胁到我头上，以前没有过，以后也不会有。"

苏沫微一摇头，压抑着情绪道："如果钟声有什么事，我舅也活不下去，会死人的。"

王居安侧头看向旁边，听也不要听。

她颤声道："你也是做父亲的人，感同身受不是什么难事。"

他几乎咬牙切齿，沉声呵斥："你给我闭嘴!"

"是，我强人所难。"苏沫忍着泪，继续道，"我不相信你对我毫无感情，只剩下利用，如果我舅有什么事的话，我们、我们……"

两人都不作声，过了很久，他才闷声问一句："会怎样?"

苏沫含泪，低声道："还能怎样?老死不相往来。"

他一言不发。

苏沫上了车，见他仍杵在那里，一时气不顺，直接放手刹，踩油门冲过去。

他却避也不避，动也不动，只拿眼盯住她。

快到跟前她才一脚踏紧刹车，车子猛地停住，自己倒吓出一身冷汗。她低头歇一口气，不再看他，马达轰响，倒车调头，一路飞驶下山。

过了小半月，钟声那边仍无动静，苏沫又往南瞻大学跑了一趟，上班晚了些，赶到保顺科技。她进电梯，周远山出电梯。

周远山不常来，但是两人撞见了都要聊一会儿天，这次却没多说，都有心事，各自行色匆匆。

电梯门快要关上，周远山却转身，瞧一眼里面，除了苏沫再无别人，他隔开门，点一点她，说了句："又有变化了。"

苏沫是丈二和尚摸不着头脑，问："什么意思？"

周远山只说："等会儿就知道了。"

他一派高深莫测，苏沫忍不住追问："到底什么意思？"

周远山却转身走人，只冲她摆一摆手。

苏沫觉得莫名其妙，谁知前脚才进办公室，跟着就有内线打过来，王亚男传她过去。

敲开门，王亚男从她进来到走至跟前一路打量，末了才说："坐。"

苏沫坐下，她又沉默不语，像是还在考虑，直到翻完桌子上的最近一期内刊，才道："前段时间，你是不是去别家公司应聘过？"

苏沫心里暗叹，自知终究躲不过，平静应对，"是的。"

"你为什么这样做？"王亚男看着她，"要是换作别人我还能理解，但是苏沫，你是我一路提拔上来，你心里要是有什么想法，实在没必要背着我偷偷摸摸。"

苏沫直言："当时是猎头主动找上门，坦白说我也有点动摇，自我感觉虽然付出努力取得成绩，但是没有得到足够重视和升职的机会。"她估计王亚男应该对实情不太了解，很可能只是道听途说，于是接着道，"猎头的意思是，对方老总希望我能过去帮忙。我过去和人见了一面，各方面感觉都不错，但是后来还是放不下老东家，也觉得这事自己没处理好，所以最后还是回来，希望领导能给我一个竞争上岗的机会……”

王亚男道：“这么说，你倒把送上门的机会给推了？”

苏沫没答话，算是默认。

王亚男笑一笑，却道：“我建议你，现在先把手头的工作做个交接，过几天，还是去别的地方上班吧……”

王亚男说完，似乎在观察对方的反应，她越轻描淡写，苏沫就越觉得愤怒。

苏沫尽量控制情绪道：“我一直为公司尽心尽力，没想到会是今天这个结果。”

“不错，”王亚男满意地笑笑，“你确实很好，但规定是规定，独董不得参与企业内部运营，所以只好先请你去别的公司挂个职。”

苏沫怔住。

王亚男继续道：“最近集团层面稍有变动，走了几位董事，留下空缺，我这边打算提名你和周律师为新独董候选人。周远山在事务所任职，又是市里并购重组委员会的委员，所以问题不大。你虽然不是专业人士，但也参与过上市公司的运营工作，还算有一定经验，唯一的问题是，你现在需要换一份新工作。”

苏沫听到“独董”二字有些发蒙，等想明白过来，又紧张得手心冒汗手指微颤。

又听她道：“以前我就说过，在我最困难的时候还能不离不弃的人，我王亚男不会亏待她。”

苏沫觉得自己的一颗心几乎要撞破胸腔，一时热血澎湃，诚恳说：“谢谢您。”

王亚男并不拿她的道谢当回事，平淡开口，“这也是你当初选择的结果。我给你机会和平台，至于有没有这个本事更上一层楼，关键还是看你自己。”

苏沫忙说：“谢谢您对我的信任。”

王亚男没接这茬，“你现在的情况，就和我年轻的时候差不多。”她顿一顿，“在安盛，独董除了享有年度津贴，获得股票期权以外，如果对公司有一定贡献，还能得到适当股份奖励。当然，独立董事持有的股份不得超过百分之一。这些你应该都了解？”

“是的。”

王亚男十指交叉搁在桌上，认真看向她：“上下级之间也讲缘分，尽管我用人不拘一格，也从来没有这样破格提拔过谁，我相信，这种机遇在你的人生道路中绝不多见。”

苏沫点头。

王亚男又道：“根据我的了解，你也不是那种目光短浅的女人，所谓成事不说，遂事不谏，既往不咎，这个意思你应该明白？”

“是的。”

“如果以前有什么说不清楚的事，从现在开始，都要抛到脑后，”她忽然一声叹息，才道，“苏沫，千万别让自己后悔，也不要让我失望。”

苏沫心里一滞，低声说：“是，我明白。”

王亚男这才笑笑，“行了，你先出去，过两天参加资格培训，具体时间秘书会通知你。”

苏沫回到自己的办公室，这一路脚步虚浮，背上虚汗直冒，心里也跟着发虚，思忖半天，想给周远山去个电话，却又搁下，暗想一定稳住，不要太过喜形于色。

大脑暂时放空，苏沫将座椅转了半圈，面向落地窗，一手挑起百叶窗帘，室外的阳光照进来，拢在身上暖洋洋的。她靠回椅背，闭上眼，盘算那百分之一的股份大概市价几何，最后，不觉轻轻笑了一声。

周远山果然先她一步打来电话，约好周末培训的时候详谈。

星期六，两人一起参加培训，班上一共十人，除了苏沫和周远山以外，其余都是五十岁左右有一定社会地位的男士。

周远山是律师，年龄三十三，虽年轻了些，但是因为职业关系也不显特别。

其他人都对苏沫的资历感到好奇，有人问她年纪，苏沫往大里说自己三十出头，又问学历，她就答是“工商管理硕士”，实际 MBA 在读，大几万的学费已交，还剩几个月才毕业。再旁敲侧击问她家庭背景，周远山便模棱两可地替她接招，“以前有十几二十岁的司令，现在有二十来岁的市长，只要业绩优秀，三十岁的独董也不算稀奇。”

话一说完，两人不觉相视一笑。

下了课，找一家咖啡店坐下，苏沫才称一声“周律师”，周远山就说：“以后就是同一个战壕的阶级战友了，还是直呼其名比较好。”

苏沫笑道：“好的，周董。”

周远山也笑，过一会儿道：“回来这么久，一直想找你多聊聊，一直也没机会。”又问，“这事你怎么想？”

苏沫反问：“你怎么想？”

周远山笑起来，“认识这么久，你还跟我兜圈子。”

苏沫说：“现在只是提名候选人，不一定能成。”

周远山却道：“老太太既然这么说了，肯定有把握，这么些年一把手不是白当的，烂船还有三千钉。”

苏沫点头，“那是。”

周远山看她一眼，才道：“改朝换代不难，难的是一人独揽。”

苏沫喝一口咖啡，没作声。

他换了语气，接着道：“我这边无所谓，原本就是他的一颗弃子，但是你不一样，还有选择余地，究竟是弃暗投明还是站去对立面，要看你自己的意向。”

一番话触及苏沫的难处，她心里一滞，似乎泛起隐隐疼痛，面上却笑笑，“这话我听不太明白，我一开始就跟着王亚男做事，不存在什么对立面。”

周远山也不点破，“一般情况下，女人不会这么选。”他喝咖啡，转移话题，“你也知道，国内绝大部分上市企业里，独立董事也就是起个花瓶的作用，但是独董享有表决权，老太太身边只有我俩是一路跟着她过来的，所以我们就是去给人助阵的。”

苏沫问："你觉得她会有大动作？"

周远山说："我觉得王居安现在……"他略微笑笑，"不太容易啊。"

苏沫顿一顿，说："你是过来玩无间道的吧？"

周远山笑起来，"就算你是，我也不会是，我没那个立场，也没那个度量。"

苏沫直接说："要是我立场不对，王亚男也不会用我。"

周远山探究地看着她，"你的防人之心越来越重了。"

苏沫不以为然，"有些事说清楚比较好。"

周远山摇一摇头，有些感触，"其实王居安这个人，除了私生活方面，作为领导，还是很有一套的。"

"他以前那样对你，你倒还替他说话。"苏沫不觉叹了句，"人和人终究不一样。"

周远山笑一笑，忽然说："所以我估计，你是不希望和他产生金钱上的瓜葛。"

苏沫不作声，隔了数秒才答："我倒是很希望和钱产生纠葛，钱对我来说很重要。"她笑笑，"我这人其实很庸俗，谁给我好处我就跟谁，你一定不要把我想得太好。"

周远山点头，"也对，君子爱财取之有道，人不能活得太极端。"他似乎想起什么，叹息，"我之前在大马，认识了一群教友，当时多亏他们一直陪着我。我去教堂听他们唱诗，开始那会儿看见有人唱得泪流满面，觉得不可思议，我以前从不相信世上会有这样虔诚的人。后来接触多了，发现他们生活清贫但是很知足，再后来我也受了洗，虽然不能做到以前那样无愧于心，至少平静了很多。"

"你对自己要求太高了，这世上没有谁能做到真正无愧于心。"

周远山却说："《约翰福音》里有一段，你可能听过，一个妇人行淫被抓，耶稣说，你们谁没有罪的，可以向她扔石头，结果大家都不扔。"他苦笑，"我当初不明白这个道理，悔之晚矣。"

苏沫想起莫蔚清，心里哪能不惋惜？如今多说也无益，她只能劝道：“关于这个故事，我和你的理解不同。”

“怎么不同？”

苏沫笑道：“那些人不扔石头，不是因为定不了这个女人的罪，他们只是更想宽恕自己。我们这些普通人，可能到死都治不好贪、嗔、痴的毛病，所以这辈子只用忙着宽恕自己就够了。”

周远山想了想，也笑，“你这是在劝我不要和自己过不去。你很会安慰人，”过了一会儿，他又说，“我听说还会增加一位独董，有背景的。”

苏沫警觉，“是谁？”

“好像是尚淳。”

苏沫再没心情闲聊，才和周远山分开，钟老板就打来电话，说家里做了节瓜瑶柱炖猪展，叫她早些回去喝汤。

苏沫问：“声声回了吗？”

舅舅挺高兴，“回了，一早就回了，钟鸣和她对象也在，你舅妈准备了一桌子菜，就等你了。”

苏沫想了想，扯由头说自己下午还有董秘研修课程，上完课再过去。

她又往南瞻大学走了一遭，再去钟家，看到表妹，又见她暂时无事，心里也有了底。两人都像没事人一样，极有默契地对先前的事避开不提，一家子难得齐聚，其乐融融。

转眼又是一周，距离董事会召开临时会议的日子越来越近，苏沫心里的自得和欣喜却慢慢降温，更多的局促和不安逐渐取而代之。

回集团开会那天，她精心打扮，既不想显得过于隆重，又希望自己给人更加干练精神的印象。

路上遇见旧同事，大家对她既热络又客套，一行人上楼，她借由光滑的电梯墙壁打量自己，妆容适当，发丝服帖，衣着齐整。

电梯门开，她深吸一口气，这才一脚迈出去，心情再也不同以往，虽早已做过心理建设，手里仍捏着一把汗，只愿不要太快撞见那人。

谁知才转了个弯，就听见王居安在和人交代工作，他嗓音有些儿低，略带鼻音，似乎感冒了，偶尔侧过脸去轻轻咳嗽一声。

苏沫心里紧张极了，听见他咳嗽，一颗心就不由自主跟着使劲往上一蹿，她却不能避开，一时想着，他应该早就看过提名材料，太阳底下没有新鲜事。一时又自我安慰，我只是做了对自己更有利的选择，我和他之间也没有任何承诺，并不亏欠他。

即便如此，她更希望隐身在人群里，永远不会被他发现才好。

另几人纷纷同他招呼，王居安抬头回应，不经意间瞧过来。

两人视线相撞，他明显一愣。

苏沫不得不出声，平常神色，“王董。”

他看着她，没作声，过了一会儿，视线终究是落到别处。

会议准时召开，苏沫往全场打量一眼，唯独漏掉主座上的人，她没瞧见尚淳，立时放下半颗心，再看见周远山时，心里更平静了些。

前半程无非是宣布提名，总结工作，并无特别。王亚男几乎不发言，有两位董事却忽然话锋一转，指出王居安在接管之初做出的在短时内将安盛市值提升的承诺并没完全兑现，又说几项投资项目的审批过于激进，不合常理。

另一边的人马立时反驳，说欲加之罪何患无辞，前任留下的窟窿已经补得七七八八，市值也有所提升，情况正在好转，想大幅度提升就需要更多的时间。

一时两方人马吵得面红耳赤，不可开交。

董事会议上的问责和争论本是常事，大不了会后互拍肩膀说一声“都是为了公司好，没有私人成见，只是在商言商”，可这一次大有愈演愈烈的趋势。

忽然有人喊了句：“由于现任董事长工作失职，影响股东们的收益，我要求董事会能通过罢免提议。”

这话一出，像是平地起炸雷，过后又鸦雀无声。

苏沫心里咯噔咯噔的，没想到第一次出席会议就遇上这么一大出戏，她抬眼看过去。

王居安看起来极其冷静，并不多解释，像是在对待一场闹剧。

他笑一笑，态度温和，“罢免高层是大事，应该走流程最后投票解决，即使……”他毫不掩饰自己的讥诮，“我到任时间不长，但是工作绩效有目共睹，我相信各位大股东不会和自己的利益过不去。即使新增了两位独董，我也有把握能继续留任。”

王亚男许久不说话，这会儿忽然开口，“当然应该按流程办事，但是现在人到的不齐，即使得出最终结果，也可以宣布无效。”

王居安嘲弄，“还差了谁？您的人该来的一个也不少，难道连天保都被人给搬出来了？”

王亚男一点没生气，笑道：“你忘了，魏老走了以后，还少了位大股东，”她侧头看向大门，对外面人道，“进来吧。”

会议室大门被人推开，门外两人西装革履，道貌岸然，王思危首当其先，身后跟着一位戴眼镜的老者。

众人皆不防备，低声议论，王思危的出现已叫人起疑，他身后那人的来头更让大家好奇。

王居安知道这老头并非接手魏董股份的新股东，只觉得他似曾相识，越是回忆越发想不起来，等人走近，瞥见他微抬眼镜的儒雅姿势，以及镜片后的锐利眼神，脑子里忽然灵光闪现，他认出这人，是父亲生前的一位旧识，与王家人不常碰面，但似乎又一直有联系。

数年前，王居安曾和他打过一回照面，隐约听说这人从事法律行业。这会儿，他心里升起不祥预感，却不动声色，又转眼打量那位许久不曾碰面的兄弟。

王思危一瞧见他姑就憋不住换作满脸笑模样，被王亚男扫了眼，才收了些笑，有模有式地和各位董事点头打招呼。

王亚男和蔼笑道：“相信这位姓甚名谁不必我多做介绍，嫡亲王家人，我侄儿，我兄长的爱子，也是崇文置业的老总，现在安盛控股的第一大股东。”

王居安一听“崇文置业”几个字，一颗心忽地沉下去，脑子里立马转过弯来，先前只当王思危和魏董的一同出现是明修栈道、暗度陈仓，所以才一心叫老赵等人防着宋家亲戚，谁想正好着了这老狐狸的道。

他心底懊恼焦虑，却不忙说话，早有人问出来：“崇文置业只是接手了魏董的股份转让，按所持份额估算，还够不上第一大股东吧？”

王亚男眼风扫过去，“加上我兄长的遗产，他父亲留下来的股份，你说够不够得上？”

其余人你看看我我瞧瞧你，窃窃私语。

林董素与王居安交好，愤愤不平，“亚男，你现在是副董，早先居安上任的时候，你和他签署过协议，托管的股权全部交给他打理，怎么能言而无信呢？公司的情况才有好转，都是一家人，何必闹成这样？”

王亚男道：“老林，我也是没办法，我原是爱惜人才所以签了那样的协议，但是这段时间来天天心里难安，我们中国人讲究死者为大，亲哥的遗愿，我就是再有能耐，也不敢违背。”

林董听得一知半解，摊手道：“这、这是唱的哪一出，你到底是怎么个意思啊？你找他来……”他指指王思危，又连连摆手，“这位，我真的不好说，也不敢说。”

王思危磨不开面子，冷笑，“林老，您有什么说什么，我听着就是了。我这人最能接受别人的意见……”话音未落，又见王亚男一眼瞪过来，立即闭嘴。

底下又是一片嘈杂，都或明或暗打量首位那人。

王居安一直没说话，这会儿只一合上跟前的笔记本，四下里便安静下来。

他表面无事，直接道：“鉴于王亚男副董在现任董事长，既本人履行职权期间未经本人允许擅自发出临时会议的通知，通知形式违反公司章程，所以本次会议任何决议、任何提案将全部作为无效处理。”他似乎仍如以往那样随意，“今天就这样，散会。”

王亚男却笑，“你这是想为自己争取时间吧？也算沉得住气。不过你这人吧，就是太自负，不把人放眼里，我哪里需要搞什么决议出来呢？各位董事更加不必急着投票。”她环顾其余众人，“我今天请了程律师过来，程老是老王董的旧识，现在需要解决一点我老王家的私事，希望几位老董事能留下来做个见证，其他人请暂时回避。”

一席话越发勾起大家的好奇心，室内更为安静，所有人的目光全部投向和王思危一同进来的老者。

王思危笑起来，“姑姑，在座的不是老熟人就是你的得力干将，您就别吊人胃口了。”

王亚男白他一眼，“好歹做了几十年兄弟，还是给人留点面子吧。”

台上两人一唱一和，台下众人看热闹，王居安冷眼旁观，打断，“我自从进安盛工作以来，从没存过私心谋过私利，我自问无事不可对人言，各位董事的时间就是利益，你不如痛快点，有事说事。”

程律师看了王亚男一眼。

王亚男似乎无可奈何，点一点头。

程律师这才从包里小心翼翼地掏出一摞材料，展开了，开始追忆往昔年华，又表示为认识老王董这样的好友深感荣幸。

王思危一听不耐烦，“您就别绕弯子了，我爸走了这么些年，谁晓得跑哪里投胎去了？听不到了，赶紧的，说正事。”

王亚男笑，“知道你这几年受委屈了，不急一时，程律师认识你父亲多年，友谊深厚，有些话不说他也心里不痛快。”

程律师被年轻人挤对，不以为意，清清嗓子，字字清晰地开口，“作为老王董的遗产律师，我在这里郑重宣布，根据已故挚友的遗嘱，其名下绝大部分动产、不动产将由其子王思危先生继承，又因念及数十年来养育之情，临海路 7 号别墅一幢将赠予养子王居安先生，留作纪念。”

热油里倒进凉水，会议室里顿时炸开锅，无人不惊愕。

王思危靠回椅背上，津津有味地逐一打量过去，心说都傻了吧？可憋死我了。

王居安哪能预料？脑袋里轰的一声，终是变了脸色，猛然抬头，望向王亚男，艰难开口：“你这是什么意思？”

苏沫只感到惊心动魄，虽然周围乱哄哄一片，恍惚中却仍能听清他的言语，未及消化，心里已经不是滋味，像是有一口气卡在嗓子眼呼不出来，手指尖也跟着阵阵发麻。

王亚男没搭话，只对其他人道："我这里有遗嘱的公证，大概情况各位都已了解，实际上，王居安和我们王家没有半点血缘关系，手上也并无多少股份，如何能保证他不存私心？何况他为人刚愎自用，狂妄自负，多次与各位老董事产生争执，工作上更加毫无建树，这样一个人，又如何能代表大股东们的利益？即使能在安盛留任，充其量也只能作为普通经理人，勉强保留总裁一职。"

缓了缓，她又说："这原是王家私事，为了安盛的前途，两害相较取其轻，我不得不自曝家丑，但是，为避免不必要的麻烦，在这里我恳请大家能给我王亚男两分薄面，对外守口如瓶……"

林董一脸错愕，还要说什么，想了想，抓过那摞纸张细瞧，一路读完，一直看到故人的手写信笺和亲笔签名，最后一声不吭。

另有董事开口，"你们王家的事，我们这些外人不好干涉，先解决内务，再解决外事，还是希望以大局为重。"又摇头连叹，"祸起萧墙，败象也。"

旁边，周远山也忍不住小声骂一句："狸猫换太子，真狗血。"

苏沫置若罔闻，只是难以抑制地，目不转睛瞧着前面那人。

周远山轻碰她的胳膊，"走了。"

苏沫方回神，才瞧见其他人都往外走，忙起身跟着出去。

王亚男吩咐她侄儿道："你去外面等。"

椭圆形红木会议桌旁只余两人。

王居安半天没说话，过一会儿开口，恨声道："人都死了，死无对证，我凭什么信你？"

王亚男叹一口气，压低声音，"我哥嫂是死了，还有一个人却活得好好，你回去问问就知道了。"

王居安瞪着她。

“老张。”

王居安仍是难以置信。

王亚男摇一摇头，“当初我大嫂不能生，我哥就花了些钱，让老张去领了一个回来。”她看着他，“孽债，你觉得呢？”

王居安没说话。

王亚男又道：“你小时候不是常抱怨，你爸对天保比对你还要好吗？还有，自从思危被接回家里，你爸就只顾着他了吧？”

王居安顿一顿，“我原以为……他比我小，他妈又死得早，所以我爸疼他多些。”

王亚男没理会，“我大嫂这个人，到死都容不下王思危，只要我哥对王思危好点，她就赌气对你更好。我哥不在跟前了，她也没心思搭理你，你还记不记得？”

“……”

“还有，你都三十多了，但是你爸去世前却把股权交到我手里，你满腹牢骚。他哪里是怕你败家，只是那会儿，思危还没玩醒，经验和能力都差了点。我哥的意思，希望你能帮他一把，又担心你和他争家产……”

王居安心里一阵隐痛，那疼痛越来越清晰，几乎压制不住，他屏住气，打牙缝里挤出几个字：“不要说了！”

王亚男叹息，“往好处想，他们帮你把王翦一手带大，你也该知足了。”

王居安胡乱摸出一根烟来，打火机却怎么也打不着，不死心，三番四次后，手已颤抖，干脆烟也不抽了，直接揉成一团扔桌上。

王亚男道：“以前是没说开呢，况且，就算找个再好的职业经理人，也比不得你这样尽心尽力，现在你都知道了，这为他人作嫁的事还有滋味吗？”

王居安抬眼，盯住她，额角青筋隐隐跳动，过一会儿，他忽然笑起来，“从一开始，你就想翻盘，有意等我用手头所有的资产给安盛抵了债，让我一无所有。不愧是玩弄权术和资本的大鳄，要不是这场闹剧，我会输得心服口服。”

王亚男也笑，“小子，怎样，我没比你白活这么些年吧？”她轻描淡写，“还有，你那些什么资产和人脉，哪一样不是站在我们王家的肩膀上得来的？我收回自家的东西，也不算胜之不武。”

“我没觉得你赢了。”

王亚男不再多说，站起身来，走前拍拍他的肩膀，“我惜才，可惜你不是我儿子。这样，我给你留点面子，下个月的股东大会，你自动请辞。”

周远山把车开过来，摇下车窗瞧了她一会儿，才问：“你不走？”

苏沫坐自己车里，有些茫然，“我还有事。”

周远山直接道：“你等了快半小时了。”

苏沫低头，不去看他，只说：“你先走，我再等等。”

周远山摇一摇头，没再多说，车子开出去，油门却轰得大了些。

苏沫一直等到下班，又等到天黑，停车场里逐渐空旷，直到临近午夜，大楼即将关闭，才看见王居安的身影。他低着头，手里夹着半截香烟，昏暗里，似乎连步伐也显出困顿，全无往日的意气风发。

他没瞧见她，或者说，他全无心思留意周遭。

苏沫轻轻按一下喇叭，他忽然瞧过来，看清了人，脚步略停，仍接着往前走。

她下了车，跟在后面，王居安冷不防转身，很不耐烦，“你在这里干什么？”他脸色十分难看，“别过来，我见着你就烦。”

苏沫不忍心仔细看他，却不得已走近一些，想说话，不知如何开口。

王居安打量她，吊儿郎当地抽一口烟，烟雾喷在她脸上，他笑，“怎么，笑话还没看够？”

“不是……”

“你是聋了还是听不懂人话？”他伸手按住她的肩，凑到她耳边，轻轻地，一字一句道：“我跟你讲，我现在最不想看见的人就是你，我最不需要的就是你的同情，我……”

“你……除了冲我发脾气，你现在还能怎样？”

王居安气极，狠狠盯住她，手里不自觉使了劲。

肩头被人捏得生痛，像无法挣脱的桎梏，苏沫往后缩了缩身子。

他这才松手，别开眼，望向别处，忽然一声叹息，“我……”他似乎很犹豫，烟卷递到嘴边，用力吸上一口，再出声时，嗓音已然低下去，“特别不想……让你看见我现在这样。”

她说不出话，只能强忍眼泪，把手里的东西递过去，“拿着吧，我走了。”

第十七章 ✦ 倒戈

出身、 财富， 就连一份体制内的工作，
都能把人分成三六九等， 可惜站在顶端的只能是少数。
这世上活得憋闷过得委屈的， 永远不只你一个。

苏沫回到车里，拿纸巾擦了擦眼，过了一会儿仍没听见那边的动静，她发动汽车，嘈杂的马达声中，心思更加烦乱。

第二天，钟声一清早打来电话，开门见山，“姐，我的东西不见了！”

苏沫还没起床，懒洋洋应付，“什么东西？”

“你说呢？”

“你不说我怎么知道？”

“我同学说你最近来学校找了我好几次，你明知道我上周六回家了，你还来？”

“那又怎样？”

“姐，实话跟你说吧，我之前申请的几所美国大学，现在已经有消息了，只要签证下来，拿到那笔钱我就能买机票出国了。”

苏沫说：“三千万得买多少张机票啊？你这辈子都飞不完。”

“姐！”钟声在那边急得跺脚，“我现在就想出国，我知道姓王的不会那么容易放过我，我打算拿了钱走人，现在就差临门一脚，你不能这个时候跑来偷我的东西。"

苏沫揉揉额角，"什么偷不偷的？声声，别说那么难听。"

钟声气道："不问自取，不是偷是什么？"

苏沫笑起来，"我去给你养的花翻翻土，你那盆花是不是经常翻土呀？难怪长得那么好。"

钟声耐着性子问："你是怎么知道的？"

苏沫起床刷牙，含糊道："上回，你一进门就盯着那盆花看，我一看，养得挺好。你这孩子，被子不叠，桌子不收拾，在家的时候别说养花了，吃饭喝水都是别人递到跟前，你就是个花骨朵，还要一屋子人养呢，怎么突然有那个闲心？你不是做这种细致活的人。"

钟声有些泄气，放软声音，"姐，你真聪明，好吧，我不要三千万，他愿意给多少我就拿多少，你把东西还我吧。"

苏沫漱了口，一边化妆一边叹息，"声声，别再糊弄我了，你姐我，吃的就是揣摩人心这碗饭。我以前不防你，是拿你当孩子，当你是亲妹，我要是有心防你，你半点便宜都讨不到，你连我都赢不了，怎么和那些人精斗？"

钟声不理会，直接道："东西还我。"

"不在我这里，你也别存那些花花肠子了，对大家都好。"

钟声直接撂了电话，靠在窗户旁想了半天，气得胸前起伏，又把电话拨出去，等那头接了，问："你真的爱我吗？"那边回了话，她又说，"我也爱你，我这里有样东西，你一定喜欢，想不想看？"

苏沫去保顺上班，接连几天都心绪不宁，偏偏王亚男只要出门办事都会带着她，如果有重要事项，还不忘耐心提点，极具亲和力。苏沫受宠若惊，更无暇分心。其间，从蓉打电话来叫她去吃饭，等下班以后过去，她才知道赵祥庆也在。

三人边吃边聊，苏沫看见老赵心里就不舒坦，总想起王居安，不知道那人现在怎样。但又不好意思开口去问，就不由自主多看了老赵两眼，她看过去，老赵便也瞧过来，就是不说话。

从蓉对她笑道：“你嘴巴够严实啊，我们都是听了小道消息才知道。”

“什么？”苏沫装傻。

从蓉道：“别装了，上次董事们临时开会，你也在吧？一天之内天翻地覆，这么重要的事，我从你这里连点风声都没听到。”

苏沫道：“高层谈话，涉及保密协议。”

从蓉笑，“少来！”

苏沫心里惦记着，问：“公司里最近又流传什么消息了？”

从蓉还没搭话，赵祥庆倒扑哧一声乐了，越笑越起劲。

从蓉骂：“你毛病吧？”

“不是。”老赵摆摆手，“你想啊，那是什么年代呀，三十多年前啊，买菜、买面、打酱油都要排队，物资紧缺啊，各种计划限购，那时候钱多值钱，一只猪娃三分钱，结果呢？人一个男娃就要三千块！”他一拍桌子，“我就说嘛，老王这样会做生意，看来是遗传，当年老王他亲爹光卖娃就能发呀，三千块！”

苏沫心想：都传成这样了啊？

从蓉说：“我们这边的版本是，没给钱，白送。”

老赵说：“不，多少还是要给点的，不然人家图什么？”

从蓉心急，气道：“你跟我争这些有什么意义？”她看了苏沫一眼，“听听人家官方怎么说。”

苏沫却不能像这两位一样置身事外，低头扒饭，“我还没你们知道得多。”

从蓉收了笑，叹气，“看来是真的。”

老赵倒是神色如常，该吃吃该喝喝。

从蓉把他跟前的菜碟子拿开些，“就知道吃，老板一换，第一个被开的就是你。”

赵祥庆不说话，又去夹苏沫跟前的菜，从蓉把他的碗筷一并收缴，直接拿去厨房。赵祥庆闲下来，抽纸巾抹嘴，一言不发看着苏沫。

苏沫吃不下，搁了筷子。

老赵皮笑肉不笑，“苏董，最近气色不错。”

苏沫看向他，“你想说什么？”

“你不想问点什么？”

苏沫顿一顿，才道：“他……怎么样了？”

老赵摇头，“我不知道。”

苏沫看着他，“那你让我问什么？”

老赵笑，“我没想到你这么直接。”

苏沫白他一眼。

“好，不瞎说了。”赵祥庆收笑，“这些天老王一直没来公司，我打电话问司机，张老头像是人也衰了，话也说不利索，只说老王和他谈，谈完以后家也不回，现在找不着人。”

苏沫心里开始发慌，没作声。

赵祥庆认真瞧着她，“当时提名独董，高层不是没有争议，于公于私，他完全可以反对。但是据我了解，他投了赞成票，我估计，这事就连王亚男都没想到……”

苏沫再也待不住，匆忙起身道：“对不起，我有事要先走，今天谢谢了。”

下了楼，她上车拨电话，却再也拨不通。

夏日将至，夜空深远，零碎星光闪烁，若隐若现，更显寂静无边。

王居安坐了一宿的火车。

临时起意地从老张那里问来地址，买不到机票，也找不着卧铺，他不记得以前是否坐过这种绿皮火车，他的回忆里呈现出茫然状态，仿佛一个断层，而曾经他刻意忽略它的存在。

此时，刺眼的灯光，呼噜阵阵的邻座，杂乱而浑浊的空气，夜里昏暗的站台，又像是无形的命运之手营造的颠沛流离的梦境，无数次，他希望自己只是在一场不知谁的梦里，醒来后一切照旧。

火车途经数不清的城镇站点，到达目的地时艳阳高照。王居安抬头看去，站台旁的矮楼上支起两个油漆斑驳的红色大字：云岗。

相比其他乘客的肩背手提，唯独他两手空空，浑浑噩噩之际，像是迷失在旅途中的过客。

火车站外边就是一条笔直官道，尘土飞扬，城乡接合部风格的建筑林立两旁。到了公交站台，却一直不见车来，旁边一个开三轮摩托的问：“你去哪里？”

“庙山。”

那人嗤笑，“去乡里你坐公汽？几天也到不了。”

“还有多远？”

“要看你到哪个湾子，我开过去至少五十分钟。”

“路熟吗？”

“熟，不讲价。”

王居安上了车，后座狭小，他弯腰曲背，一路颠簸，黄土拂面。

越往前行道路越窄，两旁的白桦树渐渐被成片农田取代，坑洼小道从繁密枝叶处向远方延伸，连接起数幢灰扑扑的矮楼。那人把车横在一摊水洼前，“过不去了，前面就是吴家湾。”

王居安给了钱，仍无让人找零的习惯，穿过坟场田野，费了些周折，他一路问过去，瞧见旁边的树荫下坐着位老人。老人头发花白，手脚不便，他跟前是一爿菜地，不远处一个农妇在地里摘菜，手掌宽厚粗糙，沾染泥泞，地里的菜却鲜嫩水灵。

那农妇听见脚步，回头看见外乡人，道：“往前面就是农家乐，但是我们这里菜便宜，留着自家人吃的，不放农药，您买些过去让他们做。”

王居安说：“我不买菜。”他看一眼轮椅上的老人，问：“他就是吴久发？怎么手脚都给绑上了？”

农妇已经被人问习惯了，头也不抬道：“老年痴呆，不绑着他会到处走，腿脚也不方便，一把老骨头要是掉进田里不得了。”又说，“他是吴久发，你找他什么事？”

王居安不答反问：“他一直这样？”

“年前还好，现在时好时坏，好的时候也有，不好的时候谁都不认得。”

“你是他什么人?”

“我是他姑娘，我下头几个姊妹都出去做工了，难哦，只剩下我哪里都去不了，要有人看着他才行。”

王居安不说话。

农妇想起他先前的言语，不觉抬头细瞧过来，那外乡人正看向老头，脸上的表情有些奇怪。他站了一会儿，转身往回走。农妇越瞧越感到不对劲，一时呆立，手中簸箕忽然落地，还带着露水的几条丝瓜莴苣滚落了一地，她喃喃念一句:“小五?!”

王居安早已走远。

农妇追不及，只得喊:“等会儿，等会儿……”

他头也不回。

农妇还想追，又顾着老人，跑回来问:“爸、爸，你看见了吧?那是小五吧?爸，是不是小五回来了?”

吴久发眼神混沌，“小五?小五啊……”

农妇着急，嗓间带哭腔，“他从小就淘，头上两个旋儿，一岁多点就去玩炮仗，差点炸瞎眼，眉毛上一道印……”她一把鼻涕一把泪，“妈死得早，我从小背着他，种地背着，上学背着，做饭也背着，我看着像他，我还认得他呀，那眉眼就像我们家的人……”

吴久发忽然清明了些，“老大，你哭了三十年，一直怪我把他卖了人，当时太穷，养不活……”

农妇见说不通，再往远眺，哪里还看得见人影?干脆一屁股坐田埂子上号啕大哭。

王居安径直走上大路，拦不着车，也没想着要去拦车。

日头当空，衬衣汗湿，黏在背心上，双脚却机械般地前行。他走了一下午，又瞧见火车站的那栋旧楼，这回却在公交站台上看见开往省城的长途汽车。他心念一动，上了车，晚间到达市区，随便找了家旅馆落脚。

陌生的房间，一切从简，窗外的世界却是灯红酒绿车水马龙。

当初来这里竞标，鲜衣怒马、前呼后拥、谈笑风生，如今故地重游，却是尘满面，鬓如霜。

这一晚半睡半醒，他清早起来，顿感空虚，无所事事地呆坐了小半日，勉强洗漱完，叫了辆出租车，前往西山寺。

庙里，香客盈门，佛龛前香烛环绕，一如当初，只是大和尚的禅房却没上次那样容易接近。

王居安才往里走，就被人拦住，他说："我朋友姓苏，是住持的俗家亲戚，托我过来看看他老人家。"

年轻和尚进去请示，不多时出来回复："住持师父说了，并不相识。"

王居安直接道："我有段佛偈，一直想不太明白，特地大老远过来向住持请教。"

小和尚度他气势，网开一面，"正好住持今天得空，也许能见上一面，要不施主先跟我去前面添点香油钱？"

王居安捐了些钱，再过来时，正好看见那房门敞开一半，禅房里金碧辉煌，显然重新装修过，里间有个满脸油光、肥头大耳的中年和尚，边打呵欠边踱着步。

王居安心里疑惑，小和尚倒乐陶陶地又进去一趟，不多时出来说："住持请您过去说话。"

王居安道："不是他。"

小和尚不解，"怎么不是？屋里那位就是我们住持。"

话音未落，旁边一个香客插嘴道："你找以前的老住持？"那人摆手，"你来晚一步，老和尚上个月圆寂了。"

香客们七嘴八舌，王居安听得一愣，"圆寂了？死了？"

又有中年女香客道："听说是胆囊都出了问题，住了两个月的医院，没扛住，仙游了，怕是天机泄露太多，老天爷罚他了。"

王居安不信，"他岁数大了，器官老化，他们这庙上，以前的伙食估计也一般。”

一个年纪大些的香客点头道：“其实吧胆囊这东西，不管是吃荤太多还是常年吃素的，都好不了，还是要营养均衡。”

王居安笑笑，“上回他叫我出家，我劝他还俗，他千算万算，怎么没给自己算上一卦？”

“说的是呀。”那年长的香客又道，“我以前是这里的俗家，他临终的时候我来看了眼，也问过他老人家。老师父说，他往常给人算命，不管好不好，最后都要加一句种善因方得善果，这辈子说了没有上万也有几千，难道还要给自己说上一遍吗？”

王居安听得大笑，另几个香客也跟着笑起来，都说：“所以医者不自医，算命的也从来不忽悠自己。”

小和尚却不懂，仍是问：“施主你想算命啊？新住持也能算。”

王居安笑得眼眶发潮，“算什么算？前半辈子它怕我，后半辈子我烦它。”

他转身走人，仿佛适才的笑耗尽元气，心里麻木，回去宾馆的时候，叫人送来一打酒水，胡乱塞了几张大钞过去，不等服务生道谢，一把摔上门。

王居安提着酒瓶靠在床头翻电话，一个星期没开手机，各种信息几乎挤爆。他一页页翻过，却迅速略过那女人的来电和短信，绝不细看，直接删除了事。过了一会儿，又收到两则总经办发来的信息，对方委婉询问，董事长办公室里的物品是否需要处理。

他感到好笑，抿一口酒，酒水冰凉，味道辛辣，一时呛着，他剧烈地咳嗽，忽然想起来，办公室的笔记本电脑里还有儿子的照片，他闭眼靠了一会儿，方拿起电话订机票。

两天后，王居安重回安盛，董事长办公室里虽无人，但摆设上已有变化。知道他来，早有做 IT 支持的员工等候一旁，替他永久删除私人电脑里的相关项目和机密文件。外间，秘书敲门，仍是称他“王董”，又神色尴尬道，小王先生在总经理办公室里，想请他过去说话。

王居安想一想，并不推辞。

进门一看，跟在他后面混了二十多年的“兄弟”正人模狗样地坐在大班桌后笑眯眯瞧着他。

王居安直接在跟前的椅子上坐下。

王思危笑，“瘦了。”

王居安开门见山，“你知道多久了？”

王思危想了一会儿，“没多久，也就两三个星期吧，”又叹，“老太太心里可真能藏事，我也给吓傻了。”

“还在回味？”王居安笑一笑，“坐牢你屁股下的椅子才是正事。”

王思危变了脸色，“你什么意思？”

王居安舒舒服服靠向椅背，“她能把你扶上这个位置也能把你弄下去，她当初怎么对我，以后也能怎么对你。”

王思危不以为然，“不一样，我们的身份不一样，我是她的亲侄儿，你和她算什么？”

王居安笑，“商场无兄弟，一旦涉及利益，父子兄弟反目成仇也是有的，血亲算个屁，何况你这人……”

“我这人？我这人怎么了？”

“你有几斤几两，大家都清楚。”

王思危原本还忌惮他，这回恼羞成怒，一时俊脸紧绷，壮胆指着他，“王居安你不要太把自己当回事，我以前当你是亲哥才给你面子。”他早有准备，抽出一张银行卡直接扔地上，“我再不济，也比你大方，当初你用三十万就打发了我，现在这卡里有三十一万，拿了赶紧滚！”

王居安泰然自若，“先别急，听我把话说完，你这人其他都好，就是性子太急。”他微顿，神情里多了几分萧瑟，“这二十多年，我们都不知道实情，你扪心自问，我到底对你怎样？”

王思危一拳打在棉花上，一时没吱声。

“你刚进王家的时候，你大妈趁着爸……趁着你爸不在家，不给你留饭，是谁深更半夜给你送吃的？你在外面被人喊野种，是谁替你出头，跟人打架？你闯祸了，又是谁给你收拾烂摊子？”

王思危撇开眼，不去瞧他。

王居安继续道："这些事，你忘了不要紧，我一直当你是兄弟。"

他兄弟立马嗤笑，"我不稀罕。"

"你再想想，王亚男明知我俩的身世，这么些年又是怎么对你的？你喊她一声姑，她都懒得应。"王居安说完，拿眼盯住他，观察他脸上的表情。

王思危躲不过，也不敢正眼回视，有些丧气地开口，"你想说什么？"

王居安这才道："你和我一样，都是她手里的棋。"

"不可能！"王思危提高嗓门，"她现在除了靠我，还能靠谁？家里的傻儿子？"

"你再仔细地想，除了你以外，她还跟谁走的近？她还提拔过谁，其中有没有谁是并非不可代替的？"

王思危愣了愣，脑子里转过弯来，"你说那个姓苏的女的？"

王居安也打住话头，若有所思，隔了一会儿才道："她对王亚男来说并非不可代替，但是对有的人来讲，也许很重要。"

王思危一脸茫然。

"王亚男在为自己的儿子铺路。"王居安叹息，"对女人来说，只有孩子才是自己的，其他都是浮云，她对天保有愧疚，更有补偿心理。"

"你什么意思？"王思危难以置信，"傻子也有春天？"

王居安不说话。

王思危越想越气，手中拿着签字笔不停敲击桌面，"难怪她当面说得好听，背地里押着股权不给我，一会儿说手续有问题，一会儿又说大股东们还有意见。"他把笔使劲往桌上一拍，"都是在做戏。"

对面的人不露声色地瞧着他。

他又恨恨道："姓苏的算哪根葱？我让她吞不下兜着走。"

王居安忽然发话："你别动她。"

王思危抬头，"为什么？"

王居安脸色已变，一字一顿，"我说了，别动她！"

王思危不解，嗤笑，“动了又怎样？那傻子还能找我拼命？”

王居安冷着脸不作声，良久开口，“要不这样，不管她死了残了还是病了，还是伤心难过、心情低落了，只要有点不痛快，我就找你算账。”

王思危哑然，腾地站起来，不可置信地瞪着他，却是爆笑，“疯了，你疯了，你们这些人，全都疯了……”

王居安没理会，“你动她还不如多动脑子，最直接的办法才最有效。王亚男在台面上说得非常好听，你就更有理由和她闹，遗嘱都读了，她还能赖掉？你越理直气壮，她就越没办法。”

王思危脸上阴晴不定。

“我看在以前的情分好心提醒，是继续被人利用，还是暗地留一手，随便你。”王居安说完起身，出去时踩着了那张银行卡，弯腰拾起来，夹在指间挥了挥，“钱是好东西。”

王思危原本将信将疑，这回见他二话不说收了钱，心想：平时装模作样，现在也不过如此。转头就在王亚男的行事上多留了心眼，越瞧越觉得不对劲，心里气不顺，又有意试探对方底线，便故意在公事上给人使绊子。

两次三番，王亚男就觉着比先前无人相助时还要劳累。

她原想这侄儿为人耳根软，处事拎不清，容易左右和驾驭，谁想这几天不知怎么就转了性，坏起来没有道理，倔起来又不通人情，公私不分，眉毛胡子一把抓，哪还敢指望他能对天保亲近些？

王亚男忍耐多时，终于憋不住，两人关了办公室的门大吵一架。

原本事情不大，无非是一个见另一个能力不行有心提点，一时心急，不免呵斥了几句，谁想另一个当即翻脸，说她瞧自己不顺眼，用人时朝前，不用人朝后。

老太太又给气得肝疼，这回不同以往，疼了大半天挪不了窝，心里忽然就慌了，盘算着忙了一年多，也没去做个体检，当即和医院约了时间。

院方安排病房，要求她住进去做详细检查，大概需要三四天光景。

王亚男两头搁不下，更惦记家里，原想叫个亲近的人过去照应，一想起那亲侄儿玩世不恭的模样，即刻打消了念头，最后仍是拜托了苏沫。

苏沫才到新公司，需要时间熟悉各方面的情况，谁知安盛的独董任命合同已经下来，立时就有记者电话采访，或在写字楼大厅里等候拍照，一时间，她几乎成了风云人物。

王居安的电话无论如何也打不通，换了电话再打，他一听出是她就挂断电话，再问老张，老张也一筹莫展。这边却又受人委托，苏沫忽然体会到负债累累的滋味，人情债难还，左右逢源之后便是左右为难。

她下了班，前往宋家大宅，宋天保见着她自然高兴，王亚男回不回家他也无所谓。

大晚上，苏沫不敢和他单独待着，哄着他在楼下大厅里画画下棋，一旁就是保姆间，两保姆不时端茶递水，倒也相安无事。只等这大孩子累了困了，回屋睡觉了，她才得以脱身。

这样的情况持续了三天，王亚男却一直没回来。听说也不去公司，苏沫坐不住，抽了个空提早下班，往医院里瞧瞧情况，又想着老太太身边只带着两个秘书，一男一女，女的二十来岁，办事虽利落但生活上却还是姑娘家脾性，男的已入中年，有家有口有拖累，难免考虑不周，就自己炖了些汤水带过去。

王亚男住高干病房，苏沫一进门，就发现这老太太白头发多了，人也衰了，精神面貌非常萎靡，完全不同以往。

苏沫直觉事情不妙，再看旁边的两秘书，也都不苟言笑神情严肃，不好多问，只说了下天保的近况。

王亚男点一点头，半晌不出声，忽然凄凉开口，“我活了一把年纪，什么没见过？死就死了吧，唯一放心不下的就是家里的那个累赘。”

苏沫暗自惊讶，小心翼翼问：“检查结果出来了？”

王亚男没作声，秘书替她答：“还没有，先是检查了肝脏，后来又说要做胃镜，昨天又才检查了胰腺……”

苏沫安慰，“结果没出来，说明没发现问题。”

王亚男摇头，“我自己的身体我清楚，肯定有事，最近一直不舒服，是我没在意。”

苏沫一边舀汤，一边安慰，“您先放宽心，可能是最近工作太累，休息几天也就好了。”

这会儿正是吃饭的点，王亚男却毫无胃口，护工送来的饭菜也被推到旁边，不吃不喝。其他人再怎样劝都不见效果。苏沫知她性情刚烈，拿捏语气说了句：“您嘴上说是舍不得天保，实际上还不是自己惧老怕死？”

几时有人和她这样说过话？王亚男听得一怔，立时瞧过来，神情尴尬，眼神里又多了几分往日的狠劲，两秘书都看着她俩不敢作声。

苏沫接着道：“要是真为天保好，不会人还没死，一只脚就先踩进棺材里等着。”

其他人更加不敢言语，王亚男忽然笑笑，叹气道：“把汤端过来吧，我尝尝你的手艺。”她喝了汤，勉强吃了点饭菜，又想这姑娘近日来几处奔波，还惦记着自己这边，无论是出于什么目的，也算有心，而那亲侄儿却连一通问候的电话也没有。她顿生感慨，心里头一暖，说：“这几天辛苦你了。”

苏沫只道：“还好，天保很懂事，听得进道理。”

王亚男说：“这么些人里，我看他也只听你的。”

苏沫心里一惊，笑道：“不会，他心肠好，对每个人都不错。”

王亚男不搭话。

正是沉默的当口，医生拿了检查结果进来，说查过的地方都没发现病灶，初步诊断是阑尾炎，做个普通手术就行。

王亚男听完精神一振，脸上阴霾全无，转头对苏沫笑道：“巧得很，你一来就有结果，”她心里高兴，又对旁人说，“小苏是我的福将。”

苏沫松了口气，却又要往宋天保那边赶。

出了医院，路过报摊，苏沫一眼看见今天的《南瞻日报》，忽想起那日记者的简短采访，一时兴起，买了份报纸翻开来瞧，她胡乱看了一回，还真在证券新闻的副刊里找到了相关报道，标题为："30 岁，南瞻市最年轻独董已经产生。"细看内容，除第一段介绍了她的出生年月、籍贯和工作近况以外，余下内容指出，她年龄较小，简历内容过少，具体身份无从知悉。

苏沫折回去，翻看另一份本地的《证券时报》，又找到一篇类似文章，但标题更加直接——我市最年轻独董，身份存疑。接下来甚至言明她今年不满三十，在南瞻的上市企业工作满打满算最多三年时间，和"具有五年以上法律、经济或者其他履行独立董事职责所必需的工作经验"的条例不相符合，再配上一张身着职业装的清丽小照，抛出疑问：最年轻独董，究竟沾了谁的光？

苏沫大致浏览一遍，所有质疑都在意料之中，由着媒体发几天牢骚，这事也就过了。

上了车，她把报纸直接扔后座，汽车还未发动，手机又响，苏沫以为是记者，本想委婉回绝，谁知那边直接道："苏董，最近节节高升，平步青云，可喜可贺啊。"

苏沫一听声音觉得耳熟，半天才想起来，"路征？"

路征笑道："因为你的事，有记者跑来我这里挖料了。"

苏沫奇道："跑去找你？为什么？"

"你忘了？我就猜着你已经忘了。"他仍是笑，"某年某月某夜，月黑风高，一位弱女子在某会所门外电话报警，引出一段风月案子……"

苏沫整个人愣住，心里怦怦乱跳，握着电话的手已不知不觉地颤抖。

路征又笑，"人怕出名猪怕壮啊，大姐，你悠着点嘛。"

他继续道："不管是桃花债，半推半就的苟合还是千真万确的强奸案，我都没兴趣掺和，反正我也快离开这个破地方，好歹相识一场，就当给你提个醒，那晚，知道这事的可不止我一个……"

对方无应答，想必正束手无策，路征隐隐叹息一声，直接收了线，肩上突然被人拍了下，来人问："跟谁打电话呢？"

路征回头，"你怎么总是神出鬼没的？走路连个声响都没有。"

钟声语气不太好，"我问你跟谁打电话呢？你别不承认，鬼鬼祟祟地肯定是个女人。"

路征乜眼瞧她，"什么都要问，你是我谁啊？"下一句却补充，"跟你姐讲电话叙叙旧，行了吧？"

"你和她有什么好说的呀？"钟声坐在长椅上，脚尖有一下没一下地踢着草，"你们这些男的怎么都这样啊？她哪点好？"

"这话听起来很有内涵嘛。"路征来了兴趣，坐去她旁边，"你这意思，你喜欢的男人都喜欢过你姐啊？"

"一边去。"

"被我说中了。"

"懒得理你。"

"那你来找我干吗？"

钟声不作声，过一会儿才道："你爸换肾不是还差十几二十万吗？过几天我就能给你了。"

"你哪来的钱？"路征歪头瞧她，"傍上了啊？"

她默认。

路征低低念一句："傻丫头。"

钟声霍地站起来，"你说谁呢？"

路征靠向椅背，双手交叉枕在脑后，平淡开口，"谢了，不过用不着了。"

"什么意思？好些了？"

他望着蓝天，"我爸等不及肾源，前几天走了。"

钟声听得一呆。

路征瞧她那模样，"嗨，挺好，都解脱了。"他又说，"等会儿我也走了。"

钟声没料到，"你去哪儿，回家吗？"

路征随手一拍身旁的登山包，"不回，离开这里，这地方让我恶心。”

钟声有些急了，“那你要去哪儿?”

“反正是不在这里待了，多一秒也待不下，最好能去个没人认识的地方。”

钟声哭丧着脸，“你现在才告诉我。”

路征好笑道：“我做什么要事事向你汇报啊？你是我妈啊?”

钟声别过脸不理他，半天不动也不说话，路征凑过去一瞧，“哟，怎么哭了?”说着伸手给她擦泪，笑道，“做什么呢这是？让我压力山大呀。”

钟声靠着他的肩，在他的 T 恤上蹭了两下，吸着鼻子说：“你别装了。”

“我装什么了?”

钟声不答话。

路征道：“千万别跟我说你喜欢我啊。你要是真喜欢我，就算那个人有金山银山，你都会觉得不关你的事。”

钟声说：“这是两码事。”

路征继续道：“知道你现在为什么这样吗？因为我从来都是顺着你的话说，也不会站在道德层面评价你约束你，所以你觉得和我在一起没压力，想什么就能说什么，说什么就去做什么，这样当然会很舒服很自在。但是，这不是喜欢。”

钟声怒了，“你好像比我还要了解我自己的感受。”

路征看着她，叹一口气，站起身来，揽住她的肩，“因为你傻呗。”他低头，很想吻她的嘴唇，最后却只轻触她的额角，低声道，“傻姑娘，你一定没尝过真正的爱情的滋味。”

钟声怔愣，眼泪止不住地流下来，一时小声哭道：“路征，路征……”

路征却已松开手，背上行囊，脚步迈出去，头也不回地走了。

钟声仍是哭，好胜心却使劲制止了向前追赶的欲望，路征的身影正逐渐远去，最后消失在街道的拐角。她不知傻站了多久，胡乱抹净了眼泪，掏出手机，对电话那边道："你几时才能把钱给我？"

尚淳有些无奈，"宝贝，我说过了，这些钱不是小数目，家里最近盯得紧……"

"你真没用。"钟声嘲弄，"结个婚，连两百万都拿不出来，你这是结婚啊还是坐牢呢？"

"你不是又多要了二十万嘛。"

"二十万你也好意思推？两百二十万，三天内给我，一分钱不能少！"

尚淳哄着她，"给你给你，就算没那回事我也会给你买套房，现在一套房子可不止两百万。"

"我不要房，我是心疼你才把东西给你呢，要是再磨叽，我就把U盘里的内容放到网上去。"

尚淳憋不住，咬牙切齿道："玩真的我陪你玩，看谁死得快。"

钟声就着先前的失落呜呜哭起来，"现在连你也欺负我，我高中没读完就跟着你，受尽闲话和白眼，到现在连一分钱的诚意都没看到，还口口声声说爱我。我才不信你，小气鬼，尚淳就是小气鬼……"

尚淳长叹，放缓语气，"你看，你这样胡闹，我说都说不得了，一说你就哭。宝贝啊，感情哪能用钱来衡量呢？再说了，别说我对你没诚意，我也看不到你的心啊。"

钟声暗笑，仍带着哭腔，"你不信我，那就分手好了。"

尚淳立马道："想都别想！"

钟声哭："你天天盯着人家，我和我们班男生说句话你都生气，你说你没有安全感，可是你以前有那么多女人，谁知道你会不会犯老毛病呢？我手上没钱，我就没有安全感。别人都说，男人花的钱越多就越不会劈腿，这叫沉没成本……"

尚淳被她哭得头痛心烦，"给你给你都给你，钱也好感情也好，我上辈子欠你的，这辈子通通还给你。"

"你说话算数？不然我什么都不要，就要你的命。"

尚淳当她小孩心性，开玩笑不知轻重，哑声道：“想要我的命？”

钟声略笑，“不给钱我才不见你，给了钱，东西和人都是你的，一辈子。”

尚淳听她语气缓和，又问：“宝贝，你要是真爱我，不能总叫叔叔我悬着颗心，你就告诉我吧，东西从哪里来的？”

钟声撒娇耍赖，“你越想知道我越不说。”

尚淳忍着脾性，“那你告诉叔，这东西其他人手上还有吗？”

钟声生气，“我一心想着你，冒了好大风险才弄到手，你反倒怀疑我？”她又要哭，“尚淳，你当我是什么人呢？想要点零花钱还绕这么大的圈子，我容易吗我？”

尚淳闻言心里一软，忙又好言相劝，哪里能想到，已有人把相同的东西递交到省委大楼。

王居安走出省委大楼的门，夏天正午的阳光照得人头晕目眩，他在台阶上随意坐下，习惯性掏出打火机和纸烟，却无耐性把烟点着，只把香烟连同烟盒揉成一团，使劲捏回手里。他垂头，打量石头缝隙间来回穿行的蝼蚁，忙碌得无忧无愁，他心里的烦躁憋闷却无从发泄。

回到车里，王思危打来电话。

王居安提不起精神应付，只冷冷“喂”了一声。

王思危却急吼吼道：“你说得对，我看那老太婆还真有其他想法，她最近阑尾开刀，姓苏的乘机和她打得火热，哄得她云里雾里。有天我去看她，姓苏的不在，老太婆直说伤口疼，对我也没个好脸，一定让人把姓苏的喊去了才舒坦。这两人一个有意一个有心，估计没多久，傻子就要办喜事了。”

王居安很不耐烦，“说完了吗？没事我挂了。”

王思危赶紧问他，“你就一点不着急？”

王居安微愣，伸手把额前短发使劲往后捋了捋，冷笑，“我着什么急？我现在一无所有，该急的是你。”

王思危道："我说的是那女的，趋利避害是人的本能，一步步爬上来的小人物，一旦有登天的机会，越发会死磕到底。何况，你现在一无所有。"

仿佛心里被人乱打正着地狠狠戳了一下，王居安双唇紧抿，一言不发地按下挂机键。

这段日子，苏沫一直过得提心吊胆，同时也忙得天昏地暗，既要躲避记者，还要听从王亚男招手即来的安排。

王亚男要求她每天到医院点卯，起先，苏沫以为她放心不下宋天保，次数多了，也渐渐品出不对劲。

一次，王亚男老生常谈，无非是年纪大了，病痛多了，万一有个闪失，最搁不下的还是家里的孩子，忽然话锋一转，问起苏沫的家庭情况，父母职业，问小孩现在跟着谁，抚养权在哪一边。苏沫不以为意，实话实说就算生活再困难，也不愿意孩子跟着前夫。

王亚男脸上露出一丝不快，叹息，"这样一来，你也不方便再婚了。"

苏沫笑笑，"我还没考虑过再婚的事。"

王亚男摇一摇头，"不要男人，不要婚姻，你拖家带口，总要考虑经济问题吧？"

苏沫才答："这个当然。"

王亚男说："我这次虚惊一场，可是那几天被这些医生折腾得像是死过一回，有些事也想通了些，人活一世，该将就还是得将就，毕竟人无完人。条件好的人家自然有更好选择，条件不好的多半会图钱，人好又不是太贪心的已经很难得了，我也不能太挑剔。"

苏沫听得很不安，一时没作声。

王亚男继续道："按常理，天保这个年龄的男人早该结婚生子，我看他……只对你很不寻常。"

苏沫脑袋里一蒙，听她又道："你俩要是能在一起，他后半辈子有人照应，你一家四口别说吃喝不愁，从今往后方方面面都提高几个档次，以后走出去，不知会叫多少人羡慕。虽然你家里条件差了点，但是父母以前都是老师，也算正经人家，称得上书香门第，勉强还说得过去。”

苏沫想笑却笑不出来，只呆呆看着她。

“你放心，物质上我绝不会亏待你。”她拿出一沓纸张递过来，“这是需要公证的合同，有一条很重要，你头婚的孩子不能跟着你，只能在老家跟着你爸妈，但是我可以保证，如果你和天保结婚，第一个孩子出生五年后，我王家的国贸大厦将归于你名下……”

苏沫表情震惊。

王亚男却满意地笑笑，“人有贪欲才正常，”又说，“我原是很不放心你，你离异，经历复杂，但是我也找人调查过，发现这段时间里除了公司、医院、天保那儿，还有你自己住的地方，你几乎哪里都不去，也没和那些乱七八糟的人接触，这样就很好。”

苏沫惊讶，“你叫人跟踪我？”

王亚男避而不答，“你能力有，机遇有，头脑有，性格也不错，但是心太善，这是你的优点也是缺点，成不了大事也坏不到哪里去。再跟着我学几年，多见见世面历练历练，想守业也不是不行。”她胸有成竹，“合同你拿回去看看，找个机会，让你爸妈上来见一面……对了，孩子不要带来，我不想被人瞧见了议论。”

苏沫出了医院，思路和精神状态无一不混乱，从觉得不可思议到心花怒放再到如梦方醒。

她开着车漫无目的地在南瞻最繁华的地带打了个转，看见最好的楼盘时忍不住想：买几套才好？三套？五套？什么装修风格才不难打理，更好做清洁？瞄到高级会所旁一溜的跑车，想着：再买栋别墅，多搭几个车库。瞧见一身名牌满脸清高的年轻女孩，她又想：以后我想买多贵的衣服就买多贵的，比起来，你们这些就跟没穿一样。

直到华灯初上，苏沫还沉浸在极度亢奋的情绪中，她想大胆宣泄，偏又不得不努力压抑。

正是下班的点，人多车多，手抖脚滑，她费了老大的劲才泊好车，下车抬头，仰望南瞻国贸大厦门边的两座巨型古希腊神祇雕像，一边是身穿盔甲手握长矛盾牌英姿勃发的战神阿瑞斯，另一边是衣着柔美手执苹果神态温婉的阿芙洛狄忒。

霓虹闪烁，两位神祇笼罩在奢华梦幻的迷离氛围里，雕塑底座旁聚集了一些时尚有活力的年轻人，静候或者说笑，他们身后是灯火辉煌的商厦大堂。

苏沫微微抬起下颌，漫步进去，心情不同以往，身旁走过一拨拨进来购物或者吃喝享乐的人群，一楼就是奢侈品卖场，宽大的玻璃柜台和金银饰品一样流光溢彩，中间的空地上打折货架整齐排放，人头攒动。

她穿过人群，走进观光电梯，一路上去，越发能看见底下密密麻麻的人群，源源不断的购物欲像波浪一样起伏，热闹得盖过大街上的喧嚣。

来到最顶层，她手扶金色的冰凉而坚硬的栏杆往下俯瞰，整个世界像烈日下的钻石，忽然令人想起左拉的《妇女乐园》里，慕雷先生站在楼梯上，鸟瞰他的店面、他的王国，焦灼的期待和愉悦的激动在内心澎湃。

年少时的阅读乐趣让人印象深刻，她并不曾想过，而立之年，自己能亲身体验一回，从无法满足的欲望和终于拥有的愉悦中抽离，如同上帝俯视众生。

有人和她并肩而立，平淡开口，“这里当年投资了七个亿。”

“七亿？”苏沫看他一眼，笑着叹息，“我以前做梦都想中五百万。七亿，得多少个五百万啊。”

两人已多日不见。

王居安道：“看来有人被一大块馅饼给砸中了，”他侧脸打量她，“一脸痴呆相，正好跟傻子凑一对。”

苏沫顿一顿，回道：“是有钱的傻子。”

他却笑，“我只是嘴上说说，可有的人已经把伺候傻子当本职工作了。”

苏沫又怒又怨，索性一声不吭。

两人心里都堵着气，一时只拿眼瞧着楼下的卖场，谁也不搭理谁。

苏沫觉得如今的分分秒秒都十足难熬，烦闷之下正打算走人，忽听他道：“你还真是一刻也等不得，我话没说完，你这是急着要去陪谁？”

苏沫气道：“那你赶紧说吧，我还有事。”

他却沉默，过了一会儿，却艰涩开口，“我现在一点小钱还是有的，虽然比不上宋天保，至少还可以满足某些女人的虚荣心。”

“哪些女人？”她给气乐了，“我听不明白，要不你形容下？”

王居安冷着脸不说话。

苏沫想起连日来被记者围追堵截的情形，不由说一句：“有钱的傻子，和没钱的强奸犯比起来，你觉得我会选谁？”

他脸色越发不好看。

苏沫又说：“你想买，别人未必想卖。”

他这才冷哼，“报复心真强，多久的事还记得。”

她笑笑，叹息，“我不就是靠这种报复心才爬上来的吗？以前在仓库上班，没少被人欺负，当时我不止一次地想，等自己哪天高升了，第一件事就是开掉那些人。后来真的升了职，每次在从蓉面前我都觉得痛快。我还幻想着，直接把王思危绑了喂药，扔去同志酒吧的门口。还有尚淳，我做梦都想让他给我擦鞋，我甚至还想过……”她忽然顿住，抬头看去，他眼里有淡淡血丝，身上有一些烟酒的味道，消瘦里透出疲倦，就连以往的强势也变得模糊。

苏沫心里越发不好受，没敢多瞧，嘴上却说：“出身、财富，就连一份体制内的工作，都能把人分成三六九等，可惜站在顶端的只能是少数。这世上活得憋闷、过得委屈的，永远不止你一个。”

王居安被她一眼看透，恼羞成怒地笑，“小人得志。”

“那又怎样？”她一点没生气，“那么多人为了追名逐利而不择手段，我怎么就不行？”

他想发作又使劲克制，隔了好一会儿，稍稍缓和了语气道：“我知道不应该现在来找你，我只要一句话，要怎么做，你才能不提以前那些破事？”

她暗自叹气，硬起心肠小声道：“弱者的歉意和他们的善良一样，不足为信。”

王居安听得一愣，顿时面色铁青。他几时被人这样冷嘲热讽过？就连王亚男赶他下台时，言语中仍会有所忌惮，别人被他逼迫得东躲西藏，最后见了他也会留几分颜面。

他侧头瞧这女人，仿佛今天才瞧清她一样，想说些什么却也不屑为自己辩解，停顿多时，却只冲她点一点头，心里负气，一言不发转身就走。

外间夜色如墨，满街灯火遮挡住一切模模糊糊的暧昧角落。

人潮汹涌，车行路堵，王居安气不顺，索性绕去一处稍微僻静的地方，下了车，站在路旁吸烟，他心里烦躁，烟没吸完就随手一扔，忽听有人大叫：“没长眼的，瞎扔什么？你烧了我的钱。”

王居安扭头一瞧，方才那半截子烟正好被他扔进旁边一个乞丐的搪瓷碗里，果然起了些火苗子。

他心里又气又笑，没搭理。

乞丐不依，跳起来冲到跟前，“你别走，你们都看到了啊，他烧了我的救命钱，有小几千呢，一分不少，你赶紧赔钱。”

王居安瞧他人高马大，脸圆肚肥，嘲弄，“一晚上就能挣小几千？这么会做生意还跑出来要饭，怎么不回家躺着生钱去？玩大隐隐于市啊？”

乞丐吐一口唾沫，伸手抓他肩膀，“你到底赔不赔？”

王居安嫌恶地瞧着跟前一双满是污浊油腻的手，赶紧扯开了，衬衣上仍留下几枚灰色指印，他一边伸手轻拍，一边狠狠道：“我警告你别动手……”

话音未落，脑袋上就被人招呼了一下。

这人体虚，块头大、力道飘，王居安虽没觉着疼，心里却气极，压抑已久的怒火登时腾起来，反手往对方脸上就是一记老拳，乞丐疼得一哼，要还手，旁边有位老人想扯又不敢，只是劝："别打了，一会儿警察来了，看你怎么办？"

乞丐一犹豫，下手慢了，被人一把按住狠揍两下，顿时窝在地上起不了身。

王居安一抹嘴角，低头瞧见手背上的血迹，怒气更盛，走上前去又往人怀里使劲踹了几脚，却听一旁的老人说了句："练家子，这样下去要出人命了。"

他用脚碰了碰乞丐的脑袋，见人翻着白眼有进气没出气，这才收手。

那人好一会儿才勉强爬起身，慌不择路地跑了。

王居安有些累，却觉得痛快，直接坐到老人边上，瞧着他用粉笔在地砖上写字，内容无非是，爷孙俩何地何处人，来南瞻求医，孙儿身患何病，现需筹集治疗费、手术费多少，望同胞能伸手援助云云。

王居安直接用袖子擦着汗，问他："你一晚上又能挣多少？"

老人拿起瓷碗在他跟前晃一晃，里间有几个钢镚儿，连同几块毛币。

王居安往身后瞧了眼，"医院门口是好地方，"又看向他怀里几岁大的孩子，问，"你这孩子哪里拐来的？他爹妈不得急死？"

那孩子怯生生的，往老人怀里窝了窝，呼哧呼哧地咳嗽。老头儿一边抚着他的背心一边写字，嘴里回道："他爹妈前几年跑来南瞻打工，说要给孩子挣钱，钱没挣到，婚也离了，我带着娃儿找过来，找不到人，南瞻这地方……太大了。"

王居安不以为然，"现在满大街都是这种事，你这样的已经不新鲜了。"

老人不服气，拾起旁边的病历和拍的片子递给他，王居安不接，更懒得看，只说："字写得不错。"

老头儿道："我父亲以前开私塾。"

两人有一搭没一搭地聊天，有小护士出来给孩子送吃的，老头儿连连道谢，喂完孙儿，自己就着剩下的米汤咽了些碎馒头，又接着写字，一笔一画，极其工整，王居安瞧见他才写的一句，忍不住问：“这话是什么意思？”

老头儿念一遍：“众因缘生法，我说即是空，亦为是假名，亦是中道义。未曾有一法，不从因缘生，是故一切法，无不是空者，你不懂？”

“不懂。”

老头说：“我也不太懂，但是……”他对孙儿笑，“娃儿，把你那盒玻璃珠子给叔叔玩一会儿。”

小孩有些舍不得，仍是从包里搬出一只生锈的饼干盒，打开来，里面装了满满一盒晶莹剔透的玻璃弹珠。

王居安不解。

老头儿道：“这盒东西，你两手能抓完吗？”

王居安依言试了试，正好抓满两手。

老头儿又问孩子：“你那颗最喜欢的呢？别人送你的。”

小孩想了想，从口袋里掏出一颗漂亮的塑胶弹球。

老头儿逗他：“给叔叔吧？”

小孩使劲摇头。

老头儿说：“就给他玩一下。”

小孩这才递过来，王居安想接，却腾不出手。

老头儿大笑，一拍他的手，说：“放下吧。”

玻璃珠噼里啪啦落进铁盒，声声震耳。

老头儿叹息，“被人骗了，被人害了，被人看了笑话，被人欺负了，庄稼地荒了，没钱看病了，你只知道怨天尤人，打不起精神往前走，丢不开放不下，就只能放弃后头的转机了。”

王居安半晌不说话。

老人写完字，瓷碗里多了几枚硬币，王居安跟前也被人扔了张纸币，他低头一瞧：一元钱。

旁边一男孩批评他女朋友，“你一看见乞丐就给钱，谁知道真的假的。”

女孩说：“总有人是真正需要帮助的吧？”

男孩回身指着老人道：“这一看就是人贩子，你这样只会助长罪犯的气焰。”

女孩低着脑袋不作声。

男孩又指向王居安，“还有这个，有手有脚的当什么乞丐，就算去卖也能挣钱吧？你就是看人长得帅。”

女孩一扯男朋友的衣角，小声道：“别说了，给也给了，走吧。”

王居安把钱塞进旁边的瓷碗，才问：“要是这小孩……”

老人会意，低声打断，“谋事在人，成事在天，我只尽我的心，尽我的力。”

王居安想起儿子，不觉嗓间哽咽，浑浑噩噩之间站起身，迈步出去，走了几步却又折回，捡起粉笔头在佛偈之后写了一行字。最后，他从钱包里抽出一张银行卡，正是当日王思危扔在地上的那张，他把卡放进装满玻璃弹珠的铁盒里。

王居安回到临海别墅，足不出户待了两天，夜里失眠，隔日却还要参加股东大会。

他清早起来，一边淋浴一边剃着胡茬，凉水从头顶浇下来，他闭眼站了好一会儿，才披上浴衣从里间出来，瞧了眼镜子，脸颊比以往消瘦，却又似恢复了往日的精神。

他穿着衬衣，低头扣袖口，忽想起自己跑去安盛胁迫王亚男下台的那日，有人一早起来替他打点出门的行头。她熨好衬衣，递到他手上，他却懒得接，那会儿她正赶着上班，只好像迁就孩子一样哄他穿上衣服。

他还记得她的手拂过胸膛时温热的感觉，她却不知，因为接下来的那场战争，他的一颗心正意气焕发地狂跳……

王居安重又解开袖口，脱下衣服，换上另一件，正一丝不苟地打上领带，手边电话响，他拿起来接了，那边人道：“恭喜你，过了今天，恢复自由身。”

他对着镜子整理领带结，“这事一时半会完不了，股东们会在消息公布之前找上门来，商量怎么处理我手上的股份。”

“打算卖给谁？”

他轻叹一声，笑，“卖给市场。股东大会以后，安盛前任董事长全面抛售所持股份套现。”

那边人说：“这下得挂 ST 了。”

王居安没接茬，又说：“我放在你那里的古玩字画，也尽快拍出去，还有这套别墅，帮我留意买家。”

“你要做什么？”

“我还能做什么？开公司，做生意。”

整晚辗转难眠的又岂止一人？

苏沫一清早起来，开车到医院接了王亚男，一同进入会场。王亚男手术后痊愈，仍在调养中，脸色有些苍白，精神却不错。

一行人到达市区酒店的会议厅，保安在厅外巡视，为了杜绝外界的“歪曲”报道，集团高层和往年一样，特地指定两家“亲信”媒体参与，并拒绝其他记者到场。

里间，大半席位已有人就座，数位公司员工正在忙碌，媒体已经到场，公司高层逐渐就位，连持股员工、散户和小股东也来得比往年稍多。

苏沫和其他股东及律师一起坐在前面，往下瞧时，发现从蓉、老赵等也在其中，从蓉在人堆里冲她笑着挤了挤眼，苏沫心里有事，勉强回了个微笑。

从蓉对她的态度已经从先前的不屑、估量到后来的客套亲近，再到如今，几乎有点为她马首是瞻、以她为荣的意思，但是这一系列转变极其自然，丝毫不让人觉得尴尬和难以接受。

苏沫的心情却一点也不轻松，仿佛将要赴这场鸿门宴的人是她自己，抬眼望向门外，已经关闭的大门再次被人推开，她心里一紧。

大厅里乌泱泱一片，王居安最后入场，一身裁剪熨帖的黑色西装衬得人神采奕奕，恍如昨日，似乎带出些明星效应，引得场内不知情的人稀稀落落地鼓起掌，随后又传来一阵善意的笑声。

王居安神情自若，大步流星走到台上，开场白和致辞之后，是他在职期间的公司运营情况和投资利润总结，细节和数据早已刻入脑海，全程脱稿，言简意赅。

说起会议提案，他面色如常道："接下来的公布提案和提问环节我将不再参与，因为从现在开始，我将辞去安盛集团董事长和总裁职务。"

全场哗然。

原有小股东是冲着质疑提案而来，一听这个消息，干脆站起来大声道："大半年内，安盛就频频易主，将企业置于不安定的环境中，是不是完全没有考虑各位股民们的利益？"

高层里有人立刻道："现在还不到提问环节，请大家保持安静。"

有散户也道："每次到提问环节，都只提问安盛的员工，我们这些小股民根本说不上话。"

高层转移话题，"王居安先生在职半年内，公司资产质量并未得到实质性提高，也并未为公司引进任何资金，反而超越董事会权力违规投资其他项目，长此以往，安盛将面临破产。"

台下这才安静下来。

王居安并不辩解，笑道："临别之际，我仍然希望，各位手里的安盛资产还有提高的空间，至于事实如何，股票说话。"

他正要离开，场下忽然有人说了句："安盛内讧的事，我早有耳闻，不知道这次董事长辞职，会不会是为了掩盖一起丑闻？"

底下的人窃窃私语。

苏沫看向那人，十分眼熟，是一名记者，这几天一直缠着她要求做采访，均被婉拒。

她心里预感不好，忙悄悄叫来工作人员问："除了那两家媒体，怎么还会有其他记者在？"

王亚男也听见，担心家事暴露，低声吩咐，"让他出去。"

工作人员忙请那人出去，那人却说：“对，我是记者，但也是股民，我和大家一样关心自己的利益，今天你把我赶出去，明天的报纸上一定会有相应内容。”

旁人无可奈何。

他继续道：“事关高层，我手头有证据也有证人，两年前的十一月十一日深夜，有位女士在安盛一家高级会所报警，说自己遭人性侵，当地派出所接到消息立即出警，并把这件事记录在案。”

苏沫脑袋里一蒙，一颗心快要冲破胸腔。

王居安看她一眼，当机立断，“这是商讨公司运营的场所，并非闲聊花边新闻的地方，叫保安进来！”

两名保安冲过来，一时却架不动那人，就听他连声高呼：“事情和你有关，你当然不愿被人知道，安盛高层的生活作风这样腐败混乱，又怎么能做好企业……”

王亚男忽道：“等他说完。”

高级会所变淫窟已足以让人诟病，那人接下来的话更叫人吃惊，“据调查，被害人是公司一位年轻女职员，如今就坐在公司高层里面，那位女士当时报了案，王居安先生却反咬一口说她敲诈，请问王先生，有没有这回事？”

王居安一时怔住，脸色十分难看，众人都看向苏沫，独他不去瞧。

那记者转脸看向苏沫，“苏女士，报纸上有篇文章你应该看过，最年轻独董，到底沾了谁的光……”

王居安严厉地打断他：“你问她做什么？这事和她没有半点关系。”

那人还要说话，苏沫忽然开口，“怎么和我没关系？”她内心感到极为羞耻，身子微颤，双手发凉几乎麻木，只恨不得马上离了这里，等稍微平静了一会儿，她勉强说了句，“这位记者朋友已经跟了我好几天，就是为了挖点隐私出来。”

底下有人见她长得温婉和善，愤愤不平道：“如果是真的，这是刑事案件，应该报警。”

苏沫只觉嗓音干涩，心跳异常剧烈，她提起一口气，反问：“你觉得以王先生这种个人条件，有必要在男女关系方面知法犯法吗？”

众人交头接耳，也都感到不可思议，反倒觉得这二人郎情妾意、勾搭成奸还差不多。

“你明明不了解事实，还要以讹传讹，虽然他已经辞职，但是我作为他曾经的员工，不能昧着良心说话，王居安先生任职期间所做的成绩，大家有目共睹，他能力出众，有魄力有胆识……”苏沫顿住，故作轻松，“何况还一表人才……”

大伙听得好笑，原本不屑理会这种桃色纠纷，却见她神态柔媚，说起话来逻辑清晰、据理力争，一时又都安静下来。

“……有女人喜欢不足为奇，就是追求者太多……你也知道，女人，总是玩些小伎俩引人注意，吃起醋来缺乏理智，报警的事的确有。”她鼻间酸涩，拼命忍着泪，“是我心态不好，无理取闹，所以当时警察了解完情况，没做任何处理。”

记者惊讶地看着她，“我不知道你这是什么意思？我……采访到的可不是这样……”

“我能是什么意思？”苏沫强撑着打断，“独董的事和他无关，是我使尽手段，是我、我……一厢情愿地，爱慕他。”

众人张口结舌，笑着嘲弄，一时吵嚷嚷、乱哄哄。

苏沫到底是年轻女人家，再如何厚起脸皮也经不住在大庭广众下自我剖析，她越发面红耳赤，直觉所有人都瞧着自己，又哪敢抬头？这一刻只在心底自轻自贱，又恨不能一死百了，痛苦至极，尴尬至极，最后颤声道：“把这种事拿到台面上来说，实在浪费各位的时间，我很抱歉，我……我已经递交了辞职报告，我愿意辞去独董职务，离开安盛，”她顿一顿，嗓音低沉，“离开南瞻。”

记者不服，还要说话，王居安已挡在苏沫前面，先他一步开口，“如果今天安盛跌停，这位先生，你持有的股票还值多少钱？是继续持仓还是尽快割肉？现在的卖出价和你的心理价位有多少差额？接下来的提案能否有助于经营业绩的好转？某些不实小道消息的传播是否会形成更大利空，导致资本损失的进一步增加?"

那人不防，对着一连串提问支吾了半天。

王居安加重语气，不屑里带着愤怒，"这才是你们应该关注的问题，而不是在这里张家长李家短地欺负一个女人，或者只顾着操心我王居安……"他转身握住苏沫的手，稍许示意，"下半生的幸福。"

她的手微微颤抖，指尖冰凉，这一刻像是风雨中跋涉的疲惫旅客，忽然被带入一处温暖干燥的住所。

他细细打量她一眼，似还想说什么，末了却只低声道："跟着我。"

苏沫任由人牵着手，一路出去，有人拿起相机，她虽极力保持镇定，却忍不住伸手挡住脸，步子更急，冷汗涔涔。

他回头，几乎将人拢进怀里，伸手替她护住头脸，阻止道："不要拍照。"

有年轻人不听，偷偷摸摸地摆弄手机。

王居安更怒，指着那人，"你，不要拍了!"

苏沫听见他的声音从胸腔传来，闷闷地直击耳膜，她下意识低下脑袋，半边脸埋近他胸膛，感觉他收拢了臂弯，紧绷的肌肉和惴惴心跳，忽生出一种不管不顾亡命天涯的决绝。

小伙不信邪。

王居安瞧他一眼，过来拿起他的手机，直接扔出窗外，会议室位于十五楼，掉下去连点声响也没有，对方急得跳起来理论，却被他满脸煞气镇住，一时间讷讷地语不成句。其余人也都心有戚戚焉，纷纷遮掩住手里的照相工具，没想要拍照的，也不由自主伸手摸一摸口袋里的电话。

两人进了电梯，苏沫再也忍不住，眼泪掉下来，想挣脱他的手，他却不放，反要帮她擦泪，被她一把拍开。他哪里肯依，低头瞪过来，像是和她有仇一样。

电梯下了一层，呼啦啦进来几个人，苏沫勉强擦干眼，往他身后站了站，两人都目不斜视，各自的手却在底下较着劲。

到了停车场，王居安直接把人拽到自己的车旁，苏沫挣脱不过，哽咽道："我有车……"

他毫不留情地戳穿，"那是安盛的车。"

苏沫不觉呆了呆，昨日还是繁花似锦，如今前途已呈末路，越想越咽不下这口气，先时的情形，就像做了场噩梦，梦里那么多人都瞧着她夸张可笑、底气不足的表演，这会儿多半正议论她鬼迷心窍、不知廉耻。

一时间她眼泪更多，怎么也止不住。

王居安又扯她上车，反被她使劲推开，一时气道："你傻的，他说有案底你就信了？他那是在套话你听不出来？"

苏沫见他脸色铁青，更加觉得不值，心想就算以后怎样谁也不知道，只要这会儿他给自己一个安慰的拥抱也是好的，谁想这人的反应竟是她欠他的一样。她忍不住小声哭起来，"是，我就是傻，谁管你有没有案底，你现在这样，多的是人愿意落井下石，我就应该等着你认罪，让所有人都知道，我一直跟你不清不楚，纠缠了一次又一次。"她几乎泣不成声，"然后由着他们骂我贱，说我是……"

他忽然骂道："闭嘴！"

苏沫气极，含泪瞪向他。

王居安却瞧向一旁，站了一会儿，嘴里道："我是不想看你这样难受。"

苏沫一时说不出话，低头瞧着地，眼泪滴在鞋尖上，"以后各走各路，我就不难受了。"她转身离开，听见他仍是跟在后面，只好说，"你不要再过来，我、我看见你就觉得恶心。"

身后果然再无动静。

苏沫回到自己车上，动作麻利、内心麻木地放手刹点火踩油门，忽又想起什么，临走前把车窗摇下一点，说："如果一定要谢我，在安盛的事上你不要太冲动，或者给人孤儿寡母留条路，说到底……是我辜负了她。"

她打偏方向盘，车子从他身旁滑过，开出去老远，后视镜中，他仍站在那里，脸上神情已看不清楚，只知道是一直瞧着这边。

苏沫极力压抑，伸手胡乱抹泪，油门踩到底，车子迅速转了个弯，终于再也看不见。

苏沫回去整理行装，一部分邮寄回家，剩下贵重些的随人走，至于几样大件家私，好的送去舅舅家，不好的就让人拖去回收旧家具的地方卖掉。

房间变得越来越空，她心里也越发没谱，身上虽有几十万存款，工作却没了着落，不知回去以后怎么跟家里人解释。她一时熬不住，上网查了几样招聘信息，发去简历，不多时就收到猎头的回音，对方态度热情，薪水却大不如前。

苏沫正抱着脑袋坐在床边干着急，忽听门铃响，她心里猛地一跳，轻轻走过去瞧猫儿眼，就见从蓉一个人站在外面。苏沫叹了口气，心说既然要走，总不能这样躲着不见人，何况还是以往有交情的？

她开门让人进来，从蓉把手里的一大袋东西搁地上，神色如常道："这是我和老赵给你买的一点南瞻土特产，拿回去给老人孩子尝尝。"

苏沫说："买这些做什么？箱子里已经塞不下了。"

从蓉在房子里逛了一圈，"都搬空了，你动作够快的，归心似箭了？"她笑笑地瞧了她好一会儿，"妹妹啊，我们可都被你镇住了。"

苏沫心知没法逃避，低声自嘲，"老夫聊发少年狂。"

"哎哟，"从蓉更加笑起来，"现在连老赵都对你赞不绝口，说你讲义气，什么娶妻娶贤一大堆。"

苏沫给她倒茶，转移话题，"你们以后怎么打算？跳槽吗？"

从蓉道："赵祥庆想跟着老王出去单干，他说自己没有帅才只有些将才，必须找个好领导，"她喝一口水，"好在王居安也愿意带着他。"

苏沫听见那人的名字就不想说话。

从蓉看着她，忽然叹息，"你这又是何苦？"

苏沫低头叠衣服，"不然怎么办？儿子没了，公司没了，总不能再叫他去坐牢。"

从蓉拍拍她的肩，轻轻揽住，"我知道前因后果，所以更加心疼你，你就留下来，他一定不会亏待你。”

苏沫摇一摇头，却不说话。

从蓉反倒理直气壮，“你用道德绑架他，他用金钱困住你，双赢！你想那么多做什么？”

苏沫听得好笑，低声道：“以前的事始终是道坎，我可以骗其他人，但是骗不了自己。”

从蓉叹息，“傻姑娘。”

苏沫问：“你看中老赵什么了？”

“谈得来吧，脾气还比我好点，赚钱比我多一点，没拖累，胖一点我也不嫌弃……”

“是啊，这样多好。”

从蓉摆手道：“不好，现在是我牵着他的鼻子走，要是条件更好的，我其他方面吃点亏没关系，有失才有得。”

苏沫听了又笑笑。

从蓉没再劝，却问：“几时的飞机？”

“周末。”

“明天一起吃顿饭，我和老赵叫了几个人，给你送行。”

苏沫忙说：“还是算了，我没脸见人。”

从蓉说：“人不多，就是几个平时跟你走得近的，这一走，还不知道什么时候能见。”

苏沫敷衍，“到时候再说吧。”

两人又说了一会儿话，从蓉去接孩子放学，临出门瞧见架子上的小碗，不由拿起来左瞧右瞧，“挺好看的啊。”

苏沫想了想，“你要是喜欢就拿去。”

从蓉放下碗，摆手道：“别，我家有个狗也嫌的小子，但凡到他手里的东西就没个齐整的，你还是自己留着吧。”

苏沫等人走了，又去收拾行李，好不容易把从蓉送来的干货装了箱，发现角落里还有个空当，她犹豫了一会儿，拿起架子上的碗看了半天，才用报纸包好了，塞进箱子里。

这边从蓉前脚出门，苏沫又接到电话，那边钟声直接道："姐，你晚上出来吧，我想请你吃饭。"

苏沫奇道："不是昨天才在你家吃过饭吗？"

钟声笑："你看你人还没走，就你家我家这样生分，姐，你出来吧，我想单独请你吃顿饭。"

苏沫正头疼这档子事，想也不想，恨不得全推掉，"别麻烦了。"

钟声道："不麻烦，应该的，我要谢谢你。"

"谢我什么？"

"谢你这几年对我的帮助呀，真的，钟鸣都没这样待过我。"

苏沫想了想，也懒得多说，敷衍，"不用谢我什么，你自己在学习上抓紧点就行了。"

"知道了，姐，你就出来吧……"小姑娘又说了半天，她勉强同意。

傍晚，苏沫随意换身衣服就出了门，去了钟声说的饭馆。

饭馆临街，看起来一点不起眼，进门瞧了瞧，也是学生们能正常消费的地方，问了服务生，才知钟声订的是楼上包间，苏沫心里已经起了疑，推门进去，更吃了一惊，还没说话，尚淳却笑起来，看向小姑娘，"你们姐妹两个这是搞什么鬼呢？"

苏沫脑子里转过弯来，大概猜到了七八分，一时恨极，忍不住使劲瞪了钟声一眼。

小姑娘却悄悄朝她摇了摇手指头，用脚尖轻轻踹一下尚淳的腿，"喂，我姐来了，你总得表示下吧。"

尚淳有些不耐烦，"你还要我表示什么？"

钟声托着腮帮子问："姐，你想要他表示什么？"

苏沫装傻，笑笑，"我不明白你们这是什么意思？"

尚淳半信半疑地瞧着她。

钟声却推他，"你别看了，她什么都不知道，你还想要吗，想要就拿出诚意来。"

尚淳垮下一张脸，却求她，"你别耍我了行不行？"

钟声扑哧一下乐了，扳过他的脸轻轻啄了一下，“我就爱你这样顺着我的可怜小模样，”她顿一顿，歪着脑袋瞧他，“这样，你也给她擦回鞋吧。”

尚淳脸色一变，气急败坏，“臭丫头，你不要胡闹。”

钟声说：“我年纪小，别的不会，就会胡闹。”

苏沫拉住她的手，“声声，以前的事算了，我们走吧。”

“姐，你别管。”钟声推开她，指着尚淳的鼻子，“你擦不擦？”

尚淳狠狠盯着她，“你有病吧？”

钟声果然又哭又笑，“是，我就是疯了，我爱你爱得发疯。我跟你讲，我可以不理我爸妈，但是这个姐我不能不认，她要是不看好我俩，我们就成不了。”

尚淳难以置信，“你真是疯了。”

钟声又说：“擦了就给！”

尚淳看了她半天，一咬牙，转向苏沫。

苏沫道：“尚总，她小孩儿脾气，您要是来真的我受不起。”

尚淳没说话。

苏沫摆出难以置信的表情，小心试探，“要不我先找个地方坐下？”

钟声冲她招手，“姐，坐这里。”

苏沫果然坐过去。

尚淳绷着脸，拿起桌上的纸巾，蹲下身。

钟声指指点点，“这里……还有那里，姐，你的鞋怎么这么脏啊？”

苏沫道：“这几天不是搬家嘛，麻烦尚总了。”

钟声笑，“自己人，不用客气。”

尚淳站起身，纸巾一扔，抓住她手腕，“东西呢？”

钟声疼得直抽气，“不是在你裤兜里吗？”

尚淳一摸，果然，忽又感觉得来太轻易，将信将疑，不出所料，又听她说：“这是三分之一，你不是已经看了三分之一吗？剩下三分之一明天给你，我说话算数。”

尚淳一把甩开她的手。

钟声懒洋洋地揉揉手臂，挽着苏沫道：“姐，我们走吧，这里的菜不好吃。”

苏沫转身看看尚淳，“尚总，她还小，有什么事，您千万别往心里去……”话没说完，已经被小姑娘拽出了门。

下了楼，苏沫顾不得许多，一把将人揪住，“胆子也太大了，你不要命了？”

钟声说：“姐，我明天一早的飞机，还要回去收拾行李，我爸妈这些天一直唠叨，说一走走两个，你离得近，有空回来瞧瞧。”

苏沫仍是道：“这种人躲还躲不及，你……”

钟声打断，“我没关系，只要你心里舒坦就行了。别想太多，想太多就不好玩了。”又认真看向她，“姐，我昨天去看过王翦了，还有……我再也不欠你什么了。”

苏沫后怕，一宿没睡好，早上赶去送行，起晚了。

南瞻国际机场，钟声入关，时间还早，小姑娘在肯德基找了个角落的位置，一边吃薯条一边玩平板，过了一会儿，又打开手提电脑，这些家当全是才换的，苹果三件套。

钟声开始发微博，照片一张接一张。

不多时就有人转载，更有人回复：“博主发的这些内容，我在别的网站上也看过。”

钟声回复：“不可能，上地址。”

那人贴了网址上来，钟声点开链接去瞧，忍不住哈哈一笑，网页上的楼主也是才发帖不久，上传内容还不完全，钟声玩心上来，索性在后面跟帖，一边和对方比速度，一边捻薯条蘸番茄酱吃得来劲……

小姑娘玩尽了兴，准备登机，她坐头等舱，不必排队。

进去以后，同舱有个男人见她一身学生打扮，人也长得精神，有意和她攀谈，钟声知道他心里的估量，微笑道：“我考上那边的学校，我父母送我机票当礼物，还没离开中国，我已经开始想家了。”

那人由衷道：“小姑娘，你很优秀，同时也有一个幸福的家庭，这是成功的条件。”

钟声笑笑，趁着飞机还没起航，给苏沫发了条信息：

“你的人生是责任和隐忍；我的人生是激情和冒险。这辈子，你和性格较劲，我却要为欲望搏斗。”

第十八章 ✦ 求取

你难过的时候最想见和最不想见的人是谁？

高兴的时候，你最想让谁第一个知道？

我的答案都是你。

苏沫看向外面这座仍然陌生的城市，窗外天色灰蒙，下起了雨。

她掂量着手机，没回短信，却忍不住叹了口气，心想：谁没有欲望？谁不想要激情？你认为满足欲望是一种拼搏，我却觉得，那是在向自己妥协。

这几天她一直踌躇，敦促自己走前应该去瞧瞧王亚男，却明日复明日，始终提不起勇气。

苏沫又拖延了半日，想着要不下午再去，或者晚上？

从蓉却提早打来电话，约她中午在酒店见面，从蓉很热心，“这么大的雨，你没车不方便，我叫老赵来接你，他差不多也快到了。”

随后就听楼下有人按喇叭。

苏沫往外一瞧，果然是老赵的车，更不好再推，直接拿了伞出去。

两人碰了面，她心里多少有些尴尬，老赵却只字不提，只说那家酒店什么什么好吃，今天要去尝尝，又说从蓉的孩子怎么调皮，再说从蓉应该点好菜了吧，早些过去路上不堵车……似乎没几句话的工夫就到了。

又是包间。

苏沫跟着老赵进去，只看到从蓉一个人在里面，服务员过来问人是否到齐要不要上菜之类。

从蓉手一挥，“快些吧，饿了。”

苏沫放松下来，问了句：“其他人呢？”

老赵看了从蓉一眼，“应该没人了吧？就我们几个，先吃吧。”

从蓉没作声。

老赵说了一会儿话，吃了一会儿菜，指着汤发牢骚，“我让你点的不是这个啊？”

从蓉说：“我在电话里问你，你就是说的这个啊。”

老赵嘟囔，“我说的是这个吗？我怎么记得不是啊？”

苏沫劝道：“都一样。”

老赵说：“这汤偏油腻，我让你点的那个有笋干……”他忽然打住，不说了。

苏沫低头吃菜。

从蓉有些儿烦，“你们这些男人真是的，要么说完就忘了，要不来来去去不知道是真是假，那些场面话都说给外人听的，谁知道是不是公关危机在作秀呢？要不就干脆点，让人心里有底……”

老赵“啧”一声，“你少说两句。”

苏沫心里七上八下，忽然门开，进来的果然是王居安。

从蓉当即闭了嘴，老赵笑着打招呼。

王居安冲他俩点一点头，看了苏沫一眼，似乎犹豫，最后仍去老赵近旁坐下，又隔了一个位子，正好在苏沫对面。

除了赵祥庆，其余三人话都不多，苏沫低头夹菜，从蓉顾着吃喝，忽被老赵一拉袖子：“你不是要早些接孩子吗？”

从蓉没理，又吃了一会儿，趁着赵祥庆在人前插科打诨的工夫，凑去苏沫耳边道：“别怨我，我也没办法，我老公还要跟着他混，你也给你老公一点面子，啊？这样对大家都好。”她说完，也不打招呼，起身就走，老赵不防，一边忙不迭地跟在后面一边又回头赔笑。

等人出去了，王居安一边喝酒一边瞧过来，见苏沫只浅浅喝了点汤，才道："吃这么少，你不饿？"

"还好。"

他停了一会儿，说："过了这几天，我想你现在应该冷静了。"

苏沫没搭话。

他又问："还想不想吃点什么？"

"不了，这么多菜，吃不完。"

"要不再来个虫草燕窝……"

苏沫忙道："真的不用，我已经吃好了。"

他这才打住。

她不想再动筷子，更觉得无所事事，抬头朝门那里望了眼，王居安会意，"现在走？"

苏沫只好起身，两人一起出门，风大雨大，她一时撑不开伞，王居安把伞拿过去，稍微使点力就撑开了，遮在她头顶，苏沫下意识去接，他却不放手。

苏沫低头往外走，伸手去捉乱飞的发丝，忽然触及他的下巴，感觉到硬硬的胡茬。她回头，才发现他离自己这样近，嘴唇几乎碰到她的额角。他看了她一眼，稍微离开了些，帮她抚开脸边的发丝，随即吻上来，不容推诿，十分固执。

她心里轻轻叹息。

他动作狂热，嘴唇也热热的带着酒气，换作其他男人，她应该会讨厌，可是现在她就像戒酒遇到瓶颈期，用一只手掌徒劳隔着他，在推与不推之间纠结了一会儿，还没怎么想明白就放下了。

苏沫再睁开眼时，雨水落进眼里，伞被吹到路边，两人在酒店门口贴在一起，如同浸过热水的衣服粘在身上一样，不能摆脱。

他喘着气在耳边问："恶心？"

"恶心。"

他笑，瞧一眼她脑袋上的湿发，白润润的一张脸，直接握住她的胳膊，“进去，上楼。”

苏沫微愣，暗想他是不是连房间也早已预定好？

王居安问：“又怎么了？”

“没什么……”他这样小心翼翼忽然让她想起佟瑞安极力讨求时既装模作样又急吼吼的模样，苏沫想了想，“楼上没衣服换……去我住的地方吧。”

他拖她上车，路上时常把手搁在她腿上，偶尔侧过脸来观察她脸上的神情。

她轻轻说：“我喜欢你的手，不过，它打人一定很疼。”

王居安笑笑，“你到底在想些什么？”

苏沫心里一晃，又怕勾起他对儿子的伤心，忙转移话题，“一直往前开，前面路口左转进去就到了。”

他答：“我知道。”

苏沫瞧着他。

他说：“我想知道的事一定会知道。”

她没搭话。

他又说：“我想办的事一定能办成，我要留住的人她也离不开我。”

苏沫看向窗外：“因为你对自己很有信心吗？”

王居安一笑，伸手捏她的脸，“你明知道我不是那个意思。”

两人都沉默，过了一会儿，他看过来，说：“又想吻你了怎么办？”

苏沫道：“可以靠边停车的。”

他没作声，果然照办。车子停好，各自倒冷静了，都有些尴尬似的，互相看着，又觉得好笑。

下了车，两人一路腻歪的进了屋。

天已黑，苏沫累极，腰间仍被人搂住，一时就想要是躺在床上就能过日子该有多好，她披上睡衣勉强起身，又被人拽回去，问：“你怎么想？”

她想了想，老实答：“我也不知道，说不准。”

“说不准什么？”

她答不出来。

王居安道：“别想太多。”

苏沫觉得这话耳熟，又听他问：“记者一直为那事找你麻烦，怎么不跟我说？”

她身上有些冷，本不愿多想，谁知又被人提起，心里道，几年前的事都能被挖出来，明摆着有人想落井下石，就算跟你说了，也未必能起作用。顾及他的大男人自尊，她只道：“说了不是又让你多一件烦心事吗？”

这话才出口，她便觉得自己轻贱，谁想他却使劲搂住自己。

苏沫见他有难得的温情，犹豫了半天，终于忍不住道：“有些事，总归是生活里的污点，一时半会儿我也不知道……”

他动作一顿，“污点，我是你的污点？”

苏沫忙说：“要不你再给我点时间，我是想，如果以前的事传出去，我也有孩子，还是个女孩，等她长大了懂事了，万一问起来，我怎么跟她解释？要是以后听说了什么，我真不知道该怎么面对。”

王居安忽然道：“结婚，一了百了。”

苏沫眼见他不耐烦，心里有些慌，忙说：“我不是这个意思。”

他翻身坐起，“你是什么意思？”

苏沫没作声，过一会儿道：“我又没逼着你……我也不知道该怎么办，就想冷静几天。”

“不是已经冷静过了吗？”

她没说话。

他看着她，“当着那么多人把话都说了，不结婚还能怎么办？”

苏沫像是被人兜头一盆冷水，心跳极快，不可置信地看着他，问：“你觉得这是我想攀上你的手段？”

“不是。”他很烦躁，却笑，“我也有这一天，让一个女人罩着才能狼狈不堪地逃过一劫。”

苏沫无所适从，颤声问：“你的意思是，我反倒让你在人前没面子？”

他很久不说话，忽然低声道："我宁愿让人指着鼻子骂强奸犯！"

两人背对背，苏沫没再搭话，过了一会儿道："你走吧，我累了。"

王居安说："赶我走，你就能抹去污点了？"

"你走！"她终是哭起来，"你就是看我好欺负，你就是看我一次次容忍你……"

他看了她好一会儿，起身穿好衣服，一边扣袖扣一边说："是你太完美，所以早不该容忍我，跟着宋天保多好？一个纯洁无私一个完美无瑕，很配。"

"你！"她气得不行，"你王居安不是人，你是神，你永远不会犯错，不能软弱，有事必须硬扛着。你回头想一想，这事你敢说自己一点错没有？所有的亏都是别人吃的，所有的错都是别人犯的。"她原本还想说他儿子以及安盛的事，心却不够狠，只放低声音道，"其实你心里明白，就是不敢承认，孬种。"

他料到她的想法，一时怒极，用手指着她，"我警告你，别再提那些破事。"

苏沫也觉得自己这话说得重了，当即不敢作声，停了片刻才缓和道："有件事……钟声把东西拷贝了，给了尚淳。"

他回头瞧她一眼，"已经不重要了。"说完仍是摔门出去。

苏沫拥被低泣，心想：历史总是惊人的相似，她又蠢了一次。

王居安下了楼，在车里坐了很久，又瞄楼上那扇窗，越想越心烦，不觉伸手拍一下方向盘，却又没脸面再回去。

苏沫还坐在床沿上哭，觉得这几天要把一辈子的眼泪都要流尽了。

手机响起，她原本不想接，电话铃却是不依不饶。她擦了擦眼，拿起来听了，周远山问："你什么时候走？"

他的声音听起来很和气，苏沫满腹委屈正想找人倾诉，冷静了一会儿才克制住，只说："快了。"

那边却听出来，"你怎么了？没事吧？"

苏沫勉强笑笑，"我没事，挺好的。你有事吗？"

周远山犹豫了一会儿，才道：“我有个大学同学打算自己办个事务所，叫我过去入伙。”

苏沫说：“这是好事啊。”

周远山顿一顿，像是试探，“地方就在你们江南那一块。”

苏沫一愣。

他又道：“也就是这几天的事，我可能会和你一起过去看看。”

苏沫说：“行，我来做东道，尽地主之谊。”

他笑了，“那么，你到底是哪一天走？”

苏沫无法，只得说出具体时间，忽然想起件事，问：“你明天有空吗？”

“有。”

“我想去看看莫蔚清的爸妈，她走前交代过。”

“是吗？她家以前好像住得挺远，快到近郊了。”周远山建议，“明天早些出发，我开车过来接你。”

第二天一早，周远山上来敲门，苏沫一看时间，八点不到，匆忙洗漱了，才去开门，有些不好意思道：“你不用特地跑上来，电话响一声我就知道了。”

周远山没搭话，转头看她窗台上的植物，问：“这些东西怎么办？”

苏沫说：“要不你拿过去？”

周远山摇头，“我养不来这些东西，我拿着给所里的小姑娘算了。”

苏沫挽起发髻，笑，“女朋友啊？”

周远山道：“不是，年纪太小，有代沟，我还是喜欢沉稳的。”

两人说着话下了楼，苏沫一见王居安的车就钉住了步子。

周远山看了她一眼，提醒，“我的车在这边。”

苏沫有些恍惚，虽跟着他走，但仍是去瞧另一处的车和车里的人，王居安穿的还是昨天那身衣服，不知是一晚上没回去，还是今天一早又来了，这会儿正坐在里边抽着烟，像是百无聊赖地瞧着他俩。

周远山也回过头看他一眼。

苏沫上了车，周律师很有风度，问：“走不走？”

她不敢犹豫，低头道：“走吧。”

周远山开车上路，忽然说：“股东大会那天，如果你说的是真的，为什么还要走？”

苏沫说：“我不想再谈这件事。”

两人一路无话。

找去莫蔚清家里已近中午，莫蔚清的父母看起来都很朴实，说起女儿直抹泪，一边说我们不认她的，一边又说这孩子怎么这样傻。苏沫把莫蔚清的字条和银行卡一并交过去，又问起小孩的事，老人道：“原本是跟着那边的爷爷奶奶，后来他爸再婚，又给送回来了，现在上幼儿园了，在家呢，总是学人家喊爸爸妈妈，还不如让她和孩子们一起处处。”

苏沫叹一口气，又问是哪家幼儿园，老人家忙带了去瞧。

他们隔着铁门瞧那孩子，两岁多点，穿得和其他孩子差不多，瞧上去还好。

周远山低声说了句：“像她。”

两人回到市里，苏沫也算了却一桩心事，却仍有件事压在心头，她问周远山：“能不能送我去王亚男家里？”

周远山点头，这回没多问。

苏沫自嘲，“我很怕见她。”

周远山说：“你给自己强加的包袱太多了，双向选择的事，见不见无所谓。”

苏沫道：“本来能好合好散，但我在人前伤了她的面子。”她下了车，却又回头看。

周远山笑道：“去吧，我在这里等，一个老太太，不会吃了你。”

苏沫感激地笑笑，进去敲门。

王亚男从医院回到家里休养，保姆上楼去问，下来道：“老总在午睡。”

苏沫知是托词，坚持，“那我再等一会儿。”

保姆认得她，“苏小姐，你要不要进来等？”

苏沫忙道："我就在这里等。"

过了大约半个小时，里边传来王亚男的声音，"让她上来。"

苏沫依言行事，不见宋天保，猜想他是上课去了。

仍是那间书房，王亚男坐在桌子后面瞧着她，"你跑来做什么？"

苏沫被她问住，只说："就是有个交代吧。"

王亚男冷哼，"我不需要你的交代。"

苏沫没作声。

王亚男恨铁不成钢，"我小看你了，为了个男人，你能做到这种地步，值得？"

苏沫说："不值。"

王亚男说："白费我一番苦心提拔你、培养你，你知不知道那个人，从女人的角度来看，他就是个风流浪子，品行不端的货色，我要是有姑娘，肯定不会让她接触这样的……"

苏沫说："我知道，他对女人是不怎么样，但是对天保……"她顿一顿，"他一直感到很内疚，这方面倒比我靠得住。至于安盛，家大业大，我有自知之明，能力有限，扛不起。"

王亚男看着她半晌不作声，末了一声叹息。

苏沫出来，想起一件事，上车后问周远山："关于股权激励的合同，安盛是不是有签合同两年后才能行使权力的规定？"

周远山点头，"一般公司都有这样的规定，我经手过你的合同，但是我记得上面的条款非常宽松，连我还有其他老员工都没有这样的优待。"他忽然笑起来，"就算以后安盛的股票一文不值了，她对你至少还有几分诚意，你确实该来看看她。"

苏沫暗自叹息，想了想，"上飞机之前，我还想请你帮个忙。我感觉王亚男这边压力很大，董事会也有异议，估计做不长久，现在安盛股价很低，我想内部认股赌一把。"

安盛的股票在董事长宣布辞职当日就已跌停。

王居安正忙于筹建新公司，林董来访，无非是劝他留住手里的股份，争取机会反击。王居安心里不以为意，着实对那样的烂摊子再无兴趣，一时轻易打发了，抓紧时间和人商谈新项目。

谈判桌上他却心事重重，两次三番地看表，惹得对方心里不悦，问："王总，是不是还有更好的合作意向等着您？"

王居安终于按捺不住，直接道："抱歉我现在有急事。"又招呼赵祥庆，"先安排老总们吃好喝好玩好，改天再谈。"

老赵没能料到这一出，客户还没表态，王居安已经出了门。

他快步走去停车场，心里的不好预感越发强烈，又伸手去兜里摸手机，心急火燎地打过去，那边不接，再打，仍无音讯。他忽然有些发蒙，上了车，想了半天，仍是开去那人的住处。

苏沫正握着手机跟自己较劲。

周远山走过来道："我才问了，台风，航班晚点，还要等上一会儿……你玩左右手互搏呢？"

苏沫有些茫然地抬头看他，"什么？"

周远山叹了口气，指指她手里的电话，"你接不接？"

她着急，"我也不知道。"

"为什么？"

苏沫捏紧手机，十分沮丧，"这种感觉就像喝酒上瘾，喝了就有罪恶感，明知道不会有好结果，但是忍不住。"

"拿来。"周远山伸出手，"电话给我，我帮你戒掉它。"

苏沫举棋不定，手伸出去又收回来，指头颤了下，按了接听键。

周远山一脸无可奈何地瞧着她。

苏沫很不好意思，赶紧走去一边，手机贴到耳边，却久久不说话。

那边问："在哪里？"

她没吭声。

王居安急道："说话！"

苏沫说："你脾气能好点吗？"

"我脾气怎么不好了？"

苏沫说："我挂了。"

“不行！”他停了一会儿，放缓语气，“在机场？”

“……嗯。”

“不是说周末吗？”他压低声音，“你躲我。”

她沉默，才道：“周五也是周末。”

“不要顶嘴。”

她又沉默。

他烦了，“说话。”

“你不让我说话。”

王居安叹了口气，低声道：“苏沫，苏沫，我怕了你行吗？你现在哪里都不要去，等我过来找你。”

“又着急干什么。”

王居安顿住，说：“我就是想你又怎么了，这也犯法？”他恨道，“你越不听话，我就越想收拾你。”

苏沫听到他的呼吸，心尖忽地一颤，竟满脸通红。

周远山推着行李过来，对她示意，“屏幕上的信息出来了，可以托运了。”

苏沫赶紧捂住话筒，低低“嗯”了一声。

王居安立时问：“刚才说话的是谁？”

苏沫道：“没有谁。”

手机提示有电话进来，他没理，仍是问：“周远山？”

苏沫说：“你管他是谁，这事跟其他人没关系。”

“你以前不是还惦记着他？”

苏沫气道：“你不要说了。”

“我已经在路上了，等我。”

苏沫不想理他，却忍不住道：“你开车不要讲电话。”

这话他爱听，隔了一会儿，他再次开口，“你听我说，我想过，有些事我不可能当作没发生过，就像你一样，有时候经历太多，想法会变得更多，是不是这样？”

苏沫低声道：“是的。”

“安盛的事你不要再管，男人有时候就是想争回一口气。”

“好。”

他继续道：“你难过的时候最想见和最不想见的人是谁？高兴的时候，你最想让谁第一个知道？我的答案都是你。你的答案是什么？”

苏沫还没说话，眼泪已经浮上来。

他又问一遍：“是什么？”

“是你。”她几乎被他迷惑了，“可是……”

他打断，“没有可是。我已经三十多了，人就一辈子，再一犹豫，又过三十多年，还剩什么？你能不能不要管别人怎么看你怎么评价你？能不能在面对我的时候忘掉那些原则？”

苏沫犹疑，“有些人在关键时候就会缺乏原则，心慈手软，最后被打回原形，这也是你说的。”

他一愣，“你怎么就这么听话呢？当我说的都是混账话行吗？”他顿一顿，又道，“请你不要放弃得太轻易，就当再给我一个机会，也许能一起走完后面的三十多年，也许不能，以后的事谁也说不准，但总归要试一下，对不对？”

苏沫捂着嘴，眼泪掉下来。

“不要哭，听见你哭我车都开不好。”数条短信进来，电话提示音又响，王居安担心公司有要紧事，叹了口气，“愿意等我吗？”

似乎过了很久，她轻轻“嗯”了一声。

王居安稍稍放心，匆忙收线，低头瞧手机，几个电话都是王思危打来，他直接拨回去骂：“你又瞎折腾什么？上次的事我要是查清楚了我饶不了你……”

王思危连声道：“哥啊，我早说了不是我，你要我说多少遍才相信？要是我去捅这娄子，我还会特地等着被你骂？”

王居安气不顺，“说，什么事？”

王思危道：“尚淳好像要跑路了。”

“说清楚！”

王思危道：“他好像还有什么把柄在姓苏的手上，昨天喝多了，我听他跟人打电话，买了张不知是去哪个小国家的机票。又说等风头过去，再找人算账。”

王居安冷哼，“他有病，现在网上都是他那些乱七八糟的事，他还想翻身？”

“我听他的意思，买凶杀人也不是没可能。”

王居安忽然没了头绪，方向盘一歪，车停路边，给人打电话说：“你先入关。”

苏沫惴惴地问：“你不来了？”

“晚一点，公司还有事。”他又说，“跟着周律师，别走散了。”

他收了线。

路上堵塞，车子走走停停，尚淳一边开车一边等得心焦，为了转移注意力，他抽空翻看手机里的照片。

照片上的少女笑颜吟吟，漂亮极了。

他看一张骂一遍，心里却不解恨，越发牙痒痒，忽想要是她这会儿出现在跟前，一定要给她一个大巴掌，不，是狠狠揍她一顿，揍她这张勾人的脸蛋。

尚淳这么幻想着，才觉得稍微舒坦了点，心底却有个声音突然冒出来：她不爱你。

他被刺得一激灵，恍惚中想起莫蔚清。

莫蔚清也对他欲迎还拒，费尽心思，却充满热度，又让人了如指掌。而钟声呢？笑也冷，哭也冷，撒娇冷，越冷淡越刺激越能迷他心智。

她是真的哪怕一丁点都不爱，等他明白过来，为时已晚。

尚淳正发疯一样删除着手机里的照片，它忽然刺耳地响起来，接通了，那边王居安开门见山，“母盘在我这里，网上只有模糊的照片，我有你的录像。”

尚淳怒道：“你想怎么样？”

王居安说：“我可以把东西给你，这事跟其他人没任何关系。”

尚淳顿住，想明白过来，嗤笑，“你有种，情种的种，你儿子像你。”

王居安咬紧齿关，几乎要把手机捏碎。

路上总有急性子的司机隔三岔五地按响喇叭。

王居安仔细听了一会儿，又听见隐隐火车隆隆开过，笑，“你这会儿在车上，刚过铁路桥，就快上高速了，是急着赶去机场？打算去菲律宾喂鱼，还是去叙利亚挖沙埋了自己？”

尚淳这才明了他这番电话的目的，立马撂了手机，却见路旁杀出一台车，在后面紧紧咬住他不放。他心里暗骂，有些儿慌神，只好死踩油门。上了机场高速，车子渐少，一路畅通无阻，后面那车却想超上来，尚淳哪敢犹豫，心道：我就不让你，让了你我还有活路？

他的车不打眼，王居安这边性能更好，一轰油门已经追上来。无奈行车道和超车道上都有其他的车，王居安先时在路口等候了多时。他心里早已恨极，这会儿干脆一不做二不休开到路肩上，又跟了一路，抄去前面。他瞄准空当，心里默念一声“王翦”，就直接打横车轮，实打实地冲了过去。

尚淳反应也算快，却已来不及。

两车轰然相撞。

……

耳边警车隐隐呼啸，王居安感到身上一阵剧痛，心里却一片轻松。

他靠在那里一动不动，迷迷糊糊地又想起什么，不知道时间还够不够？想睁眼看表，却怎么也使不上力，心道：晚了，这回真晚了……

队伍里最后一个人走进乘机过道，苏沫却仍是坐在椅子上，打电话给老赵，直接问：“王居安还在公司里吗？”

老赵感到奇怪，“没啊，老板一早就走了。”

“也没说去哪里？”

“没说呀。”

苏沫撂了电话，再打王居安的手机，仍是没人接，心想这人真是一句实话都没有。

周远山提醒，“走不走？”

苏沫没作声，也没动。

周远山说：“飞机晚点三个小时，你已经等了三个小时。”

“嗯。”

“他要来早来了。”

周远山瞧着她叹一口气，拿出自己的手机打过去，照旧无人接听。

苏沫忽然问：“一次又一次，我是不是很没出息？”

周远山在她身边坐下，看着她，“女人们都爱浪子，也许是虚荣心作祟。”

“是吗？”

“这样想你心里也许会好受点。”

“对，”她问，“你知道我最不想听见的理由是什么？”

“什么？”

“我和他原本就是两个世界的人。”

周远山没接茬。

广播里正反复提到他俩的名字，说航班即将起飞，请尽快登机。检票的工作人员正要合上大门，看见这两人道：“缺席的是你们吗？赶紧的，别耽误这么多人的时间。”

周远山起身道歉。

苏沫死死捏住手机，指头已经青白，忽然叹息一声，终是站起来，跟了过去，越往里走，感觉越陌生，心里越空洞。

飞机平稳起飞，南瞻越来越远，家人孩子久不见面，她本该高兴，想要笑一笑，谁知竟流下泪。

王居安醒来的时候，正躺在医院里。

赵祥庆正在旁边守着，见他睁眼，忙问要不要喝水。

他稍微抬了抬头，发现自己还能活动，放了心，至少还活着，张了张嘴，嗓音喑哑。他说：“你，给她打电话。”

赵祥庆愣了愣，转过弯来，试探，“苏小姐？”

王居安重复，“苏沫。”

赵祥庆早先就打过，这回再拨过去，仍是一样，他抬头，王居安正盯着自己，他不由放低声音：“关机了。”

王居安躺了一会儿，没说话，手还能动，但是腿疼得厉害，动不了。他又道：“再打……打给周律师。”

赵祥庆依言行事，几次后建议，“要不我给她发短信过去，说一下情况？”

王居安这才问：“我什么情况？”

老赵小心答：“没事，就是有点骨折，可能要上钢钉。”

“还能走吗？”

旁边的年轻医生道：“几个专家主任正在为这事开会，希望能得到一个最好的治疗方案。”

王居安不说话。

老赵转移话题，“我给她发短信，让她第一时间赶过来。”

王居安闭上眼，声音冷下来，“算了，已经上飞机了。”隔了一会儿，才道，“不要告诉她。”

赵祥庆听得一愣，想劝两句，又见他问：“姓尚的死了没？”

老赵心想：就为这家伙你倒快去了半条命，嘴上却说：“撞破了头，断了两根肋骨，已经被立案调查了，出了医院就要进局子，这回肯定是栽了。”

王居安不再说话，只合眼休息。

夜里做手术，赵祥庆和张老头在外间等着。老赵见人完完整整地出来了，放了心，又赶紧去向医生问明情况，随后想了想，仍是给苏沫发去一条短信，只说“老板车祸进了医院”，其余没多讲。

那边果然很快回了电话，老赵说了下大概情况，眼见王居安转醒，忙把手机递过去问：“苏小姐的电话，要不要接？”

病人的神情有些混沌，看了他好一会儿才勉强点头。这会儿麻药的功效也渐渐过了，王居安皱着眉淡淡“喂”了一声。

苏沫在那边急得不行，“你现在怎么样了？”

他有些不耐烦，“没怎样，死不了，”又补充，“骨折，过段时间就好了。”

苏沫小声道：“对不起，我、我没想到会这样，我尽快过来看你……”

他直接打断，“走都走了，还跑回来做什么？”

苏沫解释，“我真没想到会这样，我以为又是像以前那样，你别生气……”

他疼得直咧嘴，心里焦躁得很，却笑道：“有什么好气的？我尊重你的选择。”

她不作声，过了一会儿道：“我错了，有什么话见了面再说好吗？”

“还有这个必要吗？”他反问，“今天在机场……我说了那么多，你也有足够的时间考虑，强扭的瓜不甜。”

“我……”

“你什么？你对我也就是那么回事。”他笑，“苏沫，就算我再倒霉，这辈子跌跌撞撞一直到死，我也不缺女人，我离了谁都是一样过。”

苏沫知道这人好面子，恐怕现在更恼她失信，她越发内疚，不得已拉下脸面好生劝他：“是，你不缺女人，我缺男人行了吧？这次是我不对，你也给我一次机会好吗？”

护士送来止疼药，他没理，捏着手机沉默，过了很久才开口，“有些问题我以前也考虑过，我们之间没有默契，缺乏最基本的信任，一点小事就会产生矛盾……除了工作，我们两个的圈子完全没有交集，根本不是一路人，以后就算勉强在一起也不见得多好，”他微顿，越发心灰意冷，含糊说，“就这么算了。”

她忍着泪，半天才问了句：“就这么算了？”

他不答话，一个字也不多说，仿佛时间静止。

苏沫连声道：“好，很好……”她终于下定决心，“我有个要求，最后一次，你能不能……让我先挂电话？再怎样我也是个女人。”

那边悄无声息。

苏沫害怕他连这点耐心也会消失殆尽，只得屏住呼吸，匆忙收了线。

然后她握着手机呆坐良久，终是挺不住，埋头趴在书桌上，泪水打湿了桌面。苏父走过来敲了敲房门，说："你这样睡觉可别着凉了，才到家就讲电话，累了一天了，早些休息吧。"

一晃两个月，那人就像凭空消失一样，从此杳无音信，苏沫走前委托周律师购入的安盛股票也一跌再跌。

她在江南找了份工作，在一家普通的私营企业里，尽管同是市场总监一职，但是薪水方面远不如那边，刚够房贷和一家四口的日常消费。

父母虽没多说，她心里却很歉疚，好在周远山常来照应，周末的时候，二人带着清泉一起出去玩，清泉心情好，外公外婆瞧了更是高兴。

清泉五岁多，人来疯，乐起来不顾形象，和周远山在家玩闹，周远山躺地板上把她举高，她一时笑得合不拢嘴，一大坨口水直接滴人脸上。

苏沫看不过去，把孩子抱起来。

清泉不干，说："我还要和周爸爸玩。"

当地方言里有个习惯，若是妈妈处得很好的女性朋友，小孩儿们为了表示亲热，一般会带着姓地喊人妈妈。可周远山是男性，清泉嘴甜，自动自发地喊人"周爸爸"。

童言无忌，大人们听了心里却多了点微妙。

苏家二老都有意为这一家三口创造更多相处的机会，私下里更淡定不了，苏母偶尔小声对老伴说："周律师年轻有为，模样又好，也没结过婚，我们别是误会了人家吧？"

苏父也拿不定，却给她鼓劲，"我们姑娘长得也不差，也年轻有为，没什么配不上的。就是清泉……"

"清泉怎么了？"

"清泉这么乖，也不会给人添多少麻烦。"

苏沫悄悄听见了，心里不舒服，渐渐开始有意回避周远山。

清泉却不愿意，一天问几次："周爸爸今天来吃饭吗？"

苏沫说："不来。"

"为什么呢？"

"这里不是他家，哪能天天来？"

清泉想了想，大人一样叹气，"我好喜欢周爸爸，不喜欢上次那个人。"

苏沫奇怪道："上次哪个人呀？"

清泉说："上次在你家吃饭的那个人。"

苏沫立马想起来，忽然心里被人狠狠揪了一把，低声说了句："不喜欢也没关系了，"却又忍不住问，"怎么就不喜欢他呢？"

"不知道，"清泉使劲想了想，"他看起来凶巴巴的。"

当晚，苏沫躺在床上半天睡不着，最初从盼望到绝望的等待时刻艰难过去，为了那人她一直使用异地的号码，她以为等他气消了还会打来电话，她以为自己会比年轻姑娘们更加洒脱，可是到了夜深人静，才知相思入骨。

她捏着手机发着呆，瞪着天花板流着泪，心里越来越多的怨气却使她把电话又塞回了枕头之下，第二天肿着眼睛上班，忽然觉得这么下去也不是办法，索性狠下心肠，换了手机号码。

面对她的回避，周远山却很有耐心，偶尔去公司接她下班，同事们以为两人正在相处，一时想给她介绍相亲对象的领导也都消停了。

有一天晚上，她忽然接到陌生来电，苏沫心里一跳，听到对方的声音想了半天没想起来，那人笑，"苏助，我是老韩呀。"

苏沫忙说："韩工？好久不见。"

韩工笑道："你叫我好找，以前的号码打不通，还好我上次走之前，我老婆留了你家里的电话。"

苏沫想：是的，有心找总能找到，是我自作多情。

她一晃神，没听清对方说什么，又问一遍。

韩工重复，"我老婆有个同学一直在国外，帮我们代理了一项很小的汽车项目，主要是零配件这一块，我们想自己办个公司，不知道你有没有兴趣过来一起打拼，自己当老板总比一辈子替人打工要好，你说是不是？”

苏沫听得一愣，笑起来，“谢谢你们，这真是个好机会，可我也没钱入股啊？”

韩工道：“我老婆说你人好，合伙人就应该找你这样的。”又问，“你是不是认识北中汽的孙总？他现在是一把手了，我们想和他们家做第一笔单子。”

苏沫会意，“认识，还有南边几个大厂的老总，逢年过节都会慰问一下，一直有联系。”

韩工很高兴，开起玩笑，“你用人脉入股就行了，当然，有钱就更好了。”

一时两人都笑起来。

过了几天，韩工偕家眷到访。

韩工的老婆瞧见清泉正拿一只小碗喂家里的小猫喝牛奶，也蹲下身去和孩子们一起瞧。

苏沫笑道：“你也喜欢猫？小猫打过疫苗，才洗了澡，很干净的，摸摸没事的。”

他老婆却道：“不是。”她伸手护住那碗，等猫把里面的牛奶舔尽了立马拿起来，看了半天，叹道：“你还谦虚自己没钱入股，这么好的碗你拿来喂猫？”

苏沫不解。

她接着道：“要是我没看错，这是明代嘉靖时期的东西，叫作百花争春，我以前当学生的时候在拍卖行打工，见过差不多的。”

苏沫笑，“不可能。”

韩工插嘴，“这你可要信她，她在这方面有点兴趣，做过研究，当时还特地修过第二学位。”

韩工老婆笑起来，“妹妹啊，这碗的市价至少二十万，还是好几年前的价格。”

苏沫愣住。

韩工笑道："卖了它入股吧？"

苏沫定了定神，把那碗捏在手里，"不，我还是留着，做个纪念也好。"

大伙一乐，又谈起法律方面的程序，苏沫说正好认识几个律师，便打电话请了周远山过来吃饭。

周远山很久没接到她的主动邀约，立刻答应，两人见了面，心里都有事，不觉有些客套的尴尬，却又和其他人相谈甚欢。

苏沫心不在焉，一直挨到晚上，前脚才送走客人，立马又接到电话，周远山说："我就在楼下，你能不能下来一趟？"

苏沫问："你有东西忘了拿吗？"

"你先下来，"等她下去了，周远山又问，"我的东西呢？"

苏沫笑，"你到底忘了什么也不说清楚，我怎么知道呢？"

周远山看了她一会儿，才道："心。"

苏沫没说话。

他看了看她，又看向旁边，不好意思地笑起来，"哎哟好肉麻，"停了一会儿，正色说，"这么久你不可能不明白，我现在……我的心全在你这里，别再躲我了，好吗？"

苏沫一辈子头一次被人这样直接的表白，听得有些晕，"我、我……"

周远山问："你还忘不了他？"

苏沫要面子，"不是。"

周远山点头："那就行了，我们的年纪都摆在这里，早过了冲动的时候，我觉得还是应该找个适合的，我们俩性格什么的都还挺合适的，你觉得呢？"

苏沫推脱，"你也知道，马上要开始创业，更忙了，我现在还没心思考虑这些。"

周远山挺理解，"也对，女人也应该有自己的事业，我最欣赏你这一点，你忙你的，就是别再躲着我了。"

他原本转身要走，又忽然站住，折回来飞快地亲了她一下，低声道："我会比他好。"

王居安在床上躺了两个多月，早已烦躁得不行，得空就撑起拐杖练习走路，却又不得力，偏生护士来劝，"不能这样乱来，伤筋动骨还要一百天呢，你现在骨头上有两根钢钉，万一二次骨折，骨头移位，可就麻烦了。"

王居安扔掉拐杖，"什么时候才能扔掉这玩意正常走路？"

"至少还要三个月。"

赵祥庆进去，手里拿着几本文件，"头儿，这是合同，需要您签名。还有，安盛的股票跌得不行，几位董事成天打电话要和你谈。"

王居安看着合同，头也不抬，"免谈。"

老赵又说："林董和另一位姓什么的老先生一定要见您。"

"不见。"

老赵笑着叹气，"他们成天往公司跑，我还得抽时间应付。"

王居安利落地签了字，合上文件夹，"不理不就完了，再来直接轰出去，用不着对他们客气。"

那边厢，王亚男也正被人烦得焦头烂额——她侄儿王思危的事忽然被人捅出来，这回影响太坏，有钱也摆不平，王思危被送去强制戒毒两年。消息传出，公司的账面上越发难看，几位董事隔天就过来对她轮番轰炸一次。

谁知祸不单行，最近她腹部又开始隐隐作痛，心说阑尾都割了，怎么又闹腾起来了？换了家医院做检查，结果出来：阑尾白割了，胆囊有问题，还要做手术。

王亚男住院，董事们也不放过她，不时往医院跑，说是探望病人，实则长篇大论地给她洗脑。她自顾不暇，一边又担心儿子，终是松了口，"你们去试试，只要他答应，"她冷笑，"就怕他心高气傲，咽不下去这口气吧？"

去当说客的人果然铩羽而归。

王亚男沉吟不语，想起那天苏沫说的话，才道："只有一个人能说动他，"她叹息，"叫天保去吧。"

手术时间安排下来，因没有家属可以替她分担，医生只好对她直言：做了手术，还有百分之五十的希望。

王亚男强势一辈子，这会儿临进手术室了，忍不住老泪纵横，心道：我要是孤家寡人，死了也就死了，可是下面还有个小的，就算死了也还要惦记着他。

想来想去，一定要见王居安一面。

过了老半天，那人才来，王亚男见他冷着张脸，忍不住抱怨，"不想来就不要来，又没人拿刀架脖子上逼着你，板着脸给谁看？等我死了，你就高兴了。"

王居安上前打量她，"你这么怕死啊？现在是一只脚放进棺材了，又没人推你，自己倒慌着把另一只脚给挪进去。"

王亚男叹息，"你们两个，还真配。"又问，"我要是真死了怎么办？"

王居安凑近她，慢慢地道："你放心，祸害遗千年。"

王亚男气得差点没一口气憋过去。

他又说："你死不了，与天斗与地斗与人斗其乐无穷，你死了，谁跟我斗？"

王亚男不由抓住他的手，"天保怎么办？"

"怎么办？被人拐去街上，剁了手脚，跟前放个碗，也能活。"

她急了，"我这么大年纪，你就不能说点中听的吗？"

王居安皱眉，"你想听什么，有我一口吃的绝不会少他那半口？"再要说，他不耐烦，摆手道，"啰唆，赶紧推进去，她不死，我要被她烦死。"

王亚男气得手指打战地点着他，"你、你……"

王居安道："又不是直接把你推去烧了，你这么怕什么？"

她无法，赶着嘱咐一句："这几天家里没人，你记得去瞧瞧他……"

他直接回一句："没空。"

话虽这样讲，王居安还是抽时间去了趟宋家大宅，上楼一瞧，宋天保又在那儿傻乎乎地唱着情歌，这回又拉住他唱《萍聚》。

王居安往他脑袋上轻轻拍了一下，“你妈病了，你还有心思玩？”

宋天保却痴痴地看着屏幕，“苏秘书，唱歌好听。”

王居安陪着他席地而坐，冷哼，“别想了，人都走了。”

宋天保一脸向往，“苏，不走的时候，对我很好。”

王居安没作声，过了一会儿才道：“她对我，一点也不好。”

第二年春天将至，苏沫参股的小公司开起来，她手里的安盛股票也终于渐涨，没多久资产翻番。

一日，她和周远山在外面吃了饭回来，遇上前夫佟瑞安过来出差，顺便看孩子，三人打了照面都是一愣，清泉性子好，倒还愿意亲近她爸。

周远山心细，坐了一会儿起身告辞，佟瑞安等清泉睡午觉了，又见两个老人出去转悠了，才对苏沫道：“你现在看起来挺好的。”

他也还是那样，就是稍微有些发福，肚子微隆，头发两天没洗就开始冒油，人变随和了，话也比以前多了。

苏沫笑笑，“你也挺好。”

佟瑞安也笑，拿出手机给她看照片，“这是我儿子。”

苏沫仔细瞧了一会儿，“帅小伙，像你老婆。”

佟瑞安叹了口气，“有些事我不应该管，但是毕竟认识这么多年……”他顿住，忽然问，“刚才那个男的，你们在处对象啊？”

苏沫敷衍地应了一声，没说是也没说不是。

谁想佟瑞安会错意，说：“你一个人带个孩子，可得小心了，你这人又老实，别给人花言巧语地骗了……”

苏沫笑，“我有什么值得他骗的？”

“他也二婚？有孩子吗？”

“他未婚。”

“做什么的？”

"律师。"

"律师最精明，还没离婚就想着转移财产。他说过会跟你结婚吗？"

苏沫笑笑，才道："他刚才问我结婚的事，我还在考虑。"

"对，不能看人长得帅就心软，你还要替清泉考虑。"

苏沫说："他自己开事务所，暂时比我条件好，好很多，他说可以让孩子读国际学校，以后出国也方便。"

佟瑞安一时没说话。

苏沫又道："其实我应该谢谢你。"

佟瑞安疑惑，"谢我什么？"

苏沫没答，又问："要是我再婚，你愿意过来参加婚礼吗？"

"愿意啊，如果真有那一天。"

"那你一定要来。"

苏家父母进门听见后面两句，等佟瑞安一走忙围上来问："小周跟你提了结婚的事？"

苏沫点一点头。

苏父笑了笑，没说话。

苏母几乎要拍巴掌，问："你们选了哪一天，五一？不知道阴历的日子好不好？"

苏沫忙说："我还要再想想。"

苏父立刻道："好男人别错过，他对清泉也很好。"

苏母忙附和，"就是，打着灯笼也难找，你带的又是女孩，找男人更要小心点。"

苏沫有些烦，"爸妈，我都三十多的人了，有些事我自己会考虑。"

苏母笑，"哎哟，你现在翅膀硬了，能赚钱了，就嫌我们烦了？"

苏父也笑，"行行行，就是有一条，你可别把人小周给作走了，人找小姑娘去。"

苏母啐他，"是你想找小姑娘吧？"

苏沫眼见这老两口临老了还打情骂俏，一边觉得好笑一边又有些羡慕，思来想去，她心里终究放不下，便采取个折中的方法，给从蓉打了个电话，说：“我要结婚了，你和老赵有没有时间过来喝酒？”

从蓉愣住，“妹妹，你这是要和谁结婚呀？你俩……你和那谁真的没可能了？”

苏沫问：“那谁，最近怎么样？腿伤好了吗？”

“他回安盛的事你听说了吧？其他方面，也还是那样。”从蓉欲言又止，转移话题，“腿伤也快好了吧，听说下个月取钢钉。”

苏沫没再多问。

从蓉却忍不住道：“你那位是做什么的？性格怎么样？”

事情还没定下来，苏沫不愿多讲，只说：“普通人，和我差不多，性格……也比较传统吧，人挺好的。”

从蓉叹气，“也对，你这样的良家妇女就该找个传统男人过日子，找其他的，两人观念不一样，累。”

苏沫知她话里有话，却不好多问，再细想她如今这番说辞和态度，心里越发凉了半截，只得逼迫着自己断了不切实际的念头。

另一边，周远山攻势紧迫。

苏沫因公司的事想向他咨询一些法律方面的问题，他直接把时间定在中午，明摆着是想约她一起吃饭，顺便再聊聊私事。苏沫忙推说中午约了客户，就直接在工作时间去事务所找人。

周远山正在办公室里对着电脑，不知道在看什么，苏沫推门进去，他也没发现。

苏沫笑道：“看什么这样投入呢？”

他猛然抬头，“没什么。”

苏沫原是随口说一句，见他这样心里反而起了怀疑，笑道：“难道是和我有关的？”

周远山正要关掉窗口，“不是。”

苏沫瞧着他没作声。

周远山有些扛不住，忽然叹一口气，把笔记本电脑转过来，说：

“今时不同往日，这伙计的名气是越来越大了。”

屏幕上有几张模糊的夜店照片，苏沫瞧了两眼，低头打开手里的文件夹道：“说正事吧，我过一会儿还有其他事要忙。”

“还有什么事？”

她心不在焉，“回公司……开会。”

周远山随意问：“你刚才不是在电话里说约了客户吗？”

苏沫一愣，收敛心神道：“对，先开会，完了再去见客户。”

周远山神色不悦，“别再搪塞我了，一次又一次的有意思吗？”他停了一会儿，“人心肉长，我对你怎么样，你不是不知道，我又不能绑着你，你也没必要这样骗我。”

苏沫心里不忍，“我不是想骗你，我只是……”

“只是什么？”

“我……”她笑笑，想缓和气氛，“你这样太严肃了，让我觉得压力不小。”

周远山很平静，反问：“什么压力？刚才进来的时候你还好好的，后来看到网上的照片，你的情绪就不对了。”

苏沫反驳，“这是我的私事。”

周远山微微摇头，“你说不想骗我，我早问过你是不是还想着他。当时你明明白白地跟我说不是。你这样算不算欺骗我的感情，这也是你的私事？”

“你、你强词夺理。”

“你不可理喻。”

头一次，两人不欢而散。

接下来几天，苏沫心事重重，家也不想回，班也不想上，做什么都不得劲，无奈手头还有项目要跟，只得回公司点卯。

进了写字楼，前台几个大姑娘小嫂子又凑在一块看杂志聊八卦。

苏沫随意道：“上班时间，又在聊什么呢？”

前台小姑娘点着新出的财经杂志问她：“苏总，您以前在南瞻的时候，知道这个人吗？他好风流，网上都是他的花边新闻，还拄着拐杖呢，就被人拍到和现在一个当红模特交往，嫩模的微博都炸开了锅，底下的评论好热闹。”

苏沫看着杂志上姑侄俩握手言和的近照，说：“不认识。”

那几人继续道：“上面有他的专访，他最近挺有名，您以前没听说过吗？”

苏沫接过杂志瞄了眼，其中一篇的标题为《富二代如何接班？南瞻安盛的成功案例》，她看了一会儿，回：“没印象。”

立刻有人七嘴八舌，一时是我认识的人的亲戚在他家酒店打过工，一时又是我一个同学的表哥开商务会议的时候见过他，还有说同桌吃过饭的……

苏沫把杂志扔去一边，“做事吧，八卦又不能当饭吃。”

傍晚下班，周远山去苏家看望老人孩子，撞见苏沫的时候有些尴尬，等到两人单独相处的机会，才道：“那天是我不对，说话太冲了，你别往心里去。”

苏沫站在窗旁，看向外面，南边的天一丝云彩也无，那里应该开始有些热了。

周远山问：“你既然放不下，怎么不去问清楚？”

苏沫笑笑，“已经过去式了，还问那些做什么？何况……他原本就是这样的人，就该过这样的生活。这样也好，对我来说也是种解脱。”至少，以后用不着在欲望和骨气之间继续可笑地纠结。

周远山道：“你对他没信心。”

苏沫叹息，“你也看过那些照片了，你有没有发现，他当时笑起来特别轻松自在？也许这才是他。”

周远山没说话。

苏沫想要流泪，却笑道：“发生那么多事，他现在能调整到这种状态不容易，时间是良药，慢慢地，他就能回到以前的轨迹上。”她转过身来看着他，“我们每个人，都有适合自己的生活。”

周远山走近了，轻轻环住她的肩。

苏沫忍不住将额头抵在他的肩膀上，“对不起，借我靠一靠。”

他心里五味杂陈，并不受用，却忍不住低声道：“你可以靠一辈子。”

这天，王居安正召集各部门领导开会，会议室大门忽然被人使劲推开，周远山直接进来，往会议桌上扔了一张大红喜帖。

王居安看了眼，却没翻开，说：“出去。”

周远山脸色不善，二话不说，过来就是一拳头。大家都有些傻眼，王居安更怒，当即一拳还回去，他腿脚不便，旁人见了纷纷伸手来扶，他偏不让，喝道：“都放开。”

两人都怒不可遏，大眼瞪小眼地站了一会儿，像是还有继续干仗的意思，大伙儿也不敢劝老板，只把周律师扯开了。

王居安活动了一下手腕，坐下来瞧着周远山道：“那天我要她跟着你别走散了，她就真的跟了你！这才半年不到，你回去问问她，对不对得起我？”他似还有话讲，却又咽回去，冷着脸说了句，“滚。”

众人噤声，事毕，老板照常开会。

临下班，路过总经办时，王居安听见一丫头叽叽喳喳地说话，有些吵。

那丫头说：“我一直用这台电脑用惯了，换什么换？”

技术部的同事道：“这个系统都旧了。”

那丫头笑，“你新来的不知道，这是我以前领导的电脑，我忽然发现里面有一些玄而又玄的东西。”

王居安折回去在门口喊她：“陆慧，你过来。”

陆慧乐颠颠跑过来，“王董，您有事找我？”

王居安看了看她的桌子，问了句：“你在苏助以前的电脑里发现了什么玄而又玄的东西？”

陆慧笑，“我瞎说的，逗他们玩呢。”

王居安直接道：“搬来我办公室。”

陆慧一愣，“您说电脑？还是我？”

“快点!”

小姑娘忙把东西进贡。

等人出去了，王居安打开那台笔记本，一个文件夹一个文件夹翻开来瞧，各种文档数据分门别类，规划十分清楚细致，的确是她的风格。

除此以外，并无其他。

他在里面找了很久，忽然觉得自己特别可笑，特别幼稚，一时撒手扔开鼠标，拿起外套出门应酬，走到办公室门口却又折回来，盯着桌子上的笔记本电脑看了一会儿，不知所想，最后只啪地一下把它合上。

那晚，王居安应酬到一半就回家休息，谁想却像烙饼子一样在床上翻来覆去睡不安稳，几乎彻夜不眠。

接下来几晚都有应酬，他强迫自己不再去想，却一次比一次喝得更多，赵祥庆无法，天天开车送他。

两人的住处隔得有些远，老赵回去晚了，免不了被从蓉唠叨，他原本也累，这会儿心里越发有些烦，想来想去便想了个歪主意，找来一首粤语老歌混进其他歌里，在王居安的车里放了两次。头一次，王居安表现得很不在意，第二次就忍不住了，直接说:“太吵，关了。”

老赵装作没听见，歌里的小白脸唱得很应景:

仍然说笑，尽管这是苦笑
望着嘉宾，给她庆贺呼叫
奏着仍是昨天的曲调
也许今天弹得更妙
仍然祝福，祝福这段婚宴
望着婚纱，婚纱背后的脸
你是谁，共你未见一面
却已经令我心酸
未想多讲半句，唯恐怕会落泪
缘已尽不可追，理由谁可领会
让孤单加空虚，让当初都过去

纵有痴心，仍难定散聚
婚纱中背影双双远去
走进蜜月甜梦里
我但愿前事跟她远去
让我心中安静如水
我让旧情伴婚纱远去
一切又从头面对
爱若是如梦终必破碎
亦继续不息地求取
……

王居安半醉，没再说话，直接下了车，进了临海别墅，身后院门合上，安安静静的，又只剩他一人。

他走进里屋，来到后院，游泳池仍是干涸，上到二楼，有个房间永远寂静。

他回到大厅，在昏暗里点上一支烟解酒，抽了几口，忽然瞄见角落那架许久不用的钢琴，便扶着手杖走过去，掀开琴盖，尝试着只用单手弹了几下，孩童时候被人逼迫着学过的东西还零星记得。他嘴里叼着烟卷，手指放下去，先前听过的调子便断断续续地浮上来，他自嘲地笑，忽然扔掉手杖，瘸着脚走去沙发坐下，仰靠良久，直到夜色浓黑。

他已独自在这房子里待得太久。

这栋别墅，半年前被抵押出去，最近又被他赎回来，只因为承载了太多他对故人的回忆，像一张老唱片，记录以往的时光流逝，更像一座坟墓，碑文刻镂出一个男人的半生经历：幼年失恃，中年丧子，他乡异土，误入浮华。

又是一夜不眠。

第二天，王居安早早来到公司，一进办公室，仍是打开那台电脑，强迫症一样翻翻找找。晃眼间，终于被他在深层子目录里发现了一个文件夹，名字很简单——Wang。

他不由心跳加速，立刻点开了，里面只有两张照片，照片里只有两个人，是很久以前的他俩。那会儿的他们，眼神躲闪，笑容客套，既互相防范，又忍不住悄悄靠近。

这一切似乎发生在很久以前，更像是在昨天。

他凝望多时，回过神来不觉摇头一笑，转念又想：她对我，至少还是用了心的。他思来想去，竟为这话感动，整个人忽而放松下来，甚至像个愣头青一样在心里欢呼雀跃。

外面有人敲门，秘书进来说某报刊的采访组到了，提醒他稍作准备。

王居安心不在焉地过去，熟门熟路地和人握手寒暄。

对方的记者表现得很专业，年轻女性，伶牙俐齿，一本正经地和他探讨公司发展和项目运营，也对他的求学经历稍作打听，一切如常，谁知最后话题一转，那记者笑着问了句：“外面一直有关于王总感情生活方面的传闻，可谓众说纷纭，扑朔迷离。不知道您有没有兴趣就目前的状况对公众做个大致描述？比如，打算何时步入婚姻？您对自己的另一半有什么要求？您是否已经遇到了这样一位女性……”

总助忍不住打断，“这些问题涉及个人隐私，我们先前说好了只谈公事……”

记者感到遗憾，“是的，王总可以不必回答。”

王居安一直没说话，抬眼瞧着他俩，这会儿才平淡开口，“我遇到过这样一个人。”

屋里一静，大伙儿都没料到他愿意配合，记者赶紧称赞，“她一定特别优秀。”

王居安思忖了一会儿，“不是，她没有多优秀。”

记者又说：“她肯定符合您对另一半的要求。”

“也不是，”他和气地笑起来，“在遇到她以后，我的那些要求就全不作数了。”

记者越发好奇，“那么她一定有比别人更吸引您的地方吧？”

他直觉地开口，“也不能这样讲，这种事没法比较。”说到这儿，他忽然想起什么，心里跟着一恸，几乎又要浸入对往事的回想，他努力克制着，似乎轻描淡写，“有人跟我讲过这么一句话，对很多人来说，这世上总会有这么一个人，无论她是好是坏，我们都不愿意把她拿出来，和其他人放在一块儿做比较。”

无论她高矮胖瘦，是美是丑，无论她是单纯还是邪恶，你压根就不愿意多合计。

采访结束后，王居安走去楼梯拐角，靠在窗子旁边抽烟。

才三月天的光景，阵雨过后，窗外的风已带来暑意，越发让人生出石火光阴的感慨。他深深叹息着，摸出手机，打电话吩咐老张，“你现在过来接我，准备好香烛纸钱，我要去上坟。”隔了一会儿，他在窗棂上慢慢地按灭剩下的半支烟，又打给秘书道，“订一张去江南的机票。哪天?”他低头不语，片刻后才答，“越快越好。”

江南三月，春光勃发。

周远山是基督徒，苏沫就随了他在当地选了一座最大的教堂举行婚礼。

他们原以为宾客不多，谁知从亲朋好友到两人的同事同学算下来，正好满满地排了一屋子，舅舅一家提前两天从南瞻过来，更有几位好友携儿带女和佟瑞安一起赶来捧场。

教堂正厅里乱哄哄嘈杂不堪，清泉和另一个叫石头的小男孩一起当花童，两人穿戴整齐却都有人来疯，兴奋地满场奔跑，一时大人喊小孩叫。

苏沫坐在新娘室里都能听见，忽然有些头痛。

伴娘正给她补妆，苏沫问她：“外面是不是很多人?”

伴娘说：“你们自己请的人你不知道?其实大家都是来给二婚女撑门面的。”

苏沫白了她一眼。

伴娘瞧了她一会儿，皱眉道：“来，新娘子要笑开，再笑甜一点，你怎么像不上心一样？我记得你那个老同学结婚那会儿，笑得鼻子眼睛都分不开了。”

苏沫听见这话倒是笑了笑。

伴娘又叹：“我就是给你们这些人当伴娘当多了，你都二婚了，我现在那位还没影呢，真着急。”

苏沫握握她的手，“顺其自然，找个条件差不多的、脾气好的就行了。”

伴娘说：“每个人结婚的时候都绝口不提爱情，个个都是多不屑的样子，你就装吧。”

苏沫没作声，过一会儿才道：“可遇不可求。”

伴娘笑，“内涵了。”

苏沫忍不住叹道：“都说女人找老公要找个爱自己多的、对自己更好的。”

伴娘点头，“看得出，周律师对你挺好的，这回可要白头偕老了。”

苏沫没接茬，却道：“和佟瑞安在一起的那几年，现在想起来，我竟然一点也没觉得后悔，我爱过他，心甘情愿地和他过日子，无论什么结果，我都愿意承担。年轻的时候，往往把男女之情看得过于重要，在别人眼里就成了自私愚蠢，但也算为自己活了一回。年长以后，遇事越多，胆量越小，总想留一条退路，免不了心有旁骛。人这辈子，时常颠三倒四，兜兜转转，忽然有一天明白过来，选择就是选择，无关对错。”

伴娘一听这话，觉得不对劲，“你到底想说什么？”

苏沫一时没言语，很久才答：“反而是这次，我心里没底。”她鼓足勇气，低声道，“再好的，却不是我想要的。”

伴娘诧异地瞧着她。

苏沫看向镜子里的自己，带着白色丝质手套的双手紧紧相握。她忽然抓住伴娘的手，一脸恳求，“你能不能……请远山进来，我想和他谈谈，我……”

伴娘不解，笑道：“还想谈什么呢？要谈也等晚上进了洞房再谈。”

苏沫表情严肃，坚持，“你叫周远山进来，现在就去。”

“这都什么时候了……”伴娘说到这里，忽然回神，张口结舌，

“你，你是疯了吧？”

她微顿，低声道：“是的。”

外间变得安静。

牧师的声音清晰可辨地传来，“我们今天在此神圣庄严的圣堂中，在上帝的面前和会众的面前，即将为周弟兄和苏姊妹二人举行神圣的婚礼。在《圣经·创世纪》中，神说：那人独居不好，我要为他造一个配偶帮助他……你们也要记住，你们不是独自步入人生的旅途。在你们面临困境之时，不要胆怯于向他人求助……”

伴娘遗憾地看向她。

牧师宣布新娘入场。

苏沫脸色苍白，心里不知所想，她站起身，垂手使劲捏了捏裙摆，慢慢走出去。

这一路她感到极其紧张，眼皮轻跳，偶有耳鸣，直到在众人跟前站定，还没缓过劲。她几乎能感到血液在血管里流淌，路过心脏时又骤然间断，令人十分难受。

她从没这样怯场过。

牧师微笑，问：“谁同意将这位女士嫁给那位先生？”

亲朋好友们多半头一次参加这样正儿八经的宗教婚礼，纷纷凑热闹地举手，笑答：“同意，我们都同意。”

牧师又问：“谁不同意将这位女士嫁给那位先生？”

大伙都是一笑。

牧师正要宣读誓词，教堂的大门忽然被人推开，众人好奇，纷纷回头。

阳光射进来，看不清来人的脸，只知是个身材高大的男人。他看着前方，瞧见了新娘，直接走过去。他拿着手杖，步伐微顿，可惜是个瘸子。

他无所顾忌，却带愤怒，一路走来，只看向一人。

她身着白纱，泪水盈目，也只与他相望。

苏沫，女，已而立，离异，育有一女，后再婚，诞下一子，取名，翥。

番外 ✦ 当我拥有你

孩子如约而至，有人欢喜感慨，有人手足无措。

刚得知自己怀孕，苏沫有些发蒙，那一瞬间，她脑子里闪过很多问题：比如清泉对这个弟弟或者妹妹的到来会不会感到排斥；而她作为母亲，在精力不济的时候，会不会对清泉疏于照顾？她正处于创业阶段，依那一位的个性，一定没把她那点小事业放在眼里，多半要她以家庭为重；再近一点，由于妊娠剧吐，引发低血糖体力差，导致她没法在陪伴清泉、顾及工作的同时，还能遵医嘱，每天大部分时间都用来散心休息。所以她想请父母来南瞻待一段日子，至少等自己坐完月子，这样一来，家里的几口人抬头不见低头见，性格各异，生活习惯南辕北辙，使双方如何相处？是否会产生矛盾？都是没法往好处预见的问题。

还有一件事，她难以启齿，甚至强迫自己不要多想，却忍不住去想——人们常称赞母亲的美丽和伟大，却掩饰人性美之后的真相，肿胀的皮囊，脸上的黄斑，层出不穷的转变，即使服饰再精美高档，也替代不了元气消耗过后逐步衰老的体态。

当然，这是属于女人自私的忧郁，只能藏在心底。

苏沫第一次生育的时候，还很年轻，恢复起来并不吃力，如今事隔六七年，她却再无当时的把握和无知者无畏的心态，她了解生产的痛苦，就和现在了解男人一样。

那是一个人类最为动物化的阶段，难以忍受的疼痛，难堪的产后恢复，飞快流逝的精力和昏昏欲睡的状态，特别是男人看着围产期的女人时流露出来的，仿佛正常人看向低等哺乳动物的，有些抗拒又必须宽容的眼神，这多少有些刺激人心。可是她已经过了抓着自己的丈夫一遍遍询问“如果我变胖变丑你是不是就不会爱我”的年龄。

阅历是什么？很多时候，阅历就是克制，表面上云淡风轻的克制，但是女人的心态，永远不会改变。

等到最危险的头几个月过去，苏沫被人直接送达多伦多。

原先说好是过来散心小几周，顺便瞧一瞧当地的居住环境，方便以后定居养老。可是王居安说话永远没个作准的时候，妇科医生和月子中心早已被他列入考察范围，苏沫才下飞机没几天，就被人送去诊所做彩超，苏沫还未看清孩子的脸，就听头发花白的老医生问了句：“你们希望现在知道孩子的性别，还是想等到生产的时候有一个惊喜？”

苏沫还在犹豫，王居安已经直接问：“男孩还是女孩？”

医生又仔细瞧了下：“我暂时没发现它的小旗杆，很有可能是个女孩。”

两人一时都没说话，苏沫敏锐地察觉到身旁那位未来准爸爸的心情似乎有些低落。

回去的路上，他话变少了，果然是不太满意。

苏沫因为他的表现也有些不高兴，后来一想：算了，懒得跟他计较。

王居安工作忙应酬多，陪了她一周便又飞回国，扔她一个人对着空荡荡的大房子和院子里的乔木、灌木、草坪以及熟悉的或者根本叫不出名字的花。过几天他又回来，苏沫忍不住抱怨几句，王居安建议：“这条街上都是中国人，出去走走，交几个朋友。”

“我不能休息太久，挂着名不做事，人家会有话说。”

这个理由对他毫无说服力。

王居安观察她神色，言语柔和道：“要不把你爸妈接过来，小丫头也放暑假了，全都过来陪着你？”

苏沫道：“还是我回去方便点，生孩子哪里都能生。”

王居安懒得多说，回头就叫人订了机票，两人又去医生那里点卯，这回人家看了B超，仍说是女儿，又说他俩年纪加起来刚过及格线，询问他们是否愿意做染色体检查。

苏沫一听这事就紧张。

王居安说："做吧，别生个宋天保那样的。"

苏沫听见这话心里不舒服，有意找茬："哪点一样了？宋天保又不是唐氏儿童。"

王居安道："都差不多，"又说，"你怎么回事？我说什么了你要这样护着他？"

苏沫觉得跟这人简直说不通，一时预约做了检查，忐忑等了几天，去拿结果那天，医生表示结果超出正常值，属于高危范围，又问他俩是否决定做羊水穿刺，但是穿刺又有流产风险。

苏沫顿时感到头大，觉得这日子过得就像无数个选择题，一题比一题难解。

王居安也沉默。

这回是她说出决定："做一个吧，该怎样就怎样，是我的他也走不了。"

王居安却道："算了，养着他也行，又不是养不起。"

苏沫知他求子心切，想：除非你比他晚走，不然你还能养他一辈子？这话一点没敢说，只道，"健康是孩子最大的福气，我觉得他不会有事，只求个心安。"

转眼又等了一周，事情拖来拖去，苏家父母和清泉又都来了，苏沫即使有心回国也懒得再折腾。

这天做羊水穿刺，大伙没法不紧张，偏巧做前医生又给安排了一次彩超，这回孩子长得更大了，医生调整画面，让他俩瞧得更清楚，而后确定道："现在不会看错了，是个小男孩。"

王居安没作声，苏沫觉得他多少应该有些高兴的，可是他笑也没笑，她伸手过去碰了碰他，他这才握住她的手。

检查结束，十天后才会出结果，王居安因公司有事又往回赶。

苏沫一边带着父母孩子熟悉环境，一边又惶恐不安地掐着指头算日子，算来算去，结果终于下来，准爸爸却还没回，就连电话也比往常少了，只在拿结果的当日打给她问了下情况，听她说了句“没事”，他似乎也松了口气，嘱咐说：“我这边还要几天才完事，你好好养着。”

苏沫搁下电话照镜子，瞧见自己又胖了一圈，先前因为孩子的事夜里急得一个人悄悄地哭，脸庞似乎也浮肿了，就想这样子怎么见人？一时盼着他早些回来，一时又不想见到他。

王居安两边飞，时常不见人影，苏家父母慢慢地也有些意见了，委婉地问起女婿的工作情况。

苏沫只好替他打马虎眼：“快了，这几天就能回了。”

又过了一周，王居安果然出现，她很尴尬，他见到她第一眼的时候惊讶在眼底一闪而过，继而又笑，直言不讳：“才这么几天你又胖了，脸像是被人打肿了一样，不知道的还以为你被你老公家暴。”

她一点没表现出生气，实际已经气得不行，她相信这是身体里激素的原因，它们抑制了黄体酮的分泌。等他走过来，伸开手臂揽住她的时候，她敏锐地闻到他身上那种依然好闻的健康的成熟男人的气味，她更加难受得要死。他依然吸引人，而她越来越不吸引人，她整个人已经被烙上记号，男人们看见她的时候会想：这是个孕妇，她肚子里有其他男人的孩子，她身上的性吸引力被一种太正经的母性掩盖了，可怜的自以为幸福的女人。

而女人们看见他的时候会想：“他真是个有魅力的男人，好身材好身家，正当年。”

因为这点小事，苏沫一晚上没理他。

她不理人的表现在于，他和她说话的时候她会简短地答一两个字，但绝对不主动对他开口。

王居安冲完凉上床，略微解释：“工作还是要做的，有些事要我出面去谈，对方说了几次，我也不好再推，”又说，“你放心，预产期那几天我肯定在家，哪儿也不去。”

她“嗯”一声，这回终于多说了几个字：“有我爸妈陪着，你忙你的。”心里却想：说是出门谈事，还不是穿得人模狗样地喝着酒打着球逗着小姑娘，而我却要整天被困在这个房子里。

他又说：“你不要成天闷在家里，天气好，可以出去走走。”

她答：“每天都有散步。”

但是她自觉身材臃肿，所以从不去人多的地方。

他有些累，熄了灯，没再说话，隔了一会儿伸手过来摸她的肚子，低声道：“你转过来。”

她说：“肚子太大了，不方便。”

“就一会儿。”

“右侧卧对孩子不好。”

他说：“我跟你换个边。”

她说：“我这边靠窗，透气。”

她最近很怕热，晚上总也睡不好，精神萎靡，心里焦躁，连接吻也没兴趣。

他没再说话。

她以为他睡着了。

他却用指头轻轻在她肚子上画了几下。

她忽然觉得委屈，小声说：“我爸妈在这里，你能不能稍微热情点，和他们多说几句话。”

他含糊地“嗯”了一声，稍稍扳过她的脑袋：“过来，让我亲亲。”

“不要，都胖成这样了。”

“就算变成猪头，也要闭着眼啃下去。”

“讨厌。”她轻轻推他一下，到底还是转过去。

苏沫歇了一会，又见他心情还行，便趁机开口：“要不明天我们一起去科学馆吧？”

“好。”

她高兴了点：“清泉一直想看那个模拟火箭椅子。”

王居安道：“明天叫司机送他们去，我们去旁边的小镇上逛逛。”

“不是一起去吗？”

“要不让他们去小镇上，小孩在那里可以骑马，我们俩去科学馆。”

苏沫叹一口气：“你别这样，一起出门就这样难么？”

他搂着她的肩没说话，过了一会儿才道：“好些天没见，我就想跟你单独待着。”

苏沫心里一软，也就随他了，想着明天的事明天再说吧。

两人渐渐睡着，又像是没睡多久一样，苏沫听见一双小脚咚咚咚跑进来，立时醒了，睁眼一瞧，窗外才蒙蒙亮，清泉站在床边拍她的脸：“妈妈、妈妈，我要和你睡，我要和你睡……”

那边王居安也醒了，眯眼瞧着娘俩，苏沫忙推开他，轻手轻脚地让清泉进了被窝。

外面苏母赶来敲门，小声喊：“清泉、清泉，你快出来……”

清泉说：“我不，今天星期天，妈妈说星期天我可以和她睡。”

苏母很尴尬，只好大点声道：“你这孩子怎么不听话呢？现在还早得很，你别吵着人不能睡。”

清泉隔着苏沫瞧了瞧王居安，大声回：“他们都醒了呀，眼睛睁着呢。”

王居安被这两人吵得头痛，闭上眼翻了个身，脑袋往枕头里埋了埋。

苏沫只好小声道：“妈，没事，您再去睡会儿吧。”

苏母赔着笑嘀咕：“我是怕她打扰你们。”

苏沫更不好意思：“没事，没事……”

这边清泉根本睡不安生，一会儿说：“妈妈，我要用你的手机拍照。”又说“知道吗？我们班的谁谁谁真的很笨”，一会儿又开始唱歌，翻来覆去把从小到大学的儿歌全部唱一遍。

苏沫小声劝她：“乖宝，你好好睡觉，要是不想睡就穿衣服起来，叔叔倒时差，你别吵着他……”

清泉道：“他不是叔叔，他是伯伯。”

王居安没作声，苏沫说："对，你乖点，起来吧。"

清泉又说："不对，他是爷爷，头发都白了，怎么会是叔叔呢？是老爷爷。"

苏沫忍不住笑了一声，腰上被人挠了挠，一时觉得痒，又是笑。

清泉看着她："妈妈，你怎么啦？"

王居安有些不耐烦，替她答："你乖点，自己穿衣服起来，别踢到你妈妈的肚子。"

"我不，"虽这样讲，但是小人儿心里敏感，苏沫留她也不应，仍是赌气地从床上跳起来，边往外走边道，"我才没踢她，刚才是她的肚子把我踢了一下……"

等人出去了，王居安叹息一声，又上来搂住老婆，苏沫心里却有些不乐意，起身道："不早了，我也起了。"

王居安使了点劲把人拽回去。

苏沫挣脱了："你现在对清泉怎样，清泉学着了，以后对她的弟弟也会一样冷谈，你愿意看到这种情况吗？"

王居安没搭话。

苏沫说："小孩子心里最敏感，谁真心对她，心里都有数。"想了想，憋了多时的话终于说出来，"你哪里是想和我二人世界，分明就是不愿意和我们家的人接触，嫌麻烦。"

王居安道："我不习惯和一大家子不熟的人住一起。"

"人是你接来的。"

"等你生完了就送走。"

"然后你照旧忙你的，我一个人闷在这里带孩子？"

"不是还有保姆吗？你可以和那些邻居家的太太们一起出去喝喝咖啡逛逛街。"

"是啊，你和邻居们说话都比跟我爸妈说话要多得多。"

"我和你爸妈能说什么？说不到一块儿去。"

苏沫想了想，不情愿道："可以说说股票嘛，我爸也炒股的。"

王居安觉得好笑，也就笑出声来。

苏沫心里不好受，说：“这些事结婚之前你就应该考虑到。”

王居安没理她。

苏沫说：“爸妈可以不住一起，但是清泉肯定要跟着我，这事你以前也是同意的。”

他闭着眼继续睡：“所以我才把她接过来适应环境。”

苏沫心里叹气，小声试探：“家里的环境也要好好适应才行，这也需要我们的配合。对不对？”

他不说话。

苏沫起身要走。

他这才问：“你还想怎么样？”

苏沫坐下来，握住他的手：“今天和我们一起去科学馆，好不好？就一天。”

他烦躁地扒拉一下头发：“好好好。”

家里五个人收拾停当，一起出门，苏沫没带司机，王居安开车，话仍不多，只是清泉在外面爬上爬下的时候，他会配合地过来帮忙接应。中午吃饭的时候，他受不了外面的快餐，去了附近高档点的酒店，清泉还小，难免一时好奇跑来跑去，苏家父母为了不让孩子调皮，也跟着唤了几声，一时引人侧目，苏沫也觉得不大好意思，再看他的神色，越发能猜到他心里不耐烦。

苏父也瞧出来，对老伴笑着自嘲：“我们中国人说话习惯大声，压着嗓门就觉得憋闷，但是在外面还是要入乡随俗。”

苏沫解围：“老外高兴了说话一样大声，今天大家都高兴，难免的。”

苏母道：“你爸是受不了这样的地方，又贵又束手束脚，下次还是吃点汉堡薯条好了，想吃好的，我们回去自己做吧。”

苏沫瞧了眼王居安，笑道：“爸妈不习惯用刀叉，又想替你省钱。”

王居安这才应了句：“也好，以后就在家里吃。”

回去的路上，只有清泉没心没肺地乐呵，其余人等心里都有事。

王居安约了几个朋友喝下午茶，转身便不见人影，苏沫留在家里陪父母孩子在花园的草地上待了一会儿，带清泉进屋吃冰淇淋，出来的时候听见她妈和她爸道：“这么好的园子，就长些花啊草的太浪费了，要是我，就种些茄子豆角，以后也不用在外面买菜了。”

苏父笑笑：“这可不是你的园子，这是人家的园子，种什么我们说了不算。”

苏母叹气：“也是，我们是客，做什么都要看人脸色。”

苏父道：“要我说，老祖宗留下的规矩就是实在，门当户对，门不当户不对的住一起别扭得很。”

苏母道：“你少说两句，别叫你姑娘听见。”

苏父压低声音：“我现在想起来心里不舒服，小周那孩子多好，性格好，随和，对我们这两个老家伙也不见外，做事踏实，对清泉那是没话说，多好的孩子……”

苏母笑道：“刚开始你还嫌人家太会来事，后来他告诉了你一些内幕消息，你在股票上赚了些钱，就把人当知己了。”

苏父摇头：“你不知道，人和人是要比较的，一比就比出长短了，姑娘更适合什么样的，我这个当爹的比她清楚。和现在这一个吧，两个人差距太大，我们要看人脸色，她也得时刻哄着提防着，不容易。”

苏母说：“经济条件太好的，都会有些端架子。”

苏父“哼”一声：“离了他就活不下去了？”

苏母连连摆手：“算了，只要他俩喜欢就行了，就是他那腿，说是好了，我看着总像有些问题的样子，不知道老了会怎么样？”

苏父又是一摇头，过了一会儿才道：“以后的事我懒得管，就是到现在，他连声爸妈都没叫过。”

苏沫送来一盘水果，道：“清泉不也没喊过他吗？一直对他不客气。”

苏母说：“你拿个孩子跟大人比？”

苏沫笑道：“大家都需要时间适应，过一段时间就好了。”

苏父想了想，方认真开口：“姑娘啊，我先前就和你妈商量过，本来是想等你出了月子再走，但是你老公最近也经常在这边，我们一直住着也不方便，家里不能离得太久，要不这样，我先回去看看，就让你妈在这里帮忙照看下。”

苏母立马说：“我一个人在这里做什么？语言也不通，再说他们也有保姆伺候。”

苏沫知道老两口在陌生地方待不住，有些为难，等王居安回来就把这事说了，王居安直接道：“大老远来一趟，至少瞧一眼外孙再走，不然说不过去。”

苏家父母一听女婿开口了，倒也不敢反驳。

离预产期还有一个月，王居安在家的时间多了，却仍是习惯常和朋友出去喝茶，不怎么和岳父母打交道。

清泉照样每日清晨往两人的房里跑，王居安待她比初时耐心了些，她的胆子也就越发大了，一次在床上跳来跳去地唱歌，王居安担心她撞到苏沫，说了几句，小姑娘就哭开了，他无法，只好好言相劝，又承诺带她去动物园，又让人给她买了一堆玩具，这才转好。清泉和附近的小孩混熟了，又去一年级待了段时间，英语进步挺快，回来以后一边摸着妈妈的肚子一边喊“Mommy，Mommy，Mommy”，看见王居安靠在沙发上用电脑，跳过去拍着他的脑袋喊“Daddy，Daddy，Daddy”。

苏沫听得一愣，王居安手里动作顿住，眼睛仍盯着屏幕，嘴里却说：“Hi，Candy。”

清泉喜欢这个新名字，又喊：“Daddy。”

“Candy。”

“Daddy。”

“Candy。”

……

夜里睡觉，两人搂一块儿，苏沫亲他一下，低声道：“谢谢。”

王居安却说：“姓佟的基因太强，清泉长得不像你，就这一点不太好。”

苏沫转移话题，拿着他的手覆在自己的肚皮上：“他的名字你想好没？”

“没，”王居安又道，“叫他念山，王念山。”

苏沫诧异：“你神经病吧？”

王居安道：“就当周远山死了。”

苏沫心里不得劲，却忍不住想笑，又听他低声道：“我跟你结个婚真够憋屈，这辈子都憋屈。”

相安无事过了两周，苏家父母见他对清泉亲切了，便也对他包容许多，家里的气氛有所缓和。

次日产检，医生给苏沫做 B 超，原先说孩子一切正常，建议顺产，这次却道：“羊水变少了，回去要多喝水，明天再来看看。”

两人都有些着急，苏沫到家后不停地喝水，王居安在电脑上查资料，越看越没底，却没敢说出来，只皱眉道：“这家伙还没出生就让我操心。”

第二天，两人又去医院，王居安开着车，手微微发抖。

医生看了看，说情况比昨天好了些，但仍不理想，提醒他们经常做胎心监护，如有异常表示胎儿缺氧，需要提前剖腹生产。

这几日，全家人跟打仗一样提心吊胆，王居安原想大伙儿都跟着少受些罪，要求剖腹产，谁想手术时间还没安排下来，苏沫已提前阵痛破水，他赶紧把人送医院，苏家父母也跟了过去，留了保姆在家照顾清泉。

苏沫头一次顺产，疼了一下午，死去活来，到了晚上仍不见动静，助产士见她没了力气，询问是否要家属进来陪伴。苏沫大汗淋漓，气若游丝道：“不要……”又说，“让我妈进来。”

剩下两个男的等在外面。

王居安坐立不安，一时瞧见老爷子脸色不好，想起来让人送了点吃的喝的过来，一时看见隔壁的外国女人原本是来做胎心监测，没想当时就生了，孩子大人都哭得欢，他往后一捋发茬，心里不觉骂道：他妈的老外骨架大，就是好生养。

过了一晚上，主任医师跑来对他说，由于生产时间过长，建议剖腹产，需要家属签字。

王居安一把抢过手术同意书签了，道：“你们早干吗去了？让人受两道罪。”他说话中气十足，手上却无力，笔尖打战，字写得歪七扭八。

忽然两声婴儿的啼哭从里间传出来，犹如天籁。

他眼眶发热，手一松，笔落到地上。

苏父立时道：“生了……”

两人对视一眼，老爷子像是才打过一场硬仗，只差点瘫软在椅子上，他扶住椅背，有些费力地站起身。

这边，王居安不等有人出来，直接往里走，却被老丈人一把拉住。

苏父整理思路，开口道：“现在医学发达了，但是女人生孩子，由古至今，都是在鬼门关上走了一遭，你，你……”

王居安急着进去，忙说：“我知道。”

苏父坚持把话讲完：“你以后，对你老婆要好些，女人家图的，无非是男人的知冷知热，其他人图什么我不管，但是我的姑娘我了解……”

王居安站定，说：“是的，我知道。”

苏父叹一口气，这才放行。

王居安进了产房，医护人员各自忙碌，那个周身红通通的孩子正咧着嘴躺在产妇的身上，两人都在哭。他往孩子下身瞅了眼，放下半颗心，再看那脸，皱巴巴的一团，也不知道像谁。他心里五味杂陈，毕竟被更多激动和喜悦的浪头盖过去，温文尔雅的主任医师伸手过来，打算同他相握，也未被觉察。

那医生笑道：“我不该在这个时候打扰你们。”

夫妻俩回过神，连声道谢。王居安抱住老婆使劲亲了一口，转眼又去瞧孩子，神色里带出一丝异样。

苏沫知他想起了谁。

过了两天，孩子的脸长开了些，王居安抱着幺儿细细打量，说了句：“像王翦。”

即使新孩子出生，他的皮夹里仍然放着一张旧照片，永远只属于以前的父子俩。

紧张的情绪逐渐过去，几个大人这才想到向国内的亲朋好友们电话报喜，王居安给赵祥庆等几个走得近的群发短信，最后当然不忘圈上周远山，短信里写：“前早八点，我儿子出生，是个男孩。”他手一颤，不及细看，直接发出去，心里又立时觉得不对。王居安脑袋里被生子一事刺激得颇有些麻木，手上仍是不得劲，重新拿出手机翻开已发送信息来回检查了两遍，总算找出错误，他自己也觉着好笑。

这边苏沫累得睁不开眼，旁边的小床里孩子就哭开了。

正是半夜，家里的老人和保姆最近也累，被苏沫支回去休息，留了孩子爹陪床。

王居安赶紧过去抱孩子，抱起后又束手无策。

苏沫强打精神说：“换尿布……”

王居安小心翼翼把儿子放在尿布台上，眼前那把小骨头像是一捏就碎，他粗手粗脚的，哪里敢乱动，犹豫了半天只好求助：“老婆，这怎么弄？还是你来。”

苏沫说：“我起不了身，你行的，加油。”她歪头睡过去，再也不搭理。

王居安寒着胆给儿子换了回尿布，满头大汗，第二天和人说起这事还挺自豪，再过几天，给孩子穿衣拍嗝的事也越做越顺，却也是偶尔做几次，不太敢抱孩子。

苏母看在眼里忍不住私下嘀咕：“你看那个当爹的，孩子也很少抱。”

这回苏父一反常态，替女婿说话：“他一个大老爷们哪里会做这些事。”

苏母狐疑地瞧了自己老公一眼。

苏父说："姑娘在里面生孩子，他在外头一张脸惨白，有那个心就行了。"

二老便不再多讲，家里正是事多，两位老人家很能帮上忙，王居安也暂时收起遣人回去的心思，乐得轻松。

苏沫身体渐好，越发亲力亲为地照顾孩子，眼见天热了，就买了个小塑料游泳池搁在后院里的大太阳底下，把孩子放在里面玩水，一家子老的小的、保姆、阿姨都围着瞧孩子，有说有笑，其乐融融。

过了一会儿，王居安打外面回来，瞧了他们一眼，脸色微变，只说句"脖子还没长硬，游什么游？"罢了直接转身进屋。

余下的人见他这样，也不敢继续说笑。

苏沫想起什么，没多说，抱起孩子，让人收了游泳池。

隔了几天，两个月大的孩子忽然开始咳嗽，嗓子里有痰，呼哧呼哧地响，夜间咳得没法睡，去看儿医，也只开了化痰药水，吃了药却不见好。

几个人都急了，一心推断这回生病的原因。

苏母好心安慰："大概是从肚子里带出来的热毒，热了就生痰，只要不发烧，过几天痰水化了就能好。"

王居安说："什么热毒，就是上回玩水着凉了，没事玩什么水？"

苏沫道："孩子哪有不生病的，我妈说得有道理，你也别太着急了。"

王居安根本听不进，黑着脸，直接道："这么多大人，成天在家待着，还看不好一个孩子！"

等人走了，苏家父母脸色也好不到哪去，苏母忍不住了："他这是拿我们当下人看啊。"

苏父眼见老伴最近受累，也觉得窝囊，想了半天却只会读书人的骂人方式："这家伙颐指气使惯了，"他点着女儿，"以后有得你受。"

苏沫倒仍是先前那脾气，寻思了一会儿，笑道："算了，我们用不着和一个病人怄气。"

苏母奇道："病人？他哪里病了，每天好吃好喝，十指不沾阳春水，要说生病，也是我和你爸累病了。"

苏沫小声道："这几年他一直很抑郁，调整不过来，翕翕一生病，他就过于紧张。"

老两口这回才不说话。

苏母惊疑："他这是抑郁症吧，要瞧心理医生吧？"

苏沫就坡下驴："这个……也不是那么容易好的，需要时间还有家里人的理解。"

苏父叹气："你找的什么人，脾气坏，腿也不好，这么多事。"

苏母心软，劝慰："算了，这事搁谁头上都不好说。"

两人这才气消了些。

王居安这边却气不顺，被小心掩埋的情绪忽然撞破发泄的表层，一时收不住，又不好和人吵，夜里听见孩子三五不时的咳嗽，很是煎熬。他独自在书房过了一晚，第二天就直接订了机票独自回国，说是有公事，实际上眼不见心不烦，随便那几人瞎折腾。

飞机着了陆，心却还悬着。

回了国，免不了各种应酬，他来者不拒，有人请喝酒，只管喝，有人请按摩，也欣然接受。

伏在按摩床上，王居安感到背上那双软软的手渐渐脱离轨道。

他话不多说，赶紧起身穿衣，忽然有几分落荒而逃的滋味。

连日来他也放纵够了，情绪平复下来，便想起大洋彼岸的人，忽然又来气：这么多天那边连个电话也没有，什么意思！

他拿出手机瞧，只有刚下飞机收到的一条短信："有了下一代，别和自己的健康过不去。"

王居安初时不觉得如何，现在一看这话心里开始犯嘀咕，暗想她什么意思，这是提醒我少碰烟酒呢还是有别的什么意思？如果是别的什么意思，我也不能明着怪她不信任，这么多天一个电话也不打明摆着就是信任的最高姿态嘛。

他不觉又气又笑，暗骂：小娘们儿欠收拾。

这会儿，苏沫倒没觉得如何，苏家父母却挨不住，天天替她数日子，苏母时不时过来问一句：“你要不要回国瞧瞧，这么久他连个电话也不打回来。”

苏父也说：“这样，孩子的病也好了，我们在这边暂时帮你看着，你回国去，你俩过过二人世界，夫妻俩分开太久也不好。”

苏沫看看记事本：“我才约了健身教练，还有和几个朋友早说好了一起喝茶，这几天回不去，过几天再说吧。”

老人家着急，却也说不动她。

苏沫按照计划表行事，偶尔国内的韩工有事相求，她帮人打几个电话，抬出自己如今的身份就特别容易成事，除此以外，她每天去会馆健身，松骨出汗以后，精神状态一天比一天好。一日开车回家，她远远看见家门口站着个人，再近一点，瞧清是自家老公。

王居安正抱着孩子要笑不笑地望着她。

他原本板着张脸，却瞧见车里那人正冲自己笑，也不觉笑起来。

苏沫胡乱在路边停了车，小步跑过去，伸手挽住那人的胳膊，嘴上却被他轻轻啄了一口。

王居安笑道：“你还挺忙。”

苏沫说：“因为你流放我，”又问，“这种流放生活什么时候才能结束呢？”

王居安看着娘儿俩心情大好，说：“你想回去就回去吧。”

苏沫也高兴，问：“清泉呢？”

“写作业……我这园子被你爸妈整成菜地了啊。”

“……”

两人说着话进了屋，当晚没忍住，关上卧室房门压抑着声响放纵了一回。

第二天天没亮，苏沫随手一摸，身边没了人。

她躺了一会儿，勉强起身，去了婴儿房，王居安果然在里边。

他坐在小床边，沉默地握着孩子的小拳头。

王翥也醒了，父子俩安静地对视。

苏沫低声道："老公……"

他没应声，却轻轻地叹一口气，过了一会才道："这几年总觉得自己老了，喜欢瞎担心……没孩子的时候担心，有孩子了更担心，"他看向她，眼圈似乎微红，略笑，"我是不是老了？我总觉得，我不管怎么做，都会错。"

苏沫坐在他旁边，一起看着孩子，说："你昨晚，确实……"

他会意，佯装生气地瞪着她："怎么？"

苏沫笑了笑，才道："放心，有我在，你会好好的。"

两人说着话，一双小脚丫咚咚踏着地跑过来，王居安一听就了然，横了他老婆一眼。

清泉推开门，揉着眼看向他俩，愣愣道："你们也在啊？"她说，"我来看小猪。"

他爸一听这小名就皱眉。

清泉爬到妈妈的膝上，趴在床边瞧着，叹道："小猪猪他真小，这么小的手，这么小的脚。"

王居安认为现在是个好机会，对她道："你要保护他，对他好。"

清泉问："为什么？"

王居安有点不情愿："你是姐姐。"

小姑娘想了想，想明白了才又接着问："是不是我不对他好，你就不会对我好？"

王居安一时语塞，转头看向老婆，无可奈何。

苏沫搂住女儿，含笑看向他。

朝阳升起，窗外鸟鸣，微风拂面。

再版后记

在故事写完的八年后，我应出版社的要求写下这篇后记，我努力回忆当年的写作初衷和倾诉欲望，但留下深刻印象的仍是那时网络上许多读者的热情回应。犹记得其中一个评论，说："《误入浮华》是一个成人版的《爱丽丝梦游仙境》。"作者也深以为然，只是女主角苏沫于梦中的去处，并非仙境，而是一个纸醉金迷、尔虞我诈的浮华之地。

作为职场新人的苏沫，本质确实像爱丽丝一样单纯无措和满心好奇，也和爱丽丝一样遭遇各种奇情异事，可脑子里却装满被父辈们灌输的"好人有好报""吃得苦中苦，方为人上人"和"你不成功因为你不够努力"等看似励志实际上充满功利色彩的俗人俗语，因而这个故事的外壳虽是西方灰姑娘体系，但内在仍然逃不脱东亚的传统，其中苏沫正是一个被发掘出野心和欲望的东亚传统女性，她在浮华世界中被激发出的野心、欲念和从小被灌输的价值观做着永无休止的搏斗，这也是该角色身上的争议所在，即使是八年以后的现今，我相信，苏沫面对的困扰也仍是现实世界和传统教育的反差给许多女性带来的困扰。

当然，作为一个言情故事，无需喧宾夺主的庞大框架和多么深远的内核，在故事的结尾，苏沫获得了世俗意义上的成功以及第二段锦上添花、至死不渝的婚姻，读者看了这么久的反转和冲突，作者不能让大家失望。

但于我而言，使我怜惜的是苏沫的善良，但最打动我的却是她有底线的野心和欲望，只有这两者的出现才使得她不至于像一个假装高尚和纯洁的纸片人。若她出现在现实世界中，我更要送上祝福：不必吃苦忍耐也能安身立命，不必苦思于如何平衡家庭和工作，不必做到最好也能自由选择，更不必被性别束缚而压抑自己十分正常的野心和欲望，一如男主王居安。

接下来，也要恭喜王居安以他十分外放的行事做派成为整个故事的冲突所在。

当初写这个故事，作者力图写出不同价值观之间的碰撞，并想以此带出强烈的剧情冲突和一系列反转，比如苏沫和钟声、从蓉以及莫蔚清之间的不同价值观，甚至王居安和周远山、尚淳以及王思危之间展现的人性的细微差别。

但王居安的情场似乎远比他的职场故事更吸引人，也许作为一个薛蟠似的人物，在结尾处却背叛祖宗，改投林妹妹门下，转变的跨度之大才是他吸引人的地方，我也曾专门为此写过一篇调侃之作，称他为“奇葩”。

之所以称他一声奇葩，缘于他在面对苏沫时外冷内热矫情如热恋中小女儿一般的心态，又因奇葩的作者脑洞过大，立刻联想到“质本洁来还洁去”的林妹妹。如何把这两人放一块写才不会过分亵渎名著中的世外仙姝是个很大的难题。

想当年，薛蟠在贾宝玉受伤场面混乱之时偶然撞见林妹妹时的惊鸿一瞥，立时酥倒，事后更魂牵梦萦。曹公神人，短短一句道尽薛的猥琐不堪以及林的仙人之姿，却也引起无数黛粉越发厌恶薛。所以，若作者在下文中有言辞不当的地方，还请各位海涵。

话说，此奇葩曾是薛大傻的得意门生，经过某作者一通肤浅的胡编乱造，也染上几分林式外冷内热、患得患失的小娇态，从此哭哭啼啼、哼哼唧唧地扯着妹妹的裙脚试图认祖归宗。至于这种转变的可行性在现实生活里究竟有几分，作者已懒得多想，与其说这是对“浪子回头”的美好幻想，不如说这是作者和读者对弱肉强食的丛林中，一抹真实和光芒的不灭期待罢了。

人生短短数十载，却有写不尽道不明的人性种种，并非善者无恶念，或恶者不为善。而刻画复杂的人物和内心，正是作者写作的兴趣所在。

说回《浮华》一文，相较奇葩装模作样的冷淡行事，周律师明显正常多了。

刚出场时对暴发户的不屑腹诽，面对尚淳力挺钟声时的仗义执言，虽解决不了问题，却也不失一位正直青年的热心形象。然而这个人于我而言始终不上心没兴趣，以至于我给他一个“卡文周”的别名。

逢写周律师我必卡文，远没有写奇葩的戏码来得快意恩仇，因而造成后面周的戏份能简则简、能删则删的情况。而在莫蔚清临死前，他与莫蔚清的最后一场对手戏，是我能在这角色身上感受到的唯一萌点。为何如此，只因周的热心永远只在他认可的底线之内，而我个人对角色的偏好恰好相反，更喜欢描写他们情难自禁、跨越界限、打破常理的一面……

任若庭曾在评论中写道：“皆因周远山此人走正道，离经叛道的事从不擦边，他心里对人对事都有一根准绳，达到标准的就放进去，不合标准的就扔出来，没有谁可以做特例。”可见周远山此人在面对婚姻和感情时，注定要比奇葩来得更现实。

真实的人性里，爱恨是真、刻薄是真、小性儿是真、嘻笑怒嗔皆是真，而这种“真”，周远山做不到，苏沫妥协于现实也未必能做到，但行事张扬，张扬到最后不顾一切，连一张老脸也扔在自尊之外的奇葩偏巧能领会几分，这也是此角色唯二的可取之处。及此，我又为该奇葩洗白一番，无非是聊博众读者一笑，顺带感谢各位读者朋友们长久以来的鼎力支持。

写于二零二一年六月

图书在版编目（CIP）数据

误入浮华 ：全二册 / 不经语著. --武汉 ：长江文艺出版社，2023. 3
ISBN 978-7-5702-2178-3

Ⅰ. ①误… Ⅱ. ①不… Ⅲ. ①长篇小说－中国－当代 Ⅳ. ①I247.5

中国版本图书馆 CIP 数据核字（2021）第 105531 号

误入浮华
WURU FUHUA

责任编辑：胡金媛　　责任校对：毛季慧
封面设计：小　一　　责任印制：邱　莉　王光兴

出版：长江出版传媒 | 长江文艺出版社
地址：武汉市雄楚大街 268 号　　邮编：430070
发行：长江文艺出版社
http://www.cjlap.com
印刷：湖北新华印务有限公司

开本：880 毫米×1230 毫米　1/32　　印张：19.25　　插页：2 页
版次：2023 年 3 月第 1 版　　2023 年 3 月第 1 次印刷
字数：578 千字

定价：78.00 元（全二册）

版次：2023年3月第1版　　2023年3月第1次印刷

定价：78.00元（全三册）

（图书出现印装问题，本社负责调换）